Oscar bestsellers

Dello stesso autore

nella collezione Oscar

Il controllo totale
Mai lontano da qui
Il potere assoluto
La semplice verità
Sotto pressione
L'ultimo eroe

nella collezione Omnibus stranieri

A casa per Natale

DAVID BALDACCI

IL BIGLIETTO VINCENTE

Traduzione di Sergio Altieri

OSCAR MONDADORI

Titolo originale dell'opera: *The Winner*

I edizione Superblues giugno 1998
I edizione Oscar bestsellers ottobre 1999

ISBN 88-04-47086-0

Questo volume è stato stampato
presso Mondadori Printing S.p.A.
Stabilimento NSM - Cles (TN)
Stampato in Italia. Printed in Italy

Ristampe:

6 7 8 9 10 11 12 13

2005 2006 2007 2008

www.librimondadori.it

Il biglietto vincente

A Collin, il mio amico,
il mio ragazzo, mio figlio

Parte prima

1

Jackson era in agguato.

Sapeva che la sua preda sarebbe apparsa, era solamente questione di tempo. Sapeva che a un certo punto l'avrebbe vista aggirarsi nell'ampio corridoio del centro commerciale: una figura slanciata fra madri incolori che spingevano carrozzine stracariche, e gruppi di pensionati usciti a fare due passi e una chiacchierata.

Jackson scrutò verso l'ingresso nord. Era da lì che sarebbe arrivata. La fermata dell'autobus si trovava appena fuori delle porte a vetri, e quello era l'unico mezzo di trasporto di cui lei disponeva. Il furgoncino pick-up dell'uomo con il quale viveva era sotto sequestro in una rimessa della polizia, per la quarta volta in quattro mesi. Per andare a prendere l'autobus che passava dal centro commerciale, aveva dovuto fare quasi due chilometri a piedi, con la bambina. Perché lei non lasciava mai la bambina da sola con il suo uomo. E Jackson lo sapeva.

Jackson si passò lentamente le mani sul volto. Non era il suo vero volto. Percepì la corpulenta struttura fisica premere contro le cuciture dell'abito grigio che indossava. Ma anche il corpo non era il suo. In futuro quel volto e quel corpo avrebbero subito altre metamorfosi. Il doppio mento sarebbe scomparso, il peso sarebbe diminuito, la statura alterata, i capelli infoltiti o diradati. E il sesso? Maschile o femminile? Giovane d'età o in là con gli anni? Lo avrebbe deciso più tardi, molto più tardi. A volte, l'aspetto che assumeva aveva una rassomiglianza con qualcuno che conosceva. Oppure era una mescolanza di persone diverse, di facce diverse, di comportamenti diversi. Il tutto integrato in un insieme perfettamente armonico, assolutamente privo di incongruenze.

A scuola era affascinato dallo studio della biologia, in particolare da quegli esseri viventi appartenenti alla più speciale delle classi: gli ermafroditi. Pensò a quell'esplosivo trionfo di dualità fisica, e si concesse un sorriso appena percettibile.

Jackson. Soltanto il nome sarebbe rimasto il medesimo per la durata di quel suo affare.

Aveva ricevuto un'educazione di prim'ordine in una delle più prestigiose università dell'Est degli Stati Uniti. Combinando il suo acume nella scienza con il suo amore per la recitazione, aveva conseguito una singolare e straordinaria doppia laurea in ingegneria chimica e arte drammatica. Di giorno in laboratorio a studiare complesse equazioni o maleodoranti intrugli, di notte a calcare le scene allestendo i classici di Tennessee Williams e di Arthur Miller.

Una doppia esperienza che si era rivelata di valore incalcolabile, come avrebbero potuto constatare i suoi docenti se l'avessero visto ora in quelle condizioni.

Un velo di sudore apparve sulla sua fronte. Del tutto normale per un uomo sulla cinquantina, troppo fuori forma, con troppi chili addosso e immerso in una quotidianità troppo sedentaria. Il suo sorriso si accentuò. Il sudore era una reazione fisica perfettamente adeguata, che derivava però dai vari strati d'imbottitura sotto l'abito grigio che conferivano un aspetto massiccio al suo corpo naturalmente magro.

Ma c'era di più. Jackson non si limitava ad *apparire* qualcun altro. Jackson *diventava* qualcun altro. Era come se, nella sua profondità organica, le reazioni fisiologiche si modificassero fino alla compenetrazione totale, all'osmosi assoluta con ciò che lui era all'esterno.

In condizioni normali, Jackson non avrebbe mai frequentato un centro commerciale. Il suo gusto personale si orientava verso luoghi di gran lunga più sofisticati. Ma era questo l'habitat delle sue prede. Era in posti come questo che si sentivano a loro agio. E lui *voleva* che loro si sentissero a loro agio. Era un fattore cruciale per la sua strategia. Nell'incontrarlo, le prede erano quasi sempre in uno stato di eccitazione psicologica, talvolta negativa, nei suoi confronti. Alcune interviste erano anche arrivate sul punto di sfuggire al suo controllo. Il ricordo gli procurò un nuovo sorriso. Non aveva importanza. Avrebbe vinto, sempre, dovunque e comunque. Ma doveva continuare a essere cauto. Un errore, bastava un unico, insignificante errore da parte sua e tutto si sarebbe potuto disintegrare in un milione di frammenti. Il sorriso svanì. Assassinare qualcuno non era mai un'esperienza piacevole. Raramente c'erano valide giustificazioni, ma ciò che doveva essere fatto sarebbe stato fatto. Punto e a capo. Jackson sperò che in quell'incontro tutto sarebbe filato per il verso giusto.

Tolse il fazzoletto dal taschino della giacca e si asciugò il sudore che gli imperlava la fronte. Quindi si aggiustò i polsini della camicia. Appiattì una sporgenza quasi invisibile tra le fibre sintetiche del parrucchino. I suoi veri capelli erano compressi sotto una calotta di lattice.

Aprì la porta dei locali per uso ufficio che aveva affittato nel centro commerciale ed entrò. Tutto pulito, ordinato. Troppo ordinato. Privo di quel minimo di confusione inevitabile in qualsiasi ambiente di lavoro.

La segretaria seduta dietro la scrivania nell'atrio alzò lo sguardo su di lui. Non disse una parola. Le aveva ordinato lui di non farlo. Non voleva che quella donna avesse la benché minima idea di chi lui fosse, né della ragione per la quale lei si trovava lì. Nel momento in cui la preda avesse fatto la propria comparsa, le disposizioni erano che la segretaria semplicemente si alzasse e se ne andasse. Per quanto la riguardava, il resto era semplice: un autobus che portava fuori città, del contante in una busta per il suo disturbo.

Jackson non la degnò nemmeno di un'occhiata. Per lui quella donna era né più né meno di un arredo di scena per la sua ultima produzione teatrale. Esattamente come tutto il resto in quella stanza. Il telefono era un oggetto inerte, silen zioso. La macchina per scrivere una specie di simulacro altrettanto inerte. Jackson corrugò la fronte finta. Non andava. Decisamente *troppo* ben organizzato, quell'ufficio. Il suo sguardo si spostò alla risma di carta sulla scrivania. Con un gesto improvviso ne sparse alcuni fogli sul ripiano. Poi orientò il telefono in modo diverso, inserì un foglio di carta nel rullo della macchina per scrivere e diede un paio di rapide rotazioni alla manopola. Lanciò un'altra occhiata. Trasse un sospiro. Non perfetto, ma meglio di prima.

Jackson passò oltre l'angusta saletta d'attesa, percorse un breve corridoio, svoltò a destra ed entrò nel piccolo ufficio che completava l'ambiente. Sedette dietro la scrivania di legno. In un angolo c'era un televisore, spento, simile a uno sguardo cieco. Jackson si accese una sigaretta e spinse all'indietro lo schienale della poltroncina.

Quiete. Calma *dentro*.

Era quella la chiave. Non permettere che il flusso dell'adrenalina superasse il livello di guardia. Si passò un polpastrello sui baffi scuri, sottili, composti della stessa fibra sintetica del parrucchino, attaccati al suo labbro superiore con una colla da trucco. Anche sul naso aveva lavorato parecchio. La conformazione sottile, quasi delicata del vero naso era stata alterata in una sorta di proboscide bulbosa, un po' storta. Poco sopra la narice destra c'era un porro, finto anch'esso, ottenuto con un'emulsione in acqua calda di gelatina e di semi di trifoglio finemente tritati. Capsule in materiale acrilico trasformavano i suoi denti bianchissimi e splendidamente squadrati in una chiostra scalena, dall'aspetto malsano. Jackson esalò il fumo lentamente. Mezza età, ventre prominente, baffi sottili, denti brutti.

Illusioni, nient'altro che illusioni.

Eppure sarebbero stati quelli gli elementi fisionomici che un osservatore casuale avrebbe notato. Sarebbe stato quello l'uomo che il medesimo osservatore avrebbe descritto. E nel momento in cui le illusioni si fossero disgregate, anche l'uomo si sarebbe disgregato, insieme con il suo carico di attività illegali e malefiche.

E così il sistema stava per rimettersi di nuovo in movimento. Ogni volta gli equilibri erano leggermente diversi, ma era proprio questo l'aspetto stimolante: la mancanza di certezza. Jackson consultò l'orologio da polso. Il tempo della preda si stava avvicinando. Contava che il loro incontro sarebbe stato produttivo per entrambi.

Jackson aveva un'unica domanda da porre a LuAnn Tyler, una semplice domanda dalla quale sarebbe però scaturita una reazione a catena di estrema complessità. Sulla base della propria esperienza, egli era ragionevolmente certo di conoscere già la risposta, ma la mancanza di certezza aleggiava, eccitandolo. Si augurò per la sua preda che la risposta fosse quella giusta. E c'era un'unica risposta giusta. Altrimenti, be', quella bambina non avrebbe avuto l'opportunità di conoscere sua madre, perché sarebbe cresciuta orfana.

La palma della mano di Jackson batté sul piano di legno con un colpo simile a uno sparo. Certo che avrebbe risposto di sì! Prima di lei, tutte le altre prede l'avevano fatto. Jackson scosse violentemente il capo. No, nemmeno questa sarebbe stata diversa dalle altre. Lui le avrebbe fatto vedere, capire la logica ineluttabile del suo sistema. Le avrebbe mostrato come quella logica avrebbe cambiato tutto. Ben oltre quanto lei stessa avrebbe mai potuto immaginare. La sua era la classica *offerta-che-non-si-può-rifiutare*.

Però lei doveva arrivare.

Jackson si passò sul mento il dorso della mano, aspirò profondamente dalla sigaretta e osservò un solitario chiodo che sporgeva dal muro, simile a un insetto spiaccicato.

Lei *doveva* accettare. Era la preda.

E lui il predatore.

2

Il vento freddo, ostile, prendeva d'infilata la stretta strada sterrata, facendo frusciare gli alberi scuri su entrambi i lati. Dopo aver curvato improvvisamente verso nord, la strada scendeva a est in modo altrettanto brusco. Altri alberi si addensavano sulla sommità del dosso, alcuni ridotti a sculture deformi dagli elementi e dalle malattie. Eppure, per la maggior parte si ostinavano a restare eretti come totem dalle poderose radici e dalle folte chiome. C'era una specie di radura in fondo alla discesa: un semicerchio di terreno fangoso disseminato da frastagliate zone erbose.

Poteva essere un'immagine in qualche modo arcadica, ma mucchi di spazzatura, una montagnola di lattine vuote di birra scolorite dalle intemperie, blocchi di motore arrugginiti e relitti di mobilia varia intristivano lo scenario con il più efficace degli effetti. E poi tanti altri residui, detriti e rottami irriconoscibili che d'inverno, sepolti sotto la neve, apparivano come strane gibbosità generate da chissà quale arte figurativa priva di contorni definiti. D'estate, martellati dal sole incandescente, diventavano ricettacoli per roditori, rettili e insetti.

La solitaria roulotte giaceva al centro della radura, assediata da tutti quei rifiuti. Era una vecchia Airstream d'alluminio sbiadito, fessurato. Paralizzata crisalide metallica priva di ruote, con i mozzi direttamente appoggiati su pile di mattoni di cemento in progressiva disgregazione. Uniche connessioni con il mondo esterno, il cavo elettrico e quello telefonico, diramati dal filare di pali di legno annerito che correva lungo la strada sterrata. La roulotte pareva una piaga rimasta aperta là, nel mezzo del nulla.

E i suoi occupanti sapevano tutto quello che c'era da sapere sul nulla.

All'interno della roulotte, LuAnn Tyler incontrò la propria immagine riflessa nel piccolo specchio appoggiato obliquo sul ripiano della cassettiera. Per riuscirci, era costretta a inclinare goffamente la testa perché la malconcia cassettiera era zoppa, e lo specchio incrinato. Irregolari linee di frattura ne solcavano la superficie, simili a zampe di ragno. Se in quell'avanzo di specchio LuAnn Tyler avesse guardato dritto, avrebbe visto tre immagini di sé, tutte e tre deviate e incomplete.

Non sorrise. Nemmeno riuscì a ricordare se mai fosse esistita una circostanza nella quale aveva sorriso esaminando ciò che appariva nello specchio. Eppure era l'unica risorsa su cui poteva contare, come le era stata inculcato fino dall'infanzia, per quanto indietro riuscisse ad andare con la memoria. Certo, ai suoi denti non avrebbe nociuto qualche lavoretto di restauro, ma questo era il prezzo da pagare per una certa trascuratezza e per non aver mai messo piede in uno studio dentistico.

In fondo, c'è sempre un prezzo da pagare per qualsiasi cosa.

Specialmente per la mancanza di cervello. Benjamin *Benny* Tyler, suo padre, aveva sempre battuto su quel chiodo. Ma era poi l'intelligenza a cui lui si riferiva, o l'assenza di opportunità in cui farne uso? LuAnn non aveva mai approfondito la questione. Non aveva importanza. Le brave bambine devono prendere per oro colato tutto quello che dice il loro paparino. Benny aveva tirato le cuoia da oltre cinque anni, per cirrosi epatica. Anche la madre di LuAnn, Joy, se ne era andata da tre anni ormai, e quel paio di annetti dopo la morte del marito erano stati i più felici della sua vita. Una realtà che doveva aver fatto rivoltare Benny Tyler nella tomba.

C'era una vecchia sveglia sulla cassettiera, la sola cosa che a LuAnn rimaneva di sua madre. Era una specie di reliquia di famiglia, passata di generazione in generazione dalla nonna alla madre di LuAnn e infine a LuAnn. Quella sveglia non aveva alcun valore economico. Era qualcosa che si poteva comprare in qualsiasi banco dei pegni per meno di dieci dollari. Il suo valore era puramente sentimentale. Da bambina, LuAnn aveva ascoltato fino a notte fonda il lento e ritmico ticchettio della vecchia sveglia, come una guida che, attraverso l'enorme oceano di tenebre, fedele e rassicurante l'avrebbe salutata al suo risveglio. Crescendo, LuAnn aveva avuto in quella vecchia sveglia uno dei suoi punti di riferimento, uno dei pochi. Ma c'era un aspetto che aveva finito con il prevalere sul resto: quell'orologio costituiva l'ultimo concreto legame con la sua adorata nonna. Con il trascorrere del tempo il bilanciere e il movimento si erano erosi, cosicché la sveglia ora produceva un suono del tutto particolare. Un suono che aveva accompagnato LuAnn in molti, troppi periodi oscuri. Sul letto di morte sua madre le aveva dato la sveglia chiedendole di tenerla da conto, di non permettere che andasse perduta, quasi fosse un diadema di pietre rare da tramandare di generazione in generazione. LuAnn lo aveva fatto. E quando il momento fosse arrivato anche per lei, l'avrebbe passata a sua figlia.

LuAnn raccolse in una crocchia i capelli folti, neri come le piume di un corvo. Ma non andava. Allora li attorcigliò con destrezza in un'unica, spessa treccia. No, nemmeno quella andava. Risolse infine di raggrupparli sulla sommità del capo, fermandoli con una serie di forcine, inclinando il volto da un lato e dall'altro per verificarne l'effetto nello specchio incrinato. Dall'alto del suo metro e settantacinque di statura, fu costretta a piegarsi per potersi osservare.

Il suo sguardo continuava a spostarsi sul piccolo fagotto sistemato sulla sedia accanto. LuAnn sorrise nell'ammirare gli occhi grandi, la bocca incurvata, le gote paffute e accese, i pugnetti contratti. Lisa Marie. Sua figlia. Otto mesi di vita e in piena crescita. Lisa aveva già cominciato ad andarsene in giro gattonando, il corpo che si muoveva seguendo le dinamiche incerte e curiose della primissima infanzia. Ben presto, i primi passi le avrebbero cancellate.

Il sorriso di LuAnn scomparve nel guardarsi intorno. Lisa non avrebbe impiegato molto a esplorare ogni angolo del microcosmo fatiscente che era la Airstream. L'interno era una versione pressoché speculare dell'esterno. LuAnn aveva strenuamente tentato di evitare che accadesse, ma non ce l'aveva fatta. Contro le improvvise e brutali eruzioni dell'uomo in quel momento sbracato sul letto era stata una guerra perduta prima ancora che avesse inizio.

L'ultima sconfitta risaliva alla notte appena trascorsa. Duane Harvey che rientra barcollando alle quattro del mattino, come sempre ubriaco fradicio. Duane Harvey che in qualche modo si trascina fuori dai propri abiti intrisi di sudore etilico. Duane Harvey che crolla sul letto sfatto dopo averli sbattuti via come stracci.

LuAnn sapeva che era esistita una notte, *un'unica notte*, in cui Duane Harvey non era rientrato ubriaco marcio, e quell'unica notte aveva generato Lisa. Per un brevissimo momento, alcune lacrime scintillarono negli occhi blu profondo di LuAnn. Scintillarono soltanto. LuAnn Tyler aveva ormai cessato di perdere tempo con le lacrime, specialmente con le proprie. All'età di vent'anni, pensava di aver già pianto abbastanza lacrime da bastarle per il resto della vita.

Tornò a guardarsi nello specchio incrinato. Estrasse le forcine con la mano destra, una dopo l'altra, lasciando che Lisa giocasse con la sinistra. I capelli ricaddero all'indietro, e una frangia sbarazzina le scese spontaneamente sulla fronte, fino alle sopracciglia. Era il medesimo stile che l'aveva accompagnata durante gli anni delle medie, epoca nella quale lei e tanti suoi compagni di classe avevano fatto la scelta decisiva di mollare la scuola e di mettersi a lavorare. L'idea di fondo era che la paga settimanale batteva di gran lunga la scocciatura degli obblighi scolastici. Nel tempo, si era rivelata una scelta sbagliata. Ma per LuAnn, era stata l'unica comunque praticabile. Metà di quello che guadagnava era andata per mantenere i suoi genitori, cronicamente disoccupati. L'altra metà per pagare ciò che i suoi genitori non erano in grado di darle: cibo, vestiti, e altre inezie del genere.

LuAnn si tolse l'accappatoio sdrucito scoprendo il proprio corpo, sempre tenendo d'occhio la forma immobile di Duane. Ci mancava anche che si svegliasse e che gli venissero certe idee. Rapidamente infilò le mutandine. Negli anni dell'adolescenza, per i ragazzi del posto la sua figura prorompente era stata una sollecitazione irresistibile. Qualcosa che aveva prodotto testosterone ben prima che l'ordine naturale delle cose consentisse il loro ingresso ufficiale nel mondo della virilità. LuAnn Tyler: *apprendista stellina del cinema*.

Molti degli abitanti di Rikersville, Georgia, avevano considerato a lungo il brillante futuro che la aspettava. Benedetta ragazza. Non era fatta per languire lì, in quel buco dimenticato da tutti e da tutto, bastava un'occhiata per capirlo. Questo avevano sentenziato le rugose e sformate donne di Rikersville, sedute sotto i loro porticati in rovina. Quella sua bellezza naturale e radiosa sarebbe approdata ben lontano da Rikersville. New York, dicevano le donne sformate. O addirittura Los Angeles. Anzi, Hollywood. Ma certo. Qualcuno, chiunque fosse mai quel qualcuno, avrebbe sicuramente finito con l'accorgersi della *loro* LuAnn. Era solamente una questione di tempo. Ma quel tempo non era mai arrivato.

LuAnn Tyler non era mai andata né a New York, né a Los Angeles, né da nessun'altra parte. Era ancora a Rikersville, il medesimo buco nel quale era nata e nel quale aveva trascorso tutta la sua esistenza. Non aveva mai avuto la possibilità di fare ciò che avrebbe voluto. Così, visto che nessuno era apparso a reclamarla per altri orizzonti, lei ora sentiva di essere stata una specie di sotterranea delusione per le donne sformate. E anche per tutti gli altri. Ma né le donne sformate né tutti gli altri sapevano che lei non era mai stata interessata a giacere nuda accanto all'ultimissimo supermacho tutto muscoli e ormoni appena sfornato da Hollywood. E neppure era mai stata interessata a sculettare sulla passerella di una sfilata di alta moda. Di tutto ciò non le era mai importato niente. LuAnn infilò il reggiseno, continuando a studiare la propria immagine nello specchio incrinato. Diecimila o ventimila dollari al giorno solamente per indossare roba simile e farsi vedere sotto i riflettori. In effetti, come opportunità non era male.

Il suo volto. E il suo corpo. Qualcosa su cui Benny Tyler aveva spesso fatto commenti. Sensuale, diceva, dalle forme piene. E ne parlava come se fossero aspetti completamente avulsi da lei: un'oca con un corpo da favola. Grazie al cielo, le attenzioni di paparino non si erano mai spinte al di là di quelle considerazioni verbali. Parecchie volte, con gli occhi spalancati nel cuore della notte, a LuAnn era capitato di domandarsi perché Benny Tyler non ci avesse mai provato. Forse per mancanza di coraggio? Oppure gli era mancata l'occasione giusta? LuAnn non aveva trovato una risposta. Eppure quella domanda maledetta continuava a contorcersi dentro di lei, simile a un uncino intento a scavare nelle regioni più profonde e più oscure del suo subconscio. Ma Benny Tyler era morto e sepolto. A che scopo fare un processo alle intenzioni di un morto?

LuAnn esaminò il contenuto del piccolo armadio della Airstream. Possedeva un unico vestito in qualche modo adatto all'occasione di quel giorno. Blu scuro a manica corta, con il collo bordato di bianco. LuAnn ricordava ancora il giorno in cui lo aveva comprato. Era stato due anni prima. Tutto il suo stipendio della settimana andato in fumo: *sessantacinque* dollari. Non aveva mai più ripetuto quella follia, anzi quello era stato l'ultimo vestito che si era comprata. Con il tempo la stoffa si era consumata sui bordi, così LuAnn, armata di ago e filo, aveva compiuto ottimi lavori di restauro. E così aveva fatto con il suo unico paio di scarpe con il tacco alto. Era rimasta alzata fino a tardi, a scurire con la matita copiativa i punti nei quali il cuoio si era spellato. Tra l'altro erano scarpe marroni, che con il vestito blu non c'entravano niente, ma non aveva scelta. A meno che non avesse ripiegato su ciabatte di gomma o scarpe di tela. E per l'occasione di oggi, ne le une né le altre potevano andar bene. LuAnn avrebbe messo sì le scarpe di tela, ma solo per farsi a piedi i due chilometri di strada sterrata fino alla fermata dell'autobus sulla statale.

Un singolo filo di perle, ovviamente finte, regalo di compleanno da parte di un vecchio ammiratore, venne allacciato a circondare il collo scultoreo. Forse c'era una possibilità che quell'appuntamento rappresentasse una svolta. Impossibile esserne certi. Ma la speranza che in qualche modo lei e Lisa potessero lasciarsi alle spalle i troppi Duane del mondo pulsava senza sosta nella sua mente.

LuAnn trasse un respiro profondo. Aprì la cerniera lampo di una delle tasche della borsetta, ne estrasse un foglietto di carta piegato.

Jackson.

Solamente *Jackson*. Più un orario e l'indirizzo di un ufficio al centro commerciale di Rikersville.

La telefonata del signor Jackson era arrivata alla mattina presto. LuAnn era appena rientrata dal micidiale turno da mezzanotte alle sette alla Number One Truck Stop, la tavola calda per camionisti presso la stazione di servizio dell'interstatale. Quando il telefono aveva squillato, lei per poco non aveva rinunciato a tirare su il ricevitore. Era seduta sul pavimento della cucina della Airstream, le palpebre serrate, le piccole labbra di Lisa premute su uno dei suoi capezzoli. E non solo le labbra. Lisa stava cominciando a mettere i primi dentini e a LuAnn pareva che non potesse esistere tortura peggiore. Nessuna scelta nemmeno qui: il latte in polvere era troppo costoso, e nella roulotte non c'era altro latte.

Il telefono squillava, ma LuAnn non aveva questa grande voglia di rispondere. Si sentiva a pezzi. Facendo la cameriera al Number One, non si fermava mai un momento. Lisa, nel suo seggiolino imbottito, veniva sistemata sotto il bancone, e quando non dormiva giocava con una bottiglia di plastica. Tutto questo era possibile perché fortunatamente LuAnn era simpatica al direttore, che le permetteva di portarsi dietro la bambina senza crearle noie.

Erano in pochi a telefonare alla roulotte, e quasi sempre si trattava dei buzzurri amici di Duane, i quali proponevano prima una bella bevuta e poi una spedizione sull'interstatale per fregare sedili e pneumatici dalle macchine finite in panne. Ma non poteva essere nessuno di quegli stronzi, troppo presto. Alle sette del mattino stavano ancora smaltendo il pieno di alcol della notte prima.

Dopo il terzo squillo LuAnn si era decisa a rispondere. La voce dell'uomo all'altro capo era asciutta, molto professionale. A causa dell'intontimento dovuto alla stanchezza e alla mancanza di sonno, LuAnn aveva avuto l'impressione che quell'uomo stesse leggendo un testo prestampato, cercando di venderle qualcosa. Che beffa fenomenale. Proprio a lei che non possedeva un conto in banca, non possedeva carte di credito, non possedeva niente a parte una manciata di banconote in una busta di plastica nascosta nel contenitore in cui buttava i pannolini sporchi di Lisa. Era l'unico posto nel quale Duane non avrebbe mai frugato.

Forza, genio delle sette del mattino, fa' vedere quello che sai fare. Bibbie? Aspirapolvere? Enciclopedie? Imitazioni di Rolex? E che carta preferisci che usi? Visa? MasterCard? American Express? Le ho tutte, ma proprio tutte. Le vedo fluttuare nei miei sogni come veli di seta nella calda brezza dei tropici. Lascia che ti...

Sono interessato a una sua collaborazione professionale, signorina Tyler.

Non voleva venderle niente. Quello che voleva era offrirle un lavoro. Non aveva senso.

Chi le ha dato il mio numero?

Il suo numero è sull'elenco, signorina Tyler.

Davvero? LuAnn non se ne ricordava. Solo che quell'uomo aveva risposto con una tale prontezza e con una tale determinazione da rendere pressoché impossibile dubitare delle sue parole.

Ce l'ho già un lavoro.

Con quale salario?

LuAnn aveva aperto gli occhi cercando di schiarirsi la mente, Lisa sempre attaccata al seno. Che accidenti voleva sapere, questo tizio?

Signorina Tyler?

Eccolo ancora.

Vuole che le ripeta la domanda, signorina Tyler?

Calmo, distaccato, pratico.

Ventiquattro dollari alla giornata.

LuAnn non sapeva perché avesse risposto.

Mance escluse?

Con le mance.

Successivamente, avrebbe considerato quella sua risposta come una premonizione di qualcosa in arrivo.

Signorina Tyler, la mia offerta è cento dollari al giorno, mas-

simo quattro ore quotidiane di lavoro. Due settimane come minimo garantito.

LuAnn ci aveva messo un attimo a fare i conti. Mille dollari secchi. Inoltre, l'offerta di quell'uomo non avrebbe intralciato in alcun modo la sua situazione al Number One. E mille dollari in due settimane, lavorando la metà del tempo, erano venticinquemila dollari l'anno. La somma reale era *cinquantamila* dollari l'anno. Non aveva mai conosciuto nessuno che si mettesse in tasca una tale somma. Medici, avvocati e attori, loro sì che guadagnavano tutti quei soldi. Non certo una ragazzina di vent'anni che nemmeno aveva finito le medie, attanagliata dalla povertà più bieca, con sulle spalle una figlia illegittima. E con nel letto di una roulotte fetida un soggetto di nome Duane Harvey.

— Dove diavolo vai?...

Duane si agitò tra le lenzuola sporche, quasi rispondendo a un richiamo silenzioso, strizzando gli occhi iniettati di sangue. La sua voce, satura dello strascicato accento del Sud, era impastata dall'alcol. A LuAnn parve di non aver mai udito altro in tutta la sua vita. Quella parlata gorgogliante, quelle parole vuote, vomitate da una serie senza fine di uomini altrettanto vuoti.

LuAnn prese una lattina abbandonata sopra la cassettiera, la sollevò come se fosse un giocattolo erotico.

— Che ne dici di un'altra birretta, *tesoooo-ro*?

Nel contempo inarcò le sopracciglia, offrendogli un sorriso obliquo. Le labbra piene arrotondate su ogni sillaba, su ogni sottintesa inflessione. Le labbra di un'incantatrice. La proposta scaturita da quella bocca sortì l'effetto desiderato. Duane emise un mugolio alla vista della sua divinità, il Signore onnipotente fatto di malto e di alluminio, poi crollò di nuovo fra le lenzuola. Duane Harvey era convinto di essere un poderoso maratoneta delle bevute. In realtà, quanto a reggere l'alcol, era peggio di un vecchietto arteriosclerotico. Altri trenta secondi, ed era nuovamente scivolato nel nulla etilico.

Anche il sorriso obliquo di LuAnn era scivolato nel nulla. I suoi occhi si spostarono sull'appunto dell'incontro al quale si stava preparando.

Il lavoro, signorina Tyler, consiste nel testare alcuni prodotti, ascoltare degli spot e fornire la sua opinione.

Cioè, tipo una ricerca...

Una ricerca di mercato, signorina Tyler.

Sì, appunto.

Ma credo sia più appropriato definirla un'analisi demografica.

Analisi demo... LuAnn aveva serrato le labbra. Non aveva la benché minima idea di che cosa significasse.

Ne conduciamo spesso, signorina Tyler. Ci sono utili per valutare costi pubblicitari, indici di ascolto televisivi. Cose del genere.

E lei vuole proprio la mia di opinione?

Esatto, signorina Tyler. E per assicurarci la sua collaborazione, la compenseremo con cento dollari al giorno.

Da non credere. Lei, la sua opinione, la distribuiva pressoché ogni momento. Solo che lo faceva gratis.

Un momento, un momento: era troppo bello per essere vero. Il dubbio continuava a roderle la mente. Da qualche parte doveva esserci un trucco, e lei non era poi così tonta come suo padre la dipingeva. Dietro quella disarmante avvenenza, ribollivano un'intelligenza e un senso pratico molto più acuti di quanto Benny Tyler avesse mai voluto credere. Una combinazione che le aveva consentito di navigare da sola attraverso anni di tempeste. Il problema era che nessuno era sembrato accorgersene. E non le restava che continuare a sognare un'esistenza in cui le sue tette, i suoi fianchi e le sue gambe non fossero le uniche cose che di lei la gente continuava a notare.

Lisa si era svegliata, e i suoi occhi frugavano la stanza. Si illuminarono quando si posarono sul viso di sua madre. LuAnn le sorrise. Se in quella telefonata ci fosse anche stato un trucco, poteva davvero essere peggiore della fogna nella quale lei e sua figlia stavano vivendo? LuAnn riusciva a mantenere un lavoro per un paio di mesi. Anche sei mesi, se era fortunata. Ma quella era una zona depressa, e alla fine il lavoro si esauriva. Le restava la vaga promessa di essere assunta di nuovo quando le cose avrebbero ripreso a funzionare, cosa che succedeva di rado.

Essendo priva del diploma di scuola media, LuAnn veniva invariabilmente etichettata come stupida. E nel suo ostinarsi a convivere con Duane, lei stessa aveva deciso che quell'etichetta non era poi così sballata. Ma Duane, sebbene rifiutasse di sposarla, rimaneva pur sempre il padre di sua figlia. Non che LuAnn fosse poi così impaziente di prendere il suo cognome, tantomeno di fare da balia per il resto dei suoi giorni a quell'idiota che rifiutava di crescere e di maturare. LuAnn stessa era cresciuta in una famiglia tutt'altro che solida, e per questo riteneva che un nucleo familiare integro fosse il presupposto irrinunciabile per il benessere di un figlio. Su quell'argomento aveva letto un sacco di articoli e aveva seguito ancor più trasmissioni televisive. A Rikersville, LuAnn era sempre la prima in fila all'ufficio di collocamento, ma non bastava: perfino per il più fetente dei lavori c'erano sempre non meno di venti candidati. Lisa avrebbe sicuramente avuto una vita molto migliore della sua. Era questa la missione che LuAnn si era scelta. E i mille dollari di quel lavoro, o che accidenti fosse, potevano essere un buon punto di partenza. Abbastanza per comprare un biglietto d'autobus per un posto al di là dell'orizzonte. Abbastanza per mantenersi fino a quando non fosse riuscita a trovare un vero lavoro. Abbastanza da permettersi, per la prima volta in tanti anni, di fermarsi a tirare il fiato.

Rikersville stava morendo. E quella maledetta roulotte in rovina, circondata da altre rovine, era la tomba ancora scoperchiata di Duane Harvey. Lui non se ne sarebbe mai tirato fuori. Anzi, ci sarebbe ancor più sprofondato.

Può diventare anche la tua tomba, LuAnn Tyler.

No, non sarebbe accaduto. Non dopo quell'appuntamento. LuAnn ripiegò il fogliettino e lo mise nella borsetta. Da una piccola scatola in un cassetto prelevò gli spiccioli necessari per l'autobus. Finì di sistemarsi i capelli e di aggiustarsi il vestito. Infine prese Lisa e uscì piano piano dalla Airstream.

Si lasciò dietro la radura disseminata di rottami.

E Duane Harvey.

3

Qualcuno bussò alla porta. Colpi secchi e decisi.

L'uomo si alzò da dietro la scrivania, si aggiustò il nodo alla cravatta e aprì il dossier che aveva davanti. Esili fili di fumo azzurrino si sollevavano dai resti di tre sigarette schiacciate nel posacenere.

— Avanti.

LuAnn Tyler entrò, dandosi una rapida occhiata intorno. La mano sinistra era serrata intorno al manico del seggiolino portatile in cui si trovava Lisa. Anche gli occhi della bambina esploravano in ogni direzione, pieni di curiosità. Dalla spalla destra di LuAnn pendeva una grossa borsa. L'uomo osservò il percorso di una vena superficiale che scendeva lungo il bicipite ben tornito di lei. Ne studiò le biforcazioni e le ramificazioni nel labirinto di vene più piccole sul suo avambraccio, ugualmente ben definito. Nessun dubbio che quella donna fosse fisicamente forte. E mentalmente? Sarebbe stata altrettanto forte?

— È lei Jackson?

LuAnn glielo chiese senza levargli gli occhi di dosso, attendendo che anche lui, come ogni altro uomo prima di lui, completasse l'inventario: collo, seni, ventre, fianchi, gambe eccetera. Livello culturale, posizione sociale, nessuna di queste cose aveva la minima importanza: di fronte a lei, ogni uomo si comportava puntualmente nell'identico modo.

Ma non *questo* uomo.

— Sì, sono Jackson — e i suoi occhi non si staccarono nemmeno un istante da quelli di lei. Le tese la mano.

LuAnn la strinse con vigore.

— Grazie per essere venuta, signorina Tyler. Si accomodi, la prego. Sua figlia è bellissima. — Jackson accennò a un angolo della stanza. — Perché non la sistema lì?

— Si è svegliata appena adesso. Prima la camminata, poi la corsa con il bus... lei è abituata ad addormentarsi in questi casi. Me la tengo vicina, se non le dà noia.

Come a sottolineare la propria approvazione, Lisa emise gridolini eccitati, indicando chissà cosa d'interessante.

— Naturale che non mi dia noia, signorina Tyler.

LuAnn posò il seggiolino accanto a sé e diede a Lisa un paio di grosse chiavi di plastica perché ci giocasse. Poi si raddrizzò e concentrò la propria attenzione su Jackson. Indossava un abito costoso. Una linea di sudore gli attraversava la fronte in orizzontale, simile a un filo di microscopiche perle. Per qualche ragione, LuAnn credette di percepire qualcosa in lui. In qualsiasi altra circostanza, lo avrebbe definito nervosismo. Di fronte a lei gli uomini avevano quasi sempre due sole linee di condotta: comportarsi da idioti per fare colpo, oppure rinchiudersi come lumache nel loro guscio.

Non *questo* uomo.

— Non ho visto l'insegna di fuori. — LuAnn lo osservò con espressione incuriosita. — Senza l'insegna, nessuno sa che siete qui.

— Fa parte della mia linea professionale. — Jackson le mostrò un sorriso contratto. — La discrezione è un elemento chiave. Non è importante che la gente che frequenta questo centro commerciale sappia se noi siamo qui o no. Il nostro giro di affari si sviluppa strettamente per appuntamenti, contatti telefonici e questo genere di cose.

— Allora sono io il solo appuntamento adesso. Ho visto che la stanza d'aspetto è vuota.

— Scaglioniamo gli incontri in modo da evitare attese inutili. — Jackson appoggiò la mano sul mento, contraendo appena un angolo della bocca. — Io sono il rappresentante unico per questa città.

— Cioè, voi fate affari anche in altre città?

— Signorina Tyler, le dispiace riempire questo modulo? — Jackson aveva semplicemente ignorato la domanda. — Nient'altro che un questionario personale, uno standard — e intanto aveva fatto scivolare verso di lei uno stampato e una penna. — Nessuna fretta.

Con movimenti della penna rapidi e secchi, LuAnn scrisse quanto era richiesto. Jackson la osservò impassibile. Quando LuAnn ebbe finito, lui diede una rapida scorsa al modulo. Non era necessario. Jackson sapeva già tutto quello che c'era da sapere su LuAnn Tyler.

Lei diede un'altra occhiata in giro. Si era sempre ritrovata a essere il non così oscuro oggetto del desiderio degli uomini, per cui, dovunque si trovasse o in qualsiasi posto entrasse, era solita studiare la forma e le dimensioni dell'ambiente. Lo faceva per un'unica ragione: individuare la più rapida via di fuga.

— Qualcosa non va, signorina Tyler?

Jackson aveva colto quel suo modo di guardarsi intorno.

— Strano.

— Che cosa è *strano*?

— Questo ufficio.

— In che senso?

— Non c'è dentro niente. Nessun orologio sul muro, nessun cestino dei rifiuti, nessun calendario... Nemmeno il telefono. Be', non è che ho lavorato in quei posti dove gli uomini devono portare sempre la cravatta, ma perfino Red giù alla tavola calda dei camionisti ha il calendario. E poi lui sta sempre attaccato al telefono. E la segretaria qui fuori... Diavolo, con quelle unghie lunghe dieci centimetri, come fa a usare la macchina da scrivere?

E adesso Jackson la stava *veramente* osservando. LuAnn si morse il labbro inferiore. Anche altre volte si era ritrovata a parlare troppo, ma questo era un colloquio di lavoro al quale lei non poteva permettersi di fare fiasco. Certamente non per cento dollari al giorno.

— Senta, non volevo dire niente — aggiunse facendo rapidamente marcia indietro. — Giusto per parlare. Cioè, sono un po' nervosa, ecco tutto.

Le labbra di Jackson si contrassero lievemente. — Complimenti per il suo acuto spirito d'osservazione, signorina Tyler.

— Be', ho due occhi come tutti.

— Come tutti, certo. — Jackson ignorò la sua occhiata e posò il modulo sulla scrivania. — Lei ricorda i termini della sua collaborazione con noi, dalla nostra conversazione te lefonica?

— Cento dollari al giorno per due settimane. — LuAnn era tornata a bomba sul fronte affari. — E dopo, forse, delle altre settimane alla stessa paga. Io adesso lavoro fino alle sette di mattina. Va bene se vengo al pomeriggio presto? Mettiamo alle due?...

Quasi seguendo un riflesso condizionato, LuAnn raccolse le chiavi di plastica che Lisa aveva gettato per terra e gliele ridiede perché potesse continuare a giocare. La piccola la ringraziò con un grugnito.

— E poi va bene se mi porto dietro la mia bambina? Quella lì è proprio l'ora del suo sonnellino. Non disturba nessuno, sa? Potessi morire...

Jackson si alzò e si infilò le mani in tasca. — D'accordo, d'accordo. Dunque... lei è figlia unica ed entrambi i suoi genitori sono deceduti. È esatto?

LuAnn ebbe un involontario sussulto a quell'improvvisa sterzata nel dialogo. Socchiuse gli occhi. Infine annuì.

— E negli ultimi due anni — continuò Jackson — per la maggior parte il suo domicilio è stato una roulotte situata nella parte occidentale di Rikersville. Convivendo in essa con tale Duane Harvey, individuo di collocazione professionale incerta, attualmente disoccupato.

Jackson la stava perforando con lo sguardo da parte a parte. Non stava facendo domande, non stava cercando conferme. Elencava dei dati di fatto, punto e basta. LuAnn si limitò a sostenere quello sguardo.

— Duane Harvey è il padre di sua figlia, Lisa Marie, età otto mesi. Lei ha abbandonato la scuola senza completare la seconda classe media. Da quel momento in poi ha avuto numerosi impieghi, tutti al minimo sindacale, tutti lavori che possono essere definiti, mi consenta, altrettanti vicoli ciechi

Al tempo stesso, lei ha dato prova di essere una giovane donna dal brillante intuito, e di essere dotata di non comuni abilità di sopravvivenza in questo nostro mondo ostile. Nulla è per lei più importante del benessere di sua figlia. Al momento, signorina Tyler, lei è alla disperazione.

LuAnn serrò la mascella. Che accidenti stava succedendo, lì dentro?

— Lei vuole *disperatamente* cambiare la sua vita. E vuole altrettanto *disperatamente* lasciarsi questo Duane Harvey alle spalle. Al momento, lei si sta domandando in quale modo riuscire a ottenere l'una e l'altra cosa. La realtà è che lei *non ha*, e verosimilmente *non avrà* nemmeno in futuro, i mezzi finanziari per uscirne. Lei è in trappola, signorina Tyler. Non solo...

Jackson continuò a fissarla dal lato opposto della scrivania.

— Lei è molto prossima alla fine del viaggio.

— Ma come si permette? — LuAnn schizzò in piedi, le guance in fiamme. — Che diritto crede di...

— Lei, signorina Tyler — la interruppe duramente Jackson — ha deciso di venire a questo incontro perché io le ho offerto più soldi di quanti lei ne abbia mai guadagnato prima d'ora.

— Com'è che sa tutte queste robe su di me?

Prima di rispondere, Jackson la studiò per un lungo momento. — A essere franco, signorina Tyler, è nel mio interesse sapere quanto più possibile delle persone con le quali intendo mettermi in affari.

— Ah, sì? E cosa c'entrano tutte queste cose su di me con le mie opinioni sulle analisi demi... deme...

— *Demografiche*, signorina Tyler. È molto semplice: per stabilire in quale modo valutare determinate opinioni, è importante che io conosca intimamente il possessore di quelle medesime opinioni. — Jackson si alzò a sua volta. — Vale a dire *lei*, signorina Tyler. È importante che io sappia chi è lei, che cosa vuole, che cosa sa. O non sa. Le cose che a lei piacciono, che a lei non piacciono. I suoi pregiudizi, i suoi punti di forza, i suoi punti deboli. Tutti noi li abbiamo, in un modo o nell'altro. *In nuce*, se io non so tutto di lei, significa che non ho fatto bene il mio lavoro.

Jackson aggirò la scrivania e le si parò di fronte.

— Se lei ritiene che io l'abbia offesa, le chiedo di accettare le mie scuse. Mi rendo conto di essere forse troppo diretto. Ma non volevo farle perdere tempo.

L'improvviso livore di LuAnn si dissipò, rapido com'era venuto: — Be', visto che la mette in questo modo...

— È esattamente *questo* il modo in cui la metto, LuAnn. Lei mi permette di chiamarla LuAnn, non è vero?

— È il mio nome, no? — disse bruscamente LuAnn tornando a sedersi. — Be', io non voglio sprecare neanche il suo, di tempo. Cosa mi dice delle ore? Le va bene al pomeriggio?

Jackson le voltò le spalle per tornare al lato opposto della scrivania. — La parola, LuAnn, è *sogno*.

— Cosa?

Jackson sedette alla scrivania. Con estrema lentezza, fece scivolare le palme delle mani sul piano di legno pieno di fessure.

— Ha mai sognato la ricchezza, LuAnn?

La guardò. Con più intensità di quanto non avesse fatto dal momento in cui lei era entrata nell'ufficio.

— Ha mai sognato di essere ricca, LuAnn, addirittura al di là dei suoi stessi sogni? Ha mai sognato di potersi permettere qualsiasi cosa, *qualsiasi* cosa lei e sua figlia abbiate mai potuto immaginare, in qualsiasi luogo e in qualsiasi momento? Ha mai sognato tutto questo, LuAnn?

LuAnn scoppiò a ridere. E continuò a ridere finché non incrociò lo sguardo di lui. Glaciale, impassibile. Non c'era alcun divertimento in quegli occhi, né alcuna diffidenza, né alcuna simpatia. Solo l'intenso desiderio di udire una risposta.

— Che diavolo, ma certo! — esclamò lei. — E chi non ha mai avuto un sogno così?

— A tutti gli effetti, LuAnn, coloro i quali già annegano nel denaro non hanno bisogno di un tale sogno. Al tempo stesso, lei ha ragione: statisticamente parlando, in un modo o nell'altro la maggior parte della gente sogna la ricchezza. Il vero problema è che quella fantasia non si trasforma mai in realtà. E questo perché, sempre statisticamente parlando, *non può* trasformarsi in realtà.

— Stia a sentire, — disse LuAnn sfoderando un sorriso disarmante — cento dollari al giorno non sono poi mica tanto male.

Jackson ebbe un breve colpo di tosse per schiarirsi la gola. E a quel punto pose la domanda: — Ha mai giocato al lotto, LuAnn?

Lei fu colta alla sprovvista, ma rispose prontamente. — Ogni tanto. Tutti quanti giocano al lotto da queste parti. Ma può essere una cosa costosa. Duane gioca ogni settimana, certe volte si gioca anche la metà della paga... Quando ce l'ha, una paga. E non è mica tanto spesso. Lui dice sempre che vince. Gioca ogni volta gli stessi numeri. Dice che li ha visti in sogno. Per me è tutta una cretinata. Perché me lo chiede?

— Ha mai giocato alla Lotteria Nazionale?

— Cioè quella per tutta l'America?

Jackson annuì lentamente, gli occhi fissi in quelli di lei. — È esattamente quello che voglio dire.

— Una volta, magari due. Ma vincere è così difficile che ci sono più probabilità che io vado a camminare sulla Luna.

— Lei ha perfettamente ragione, LuAnn. Questo mese, infatti, la probabilità di vincere è approssimativamente *una su trenta milioni*.

— Lo dicevo! Allora preferisco fare il *gratta e vinci*. Che lì, almeno, venti dollari posso anche portarmeli a casa. Non serve a niente buttare via soldi buoni dietro una cosa del genere, specialmente se di quei soldi buoni ce ne hai pochi.

Jackson si passò la lingua sulle labbra e appoggiò i gomiti sulla scrivania nel protendersi verso di lei. — Che cosa mi risponderebbe, LuAnn, se io le dicessi di avere il potere di aumentare *drasticamente* le sue probabilità di vincere la Lotteria Nazionale degli Stati Uniti?

— Che cosa?

Jackson rimase in silenzio.

LuAnn diede un'altra occhiata in giro, quasi alla ricerca di una *candid camera* nascosta. — Cosa c'entra questo col lavoro da cento dollari al giorno, signor Jackson? Guardi che io non sono mica venuta qua per fare giochini scemi.

— Infatti. E allora che cosa mi risponderebbe, LuAnn —

insistette Jackson, imperterrito — se io le dicessi di avere il potere di aumentare quell'unica probabilità fino ad assicurarle, ripeto, *assicurarle* la totalità della vincita?

— Me che roba è questa? — esplose LuAnn. — Tipo uno scherzo da scemi?

— Sarebbe pronta a farlo, LuAnn? Sarebbe pronta a diventare uno dei vincitori della Lotteria Nazionale degli Stati Uniti?

— La vuol sapere una cosa? È che conosco bene Duane, altrimenti mi veniva da pensare che l'aveva messo in piedi lui questo scherzo! Farà meglio a dirmi quello che c'è sotto, prima che m'incazzo proprio!

— Non è uno scherzo, LuAnn. Non lo è mai stato.

LuAnn saltò in piedi per la seconda volta. — Tiri fuori una storia migliore, amico! Perché io in questa non ci voglio proprio entrare. Cento dollari o non cento dollari al giorno...

Era delusa. Inferocita e disgustata. Cento dollari al giorno. Ma certo che c'era il trucco. Un tipo matto da legare, una cosa da pazzi. Raccolse la borsa, raccolse Lisa e si voltò per andarsene.

— Cinquanta milioni di dollari.

Jackson aveva parlato in modo così pacato, quasi annoiato, che la sua voce le provocò un profondo brivido lungo la schiena.

— Io le garantisco che lei vincerà la Lotteria Nazionale degli Stati Uniti, LuAnn.

Pareva la voce di un impiegato delle poste intento a scorrere una lista d'indirizzi cancellati.

— Io le garantisco che lei vincerà, come minimo, *cinquanta-milioni-di-dollari*.

A dare retta al proprio cervello, LuAnn avrebbe dovuto scappare alla velocità della luce fuori da quella stanza, invece si ritrovò a voltarsi lentamente verso quell'uomo.

Jackson era comodamente rilassato nella sua poltroncina, lo schienale all'indietro, le braccia incrociate. — Niente più Duane, niente più tavola calda per camionisti da mezzanotte alle sette, niente più angoscia di non riuscire a procurare a sua figlia abiti caldi per l'inverno. Qualsiasi cosa lei vorrà possedere, LuAnn, potrà averla. — La sua voce rimaneva calma, ineluttabile. — Qualunque persona lei vorrà diventare, LuAnn, potrà farlo.

Cinquanta milioni di dollari.

— Ma lei come fa a farlo, eh?...

Signore onnipotente!

— Vuole dirmelo sì o no?

— Prima ho bisogno che lei risponda alla mia domanda, LuAnn.

— Quale domanda?

— Vuole possedere tutta quella ricchezza?

— Ma lei è pazzo o cosa? Guardi che io ce li ho i muscoli! E se prova a fare delle robe strane con me, io glicne do tante da mandarle in pappa il cervello!

— Devo quindi arguire che la sua risposta sia negativa?

LuAnn gettò i capelli da un lato con un deciso movimento del capo, spostò la maniglia del seggiolino di Lisa dalla mano sinistra alla destra. Lo sguardo della bambina continuava a passare da lei a Jackson, come se fosse intensamente assorbita dalla loro conversazione.

— Stia bene a sentire, amico bello, non è possibile che mi assicuri una cosa del genere!

— Ne è certa?

— Sicuro che ne sono certa! Perciò adesso io vado fuori da qui e chiamo due tipi con la giacca bianca che la portano al manicomio!

Jackson respirò a fondo, quindi disse: — Mi permetta di darle un piccolo esempio, LuAnn. — Consultò l'orologio e accese il televisore con il telecomando. — Esattamente tra sessanta secondi si terrà l'estrazione giornaliera della Lotteria Nazionale. Si tratta di un montepremi di *solo* un milione di dollari; comunque, spero che basti ad aiutarla a comprendere la questione. È anche importante che lei sappia, LuAnn, che io non traggo alcun profitto da ciò a cui lei sta per assistere. L'unico scopo è dimostrativo. In modo da superare il suo comprensibile scetticismo.

LuAnn guardò lo schermo. Era la sala della Lotteria Nazionale, il quartier generale a New York. I meccanismi con le palline numerate stavano per essere messi in moto per l'estrazione.

— La serie vincente — Jackson tolse di tasca un foglietto di carta e una penna, scrisse una combinazione di numeri e le porse il foglietto — è 8-4-7-11-9-6. Esattamente in quest'ordine.

LuAnn quasi gli rise in faccia, mentre i numeri venivano selezionati e la combinazione vincente cominciava a formarsi.

Primo estratto: 8.

LuAnn si bloccò.

4-7-11-9-6.

Impossibile!

LuAnn seguitava a passare con lo sguardo dallo schermo al foglietto e di nuovo allo schermo.

Jackson spense il televisore. — Confido, LuAnn, che i suoi dubbi siano stati dissipati. E parimenti confido che ora lei possa tornare alla mia proposta d'affari.

LuAnn si appoggiò con la schiena alla parete. Era pallida come un pezzo di gesso. Un miliardo di termiti invisibili le stava strisciando sotto la pelle, divorandola tutta fino al midollo. Guardò il televisore: nessun videoregistratore. Nessun altro apparecchio più o meno strano in grado di consentirgli di sapere in anticipo quale combinazione sarebbe stata estratta. Non era nient'altro che un televisore, spina infilata nella presa di corrente, cavo d'antenna connesso al muro.

— Come ha fatto? — la sua voce era un flebile sussurro, pieno d'incertezza, forse anche di paura. — Come diavolo ha fatto?

— Che lei lo sappia, LuAnn, è del tutto irrilevante. Ciò che per contro è assolutamente rilevante — aggiunse Jackson indurendo leggermente la voce — è che lei risponda alla mia domanda.

LuAnn sospirò, facendo uno sforzo per ignorare le fameliche termiti. — Vuole sapere se io sono pronta a fare qualcosa di sbagliato... Be', glielo dico chiaro e tondo: no. Io non sono granché, ma non faccio cose da criminali.

— E chi ha mai detto, LuAnn, che questa sia una... *cosa criminale*?

— No, cioè... adesso mi viene a dire che un trucco per vincere al lotto è una cosa regolare? A me puzza, amico. Io faccio dei lavori da schifo, d'accordo, ma nessuno mi prende per scema.

— In realtà, io ho un'opinione quanto mai elevata del suo livello intellettuale, LuAnn. Ed è per questo che lei si trova qui, oggi. Qualcuno avrà quei cinquanta milioni di dollari. Perché non dovrebbe averli proprio lei?

— Perché non è giusto, ecco perché!

— Giusto e ingiusto sono concetti relativi. Inoltre, l'ingiusto è tale solo se qualcuno se ne accorge.

— *Io* sono quella che se ne accorge!

— Molto encomiabile, molto nobile — Jackson sospirò. — Ma mi dica: è proprio così sicura di voler spendere il resto della sua vita insieme a Duane Harvey?

— Lui ha delle buone qualità.

— Davvero? Perché non me ne elenca qualcuna?

— Perché non va all'inferno? E invece gliela dico io una bella cosa, *signor* Jackson: la mia prossima fermata è la stazione di polizia. Un mio amico è un poliziotto... — LuAnn si girò di scatto e afferrò la maniglia della porta. — Ci scommetto, *signor* Jackson, che anche lui è molto interessato ai suoi numerini truccati!

Jackson sapeva che anche questo momento sarebbe arrivato. — Così Lisa continuerà a crescere in quella lurida roulotte circondata da rottami arrugginiti e da lattine di birra vuote piene di scarafaggi. Poi la sua bambina crescerà, e se dovesse somigliare alla madre diventerà una bellissima ragazza. Quando arriverà all'adolescenza, i giovanotti di Rikersville verosimilmente svilupperanno un interesse nei suoi confronti, e lei magari abbandonerà la scuola, una cosa tira l'altra e Lisa potrebbe ritrovarsi incinta... e il ciclo riparte daccapo... Come un tempo già successe a sua madre, LuAnn? — Jackson fece una piccola pausa. — E in seguito anche a lei? — aggiunse in tono pacato.

Con estrema lentezza LuAnn si voltò verso di lui e lo fissò con occhi dilatati e scintillanti.

— È la crudele ineluttabilità di certi cicli dell'esistenza, non trova, LuAnn? Io sto dicendo il vero e lei lo sa bene. Quale futuro Lisa e lei potrete avere con quell'uomo? E se non con lui, con il prossimo Duane Harvey? O quello dopo il prossimo? Vivrete nell'indigenza e nell'indigenza morirete. Prima lei e poi Lisa. Nessuna via d'uscita. È qualcosa di orribilmente ingiusto, è vero, ma non per questo meno certo. Coloro i quali non si sono mai trovati nella sua situazione potrebbero dirle di fare le valigie e di andarsene. Prendere sua figlia e sparire. Ciò che non le dicono è *come* trovare il denaro per l'autobus, per una stanza d'albergo, per il cibo. Chi si occuperà della sua bambina mentre lei cerca un lavoro, e quando poi lavorerà, ammesso e non concesso che ci riesca?

Jackson si passò il dorso della mano sul mento, osservando LuAnn quasi con affetto.

— Vada pure da quel suo amico poliziotto, LuAnn, se è questo che davvero vuole. Quando gli agenti arriveranno qui, non troveranno nient'altro che uno spazio vuoto. E a quel punto, chi mai le crederà, LuAnn? Chi mai crederà all'esistenza di qualcuno in grado di predeterminare l'esito della Lotteria Nazionale degli Stati Uniti? — Un'espressione di condiscendenza affiorò sui lineamenti finti. — E alla fine, LuAnn, che risultato avrà ottenuto? Solamente quello di aver gettato via la grande occasione della sua vita. Svanita nel nulla. Perduta per sempre. — Scosse la testa tristemente. — Per favore, non sia così stupida.

Le dita di LuAnn si contrassero intorno alla maniglia del seggiolino. Lisa adesso era agitata, e istintivamente LuAnn la fece oscillare avanti e indietro. — Lei parla di sogni, signor Jackson. Ma io ho i miei di sogni. E sono grandi... Belli grandi.

La sua voce era piena di esitazione. Durante tutti quegli anni passati a raschiare il fondo del barile, LuAnn Tyler aveva costruito una robusta armatura intorno a sé. Ma le parole di Jackson, la verità che contenevano, l'avevano penetrata in profondità.

— So dei suoi sogni. Così come so che lei è una donna intelligente. La sua linea di condotta in questo nostro incontro non ha fatto altro che rafforzare la mia opinione nei suoi confronti. Lei merita di più, *molto* più di quanto non abbia ora. Al tempo stesso, raramente le persone ottengono dalla vita ciò che meritano. E io, LuAnn, le sto offrendo la chiave per realizzare i suoi grandi sogni... — improvvisamente Jackson fece schioccare le dita, e nel silenzio dell'angusto locale quel suono parve rimbalzare come un colpo d'arma da fuoco — così, in un batter d'occhi.

— Come faccio a sapere che non lavora per la polizia? — LuAnn era tornata ad alzare la guardia. — Io, per i soldi, in prigione non ci vado. Ha capito?

— LuAnn, lei ha mai sentito parlare di istigazione a delinquere?

— Non è quando si fa fare a qualcuno qualcosa di criminale?

— Qualcosa del genere. La polizia non può compiere un'azione del genere, neanche per finta, e comunque sarebbe inammissibile come prova a carico in un'aula di tribunale. Inoltre, LuAnn, per quale ragione la polizia dovrebbe prendere in trappola *lei* usando un imbroglio tanto elaborato?

LuAnn si appoggiò alla porta. Sentiva il cuore martellarle nel petto.

Jackson si alzò di nuovo. — Mi rendo conto che lei non mi conosce, ma le posso assicurare che prendo i miei affari molto, molto sul serio. — La sua voce continuava a essere calma, eppure piena di autorevolezza. — Io non faccio nulla senza un'ottima ragione. Non sprecherei il suo tempo con qualche scherzo di dubbio gusto. — E con uno sguardo che pareva trapassare LuAnn da parte a parte aggiunse: — Ma, soprattutto, non sprecherei il *mio* tempo.

— Perché proprio io, signor Jackson? Tra tutta la gente di questo mondo balordo... — LuAnn sembrava quasi implorarlo — perché proprio io?

— Buona domanda, LuAnn. Peraltro non sono in condizione di poterle rispondere, e in fondo non è così pertinente.

— Come fa a sapere che vincerò?

Jackson fece un cenno in direzione del televisore. — Credevo che l'estrazione di prima l'avesse convinta, ma sembra che lei continui a dubitare...

— Io pe adesso dubito di tutto quello che sto sentendo. Mettiamo che io gioco e poi non vinco. E allora?

— E allora che cos'ha da perdere, LuAnn?

— I due dollari che mi costa il biglietto, ecco cosa! A lei magari non sembrano granché, ma per me sono i biglietti dell'autobus di tutta una settimana!

— D'accordo. In tal caso eliminiamo questa intollerabile delusione finanziaria. — Tolse di tasca quattro biglietti da un dollaro e glieli porse. — E aggiungiamo un ritorno dell'investimento pari al cento per cento.

— Ma lei... che cosa ci guadagna? — domandò LuAnn tormentando i biglietti con la punta delle dita. — Io non ci credo più alle favolette — aggiunse con uno sguardo di nuovo circospetto.

— Un'altra ottima domanda. È vero, io non sono un'associazione filantropica. Ma ottenere una risposta più precisa dipende dalla sua partecipazione al mio... — un sorriso mellifluo tornò ad affiorare sulle labbra di Jackson — chiamiamolo *contratto*; il quale, come tutte le transazioni d'affari, è studiato perché entrambe le parti contraenti ne ricavino il dovuto profitto. E le posso anticipare che lei sarà particolarmente soddisfatta di quanto siano generosi i termini che la riguardano.

— È lei che mi deve dare una risposta, e *adesso* — sibilò LuAnn mettendo i quattro dollari nella borsa. — Altrimenti io non accetto.

— Mi rendo conto, LuAnn, che nella mia proposta è insito un elevato livello di complessità. Per questo le darò un po' di tempo per pensarci.

Jackson scrisse un numero telefonico su un foglietto.

— Ma non un tempo indefinito. L'estrazione mensile della Lotteria Nazionale degli Stati Uniti avrà luogo fra quattro giorni. Questo significa che io dovrò avere una sua risposta *definitiva* entro le ore dieci di dopodomani mattina. — Le porse l'appunto. — Può raggiungermi a questo numero a qualsiasi ora del giorno o della notte.

— Mettiamo che tra due giorni io dica ancora di no — disse LuAnn osservando il pezzo di carta, ma senza prenderlo — che cosa succede dopo?

Jackson scrollò le spalle. — Succede che qualcun altro vincerà quei cinquanta milioni di dollari. Qualcun altro che, posso garantirglielo, si guarderà bene dallo sprecare tempo ed energie con un complesso di colpa. — Jackson le sorrise in modo conciliante. — Mi creda, LuAnn, quando le dico che tanta gente, là fuori, ma proprio *tanta*, farebbe carte false pur di essere al suo posto.

Jackson le mise d'autorità il foglietto nella palma della mano, e le fece chiudere le dita intorno.

— Si ricordi bene, LuAnn, alle dieci e un minuto — e per un momento la sua voce si abbassò a un tono di minaccia — l'offerta sarà scaduta. *Per sempre*. — Jackson, ovviamente, non accennò al fatto che se lei avesse rifiutato sarebbe stata uccisa.

Infine aprì la porta dell'ufficio con formale cortesia, osservando Lisa nel suo seggiolino. La piccina rispose al suo sguardo, con grandi occhi pieni di interesse e di innocente stupore.

— La sua bambina le somiglia molto, LuAnn. — Il suo sorriso mellifluo riapparve. — Mi auguro che le somigli anche in capacità intellettuali.

LuAnn lo fissò dritto negli occhi. — Perché una vocina continua a dirmi che lei non si chiama Jackson?

— Grazie per essere venuta, LuAnn.

Nemmeno a questa domanda LuAnn avrebbe avuto una risposta. Lo sapevano entrambi.

— Le auguro una buona giornata.

LuAnn varcò la soglia e uscì da quel cubicolo pieno di angoli in penombra.

— Spero ardentemente di risentirla presto, LuAnn. Sono il primo a volere che accadano cose buone a gente perbene.

Lentamente, l'uomo che si faceva chiamare Jackson cominciò a chiudere la porta.

— Lei no?

4

La stavano fissando.

Mentre stringeva con la medesima intensità sia il manico del seggiolino di Lisa che il fogliettino di Jackson, LuAnn provava la sgradevole sensazione che su quel maledetto autobus tutti quanti la stessero osservando. Come se sapessero che cosa le era appena successo e fossero tutti quanti pronti a giudicarla, a condannarla.

Una donna anziana, soprabito malconcio, calze sbrindellate al ginocchio, borsa di plastica tra le dita ad artiglio, non le toglieva gli occhi di dosso. LuAnn non sapeva se fosse al corrente del colloquio o semplicemente contrariata per la bellezza di quella mamma e della sua bambina.

Si appoggiò allo schienale, e lasciò che i propri pensieri si proiettassero nel futuro. Cercò di immaginarsi uno scenario di ciò che la sua vita sarebbe stata se avesse rifiutato la proposta dell'uomo che si faceva chiamare Jackson. In quell'immagine continuavano a dominare i lineamenti di Duane Harvey. E non era la più stimolante delle prospettive.

Ma anche l'altra alternativa era tutt'altro che tranquillizzante. Troppe incertezze, troppe incognite. Eppure...

Cinquanta milioni di dollari.

Andare agli angoli estremi del mondo. Fare qualsiasi cosa. Senza alcun limite.

Una telefonata. Nient'altro che una telefonata. E quattro dollari da investire che neppure erano suoi... Avrebbe voluto saltare in piedi urlando, e poi danzare nello stretto corridoio centrale dell'autobus.

Non poteva trattarsi di uno scherzo. Jackson non solo non le aveva chiesto dei soldi, ma gliene aveva addirittura dati. I termini del contratto non erano ancora chiari; Jackson tuttavia non aveva accennato, neppure velatamente, alla possibilità di favori di natura sessuale. Non era parso minimamente interessato a lei. Non aveva cercato di toccarla. Non le aveva fatto complimenti, se non in termini strettamente professionali e diretti.

Un pazzo? Certo, poteva essere un pazzo. Ma quale formidabile messinscena di sanità mentale aveva allestito! Inoltre aveva speso soldi. Affittare l'ufficio, assumere la segretaria, far stampare i moduli. Per essere un pazzo si comportava in modo del tutto razionale e calcolato, lucido.

LuAnn scosse il capo.

E poi c'era stata l'estrazione di quei numeri. Ciascun numero nell'ordine preciso. Impossibile negare l'evidenza dei fatti. Se Jackson aveva davvero il potere di manipolare la Lotteria Nazionale a suo piacimento, rimaneva un unico ordine di rischi: frode, illegalità, *crimine*... Più una quantità di altri pericoli che lei nemmeno riusciva a immaginare.

Era questo il grosso punto oscuro dell'intero contratto. Starci e poi ritrovarsi con l'intera cosa che ti scoppia tra le mani. E se a un certo punto la verità fosse venuta a galla? Lei sarebbe potuta finire dietro le sbarre, forse addirittura per il resto dei suoi giorni. E Lisa?... Che cosa ne sarebbe stato della sua bambina? Di colpo si sentì meschina.

Certo, anche lei aveva sognato di trovare alla fine dell'arcobaleno una magica pentola piena d'oro. Un sogno che comunque l'aveva aiutata a non sprofondare nei momenti più duri, quando l'autocommiserazione stava per sopraffarla. Con una sola differenza: nel sogno la pentola piena d'oro non era attaccata a una palla di piombo da ergastolano.

Imprecando fra sé, LuAnn si passò una mano sul volto.

Pareva una semplice scelta fra inferno e paradiso. E quali erano le *vere* condizioni di Jackson? C'era da scommetterci che sarebbero state dure, molto dure, per farla passare come d'incanto dalle stalle alle stelle.

Ma se avesse accettato il contratto e avesse poi effettivamente messo le mani su quei *cinquanta-milioni-di-dollari*, cosa sarebbe successo dopo? Abbandonarsi all'immaginazione era una cosa, scendere sul piano pratico era tutt'altra. Viaggiare in posti esotici? Certo, come no? Nei suoi vent'anni di vita, LuAnn Tyler non si era allontanata una volta da Rikersville, Georgia, ridente cittadina rinomata per la sua fiera agricola annuale e per i suoi eccitanti macelli di bestiame bovino e suino. Nei suoi vent'anni di vita, LuAnn Tyler poteva contare sulle dita di una mano le volte in cui era stata in un ascensore. Non aveva mai avuto un conto in banca a suo nome. Sapeva leggere e scrivere, ma il suo controllo della sintassi e della grammatica non era esattamente da fine dicitore.

Jackson aveva detto che lei avrebbe potuto avere qualsiasi cosa. Ma era poi vero? Si poteva veramente pescare una cafoncella di campagna da una schifosa roulotte ai margini di un postaccio del Sud degli Stati Uniti, trapiantarla nella stanza da letto regale di un castello della Loira e credere che tutto avrebbe funzionato alla grande? Forse, però, il mutamento poteva non essere così drastico. LuAnn represse un tremito improvviso. Si protese verso Lisa e le sfiorò la fronte sulla quale ricadevano serici capelli biondi. Forse poteva essere un processo più graduale. Ma la realtà restava.

LuAnn respirò a fondo l'aria fresca della primavera della Georgia che entrava a folate dal finestrino aperto. La realtà era che lei voleva disperatamente essere qualcun altro. Lo aveva desiderato e sperato in ogni attimo della sua vita. Solo che, con il passare del tempo, quella speranza era diventata sempre più evanescente. Il sogno si era fatto sempre più remoto e fragile. E tutto questo mentre il suo futuro diventava sempre più chiaro, simile a un'immagine televisiva che si va definendo con il ruotare dell'antenna. Alla fine, con il futuro divenuto presente, l'immagine sarebbe stata di assoluta chiarezza, ma speranza e sogno si sarebbero definitivamente dissolti. Come se dentro di lei non fossero mai esistiti.

L'autobus procedeva sul fondo stradale sconnesso. Sempre più vicino alla strada sterrata che conduceva nei boschi. Sempre più vicino alla Airstream circondata da rifiuti e rottami. E sempre più vicino a Duane Harvey, in agguato fra altri rifiuti. Sarebbe stato di un umore schifoso. LuAnn lo sapeva. Le avrebbe chiesto soldi per comprare altra birra. Anche questo LuAnn sapeva. E per l'ennesima volta il suo sguardo si abbassò sul numero di telefono.

Un momento: aveva anche i quattro dollari di Jackson. E quel giorno offrivano birra a prezzi speciali allo Squat & Gobble, uno dei tuguri preferiti di Duane. Due dollari sarebbero stati più che sufficienti per riportarlo nel suo felice torpore di alcolista. A tutti gli effetti, dandole modo di togliersi Duane dai piedi, dandole la possibilità di pensare al contratto, Jackson la stava *già* aiutando.

Gli occhi di LuAnn e di Lisa s'incontrarono. Madre e figlia si scambiarono un sorriso pieno di tenerezza. LuAnn posò una mano sulla guancia della piccola. Non sapeva se ridere o piangere. O tutte e due le cose insieme.

Osservò il paesaggio che scivolava fuori del finestrino. La terra stava risvegliandosi dal letargo invernale. La primavera era vicina. Un nuovo inizio per la natura. Poteva essere un nuovo inizio anche per lei e per la sua bambina? LuAnn Tyler non aveva una risposta. Non ancora.

Però aveva ancora due giorni a disposizione.

5

La zanzariera sventrata cigolò nell'aprirsi e LuAnn entrò reggendo il seggiolino di Lisa. L'interno della roulotte era pieno d'ombre, l'aria fredda e immobile come in una cripta dalla forma insolita.

LuAnn avanzò nello spazio compresso, i sensi in allarme, pronta a cogliere il minimo movimento, la minima vibrazione. Non aveva alcuna paura fisica di Duane Harvey. In un confronto diretto sapeva tenergli testa. Lo aveva già caricato di botte in più di un'occasione, specialmente quando era ubriaco fradicio. L'unico rischio era che lui riuscisse a prenderla di sorpresa. Ma quando era sobrio o quanto meno vicino alla sobrietà, e verosimilmente in questo momento lo era, di solito non tentava nulla di troppo violento. Duane Harvey, dolce metà di LuAnn Tyler, padre della loro tenera figlioletta Lisa.

Che invidiabile rapporto.

Eppure LuAnn conosceva almeno dieci donne coinvolte in un rapporto del genere. Deprimenti convivenze sullo sfondo di sistemazioni precarie e finanze cronicamente insufficienti. Sentimento, tenerezza e amore pressoché latitanti. LuAnn aveva avuto altre offerte, solo che il prato del potenziale vicino era tutto fuorché più verde. Ormai le bastava la prima mezza occhiata per rendersene conto.

Nell'ala notte della roulotte, qualcuno stava russando. LuAnn sporse la testa oltre la soglia. Forme sotto le lenzuola. *Due* forme. LuAnn inspirò a fondo. La testa di Duane era visibile sulla destra. La persona sulla sinistra era completamente coperta dal lenzuolo stropicciato. Non era uno dei buzzurri con i quali Duane si sbronzava. Nessuno di loro era dotato di colline di quella fatta nella regione toracica.

LuAnn arretrò silenziosamente nel corridoio, sistemò il seggiolino con Lisa nel piccolo bagno. La bambina la stava guardando con occhi di colpo pieni di ansia, percependo la tensione. La madre le sorrise e richiuse la porta. Non voleva che sua figlia venisse disturbata dal prossimo sviluppo degli eventi.

LuAnn tornò ad affacciarsi nella zona notte. Duane continuava a russare come un mantice difettoso. Il corpo accanto a lui si era mosso, spargendo sul cuscino lunghi capelli scuri. La mano destra di LuAnn si chiuse su di essi come una tenaglia, diede uno strappo con tutta la forza di cui fu capace. Il corpo al quale i capelli erano attaccati volò contro la parete come se fosse stato catapultato da una fionda. Un corpo nudo, pallido, flaccido.

Merda!

LuAnn trascinò la donna a contorcersi sulla moquette, scabra, disseminata di bruciature di sigarette.

— Merda, LuAnn! Lasciami andare, cazzo!

— Rimetti la testa qui dentro un'altra volta, Shirley, puttana che non sei altro — sbraitò LuAnn folgorandola con lo sguardo — e io te la spappolo all'istante!

— Duane! Aiutami, perdio! Questa è pazza!

Shirley continuava a berciare e a scalciare a vuoto nel vano tentativo di liberarsi, mentre LuAnn seguitava a trascinarla per i capelli lungo il corridoio. La donna era bassa e cicciona. Almeno una quindicina di chili di troppo erano ammassati su cosce dalla cellulite tremolante e seni cadenti che sbattevano l'uno contro l'altro come fossero di gelatina.

— Ehi... — accennò Duane Harvey stiracchiandosi sul letto. — Cosa sta succedendo?

— Zitto tu! — intimò LuAnn senza distrarsi.

Appena riuscì a mettere a fuoco la situazione, Duane si

sporse verso un cassetto e ne tirò fuori un pacchetto di sigarette Marlboro già aperto. Ne accese una e bofonchiò:

— Com'è questo fatto, Shirl? Te ne vai di già?

Guardandolo dal basso in alto, e sempre trascinata per i capelli sulla moquette, Shirley Watson riuscì a rispondere:

— Sei un pezzo di merda, Duane!

— Anch'io ti amo, tesoro. — Duane fece un bel tiro e le soffiò un bacio alla nicotina. — Ehi... e grazie per la visita, Shirl. Che mattinata!

Scoppiò in una grassa risata e si diede una gran pacca sulla coscia, come se stesse assistendo alla scena più divertente che avesse mai visto. Si rizzò a sedere sui cuscini, osservando le due donne inoltrarsi lungo il corridoio della Airstream e sparire fuori dalla roulotte.

LuAnn scaricò Shirley contro la massa rugginosa di un vecchio blocco motore Ford, ennesimo relitto tra i relitti che assediavano la roulotte.

— Mi hai strappato via tutti i capelli, puttana! — urlò Shirley schizzando in piedi nel fango, nuda come un verme. LuAnn nemmeno si girò a guardarla.

— Voglio i miei vestiti, LuAnn! Ridammi i miei vestiti!

— Non ti servivano mentre stavi là dentro — replicò LuAnn girandosi a metà. — Non vedo perché devono servirti qua fuori.

— Io a casa così non ci vado!

— E allora non andare a casa. — LuAnn salì i gradini di mattoni di cemento e sbatté la porta della roulotte.

Duane la stava aspettando nel corridoio, con la Marlboro spenta all'angolo della bocca.

— La sai una bella cosa, LuAnn? A un uomo gli piace vedere due gatte selvatiche che si battono per lui. Mi ha fatto bollire il sangue. Che ne dici di continuare tu adesso? Su, piccola, dammi un bel bacio...

Sfoderò un ghigno e cercò di passarle un braccio intorno al collo. Il destro di lei in piena faccia gli tagliò il fiato, allentandogli un paio di denti. Duane accusò il colpo. Ma era ancora niente rispetto alla successiva ginocchiata ai testicoli. Duane andò giù come un sacco di stracci.

— Te la dico io una bella cosa, Duane Harvey — sbraitò infine LuAnn torreggiando su di lui. — Fammene un'altra così e com'è vero Iddio ti stacco il tuo arnese e lo butto giù per lo scarico del cesso.

— Tu sei pazza... — gorgogliò Duane sul pavimento del corridoio, rattrappito su se stesso, le labbra gocciolanti sangue.

LuAnn si abbassò e gli chiuse le guance in una morsa ferrea. — No, *tu* sei pazzo, se credi anche per un secondo che io posso reggere cazzate del genere.

— Non siamo mica sposati.

— Certo, però viviamo insieme. Abbiamo fatto una bambina insieme. E questo posto qua è tanto mio quanto tuo.

— Shirl non è niente. — Duane continuava a tenersi ben stretti gli acciaccati gioielli di famiglia, mentre piccole lacrime di dolore spuntavano agli angoli degli occhi. — E allora cosa te ne frega?

— Me ne frega perché quella puttanella lardosa adesso se ne va giù al bar, dalla parrucchiera e al mercato e racconta a cani e porci che te la sei scopata. E io ci faccio la figura della più grande stronza sulla faccia della Terra!

— Non mi dovevi lasciare solo questa mattina — piagnucolò Duane. — È tutta colpa tua... — aggiunse trafficando per rimettersi in piedi. — Shirl era venuta per vedere te. E io che cosa potevo fare?

— Dimmelo tu, Duane. Perché non offrirle un caffè invece del tuo uccello? Giusto per fare un esempio.

— Non sto tanto bene, piccola... — Si appoggiò alla parete con aria sofferente. — Proprio mica tanto...

— È la più bella notizia che ho sentito in tutto il giorno.

Senza tante storie, LuAnn lo spinse da parte e andò a vedere se Lisa era a posto. Quando riapparve dal piccolo bagno, marciò risolutamente nella stanza da letto e strappò via le lenzuola sporche.

Duane rimase a fissarla dalla soglia, incazzato. — Tu fa pure come vuoi. Buttale pure via. Sei tu che le hai comprate. Non me ne frega un cazzo.

— Le porto da Wanda per farle lavare. — LuAnn tolse le federe. — Tu scopi con le troie, tu paghi il lavaggio.

Quando sollevò il materasso per togliere il lenzuolo, notò qualcosa nascosto tra materasso e telaio. Qualcosa di *verde*.

Si voltò verso Duane. — E che diavolo è questa roba?

Duane sostenne freddamente lo sguardo di lei. Entrò barcollando nell'ala notte, raccolse le mazzette di banconote e le cacciò in un sacchetto di carta. Richiuse il sacchetto, senza staccare un attimo gli occhi da LuAnn.

— Ti ho fatto una domanda, Duane.

— Facciamo conto che ho vinto la lotteria.

LuAnn rimase senza fiato, irrigidendosi, come se ora fosse stata lei a ricevere un pugno in piena faccia. Duane? Duane dietro l'intera messinscena di Jackson? Duane e Jackson in società tra loro? Non poteva essere.

— Stronzate — replicò bellicosamente LuAnn incrociando le braccia sul petto. — Dove li hai presi quei soldi, Duane?

— Diciamo che sono proprio una buona ragione perché tu tieni la bocca chiusa e fai la brava bambina con Duane.

LuAnn lo spinse brutalmente fuori dall'ala notte, gli sbatté la porta in faccia e tirò il chiavistello. Si tolse il vestito blu. Indossò in fretta una felpa, jeans e scarpe di tela. Ancora più freneticamente preparò una borsa da viaggio. Quando riaprì la porta, Duane era esattamente dove lo aveva lasciato, con il sacchetto di carta stretto in mano. LuAnn lo superò senza una parola, aprì la porta del bagno, sollevò Lisa nel seggiolino e si avviò all'uscita; con la mano libera si mise la borsa da viaggio in spalla e infine raccolse le lenzuola sporche.

— Dove vai, LuAnn?

— Fatti i cazzi tuoi.

— Quant'è che durerà, eh, LuAnn? Io non mi sono mica incazzato perché tu mi hai preso a calci nelle palle, no? Infatti mi è gia passata.

— La sai una cosa, Duane? — ringhiò LuAnn rivoltandoglisi contro. — Tu devi proprio essere l'uomo più idiota che c'è al mondo.

— Ah, sì? E tu? Chi ti credi di essere tu? Se non ci sono io, tu e Lisa non avete nemmeno un fottuto tetto dove stare. Ti ho fatto entrare io qua, altrimenti non avevi niente.

Accese un'altra sigaretta, e spegnendo il fiammifero sul pavimento aggiunse alla moquette un'ennesima bruciatura.

— Perciò, invece di fare la stronza tutti i momenti, faresti bene a essere carina con me — aggiunse Duane sventolando il sacchetto pieno di soldi. — Perché di questi qui, io ne posso trovare tanti altri, bambolina. E in questo schifo di roulotte qua, io non ci sto più per molto. Perciò pensaci su, okay? Perché a me, nessuno mi romperà più il cazzo, neanche tu. Hai capito?

— Hai ragione, Duane: io sono carina con te da subito. — LuAnn spalancò la porta della Airstream come se volesse sradicarla dai cardini. — Me ne vado prima di sgozzarti, pezzo di stronzo!

Lisa cominciò a piangere, come se lo scoppio d'ira di sua madre fosse diretto a lei. LuAnn la baciò e la cullò, riuscendo a calmarla.

Duane la guardò allontanarsi fra i relitti e i rottami sparsi per la radura. Ammirò il suo sedere che tendeva le cuciture dei jeans aderenti. Diede anche un'occhiata più ampia, alla ricerca di Shirley Watson. Niente. Evidentemente doveva essersi data alla fuga, nuda com'era.

— Ehi, LuAnn — le gridò dietro ghignando. — Ti amo, piccola!

— Ehi, Duane Vaffanculo e crepa!

6

Nei corridoi del centro commerciale di Rikersville brulicava molta più gente del giorno prima. Questo a LuAnn andava benissimo. Folla significava anonimato, mimetizzazione. E fu tra la folla che LuAnn si mescolò per tornare a dare un'occhiata all'ufficio nel quale aveva incontrato Jackson.

Dall'altro lato dei cristalli affumicati, l'interno pareva immerso nell'oscurità. LuAnn non provò nemmeno a girare la maniglia: sapeva che avrebbe trovato la porta chiusa a chiave. Jackson doveva essersene andato subito dopo di lei, e lei doveva essere stata la sua unica *cliente*.

LuAnn si era data ammalata al lavoro, passando la notte a casa di un'amica. Una notte insonne, trascorsa in parte a fissare la luna piena, ma soprattutto a studiare gli atteggiamenti delle piccole labbra di Lisa mentre la bimba dormiva profondamente. Da sola nel buio, LuAnn aveva deciso di non decidere. Perlomeno, non fino a quando non fosse riuscita a saperne di più in merito all'offerta di Jackson. In compenso, aveva risolto di non andare alla polizia. A dire cosa? Chi le avrebbe dato retta? Non c'era una misera buona ragione per farlo. Mentre c'erano cinquanta milioni di ottime ragioni per *non* farlo.

LuAnn Tyler aveva un suo codice etico, una sua precisa linea di divisione tra bene e male, tra giusto e sbagliato. Eppure la tentazione continuava ad accecarla. *Cinquanta-milioni-di-dollari*. Solo che non era una semplice scelta tra bianco e nero. E questo la tormentava.

Al tempo stesso, l'ultima impresa di Duane rinsaldò la sua convinzione che Lisa non poteva, non *doveva* crescere in un simile ambiente infetto. Lei non lo avrebbe permesso.

— LuAnn?

Lei s'immobilizzò sulla soglia della direzione del centro commerciale, un gruppo di uffici all'estremità del palazzo.

Il giovanotto era in piedi dietro il bancone della reception. Indossava pantaloni scuri ben stirati, camicia bianca con maniche corte, cravatta dai colori indefinibili. Faceva scattare ritmicamente la sua penna a sfera. Forse era eccitato dal vederla. O forse era nervoso. O entrambe le cose.

— Non mi aspetto che ti ricordi di me, LuAnn — e mancò poco che il giovanotto saltasse al di là del banco. — Johnny Jarvis. John, sul lavoro.

Cominciò con il tenderle la mano in maniera quanto mai professionale. Ci ripensò, fece un gran sorriso e si avventurò ad abbracciarla. Poi passò almeno un minuto a fare coccole e moine a Lisa. Dalla borsa in spalla, LuAnn tolse una piccola coperta, la distese sul pavimento, mise sopra la piccola e le diede un orsetto di peluche perché ci giocasse.

— Johnny... Incredibile. Non ti vedo da quando... Le medie?

— Tu eri in prima e io in terza.

— Ti trovo proprio bene. Da quanto tempo lavori qua?

— Finite le medie, sono andato al college municipale e mi sono diplomato. — John Jarvis sorrise pieno d'orgoglio. — Sono qui al centro commerciale da due anni. Ho cominciato come operatore al computer e adesso sono una specie di vicedirettore operativo.

— Grandioso. Congratulazioni, Johnny... John.

— Che diavolo, LuAnn: per te sono sempre Johnny. Quasi non ci credevo quando sei entrata da quella porta. A momenti mi prendeva un colpo. Mai e poi mai avrei pensato di rivederti. Sarà andata a New York, mi ero detto, o chissà quale altra grande città...

— Invece sono ancora qui.

— Sono un po', diciamo... sorpreso, ecco. Non ti avevo mai vista qui al centro commerciale.

— Non vengo molto da queste parti. È un bel pezzo di strada da dove sto io.

— Be', intanto mettiti a sedere e raccontami tutto di te. Non sapevo che avessi una bambina. E non sapevo nemmeno che fossi sposata.

— Non sono sposata.

— Ah... — Le guance di Jarvis si accesero. — Senti, che ne dici di un caffè? L'ho appena fatto.

— Sono un po' di fretta, Johnny.

— Sì, capisco. Che cosa posso fare per te? — domandò il giovanotto con un'espressione di improvvisa sorpresa. — Non è che stai cercando lavoro, eh?

— E se anche lo cerco? — LuAnn gli scoccò un'occhiata dura. — Qualcosa che non va nel cercare lavoro?

— Ma no, certo che no. Volevo solo dire, sai com'è, non mi aspettavo che saresti rimasta a Rikersville. — Le sorrise. — Tutto qui.

— Johnny, un lavoro è un lavoro. Tu lavori qui, giusto? E già che ci siamo, cos'è che esattamente potevo fare della mia vita a New York o in chissà quale altra grande città?

Il sorriso di John Jarvis si dissolse. Il giovanotto si passò le palme delle mani lungo i pantaloni, con fare ancora più nervoso di prima. — Non intendevo dire niente di strano, LuAnn. Ti ho sempre vista come una donna che dovrebbe vivere in un castello, con belle macchine, bei gioielli, bei vestiti. Mi dispiace...

— Va bene così, Johnny. Non ci pensare.

Anche l'ostilità di LuAnn si dissolse. Quel castello, con in più le macchine, i gioielli e i vestiti, era forse molto più a portata di mano di quanto John Jarvis, o perfino lei stessa, avrebbe mai potuto immaginare.

— È stata una lunga settimana — riprese LuAnn. — E comunque non sto cercando un lavoro. Quello che cerco è un po' d'informazioni su uno che ha preso in affitto un ufficio qua al centro commerciale.

Jarvis si diede una rapida occhiata alle spalle. Dagli uffici interni della direzione, proveniva un insieme di suoni: telefoni che squillavano e dita che battevano su tastiere di computer, il tutto inframmezzato da rapidi sussulti di conversazioni. Tornò a girarsi verso di lei.

— Hai detto... *informazioni*?

— Già. Ero qui ieri mattina. Per un appuntamento.

— Con chi?

— È proprio questo che voglio sapere da te. Era nell'ufficio subito a destra appena entrati dalla fermata dell'autobus. Non ha nessuna insegna né niente. Quello vicino alla gelateria...

— Pensavo che quello spazio fosse sfitto. — Jarvis era perplesso. — Ne abbiamo tanti di sfitti. Rikersville non è esattamente il paese della cuccagna.

— Be', ieri non era sfitto.

Jarvis si spostò al computer sul bancone e cominciò a lavorare sulla tastiera. — Un appuntamento per cosa?

— Oh, qualcosa da venditori porta a porta — rispose LuAnn sbrigativamente.

— Abbiamo avuto gente che affitta per brevi locazioni, per esempio per avere una sala da colloqui per assunzioni. Se abbiamo lo spazio, e lo abbiamo quasi sempre, affittiamo anche solo per un giorno. Specie se è già allestito, cioè con dentro qualche arredo da ufficio.

Jarvis studiò la schermata. Dagli uffici continuavano ad arrivare voci. Il giovanotto si alzò per chiudere la porta. Nel rivolgersi nuovamente a LuAnn, palesò una certa apprensione: — E allora, cosa vuoi sapere?

Lei colse il suo disagio. — Dimmi una cosa, Johnny — domandò lanciando una rapida occhiata alla porta chiusa — non è che poi ti ritrovi nei guai, vero?

— Ma certo che no — fece lui con un gesto rilassato della mano. — Sono o non sono il vicedirettore? — aggiunse con aria d'importanza.

— Be', senti, dimmi quello che puoi. Chi è la gente che ha preso quell'ufficio. Che affari fanno. Magari se hanno un indirizzo. Cose così.

— Ma come — fece Jarvis, confuso — al colloquio non te le hanno date tutte queste informazioni?

— Me ne hanno dette un po' — rispose LuAnn. — E prima di accettare voglio solo sapere se è tutto legale, giusto? Devo comprare dei vestiti più belli di questi e magari anche una macchina. E non voglio spendere tutti quei soldi per niente.

— Hai ragione — grugnì Jarvis. — Cioè, noi affittiamo loro gli spazi, e va bene. Ma in effetti questo non vuol dire che siano regolari. — Divenne nuovamente apprensivo. — Non è che hanno voluto che tu gli dessi dei soldi, eh?

— No. Anzi, parlavano di darmi uno stipendio pazzesco.

— Mi sembra troppo bello per essere vero.

— Anche a me — aggiunse con ammirazione LuAnn osservando le dita di Jarvis volare sulla tastiera. — Dov'è che hai imparato ad andare così in fretta?

— Vuoi dire con questi tasti? Al college municipale. Hanno corsi che ti insegnano a fare un sacco di cose. I computer sono una vera figata.

— Non mi dispiacerebbe tornare a scuola anch'io, un giorno.

— Tu andavi benissimo a scuola, LuAnn. Scommetto che potresti riprendere alla grande.

— Vedremo — disse lei facendogli gli occhi dolci. — Adesso che cos'hai per me?

— Il nome della società è "Associates, Inc." — Jarvis riportò la sua attenzione sul monitor. — O, perlomeno, questo è quello che hanno scritto sul contratto. Hanno preso lo spazio in affitto per una settimana, a partire per l'appunto da ieri. Pagamento in contanti. Nessun altro indirizzo. E quando pagano in contanti...

— A voi non frega più di tanto.

Jarvis evitò lo sguardo di lei.

— Adesso comunque loro non ci sono più, nell'ufficio — aggiunse LuAnn.

— Un tale di nome Jackson ha firmato il contratto — disse Jarvis.

— Alto come me, capelli scuri, un po' grasso?

— Esatto. Adesso me lo ricordo. Mi è parso un tipo molto professionale. LuAnn, non è che ti è successo qualcosa di strano quando lo hai incontrato?

— Dipende da quello che vuoi dire con *strano*. In ogni caso, anche con me questo signor Jackson è stato molto professionale. Che altro puoi dirmi?

Jarvis fissò nuovamente lo schermo, alla ricerca di qualche nuova informazione con la quale fare colpo su di lei. Non la trovò. Alla fine la sua espressione si chiuse nel disappunto.

— Mi dispiace, LuAnn. Temo che non ci sia altro.

LuAnn prese in braccio Lisa. Nel farlo, il suo sguardo cadde su una pila di blocchi per appunti e una tazza piena di penne.

— Johnny, ti spiace se prendo uno di quelli? Ti posso dare qualcosa...

— Vuoi scherzare? Prendi pure tutto quello che vuoi.

— Solo un blocco e una penna — precisò lei nel metterli nella borsa.

— Figurati. Ne abbiamo a tonnellate.

— Bene, Johnny. E grazie per quello che mi hai detto. Sul serio. Mi ha fatto piacere rivederti.

— Il piacere lo hai fatto tu a me quando sei entrata da quella porta. — Jarvis diede un'occhiata all'orologio e uscì dal bancone. — Senti, ho l'intervallo del pranzo tra una decina di minuti e c'è questo ristorante cinese niente male qui dabbasso. Sei mia ospite. Facciamo altre due chiacchiere, parliamo dei tempi della scuola. Che ne dici?

— Magari un'altra volta, Johnny. Come ti ho detto, oggi vado di fretta.

LuAnn si sentì un poco in colpa nel vedergli la delusione sul viso. Posò Lisa sul bancone e lo abbracciò. Sorrise nel percepire il respiro di lui nei propri capelli lavati di fresco. Jarvis la strinse intorno alla vita, i seni di lei che premevano contro il suo torace. Bastò e avanzò per rimettere il signor Johnny Jarvis di ottimo umore.

— Sono davvero contenta di vederti sistemato così bene, Johnny — disse LuAnn sciogliendo l'abbraccio. — Ma lo sapevo. Sei uno in gamba.

E se le loro strade si fossero incrociate in un tempo diverso, in un modo diverso, forse anche tutto il resto sarebbe stato diverso. Ma questo LuAnn lo tenne per sé.

— Davvero lo pensi? — Jarvis continuava a fluttuare sulle nuvole. — E io che credevo che nemmeno ti ricordassi di me.

— Invece io sono così: tutta una sorpresa! — LuAnn riprese Lisa, che strofinò l'orsetto di peluche sulla guancia della madre. — Stammi bene, Johnny. Ci vediamo, okay?

LuAnn si diresse alla porta, con Lisa che dal suo seggiolino trillava tutta la sua felicità per essersi rimessa in movimento.

— Ehi, LuAnn?

Lei si girò a metà.

— Lo accetterai quel lavoro del colloquio con Jackson?

— Ancora non lo so — rispose LuAnn dopo averci pensato un attimo. — Ma se lo accetto, credo che ne sentirai parlare.

A Rikersville c'era una biblioteca pubblica. LuAnn la frequentava spesso ai tempi della scuola, ma erano trascorsi parecchi anni dall'ultima volta che c'era stata. La bibliotecaria, una donna affabile, le fece i complimenti per la bambina. Lisa si teneva stretta alla mamma, i grandi occhi attratti dai colori dei volumi sugli scaffali.

— A Lisa piacciono i libri — disse LuAnn facendo una lieve carezza alla piccola. — Tutti i giorni gliene leggo un po'.

— Ha i tuoi occhi, lo sai?

Lo sguardo della bibliotecaria continuava a spostarsi dalla madre alla figlia, alla ricerca di altre rassomiglianze. Incontrò la mano sinistra di LuAnn e notò l'anulare privo di fede matrimoniale. Il suo sorriso svanì.

— Questa piccolina è la cosa più bella che ho mai fatto — disse prontamente LuAnn notando l'espressione tesa della donna. — Non ho granché al mondo, ma se c'è una cosa che a Lisa non mancherà mai, è l'amore della sua mamma.

— Anche mia figlia ha un bambino — accennò la bibliotecaria sorridendo in modo incerto. — Cerco di aiutarla come posso, ma è sempre tutto così difficile... Con i soldi che non bastano mai.

— Eh, a chi lo dici. — LuAnn tolse dalla borsa il biberon e una bottiglia d'acqua. Sciolse un po' di liofilizzati che le aveva dato l'amica dalla quale aveva passato la notte e aiutò Lisa a tenere il biberon. — La settimana che riuscirò a finire con più soldi di quando l'ho iniziata, nevicherà rosso a Rikersville.

La bibliotecaria scosse il capo in segno di approvazione. — Dicono che i soldi sono la causa di tutti i mali. Ma certe volte penso che sarebbe proprio bello non doversi sempre preoccupare di come fare a pagare i conti. Io non riesco nemmeno a immaginare come ci si possa sentire. Tu ci riesci?

— Altroché. Ci si deve sentire proprio bene.

La bibliotecaria rise. — Che cosa posso fare per te, LuAnn?

— Ce le hai le copie dei giornali vecchi su quelle specie di pellicole, giusto?

— Pellicole... Vuoi dire microfilm?

— Ecco, giusto: microfilm.

La bibliotecaria fece un cenno. — La stanza in fondo.

LuAnn ebbe un'esitazione.

— Hai mai usato un visore? — domandò la bibliotecaria aggirando il banco. — Te lo mostro io. Non è difficile.

L'archivio dei microfilm era vuoto e immerso nell'oscurità. La bibliotecaria accese la luce, fece accomodare LuAnn di fronte a una postazione e prelevò un rullo di pellicola da un cassetto. Le bastò un momento per collocarlo sul perno e per attivare lo schermo luminoso. LuAnn la osservò con attenzione mentre faceva scorrere il testo usando la manopola su un lato della macchina.

— Ecco fatto — disse infine la bibliotecaria rimuovendo il rullo. — Prova tu adesso.

LuAnn non commise errori.

— Molto bene — commentò la bibliotecaria. — Vedo che impari in fretta. Al principio, tanta gente fa una gran confusione.

— So come cavarmela quando c'è da usare le mani.

— Le pubblicazioni archiviate sono catalogate con chiarezza. Abbiamo il giornale locale, è ovvio, più alcuni giornali nazionali. Le date sono stampate sul davanti dei cassetti.

— Grazie tante.

LuAnn attese che la donna fosse uscita. Poi prese in braccio Lisa, sempre attaccata al suo biberon, e andò a scorrere le targhette sui cassetti. Mise la bambina a terra e ne aprì uno. Osservò con divertimento la piccola che lasciava cadere il biberon, afferrandosi poi a una delle maniglie metalliche nel cercare di mettersi in piedi.

LuAnn individuò l'archivio di un giornale nazionale e selezionò i rulli degli ultimi sei mesi. Cambiò Lisa, le fece fare il ruttino, se la sistemò su un ginocchio e finalmente inserì il primo rullo nel visore. Non impiegò molto tempo per trovare il titolo a caratteri cubitali, risalente a sei mesi prima.

LOTTERIA NAZIONALE DA FAVOLA
VINCITA DA 45 MILIONI DI DOLLARI

Una luce livida, accecante, avvampò dalle finestre alla sua destra, sbiadendo lo schermo. Seguì un boato terribile, e l'intera struttura della biblioteca parve scossa dalle fondamenta. L'immagine sul monitor vacillò, tremò, tornò a stabilizzarsi La dura pioggia di un improvviso temporale di primavera prese a martellare i vetri.

LuAnn lanciò uno sguardo preoccupato a Lisa. Nessun problema, la piccola stava tranquillamente ignorando luci e suoni. LuAnn prese dalla borsa la copertina, la stese per terra e vi depose Lisa, mettendole accanto alcuni giochi.

Tornò a concentrarsi sul monitor e lesse l'articolo. L'estrazione della Lotteria Nazionale aveva luogo il quindici di ogni mese. Le date che LuAnn cercava erano quelle comprese tra il sedici e il venti. Tirò fuori il notes e la penna che aveva recuperato da Johnny Jarvis e cominciò a prendere appunti.

Due ore più tardi aveva completato la sua analisi sugli ultimi sei vincitori. Riavvolse il rullo del microfilm e andò a riporlo nel cassetto dell'archivio. Tornò a sedersi e osservò le annotazioni. La testa le pulsava, gli occhi le bruciavano. Aveva una gran voglia di un caffè. Fuori, la pioggia continuava a cadere.

Prese in braccio Lisa e rientrò nell'ambiente principale della biblioteca. Scelse alcuni libri per l'infanzia, li sfogliò soffermandosi sulle figure e infine le lesse una favola. Ben presto la piccola si addormentò. LuAnn mise Lisa nel seggiolino portatile e lo sistemò sul tavolo accanto a sé. La biblioteca continuava a essere quieta e calda. LuAnn stessa sentì il torpore scivolare su di sé. Stese un braccio verso Lisa, tenendole protettivamente la mano sul ginocchio.

Avrebbe atteso l'esaurirsi della pioggia, poi se ne sarebbe andata.

— Stiamo per chiudere.

LuAnn si svegliò con un sussulto La bibliotecaria la stava osservando, con aria gentile.

— Santo cielo... Ma che ora è?

— Da poco passate le sei, cara.

LuAnn raccolse in fretta le sue cose. — Scusa se mi sono addormentata così.

— A me non davi nessun fastidio. Eravate così in pace, tu e tua figlia. Mi dispiace solo di dovervi far uscire.

— Di nuovo grazie tante per tutto il tuo aiuto. — LuAnn alzò lo sguardo al soffitto, udendo ancora lo scroscio della pioggia.

— Vorrei poterti offrire un passaggio a casa — disse la bibliotecaria. — Ma sono in autobus.

— Non ci pensare. Io e l'autobus siamo amici.

LuAnn riparò Lisa sotto la propria giacca e partì di corsa verso la fermata. Vi rimase mezz'ora, protetta dalla tettoia, finché un fruscio di pneumatici sull'asfalto bagnato e uno stridio di freni accompagnarono l'arrivo dell'autobus. A LuAnn mancavano dieci centesimi. L'autista, un nero ben piazzato che la conosceva di vista, li aggiunse di tasca propria e le fece cenno di salire.

— Se non ci aiutiamo un po' tra di noi... — aggiunse solidale.

LuAnn lo ringraziò con un sorriso. Venti minuti dopo, con parecchie ore d'anticipo sull'inizio del suo turno, faceva ingresso al Number One Truck Stop.

— Che ci fai da queste parti così presto?

Beth, sulla cinquantina, matronale, stava pulendo il bancone di formica con uno straccio bagnato.

Un camionista seduto a qualche sgabello di distanza, un

bestione da centocinquanta chili, diede a LuAnn una bella lumata scrutandola da sopra l'orlo di una tazza di caffè. La vide fradicia da capo a piedi e ansimante per la corsa sotto la pioggia. Ma quello che vide gli piacque lo stesso.

— È arrivata presto per non perdersi il vecchio Frankie — commentò con un ghigno sterminato. — Sapeva che ho cambiato turno di lavoro, e non poteva sopportare l'idea di non vedermi più.

— Quanto hai ragione, buon vecchio Frankie — lo imbeccò Beth lavorandosi i molari con uno stuzzicadenti. — A LuAnn si spezzerebbe proprio il cuore a non vedere più il tuo panzone.

— Come ti butta, Frankie? — lo salutò LuAnn.

— Proprio bene... — Il suo ghigno sembrava cristallizzato. — *Adesso*.

— Beth, mi guardi Lisa un attimo? — domandò LuAnn mentre si passava un tovagliolo asciutto sulla faccia e sulle braccia. — Solo il tempo di mettere l'uniforme.

Verificò che Lisa fosse asciutta, scoprendo che era anche affamata.

— Le preparo un biberon in un momento. Si è fatta un bel pisolino, ma mi sembra pronta lo stesso per andare a nanna.

— Guardarla? — Beth sollevò Lisa e se la tenne contro il petto. — Ma io te la prendo tutta in braccio questa bella signorina...

Lisa emise ogni sorta di gridolini, prese la penna sistemata dietro l'orecchio di Beth e la buttò chissà dove.

— Allora, LuAnn, com'è che arrivi in trincea con ore di anticipo?

— Mi sono infradiciata tutta, e l'uniforme è la sola cosa asciutta che ho. E poi non mi va di aver perduto la notte scorsa. Ehi, c'è rimasto niente dal pranzo? Mi sa che mi sono scordata di mangiare.

Beth le scoccò un'occhiata colma di disapprovazione e si piantò una mano sul fianco abbondante, con aria da zia superprotettiva. — Se solo prendessi per te la metà delle attenzioni che dedichi a questa creatura... Ma pensa te: sono quasi le otto di sera. A digiuno!

— E dai, Beth. Te l'ho detto che mi sono dimenticata, no?

— Duane, giusto? Lo scemo si è di nuovo bevuto in birra i soldi della paga. O no?

— Tu quel figlio di puttana lo dovresti buttare dentro il cesso con l'acqua tirata, LuAnn — brontolò Frankie. — Ma prima lascia che gliela dia io una bella battuta con i controcazzi. Tu meriti di meglio.

Il sopracciglio di Beth che s'inarcava evidenziò quanto lei fosse d'accordo con Frankie.

— E tante grazie per volermi dire com'è che devo vivere la mia vita — disse LuAnn folgorandoli entrambi, e si accinse ad andare a cambiarsi. — E ora, con il *vostro* permesso...

Più tardi, seduta a un tavolo in un angolo, LuAnn spinse da parte il piatto con il poco che restava di quanto Beth le aveva messo insieme; rimase immobile a sorseggiare il caffè appena fatto.

Fuori, la pioggia continuava a cadere sul paesaggio verde scuro della Georgia. Il suo tamburellare contro la copertura di alluminio del locale aveva un che di rassicurante.

LuAnn si strinse nel golf leggero che teneva intorno alle spalle e lanciò uno sguardo all'orologio a muro dietro il bancone. Ancora due ore prima di montare. Di solito, quando arrivava al Number One in anticipo, l'idea era di racimolare un po' di straordinari. Ma adesso il direttore non ci stava più.

Abbiamo toccato il fondo, mia cara, era stata la sua spiegazione.

Be', gli aveva risposto lei senza tanti complimenti, *se è per questo anch'io ho toccato il fondo*.

Non era servito. Perlomeno, continuava a permetterle di tenere Lisa con sé. In caso contrario, LuAnn non avrebbe avuto nemmeno quell'infimo impiego. L'altro aspetto positivo era che veniva pagata in nero. E niente busta paga, niente tasse. Ci mancavano solo quelle... Tra l'altro, LuAnn Tyler non aveva mai presentato una denuncia dei redditi. Con l'intera vita trascorsa al di sotto della soglia della povertà, si riteneva pienamente in diritto di non dover pagare le tasse.

LuAnn allungò una mano e rimboccò la coperta di lana intorno a Lisa, addormentata accanto a lei nel suo seggiolino. Le aveva dato un po' del suo cibo. Lisa cominciava a tollerare davvero bene il nutrimento solido. Forse, però, non stava riposando nel modo giusto. Forse, il tenerla infilata sotto il bancone di quella tavola calda rumorosa, fumosa e puzzolente, le stava procurando chissà quali danni a venire. Forse la sua personalità ne avrebbe risentito. LuAnn era certa di aver letto qualcosa del genere su una rivista, o magari di averlo visto in TV. Era un'idea che le dava gli incubi.

Ma c'era di più. Quando avrebbe dovuto nutrire Lisa con cibo solido con ritmi da adulto, ce ne sarebbe stato abbastanza? Sarebbe davvero riuscita a dare da mangiare a sua figlia? Senza macchina, sempre su e giù da quei dannati autobus, che cosa sarebbe accaduto se sua figlia si fosse ammalata? O se lei stessa si fosse ammalata? E se avesse perduto il lavoro? Che ne sarebbe stato di Lisa? LuAnn Tyler non aveva alcun tipo di sussidio di disoccupazione, né di assicurazione sanitaria. Per le visite e le vaccinazioni portava Lisa all'ospedale della contea. Per contro, lei non vedeva un medico da oltre dieci anni. D'accordo, era giovane e di buona salute, ma tutto poteva andare in pezzi nel tempo di uno schioccare di dita. Non si poteva mai sapere.

Naturalmente c'era Duane Harvey. Il grande, generoso Duane Harvey che si prendeva cura della lista senza fine delle necessità quotidiane di Lisa. Certo! Alla sola remota prospettiva di cambiare un pannolino, quel povero idiota fradicio di birra sarebbe scappato urlando nei boschi. Le venne quasi da ridere. Ma non era proprio il caso.

LuAnn studiò il ritmo del respiro di Lisa, che dormiva con la boccuccia semiaperta. Sentì come una mano di ghiaccio stringerle lo stomaco. Sua figlia dipendeva da lei per tutto. Letteralmente tutto. Ma la realtà era che LuAnn non aveva nulla. La realtà era che lei, giorno dopo giorno, si avvicinava sempre più al confine del nulla. E per il collasso finale era solo questione di tempo.

Un *ciclo*. Questo aveva detto Jackson.

Prima sua madre. Poi lei, LuAnn. Perfino Duane Harvey

cominciava ad assomigliare a Benny Tyler, in *tutti* i sensi. E Lisa, la creatura per la quale lei non avrebbe esitato a uccidere, o si sarebbe fatta uccidere, era l'ultima dell'appello. Benvenuti in America, terra delle opportunità. Ma certo, bastava solo aprire la porta giusta. Il problema era che a lei, LuAnn Tyler, qualcuno si era dimenticato di dare le chiavi. O forse quel qualcuno non si era affatto dimenticato. Forse c'era piena premeditazione. Perlomeno, era questa la prospettiva secondo la quale LuAnn vedeva le cose quando tutto andava male, come adesso.

Scosse il capo, come a voler scuotere via anche il carico di quei pensieri. Vedere le cose a quel modo, qui e ora, non le sarebbe stato di nessun aiuto. Frugò nella borsa e tirò fuori il notes con gli appunti ricavati dai microfilm. Appunti che davano molto da pensare.

Sei vincitori della Lotteria Nazionale. LuAnn era partita da quelli dell'autunno scorso per risalire fino al presente. Aveva trascritto i loro nomi e le loro storie personali. Gli articoli sul giornale erano corredati delle loro foto scattate al momento della vincita. Sorrisi che sembravano brillare di luce propria.

Judith Davis, trentasette anni, madre di tre figli ancora piccoli, sopravvivenza affidata agli assegni familiari.

Herman Rudy, cinquantotto anni, ex camionista infortunatosi sul lavoro e strangolato da colossali spese mediche.

Wanda Tripp, trentasei anni, vedova, disoccupata, esistenza grama appesa a quattrocento dollari al mese di sussidio di disoccupazione.

Randy Stith, trentuno anni, vedovo da poco, padre di un bimbo in tenera età, operaio appena licenziato da una fabbrica.

Bobbie Jo Reynolds, trentatré anni, cameriera a New York; dopo la vincita da *sessantacinque milioni di dollari* aveva deciso di abbandonare i suoi sogni di gloria come attrice, scegliendo di dipingere nature morte in qualche località del Sud della Francia.

Raymond Powell, l'ultimo vincitore in ordine di tempo,

quarantaquattro anni, costretto da una bancarotta a vivere in un ospizio per senzatetto.

LuAnn si rilassò contro lo schienale, come se fosse di colpo priva di forze.

LuAnn Tyler, vent'anni, madre di una bambina in fasce niente marito, niente soldi, niente futuro.

Perfetta, assolutamente perfetta per completare, o forsc per continuare, quella pattuglia di gente disperata.

Le sue ricerche erano arrivate solamente a sei mesi prima. Quanti altri ne esistevano? Come colpi giornalistici, erano formidabili: tutta gente alla canna del gas, che di colpo si ritrovava al settimo cielo. Vecchi proiettati in una nuova ricchezza. Bambini piccoli improvvisamente al cospetto di un radioso futuro. Sogni, tanti sogni, di colpo divenuti realtà.

Qualcuno sarà il vincitore.

La faccia di Jackson, così calma, così controllata.

Perché non lei, LuAnn?

La voce di Jackson. Così perfetta, così seducente.

LuAnn aveva l'impressione di scivolare sempre più rapidamente giù da una diga senza fine. E acque profondissime, insondabili. Il fascino dell'ignoto. Qualcosa che nel contempo la spaventava e la attraeva. Guardò di nuovo Lisa. E di nuovo fu preda di un incubo ricorrente: una bambina che diventa donna, in una roulotte assediata da giovani lupi famelici.

— Che succede, tesoro?

Beth la stava osservando con materna simpatia, eseguendo un formidabile numero di equilibrismo con troppi piatti in bilico per due sole braccia.

— Non molto. Davo solo un'occhiata alle mie fortune.

Beth sogghignò lanciando uno sguardo al blocco per appunti. LuAnn si affrettò a richiuderlo.

— E allora lascia che ti dica una cosa, signorina LuAnn Tyler. Quando alla fortuna grossa ci arriverai, non dimenticarti dei tuoi primi e soli amici di Rikersville, Georgia — e si rimise in movimento con le portate per i vari tavoli.

— Puoi starne certa — disse LuAnn rivolgendole un sorriso incerto. — Te lo giuro.

7

Erano le otto del mattino del *giorno zero* quando LuAnn, con Lisa nel seggiolino, scese dall'autobus. Non era la sua solita fermata, e si trovava a una mezz'oretta di cammino dalla Airstream. La pioggia era cessata. La tempesta aveva lasciato dietro di sé un cielo blu cobalto a sovrastare vasti paesaggi color verde cupo.

In qualsiasi direzione si guardasse, erba novella e germogli cominciavano ad apparire dalla terra scura. Un altro, lento inverno era finito. Stormi di uccelli volavano cinguettanti sui campi, festeggiando il cambiamento di stagione. Questo era il momento della giornata che LuAnn preferiva. Calmo, rilassante.

Sembrava alimentare la speranza.

LuAnn osservò le ampie ondulazioni erbose davanti a sé. Superò un portale ad arco, oltre una lastra di marmo con una scritta scolpita a lettere dai contorni ben definiti:

HEAVENLY MEADOWS CEMETERY

Camposanto dei Pascoli del Cielo. Come per volontà propria, i suoi piedi affusolati la guidarono verso il Campo 14, Sezione 21, Area 6. La tomba si trovava sulla sommità di una delle collinette, al cospetto di un'antica quercia sulla quale sarebbero presto tornate le foglie, portatrici di una fresca, grande ombra.

LuAnn posò il seggiolino su una panchina di pietra e prese Lisa in braccio. S'inginocchiò sull'erba piena di rugiada e tolse dalla lapide alcune foglie, umide di pioggia. La vita di Joy Tyler era stata breve, meno di trentasette anni, ma era stata anche un'eternità di sofferenza. Gli anni passati al fianco di Benny Tyler avevano accelerato l'uscita di Joy da questo mondo. LuAnn ne era assolutamente certa.

— Ti ricordi, Lisa? — LuAnn puntò il piccolo indice della bambina verso la lapide. — È qui che dorme la tua nonna. Non siamo venute a trovarla per un po' perché c'è stato il tempo cattivo. Ma adesso che c'è la primavera, veniamo da lei di nuovo. E quando veniamo, anche se dorme, è come se lei si alza. E se tu apri bene le tue orecchiette, se tu chiudi gli occhi stretti stretti come quelli di un uccellino, se tu ascolti bene, ma proprio bene, allora senti che la nonna ci parla. Senti che ci dice come la pensa sulle cose.

LuAnn andò a sedersi sulla panchina di pietra, con Lisa sulle ginocchia, proteggendola dall'aria fredda del primo mattino. Lisa era ancora insonnolita. Le ci voleva sempre un po' per svegliarsi, dopodiché non avrebbe più cessato di muoversi e di parlare per parecchie ore. Intorno a loro, il *Camposanto dei Pascoli del Cielo* era deserto. Un'unica solitaria figura, un giardiniere in sella a una motofalciatrice, era visibile a distanza. Lo scoppiettare del motore lontano si perdeva nel vento. Sulla collinetta regnava la pace. Così anche LuAnn chiuse gli occhi stretti stretti, come quelli di un uccellino.

E si mise in ascolto...

Avrebbe fatto quella telefonata.

Aveva pensato di chiamare non appena finito di lavorare alla tavola calda. Jackson aveva detto in *qualsiasi* momento. Probabilmente era rimasto in attesa, pronto a rispondere al primissimo squillo. L'ora non aveva alcuna importanza. Chiamare Jackson, certo.

Dirgli che accettava il *contratto*.

La cosa più semplice di tutte. E la più intelligente. Era il suo turno. Dopo vent'anni passati negli abissi della delusione, della sofferenza e del dolore, finalmente la fortuna le stava sorridendo. Fra miliardi di nomi era proprio uscito il suo:

LuAnn Tyler. Un'occasione da cogliere al volo. Ed era questa la prima certezza: una simile occasione non si sarebbe ripresentata mai più. Seconda certezza: anche gli altri vincitori, dei quali LuAnn aveva letto nei microfilm, avevano fatto *quella* telefonata. Terza e ultima certezza: per quella gente lei non aveva trovato traccia di guai successivi. E quello era proprio il genere di notizia che avrebbe avuto una vasta risonanza specialmente in un'area depressa come Rikersville, dove tutti giocavano alla lotteria in modo quasi ossessivo, nel tentativo di evadere dalla prigione senza sbarre della povertà.

Ma quando LuAnn Tyler *credeva* di avere già preso la propria decisione, qualcosa dentro di sé le aveva impedito di correre al più vicino telefono nel tragitto fra la tavola calda e la fermata dell'autobus. Invece, LuAnn aveva scelto di ascoltare la voce di qualcun altro. Spesso era venuta su questa collinetta, per parlare con sua madre, per deporre fiori sulla sua lapide, per tenere pulito il luogo del suo infinito riposo, arrivando alla convinzione di essere effettivamente in grado di comunicare con Joy. Non si trattava di voci. Erano impressioni, sensazioni, percezioni. A volte, qui sulla collinetta, LuAnn sentiva una grande euforia, oppure una grande tristezza. Alla fine, aveva accettato che quel qualcosa, qualsiasi cosa fosse, continuasse a esistere. Sia per lei, sia per la sua bambina. I dottori, quasi certamente, avrebbero definito quel qualcosa una forma di pazzia, LuAnn lo sapeva. Ma per lei non faceva la minima differenza.

E ora, al mattino del *giorno zero*, LuAnn sperava che il qualcosa sulla collinetta le parlasse, le dicesse che cosa fare. Sua madre le aveva insegnato molto chiaramente la differenza tra giusto e sbagliato. LuAnn non aveva raccontato menzogne fino a quando non aveva cominciato a vivere con Duane. Da allora in poi le bugie, le mistificazioni e le distorsioni si erano come generate a getto continuo, condizione irrinunciabile della sua sopravvivenza. Tuttavia, in vita sua LuAnn Tyler non aveva mai rubato, né aveva mai fatto alcunché di realmente malvagio. Ed era così che aveva potuto conservare la dignità e il rispetto di sé, traendone sostegno per affrontare un futuro in cui la speranza di un cambiamento andava facendosi di giorno in giorno più flebile.

Ma oggi, *giorno zero*, quel qualcosa sulla collinetta taceva.

La motofalciatrice si era avvicinata, e il martellare del motore cominciava a filtrare nel vento, disturbandola. LuAnn riaprì gli occhi, con un gran sospiro. Niente da fare. Sua madre sembrava non essere sempre disponibile. Quanto meno, non lo era affatto oggi, *giorno zero*. LuAnn si alzò e si preparò ad andarsene.

Fu a questo punto che ebbe una percezione.

Non le era mai successo niente del genere, prima d'ora. Il suo sguardo si spostò verso una diversa sezione del cimitero, lontana circa cinquecento metri. Come se un *altro qualcosa* la stesse richiamando da quella parte. E LuAnn Tyler sapeva perfettamente di che cosa si trattava. Si mosse a passi incerti lungo uno degli stretti sentieri lastricati che serpeggiavano tra le tombe, oltre il crinale della collinetta, mentre il rumore della motofalciatrice veniva nuovamente inghiottito dalla distanza. Tenne Lisa stretta al petto, quasi che quella forza invisibile potesse strappargliela via. LuAnn continuò a camminare sotto un cielo che di colpo pareva diventare color dell'inchiostro, nel vento improvvisamente gelido che soffiava fra le pietre tombali.

La lapide di bronzo era identica a quella di sua madre. Anche parte del nome era lo stesso:

BENJAMIN HERBERT TYLER

LuAnn osservò le lettere incise, dalle quali le intemperie avevano fatto colare frastagliate tracce di corrosione. Dal giorno della sua morte, era questa la prima volta che LuAnn visitava la tomba di suo padre. Al funerale aveva tenuto stretta la mano di sua madre, e tutt'e due avevano esibito la giusta faccia di circostanza per i congiunti e gli amici. Tutt'e due in realtà non provavano la minima tristezza, la minima sofferenza. Per lo strano modo in cui a volte gira il mondo, Benny Tyler era stato enormemente popolare fra la gente di Rickersville per la sua gentilezza e per la sua generosità. Con tutti tranne che con sua moglie e sua figlia. Con loro non era mai stato né gentile né generoso.

LuAnn trattenne il respiro. Quel nome per esteso, inciso nel bronzo... La lapide le sembrò sul punto di spalancarsi per inghiottirla nella tomba. LuAnn cominciò ad arretrare, ad allontanarsi da quel luogo saturo di ombre.

Quell'*altro qualcosa*...

Oggi, *giorno zero*, il qualcosa proveniva da *questa* tomba, non dalla tomba di sua madre. Più forte, più imperioso di quanto lei lo avesse mai percepito. Forme evanescenti prive di dimensioni, prive di profondità parevano danzare nel vento al di sopra della tomba, simili ai tentacoli di una medusa degli abissi.

LuAnn Tyler, con la figlia stretta ancora di più al petto, girò di scatto su se stessa, agguantò il seggiolino e prese a correre disperatamente attraverso il *Camposanto dei Pascoli del Cielo*. Giù per la collinetta, fuori dal portale.

Prendi quei fottuti soldi, ragazzina!

Andarsene da là dentro. Qualsiasi posto sarebbe andato bene, purché non fosse là dentro.

Papà ti dice di prenderli! All'inferno tutti e tutto! Dammi retta! Usa quel cervello di gallina che hai. Usalo, cazzo!

Non era stato necessario che LuAnn ascoltasse con attenzione.

Quando sei qui sotto, non ti resta niente! NIENTE! Ti ho forse mai mentito, piccolina? L'ho forse mai fatto? Dai retta a papà. Perché papà ti vuole bene. Tu lo sai...

Non era stato necessario che LuAnn tenesse gli occhi chiusi stretti stretti, come quelli di un uccellino.

Prendi quei soldi del cazzo, stupida puttanella! PRENDILI!

I rumori della realtà, il motore agricolo e il traffico sulla strada, erano ricomparsi. L'uomo sulla motofalciatrice la osservò correre via sotto quel cielo di un blu da cartolina. Poi guardò la tomba dalla quale LuAnn era scappata. C'era gente a cui i cimiteri facevano paura perfino in pieno sole.

L'uomo tornò a guardare verso il portale dei *Pascoli del Cielo*. LuAnn Tyler era scomparsa.

Come se non fosse mai stata là.

Il vento freddo le inseguiva ancora mentre scendevano per la lunga strada sterrata.

Il volto di LuAnn era madido di sudore. La luce del sole, raggi accecanti che penetravano fra gli squarci nelle chiome degli alberi, fiammeggiava nei suoi occhi. LuAnn, con Lisa sempre stretta a sé, continuava a correre con un ritmo da maratoneta: una falcata che aveva la regolarità di un meccanismo ad alta precisione e la grazia di un felino predatore. Negli anni dell'adolescenza non c'era un solo corridore nell'intera contea a cui LuAnn Tyler non fosse stata in grado di far mangiare la polvere, inclusi gli attaccanti delle squadre di football del liceo. Un talento atletico da campione mondiale, così le aveva detto il suo insegnante di ginnastica, una velocità che era come un dono degli dèi. Ma con quel dono, nessuno le aveva mai detto che cosa fare. Aveva soltanto permesso a quella ragazzina di quattordici anni con un corpo da donna di scappare dal giovane idiota che allungava le mani, quando non poteva gonfiargli la faccia.

LuAnn sentiva il cuore martellarle nel petto. Ebbe la fugace visione di sé che crollava con la faccia in avanti nella ghiaia, folgorata da un attacco cardiaco identico a quello che aveva stroncato suo padre. Poteva darsi che esistesse chissà quale misterioso difetto organico, eredità genetica della discendenza di Benny Tyler. Un subdolo killer invisibile, sempre in agguato, pronto a strappare un altro Tyler dalla faccia della Terra.

LuAnn rallentò. Lisa aveva cominciato a lamentarsi troppo e a piangere. Allentando la stretta sulla piccola, sussurrandole paroline all'orecchio per calmarla e muovendosi in grandi, lenti cerchi sotto l'ombra degli alberi, LuAnn finalmente si fermò. E anche il pianto della bambina cessò.

LuAnn camminò per il resto della strada che separava il cimitero dalla Airstream. Benny Tyler le aveva parlato, e gli ultimi dubbi si erano dissipati nel nulla. Adesso aveva la risposta.

Avrebbe messo quanto poteva in una valigia e avrebbe poi chiesto a qualcuno di andare a prelevare il resto. Per un po' si sarebbe fatta ospitare da Beth, che insisteva da un pezzo perché andasse a stare da lei. Beth abitava in una vecchia casa colonica con un sacco di stanze, e dopo la morte di suo marito la sua unica compagnia erano un paio di gatti che, a sentire lei, la superavano quanto a pazzia. LuAnn aveva deciso: sarebbe tornata a scuola, a costo di portare Lisa con sé in aula. Non aveva importanza. Si sarebbe iscritta al college municipale e avrebbe preso il diploma. Se c'era riuscito Johnny Jarvis, perché non avrebbe potuto riuscirci anche lei?

Quanto al signor Jackson e alle sue palline magiche, avrebbe trovato qualcun altro per prendere il suo posto. Questo era un problema che non la riguardava più.

Per anni aveva cercato risposte come quelle. Ora le aveva trovate. E nel trovarle, il peso del mondo si era sollevato dalle sue spalle. Sua madre le aveva parlato. Forse lo aveva fatto in modo indiretto, ma l'incantesimo aveva comunque avuto luogo.

— Non dimenticare mai quelli che abbiamo amato e che adesso non sono più quaggiù con noi — sussurrò a Lisa. — Noi non sappiamo. Loro *sanno*.

LuAnn arrivò sulla sommità del dosso affiancato dai boschi scuri. Il giorno prima, Duane Harvey era pieno di soldi. Chissà quanti gliene restavano. Nel momento in cui si ritrovava qualche dollaro in tasca, Duane era sempre fin troppo svelto a offrire da bere a destra e a sinistra. Lo sapeva il cielo come poteva aver bruciato le mazzette nascoste sotto il letto. LuAnn non gli aveva neppure chiesto da dove provenivano quei soldi. Per quanto la riguardava, erano solo un'ulteriore ragione per andarsene.

Discese la strada tortuosa sull'altro lato del dosso. Uno stormo di uccelli neri si sollevò gracchiando dagli alberi, e il loro improvviso battito d'ali la fece sussultare. La Airstream era una sagoma immobile circondata dalla sua corte di relitti e di rottami. Ma adesso, c'era qualcos'altro tra relitti e rottami.

Un'auto nera. Una grossa decappottabile, la vernice troppo lucida, con troppe cromature di cattivo gusto. Sul cofano spiccava una specie di ornamento, anch'esso pesantemente cromato. Da lontano pareva avere la forma di una donna impegnata in qualche atto osceno. LuAnn continuò ad avanzare, ma molto più lentamente. Il furgone di Duane era sotto sequestro. Nessuno dei suoi amici buzzurri e ubriaconi poteva permettersi una macchina del genere.

Quell'auto nera, con quelle ruote da pappone, semplicemente non doveva esserci.

LuAnn si avvicinò cauta, dando uno sguardo più attento. Nulla che potesse fornire indicazioni sul guidatore. I sedili anteriori, con telefono cellulare sul ponte intermedio, erano foderati di pelle bianca con rifiniture di cuoio color porpora. L'interno dell'auto era assurdamente tirato a lustro, la plancia talmente lucida che quasi ci volevano gli occhiali scuri per guardarla. Le chiavi erano state lasciate nel quadro, con il portachiavi a forma di lattina di birra Budweiser. Forse Duane Harvey era definitivamente andato fuori di testa e aveva comprato questo cesso su ruote a raggi.

LuAnn salì i due gradini di mattoni di cemento. Rimase in ascolto fuori della porta a zanzariera. Silenzio. Decise di entrare. A Duane aveva già spaccato il grugno una volta, poteva farlo anche una seconda.

— Duane?

Sbatté violentemente la porta della Airstream.

— Che diavolo fai, Duane? È tua quella roba qua fuori?

Nessun rumore, nemmeno un respiro. LuAnn mise Lisa col seggiolino a terra e avanzò verso il fondo della roulotte.

— Duane? Mi rispondi o cosa? Non ho tempo per gli scherzi.

Si affacciò nella stanza da letto, ma Duane non c'era. Gli occhi corsero alla sveglia di sua nonna: fu la prima cosa che fece sparire nella borsa. Non l'avrebbe mai lasciata, *mai*. Arretrò nel corridoio, fino a Lisa. La piccola era agitata. LuAnn posò la borsa accanto al seggiolino e fece una breve sosta per calmarla. Intanto scrutò verso la parte anteriore della roulotte.

Duane Harvey era a casa. Stava seduto sullo sbrindellato divanetto del soggiorno. Sul tavolino accanto a lui c'era un secchiello di cartone del Kentucky Fried Chicken. Bisunti pezzi di pollo mangiati a metà, patatine fritte rovesciate, chiazze di ketchup sparse come sangue troppo denso, lattine di birra vuote e accartocciate. Resti della cena di ieri, oppure della colazione di oggi. La malridotta televisione era accesa. Niente suono, soltanto immagini baluginanti.

— Ehi, Duane, sei sordo?

Lui girò la testa verso di lei. Un movimento di una lentezza surreale, da ubriaco.

— Tu proprio non vuoi crescere, eh, Duane? — LuAnn era inferocita. — Dobbiamo fare un bel discorsetto, io e te. E a te non piacerà. Ma vuoi saperne una? Non me ne frega niente se non ti pia...

La mano venne fuori dal nulla, coprendole la bocca fin quasi a soffocarla. Un braccio spesso come una trave le strinse la vita, immobilizzandole le braccia lungo i fianchi. Vanamente i suoi occhi dilatati passarono da un angolo all'altro del minuscolo ambiente.

Duane Harvey non era ubriaco. Duane Harvey era morto. Il petto della sua camicia era fradicio di sangue. Sangue vero, non ketchup. Il suo corpo crollò in avanti, come un pupazzo di stracci abbattuto dal vento.

La mano passò dalla bocca di LuAnn alla gola. La morsa spinse il mento verso l'alto, la brutale pressione le fece scricchiolare le vertebre cervicali.

— Un vero peccato, mia cara...

Una voce roca, che LuAnn non riconobbe. E insieme alla voce, le arrivò un alito pesante, fetido, saturo di un tanfo misto di pollo fritto del Kentucky e birra dozzinale. Un alito rivoltante che le premeva contro il volto.

— Cara signora, sei nel posto sbagliato e nel momento sbagliato.

LuAnn vide l'altra mano. E vide la lama del coltello che si sollevava verso di lei. Verso la sua gola. Fu quello l'errore del suo assalitore. Nell'alzare il coltello le aveva lasciato entrambe le braccia libere. Forse aveva creduto che fosse rimasta paralizzata dal terrore. Tutt'altro. LuAnn scalciò all'indietro, colpendo con il tallone il ginocchio di lui come lo zoccolo di un mulo. Simultaneamente pestò a fondo con il gomito nel suo ventre flaccido, all'altezza del diaframma.

L'uomo sussultò, la lama che s'impennava tagliandole l.

mento in diagonale. Un fiotto rosso si disperse nell'aria ferma della Airstream. LuAnn sentì in bocca il gusto del sangue, il proprio sangue. L'uomo cadde in ginocchio sul pavimento, sputando e gorgogliando. Il grosso coltello da caccia cadde sulla moquette, intrisa di altro sangue, quello di Duane Harvey.

LuAnn partì in fuga verso la porta della roulotte, ma la mano sinistra del killer si chiuse in una morsa intorno alla caviglia di lei, trascinandola a terra. LuAnn rotolò sulla schiena, riuscendo ad assestargli un calcio in piena faccia. Per la prima volta riusciva a vederlo: carnagione bianchiccia scottata dal sole, sopracciglia cespugliose unite al centro, capelli zeppi di brillantina da quattro soldi, labbra ora distorte in una smorfia di dolore grottesca. LuAnn non poté vedere i suoi occhi, semichiusi mentre incassava la pedata. Era invece del tutto evidente che si trattava di un gorilla grosso almeno il doppio di lei. Dalla stretta che lui continuava a esercitare sulla sua caviglia, ebbe la conferma che sul piano della forza fisica non ci poteva essere confronto. Ma LuAnn non avrebbe lasciato sua figlia a portata di quell'energumeno. A nessun costo!

Invece di seguitare a resistere passivamente, gli si scaraventò addosso urlando a squarciagola. E questo lo disorientò. Di colpo sbilanciato, l'uomo abbandonò la presa alla caviglia. In quel frangente LuAnn scorse i suoi occhi: due biglie marrone scuro, il colore delle vecchie monete da un centesimo. Quegli occhi non le piacevano. E con uno scatto felino gli piantò indice e medio della mano destra direttamente dentro i bulbi. L'uomo urlò come un maiale sgozzato. Sotto la scossa nervosa del lancinante dolore, schizzò all'indietro, picchiò la schiena contro la parete e le ritornò addosso alla cieca.

Rotolarono entrambi sul divano, in un sussultante groviglio di gambe e di braccia. Nella caduta, la mano di LuAnn agguantò un oggetto, impossibile capire cosa. Le parve qualcosa di ragionevolmente pesante. E di molto duro. Senza pensarci due volte pestò l'oggetto sul cranio del killer, sfiorando nel movimento il cadavere di Duane mentre per inerzia andava a sbattere a sua volta contro la parete.

Nel centrare la tempia dell'assalitore, il telefono si disintegrò in mille pezzi. L'uomo crollò di nuovo. Le sue gambe ebbero un sussulto spastico. Sangue scintillante gorgogliò tra i capelli zeppi di brillantina e colò sul pavimento, mescolandosi al ketchup. E all'altro sangue, quello di Duane Harvey.

LuAnn rimase immobile a terra per un attimo, poi in qualche modo riuscì a mettersi a sedere. Tutta la schiena le doleva. Aveva un braccio indolenzito nel punto in cui, cadendo, aveva urtato contro il tavolino, e ben presto le si intorpidì fino a diventare insensibile, inutile. Un Boeing 747 continuava a decollarle dentro il cranio.

— Cristiddio...

Lottò per sollevarsi e per mantenere l'equilibrio. Doveva andarsene da lì. Prendere Lisa e correre finché le sue gambe l'avessero sostenuta. Le ombre apparvero ai margini del suo campo visivo, simili alle ali di quegli uccelli neri che aveva visto prendere il volo dagli alberi intorno alla radura.

— Gesù...

Le ombre invasero l'intero universo. LuAnn Tyler crollò su se stessa come un castello di carte.

8

LuAnn non aveva idea di quanto tempo fosse rimasta svenuta. Il sangue scaturito dalla ferita al mento non si era ancora seccato, così dedusse che il mancamento non poteva essere stato troppo lungo.

Aveva la maglietta tutta strappata, intrisa di altro sangue, un seno fuoriuscito dallo squarcio nella stoffa. Lentamente, si rimise in posizione seduta, cercando di ricomporsi con l'unico braccio funzionante. Si passò la mano sul mento e le sue dita incontrarono il taglio dai bordi slabbrati. In qualche modo riuscì a sollevarsi. Aveva il fiato mozzo. Ondate di terrore e di dolore fisico continuavano a martellarla come marosi in una tempesta.

I due uomini giacevano uno accanto all'altro. L'uomo che aveva tentato di ucciderla era ancora vivo. Lo indicava il ritmico abbassarsi e sollevarsi del suo ventre a mongolfiera. Per Duane era difficile dirlo. LuAnn si mise in ginocchio e cercò di sentirgli il polso. Se anche c'era un battito, non le riuscì di trovarlo. La faccia di Duane aveva assunto una sfumatura grigiastra, accentuata dalla penombra che dominava all'interno della roulotte. LuAnn si alzò e girò l'interruttore. Non servì, la luce rimase scarsa. Tornò a inginocchiarsi accanto a Duane, cercò una pulsazione sul suo torace. Niente. Gli sollevò la camicia ma la riabbassò di scatto. Sangue.

— Santo Dio, Duane... Che cosa hai combinato? Duane? Puoi sentirmi? Rispondi!...

Nel chiarore livido e quasi lunare della Airstream, poté accertare che il sangue aveva smesso di sgorgare dal corpo ferito di Duane, segno probabile che il suo cuore aveva cessato di battere. LuAnn gli toccò un braccio. La carne del gomito era ancora calda, ma quella della mano era fredda, e le dita stavano già incurvandosi, simili ad artigli. Il suo sguardo si spostò sui resti del telefono. Non sarebbe venuta nessuna ambulanza. E comunque, a Duane non sarebbe servita. Bisognava chiamare la polizia. Identificare l'uomo che aveva fatto fuori Duane e che aveva cercato di uccidere anche lei.

Quando LuAnn si alzò per andarsene, s'inchiodò di nuovo. Polvere. Polvere bianca all'interno di piccole buste di plastica trasparente. Erano nascoste dietro il secchiello bisunto del Kentucky Fried Chicken. Nella lotta erano finite sparse per terra. LuAnn si chinò a raccoglierne una. Capì all'istante di che cosa si trattava. Droga...

Da qualche parte alle sue spalle udì un lamento. *Lisa!* Dov'era Lisa? Poi ci fu un altro suono, qualcosa che poteva essere un fruscio. La mano del killer aveva cominciato a muoversi, a sollevarsi. Verso Lisa! LuAnn buttò via la bustina con la polvere bianca e si precipitò per il corridoio. Usando il braccio buono strappò dal pavimento il seggiolino in cui si trovava sua figlia, che nel vedere sua madre era scoppiata a urlare, e si gettò fuori dalla Airstream. La zanzariera sbatté contro l'esterno della roulotte con uno schianto che parve lo scoppio di un petardo.

LuAnn sfrecciò davanti alla macchina da pappone, e quando fu oltre gettò una frenetica occhiata dietro di sé. L'imponente massa di carne che lei aveva abbattuto con il telefono non era apparsa sulla porta per darle la caccia. O perlomeno non ancora. Gli occhi di LuAnn volarono al cruscotto, alle chiavi lasciate nel quadro. Investito dai raggi del sole, l'acciaio nichelato scintillava come una tentazione ricoperta di diamanti. LuAnn esitò solo un istante, dopodiché lei e Lisa erano già a bordo. Il motore a otto cilindri si avviò con un ruggito e il retrotreno sbandò sul terreno intriso di pioggia, mentre i pneumatici facevano volare fango scuro in ogni direzione. Cercando di tenere a bada i propri nervi, LuAnn imboccò lo sterrato e superò il dosso. Lasciò dietro di sé il killer, la droga e la Airstream. E Duane Harvey.

L'improvvisa ricchezza di Duane faceva parecchio pensare. Vendere droga rendeva evidentemente molto di più che svuotare automobili lungo l'interstatale. Solo che Duane aveva tentato di tenere per sé un po' troppa polvere bianca, o un po' troppa grana verde. O entrambe.

LuAnn svoltò sulla statale, facendo stridere le gomme della macchina da pappone. *Doveva* avvertire la polizia. C'era ancora una remota possibilità che Duane non fosse morto, anche se salvarlo significava garantirgli un lungo soggiorno nelle patrie galere. Ma se non era morto, lei non poteva permettere che lo diventasse. Quanto all'energumeno, non poteva fregargliene di meno. L'unica cosa che le scocciava era di non aver avuto a disposizione qualcosa di più pesante con cui sfondargli il cranio.

LuAnn lanciò un'occhiata a Lisa. Vide un visino terrorizzato, labbra e gote che ancora tremavano per la paura. Allungò il braccio malconcio per calmare la piccola. Un gesto semplice, breve. Eppure, per non urlare di dolore fu costretta a mordersi le labbra. Quanto al collo, le doleva come se ci fosse passato sopra un camion. Il suo sguardo si spostò sul telefono cellulare. Doveva avvertire, dare l'allarme.

Fermò la macchina in una piazzola di sosta, staccò il ricevitore dal supporto e armeggiò nervosamente con l'apparecchio prima di riuscire a comporre il numero.

— Nove-uno-uno — disse una voce di donna. — Qual è la vostra emergenza?

LuAnn Tyler staccò la comunicazione. Stava osservando le proprie dita, che tremavano così convulsamente da non riuscire a stringersi in un pugno. Sangue suo. E di *qualcun altro*. In quella storia c'era dentro anche lei. In pieno. Quel maledetto energumeno aveva cercato di rialzarsi, d'accordo, ma per quanto ne sapeva lei, poteva essere crollato nuovamente e aver tirato le cuoia dieci secondi dopo. E in quel caso era stata lei a farlo fuori. Legittima difesa? Certo, ma chi le avrebbe creduto? Era un trafficante di droga. E lei adesso era al volante della sua macchina.

Si girò di scatto, guardandosi intorno. Alcune auto stavano arrivando in senso inverso. La cappotta. Doveva chiuderla. *Subito!* LuAnn scavalcò lo schienale e si protese oltre i sedili posteriori. Afferrò per l'estremità la bianca copertura, la trasse prima verso l'alto e poi a chiudersi su Lisa e su di lei come una valva protettiva. Infine serrò le maniglie di bloccaggio, si lasciò cadere di nuovo dietro al volante e ripartì di gran carriera.

Anche Duane trafficava droga. Chi avrebbe creduto che lei non ne sapeva niente? Chi avrebbe accettato quella verità? Nessuno, assolutamente nessuno. Nemmeno lei riusciva ad accettarla. Era in trappola, con le spalle al muro. E questa era un'altra verità, molto più brutale. LuAnn la sentì propagarsi lungo i suoi nervi e dentro la sua mente, divorante come un incendio di sterpaglie. Fu costretta a compiere uno sforzo violento per non mettersi a urlare. Uno sforzo ancora più violento per allontanare l'immagine di sua madre.

Non posso farcela, mamma. Non ho più scelta.

Perché adesso era *costretta* a fare quella telefonata a Jackson.

Lo sguardo di LuAnn schizzò alla plancia, al piccolo orologio cromato al centro del cruscotto. E di nuovo, si sentì mancare il respiro.

Alle dieci e un minuto...

Come se i suoi polmoni non riuscissero a spingere l'aria dentro e fuori.

l'offerta sarà scaduta.

Come se il suo sangue stesse evaporando all'interno del sistema circolatorio.

Scaduta per sempre.

L'orologio segnava cinque minuti *dopo* le dieci.

LuAnn arrestò l'auto sulla banchina e si afflosciò in avanti, la fronte contro il volante. Jackson aveva parlato sul serio. Su questo non poteva sussistere neppure l'ombra di un dubbio. *Lisa...* Che cosa ne sarebbe stato di lei se sua madre fosse finita dietro le sbarre? Duane... Quello stupido, maledetto figlio di puttana. L'aveva fottuta da vivo e la stava fottendo anche da morto, in modo addirittura peggiore.

LuAnn sollevò la testa, si guardò intorno stringendo le palpebre sugli occhi pieni di lacrime. Lentamente, il paesaggio tornò a fuoco.

C'era una banca, dalla parte opposta della strada. Una struttura di cemento dall'aspetto impenetrabile, quasi minaccioso. Se avesse avuto con sé una pistola, LuAnn avrebbe seriamente considerato la possibilità di giocarsi la rapina a mano armata. A questo punto, che cosa aveva da perdere? Solo che oggi era domenica: il parcheggio era deserto, la banca chiusa. La cifra dei minuti scattò sull'orologio digitale sulla parete esterna, e l'improvviso fiotto di adrenalina che ne derivò la scosse come una scarica elettrica ad alto voltaggio.

Le dieci *meno* cinque.

E i bancari sono gente precisa. E anche i loro orologi devono esserlo.

LuAnn affondò una mano in tasca, frugando freneticamente alla ricerca del foglietto con su scritto il numero di Jackson. Dov'era quel maledetto?... Lo trovò. Strappò dal supporto il ricevitore del telefono cellulare e cercò di premere i pulsanti, con la propria coordinazione motoria che pareva andata in cortocircuito. Tempo... Quanto gliene rimaneva? Il ponte radio completò la connessione. Chissà dove, un telefono doveva essersi messo a suonare. Una volta. Due volte...

— Stavo cominciando ad avere qualche perplessità nei suoi confronti, LuAnn — disse la voce di Jackson.

LuAnn se lo figurò seduto in un locale in penombra, mentre consultava il proprio orologio, meravigliandosi di quanto vicino al limite estremo lei fosse potuta arrivare.

— Penso che... — LuAnn deglutì a fatica, riprendendo fiato — che mi è proprio volato via il tempo, ecco. Ho avuto un sacco da fare.

— Quale prodigiosa disinvoltura da parte sua, LuAnn. Quanto mai sorprendente, mi consenta.

— Cosa succede adesso?

— Non sta dimenticando qualcosa?

LuAnn si sentì strangolare. — Che... che cosa? — La mente sembrò piombarle nel buio. Di cosa diavolo stava parlando? E se veramente fosse stato tutto un orribile scherzo?

— Io le ho fatto un'offerta, LuAnn. Se lei e io vogliamo stipulare un contratto che sia legalmente valido, lei deve accettare chiaramente la mia offerta. Forse è una formalità, ma sono comunque costretto a insistere.

— Accetto.

— Splendido. Posso darle completa assicurazione che non rimpiangerà la sua decisione.

LuAnn si guardò attorno con apprensione. C'erano due persone dall'altro lato della strada. Stavano osservando la macchina da pappone. LuAnn riavviò il motore e riprese a muoversi.

— Allora — chiese nuovamente a Jackson — che succede adesso?

— Dove si trova in questo momento?

— Perché? — La sua voce era suonata guardinga, e subito aggiunse: — Sono a casa.

— D'accordo. Vada alla più vicina ricevitoria e comperi un biglietto della Lotteria Nazionale.

— Che numeri gioco?

— Non ha alcuna importanza. Come lei sa, ha due opzioni. La prima: accettare un biglietto con numeri emessi automaticamente dalla macchina distributrice. La seconda: scegliere lei stessa i numeri. Nell'un caso e nell'altro, la combinazione viene inviata al computer centrale della Commissione Lotterie e da lì istantaneamente confrontata con le combinazioni già in memoria. Non sono ammesse due combinazioni identiche. Questo consente l'esistenza di un unico vincitore per l'intero montepremi. Se lei opta per scegliere i numeri, e se quei numeri sono già stati scelti da qualcun altro, il sistema glielo farà sapere. In quel caso, tutto quello che deve fare è selezionare numeri differenti.

— Ma non me li dà lei i numeri vincenti? Io pensavo che...

— Non *pensi*, LuAnn. È un processo che potrebbe arrecarle danni irreparabili. — Nella voce di Jackson c'era di nuovo quella vaga nota di minaccia. — Faccia quello che le dico e basta. Non appena avrà la combinazione, mi richiami a questo medesimo numero e me la comunichi. Penserò io a tutto il resto.

— Ma i soldi quando me li danno?
— Ci sarà una conferenza stampa...
Conferenza stampa!?
Nel suo incontrollato sussulto, LuAnn deviò verso la corsia opposta. Controsterzò seccamente ed evitò per un pelo uno scontro frontale, continuando a tenere il telefono tra la spalla e il collo.
— Qual è il problema, LuAnn? Non mi dica che non ha mai guardato le premiazioni della Lotteria Nazionale. Il vincitore partecipa sempre a una conferenza stampa, di solito a New York. Viene trasmessa in diretta in tutti gli Stati Uniti, in tutto il mondo. Le faranno fotografie mentre riceve l'assegno con la vincita. Dopodiché i giornalisti le porranno le solite domande insulse: chi è lei, da dove viene, qual è la sua storia, quali sono i suoi sogni, che cosa intende fare con tutto quel denaro eccetera eccetera. È una pantomima del tutto grottesca, lo riconosco, ma la Commissione Lotterie ci tiene. La ragione è chiara: per loro si tratta di una formidabile forma di pubblicità. Non è un caso che le vendite dei biglietti siano raddoppiate ogni anno negli ultimi cinque anni. Un vincitore che se lo merita piace a tutti. Forse perché tutti pensano di meritarsi di diventare a loro volta vincitori. Nient'altro che una classica distorsione della natura umana.
— E devo farla anch'io?
— Di che cosa sta parlando?
— Io non ci voglio andare in televisione, tutto qua!
— Non ha scelta. Tenga a mente, LuAnn, che lei si metterà in tasca *cinquanta-milioni-di-dollari*. In cambio di quella cifra, la commissione si aspetta almeno una conferenza stampa di ringraziamento. E in tutta onestà, ha pienamente ragione ad aspettarsela.
— Così ci devo andare.
— Assolutamente.
— Devo usare il mio vero nome?
— Ha qualche ragione per cui non dovrebbe?
— Ho le mie ragioni, signor Jackson.
— Non vuole intrattenermi con queste sue ragioni?
— Devo usarlo il mio nome, sì o no?

— Sì! *Deve!* Esiste un regolamento, LuAnn, comunemente definito *legge del diritto di informazione*. Per presentarglielo in termini accessibili, le dirò che esso sancisce che il pubblico ha il diritto di conoscere le identità, le *vere* identità, di tutti i vincitori della Lotteria Nazionale.

— Vabbé... — LuAnn sbuffò sonoramente, cercando di liberarsi anche del proprio disappunto. — Ma poi i soldi quando me li danno?

Per un lungo momento, nel cellulare ci fu solo il debole disturbo del rumore di fondo.

— Ehi, Jackson, non provi a fare lo stronzo con me. — LuAnn sentì un brivido di collera dipanarsi lungo la schiena. — Voglio sapere dei fottuti soldi!

— Non c'è motivo di alterarsi così, signorina Tyler — replicò seccato Jackson — e la invito *vivamente* a non rivolgersi mai più a me in simili termini. Io sto solo cercando di spiegarle nel modo più semplice possibile il meccanismo della riscossione della vincita. Ed eccolo: il denaro le verrà accreditato direttamente sul suo conto in banca.

— Ma io non ce l'ho un conto in banca! Non ho mai avuto abbastanza soldi per aprirlo, un cavolo di conto in banca!

— Non alzi nuovamente la voce, LuAnn. Me ne incaricherò io. La sola cosa della quale lei deve preoccuparsi è *vincere* alla Lotteria Nazionale. — Nella voce di Jackson era tornata una sfumatura di ottimismo. — Andrà a New York con la sua piccola Lisa, mostrerà quel grasso assegno con tanti zeri, sorriderà in modo commosso per le telecamere e chiuderà in bellezza dicendo tutte quelle amenità modeste e carine. Dopodiché, si preparerà a passare il resto dei suoi giorni su una spiaggia tropicale.

— Ma come ci arrivo a New York?

— Ottima domanda, alla quale sono già preparato a rispondere. Non c'è aeroporto a Rikersville. Né nelle sue immediate vicinanze. C'è però una stazione degli autobus. Prenderà un autobus fino alla stazione ferroviaria di Atlanta, linea Crescent dell'AmTrak. La stazione di Gainsville sarebbe per lei più accessibile, ma là non vendono biglietti per percorsi interstatali. Per questo dovrà raggiungere Atlanta. Sarà un lungo viaggio fino a New York, circa diciotto ore, con numerose fermate intermedie. Non si preoccupi. Due terzi del tragitto avranno luogo di notte e lei potrà riposare. L'AmTrak Crescent la porterà direttamente a New York senza costringerla a cambiare treno. Potrei mandarla in aereo, ma l'aereo comporta altre complicazioni, tipo mostrare documenti d'identità. Non voglio questo. E nemmeno voglio che lei arrivi a New York troppo rapidamente. Come le ho già detto, penserò io a tutto. Biglietti prenotati a suo nome l'aspetteranno a ciascuna stazione. Potrà mettersi in viaggio per New York non appena l'estrazione avrà avuto luogo.

LuAnn strinse gli occhi. Nella sua mente balenò l'immagine di due corpi riversi... quello di Duane e quello del killer che l'aveva fatto fuori. E che lei aveva forse ammazzato. — Non sono mica sicura di voler restare da queste parti.

— Perché no? — sbottò Jackson, sorpreso.

— Non sono ca... — questa volta, LuAnn riuscì a fermarsi in tempo. — Cioè, se la vinco davvero, la lotteria, non voglio che la gente di qui venga a saperlo. Questi sono come un branco di lupi affamati addosso a un vitellino. Capisce cosa voglio dire, no?

— Non permetterò che ciò accada. Lei non verrà pubblicamente identificata quale vincitrice finché non ci sarà la conferenza stampa. Al suo arrivo a New York troverà qualcuno ad attenderla che l'accompagnerà al quartier generale della Lotteria Nazionale. Lei presenterà il biglietto vincente. Il biglietto verrà autenticato. A quel punto lei verrà accreditata quale vincitrice. La conferenza stampa avrà luogo il giorno dopo. Un tempo ci volevano giorni, settimane intere per autenticare il biglietto vincente. Con la tecnologia informatica di oggi, è solo questione di poche ore.

— Cosa ne dice se io ad Atlanta ci vado in macchina e il treno lo prendo oggi?

— Lei ha una macchina, LuAnn? E che cosa dirà Duane in merito? — Nel tono di Jackson era trapelato un misto di ammirazione e di derisione.

— Fregatene di Duane, Jackson. A Duane ci penso io.

— Credo di averla già avvertita sul suo atteggiamento nei

miei confronti, LuAnn. In fondo, penso di meritarmelo un minimo di gratitudine. O forse le vengono offerti cinquanta milioni di dollari ogni giorno?

LuAnn serrò la mascella. Cinquanta milioni di dollari, certo. Con la *frode*! — Mi scusi — disse lentamente. — Solo che, adesso che ho deciso di starci, tutto cambia. La mia vita... La vita di Lisa. E mi vengono un sacco di pensieri.

— Certo, capisco, ma lei continui a *non pensare*. Si tratterà di un cambiamento molto positivo. Lo sta facendo sembrare la cella di una prigione.

LuAnn riuscì in qualche modo a ricacciare giù il groppo che aveva in gola. — Lo posso prendere oggi quel treno, signor Jackson? Per favore?...

— Attenda un minuto. — LuAnn udì lo scatto della conversazione messa in attesa. Cercò di mettere meglio a fuoco qualcosa sulla strada. Era un'autopattuglia della polizia ferma su un lato, con il radar tachimetrico appoggiato al bordo del finestrino. Istintivamente lo sguardo di LuAnn si spostò sugli indicatori del cruscotto. Stava viaggiando ben sotto il limite di velocità, ma rallentò comunque. Riprese a respirare più liberamente solo dopo essersi lasciata i poliziotti molto indietro.

La voce secca di Jackson la fece sussultare: — L'AmTrak Crescent arriva alla stazione di Atlanta alle sette e quindici di questa sera. Raggiungerà New York alle ore una e trenta di domani pomeriggio. Sono circa due ore di guida da Rikersville ad Atlanta. — Jackson fece una breve pausa. — Immagino che le servirà del denaro per il biglietto. Più altri fondi addizionali per... chiamiamole *piccole necessità di viaggio*.

LuAnn annuì inconsciamente: — Sì, altri soldi... — e di colpo si sentì sporca dentro, lurida come una prostituta che chiede una mancia extra per qualche laida prestazione in più.

— C'è un ufficio della Western Union accanto alla stazione — riprese Jackson. — Trasferirò là cinquemila dollari a suo nome.

LuAnn deglutì nell'udire la cifra, percependo con quanto distacco e quanta naturalezza Jackson disponeva di denaro.

— Lei ricorda la mia offerta iniziale, LuAnn? Considereremo questi cinquemila dollari come un compenso per un lavoro ben fatto. Per riscuoterli dovrà semplicemente mostrare un documento d'identità.

— Ma io non ce l'ho.

— Anche la patente di guida o il passaporto vanno bene. Alla Western Union non serve altro.

— Passaporto? — ripeté LuAnn soffocando una risata piena di amarezza. — E a cosa serve un passaporto per andare da una roulotte nei boschi al supermercato? E poi non ho nemmeno la patente.

— Ma lei ha in mente di andare ad Atlanta in auto, se non vado errato. — LuAnn trovò quasi comico il tono stupito e quasi ansioso di Jackson. Un uomo che stava pianificando una formidabile frode, ma che al tempo stesso trovava difficile accettare che si potesse guidare senza patente.

— Lei non immagina quanta gente se ne frega di avere o no i documenti.

— Tagliamo corto: lei non potrà avere quei soldi senza un documento.

— Lei è qui vicino, signor Jackson?

— LuAnn, la mia unica ragione di permanenza nella ridente cittadina di Rikersville era il mio incontro con lei. Concluso l'incontro... — Jackson fece un'altra pausa, e quando riprese, la sua voce era venata di contrarietà. — Bene, allora sembra proprio che ci sia un problema.

— Quant'è che costa il biglietto del treno?

— Circa millecinquecento dollari.

LuAnn strinse i denti. Dove mai avrebbe potuto trovare... Ma di colpo le venne in mente Duane, e il suo gruzzolo di soldi sporchi. LuAnn fermò nuovamente la macchina sul ciglio della strada, posò il ricevitore, frugò sotto i sedili e trovò una borsa di cuoio marrone. Era zeppa di banconote. Abbastanza da comprare non un solo posto per New York ma l'intero treno per New York.

— Okay, signor Jackson... C'è questa donna che lavora insieme a me, e suo marito le ha lasciato dei soldi quand'è morto. Posso chiedere a lei i soldi del treno. Tipo un prestito.

Lei me li dà sicuramente. E con i soldi in contanti quelli della ferrovia non me li chiedono i documenti, giusto?

— Nella nostra società il denaro è sovrano, LuAnn. Sono certo che l'AmTrak le troverà una confortevole sistemazione. Si limiti a non usare il suo vero nome. Scelga un nome semplice ma che al tempo stesso non suoni falso. Ora vada a comprare il biglietto della Lotteria Nazionale e mi richiami immediatamente. Sa come arrivare fino ad Atlanta?

— È un posto bello grande. Lo troverò.

— Indossi qualcosa che le mascheri il viso. Foulard, occhiali scuri. L'ultima cosa di cui abbiamo bisogno in questo momento è che lei venga riconosciuta *prima* dell'estrazione.

— Questo lo capisco, signor Jackson.

— Lei è quasi in porto, LuAnn. Congratulazioni.

— Non ho tanta voglia di fare festa.

— Le verrà. Avrà un'intera vita per fare festa.

LuAnn posò il telefono e si guardò intorno. I finestrini erano affumicati, era improbabile che qualcuno l'avesse riconosciuta, ma comunque non poteva continuare a correre quel rischio. Doveva disfarsi di quella macchina da pappone. E farlo anche in fretta. Il problema era *dove*. LuAnn non voleva che la vedessero smontare. Una donna alta, dalla faccia striata di sangue secco che trascina una bambina in fasce fuori da una quattro ruote zeppa di cromature, e con sul cofano un fregio pornografico. Non esattamente il ritratto della brava mammina americana. Ma all'improvviso le balenò un'idea. Forse un tantino pericolosa. In ogni caso non c'era alternativa.

LuAnn eseguì un'inversione a U e accelerò. Impiegò una ventina di minuti per arrivare allo sterrato che s'inoltrava tra i boschi. Allungò il collo e scrutò in avanti, oltre il dosso. Finalmente vide la roulotte. Nessun altro veicolo. Nessun movimento. Ma il corpulento figlio di puttana poteva essere ancora in agguato, pronto a metterle nuovamente le mani intorno al collo, pronto a sollevare nuovamente la lama su di lei.

— Se vedi lo stronzo che viene fuori — disse LuAnn ad alta voce a se stessa — lo stiri come uno straccio sotto queste due tonnellate di ferraglia.

La macchina si fermò davanti alla roulotte. Tutto era fermo. LuAnn abbassò il finestrino e rimase in ascolto. Nessun suono, né dentro né fuori la Airstream. Tolse un fazzolettino di carta dalla borsa di Lisa. Ripulì metodicamente il volante, le maniglie e il telefono cellulare. Poi tutte le superfici che aveva toccato, o che credeva di aver toccato, all'interno dell'auto. Anche lei aveva guardato alcuni episodi di *America's Most Wanted*, il famoso programma televisivo in cui il pubblico poteva aiutare a catturare pericolosi criminali in fuga. Anche lei aveva imparato qualche trucco. E se ci fosse stato meno pericolo, sarebbe anche entrata nella roulotte e avrebbe ripulito il telefono. Ma era inutile. In quel lercio rimorchio ci aveva vissuto per oltre due anni, le sue impronte erano dappertutto.

LuAnn scese dalla macchina, infilò nel seggiolino portatile di Lisa tutto il contante che le riuscì di far entrare. Cercò di sistemarsi alla meglio la maglietta strappata, con il braccio funzionante afferrò il seggiolino con Lisa e si incamminò per la radura, in direzione della stradina.

Dall'interno della roulotte, due occhi scuri stavano osservando la frettolosa partenza di LuAnn, cogliendone ogni dettaglio. Quando all'improvviso lei si girò per gettare tutt'intorno uno sguardo circospetto, l'uomo arretrò d'istinto in un ritaglio di tenebre più fitte. LuAnn Tyler non lo conosceva, ma non era il caso di correre rischi. La mano destra scese ad appoggiarsi sul calcio della 9mm semiautomatica infilata nella cintura dei pantaloni, sotto il giubbotto di pelle chiuso a metà. Fuori, LuAnn Tyler e sua figlia stavano scomparendo oltre la sommità del dosso.

Facendo bene attenzione a non mettere i piedi nelle pozze di sangue, l'uomo tornò ad avvicinarsi ai due uomini a terra. Era arrivato nel momento migliore, trovando il bottino di una battaglia che non aveva neppure dovuto combattere. Meglio di così... Tirò fuori di tasca una larga busta di plastica e la riempì con le bustine contenenti la droga, raccogliendole dal tavolino e dal pavimento. Si bloccò, e dopo averci pensato un attimo decise di lasciarne almeno metà là dove le aveva trovate. L'avidità è sempre una pessima consigliera. Quei due avevano lavorato per un'organizzazione. Nel momento in cui quella gente avesse appreso che la polizia non aveva trovato droga nella roulotte, quelli per il lavoro sporco si sarebbero messi alla ricerca di chi l'aveva presa. Ma se fosse mancata solamente *metà* della polvere bianca, avrebbero fatto l'ipotesi dei poliziotti marci. Ipotesi tutt'altro che campata in aria.

Vicino alla mano dell'uomo grasso, notò un pezzetto di tessuto strappato. Proveniva della maglietta della donna. Lo raccolse e se lo mise in tasca. Adesso la donna era in debito verso di lui. Poi osservò quanto restava del telefono e le posizioni dei corpi, dov'era caduto il coltello e le infossature che la colluttazione aveva causato nella parete della roulotte. La donna doveva essere arrivata nel bel mezzo della lotta tra i due uomini. Il grasso aveva inchiodato il magro. E la donna, in qualche modo, aveva inchiodato il grasso. Considerando l'enorme mole di questo, la sua ammirazione per la donna crebbe notevolmente.

Come se avesse udito quel commento, l'uomo grasso ebbe un lento movimento. Senza alcun indugio, il nuovo arrivato prese uno straccio da cucina, impugnò il coltello e glielo affondò nel petto. Una volta, due, tre. Altro sangue dilagò da quel ventre da bevitore di birra. La sue dita artigliarono la moquette lurida, ultimi spasmi di una breve agonia. Per un estremo, interminabile istante tutto il suo corpo s'irrigidì nella contrazione conclusiva, poi si rilasciò. Le dita tornarono ad aprirsi, le palme aperte appoggiate al pavimento. La faccia era girata di lato, e un unico occhio privo di vita fissava il vuoto.

Poi toccò a Duane Harvey. L'uomo rovesciò sulla schiena il suo corpo apparentemente inerte. Difficile vedere nella semioscurità se il suo torace effettivamente si muovesse. Non aveva importanza. Gli tagliò la gola da un orecchio all'altro.

Un attimo dopo era fuori dalla Airstream, attraversando la radura e i suoi relitti fino all'interno della fitta penombra della foresta.

Si fermò vicino alla sua auto, parcheggiata su un sentiero abbandonato che serpeggiava nel folto. Era una pista difficile, sconnessa, ma quello che contava era che lo avrebbe riportato sulla strada principale in tempo per riacquisire il suo bersaglio primario: LuAnn Tyler.

Non appena salì in macchina, il telefono dell'auto si mise a suonare. L'uomo afferrò il ricevitore.

— Il suo compito è da considerarsi concluso — disse la voce di Jackson.

— Concluso?

— Lei mi ha capito esattamente, signor Romanello. Il contratto che riguarda LuAnn Tyler è ufficialmente annullato. Il saldo del suo compenso le perverrà secondo i consueti canali. La ringrazio per la proficua collaborazione. Non mancherò di tenerla in considerazione per opportunità future.

La mano di Anthony Romanello si serrò intorno al ricevitore. Si domandò se doveva dire a Jackson dei due cadaveri nella Airstream e decise prontamente di no. Perché pareva essersi imbattuto in qualcosa di *molto* interessante.

— Ho visto la bambolina che se ne andava via a piedi — riferì Romanello. — Ma non mi dava l'aria di qualcuno con i soldi per fare molta strada.

— Per quella bambolina, signor Romanello — disse Jackson con tono divertito — i soldi saranno l'ultima delle preoccupazioni. — E riagganciò.

Romanello si rilassò contro lo schienale e considerò per un momento tutta la faccenda. Tecnicamente, lui aveva finito. Poteva tornare a casa e aspettare che il resto dei suoi soldi arrivasse. Ma stava succedendo qualcosa di strano. Il fantomatico signor Jackson lo aveva spedito in quel buco a far fuori una puttanella di campagna e poi aveva cancellato il contratto all'ultimo momento. E intanto si era lasciato scappare un'allusione ai soldi. Tanti soldi. Putacaso, proprio uno degli argomenti che più stavano a cuore ad Anthony Romanello. Girò la chiave e avviò il motore.

Aveva tutte le intenzioni di non lasciarsi sfuggire LuAnn Tyler.

9

La toilette del distributore di benzina puzzava di carburante.

LuAnn Tyler cercò di rimettersi in sesto. Ripulì la ferita al mento, tolse un cerotto dalla borsa che conteneva i pannolini di Lisa e lo applicò sul taglio. C'era un minimarket della 7-Eleven presso il distributore. Mentre Lisa si scolava il biberon, LuAnn comprò della pomata contro le contusioni e della garza.

Acquistò anche il biglietto della lotteria.

Non volle che a stabilire la combinazione fosse la macchina, e scelse una sequenza ottenuta dalle date del suo compleanno e di quello di Lisa.

— Vuoi saperne una, LuAnn? — Il cassiere del minimarket era un suo amico, un ragazzo di nome Bobby. — La gente ne ha comprati a quintali di quei biglietti lì.

— Quant'è il montepremi?

Bobby accennò al cerotto e domandò: — Cosa ti è successo?

— Mi sono tagliata radendomi.

Lui sogghignò.

— Allora — lo incalzò LuAnn. — Quel montepremi?

— Sessantacinque milioni di dollari. — Gli occhi di Bobby mandarono lampi di cupidigia. — E continua a salire. Ne ho comprati una dozzina anch'io. Non so, ma ho un certo presentimento, LuAnn. Te lo ricordi quel film in cui il poliziotto dà alla cameriera metà del biglietto vincente della lotteria? Be', se vinco io, metà la do a te. Potessi morire.

— È proprio una bella idea, Bobby. E cosa devo fare di preciso per avere tutti quei soldi.

— Ma sposarmi, è chiaro! — Bobby le tese il biglietto che lei aveva appena comprato. — E che te ne pare di darmi la metà se vincerai tu? Sposarci ci sposiamo lo stesso.

— Questo me lo gioco per conto mio. E poi, non sei forse fidanzato con Mary Anne Simmons?

— Lo ero... fino alla settimana scorsa. — Bobby se la stava mangiando con gli occhi. — Quant'è idiota quel Duane!

LuAnn spinse il biglietto bene in profondità nella tasca dei jeans. — Lo vedi spesso?

— Naah, ultimamente si fa i fatti suoi — rispose Bobby scuotendo il capo. — Ho sentito che va spesso dalle parti della Contea di Gwinnett. Per affari o cose del genere.

— Che tipo di affari?

— Senti, che cosa combina Duane non lo so e non lo voglio sapere — rispose Bobby scrollando le spalle. — Io ho di meglio da fare che pensare a Duane Harvey.

— Sai per caso se Duane ha fatto soldi?

— Adesso che ci penso, un paio di sere fa faceva vedere un sacco di grana. Ho pensato che magari aveva vinto alla lotteria. E se ha vinto sul serio, credo proprio che mi sparerò un colpo. — Bobby allungò una mano e fece una carezza a Lisa. — Quanto ti somiglia! Ehi, LuAnn, se poi cambi idea sul fare a metà e sposarci, fammi un fischio, okay? Qua io finisco alle sette.

— Ci vediamo, Bobby.

LuAnn si diresse verso un telefono pubblico fuori dal minimarket e compose il numero di Jackson. Questa volta lui rispose al primo squillo.

— Ha i numeri, LuAnn?

Lei gli lesse le dieci cifre del biglietto, udendo all'altro capo del telefono un frusciare di carta mentre l'uomo prendeva nota.

— Adesso mi rilegga la sequenza, ma questa volta più lentamente. Non possiamo permetterci alcun errore.

LuAnn gli rilesse i numeri. Lui glieli ripeté nell'ordine.

— Brava, LuAnn — disse Jackson alla fine. — Molto brava. Il più è fatto. Ora prenda quel treno, faccia la sceneggiata per la stampa e sarà tutto finito.

— Sto andando alla stazione proprio adesso.

— Come le ho detto, troverà qualcuno ad attenderla alla Pennsylvania Station. Sarà questa persona ad accompagnarla all'albergo.

— Pennsylvania? Ma io pensavo di andare a New York.

Jackson sbuffò sonoramente. — LuAnn, la Pennsylvania Station è una delle due principali stazioni ferroviarie di New York.

— Ah, ecco.

— Questa persona ha una descrizione sua e di Lisa. — Jackson fece una pausa. — Perché lei ha Lisa con sé, vero?

— Dove vado io, viene anche Lisa.

— Per l'appunto. Al tempo stesso, voglio sperare che lei non abbia incluso il signor Duane Harvey nei suoi progetti di viaggio.

LuAnn deglutì a forza... Duane Harvey con la camicia fradicia di sangue. Duane Harvey che crolla come un sacco di stracci e non si muove più. — Niente Duane Harvey.

— Eccellente, LuAnn. Buon viaggio.

LuAnn e Lisa scesero dall'autobus proprio di fronte alla struttura di cemento armato e cristalli polarizzati della stazione ferroviaria di Atlanta.

Lungo la strada, LuAnn si era fermata a un supermercato della catena Wal-Mart per comprare le cose necessarie per sé e per Lisa, sistemandole poi in una nuova borsa a spalla. La maglietta strappata nel corpo a corpo era stata sostituita da una nuova. Il suo volto era celato dalla tesa di un cappello da cowboy e da ampi occhiali da sole. Nella toilette del supermercato aveva nuovamente ripulito la ferita al mento e aveva cambiato la medicazione. Ora andava decisamente meglio.

LuAnn si presentò allo sportello della biglietteria. — Solo andata per New York. Sul *Crescent*.

Lisa era inquieta. Voleva uscire dal seggiolino.

— Il suo nome, prego — chiese la donna dietro il plexiglas.

LuAnn stava cercando di calmare la bambina, e rispose in modo automatico: — LuAnn Tyler.

Realizzò di aver commesso un errore colossale già mentre stava finendo di pronunciare il proprio nome.

— Un momento...

— Sì? — L'addetta della biglietteria continuò a battere sulla tastiera senza nemmeno alzare lo sguardo.

— Niente... — mormorò LuAnn.

Ormai era fatta. A questo punto, cercare di cambiare le carte in tavola avrebbe solamente destato sospetti. LuAnn deglutì a vuoto, pregando il cielo di non dover pagare caro quell'imperdonabile errore, prima o poi.

— Vedo che viaggia con una bambina piccola — disse l'impiegata. — Raccomanderei il vagone letto *DeLuxe*. C'è uno scompartimento disponibile con doccia indipendente.

LuAnn accettò prontamente il consiglio. Mentre il biglietto veniva stampato, l'impiegata non nascose una certa perplessità nel vedere LuAnn frugare nel seggiolino portatile fino a estrarne una mazzetta di banconote da cento, contarne quindici e mettersi in tasca il rimanente.

Accortasi di essere osservata, LuAnn sfoderò un sorriso accattivante. — È il mio fondo di emergenza... Mi sono detta: perché aspettare di essere nei guai per godermelo, giusto?

— Giusto.

— E così mi faccio un bel viaggetto su a New York con la mia piccolina.

— Si diverta — disse l'impiegata. — Ma non dovrebbe andare in giro con tutto quel contante. Anche mio marito e io abbiamo commesso quello sbaglio quando siamo andati a New York. Be', ci hanno rapinati nel momento in cui siamo usciti dalla stazione. Sono stata costretta a chiamare mia madre perché ci mandasse i soldi del biglietto di ritorno.

— Grazie, starò attenta.

La donna sbirciò alle spalle di LuAnn: — Non ha bagaglio?

— Oh, preferisco viaggiare leggera. E poi ho dei parenti a New York. — LuAnn si girò e cominciò a muoversi verso l'area partenze. — Grazie ancora.

La donna dietro lo sportello la guardò allontanarsi, ed ebbe un sussulto nell'udire una voce secca: — New York.

L'uomo era apparso dal nulla, come se fosse spuntato dal pavimento. Un tipo alto e ben piantato, con un giubbotto di pelle scura.

— Solo andata — aggiunse gentilmente.

Anthony Romanello lanciò un'occhiata verso LuAnn. Al 7-Eleven, attraverso i cristalli della vetrina, l'aveva vista acquistare il biglietto della lotteria. Aveva continuato a tenerla d'occhio mentre lei chiamava da un telefono pubblico, ma senza andarle troppo vicino per ascoltare la conversazione. Poi in autobus da Rikersville ad Atlanta, e ora in treno da Atlanta a New York. LuAnn Tyler era in pieno movimento. Forse stava semplicemente scappando il più lontano possibile dai due cadaveri della roulotte. O forse aveva un motivo molto più importante. In un caso o nell'altro, Anthony Romanello avrebbe scoperto come stavano le cose, era solo questione di tempo. Inoltre, New York era la sua città, il suo principale campo operativo. Ritirò il biglietto e si diresse a sua volta verso i binari.

Quando il *Crescent* entrò in stazione in leggero ritardo, LuAnn si tenne a distanza di sicurezza. Un addetto l'accompagnò al vagone letto.

Lo scompartimento *DeLuxe ViewLiner* era dotato di cuccetta inferiore, cuccetta superiore, poltrona imbottita e toilette con doccia. Era già tardi, così l'addetto procedette a sistemare lo scompartimento per la notte abbassando i piani delle cuccette. LuAnn preparò un biberon per Lisa e la cullò in poltrona mentre il *Crescent* scivolava fuori dalla stazione di Atlanta.

Il paesaggio verde della Georgia, immerso nel crepuscolo, fluiva oltre gli ampi finestrini panoramici. LuAnn si dedicò a sua figlia giocando e cantando qualche canzoncina per un'oretta, finché Lisa si addormentò nel suo seggiolino.

Adesso LuAnn poteva finalmente rilassarsi. Era la prima volta in vita sua che saliva su un treno, e il lieve dondolio e i leggeri e costanti scatti ritmici del convoglio sui giunti delle rotaie ebbero su di lei un effetto quasi ipnotico. Non riusciva a ricordare con precisione quando aveva dormito l'ultima volta, e si abbandonò.

Si risvegliò che fuori era buio pesto. Doveva essere circa mezzanotte, o anche più tardi. Si affacciò nel corridoio del vagone e chiese a un inserviente se fosse possibile mangiare qualcosa.

Un poco sorpreso, l'uomo consultò l'orologio da polso. — Mi dispiace proprio, signora. L'ultimo turno della cena è stato tre ore fa. La carrozza ristorante adesso è chiusa.

— Capisco... — mormorò LuAnn. Non era la prima volta che restava digiuna. E quanto meno, Lisa aveva mangiato.

L'inserviente notò fugacemente il seggiolino con Lisa addormentata, nonché l'aspetto visibilmente provato della madre. Allora sorrise con fare comprensivo e disse: — D'accordo, mi dia un quarto d'ora.

Ritornò venti minuti più tardi con una cena completa. Addirittura gliela servì usando la cuccetta inferiore come tavolo improvvisato. LuAnn lo ringraziò con una mancia generosa e attese che se ne fosse andato prima di divorare l'intero pasto.

Più tardi si soffermò a osservare il biglietto della lotteria, spostando di tanto in tanto lo sguardo sulla piccola forma addormentata di sua figlia. C'era un lieve sorriso sul volto della piccola, le sue manine si muovevano seguendo l'oscillazione del treno. La sua bambina stava facendo un bel sogno. LuAnn sorrise tra sé e si protese a sussurrarle dolcemente all'orecchio: — Adesso la tua mamma potrà prendersi cura di te, tesoro mio. Nel modo in cui ha sempre voluto fare. Lo sai che cosa ha detto quell'uomo? Che possiamo andare dove vogliamo. Che possiamo fare quel che vogliamo. — Con il dorso della mano le accarezzò la soffice guancia. — Dov'è che vuoi andare, bambolina? Lo dici alla mamma? Tu dillo alla mamma e noi ci andiamo. Non è bello, piccolina? Eh, ti piace?

LuAnn tirò il chiavistello della porta dello scompartimento, sistemò Lisa sul letto e verificò che le cinghie di sicurezza fossero sufficientemente strette. Si sdraiò raccogliendosi protettivamente intorno a sua figlia, Mentre osservava il buio che pareva premere contro il finestrino, non poté fare a meno di interrogarsi su quanto l'aspettava.

10

Il *Crescent* aveva accumulato ritardi a catena lungo il percorso. Erano quasi le tre e mezzo del pomeriggio quando LuAnn e Lisa si ritrovarono nel disorientante caos della Pennsylvania Station. LuAnn non aveva mai visto in vita sua una simile concentrazione di persone, tutte nello stesso posto e tutte in movimento simultaneo. Gente e bagagli parevano volare intorno a loro come proiettili e LuAnn strinse con più forza la presa intorno alla maniglia del seggiolino. Il braccio continuava a farle male. Ma se qualcuno avesse tentato di fare il furbo, sarebbe comunque riuscita a piazzargli un solido diretto sul grugno.

LuAnn continuò a procedere lentamente lungo il binario, allungando il collo alla ricerca di un segnale che indicasse l'uscita. Vide un cartello con su scritto MADISON SQUARE GARDEN. Ricordava vagamente di aver seguito un incontro di pugilato trasmesso in diretta dal Madison. Poteva essere quella una via per uscire dalla stazione? E dov'era la persona che, a sentire Jackson, avrebbe dovuto incontrare? Come accidenti sarebbe riuscita a trovare lei e Lisa nel mezzo di quella Babele?

— Signorina Tyler?

LuAnn si ritrasse istintivamente. L'uomo aveva occhi bruni e baffi spruzzati di grigio sormontati da un naso appiattito. Per un istante LuAnn si chiese se fosse lo stesso uomo che aveva visto battersi sul ring del Madison qualche anno prima. No, non poteva essere. Questo individuo aveva almeno cinquant'anni: troppo vecchio. E comunque aveva le spalle larghe e le orecchie a cavolfiore di un pugile di professione.

— Mi manda il signor Jackson — la sua voce era bassa ma chiara.

LuAnn annuì, porgendo la mano destra: — Chiamami pure LuAnn. Tu come ti chiami?

— Non ha importanza. Se ora vuole seguirmi... — accennò l'uomo avviandosi. — Una macchina ci sta aspettando.

LuAnn non si mosse. — A me piace sapere il nome di quelli che incontro.

L'uomo tornò sui propri passi. L'ombra di un sorriso mitigava l'accenno di irritazione sui suoi lineamenti.

— D'accordo, LuAnn. Che ne dici di Charlie?

— Charlie va bene. Così tu lavori per il signor Jackson. Sono i vostri nomi veri?

— Vuoi che porti io la piccola? — Charlie accennò a Lisa, ignorando del tutto la domanda. — Quel seggiolino ha l'aria di pesare parecchio.

LuAnn represse una smorfia di dolore. — Non c'è problema.

— Sicura? — Lo sguardo di Charlie si spostò al cerotto sul mento di lei. — Si direbbe che qualcuno ti abbia fatto assaggiare un diretto.

— Ho detto che non c'è problema.

Charlie la guidò fuori da Pennsylvania Station, poi oltre una lunga fila di persone in attesa di prendere il taxi. Le aprì la portiera di una limousine nera in attesa lungo il marciapiede. Prima di salire, LuAnn sgranò gli occhi per un attimo al cospetto di quella specie di transatlantico su ruote. Continuò a tenerli sgranati anche osservando il lussuoso interno in pelle e legno luccicante.

— Saremo all'albergo in una ventina di minuti — la informò Charlie accomodandosi sul sedile dirimpetto a lei. — Vuoi qualcosa da bere? O da mangiare? Il cibo delle ferrovie fa abbastanza schifo.

— Ho mangiato ben di peggio, ma un po' di fame ce l'ho. Però non fermarti apposta.

Lui la guardò, leggermente sorpreso. — Non sarà necessario.

Dal frigobar del veicolo, Charlie estrasse una birra, un'acqua tonica, un paio di panini e qualche stuzzichino. Fece apparire un tavolino apribile e lo apparecchiò con un tovagliolo immacolato, con tanto di piatto, posate e bicchiere. LuAnn seguì i movimenti precisi ed efficienti delle sue grandi mani come una ragazzina incantata per la prima volta dalle luci di un luna-park.

— Sapevo che con te ci sarebbe stata la bambina — proseguì Charlie — così ho fatto mettere in macchina latte, biberon e cose del genere. All'albergo troverai qualsiasi cosa ti possa servire.

LuAnn preparò subito un biberon per Lisa e la ninnò con un braccio, divorando a sua volta un panino.

— La tua bambina è bellissima — disse Charlie studiando madre e figlia con un sorriso amichevole. — Come si chiama?

— Lisa, Lisa Marie. Come la figlia di Elvis, lo sai, no?

— Mi sembri un po' troppo giovane per essere una fan di Elvis Presley.

— Be', io non ascolto quella musica. L'ascoltava la mia mamma. Andava matta per Elvis. L'ho fatto per lei. Il nome di Lisa, voglio dire.

— Lo avrà apprezzato, immagino.

— Mah, lo spero. È morta prima che nascesse.

— Mi dispiace. — Charlie ebbe una battuta d'arresto. — Tu che genere di musica ascolti?

— Quella classica. Non è che me ne intendo, ma mi piace il suono. Mi fa sentire come pulita dentro. Come nuotare in un lago in montagna, con l'acqua così chiara che puoi vedere il fondo.

— Mai pensato alla musica classica in quei termini — commentò Charlie sorridendo. — Io vado matto per il jazz. Me la cavo un po' con la tromba. Dopo quelli di New Orleans, i migliori jazz club stanno proprio qui a New York. Certi sono aperti fino all'alba. E nemmeno troppo lontano dall'albergo.

— E in che albergo andiamo?

— Waldorf-Astoria. — Charlie mandò giù una sorsata di

acqua tonica e si rilassò contro lo schienale, slacciandosi la giacca. — Prima volta a New York?

LuAnn diede un altro morso al panino. — Prima volta dappertutto.

Charlie abbozzò una risata. — Be', come inizio, New York è il massimo.

— E l'albergo com'è?

— Prima classe. Molto bello. Certo non è come il Plaza. Ma dopotutto, cos'è paragonabile al Plaza? Però può anche darsi che un giorno ci andrai, al Plaza.

LuAnn lo osservò asciugarsi le labbra con un tovagliolo di carta. Le dita erano dure e spesse, massicce. Dita estremamente forti.

— Charlie...

— Sì?

LuAnn lo stava guardando nervosamente mentre finiva il panino e beveva un sorso della sua bibita. — Sai perché sono qui?

— Limitiamoci a dire che so quanto basta per convincermi a non fare troppe domande.

— Ma il signor Jackson lo hai mai incontrato?

— Perché non lasciamo perdere, LuAnn?

— Sono solo curiosa, tutto qui.

— Sai che cosa è successo alla gatta curiosa, no? — Gli occhi scuri di lui erano privi di espressione. — Tieni la testa sulle spalle, fa' quel che ti viene detto e tu e la tua bambina non avrete più nemmeno l'ombra di un problema. Che ne pensi come programma?

— Be', niente male.

LuAnn tenne Lisa più stretta contro di sé. Charlie aprì un altro compartimento dell'abitacolo e ne tolse un soprabito di pelle nera e un cappello scuro, a tesa larga.

— Lascia perdere il tuo cappello e indossa questi. Per ovvie ragioni, non vogliamo che tu venga notata.

LuAnn ubbidì e indossò i nuovi indumenti.

La limousine imboccò la corsia riservata di fronte al Waldorf.

— Mi occuperò io della reception — disse Charlie. — La tua

suite è a nome Linda Freeman, donna d'affari americana di base a Londra. Sei in viaggio con tua figlia, lavoro e diletto.

— Donna d'affari? E se qualcuno mi fa delle domande?

— Nessuno ti farà domande.

— Allora, adesso, io sono questa Linda Freeman?

— Lo sarai fino al gran giorno. Dopodiché, potrai tornare a essere LuAnn Tyler.

E chi mai vuole tornare a essere LuAnn Tyler?

La suite si trovava al trentaduesimo piano.

LuAnn, sentendosi come Alice nel Paese delle Meraviglie, vagò per l'elegante soggiorno, la sontuosa camera da letto e la stanza da bagno da favola.

— Ma si possono mettere queste cose qui? — LuAnn accarezzò il soffice cotone degli accappatoi.

— Puoi mettere tutto quello che vuoi — rispose Charlie. — E se ci tieni a comprare uno di quegli accappatoi, per settantacinque dollari è tuo.

LuAnn scostò parzialmente le tende della finestra panoramica. Un vasto arco del profilo di New York riempiva il paesaggio: una selva di torri acuminate contro il cielo che imbruniva, pieno di nubi scure.

— Non ho mai visto così tanti grattacieli tutti insieme in questo modo. Ma la gente come fa a distinguerli? — domandò LuAnn girandosi verso Charlie. — Mi sembrano tutti uguali.

— LuAnn, va bene divertirsi — rispose Charlie scuotendo il capo — ma ora non è più necessario che tu faccia la parte della ragazzotta di campagna.

— Ehi, Charlie, io *sono* una ragazzotta di campagna — ripeté LuAnn guardando fuori. — E probabilmente sono la più stupida ragazzotta di campagna che tu hai mai conosciuto.

— Ehi, senza offesa, d'accordo? — Charlie corrugò la fronte. — Se sei nato e cresciuto a New York, ti fai una certa mentalità su certe cose e su certa gente. — Seguì con lo sguardo LuAnn che andava a fare una carezza a Lisa. — Senti, qui c'è il frigobar.

Charlie aprì lo spesso sportello a tenuta termica e le mostrò come richiuderlo.

— E questa è la cassaforte. — Charlie inserì il codice di apertura e le serrature si sbloccarono. — È sempre meglio mettere al sicuro gli effetti personali di valore.

— Io non ho niente da mettere al sicuro.

— Nemmeno quel biglietto della lotteria?

LuAnn deglutì a vuoto, si frugò in tasca, estrasse il biglietto e glielo porse. — Allora lo sai anche tu?

Lui evitò di rispondere, e neppure guardò il biglietto prima di metterlo nella cassaforte.

— Scegli una combinazione — le disse poi. — Niente di troppo ovvio come compleanni o anniversari, ma al tempo stesso qualcosa che tu possa ricordare facilmente. Non è consigliabile andarsene in giro con in tasca numeri scritti — aggiunse ruotando verso di lei lo sportello con la placca dei pulsanti numerati. — Forza.

LuAnn ubbidì e Charlie attese che la serratura elettronica lo mettesse in memoria prima di chiudere la cassaforte, quindi si preparò ad andare.

— Ci vediamo domani mattina verso le nove. Se ti viene fame, sete, o qualsiasi cosa, tutto quello che devi fare è sollevare il telefono e chiamare il servizio in camera. Ma stai attenta a non farti vedere in faccia dal cameriere. Raccogliti i capelli, mettiti la cuffia come se stessi per farti una doccia. Apri la porta, firma il conto a nome Linda Freeman e torna nella stanza da letto. Ecco qua un po' di soldi per le mance. — Charlie le allungò un fascio di banconote di piccolo taglio. — Comportati sempre in modo discreto. Non andartene a spasso per l'albergo o cose del genere.

— Non preoccuparti — disse LuAnn cercando di esibire una certa sicurezza, ma la sua voce era incrinata. — Lo so che non parlo bene come una di queste donne d'affari.

— Non volevo dire questo. — Forse anche la voce di Charlie era incerta. — Senti, LuAnn, io stesso ho finito le medie per miracolo. Mai andato al college. Però non me la passo male. D'accordo, né tu né io siamo dei geni di Harvard. Ma chi se ne frega? — Le toccò leggermente una spalla. — Fatti una bella dormita. Domani, andiamo un po' in giro per la città e ci facciamo una chiacchierata. Ti va l'idea?

— Andare fuori... — LuAnn sorrise. — Sarebbe proprio bello.

— Domani potrebbe fare freddo. Copriti bene, okay?

LuAnn istintivamente esaminò la propria maglietta stropicciata, i jeans sporchi dal viaggio. — Non ho molto con me — disse in tono imbarazzato. — Sono partita di fretta.

— Non importa se non hai bagaglio — le diede una rapida occhiata, prendendole le misure. — Circa un metro e settanta, giusto? Misura quarantasei?

LuAnn annuì, arrossendo leggermente: — Un po' più abbondante sopra, magari.

— Magari. — Gli occhi di Charlie si soffermarono sul seno pronunciato. — Domattina ti porto degli altri vestiti. E anche per Lisa. Allora mi servirà un po' più di tempo. Ci vediamo verso mezzogiorno invece che alle nove.

— Lisa può venire con noi?

— Ma certo.

— Grazie, Charlie. Proprio tanto. Non me la sento di girare da sola, qui fuori. Però voglio uscire. In vita mia non ho mai visto un posto così grande. Mi sa che in questo albergo c'è più gente che in tutta Rikersville.

— Io sono di qui, per cui a me non fa effetto — disse Charlie ridendo. — Ma so esattamente che cosa intendi.

Dopo che se ne fu andato, LuAnn prelevò delicatamente Lisa dal seggiolino e la mise sul grande letto. Le tolse i vestiti, le fece un bagno caldo, le mise il pigiama e tornò a sistemarla sul letto, mettendo due grandi cuscini, uno per parte, in modo che non rotolasse giù. Ora, forse, poteva pensare un po' anche a se stessa. Fare a sua volta un bagno, cercare di occuparsi di tutti quei lividi che le dolevano in ogni parte del corpo.

In quel momento suonò il telefono.

LuAnn sussultò ed esitò. Provava uno strano senso di colpa e nel contempo si sentiva come in trappola.

— Pronto?

— Signorina Freeman?

— Scusi, ha... — Le parole le si strozzarono in gola. *Non di nuovo!* LuAnn ce la mise tutta per assumere un tono calmo e professionale: — Esatto, sono la signorina Freeman.

— Il suo tempo di reazione rimane scarso, LuAnn — disse Jackson. — Le persone raramente dimenticano il proprio nome. Non le pare?

LuAnn non rispose.

— Come vanno le cose? Ci stiamo prendendo abbastanza cura di lei?

— Certo che sì. Charlie è un tipo fantastico.

— Charlie?... Ah, certo. Ha il biglietto, LuAnn?

— È nella cassaforte.

— Buona idea. Ha carta e penna a portata di mano?

LuAnn si guardò intorno. Dal cassetto di una scrivania che pareva antica prese un foglio di carta e una penna.

— Scriva quanto riesce — riprese Jackson. — Anche Charlie avrà comunque tutti i dettagli. Sono lieto d'informarla che ogni cosa è a posto. Alle sei di dopodomani sera il numero del biglietto vincente verrà annunciato a tutta la nazione. Lei seguirà l'estrazione alla TV, rimanendo nella sua stanza d'albergo. Verrà trasmessa da tutte le principali reti televisive. Tuttavia, non credo che la cosa presenterà per lei troppa suspense.

LuAnn fece un gran sospiro. Sapeva, *sentiva*, che in quel momento c'era un sorriso beffardo sul volto dell'uomo che si faceva chiamare Jackson.

— Tutto il paese aspetterà con ansia che il vincitore si faccia avanti. Ma questo lei *non* lo farà. Non subito. Vogliamo che lei abbia il tempo, fittizio, è chiaro, di abituarsi all'idea dell'improvvisa ricchezza, di tranquillizzarsi, forse anche di cercare il consiglio di esperti finanziari, avvocati eccetera eccetera. Naturalmente non è obbligatorio che il vincitore venga a New York. La conferenza stampa può avere luogo anche nella città d'origine. Nel passato, però, sono stati molti i vincitori che hanno scelto di venire a New York, e alla Commissione Lotterie questo piace molto. New York è il luogo perfetto nel quale tenere conferenze stampa di questo genere. A norma di regolamento, il vincitore ha trenta giorni di tempo per reclamare la vincita. Quindi non è il tempo un fattore problematico. La sua scelta, LuAnn... mi correggo, la *mia* scelta, è aspettare un giorno o due. Ed era questa la ragione per la quale avrei preferito non averla a New York troppo in fretta. Non era consigliabile che lei si trovasse a New York *prima* dell'estrazione del biglietto vincente. In ogni caso, ora è qui e dovremo regolarci di conseguenza. — Il tono di Jackson denunciava una certa contrarietà derivante dall'alterazione dei suoi piani. — Lei pertanto rimarrà in rigoroso, e sottolineo *rigoroso*, incognito fino al momento in cui io sarò pronto a presentarla quale vincitrice. Siamo intesi con la *massima* chiarezza su questo, LuAnn?

— Senta, signor Jackson, mi dispiace — disse LuAnn con precipitazione. — Ma proprio non potevo aspettare a venire via. Gliel'ho detto che cosa succede a Rikersville se sanno che ho vinto. E finisce che lo sanno. È una città così piccola...

— Rikersville è una materia per me priva del minimo interesse — tagliò corto Jackson. — Non intendo sprecarvi ulteriormente il mio tempo. La sola cosa che m'interessa in questo momento è che lei non esista. Lei ha preso l'autobus fino ad Atlanta, esatto?

— Sì.

— E ha anche preso le opportune precauzioni per nascondere il suo aspetto, esatto?

— Un grande cappello da cowboy, grandi occhiali neri. Non ho visto nessuno che conosco.

— E soprattutto lei *non ha* usato il suo vero nome nell'acquistare il biglietto ferroviario, esatto?

— Certo che no! — mentì LuAnn.

— Allora non dovrebbe aver lasciato tracce.

— Speriamo.

— Non si allarmi, LuAnn. Non c'è motivo. In ogni caso, nel giro di pochi giorni lei si troverà molto, ma molto lontano da New York.

— E dove mi troverò esattamente?

— Me lo dica lei. Europa? Asia? Sudamerica? Scelga lei il luogo. Io mi occuperò di farcela arrivare.

LuAnn ci pensò su un momento. — Devo decidere proprio adesso?

— Naturalmente no. Ma se la sua intenzione è di partire

immediatamente dopo la conferenza stampa, prima me lo farà sapere, meglio sarà. Ho compiuto una quantità di miracoli in materia di viaggi internazionali, ma lei, essendo priva sia di passaporto sia di qualsiasi altro documento d'identità, è un caso pressoché unico. — La voce di Jackson oscillò sul confine della derisione. — Tutte le carte dovranno essere appositamente preparate *per lei*.

— E davvero lo può fare? Perfino la tessera della Sicurezza Sociale?

— LuAnn, lei mi sta forse dicendo di essere addirittura priva del numero della Sicurezza Sociale? È impossibile!

— Non è vero, se i tuoi genitori non riempiono le carte che ci vogliono — replicò seccamente LuAnn.

— Pensavo che all'ospedale non lasciassero uscire un neonato che non avesse tutta la documentazione in regola.

LuAnn quasi scoppiò a ridere. — Ma io non sono mica nata all'ospedale, signor Jackson. Mi hanno detto che la prima cosa che ho visto erano le lenzuola sporche di rosso nella camera da letto della mia mamma. Perché è lì che mi ha fatto nascere la mia nonna.

— D'accordo, le procurerò *anche* la tessera della Sicurezza Sociale — commentò stizzosamente Jackson.

— Allora lei può far mettere un altro nome sul passaporto, giusto? Cioè, con la mia faccia, ma con un nome diverso. E anche su tutto il resto.

— Per quale ragione lei vorrebbe un nome diverso, LuAnn? — domandò Jackson con estrema lentezza.

— Ma per Duane, no? Lo so che sembra uno scemo, ma quando scoprirà che ho tutti quei soldi, verrà sicuramente a cercarmi. Allora è meglio se io sparisco. Cominciare daccapo. Nome tutto nuovo e compagnia bella.

Jackson rise. — E lei crede davvero che Duane Harvey sarebbe in grado di ritrovare le sue tracce? Perfino se avesse la scorta della polizia, dubito fortemente che Duane Harvey riuscirebbe a trovare la strada per uscire dalla Contea di Rikersville.

— La prego, signor Jackson, mi faccia avere un altro nome. Ma se per lei è troppo difficile, lo capisco. — LuAnn trattenne il fiato, sperando che Jackson raccogliesse la sfida.

— Non lo è — rispose Jackson in tono secco. — In realtà, è molto semplice... Se si hanno gli agganci giusti. Agganci che *io ho*. Bene, LuAnn, suppongo che lei non abbia già pensato a un nome nuovo, giusto?

LuAnn lo sorprese buttandogliene lì immediatamente uno, con tanto di città di provenienza.

— Peculiare. Sembra che lei stia pensando da molto tempo a un nome nuovo, o sbaglio? Anche *senza* quei cinquanta milioni di dollari.

— Lei ha i suoi segreti, signor Jackson, io ho i miei.

— Va bene — disse lui sospirando. — Sebbene la sua richiesta sia senza precedenti, provvederò a soddisfarla. Tuttavia, lei deve ancora dirmi dove vuole andare.

— Certo, signor Jackson. Ci penso su e poi glielo faccio sapere.

— Mi dica ancora una cosa, LuAnn: per quale ragione ho l'improvvisa sensazione di aver commesso un errore a selezionare proprio lei per quest'avventura? — Nella sua voce pareva esserci una vaga allusione che a LuAnn provocò un tremendo brivido. — Mi metterò nuovamente in contatto dopo l'estrazione. Per adesso, è tutto. Si diverta nella sua visita a New York City. Qualsiasi cosa le serva, non ha che da dirlo a...

— Charlie.

— Esatto, Charlie. — Jackson riappese di colpo.

Le ci voleva un birra. Forse anche due. LuAnn cominciò con l'aprire la prima, lasciando Lisa libera sulla soffice moquette che copriva il pavimento. Proprio in quegli ultimi giorni la sua bambina aveva cominciato a muoversi con disinvoltura a quattro zampe, e adesso era eccitata all'idea di esplorare tutto l'esplorabile in quel grande ambiente. LuAnn scese sulla moquette con lei e la accompagnò nella sua perlustrazione, fino a quando la piccola non si stancò e venne il momento di metterla a dormire.

LuAnn passò allora nella stanza da bagno, aprì i rubinetti dell'ampia vasca e si guardò nello specchio per controllare il taglio sul mento. Stava rimarginandosi in fretta, ma di sicuro sarebbe rimasta una cicatrice. L'idea non la turbò. Avrebbe potuto essere molto peggio.

Aprì la seconda birra e rientrò nel bagno. Scivolò nell'abbraccio dell'acqua calda, sorseggiando il sapore asprigno del luppolo. Una sola cosa sapeva. Le ci sarebbero volute parecchie altre birre, e una quantità ancora più consistente di acqua calda, per superare i giorni a venire.

L'ineffabile Charlie si ripresentò puntualmente a mezzogiorno.

Con sé aveva alcuni borsoni di Bloomingdale's, il più celebre grande magazzino di New York, più altre borse di Baby Gap. LuAnn provò parecchi vestiti, godendoseli come mai avrebbe pensato.

— Perfetta — la ammirò Charlie. — Assolutamente perfetta.

— Grazie. E grazie anche per tutta questa roba. Hai proprio azzeccato le misure in pieno.

— Che diavolo, LuAnn, hai l'altezza e il fisico di una modella. È proprio per gente come te che fanno vestiti come questi. Piuttosto, ci hai mai pensato?

— A cosa?

— A fare la modella.

— Forse qualche volta, quando ero una ragazzina — rispose LuAnn con una scrollatina di spalle. Poi indossò una giacca beige su una gonna nera a pieghe.

— Una ragazzina? Perché, adesso che cosa saresti, una signora di mezza età?

— Ho vent'anni. Ma dopo la bambina, me ne sento addosso molti di più.

— Lo posso immaginare.

— E poi non vado bene per fare la modella.

— Perché no?

— Perché non mi piace quando mi fanno le foto — rispose LuAnn scoccandogli un'occhiata. — E non mi piace guardare come vengo.

— Sei proprio un tipino fatto tutto a modo tuo — commentò Charlie scuotendo la testa. — La maggior parte delle ragazze della tua età, belle come te, bisogna fare a cazzotti per portarle via dallo specchio. Sono la personificazione del narcisismo... Ehi, ehi, aspetta un po'. Devi portare gli occhiali da sole, e anche il cappello. Jackson ha detto di tenerti imbacuccata. Probabilmente non dovremmo nemmeno andare in giro, ma in una città di dieci milioni di abitanti... — Le mostrò un pacchetto di sigarette. — Ti spiace se fumo?

— Ma scherzi? — fece lei sorridendo. — Io lavoro in una tavola calda per camionisti. Quelli nemmeno ti lasciano entrare se non sopporti il fumo. Certe notti sembra che ci sia un incendio.

— In ogni caso, l'epoca delle tavole calde per camionisti è finita per te.

— Già. — LuAnn si calcò sui capelli il cappello a tesa larga. — Allora, come ti sembra, Charlie?

— Molto meglio di qualsiasi copertina di *Cosmopolitan*. Poco ma sicuro.

— E ancora non hai visto niente: aspetta di vedere la mia bambina — aggiunse LuAnn con orgoglio. — Lei sì che ti fa sognare. Eccome!

Un'ora dopo, con Lisa agghindata all'ultima moda di Baby Gap, LuAnn sollevò il seggiolino portatile e fu finalmente pronta per New York. — Noi ci siamo!

— Ancora un momento — disse Charlie aprendo la porta della suite e rivolgendole un'occhiata penetrante. — Bene, adesso chiudi gli occhi. Tanto vale che ce la giochiamo fino in fondo.

LuAnn lo guardò con aria sospettosa.

— Forza, chiudili! — insistette lui con un sogghigno.

LuAnn lo accontentò.

Pochi secondi dopo, Charlie disse: — Adesso, aprili.

Nel corridoio del Waldorf c'era un passeggino nuovo di zecca e molto costoso.

— Oh, Charlie... — esclamò LuAnn incredula.

— Adesso non avrai più bisogno di trascinarti in giro quell'aggeggio lì — disse Charlie indicando il seggiolino portatile.

LuAnn lo cinse in un fugace abbraccio, sistemò Lisa nel passeggino e tutti e tre uscirono ad affrontare la Grande Mela.

11

Shirley Watson era fuori di sé. Ci aveva pensato per un bel pezzo prima di escogitare l'appropriata vendetta per l'umiliazione patita da LuAnn. Al termine di lunghe e tormentate meditazioni in cui aveva fatto ricorso a tutta la sua prodigiosa furbizia sudista, l'aveva finalmente trovata.

Shirley fermò il suo scassato furgoncino in uno slargo della strada sterrata, a circa mezzo chilometro dalla radura. Circospetta, smontò tra le felci. Con la mano destra reggeva una piccola latta. Controllò l'ora. Perfetto. Dopo un'ennesima notte passata a servire salsicce e birra alle orde dei cafoni locali, LuAnn stava di sicuro dormendo come un sasso. Che ci fosse o no anche Duane, non gliene fregava niente. Così imparava a non averla difesa contro quella specie di amazzone idrofoba della sua ganza.

A ogni passo, Shirley sentiva il furore che continuava a montarle dentro. La sua vita e quella di LuAnn erano state sinistramente simili. Nessuna delle due aveva finito le scuole medie. Nessuna delle due si era mai allontanata da Rikersville. L'unica differenza tra loro era che LuAnn Tyler aveva sempre voluto andarsene, mentre Shirley Watson aveva sempre voluto restare.

Il che rendeva l'oltraggio perpetrato su di lei ancora più imperdonabile. La gente di Rikersville l'aveva vista tentare di sgattaiolare in casa nuda come un verme e livida per il freddo. Offesa, derisione e umiliazione allo stato puro. LuAnn le aveva scaricato addosso una colossale valanga di letame e Shirley sarebbe stata costretta a portarsi addosso quel tanfo per il resto dei suoi giorni. La storiella di quel fottuto mattino sarebbe diventata un vero e proprio tormentone. Tutti quanti le avrebbero riso dietro, e in faccia, fino al momento in cui lei fosse stata morta e sepolta. E forse avrebbero continuato a farlo anche *dopo*.

LuAnn Tyler era la causa di questo. E l'avrebbe pagata cara, molto cara. D'accordo, lei si era scopata Duane. E allora? Tutti quanti sapevano che Duane non aveva la minima intenzione di sposare LuAnn. E tutti quanti sapevano pure che piuttosto di avviarsi all'altare con quel povero coglione, LuAnn avrebbe preferito impiccarsi con il filo spinato. L'unica ragione per la quale LuAnn continuava a rimanere con lui era perché non aveva nessun altro posto dove andare. O perché non aveva il coraggio di andare in nessun altro posto. Di questo Shirley era certa. O in ogni caso pensava di esserlo.

Tutti quanti ammiravano LuAnn, così bella, così forte e così in gamba. Davvero? Shirley si sentì strangolare dalla bile. Adesso si sarebbe occupata lei della signorina LuAnn Tyler. E dopo si sarebbe fatta matte risate stando a sentire in che termini tutti quanti avrebbero ammirato la *nuova* signorina LuAnn Tyler.

La sagoma della roulotte apparve tra la vegetazione. Shirley si chinò in avanti, procedendo con estrema cautela di albero in albero. La grossa decappottabile era ancora parcheggiata accanto alla roulotte. Shirley notò tracce di pneumatici che indicavano una qualche violenta manovra sul terreno fangoso. Superò la macchina, dando una rapida occhiata da uno dei finestrini. Era vuota. Ma di chi poteva mai essere quella macchina con tutte quelle cromature? C'era forse qualcun altro nella roulotte?

Un sorriso sghembo apparve sulla sua faccia dai lineamenti grossolani. Magari LuAnn si stava facendo sbattere alla faccia di Duane. Giustizia poetica. Però stava arrivando il suo turno, di scappare urlando tra i boschi nuda come un verme.

All'improvviso, nella radura si verificò una sorta di invisibile mutamento, come se fosse calata un'insopportabile quiete. Il sorriso di Shirley Watson si congelò. Diede un'occhiata nervosa intorno a sé. Perfino la brezza era svanita, come risucchiata nel nulla. Shirley si avvicinò alla zanzariera. Estrasse un grosso coltello da caccia e strinse con più forza la latta. Era piena di acido da batteria, e se l'acido non fosse bastato a sfigurare l'amazzone idrofoba, avrebbe completato il lavoro con il coltello. Shirley aveva scuoiato cacciagione e pesce di fiume fin da quando era bambina. Adesso avrebbe visto che effetto faceva scuoiare la faccia di LuAnn, quanto meno nelle parti risparmiate dall'acido.

Il tanfo la colpì come un pugno in piena faccia. Un tanfo di uova marce, di decomposizione. Si guardò intorno. Non aveva sentito un odore simile nemmeno durante il suo breve periodo di lavoro alla discarica pubblica di Rikersville. Shirley si compresse un fazzoletto su naso e bocca e trafficò per svitare il tappo della latta, tanfo o non tanfo.

Scivolò dentro la roulotte. Subito si affrettò a sbirciare nell'ala notte. Vuota. Forse LuAnn e il tipo che se la sbatteva si erano addormentati sul divano. Shirley si voltò e tornò sui propri passi avanzando nel corridoio, angusto e pieno di ombre. Sciami di mosche ronzavano dappertutto come nere molecole impazzite. Sentendosi soffocare, Shirley raggiunse la soglia del soggiorno e si preparò a lanciare la secchiata di acido. Scattò in avanti ma inciampò in qualcosa e franò a terra, con l'acido della batteria che schizzava da tutte le parti, finendo con la faccia nel putridume in decomposizione che era la fonte di quel tanfo atroce.

L'urlo isterico di Shirley Watson venne udito fin sulla strada statale.

— Non hai comprato granché — disse Charlie dando un'occhiata alle poche borse sul pavimento dell'anticamera della suite.

LuAnn emerse dal bagno dove si era cambiata con jeans e felpa bianca. I lunghi capelli erano trattenuti in una coda di cavallo.

— Mi bastava guardare le vetrine. E poi, santo cielo, qui ci sono dei prezzi da far paura.

— LuAnn, ci avrei pensato io — protestò Charlie. — Ormai ho perso il conto di quante volte te l'ho detto.

— Ma io non voglio che tu spendi i tuoi soldi per me.

— Non sono soldi miei — disse Charlie accomodandosi su una sedia. — Ho un fondo spese. Qualsiasi cosa tu voglia, puoi averla.

— È questo che il signor Jackson ti ha detto?

— Qualcosa del genere. — Charlie ebbe come un sogghigno. — Chiamiamolo un acconto sulla tua futura vincita.

LuAnn sedette sul letto, con le dita delle mani strettamente intrecciate, la fronte aggrottata. Lisa era nel suo nuovo passeggino, intenta a giocare con alcuni pupazzetti che Charlie le aveva comprato. I suoi gridolini di felicità echeggiavano per la stanza.

— Tieni. — Charlie diede a LuAnn un fascio di foto scattate nel corso della giornata per le strade di New York. — Per il tuo album dei ricordi.

— Davvero non me l'aspettavo di vedere cavalli e carrozze, qui a New York. — LuAnn passò in rassegna le immagini con occhi scintillanti. — Mi sono divertita un sacco ad andare in giro per quel vecchio parco, e per di più piazzato proprio nel mezzo di quei palazzoni così alti.

— Andiamo, LuAnn, non dirmi che non hai mai sentito parlare di Central Park.

— Certo che l'ho sentito, ma credevo che fosse tutto inventato — disse LuAnn porgendogli due foto-tessera che la ritraevano.

— Oh, grazie per avermelo ricordato — fece Charlie nel prenderle.

— Sono per il passaporto, no?

— Esatto.

— A Lisa il passaporto non serve?

— È troppo piccola — disse Charlie. — Lei può viaggiare iscritta nel tuo.

— Ah.

— E tu vuoi un nuovo nome, se ho capito bene.

— Non è una buona idea? — chiese LuAnn mentre metteva da parte le altre fotografie e cominciava a darsi da fare con le borse degli acquisti. — Cioè, ricominciare tutto daccapo.

— Così mi ha detto anche Jackson. E se è questo che vuoi...

D'improvviso, LuAnn lasciò cadere le borse e affondò il viso tra le mani.

— Suvvia, LuAnn, cambiare nome non è poi così traumatico — disse lui guardandola teneramente. — Che cosa ti preoccupa?

Lei alzò lo sguardo. — Ma tu sei proprio sicuro che io domani vinco la lotteria?

— LuAnn, aspettiamo fino a domani, d'accordo? — Il suo tono era rassicurante. — Io non credo proprio che tu resterai delusa.

— Tutti quei soldi... Eppure non mi sento a posto, Charlie. Nemmeno un po'.

Lui si accese una sigaretta, ed esalò il fumo della prima boccata senza smettere di guardarla. — Adesso chiamo il servizio in camera. Tre belle portate, una bottiglia di buon vino, magari un caffè italiano, il dolce, e dopo ti sentirai meglio. — Aprì il libretto dei servizi dell'albergo e cominciò a scorrere il menù.

— Senti... Tu questo lo hai già fatto?

— Ordinare il servizio in camera?

— No, stare dietro alle persone che... cioè, quelle a cui il signor Jackson fa il suo contratto.

— Lavoro con lui da un po' — disse Charlie alzando lo sguardo dal menù. — Ma di persona non l'ho mai visto. Comunichiamo solamente per telefono. È un tipo sveglio. Forse un po' troppo paranoico per i miei gusti, ma veramente intelligente, LuAnn. In ogni caso, lui paga molto bene. E fare la balia a gente in un hotel a quattro stelle, ordinando per loro il servizio in camera, non è poi un brutto modo di guadagnarsi da vivere. Nel tuo caso però è diverso.

— Diverso come?

Charlie si aprì in un ampio sorriso. — Non mi sono mai divertito così tanto nel fare la balia a qualcuno.

LuAnn si chinò accanto al passeggino di Lisa e prelevò una scatola in confezione regalo sistemata sul piano portaoggetti. Gliela porse.

Charlie spalancò la bocca. — Cos'è?

— Per te. Da parte mia e di Lisa. Stavo cercando un regalo per te, poi lei si è messa a indicare qualcosa e a ridere.

— Quando lo hai comprato?

— Ti ricordi quando stavi dando un'occhiata ai vestiti da uomo...

— LuAnn, non dovevi...

— Lo so che non dovevo — rispose lei in fretta. — Per questo si chiama regalo, no? Lo compri perché vuoi, non perché sei obbligato.

Senza staccare lo sguardo da lei, Charlie tormentò l'involucro con le dita, chiaramente commosso.

— Forza, aprilo, che diamine.

Lisa si svegliò in quel momento. LuAnn la prese in braccio ed entrambe rimasero a osservare Charlie che cominciava a lacerare la carta variopinta.

— Ma tu guarda!...

Era un fedora color verde scuro, con una fascia di pelle alta almeno tre centimetri, e la bordatura interna di seta gialla.

— Al negozio, ti ho visto provarlo. — LuAnn sorrise. — E ti stava proprio bene, proprio bello. Ma poi lo hai rimesso giù. Però io l'avevo capito che lo volevi.

— LuAnn, questo cappello costa un sacco di soldi.

— Ne avevo da parte — fece lei, con un gesto di noncuranza. — Spero che ti piaccia.

— È magnifico, grazie tantissime. — Charlie la strinse energicamente per le spalle, accarezzando uno dei piccoli pugni di Lisa nel darle una delicata ma formale stretta di mano. — E grazie anche a te, signorinella. Ottimo gusto.

— Dai, rimettilo su. Vedi se ti piace ancora.

Charlie si sistemò il cappello sulle ventitré e si diede un'occhiata nello specchio.

— Sei uno schianto, Charlie — approvò LuAnn. — Proprio uno schianto.

— Sì... niente male — confermò lui provandolo con un'altra inclinazione. — Davvero niente male.

Infine si tolse il cappello e tornò a sedersi.

— Sai, LuAnn, questo è il primo regalo che ricevo da qualcuno di cui mi sto occupando. Di solito sto con loro solamente un paio di giorni, poi subentra Jackson.

LuAnn non si lasciò scappare la possibilità di vederci più chiaro: — Ma com'è che ti sei ritrovato a fare questo lavoro?

— Non dirmi che adesso vuoi stare a sentire la storia della mia vita?

— Perché no? Anzi, ti farò una testa così finché non lo fai.

Charlie si mise più comodo e indicò il proprio volto con il pollice della sinistra. — Scommetto che non avresti mai indovinato che combattevo sul ring — attaccò sogghignando. — Più che altro, ero uno "sparring partner", quello su cui i giovani leoni praticavano la loro nobile arte. Ma sono stato furbo abbastanza da mollare quando avevo il cervello ancora intatto, almeno in parte. Dopo la boxe, mi sono dato al football, a livello semiprofessionistico. Non che quello sia più leggero, ma in compenso porti casco e imbottiture. Ho sempre fatto sport. E mi piaceva guadagnarmi il pane con lo sport.

— Tu ce l'hai l'aria di uno in forma.

— Ehi, niente male per un vecchietto di cinquantaquattro anni, giusto? — Charlie si diede una pacca sugli addominali solidi. — In ogni caso, finito con il football ho fatto per un po' l'allenatore, mi sono sposato e me ne sono andato di qua e di là... senza mai trovare il posto giusto in cui fermarmi. Lo sai com'è, no?

— La conosco bene questa storia — concordò LuAnn.

— Poi la mia carriera ebbe una svolta. — Charlie spense la sigaretta e immediatamente se ne accese un'altra.

LuAnn ne approfittò per rimettere Lisa nel passeggino. — Cioè quale?

— Sono stato per un po' ospite dello Zio Sam.

LuAnn lo guardò con aria perplessa.

— Sole a scacchi, LuAnn. Carcere federale.

LuAnn lo guardò sorpresa. — Tu non mi sembri il tipo del criminale.

— No? E che tipo è il criminale? — domandò Charlie sorridendo. — Ti posso assicurare che ce n'è proprio di tutti i tipi.

— Che cosa avevi fatto?

— Evasione fiscale. Frode, credo che si dica. Almeno, così l'ha chiamata il pubblico ministero. Aveva ragione. Mi ero stufato di pagare, ecco tutto. Che diavolo, non ce n'era abbastanza nemmeno per tirare a campare, figurati darne anche al governo. — Charlie corrugò la fronte e si ravviò i capelli. — Una piccola svista che mi è costata tre anni. Più il mio matrimonio.

— Oh, mi spiace.

— È stata probabilmente la miglior cosa che potesse capitarmi — rispose lui facendo spallucce. — Ero in un carcere di minima sicurezza insieme a un branco di altri balordi dal colletto bianco, così non avevo da preoccuparmi che qualcuno mi tagliasse la testa. O qualche altra parte anatomica. Seguii una quantità di corsi, cercai di capire che cosa avrei potuto fare per il resto della mia vita. Ci fu un unico aspetto negativo in prigione. — Charlie sventolò la sigaretta accesa. — Il tabacco. Fuori, mai fatto un tiro. Dentro, tutti quanti tiravano da tutte le parti. Una volta tornato in libertà riuscii a smettere. Ressi anche per parecchio. Sei mesi fa ci sono ricascato in pieno. All'inferno. Comunque, una volta tornato fuori, andai a lavorare per il mio avvocato difensore. Una specie di investigatore privato, molto privato. Nonostante la mia scivolata con il fisco, lui sapeva che io ero un tipo affidabile, addirittura onesto. E da parte mia, conoscevo un bel po' di gente a tutti i livelli della scala sociale. E tu sai che cosa intendo, no? Agganci giusti. Inoltre, dietro le sbarre avevo imparato un sacco di cose. Avevo avuto fior di professori in tutte le materie che contano davvero, dall'imbroglio alle assicurazioni, al furto d'auto. Un'esperienza che mi è stata parecchio utile nel mio lavoro con l'avvocato. E poi, il lavoro a me andava di lusso.

— Ma com'è che hai attaccato con il signor Jackson?

Di colpo, Charlie non apparve più tanto a suo agio. — Fu

lui a contattarmi. Mi ero rimesso nei guai. Non guai grossi, ma ero ancora in libertà vigilata e avrei potuto ritrovarmi in galera per un bel po'. Jackson si offrì di darmi una mano. E io accettai l'offerta.

— Tipo come ho fatto io. — C'era un che di tagliente nella voce di LuAnn. — L'offerta che non puoi rifiutare.

— Già. — Gli occhi di Charlie s'indurirono. — Proprio l'offerta che non puoi rifiutare.

LuAnn sedette sul letto e sbottò d'un fiato: — Io non ho mai fatto imbrogli su niente in vita mia.

— Questione di prospettiva.

— Che cosa vuoi dire?

— Be', se ci pensi, gente brava, onesta, che lavora duro, fa imbrogli pressoché ogni giorno. La maggior parte sono imbrogli piccoli, certi sono più grossi. Gente che truffa il fisco. O che le tasse addirittura non le paga per niente, come me. Gente che si rende conto di aver ricevuto un resto in più ma che non restituisce la differenza. E poi tutte quelle piccole bugie. Cose da nulla, però dette quotidianamente, giusto per arrivare a sera senza diventare matti. Il che ci porta alla roba grossa. Uomini e donne che tradiscono i loro compagni, mariti, mogli, amanti pressoché costantemente. E credimi, sono un esperto in materia. La mia ex moglie ha una laurea in adulterio.

— Ne so qualcosa anch'io — disse LuAnn a bassa voce.

— Che povero stronzo, se mi passi il commento. In ogni caso, se ammucchi tutti i piccoli imbrogli di un'intera vita, viene fuori qualcosa di bello grosso.

— Ma non grosso come cinquanta milioni di dollari.

— Forse non in termini di dollari, questo no. Ma può darsi che una sola truffa super valga come mille piccole truffe quotidiane, che alla fine ti fanno sentire male quando ti guardi allo specchio.

Charlie rimase a osservarla mentre LuAnn reprimeva un brivido.

— Forza, ordiniamo questa cena — e così dicendo tornò a esaminare il menù. — Pesce va bene?

LuAnn annuì con aria assente, gli occhi fissi al pavimento,

mentre Charlie faceva l'ordinazione per telefono. Riattaccò e si accese l'ennesima sigaretta.

— Andiamo, LuAnn, non esiste una sola persona al mondo che rifiuterebbe l'offerta di Jackson. Da come la vedo io, faresti una grossa stupidata a rifiutarla. — Giocherellò con l'accendino. — E da quel poco che ho visto di te, puoi sempre redimerti, quanto meno agli occhi di te stessa. Non che a te serva poi così tanta redenzione...

Lei alzò lo sguardo. — E come faccio?

— Potresti usare una parte di quei soldi per aiutare altre persone — rispose Charlie con semplicità. — Mettere su una specie di fondazione, qualcosa del genere. Non sto dicendo che non dovresti goderti i soldi. Penso che te li meriti. Ho visto un po' di note sulla tua storia passata e so che non hai avuto affatto una vita facile.

LuAnn scrollò le spalle. — Finora ce l'ho fatta.

— Esattamente, LuAnn: ce l'hai fatta. — Charlie andò a sedersi accanto a lei. — Hai imparato a sopravvivere, e sopravviverai anche a questo. Senti — continuò guardandola intensamente. — Adesso che ti ho raccontato più o meno tutto, posso fartela io una domanda personale?

— Dipende da che domanda è.

— Mi sembra giusto — concordò lui. — Ecco... me lo vuoi dire come diavolo sei andata a inguaiarti con un paraculo senza futuro come Duane Harvey?

Senza futuro... proprio così. Il modo in cui il suo corpo magro era crollato in avanti, riverso nel suo stesso sangue. Il modo in cui gli era sfuggito quel lieve gorgoglio estremo, forse una richiesta di aiuto. Una richiesta alla quale lei non aveva risposto. — Duane non è poi così male. — LuAnn si alzò e prese a passeggiare avanti e indietro. — Ha solo avuto un sacco di sfighe. La mia mamma era morta da poco. Io ero proprio a terra. Mi sono messa con Duane mentre cercavo di capire che cosa fare del resto della mia vita. O stai in quella contea e crepi in quella contea, o cerchi di battertela più svelto che puoi. Non esiste nessuno che *viene a stare* nella Contea di Rikersville, o almeno, io non ho mai sentito di nessuno. — LuAnn trasse un profondo respiro. — Duane era appena andato in questa roulotte nei boschi. Aveva un lavoro, allora. Mi trattava bene, e parlavamo di sposarci. Era tutto... diverso.

— Anche tu volevi essere una di quelli che restano e crepano in quella contea?

— Ma no, che diavolo! — esclamò lei folgorandolo con un'occhiata. — Io e Duane volevamo andare via. Io lo volevo sicuramente. E lui mi diceva che anche lui lo voleva. — LuAnn si fermò di fronte a Charlie. — Poi è venuta Lisa. E questo fatto per Duane ha cambiato le cose. Io non penso che avere una bambina fosse nei suoi piani. Ma la bambina è arrivata, ed è la gioia della mia vita. Solo che, dopo Lisa, le cose con Duane non sono più andate bene. Io sapevo che dovevo andarmene, e stavo cercando di capire come... Ed è stato allora che il signor Jackson mi ha chiamato.

LuAnn spostò lo sguardo alla finestra panoramica, ai milioni di luci scintillanti di New York. — Jackson mi ha detto che per prendere i soldi ci sono delle condizioni. — Tornò a guardare Charlie. — Io lo so che non lo fa perché mi vuole bene.

— Questo è poco ma sicuro — grugnì Charlie.

— Tu ce l'hai qualche idea su queste condizioni?

Charlie stava scuotendo la testa ancora prima che lei completasse la domanda. — So solo che con tutti i soldi che ti arriveranno non saprai nemmeno che cosa farci.

— Ma io i soldi li posso spendere come mi pare, giusto?

— Giusto. Tutti tuoi. Niente clausole scritte in piccolo. Puoi svuotare l'intera gioielleria Tiffany o costruire un ospedale per bambini ammalati di leucemia ad Harlem. La scelta sarà tutta tua.

LuAnn osservò nuovamente il vortice di luci e i suoi occhi presero a scintillare. Fu esattamente in quel momento che ebbe le risposte. *Tutte* le risposte! In quel preciso momento nella sua testa tutto sembrò combaciare alla perfezione, rendendole finalmente chiaro che cosa avrebbe fatto con il resto della sua esistenza.

E con quell'immensa fortuna.

12

— Avremmo dovuto rimanere in albergo e seguire la faccenda alla televisione. — Charlie si guardava intorno nervosamente. — Jackson mi mangerebbe vivo se sapesse che ho portato qui uno dei suoi "clienti".

Qui era il quartier generale della Commissione Lotterie degli Stati Uniti d'America. Era situato in uno di quegli svettanti, nuovissimi grattacieli, sottili come lame di coltello, cresciuti attorno a Park Avenue. Nel gigantesco auditorium al pianterreno la folla era una massa ribollente in cui si aggiravano troupe delle principali reti televisive, giornalisti della carta stampata e operatori delle TV via cavo.

LuAnn, con Lisa stretta al petto, si trovava in prossimità del palco. — È tutto a posto, Charlie. Sotto tutta questa roba, non mi nota nessuno.

LuAnn portava occhiali da sole dalle lenti impenetrabili. I suoi lunghi capelli erano raccolti sotto un cappello da baseball con la visiera ruotata sulla nuca. Un ampio impermeabile Burberry nascondeva la sua figura atletica.

— Sarà — borbottò lui scuotendo la testa. — Ma continua a non piacermi.

— Senti, *dovevo* venire a vedere. Non è lo stesso che stare seduti in camera a guardarla in TV.

— Jackson probabilmente chiamerà l'albergo subito dopo l'estrazione — brontolò Charlie.

— E io gli dico che mi sono addormentata e non ho sentito il telefono.

— Che idea grandiosa! — sibilò lui costringendosi ad abbassare la voce. — Vinci cinquanta milioni di verdoni e giustamente ti fai un sonnellino.

— Ehi! Io so già che vincerò — replicò LuAnn. — E allora cos'è tutta questa grande eccitazione?

Charlie si limitò a serrare le labbra, lanciando un'ennesima serie di penetranti occhiate all'auditorium e ai suoi occupanti.

La macchina per l'estrazione era sistemata su un tavolo collocato sul palco. Era lunga più di due metri, con dieci lunghi tubi di plastica trasparente. Ogni tubo era alimentato da un contenitore sottostante, pieno di palline da ping-pong. Su ogni pallina, c'era dipinto un numero. Nel momento in cui il sistema veniva attivato, una corrente d'aria faceva muovere in moto caotico le palline nei contenitori, finché una di esse veniva attirata nel tubo sovrastante e catturata da una specie di ventosa. A quel punto, il contenitore si chiudeva e la corrente d'aria passava ad agitare le palline nel secondo contenitore. E così via: un vortice caotico dopo l'altro, una ventosa dopo l'altra, una pallina numerata dopo l'altra, una scarica di adrenalina dopo l'altra. Fino a quando veniva completata l'intera combinazione vincente a dieci cifre.

Il pubblico era assiepato sotto il palco, espressioni nervose controllavano e ricontrollavano i numeri su fasci di biglietti tenuti fra dita contratte. Un giovanotto si era addirittura dotato di computer portatile. Sul video scorreva un inventario elettronico composto da centinaia di combinazioni possibili. Tutte perdenti.

In LuAnn Tyler il senso di colpa era scomparso, e lei non aveva alcun bisogno di ricontrollare la combinazione del suo biglietto. La sapeva a memoria: 0810080521, ovvero il compleanno suo e quello di Lisa, più l'età che lei stessa avrebbe avuto al suo prossimo compleanno. Tutta quella gente intorno sarebbe stata delusa, e lei si era preparata ad affrontare la loro delusione. Aveva deciso. Aveva capito che cosa fare. Sapeva di essere abbastanza forte da affrontare questo oceano di folla invece di rimanersene rintanata nella stanza del Waldorf-Astoria.

Nell'auditorium cadde all'improvviso un silenzio di tomba. Un uomo era comparso sul palco. *Jackson!* LuAnn strinse le palpebre nella luce dei riflettori. Si era quasi aspettata che fosse Jackson, ma quest'uomo era molto più giovane, e molto più attraente. Forse anche lui faceva parte della faccenda. O forse no. Comunque fosse, quello era l'uomo della fortuna.

LuAnn scambiò un sorriso teso con Charlie e riportò la propria attenzione sul palco. Una biondona sexy, miniabito aderente, calze di nylon fumé e tacchi a spillo, entrò da una quinta e si sistemò sorridendo accanto all'uomo, con le mani dietro la schiena.

— Buonasera a tutti! — esordì l'uomo della fortuna. — E benvenuti all'estrazione mensile della Lotteria Nazionale degli Stati Uniti d'America!

Sciami di telecamere si concentrarono sul suo volto da star del cinema.

— Questa estrazione è un evento storico. Il montepremi ufficiale, calcolato sugli ultimissimi dati di vendita dei biglietti in tutti gli Stati dell'Unione, ha polverizzato ogni precedente record della Lotteria Nazionale americana. Il montepremi ufficiale è...

L'uomo della fortuna fece una pausa a effetto, poi sganciò la bomba.

— *CENTO-MILIONI-DI-DOLLARI!*

L'intero auditorium proruppe in un "oooh" di sbalordimento. LuAnn stessa si ritrovò con la bocca spalancata. Cento milioni di dollari. Era perfino difficile immaginarla una somma di simile gigantesca entità. Charlie la osservò, scosse leggermente il capo ed ebbe un sorriso sornione.

— Ecco fatto — le bisbigliò all'orecchio dandole di gomito con aria complice. — Adesso puoi *sia* svuotare l'intera gioielleria Tiffany *sia* costruire l'ospedale per i bambini ammalati di leucemia ad Harlem. Il tutto solamente con gli interessi.

L'uomo della fortuna tornò a esibire la sua consumata abilità istrionica. — Come ho già detto, si tratta di una cifra storica. E questa sera, forse addirittura in questo stesso auditorium... *un superfortunato, o superfortunata, sarà il solo e unico vincitore!* — Fece un gesto teatrale. — Si vada a incominciare!

La bionda sexy attivò la macchina dell'estrazione. All'interno del primo contenitore, le palline da ping-pong presero a muoversi nel vortice dei moti caotici. Quasi subito alcune di esse si affollarono intorno all'imbocco del condotto superiore, lottando per conquistarlo.

LuAnn sentiva il cuore martellarle nel petto, il respiro si faceva affannato. Accanto a lei, c'era il benevolo Charlie. Dentro di lei risuonava la voce controllata e autoritaria di Jackson, con le sue certezze invisibili, con le sue prodigiose predizioni della lotteria quotidiana. Eppure, dopo tutto quello che era accaduto nel corso degli ultimi giorni, LuAnn sentì che il trovarsi lì in quel momento non era altro che follia pura.

Come poteva Jackson penetrare il caos di quelle piccole sfere bianche, così assurdamente simile all'attacco degli spermatozoi sull'ovulo da fecondare, come aveva visto una volta alla TV? Incanalare poi quel medesimo caos... *Controllarlo!* In quale modo poteva davvero essere fatto?

Una specie di nodo scorsoio cominciò a stringerla alla gola. Non poteva *essere*. Forse c'era ancora un'ultima via d'uscita. Forse poteva ancora tentare di spiegare alla legge ciò che era successo nella roulotte che aveva chiamato *casa*. O invece non le rimaneva altro che uscire dalla gabbia dorata del Waldorf-Astoria, rintanarsi in un rifugio per senzatetto e cercare di decidere che cosa fare con i cocci della sua esistenza. Tentare di salvare almeno Lisa...

Zero.

La prima pallina bianca era penetrata nel condotto ed era stata catturata dalla prima ventosa. Era la pallina con il numero *zero*. La cifra apparve su uno schermo gigante sospeso sul palco. ZERO.

Inconsciamente, le dita di LuAnn trovarono quelle spesse di Charlie e s'intrecciarono con esse. La prima delle cifre della *sua* combinazione vincente! I moti caotici continuarono nel secondo contenitore e generarono un secondo numero.

Otto.

Vortice dopo vortice, condotto dopo condotto, ventosa dopo ventosa. Cifra vincente dopo cifra vincente.

0-8-1-0-0-8-0-5.

LuAnn recitò silenziosamente quei numeri. Sentiva le ginocchia molli, un sudore nervoso le imperlava la fronte. Stava accadendo. Stava *veramente* accadendo! In qualche modo, servendosi di chissà quale magia, il misterioso e minaccioso uomo che si faceva chiamare Jackson sapeva *veramente* come frodare la Lotteria Nazionale degli Stati Uniti d'America!

Tra la folla, molti cominciarono a mugolare dal disappunto, a bestemmiare tra i denti, e ad andarsene. La combinazione vincente pareva incombere su di loro come un beffardo dio della vendetta. Biglietti strappati avevano cominciato a ricoprire il pavimento dell'auditorium via via che i numeri venivano estratti, formando ora una sorta di tappeto patchwork.

LuAnn fissò il danzare caotico delle sfere nel nono contenitore. Era come se quelle traiettorie imprevedibili, quei rimbalzi privi di sequenza, si stessero svolgendo in un tempo assurdamente rallentato. Quasi che il tessuto profondo della realtà stesse andando in pezzi. La penultima pallina venne catturata dalla ventosa.

Due.

Non c'era più speranza sui volti degli uomini e delle donne rimasti nell'auditorium. Tranne che sul viso di una giovane donna, coperto da grandi occhiali scuri.

Decimo vortice, quello conclusivo. Una delle palline parve aprirsi la strada fra le altre, come se fosse determinata a conquistarsi il proprio posto nella gloria. La stretta di LuAnn intorno alla mano di Charlie si allentò. Era la sfera con il numero *uno*. Quand'era ormai quasi incanalata, la sfera numero *quattro* le tagliò la strada, costringendola a tornare verso il basso prima di ritentare l'approccio al decimo condotto. LuAnn sentì il sangue defluirle dal viso.

Oh, merda...

Lo disse a voce alta. Nel brusio generalizzato della folla nessuno la sentì. Nemmeno Charlie. Quello che lui sentì fu invece la stretta di LuAnn che tornava a chiudersi sulla sua mano, così energica da farlo quasi gemere.

Charlie deglutì a forza, condividendo l'ansia di LuAnn. Nel passato Jackson non aveva mai fallito. *Mai*. E che diavolo, non poteva certo fallire proprio questa volta! Charlie infilò la mano libera sotto la camicia e afferrò il piccolo crocefisso d'argento che portava al collo da una vita. Lo strinse.

Nell'ultimo contenitore, la pallina *uno* e la pallina *quattro* continuavano a combattere, urtandosi e scambiandosi di posto all'imboccatura del condotto, finché anche l'ultima sfera fu catturata dalla ventosa.

Uno.

LuAnn stava tremando.

Anche Charlie stava tremando. Rimasero immobili fianco a fianco, fradici di sudore come alla fine di un impetuoso amplesso.

0-8-1-0-0-8-0-5-2-1.

Era fatta. Era proprio quella la combinazione vincente. La *sua* combinazione vincente completa!

Charlie inclinò il capo verso di lei, la fronte aggrottata come per dire: *Hai vinto, no?* LuAnn annuì lentamente, quasi seguendo il ritmo di una canzone silenziosa. Tra le sue braccia, Lisa si agitò e scalciò, percependo l'umore della madre.

— Cristo! — si lasciò scappare Charlie con un lungo sospiro. — Prima che quell'ultima pallina cadesse, ho davvero creduto che me la sarei fatta nei pantaloni.

Adesso si stavano allontanando dal grattacielo su Park Avenue per fare ritorno al Waldorf-Astoria. Era una bellissima notte, molto chiara, sferzata da un vento fresco, e nel cielo pareva dispiegarsi una parata di stelle senza fine.

— C'è mancato poco che non mi staccassi le dita — disse Charlie massaggiandosi la mano indolenzita.
— Vuoi spiegarmi che cosa ti ha preso?

— Non è necessario che tu lo sappia.

LuAnn inspirò a fondo l'aria pulita, depose un tenero bacio sulla guancia di Lisa e improvvisamente, con un sorriso accattivante, diede di gomito a Charlie e annunciò: — Chi arriva ultimo all'albergo... — LuAnn partì di corsa — *paga la cena*!

Charlie la osservò scendere lungo Park Avenue con le sue falcate da maratoneta, le falde dell'impermeabile che si allargavano dietro di lei come grandi ali. Pur nella distanza, poté udire le grida di gioia di lei erompere nella notte. Sorrise e si lanciò nella sua scia.

Nessuno dei due sarebbe stato così felice sapendo che qualcuno li aveva seguiti fino all'estrazione della lotteria e li stava ora osservando dall'altra parte della strada.

Romanello aveva intuito che il pedinamento di LuAnn Tyler avrebbe riservato interessanti sviluppi. Ma ora doveva ammettere che il risultato andava ben al di là di ogni più rosea previsione.

13

— Ne è certa, LuAnn?

— Sì, signor Jackson.

— Assolutamente certa che il luogo nel quale vuole andare sia quello?

— È da una vita che voglio andare in Svezia. La famiglia della mia mamma è venuta da là, tanto tempo fa. Anche lei ci voleva sempre andare, ma non ce l'ha fatta. Cioè, è come farlo anche per lei. È una cosa difficile, signor Jackson?

— Qualsiasi cosa è difficile, LuAnn. La differenza è solo il livello di difficoltà.

— Ma lei lo può fare, no? Cioè, io voglio andare anche in altri posti, però voglio cominciare dalla Svezia.

— Se sono in grado di far vincere cento milioni di dollari a qualcuno *come lei* — disse Jackson in tono stizzito — credo senz'altro di essere in grado di occuparmi dei suoi programmi di viaggio.

— Le sono tanto grata. Sul serio. — LuAnn scambiò un'occhiata con Charlie, il quale faceva giocare Lisa tenendola tra le braccia. Gli sorrise. — Sei bravo a tenerla buona.

Jackson la udì all'altro capo del telefono: — Con chi sta parlando, LuAnn?

— Con Charlie. Mi scusi.

— Me lo passi, dobbiamo preparare la sua visita all'ufficio della Lotteria Nazionale in modo che il biglietto vincente venga confermato. Prima verrà fatto, prima si potrà procedere alla conferenza stampa. Dopodiché, lei potrà finalmente partire.

— E le condizioni delle quali mi parlava... — accennò LuAnn.

— Non intendo discuterne in questo momento — la interruppe Jackson. — Mi passi Charlie. Non ho tutta la giornata.

LuAnn prese Lisa e diede il ricevitore a Charlie. Lo osservò attentamente mentre confabulava con Jackson a voce bassissima, voltandole la schiena, annuendo più volte, finché riappese.

— Va tutto bene? — chiese LuAnn con voce piena d'ansia, mentre Lisa si agitava tra le sue braccia.

— Certo, a postissimo. — Lo sguardo di Charlie ci mise un po' a incontrare quello di lei. — Vedrai quelli della lotteria nel pomeriggio. È passato abbastanza tempo dall'estrazione.

— Tu vieni con me?

— Farò con te il tragitto in taxi, ma ti aspetterò fuori fin quando avrai finito. D'accordo?

— E io che cosa faccio là dentro?

— Molto semplice: presenti il biglietto vincente. Loro lo convalideranno e ti daranno una ricevuta ufficiale. Ci saranno testimoni, verbali da firmare, tutta la procedura legale. Passeranno il biglietto sotto un laser molto sofisticato per verificare che sia davvero autentico. Appena sotto la linea del numero ci sono delle fibre speciali nella filigrana, proprio come quelle delle banconote. È impossibile duplicare i biglietti, specialmente in così breve tempo. A quel punto, telefoneranno al posto di vendita in modo da verificare che il biglietto sia stato effettivamente acquistato là. Poi prenderanno informazioni su di te: chi sei, da dove vieni, se hai ancora i genitori, se hai figli. Un'intervista anagrafica in piena regola. Ci vorranno alcune ore. Alla fine, rilasceranno un comunicato stampa annunciando che il vincitore si è presentato. Il tuo nome però non verrà divulgato fino alla conferenza stampa vera e propria. Ehi, la suspense va rispettata, o no? E la suspense è esattamente il filtro magico che ci vuole per continuare a vendere biglietti. Non è necessario che tu rimanga per il comunicato. La conferenza stampa è comunque prevista per il giorno dopo.

— E poi noi torniamo qui all'albergo?

— In realtà, "Linda Freeman" lascia l'albergo proprio oggi. Ci spostiamo in un altro albergo nel quale sarai registrata come LuAnn Tyler, una delle persone più ricche d'America. Sei appena arrivata qui nella Grande Mela... E sei pronta a conquistare il mondo intero.

— Charlie, ma tu ci sei mai stato a una di queste conferenze stampa?

— Ne ho viste alcune — annuì lui. — Possono diventare delle mezze carnevalate, specialmente quando il vincitore si porta dietro la famiglia al completo. Tanti soldi fanno fare alla gente tante cose strane. Ma non dura molto. La palla passa ai giornalisti, che ti fanno un sacco di domande, molte delle quali cretine. E dopo... *Adios!* — Charlie sorrise. — È bella questa idea di andare in Svezia. Bella verso tua madre, intendo.

— Lo spero. — LuAnn abbassò lo sguardo, continuando a giocare con i piedini di Lisa. — Sarà tutto diverso...

— *Diverso* non sarà affatto male.

— Non so quanto ci starò.

— Tutto il tempo che vuoi. Che diavolo, ci puoi stare per sempre, se ti va.

— Non sono sicura di poterlo fare. Non so se mi troverò bene.

— LuAnn, concedi a te stessa un minimo di fiducia. — Charlie le posò una mano sulla spalla. — D'accordo, al muro non tieni appesa una sfilza di lauree, ma sei una ragazza in gamba, hai un cuore d'oro e ti prendi una gran cura della tua piccola. Da come la vedo io, questo ti colloca davanti al novantanove per cento della popolazione.

— Però io non lo so quanto sono in gamba senza che tu mi aiuti.

— Fa tutto parte del mestiere — disse lui scrollando le spalle nel tirarsi fuori una sigaretta. — Senti, ci mangiamo un boccone e poi andiamo a riscuotere. Che ne dici? Sei pronta per diventare ricca da fare schifo?

LuAnn inspirò a fondo prima di rispondere: — Sono pronta.

Era fatta.

Domande, identificazioni, laser... Fatta e finita. LuAnn emerse dal grattacielo della Commissione Lotterie, percorse l'intero isolato e svoltò l'angolo, dove Charlie la stava aspettando. Le aveva tenuto Lisa per tutto quel tempo.

— Tua figlia è proprio una signorinella sveglia — disse sorridendo. — Ha guardato tutto e tutti.

— Non ci manca molto che comincerò a correrle dietro come una matta.

— Ce l'ha messa proprio tutta per scapparmi via. — Charlie sistemò l'esuberante Lisa nel passeggino e il suo sorriso si incrinò leggermente nel chiedere a LuAnn: — Allora, com'è andata?

— Sono stati molto gentili. Mi hanno trattato come una persona proprio speciale. Vuole un caffè, signorina Tyler? Vuole fare una telefonata, signorina Tyler? — Sorrise. — Una delle donne che ci lavorano mi ha chiesto se la volevo assumere per farmi l'assistente.

— Sarà meglio che ti abitui a richieste di questo tipo, e di ogni altro tipo.

Si avviarono lungo il marciapiede.

— Hai la ricevuta? — riprese Charlie.

— Nella borsa.

— Per che ora hanno fissato la conferenza stampa?

— Domani alle sei del pomeriggio.

Charlie annuì con aria distratta, voltandosi a gettare uno sguardo dietro le spalle. E non era la prima volta.

LuAnn gli scoccò un'occhiata tesa: — C'è qualcosa che non va?

— Non so... — Charlie sostenne lo sguardo di lei. — In galera prima, e come detective privato poi, ho sviluppato una specie di radar interno che mi dice se qualcuno mi sta prestando un po' troppa attenzione. E adesso l'allarme sta suonando come un matto.

Istantaneamente, LuAnn si mise a guardare da tutte le parti, ma lui la bloccò. — Non farlo. Cammina e basta. Va tutto bene. Ti ho trovato l'albergo. È appena un isolato più avanti. Mettiamo Lisa e te al caldo, poi io faccio un giretto d'esplorazione.

Le dita di LuAnn si serrarono intorno alla maniglia del passeggino.

— Stai tranquilla — la rassicurò lui. — Non è detto che il mio radar abbia sempre ragione...

Ma c'erano rughe di preoccupazione intorno agli occhi di Charlie.

Venti metri più indietro, sul lato opposto della strada, Anthony Romanello si stava domandando se l'avessero visto o no. Continuò a seguirli. A quell'ora le strade erano piene di gente. Ma c'era stata un'improvvisa rigidità nell'uomo e nella donna ai quali stava dietro. Abbastanza per far suonare anche il suo, di allarme mentale.

Senza perderli di vista, Romanello si strinse nel giubbotto di pelle e si lasciò distanziare di un'altra decina di metri, ma sempre sul chi vive nel caso decidessero di prendere la fuga in taxi. Lui era comunque in vantaggio, in quanto loro avrebbero perso tempo per caricare il passeggino con la bambina. Il che avrebbe permesso anche a lui di fermare un taxi in tempo. In ogni caso, l'uomo e la donna non presero alcun taxi. Raggiunsero un hotel ed entrarono.

Romanello attese un po' davanti all'edificio, controllando la strada in entrambe le direzioni, infine attraversò ed entrò a sua volta.

— E queste qui? — Lo sguardo di LuAnn era caduto sul set di valigie nuove di zecca, sistemate in un angolo della suite. — Da dove vengono?

— Vuoi andare in Svezia senza l'opportuno bagaglio? — domandò Charlie sogghignando. — Non penso proprio, LuAnn. Questa è roba di prima qualità che ti dura una vita, non quelle schifezze da due soldi che come le guardi ti resta la maniglia in mano. Una te l'ho già fatta riempire per il viaggio. Cose per Lisa e anche per te. Ci ha pensato una mia amica. Oggi facciamo compere in modo da riempire anche tutte le altre.

— Charlie...

LuAnn lo abbracciò e gli diede un bacio sulla guancia, mentre lui guardava altrove con fare imbarazzato.

— Ehi, non è poi questo grande affare di Stato. — Tirò fuori di tasca un sottile libretto dalla copertina blu scuro, con sopra impressa un'aquila dorata ad ali spiegate, e glielo porse. — Questo è tuo.

Un passaporto degli Stati Uniti d'America.

LuAnn lo aprì, lesse il nome sotto la propria foto. Il nome della propria reincarnazione.

Richiuse lentamente il passaporto. La soglia verso un altro mondo e verso una nuova esistenza.

— Inizio del viaggio, LuAnn. Per te e per Lisa. Tutto il mondo e anche di più! — Charlie si preparò a uscire. — Vado a controllare un paio di cosette. Torno tra non molto...

— Charlie.

Lui si fermò e si girò.

LuAnn stava tormentando il passaporto con le dita. Aveva le guance arrossate. — Perché non vieni con noi?

Che cosa?

— Io, ecco, pensavo... — tentennò LuAnn prima di lasciarsi andare in un unico flusso, senza riuscire a guardarlo negli occhi. — Adesso ho tutti questi soldi. E tu sei stato così buono con noi. Cioè, io non sono mai stata da nessuna parte. Per cui, ecco, se ti fa piacere venire con noi... Voglio dire, se vuoi, vieni. Ma se non vuoi, io ti capisco...

— È un'offerta incredibilmente generosa, LuAnn — disse dolcemente Charlie. — Ma tu non mi conosci, non sai nemmeno chi sono. È una grossa responsabilità da prendersi verso qualcuno che non si conosce.

— Io di te conosco tutto quello che c'è da conoscere — replicò lei, caparbia. — So che sei un brav'uomo. So che hai avuto cura di noi. E so che tu a Lisa piaci da matti. E per come la penso io, questo mi fa conoscere tutto quello che mi serve.

Charlie rivolse un gran sorriso alla bambina, poi tornò a guardare LuAnn.

— Pensiamoci su, LuAnn. Sia tu che io. Pensiamoci su e vediamo che cosa ne viene fuori, d'accordo?

— Senti, Charlie, non è che ti chiedo di sposarmi — aggiunse lei scrollando le spalle e rimuovendo un ciuffo ribelle dagli occhi. — Se è questo che hai nella testa...

— Figurati! — esclamò lui sorridendole. — Io che sono abbastanza vecchio da essere tuo nonno.

— Però mi piace l'idea di averti con me. Non ho avuto molti amici, specie quelli sui quali ci si può contare. Ma io so che posso contare su di te. Perché tu sei mio amico, vero?

— Vero.

C'era una sfumatura rauca nella voce di Charlie. Lui se ne liberò con un colpetto di tosse, tornando ad assumere un tono professionale. — Ho capito quello che mi hai detto, LuAnn. Ne riparliamo al mio ritorno. Te lo prometto.

La porta si chiuse alle sue spalle. LuAnn cullò Lisa per farle prendere sonno, camminando avanti e indietro di fronte all'ampia finestra della stanza. Vide Charlie che usciva dal palazzo, lo seguì con lo sguardo fino a quando non venne inghiottito dalla folla di New York. Non le era sembrato che qualcuno lo pedinasse. Ma con così tanta gente in strada, chi poteva dirlo con certezza?

LuAnn sospirò a fondo, la fronte aggrottata. Si sentiva fuori posto. La sola cosa che le interessava era che Charlie rientrasse sano e salvo. E poi c'era sempre quella maledetta conferenza stampa del giorno dopo. Un mucchio di buffoni che le avrebbero fatto un mucchio di domande da buffoni. Meglio non pensarci. Aveva i nervi già abbastanza scossi.

Un colpo alla porta la fece sobbalzare. LuAnn fissò l'ingresso con occhi sbarrati, incerta sul da farsi.

— Chi è?

— Servizio in camera.

LuAnn andò a guardare dallo spioncino. La piccola lente le rimandò l'immagine distorta di un giovanotto con la livrea dell'hotel.

Fu costretta a compiere uno sforzo per evitare che la sua voce tremasse. — Io non ho ordinato niente.

— C'è una busta per lei, signora. E un pacchetto.

LuAnn si ritrasse dalla porta come se fosse diventata di colpo rovente. — E di chi è?

— Non saprei, signora. Un uomo giù nell'atrio mi ha chiesto di portarglieli su.

Charlie. *Doveva* essere stato Charlie... — Le ha detto di portarli su a nome mio?

— No, signora. L'ha vista entrare in ascensore e mi ha detto di darli proprio a lei — spiegò pazientemente il fattorino. — Se non li vuole adesso, posso metterli nella sua casella postale giù alla reception.

— No, li prendo adesso.

LuAnn aprì la porta di un palmo, stese un braccio e quasi strappò il pacchetto dalle mani del giovanotto, chiudendogli la porta in faccia. Per un po', il fattorino rimase immobile nel corridoio deserto, scocciato per la perdita di tempo e per la mancata mancia. Ma non aveva poi tanta importanza, a questo ci aveva già pensato il tizio giù nell'atrio.

La nota era scritta, su carta da lettera dell'albergo. Nessuna calligrafia riconoscibile.

Cara LuAnn,
hai qualche notizia di Duane? E magari anche di quell'altro tipo? A proposito, con che cosa lo hai colpito, un'incudine forse? Morto stecchito. Spero ardentemente che la polizia non scopra che c'eri anche tu in quella vostra graziosa roulotte. Piaciuta la storiella, LuAnn? Non ti fa sentire nostalgia di casa? Facciamo due chiacchiere. Tra un'ora. Prendi un taxi e fatti portare all'Empire State Building. Non hai idea di come sia il panorama lassù. Il gorilla e la piccola lasciali a casa, okay?

LuAnn strappò la carta marrone del pacchetto e un giornale cadde a terra. Lo raccolse e lo aprì. Era l'*Atlanta Journal and Constitution*, il quotidiano delle sue parti. Una delle pagine interne era stata evidenziata con un talloncino adesivo giallo. LuAnn aprì alla pagina in questione, lesse un titolo e vide la foto che lo accompagnava.

Un invisibile nodo scorsoio cominciò a strangolarla, sempre più stretto e micidiale.

Nella foto sgranata in bianco e nero, la Airstream nella radura, circondata dal consueto labirinto di rottami e relitti, appariva addirittura più miserabile di quanto fosse in realtà. Nient'altro che un rifiuto un po' più grosso degli altri, in attesa che il camion dei rifiuti arrivasse a prelevarlo. C'era anche la macchina decappottabile, con il suo osceno fregio cromato alla fine del lungo cofano puntato verso la roulotte. Pareva un cane da punta che dicesse al suo padrone dov'erano cadute le pernici.

Due uomini uccisi, diceva l'articolo. Un affare di droga. Sul nome di Duane Harvey, il testo si fece improvvisamente sfuocato, come filtrato da una barriera liquida. Quella barriera erano lacrime. LuAnn sedette sul divano della stanza, cercando di controllarsi. L'altro uomo non era stato ancora identificato. La terza persona domiciliata nella Airstream invece era stata identificata con certezza: LuAnn Tyler. La polizia di Rikersville la stava cercando. Anche *in quel preciso momento*. LuAnn Tyler era forse sospettata di qualche crimine? L'articolo non lo diceva. In compenso sottolineava che la sua scomparsa poteva solo far aumentare i sospetti della polizia. Era stata Shirley Watson a scoprire i cadaveri. Sulla scena era stata anche trovata una latta piena di acido da batteria. Gli occhi di LuAnn si strinsero. *Acido da batteria*. Quella flaccida troia di Shirley era tornata per pareggiare i conti, questo era fin troppo chiaro. In ogni caso, con due omicidi sul groppone, la polizia non avrebbe perso tempo con un crimine solo tentato.

Un altro colpo alla porta. LuAnn sobbalzò in preda al panico.

— LuAnn?

— Cha... Charlie?

— Perché, aspetti qualcun altro?

— Un momento solo...

LuAnn strappò dal giornale la pagina con l'articolo e se la ficcò in tasca. Poi ripiegò il resto del quotidiano e lo infilò sotto i cuscini del divano. Finalmente, andò ad aprire.

— Grande idea cercare di individuare un ipotetico pedinatore in una strada piena di gente — disse Charlie entrando. Si tolse il soprabito e si accese una sigaretta, non resistendo all'impulso di gettare un'ulteriore occhiata dalla finestra. — Eppure non riesco a scrollarmi di dosso la sensazione che qualcuno ci stesse seguendo...

— Magari era uno che voleva rapinarci. Succede spesso da queste parti, non è così, Charlie?

Lui scosse il capo. — È vero che ultimamente i balordi si sono fatti temerari, ma se qualcuno voleva davvero rapinarci, faceva il colpo e scappava a tutta birra. Tirare fuori una pistola di fronte a mezzo milione di persone? Poco probabile. Eppure la sensazione resta: qualcuno ci ha seguito. — Si voltò verso di lei. — È successo niente di strano mentre ero via?

LuAnn scosse a sua volta il capo, gli occhi spalancati, timorosa di dire qualsiasi cosa.

— Non sarà che qualcuno ti ha seguita fin qui a New York, vero?

— Non ho visto nessuno. Te lo giuro, Charlie. Senti... Io ho paura adesso.

— Ehi, ehi... calma — la invitò cingendole le spalle con fare protettivo. — Va tutto bene. Probabilmente è solo Charlie-il-paranoico che insegue il nulla. Ma vuoi saperne una? Certe volte a essere paranoici non è poi così male. Senti, andiamo a fare un altro po' di shopping. Ti farà sentire subito meglio.

Le dita di LuAnn tormentavano il pezzo di carta che teneva in tasca. Sentiva il cuore martellarle in gola, come se fosse alla ricerca di uno spazio più ampio nel quale esplodere una volta per tutte, tuttavia quando rialzò lo sguardo, il suo volto appariva del tutto calmo e rilassato. — Lo sai di che cosa ho davvero voglia, Charlie?

— Tu dillo, ed è affare fatto.

— Una sistematina ai capelli. E magari anche la manicure. Mi sembrano uno schifo i miei capelli. E per la conferenza stampa voglio essere tutta a posto.

— Avrei dovuto pensarci io. Nessun problema, prendiamo l'elenco del telefono e troviamo uno di quei saloni di bellezza per straricchi sulla Quinta Avenue...

— Ce n'è uno proprio quaggiù nell'ingresso del nostro albergo — disse LuAnn precipitosamente. — L'ho visto mentre entravamo. Fanno tutto: capelli, unghie, faccia. E mi sembrava proprio niente male.

— D'accordo, allora.

— Dai tu un'occhiata a Lisa?

— Perché? Non veniamo giù anche noi?

— Ma andiamo, Charlie. E sì che tu devi saperlo...

— Cosa, dovrei sapere?

— Che gli uomini non vanno nei saloni di bellezza a guardare quello che succede. Siamo noi donne che lo vogliamo tenere segreto. Se voi sapete che storia è farsi belle, allora il trucco è finito. Ma qualcosa sì che la puoi fare.

— Cioè?

— Farmi un sacco di complimenti quando torno.

Charlie sogghignò. — Fin lì, ci arrivo.

— Non so quanto tempo ci vuole. Mi sa che non mi fanno passare subito. Se a Lisa viene fame, c'è un biberon pronto nel frigo. Forse vuole anche giocare. Dopo la puoi mettere a nanna.

— Prenditela calma. Per il momento non ho niente da fare. Dammi solo una birra, un po' di televisione... — e così dicendo Charlie andò a prendere la piccola dal passeggino — e la compagnia di questa signorinella, e io sono un bambino contento.

LuAnn prese il cappotto.

— Un momento — fece lui inarcando un sopracciglio. — Per che cosa ti serve quello?

— Devo fare alcune spese. C'è un negozio appena dall'altra parte della strada.

— C'è un negozio anche nell'atrio.

— Se però i loro prezzi sono cari come quelli dell'altro albergo, io attraverso la strada e mi risparmio un po' di soldini.

— LuAnn, tu sei una delle donne più ricche del mondo. O te lo sei scordato? Se tu volessi, ti potresti comprare questo intero albergo.

— Charlie, mi sono dannata l'anima a risparmiare monetine tutta la vita. — LuAnn aprì la porta, sperando che lui non si rendesse conto della sua agitazione. — Non puoi pretendere che cambio dalla sera alla mattina, no?

Lui corrugò la fronte, senza trovare niente da ridire.

— Torno appena posso.

Charlie fece un passo verso la porta. — Non mi va. Jackson è stato chiaro: dove vai tu, vado anch'io.

— E dai, Charlie... sono una bambina grande. So badare a me stessa. E poi come la mettiamo con Lisa che deve fare il pisolino? Non possiamo lasciarla da sola.

— Be', no...

— Tu stai con lei, va bene? — LuAnn diede un bacetto a Lisa e una strizzatina al braccio di Charlie. — Io faccio in fretta e ci vediamo presto.

Charlie la osservò andarsene. Poi, come da programma, prese una birra dal frigobar e si mise a guardare la televisione con Lisa sulle ginocchia. Ma la sua fronte rimase corrugata. E il suo umore perplesso.

Attraversare la strada. Risparmiare soldini. Bambina grande...

Charlie decise di fare del proprio meglio per coinvolgere Lisa nelle delizie dello zapping.

14

Il monolite incombeva su di lei. La guglia sulla sommità era simile alla punta di una lancia che perforava il cielo.

LuAnn Tyler non ebbe né il tempo né la possibilità di ammirare la temeraria architettura dell'Empire State Building. Il braccio estraneo venne a infilarsi sotto il suo nell'attimo stesso in cui lei scendeva dal taxi.

— Da questa parte.

Una voce d'uomo levigata, confortante. Ma anche del tutto raggelante.

— Facciamo due chiacchiere.

LuAnn si liberò dalla stretta. L'uomo era alto, dalle spalle larghe. Folti capelli scuri intorno a un volto rasato di fresco, occhi neri pieni di determinazione.

— Cosa vuoi da me? — Adesso che LuAnn poteva vederlo, la sua paura sembrò diminuire.

— La sai una cosa, signorina Tyler — disse Anthony Romanello gettando un'occhiata intorno — perfino a New York finiremmo con attirare l'attenzione facendo questo genere di conversazione qui in strada. Lo vedi quel bar sull'altro marciapiede? Suggerisco di fare là la nostra chiacchierata.

— Perché?

— Perché tu hai letto sia il mio bigliettino sia l'articolo su quel giornaletto di provincia. — Romanello incrociò le braccia e le offrì un sorriso mellifluo. — Altrimenti non ti troveresti qui.

— Li ho letti. — LuAnn fece uno sforzo per mantenere ferma la voce.

— Allora muoviamoci.

— E tu che diavolo c'entri? Spacci anche tu droga?

Il sorriso svanì dal volto di Romanello. — Ora stammi a sentire...

— Io non ho ammazzato nessuno — dichiarò LuAnn con durezza.

— Abbassa la voce, cazzo!

LuAnn lo folgorò con un'occhiata. Poi si girò e cominciò ad attraversare la strada, puntando verso il bar. Romanello la seguì da vicino.

Si sedettero a un tavolo verso il fondo del locale, nella parte meno illuminata.

Romanello ordinò del caffè. Con fare ospitale, tese a LuAnn il menù. — Mangi un boccone?

— Mangiatelo tu, il boccone.

— E va bene, piantiamola con i preamboli e veniamo dritti al punto...

— Tu come ti chiami?

La domanda colse Romanello in contropiede. — Perché?

— Dammene uno. Da queste parti sembra che hanno tutti un nome inventato.

— Di che accidenti vai... — Romanello s'interruppe, ci pensò su e fece retromarcia. — D'accordo, chiamami Arcobaleno.

— Ma che carino, tutto colorato. Mai visto un arcobaleno come te prima di oggi.

— Ed è qui che ti sbagli — gli occhi di Romanello si accesero di un lampo avido. — Perché c'è sempre una pentola piena d'oro alla fine dell'arcobaleno.

— E allora?

— E allora la mia pentola piena d'oro sei proprio tu, signorina Tyler — disse Romanello rilassandosi contro lo schienale.

LuAnn fece per alzarsi.

Siediti!

La parola era risuonata come uno schiocco di frusta. LuAnn si bloccò a metà del movimento.

— Siediti, cara, a meno che tu non preferisca passare il resto della tua vita in galera piuttosto che alle Bahamas.

LuAnn tornò a sedersi, senza togliergli gli occhi di dosso. — A me, signor Arcobaleno, i giochini non sono mai piaciuti. Quindi vieni al punto così la facciamo finita.

La cameriera arrivò con il caffè. Romanello attese che se ne fosse andata, poi si protese verso LuAnn fissandola negli occhi da pochi centimetri: — Sono stato alla tua roulotte. Ho visto i cadaveri.

— E tu che cosa ci facevi alla roulotte?

Romanello si ritrasse. — Passavo da quelle parti.

— E io sono Marilyn Monroe.

Romanello la ignorò. — Il fatto è che io ti ho visto arrivare con la macchina del ciccione, quella della foto sul giornale. E poi ti ho vista fare un sacco di telefonate.

— E allora? Non posso fare telefonate?

— E dopo, alla stazione ferroviaria di Atlanta ti ho visto tirare fuori una bella mazzetta di grana dal seggiolino della tua piccola. E tu venivi dalla roulotte, LuAnn, con dentro due cadaveri e un bel po' di droga. La *tua* roulotte.

LuAnn socchiuse gli occhi. Forse era una trappola. Forse Arcobaleno era un poliziotto incaricato di strapparle una confessione.

— Io non so di cosa stai parlando — disse LuAnn agitandosi sulla sedia. — Io di cadaveri non so niente. Chissà chi credi di aver visto a guidare quella macchina. E chi sei tu per dire a me che non posso tenere i miei soldi dove voglio? — Tirò fuori di tasca l'articolo di giornale accartocciato. — Questo te lo puoi riprendere. Vai a far paura a qualcuno che ci casca.

Romanello prese il foglio accartocciato, lo dispiegò e gli diede un'occhiata distratta, infine se lo mise in tasca. Quando la mano riapparve, c'era qualcos'altro stretto nel suo pugno. Qualcosa di strappato e chiazzato di rosso.

— Questo lo riconosci, LuAnn?

— Sembra un pezzetto di stoffa macchiato. — LuAnn dovette lottare con se stessa per restare impassibile. — E allora?

— Ma brava, la ragazzina — disse Romanello sorridendo di nuovo. — Non mi aspettavo che una fighetta scema scappata dalla campagna si sarebbe controllata così. Mi ero immaginato di vederti cadere in ginocchio invocando pietà.

— Mi dispiace di non essere quella che avevi immaginato. Ma se mi chiami ancora fighetta scema, giuro che ti mollo qui all'istante.

— L'ultima cosa che vuoi fare, LuAnn — disse Romanello con calma glaciale — è rendermi nervoso.

Ciò detto, abbassò la cerniera del giubbotto abbastanza per mostrare a LuAnn la 9mm semiautomatica che sporgeva dalla cinta dei pantaloni.

— Perché se divento nervoso, posso diventare un individuo quanto mai spiacevole.

LuAnn rivolse all'arma solo una fugace occhiata e chiese: — Che cosa vuoi da me?

— Te l'ho già detto. — Romanello richiuse il giubbotto. — Tu sei la mia pentola piena d'oro.

— Io non ho soldi.

— Ah, no? — Romanello quasi le rise in faccia. — Dimmi una cosa, LuAnn, qual buon vento ti ha portato a New York City? Scommetto che in tutta la tua vita non avevi mai messo piede fuori da quella contea dimenticata da Dio. E allora, con tutti i posti di questo mondo, perché proprio New York? — Romanello inclinò la testa in attesa di una risposta.

— Va bene, forse sapevo quello che era successo nella roulotte — disse LuAnn senza guardarlo. — Però non ho fatto niente di sbagliato. Me ne sono andata via perché sapevo che laggiù poteva mettersi male per me. New York era un posto come un altro... — LuAnn alzò lo sguardo per valutare la sua reazione. Romanello stava ancora sogghignando.

— Che cosa ci farai con tutti quei soldi, LuAnn?

— Quali soldi? Quelli nel seggiolino di Lisa?

— Non credo che riuscirai a far stare *cento milioni di dollari* nella culla della piccola, LuAnn. Magari con il reggiseno potrebbe andare meglio — aggiunse Romanello sbirciando il seno formoso di lei.

LuAnn rimase a fissarlo con la bocca semiaperta.

— Per cui, vediamo un po' — continuò Romanello — quale dici che potrebbe essere una decorosa percentuale per un ricatto, di questi tempi? Dieci per cento? Venti per cento? *Cinquanta* per cento? Voglio dire, anche con solo *metà* di quel malloppo, stiamo pur sempre parlando di decine di milioni di dollari. Più che sufficienti a te e alla piccola per comprarvi jeans, magliette e ciucciotti fino alla fine dei vostri giorni. — Romanello bevve un sorso di caffè, osservandola al di sopra dell'orlo della tazza. — O no?

Il pugno di LuAnn si serrò intorno al manico della forchetta. Per un attimo pensò di saltargli addosso, poi l'impulso si attenuò.

— Tu sei proprio pazzo, signor Arcobaleno.

— La conferenza stampa è per domani, LuAnn.

— Quale conferenza stampa?

— Ma sì, quella in cui tu riceverai l'assegno formato gigante e sorridendo lo sventolerai in faccia a quella massa di gente invidiosa.

LuAnn mise giù la forchetta. — Adesso devo andare.

La mano destra di Romanello si chiuse intorno al suo polso in una morsa. — Non penso che potrai spendere tutti quei soldi dalla cella di una galera.

— Ho detto che devo andare! — LuAnn si svincolò con uno strappo secco.

— Non fare stupidaggini, signorina Tyler. Ti ho visto comprare il biglietto della lotteria. E c'ero anch'io all'estrazione. Ho visto quel tuo enorme sorriso e come hai saltato e ballato per la strada. Ero nel palazzo della Commissione Lotterie quando il tuo biglietto è stato identificato e convalidato. So tutto, LuAnn. Per cui falla finita con le cazzate, d'accordo? Se tu te ne vai adesso, la prima cosa che farò sarà una telefonata allo sceriffetto della tua contea per raccontargli tutto quello che ho visto. E poi gli spedirò quel pezzettino di maglietta macchiato di rosso. Non hai idea di quali marchingegni elettronici ci siano nei laboratori della polizia, al giorno d'oggi. Metteranno insieme tutti i pezzi, LuAnn. E quando arriverò a dirgli che hai vinto *cento milioni di dollari* alla Lotteria Nazionale, be', allora tu avrai chiuso, signorina LuAnn Tyler. Ti saranno addosso prima che tu prenda il volo per il paradiso, ti sbatteranno dentro e butteranno via la chiave. E la tua piccolina la scaricheranno in chissà quale cesso di orfanotrofio.

— Io non ho mai fatto niente di male.

— No, tu hai fatto la cretinata di scappare. E quando scappi, i poliziotti pensano subito che sei colpevole. Si convinceranno che ci sei dentro fino al collo. Per adesso, a te non sono ancora arrivati, ma ci arriveranno. Se questo accadrà tra dieci minuti oppure tra dieci giorni, dipende da te. Se è tra dieci minuti, sei morta e sepolta. Se è tra dieci giorni, probabilmente riuscirai a sparire. Perché quello è anche il mio programma: sparire. Mi dovrai pagare una volta sola. Te lo garantisco. Io non riuscirei a spendere tutto quel denaro nemmeno se non facessi altro. E nemmeno tu ci riusciresti. Alla mia maniera, siamo in due a vincere. Alla tua maniera, tu perdi e sei spacciata. Allora, qual è la tua decisione?

Per un momento interminabile, LuAnn rimase come cristallizzata. Poi, lentamente, centimetro dopo centimetro, tornò a sedersi.

— Saggia decisione, LuAnn.

— Non ti posso pagare la metà.

Romanello si rabbuiò. — Non essere avida.

— L'avidità non c'entra. Ti posso pagare. Non so ancora quanto, ma sarà lo stesso un bel po'. Abbastanza per fare tutto quello che vuoi.

— Non capisco.

— Tu non devi capire niente — disse LuAnn prendendo in prestito le parole di Jackson. — Ma se io sto al tuo gioco, tu mi devi dare una risposta. E se non mi dirai la verità, potrai pure andare alla polizia perché a me non me ne fregherà più niente.

Romanello la scrutò con diffidenza. — Sentiamo la domanda.

— Che cosa ci facevi nella roulotte? Tu non stavi per niente *passando da quelle parti*, lo sappiamo tutt'e due.

— Che importanza ha? — ribatté lui stringendosi nelle spalle con noncuranza.

LuAnn allungò una mano, gli afferrò il polso e lo strinse, con una forza che Anthony Romanello non si sarebbe mai aspettato.

— Ti ho detto che voglio una risposta. — LuAnn continuò a stringere. — E sarebbe meglio una risposta esatta.

— Mi guadagno da vivere... — cominciò Romanello con un sorrisetto acido, poi si corresse: — mi *guadagnavo* da vivere occupandomi dei problemi di certe persone.

— Che problemi? Di che persone? — LuAnn non lo mollava. — C'entrano con la droga di Duane?

Romanello scosse il capo con vigore. — Di droga non ne so niente. Duane era già morto. Forse stava facendo il furbetto, tagliando la merce o tenendosi più soldi del dovuto, e l'altro tipo lo ha fatto fuori. Chi lo sa? E chi se ne frega?

— Cos'è successo all'altro?

— A me lo chiedi? Non sei tu quella che gli ha sfondato il cranio? Non l'hai letta la mia letterina? Anche lui era morto stecchito.

LuAnn non rispose. Romanello abbassò lo sguardo al pugno di lei, ancora serrato intorno al suo polso.

— Ora puoi anche mollare.

— Tu non mi hai ancora risposto. E finché non rispondi, non vedi il becco di un quattrino.

Romanello esitò, ma solo finché la sua avidità non ebbe la meglio.

— Ero alla roulotte per ucciderti — dichiarò in tono piatto.

LuAnn diede un'ultima stretta e finalmente lo lasciò andare. Romanello contrasse le dita più volte per riattivare la circolazione.

— Perché? — domandò LuAnn in un sibilo.

— Non faccio mai domande. Loro pagano e io eseguo.

— Chi ti ha detto di uccidermi?

LuAnn si protese nuovamente verso il polso, ma lui riuscì a ritrarsi in tempo. — Ti ho detto che non lo so. Cosa credi, che ci sediamo a bere un caffè e a discutere di chi devo liquidare? Mi è arrivata una telefonata, e metà del compenso in anticipo. L'altra metà sarebbe arrivata a lavoro finito. Tutto per posta.

— Ma il lavoro tu non lo hai finito.

— Solamente perché il tizio ci ha ripensato.

— Il tizio...

— Quello che mi ha commissionato il contratto.

— E quand'è che ci ha ripensato?

— Quando ti stavo aspettando nella roulotte. Ti ho visto ritornare in macchina e poi andare via a piedi. Sono andato alla mia auto per seguirti e a quel punto il tizio mi ha chiamato sul cellulare. Saranno state le dieci e un quarto.

LuAnn si appoggiò allo schienale... Quindici minuti dopo la scadenza del termine ultimo di Jackson! Ecco come lui si prendeva cura di quelli che non volevano stare al suo gioco.

— E adesso che hai avuto la tua risposta — rispose Romanello sporgendosi in avanti — perché non passiamo a discutere i dettagli del nostro piccolo affare?

LuAnn rimase a guardarlo in silenzio per un buon minuto prima di rispondere. — Se scopro che mi hai raccontato delle balle...

— La sai una cosa? — La sua mano si infilò sotto il giubbotto e si contrasse sul calcio della pistola. — Mi hai proprio rotto i coglioni!

LuAnn lanciò un'occhiata sprezzante alla pistola, prima di tornare a fissarlo negli occhi. — Io sono cresciuta in mezzo a gente fuori di testa, *signor Arcobaleno*. Gente ubriaca marcia che punta una calibro 12 in faccia a chi capita e che poi tira il grilletto, giusto per sentire il botto. Gente che fa a pezzi qualcuno con un coltellaccio da cucina e che poi scommette su quanto tempo ci mette a crepare dissanguato. E c'era quel ragazzino nero che hanno tirato fuori da un lago, con la gola tagliata e con via tutto quello che aveva fra le gambe. E lo sai perché? Perché qualcuno pensava che girava troppo intorno a una ragazzina bianca. Sono anche abbastanza sicura che mio padre c'entrasse qualcosa. Sai, laggiù non è che la polizia ci diventasse matta. E allora non me ne frega proprio niente della tua pistolina e delle tue cazzate da superuomo. Perciò adesso noi concludiamo la faccenda, e poi, signor Arcobaleno, tu uscirai per sempre dalla mia vita.

Negli occhi di Romanello la minaccia si andò rapidamente dissipando. — D'accordo — disse con tutta calma nel richiudersi il giubbotto.

15

Mezz'ora più tardi Romanello e LuAnn uscirono dal bar. LuAnn prese un taxi e ritornò all'albergo. E al salone di bellezza, in modo da condurre fino in fondo la sua messinscena con Charlie.

Romanello se ne andò fischiettando, superando l'ombra dell'Empire State Building che si allungava attraverso la strada. Era stata una buona giornata. Gli accordi che aveva preso con LuAnn non erano garantiti al cento per cento, ma il suo istinto gli diceva che lei li avrebbe onorati. Se la prima fetta dei soldi della vincita alla lotteria non fosse stata depositata sul suo conto in banca entro le quarantott'ore successive, lui si sarebbe messo in contatto con la polizia di Rikersville. Avrebbe pagato, Romanello ne era sicuro. Che altra scelta aveva?

Prima di rientrare nel suo appartamento, Romanello si fermò a comprare una bottiglia di buon Chianti. C'era da festeggiare. E si lasciò trasportare da incalzanti fantasticherie sull'incantevole dimora in cui si sarebbe ritirato in qualche angolo del mondo. Nei molti anni passati a fare il killer aveva messo insieme un gruzzolo più che decente. Ma era anche stato costretto a fare bene attenzione a come spenderlo e soprattutto a dove metterlo al sicuro. L'ultima cosa che gli serviva erano gli agenti del fisco a ficcare il naso nei suoi introiti. Con questo memorabile giro di boa, sarebbe stato tutto quanto alle sue spalle. Niente più mestieraccio, niente più cadaveri ingombranti, niente più agenti del fisco. Sì, concluse Romanello, era stata proprio un'ottima giornata.

Non gli riuscì di trovare un taxi una volta fuori dal negozio di liquori, così prese la metropolitana. I treni erano così affollati che a stento trovò posto in piedi. Parecchie fermate dopo, Romanello riuscì a farsi largo nella massa e a riguadagnare la superficie, raggiungendo finalmente casa. Chiuse tutte e tre le serrature, si tolse il giubbotto e si preparò a festeggiare.

Il suono del campanello lo inchiodò con il cavatappi in mano. Romanello scrutò dallo spioncino. L'uniforme marrone di un fattorino della UPS fu tutto ciò che vide.

— Che cosa vuole? — domandò attraverso la porta.

— Ho una consegna per il signor... — Il fattorino controllò nome e indirizzo sulla bolla. — Anthony Romanello.

Romanello notò fra le sue mani un pacchetto squadrato, con un rigonfiamento nel centro. Si decise ad aprire la porta.

— È lei il signor Romanello? — chiese il fattorino.

Lui annuì.

Il fattorino gli porse la bolla di consegna. — Soltanto una firma qui, per favore.

— Non sarà una citazione del tribunale? — Romanello sogghignò mentre scribacchiava il suo cognome.

— E no! Non mi pagherebbero abbastanza — disse il fattorino scuotendo il capo. — Mio cognato era un messo della corte civile, su a Detroit. Alla seconda volta che gli spararono addosso, decise che guidare il camion del lattaio era un lavoro molto più sicuro. Tutto a posto. Buona giornata.

— Lo è di già.

Romanello chiuse la porta e tastò il contenuto del pacco attraverso l'involucro. Un sorriso affiorò sulle sue labbra. La seconda metà del suo compenso per il contratto annullato di LuAnn Tyler. Il suo datore di lavoro gli aveva accennato alla possibilità di un annullamento, ma gli aveva assicurato che sarebbe stato comunque pagato per intero. Il suo sorriso svanì di colpo non appena gli venne in mente che quel pagamento doveva essere fatto attraverso la sua casella postale. Nessuno conosceva il suo indirizzo di casa. Nessuno conosceva nemmeno il suo vero nome.

Romanello ruotò su se stesso nell'udire un rumore alle proprie spalle.

La penombra che avvolgeva il soggiorno si animò, e sulla soglia della cucina apparve Jackson. Era vestito in modo inappuntabile, come per l'incontro con LuAnn. Ma era l'unica analogia tra *quel* Jackson e *questo*. Occhiali scuri, impenetrabili, celavano i suoi occhi. Tra i capelli adesso c'era del grigio, ed erano diversamente pettinati. Sul volto era apparsa una barba ben curata, grigia anch'essa. Le guance erano più larghe e paffute, le orecchie arrossate e aderenti ai lati del capo. Erano entrambi gli efficaci effetti del lattice e della cosmetica.

— Chi cazzo sei e cosa ci fai qui dentro? — ruggì Romanello.

Per tutta risposta, con la mano destra guantata Jackson indicò il pacco. — Lo apra.

— Che cosa?...

— Conti i suoi soldi e si assicuri che ci siano tutti. Non si preoccupi, non la considererò un'offesa personale.

Jackson si tolse gli occhiali con un gesto misurato. — Lo apra — disse una seconda volta, e nella sua voce non c'era alcuna minaccia.

Negli ultimi tre anni Anthony Romanello aveva assassinato a sangue freddo e con piena premeditazione sei persone. Non aveva paura di niente, né di nessuno. Allora perché si sentiva pervadere da quello strano brivido?

Strappò la carta da pacchi, e parte del contenuto nel fuoriuscire cadde sul pavimento: *cartaccia*, vecchi giornali tagliati nel formato delle banconote.

— Dovrebbe essere divertente — disse Romanello a denti stretti — ma non mi fa affatto ridere.

Jackson scosse la testa. — Quando annullai il contratto, non avrei mai dovuto dirle di LuAnn Tyler e dei soldi nel suo futuro. Passo falso da parte mia, lo ammetto. *Soldi*. Una parola magica che fa fare strane cose alle persone.

— Di cosa stai parlando?

— Signor Romanello, lei era stato assunto per eseguire un lavoro per me. Una volta annullato il contratto, il rapporto tra lei e me doveva terminare. Mi correggo: *sarebbe dovuto* terminare.

— È terminato. La donna non l'ho uccisa, e da te ho ricevuto solo pezzi di carta. Quello che dovrebbe essere incazzato sono io, amico, non tu!

Jackson cominciò a enumerare, toccandosi un dito dopo l'altro: — Lei ha seguito la donna da Rikersville fino a New York. Ha continuato a seguirla in tutta la città. Le ha mandato un messaggio. Si è addirittura incontrato con lei, e non ritengo che il vostro sia stato un incontro di cortesia.

— Come sai tutto questo?

— C'è ben poco che io non sappia, signor Romanello. — Le lenti impenetrabili risalirono a nascondere nuovamente gli occhi di Jackson. — Ben poco.

— Tu non puoi dimostrare niente.

Jackson esplose in una risata che fece rabbrividire Romanello. La mano del killer scese a cercare la sua 9mm, ma nella cinta dei pantaloni non c'era alcuna pistola. Svanita.

Jackson notò il suo sbigottimento e scosse la testa: — Che posto infido è la metropolitana di New York, non trova anche lei, signor Romanello? Infestato da ladri e borseggiatori. Le cose spariscono e nemmeno ci si rende conto...

— Lascia che ti ripeta una cosa: tu non puoi dimostrare niente. E adesso vorresti andare alla polizia, proprio tu che mi hai assunto per far fuori qualcuno. Non sei il massimo della credibilità!

— Non ho il benché minimo interesse nell'andare alla polizia. Lei ha violato le mie precise istruzioni, e con ciò ha messo a rischio i *miei* piani. Sono venuto a comunicarglielo. E non solo la seconda metà del suo pagamento non avrà luogo, ma lei incorrerà anche nelle appropriate sanzioni punitive. Delle quali io ora mi occuperò *personalmente*.

Romanello si drizzò nel suo metro e novanta di statura, e torreggiando su Jackson disse con un ghigno: — Allora è meglio che chiami rinforzi.

— Preferisco arrangiarmi da me.

— Bene, sarà la tua ultima impresa. — Romanello si mosse rapido e preciso. Con la sinistra lanciò la cartaccia verso Jackson e con la destra strappò dal fodero alla caviglia il compatto coltello da combattimento a lama seghettata. Ma il suo slancio si spense quando vide qualcosa in mano a Jackson.

— Forza bruta ed elevata massa muscolare sono spesso sciocche sopravvalutazioni. Non ne conviene? — domandò filosoficamente Jackson.

Il doppio ago sparato dallo storditore elettrico centrò Anthony Romanello in pieno petto. Centoventimila volt di corrente fluirono lungo i tenui fili metallici direttamente nel suo sistema nervoso centrale.

Anthony Romanello schiantò a terra e restò immobile a fissare Jackson che lo sovrastava.

— Le sto somministrando una scarica della durata di sessanta secondi, la quale la metterà in condizione di non nuocere per i prossimi quindici minuti circa. Più che sufficienti per le mie necessità.

Poi Jackson interruppe la corrente e si chinò accanto a lui per rimuovere gli aghi dal petto. Romanello aveva sempre gli occhi sbarrati, del tutto impotente mentre dita guantate gli slacciavano la camicia.

— Petto villoso, signor Romanello. Dubito che il perito potrà rilevare i microscopici fori lasciati sul suo petto.

Jackson riassemblò lo storditore e tolse un altro oggetto dalla tasca interna della giacca. Romanello vide cos'era e fu pervaso dal panico, ma nella sua paralisi non poté fare altro che guardare. Non sentiva più le gambe, né le braccia, la sua lingua pareva essere diventata una foglia di cactus.

— Si tratta principalmente di una soluzione salina pressoché innocua — disse Jackson verificando in controluce il contenuto della siringa ipodermica che stringeva nella destra. — Innocua se non si considera il suo composto aggiuntivo. Il quale, in certe specifiche circostanze, può essere *letale*.

Jackson sorrise a Romanello facendo una pausa, considerando l'entità delle sue ultime parole.

— Detto composto si chiama prostaglandina, un ormone prodotto naturalmente dall'organismo umano. I suoi dosaggi ottimali si misurano in *microgrammi*. Il dosaggio di prostaglandina che io sto per somministrarle, signor Romanello, è dell'ordine dei *milligrammi*. Vale a dire un multiplo in migliaia della quantità presente in condizioni normali nel suo sistema cardiovascolare. — Jackson parlava con tono didat-

tico, come un professore molto compreso nella sua lezione.
— Nel momento in cui la prostaglandina raggiungerà il suo cuore, provocherà un'immediata contrazione delle coronarie, innescando quello che, in termini squisitamente medici, viene definito *infarto del miocardio dovuto a occlusione delle arterie coronariche*. In verità, non ho mai combinato gli effetti dell'alto voltaggio con questo specifico metodo per provocare il decesso e sarà interessante osservare tale processo.

Jackson non manifestava maggior emozione di quella che avrebbe provato nel sezionare una rana davanti a una classe di studenti di biologia.

— In ogni caso, considerando che la prostaglandina è naturalmente prodotta dall'organismo, da questo è anche metabolizzata, ragion per cui l'autopsia non ne rileverà un tasso elevato che possa così risultare sospetto. Ma la ricerca non può, non deve fermarsi. Al momento, signor Romanello, sto perfezionando un nuovo veleno che conterrà un enzima incapsulato da una membrana protettiva. Una volta inoculato, le reazioni chimiche primarie nel flusso sanguigno scompongono rapidamente la membrana, ma a quel punto il veleno avrà già fatto effetto. La rottura della membrana permetterà però all'enzima di reagire con il veleno, cancellando ogni traccia della sua esistenza. È il medesimo principio dei reattivi che demoliscono le chiazze galleggianti dell'inquinamento da petrolio. Ingegnoso, non trova? Era questo il veleno che contavo di sperimentare su di lei oggi. Malauguratamente, sono rimasto un po' indietro sulla tabella di marcia. La chimica, dopotutto, richiede grande pazienza ed estrema precisione. E lei non può avere idea di quanto io aborrisca fare lavori affrettati. Nessun problema. La buona, vecchia prostaglandina servirà alla bisogna.

Le dita di Jackson scesero sulla gola di Romanello, cercando il pulsare della giugulare.

— La troveranno qui: un uomo ancora giovane improvvisamente morto per cause naturali. Un ulteriore argomento statistico per il dibattito sulla salute al giorno d'oggi.

Romanello riprese a lottare per sollevarsi, ma l'unico esito furono i suoi occhi che parevano voler schizzare fuori dalla sua testa. Le vene del suo collo si gonfiarono sotto la pelle madida di sudore gelido, e Jackson gli fu grato per quell'aiuto non richiesto.

Jackson infilò l'ago nella giugulare sinistra, premette lo stantuffo a fondo e i cinque centimetri cubici di soluzione letale fluirono nel sistema circolatorio di Anthony Romanello. Quindi estrasse l'ago e diede un paio di amichevoli buffetti sulla guancia della sua vittima. Le pupille dilatate di Romanello seguivano i suoi movimenti come un metronomo impazzito.

— Ora, un anatomo-patologo attento potrebbe però individuare il foro di entrata dell'ago — disse Jackson prendendo dalla tasca un rasoio a lama. — E noi non vogliamo che un simile spiacevolc inconveniente abbia luogo. Non è d'accordo, signor Romanello?

Jackson praticò una piccola incisione sulla gola dell'uomo a terra. Due o tre millimetri, esattamente sul punto in cui l'ago era penetrato. Una minuscola goccia di sangue scuro ribollì dalla ferita. Jackson la coprì con un cerotto medicato.

— Un vero peccato, signor Romanello — Jackson gli rivolse un sorriso in qualche modo triste. — I suoi servizi potevano tornarmi utili anche in futuro.

Poi sollevò una delle mani inerti dell'uomo morente e tracciò il segno della croce sul suo petto.

— So che lei è stato educato nella religione cattolica, ma ha chiaramente fatto la scelta di voltare le spalle al suo dio. Purtroppo è da escludere che un prete possa celebrarle gli ultimi riti. Non ritengo comunque che abbia molta importanza. Inferno, Purgatorio, Paradiso... — Jackson raccolse il coltello da combattimento e lo infilò di nuovo nella fondina alla caviglia di Romanello — sono nozioni prive di senso.

Quando fece per rialzarsi, notò la carta stropicciata che sporgeva dalla tasca di Romanello. La prese e lesse l'articolo sul duplice delitto della roulotte di Rikersville, la droga, la scomparsa di LuAnn Tyler e le ricerche della polizia.

Ecco quindi la risposta. Romanello stava ricattando LuAnn. O ci stava provando.

Se Jackson avesse avuto quelle informazioni un giorno prima, la soluzione sarebbe stata semplice: eliminare LuAnn

Tyler. Ora non poteva più farlo, e non sopportava l'idea di non avere il pieno controllo della situazione. LuAnn era già stata proclamata vincitrice della lotteria, e nel giro di ventiquattr'ore sarebbe apparsa al mondo intero in televisione. Certo, ora quelle sue particolari richieste avevano un senso. Jackson piegò la pagina di giornale e se la mise in tasca. La cruda verità era che adesso lui e LuAnn Tyler erano legati a doppio filo. Una nuova sfida. Quanto meno, lui amava le sfide. Avrebbe comunque ripreso il pieno controllo. Le avrebbe detto esattamente che cosa fare, quando farlo, come farlo. E se lei non avesse ubbidito alla lettera, l'avrebbe mandata a tenere compagnia ad Anthony Romanello.

Jackson raccolse da terra tutte le finte banconote e l'involucro stracciato del pacchetto. Dopodiché si tolse l'abito scuro che indossava, con le imbottiture che gli avevano conferito una corporatura massiccia. Il naso finto scomparve, insieme con la barba finta. Le orecchie finte vennero staccate. Tutto finì all'interno di un contenitore per pizze da asporto precedentemente nascosto nell'appartamento. Jackson verificò la propria immagine allo specchio: ora era un uomo magro con una camicia blu e bianca con tanto di scritta sulla schiena: DOMINO PIZZA – CONSEGNE A DOMICILIO.

Ma Jackson non aveva ancora finito.

Dopo aver rimosso con dell'alcol le finte rughe connesse al suo precedente aspetto, si applicò sottili baffi finti e un finto codino. Con un gel eliminò il grigio dai capelli e con la brillantina li sistemò all'indietro, coprendoli con un berretto da baseball dei New York Yankees. Scarpe da tennis sostituirono quelle di cuoio. Un diverso paio di occhiali scuri nascose il colore dei suoi occhi. L'uomo che si faceva chiamare Jackson si sorrise nel guardarsi un'ultima volta allo specchio.

Quando poco dopo lasciò tranquillamente l'appartamento, anche Anthony Romanello, immobile a terra, sembrava sorridere.

Sarebbe andato avanti a sorridere per l'eternità.

16

— Tutto andrà benissimo, LuAnn.

Roger Davis, il presentatore che aveva condotto l'estrazione della lotteria, le diede un paio di rassicuranti colpetti sulla mano.

— È più che naturale che lei si senta nervosa. Ma la prego, non si preoccupi. Ci sarò io accanto a lei.

LuAnn Tyler annuì lentamente. Anche visto a distanza così ravvicinata, Roger Davis continuava a essere giovane, alto e bello come una star di Hollywood, ma molto più cordiale, molto più galante.

— Renderemo la cosa quanto più rapida e indolore possibile. Ha la mia parola.

Erano in un confortevole salotto nel palazzo della Commissione Lotterie, non lontano dal vasto auditorium già nuovamente pieno di gente: stampa curiosa, troupe televisive e un'animata folla che reclamava l'arrivo dell'ultimo vincitore della lotteria.

LuAnn indossava un abito azzurro al ginocchio, scarpe in tinta con il tacco alto. Grazie alla sala trucco della commissione, la sua acconciatura e il suo make-up erano impeccabili. La ferita al mento si era rimarginata abbastanza da permettere a LuAnn di lasciare perdere il cerotto e di optare per la cosmesi.

— Bellissima — continuò Davis. — Non riesco a ricordare

nessuna vincitrice altrettanto splendida. — Le sedette accanto, il suo ginocchio che sfiorava quello di lei. — Dico sul serio.

LuAnn gli rivolse un fugace sorriso, ristabilendo con discrezione le distanze, e si concentrò su Lisa.

— Non voglio che la mia bambina venga là fuori, con tutta quella gente e tutte quelle luci... Finisce che me la spaventano a morte.

— Nessun problema. Può rimanere qui. E naturalmente, con lei ci sarà sempre qualcuno. Come può immaginare, la sicurezza è per noi una questione fondamentale. — Davis indugiò sulle curve di lei, accentuate dal vestito azzurro. — Ma diremo lo stesso che ha una figlia. Proprio per questo la sua storia personale è così fantastica. Una giovane mamma, la sua bambina... e tutta questa incredibile ricchezza! Dev'essere tremendamente felice... — La mano di Davis scese sul ginocchio di LuAnn e ci rimase per qualche secondo di troppo.

LuAnn si chiese di nuovo se anche lui facesse parte della colossale frode organizzata da Jackson. Era proprio il tipo che per un manciata di soldi avrebbe fatto qualsiasi cosa. E Jackson l'avrebbe pagato molto bene per una cosa così grossa.

— Quanto manca? — chiese LuAnn.

— Una decina di minuti. — Davis le elargì un sorriso da manuale. — Oh, una cosa, LuAnn... Lei non è stata molto *chiara* in merito alla sua situazione coniugale. Cioè, suo marito...

— Non sono sposata — rispose lei prontamente.

— Ah, ecco. E... il padre della bambina sarà presente? Lo domando solo per motivi strettamente organizzativi.

LuAnn lo guardò dritto negli occhi. — No, non ci sarà.

Davis sorrise, come rinfrancato, e le si fece un po' più vicino. Poco dopo, con un movimento apparentemente casuale, appoggiò un braccio sul bordo dello schienale della poltroncina su cui sedeva LuAnn e disse: — Non ho idea di quali siano i suoi progetti, LuAnn, ma in caso le servisse qualcuno che le faccia da guida in città, be', io sono a sua completa disposizione. Ventiquattr'ore su ventiquattro. Immagino che dopo tutto il tempo che ha passato in provincia, ritrovarsi in un posto come New York... — Davis fece un ampio gesto teatrale — dev'essere un'esperienza quanto meno sorprendente. Io conosco questa città come le mie tasche. I migliori ristoranti, i migliori teatri, i migliori atelier. Mi prometta che ci farà un pensierino.

Ormai erano pressoché a contatto diretto, lui se la mangiava con gli occhi mentre le sue dita continuavano ad avanzare verso la spalla di lei.

— Mi dispiace, signor Davis. Mi sa che si è fatto un'idea sbagliata. Il papà di Lisa non viene alla conferenza stampa, però viene dopo. Gli dovevano dare la licenza.

— Che licenza?

— È in Marina. Fa parte di un reparto speciale di volontari. — LuAnn scosse il capo come per allontanare dei ricordi spiacevoli. — Lei non ha idea di quello che mi ha raccontato dei marines. Da far venire la pelle d'oca. Ma se c'è uno che sa badare a se stesso, questo è proprio il mio Frank. Pensi che una volta in un bar ha spaccato la faccia a sei buzzurri, dico *sei*, perché loro facevano gli scemi con me. E mi sa che li faceva anche fuori se non venivano i poliziotti a levarglieli da sotto le mani. E ce ne sono voluti cinque di poliziotti, tutti belli grossi.

— Buon Dio... — mormorò Davis con un tremito nel labbro inferiore, scostandosi sensibilmente da lei.

— Ma alla conferenza stampa non racconti niente di quello che le ho detto adesso, signor Davis. Perché quello che fa Frank è tutto top-secret. — LuAnn studiò le grinze di terrore che distorcevano la faccia d'angelo di Davis.

— Non una sola parola, LuAnn! — la rassicurò Roger Davis schizzando in piedi e passandosi una mano tremante tra i capelli pieni di gel. — Anzi, adesso è meglio che io verifichi come stiamo andando con il programma.

Appena Davis se ne fu andato, LuAnn prese Lisa e se la mise in grembo: — Tu non avrai bisogno di fare queste stupidate, tesoro. E presto neanche la mamma dovrà più farle.

Ninnò la sua bambina, tenendo lo sguardo fisso all'orologio sulla parete di fronte.

Charlie fu costretto ad aprirsi la strada tra la gente che riempiva l'auditorium a forza di spintoni e di gomitate. Riuscì a raggiungere una posizione dalla quale poteva avere una buona visione del palco e rimase in attesa.

Gli sarebbe piaciuto essere lassù con lei, giusto per esserle vicino, per darle appoggio. Nemmeno a parlarne. *Doveva* rimanere dietro le quinte. Sollevare sospetti non faceva parte dei suoi compiti professionali. Avrebbe visto LuAnn più tardi, alla fine della conferenza stampa. Sarebbe stato quello il momento in cui le avrebbe comunicato la sua decisione, se andare con lei oppure no. Il problema era che non aveva ancora nessuna decisione da comunicare. Fece per prendere una sigaretta, ma si bloccò con la mano affondata in tasca. In quel palazzo era vietato fumare. Per un attimo, considerò la possibilità di uscire per qualche minuto. Ma non c'era abbastanza tempo.

Charlie trasse un profondo respiro, e le sue larghe spalle da pugile si afflosciarono come una vela in bonaccia. Per la maggior parte della sua vita non era stato altro che un nomade. Una migrazione senza fine da un posto all'altro, senza nessuna strategia globale, senza nessun obiettivo preciso. I bambini gli piacevano, però non si era mai sentito pronto per averne. Aveva fatto soldi, questo sì. Anche tanti. E questo gli aveva consentito un certo lusso e un certo benessere. Ma la felicità *vera* era tutt'altra cosa. E adesso, passati i cinquant'anni di età, pensava che ciò che si era conquistato era il meglio che avrebbe mai avuto. Le strade imboccate nei suoi anni verdi avevano definito il percorso successivo. Fin lì. Fino a quel momento. Perché adesso LuAnn Tyler gli aveva offerto una via d'uscita. Non c'era assolutamente niente di erotico nella proposta. Su questo Charlie non si faceva la minima illusione. In realtà, per quanto attraente e sensuale lei fosse, nemmeno lui ci aveva pensato. Quella ragazzina poteva tranquillamente essere sua figlia. Ciò che voleva da lei erano la sua amicizia e la sua bontà d'animo, due cose che gli erano sempre mancate. Tornò bruscamente alla decisione che non aveva ancora preso. Andare con lei o no? Charlie *sentiva* che sarebbe stata un'esperienza incredibile. Per prima cosa avrebbe *protetto* LuAnn, e poi sarebbe stato una specie di figura paterna per Lisa. Almeno per i primi anni. Ma dopo? Che cosa sarebbe accaduto *dopo*?

LuAnn Tyler era giovane e bella, e adesso estremamente ricca. Nel tempo quella ricchezza avrebbe generato cultura, gusto e raffinatezza. LuAnn Tyler sarebbe divenuta preda di dozzine fra gli uomini più desiderabili del mondo. Dopo Lisa avrebbe di sicuro voluto altri figli, finendo con lo sposare uno di quegli uomini. Qualcuno che si sarebbe assunto tutte le responsabilità di fare da padre anche a Lisa, giustamente. Sarebbe stato l'uomo nella vita di LuAnn Tyler. E che fine avrebbe fatto Charlie? A un certo momento se ne sarebbe dovuto andare, sparire. Era inevitabile. Lui non faceva parte della famiglia. E quando quel momento fosse arrivato, sarebbe stato molto più doloroso di quando incassava cazzotti dai giovani stalloni del ring. Sebbene fosse stato sposato con sua moglie per dieci anni, dopo solo due giorni sentiva verso LuAnn e Lisa un legame molto più forte. E dopo tre, quattro anni insieme, come sarebbe diventato quel legame? Sarebbe riuscito a lasciare LuAnn e Lisa senza ritrovarsi con le ossa rotte e con il sistema nervoso a pezzi? Sarebbe stato veramente in grado di tornare a essere un nomade?

Charlie s'infilò a forza tra due operatori televisivi della CNN, scuotendo la testa tra sé. Era un duro, lui. Certo, come no. Soltanto quarantott'ore prima aveva incontrato questa ragazza-madre, una povera sempliciotta uscita da una sperduta contea del Sud, con una figlia illegittima, e già si ritrovava invischiato in un dilemma la cui soluzione poteva rivoltargli l'intera esistenza come un guanto.

Ma perché diavolo farsi tanti problemi? Possono scoppiarti le coronarie fra sei mesi. Andare, non andare... Che cazzo di differenza fa? Ma l'altra metà di sé, quella che aveva i dubbi, riusciva a spuntarla. Com'era possibile rimanere a fianco di LuAnn e di Lisa, vivere con loro, essere felice con loro... con la consapevolezza che tutto poteva svanire in un batter d'occhi?

— Merda — biascicò Charlie a denti stretti.

Ecco, invidia. Inutile girarci intorno: era pura e semplice

invidia il motore di tutti i suoi dubbi. Se solo avesse avuto ancora vent'anni... Ma non li aveva più. Ed ecco l'invidia per l'uomo che alla fine sarebbe stato al fianco di LuAnn Tyler, l'uomo che avrebbe conquistato il suo cuore. Un amore in grado di resistere al tempo, ne era certo, perlomeno da parte di lei. E se lui l'avesse tradita, sarebbe stato il suo ultimo errore. Quella ragazzina era una vera tigre, anche se con un cuore d'oro. Forse era proprio questo a renderla così irresistibile.

Quando Charlie tornò a guardare verso il palco, il flusso dei suoi pensieri si interruppe di colpo. Intorno a lui, la folla si era tesa, simile a un fascio di fibre muscolari che s'irrigidiscono a formare un blocco compatto. Le telecamere si erano spostate sul palcoscenico, sull'alta figura vestita d'azzurro che avanzava nella luce dei riflettori.

LuAnn Tyler, calma e regale, andò a fermarsi di fronte a loro, a tutti loro. Charlie scosse il capo. — Dannazione! — mormorò a denti stretti. Quell'apparizione rendeva la sua decisione ancora più difficile.

Gesù, Giuseppe e Maria!...

Roy Waymer, sceriffo di Rikersville, sputò l'intera boccata di birra che stava mandando giù. Sua moglie era rimasta come paralizzata, con lo sguardo incollato al video.

— Ma pensa te, Roy. Tu la stai cercando per mare e per terra, ed eccola lì proprio a New York City. Quel diavolo di ragazza... E ha appena vinto tutti quei soldi!

Doris scosse il capo, piena di livore. In quel preciso momento, i frammenti di ventiquattro biglietti della Lotteria Nazionale si trovavano nel bidone dei rifiuti dietro casa.

Lo sceriffo Waymer sradicò la sua considerevole mole dalla poltrona reclinabile e caracollò verso il telefono.

— Avevo chiamato tutte le stazioni ferroviarie qui intorno. Avevo telefonato perfino all'aeroporto di Atlanta — protestò. — Niente di niente. Non avevo emesso un ordine di ricerca su LuAnn perché mai avrei pensato che fosse capace di scappare fuori dalla contea, men che meno dallo Stato della

Georgia. Non ha neanche la macchina. E poi si tira dietro la poppante e tutto il resto. Pensavo che sarebbe finita a casa di qualche sua amica. Come potevo immaginare che LuAnn Tyler stava andando a New York?

— Be', di sicuro t'è scappata, o no? — Doris indicò LuAnn sullo schermo. — E di sicuro non ce ne sono mica tante di ragazze come lei.

— Cosa vorresti dire? — Roy era scocciato. — Non siamo mica l'Fbi, da queste parti. Con Freddie che s'è beccato il colpo della strega, mi restano solo due poliziotti per coprire tutta la contea. E la polizia di Stato ne ha fin sopra i capelli. — Tirò su il ricevitore. — Non mi avrebbero dato nessuno nemmeno se li pregavo in ginocchio.

— Ma tu cosa pensi? — domandò Doris guardandolo con una certa ansia. — Che LuAnn ha fatto fuori davvero Duane e quell'altro?

— LuAnn può spaccare la faccia a quasi tutti gli uomini che conosco — rispose Waymer scuotendo il capo mentre si portava il ricevitore all'orecchio. — Di certo ha spaccato la faccia a Duane. Ma quell'altro era un bel bestione, almeno centocinquanta chili. — Compose il numero. — Però poteva prenderlo da dietro e pestargli il telefono sul cranio. Comunque sappiamo per certo che ha fatto a cazzotti. Più d'uno l'ha vista con un cerotto sul mento.

— C'è dietro la droga — affermò Doris. — Poco ma sicuro. Ma ci pensi, quella povera bambina nella roulotte con tutta quella droga in giro...

— Lo so, lo so...

— Mi sa che dietro tutta la faccenda c'è LuAnn. Sappiamo che è una svelta di cervello, giusto? E poi abbiamo sempre saputo che non era fatta per stare quaggiù a Rikersville. Voleva andare via ma non aveva i soldi per andare da nessuna parte. Soldi della droga, ecco il suo sistema. Ricordati quello che ti dico, Roy.

— Solo che adesso i soldi della droga non le servono più — disse Waymer accennando alla televisione. — O no?

— E allora faresti meglio a darti una mossa, prima che quella furbina ti scappa via.

— Adesso sento la polizia di New York. La beccheranno loro.

— E tu pensi che lo faranno?

— Doris, sto parlando di qualcuno che è un possibile sospetto in un'indagine per duplice omicidio — disse Waymer con aria solenne. — Anche se LuAnn non ha fatto niente di male, è quella che si chiama un testimone chiave.

— Ah, sì? E tu credi che a quegli yankee lassù interessi qualcosa di noi del Sud?

— Ehi, Doris, Nord o Sud, la legge è legge.

Tutt'altro che convinta delle virtù dei colleghi del Nord, Doris Waymer tornò a fissare la televisione con aria speranzosa. — Ma tu cosa dici, Roy, che poi i soldi della lotteria LuAnn li deve ridare indietro?

Nessuna risposta. Doris osservò sullo schermo il volto sorridente di LuAnn e considerò l'idea di andare a frugare tra il pattume del bidone per cercare di rimettere insieme i biglietti che aveva strappato in mille pezzi.

— Cioè, che cosa se ne fa LuAnn di tutti quei soldi se è in galera? Roy, dico bene o no?

Di nuovo, nessuna risposta. Lo sceriffo Roy Waymer era troppo occupato a cercare di mettersi in contatto con New York.

LuAnn sorrideva alla folla ostentando l'assegno gigante, sventolandolo per il fuoco di sbarramento dei flash dei fotografi e delle telecamere. La sua immagine di leggendaria vincitrice volò prima ai quattro angoli d'America e poi fino agli estremi confini del mondo.

Le domande le arrivavano addosso a valanga.

Che cosa ha in mente di fare con tutti questi soldi, signorina Tyler? Ha idee, signorina Tyler? Progetti? Sogni?

— Certo che ho dei progetti. Dovete solo aspettare e vedere.

Poi quella domanda d'insuperabile stupidità: *Ci dica, signorina Tyler, si sente fortunata?*

— È incredibile: più di quanto ci si possa immaginare.

Come li spenderà, signorina Tyler, tutti in una volta o un po' per volta?

La sua famiglia, signorina Tyler? Aiuterà la sua famiglia?

— Aiuterò le persone alle quali voglio bene.

Per tre volte le fu addirittura rivolta una proposta di matrimonio, e lei rispose ai tre pretendenti in modi diversi e con una certa dose di ironia.

Nell'udire quell'indecente sequela di domande, a Charlie andò rapidamente il sangue alla testa. Diede un'occhiata all'orologio e uscì dall'auditorium.

Dopo infinite altre domande e altre foto, e risate e congratulazioni e baci sulle guance, LuAnn venne finalmente scortata al riparo e poté fare ritorno nel salotto dove la sceneggiata aveva avuto inizio.

Si tolse il vestito azzurro e le scarpe con il tacco alto. Si ripulì dal trucco. Indossò un paio di pantaloni e una camicetta poco appariscenti. Fece sparire i suoi lunghi capelli in un cappello da cowboy e poté infine riprendere in braccio Lisa. Osservò l'orologio a parete. Venti minuti. Erano passati solamente venti minuti dal momento in cui era stata presentata al mondo intero come nuova vincitrice della lotteria. Le erano sembrati venti secoli. A Rikersville tutti seguivano religiosamente ogni estrazione della Lotteria Nazionale e la successiva conferenza stampa con il vincitore. Tutti, compreso lo sceriffo Roy Waymer. A quel punto LuAnn si aspettava che il suo autorevole concittadino avesse già contattato la polizia di New York.

La testa di Roger Davis sbucò dalla porta.

— Signorina Tyler, la limousine l'aspetta all'uscita posteriore dell'edificio. Se è pronta, la faccio accompagnare.

— Prontissima. — Quando lui fece per andarsene, lei lo richiamò. — Se qualcuno chiede di me, io sono al mio albergo.

Lui le rivolse un'occhiata fredda. — Aspetta qualcuno?

— Frank, il papà della mia bambina.

— E qual è il suo albergo?

— Il Plaza.

— Naturalmente.

— Però, per piacere, non dica a nessun altro dove sono. È

da un po' che non vedo Frank. È andato in missione quasi tre mesi fa e non vogliamo essere disturbati. — LuAnn gli rivolse un sorriso sensuale. — Mi capisce, no?

— La sua macchina la sta aspettando, signorina Tyler. — Anche Roger Davis sorrise, ma in tutt'altra maniera.

Adesso LuAnn era sicura che quando la polizia fosse arrivata, sarebbe stata immediatamente indirizzata al Plaza. E questo le avrebbe fatto guadagnare tempo, tanto tempo prezioso.

Per andarsene molto ma molto lontano da New York.

La sua nuova vita stava per cominciare.

17

L'uscita posteriore del palazzo della Commissione Lotterie era molto appartata e di conseguenza tranquilla. La limousine nera *stretch* pareva uno squalo di metallo.

L'autista in divisa si portò cortesemente la mano alla visiera del berretto e le tenne aperta la portiera posteriore. LuAnn penetrò nell'abitacolo avvolto nell'oscurità e sistemò Lisa sul morbido cuoio del sedile accanto al suo.

— Ottimo lavoro, LuAnn.

La portiera si richiuse di schianto alle sue spalle, bloccando l'unica via d'uscita. LuAnn rimase inchiodata contro lo schienale, scrutando nel buio intorno.

Improvvisamente una luce interna si accese sopra di lei, abbagliandola. Si sentì come se fosse di nuovo sul palco dell'auditorium. Riusciva appena a scorgere di fronte a sé una sagoma, che riprendeva a parlare con la voce di Jackson.

— Lei si è lanciata in un'esibizione di tutto rispetto. Composta quanto basta, dignitosa al necessario, spiritosa al momento giusto. Non solo: la sua splendida presenza fisica è stata il diamante nel diadema.

La macchina si mise in movimento. LuAnn strinse le palpebre nel fascio di luce, cercando vanamente di mettere a fuoco la figura che aveva di fronte.

— Quei giornalisti se la sono bevuta come nettare. E poi, addirittura *tre* proposte di matrimonio nel corso di una conferenza stampa sono un autentico record.

LuAnn si rilassò appoggiandosi allo schienale e mormorò: — Grazie.

Con tono quasi paterno, Jackson continuò: — In tutta franchezza, LuAnn, devo confessarle che mi ero convinto che lei, su quel palcoscenico, avrebbe commesso qualche follia. Ma, come accennavo prima, lei è intelligente. Perché chiunque, indipendentemente dal proprio livello culturale, una volta calato in un contesto così particolare avrebbe quasi sicuramente finito con il commettere qualcosa di inopportuno. Lei no...

— Be', ho un po' di esperienza.

— Prego? — fece Jackson sporgendosi pur restando sempre nell'ombra. — Esperienza di cosa?

Seguitando a scandagliare inutilmente il buio, LuAnn rispose: — Di situazioni strane.

— Sa, LuAnn, talvolta lei riesce proprio a sorprendermi. In alcuni limitati frangenti la sua perspicacia adombra la mia, e non lo dico alla leggera.

Jackson rimase a osservarla per un po', infine si decise ad aprire una valigetta sul sedile accanto al suo e ne estrasse alcuni documenti.

— A questo punto, LuAnn — riprese lasciandosi sfuggire un sospiro quasi annoiato — è arrivato il momento di parlare delle condizioni.

— Prima dobbiamo parlare di un'altra cosa — intervenne LuAnn interrompendolo.

— Davvero? E di cosa si tratterebbe?

LuAnn accavallò le gambe e respirò a fondo. Era stata sveglia pressoché tutta la notte alla ricerca del modo giusto per dirgli di Arcobaleno. Forse non c'era alcun bisogno che Jackson sapesse. Ma Arcobaleno voleva una parte della sua vincita. Prima o poi Jackson l'avrebbe comunque saputo. Tanto valeva che fosse lei stessa a dirglielo.

— È venuto uno a parlarmi, ieri.

— Di che cosa?

— Voleva dei soldi.

Jackson scoppiò a ridere. — Mia cara, LuAnn, l'universo intero vorrà dei soldi da lei.

— No, non in questo modo. Quest'uomo voleva metà della vincita.

— Scusi? Ma è assurdo!

— No, il fatto è... — LuAnn esitò — è che lui ha delle informazioni su di me, certe cose che mi sono successe, e che lui andrà in giro a raccontare se non gli darò i soldi che chiede.

— Santo cielo, e quali sarebbero queste *certe cose*?

Lei guardò fuori dal finestrino affumicato: — C'è qualcosa da bere?

Una mano guantata di nero sbucò dal buio e accennò al frigobar incassato nella fiancata della limousine. — Si serva pure.

LuAnn evitò di guardare verso Jackson nell'aprire lo sportello e prese una lattina di Coca-Cola. Bevve una lunga sorsata, si passò la lingua sulle labbra e fece lo sforzo di andare avanti.

— Mi è successo qualcosa proprio prima di chiamarla per dirle che accettavo la sua proposta. Qualcosa di brutto.

— Riguarda forse quei due cadaveri nella sua roulotte? Oppure la droga che vi si trovava? Il fatto che la polizia la sta cercando?...

LuAnn, con le dita contratte ad artiglio intorno alla lattina e lo sbigottimento dipinto in volto, scrutò verso la sagoma impenetrabile che le stava di fronte.

— O forse, LuAnn, si tratta addirittura di qualcos'altro che lei si è ben guardata dal dirmi?

— Io non c'entro per niente con quella storia della droga! E quell'altro uomo stava cercando di uccidermi... Io mi sono soltanto difesa!

— Avrei dovuto rendermi conto, quando lei ha lasciato così precipitosamente Rikersville e poi ha così fortemente insistito per cambiare nome, che ci doveva essere qualcosa di storto. — Jackson scosse il capo con aria triste. — Mia povera, piccola LuAnn. Anch'io me la sarei data a gambe levate, in quelle medesime circostanze. E chi mai avrebbe sospettato una cosa del genere da parte del nostro Duane Harvey? Droga! Mio Dio... Tuttavia le dico, in tutta sincerità, che ci passerò sopra. Ciò che è stato è stato. Comunque — e il tono della sua voce si fece chiaramente minaccioso — non tenti *mai più* di celarmi qualcosa. Non commetta questo errore una seconda volta, signorina Tyler.

— Ma quell'uomo...

— Quale uomo, signorina Tyler? — disse Jackson con impazienza. — Sta parlando di quello che *mai più* le chiederà dei soldi?

— Come *mai più*?... — LuAnn fissò nel buio, deglutendo a vuoto. — Ma come ha fatto?

— Che domanda sciocca e inutile continua a farsi la gente al mio riguardo: *Come ha fatto?* — Jackson pareva divertito. — Io posso fare qualsiasi cosa, LuAnn, non l'ha ancora capito? Qualsiasi cosa. Questo forse la spaventa? Dovrebbe, perché a volte spaventa perfino me stesso.

— Quell'uomo diceva che era stato incaricato di uccidermi!...

— Davvero?

— Ma poi lo hanno fermato.

— Oh, che bizzarria.

— In pratica lo hanno fermato appena dopo che io l'ho chiamata per dire che ci stavo.

— Quale imprevedibile, affascinante vortice di coincidenze — commentò Jackson, decisamente divertito.

Ora i lineamenti di LuAnn si indurirono in un'espressione di ferocia. — Quando qualcuno mi morde, allora io mordo più forte. Solo in questo modo noi due ci possiamo capire, signor Jackson.

— Io e lei, signorina Tyler, ci siamo già perfettamente capiti. — Nel buio ci fu un fruscio di carte. — Comunque, adesso è tutto più complicato. Quando lei mi disse di voler cambiare nome, pensavo che avremmo ancora potuto procedere agendo alla luce del sole.

— Cosa vuole dire?

— Tasse, LuAnn. Quelle che il governo federale degli Stati Uniti esige sui cento milioni di dollari che le ha elargito.

— Ma io credevo di potermi tenere tutti i soldi. Che il governo non poteva toccarmeli. Non è questo che dice la pubblicità della lotteria?

— Non è del tutto vero. Infatti la pubblicità della lotteria è molto fuorviante. Ed è curioso che il governo possa farlo, non trova? Il concetto di fondo non è *esenzione dalle tasse*, bensì *differimento delle tasse*. E solamente per il primo anno.

— E che diavolo significa?

— Significa che, per il primo anno, il vincitore non paga né tasse federali né tasse statali. Ma tale pagamento è semplicemente spostato all'anno successivo. Le tasse vanno comunque pagate, così dice la legge. È chiaro che non ci sono né multe per ritardato pagamento né richieste per interessi passivi. Questo, però, a patto che il pagamento venga effettuato secondo le scadenze stabilite nel corso del successivo anno fiscale. La legge dice che le tasse vanno pagate in uguale ammontare per un periodo di dieci anni. Su cento milioni di dollari, giusto per dire una cifra a caso, tra tasse federali e statali lei dovrà pagare cumulativamente circa *cinquanta* milioni di dollari, ovvero, come le ho già precisato, cinque milioni all'anno per dieci anni. Lei ora si trova nella fascia di massimo reddito fiscale. Inoltre, qualsiasi profitto ricaverà da interessi e investimenti è tassabile appieno, senza proroga alcuna.

LuAnn stava fissando a bocca semiaperta la sagoma che parlava nell'ombra.

— Ed è su questi investimenti successivi, LuAnn, che io ho dei progetti. Grandi progetti. Negli anni a venire, la sua ricchezza continuerà a crescere. Al tempo stesso, nelle varie forme di rendita da buoni del tesoro, azioni, obbligazioni e proprietà immobiliari, sarà una ricchezza sulla quale andranno pagate le tasse. In condizioni normali, questo non costituirebbe un problema. I cittadini ossequenti alle leggi non hanno bisogno di nomi fittizi e non sono ricercati dalla polizia. Possono quindi presentare regolari denunce dei redditi, fare felice e contento il Dipartimento del Tesoro pagando quanto va pagato e infine vivere felici e contenti a loro volta. Ma lei, LuAnn, non è assolutamente in condizione di fare una cosa del genere. Un'ipotetica denuncia dei redditi a nome LuAnn Tyler, comprensiva di indirizzo e informazioni personali, sarebbe l'equivalente di un biglietto di sola andata per un carcere federale.

— Embé? Non posso pagare le tasse con il mio nuovo nome?

— LuAnn, lei ha vent'anni, non ritiene che l'Amministrazione delle Imposte Federali degli Stati Uniti sarebbe un minimo curiosa nei confronti di un cittadino poco più che adolescente il quale inoltri la sua prima denuncia dei redditi con una cifra dell'ordine di *milioni di dollari*? Non ritiene che vorrebbero scoprire quale manna dal cielo lei ha ricevuto per essere diventata più ricca di Rockefeller? Prima o poi, l'Fbi verrebbe a farle una visita. No, non è possibile.

— E allora cosa facciamo?

— Molto semplice: lei farà tutto quello che *io* le dirò di fare.

Jackson aveva parlato senza minimamente alzare la voce. Eppure LuAnn non resistette all'impulso di stringere Lisa a sé.

— Lei salirà su un aereo che la porterà molto lontano dal territorio degli Stati Uniti. Ci salirà stanotte. Dopo il piccolo pasticcio che si è lasciata dietro in Georgia, sul territorio degli Stati Uniti lei non rimetterà *mai più* piede. La sua sarà un'esistenza suscettibile di continui spostamenti. Per sempre, temo.

— Ma...

— Non c'è nessun *ma*, LuAnn, questa è l'unica possibilità. Mi ha capito?

— Io adesso i soldi li ho — disse LuAnn appoggiandosi allo schienale con aria battagliera — e non mi piace la gente che mi dice quello che devo fare.

— È così? — La mano di Jackson impugnò la pistola che aveva appena tolto dalla sua valigetta. Con il favore dell'oscurità si sarebbe potuto sbarazzare in un istante di entrambe, madre e figlia. — Bene, allora perché non tentare l'espatrio ricorrendo alle sue sole forze, signorina Tyler? Vuole provarci?

— Posso badare a me stessa.

— Non è questo il punto. Lei ha fatto un accordo con me. Io e lei siamo legati da un contratto che io mi aspetto lei onori. A meno che lei non sia pazza, le conviene lavorare *con me*, non *contro di me*. Vedrà che alla lunga i nostri interessi finiranno col coincidere. Altrimenti, posso far fermare la macchina proprio qui, sbattere giù lei e sua figlia e telefonare alla polizia di venirvi a raccogliere. Dipende da lei. Si decida. Subito!

Atterrita da quell'eventualità, LuAnn si guardò disperatamente attorno. Il suo sguardo si posò infine su Lisa. La piccola la stava a sua volta guardando con occhi grandi e teneri, pieni di fiducia. Lu Ann sbuffò sonoramente. Che scelta aveva, di fatto?

— Va bene.

Ci fu di nuovo un frusciare di carte. — Dunque, LuAnn, abbiamo il tempo appena sufficiente per esaminare questi documenti. Alcuni li dovrà firmare, ma prima di procedere alla firma, mi consenta di illustrarle i termini principali del meccanismo finanziario per il futuro. Cercherò di essere il più chiaro possibile. Lei ha appena vinto oltre cento milioni di dollari. In questo momento il denaro sta per essere trasferito in uno speciale conto fiduciario aperto a suo nome dalla Commissione Lotterie. Indulgendo nella sua richiesta, ho ottenuto per lei una tessera della Sicurezza Sociale con la sua nuova identità. Le quotidianità sono molto più semplici quando si ha un numero della Sicurezza Sociale. Nel momento in cui lei firmerà questi documenti, i miei uomini saranno in grado di trasferire fondi da quel particolare conto fiduciario a un conto diverso. Del quale io mantengo il completo e assoluto controllo.

— Ma i soldi, a me, quando li danno?

— Pazienza, LuAnn. Tutto le sarà spiegato. Il denaro verrà investito nei tempi e nei modi che io riterrò più opportuni. Al tempo stesso, dai predetti investimenti, lei otterrà un ritorno annuo garantito pari almeno al venticinque per cento, il che equivale a *venticinque milioni di dollari*. All'anno. Somma della quale lei avrà una disponibilità ripartita sull'arco dei dodici mesi. Contabili e consiglieri finanziari, parimenti sotto il mio controllo, si occuperanno per lei dell'amministrazione della somma stessa. Non si preoccupi.

A quel punto Jackson alzò un dito ammonitore

— È essenziale che lei afferri con la massima chiarezza un

punto chiave: sto parlando solamente di profitti *generati* dal capitale iniziale, non del capitale stesso. I cento milioni di dollari della vincita non verranno mai intaccati. Io controllerò quel capitale per un periodo di dieci anni e lo investirò dove e come lo riterrò più opportuno. Ci vorrà tempo perché i miei programmi d'investimento siano completamente operativi, svariati mesi, forse addirittura un anno. Ciò implica che l'arco finanziario di dieci anni di cui le parlo avrà inizio approssimativamente nell'autunno di quest'anno. Le comunicherò la data esatta in seguito. A partire da quella data, dieci anni più tardi, le saranno erogati tutti i cento milioni di dollari. Ogni profitto che lei avrà accumulato nel frattempo a seguito di investimenti personali sarà comunque suo completo appannaggio. Mi occuperò io di fare investire i cento milioni di dollari del capitale iniziale in modo più che proficuo, senza che lei debba rifondermi parcelle o interessi. Dubito molto, LuAnn, che lei sia in grado di afferrare la complessità di un calcolo degli interessi composti. Sappia però che il suo denaro, anche considerando le spese di un generoso tenore di vita, raddoppierà ogni tre anni circa. In altre parole, alla fine dei dieci anni, secondo una proiezione cauta e ragionevole, il valore della sua ricchezza personale potrebbe arrivare a centinaia di milioni di dollari. A rischio zero.

LuAnn deglutì a vuoto nel sentir parlare di somme di quell'entità.

— Impressionante, non trova, LuAnn? Quale abissale differenza dalla paga oraria minima nella sua tavola calda per camionisti! Ben altra cosa che un centinaio di dollari al giorno, non è vero? Pensi a quanta strada ha fatto in meno di una settimana... — Jackson le rise in faccia. — Le anticiperò la somma di *cinque milioni di dollari*, sempre a interesse zero, giusto per coprire le piccole spese fino al momento in cui non cominceranno ad apparire i profitti degli investimenti iniziali.

— Ma io non ne so niente d'investimenti. Come fa a garantirmi così tanti soldi all'anno?

Jackson parve contrariato da quella domanda. — Nello stesso modo in cui sono stato in grado di *garantirle* che lei avrebbe vinto la Lotteria Nazionale. Se io ho potuto fare quella magia, posso anche manovrare Wall Street.

LuAnn rimase a fissare la sagoma nelle tenebre, mentre lo squalo d'acciaio nero continuava a scivolare attraverso altre tenebre.

— E se mi succede qualcosa?

— Uno dei documenti che lei firmerà indica chi saranno i suoi eredi. — Jackson fece un cenno in direzione di Lisa. — Sua figlia. Tutto quanto andrà a lei, sia gli investimenti parziali sia il capitale iniziale, alla fine del periodo di dieci anni. C'è anche un modulo per la concessione di una procura legale. Mi sono preso la libertà di riempire gli spazi riservati al notaio. Sono un uomo di svariati talenti. — Dall'oscurità Jackson le tese un fascio di documenti e una penna. — È chiaramente indicato dove lei deve firmare. Ritengo che sia soddisfatta delle condizioni, LuAnn. Le avevo detto fin dall'inizio che sarebbero state alquanto generose. Non è così?

LuAnn esitò un istante.

— Qualche problema, signorina Tyler?

— No.

LuAnn firmò tutto quello che c'era da firmare e restituì i documenti.

Jackson li prese e aprì un compartimento nella parete divisoria della limousine. Vi fu un rapido battere di tasti, alcuni beep elettronici e un frusciare di carta.

— Che prodigioso ritrovato è il fax — disse Jackson. — Specialmente quando il tempo è un fattore essenziale. Entro dieci minuti il capitale verrà trasferito su uno dei miei conti.

Prelevò i fogli nel momento in cui venivano espulsi dal fax e li rimise nella valigetta.

— I suoi bagagli sono già nel baule di quest'auto — riprese Jackson con tono affabile. — Con me ho anche i biglietti aerei e le prenotazioni negli alberghi. Ho interamente pianificato il suo itinerario per i primi dodici mesi. Lei viaggerà molto. Confido però che la varietà degli scenari, e l'alta classe dell'ospitalità, la compenseranno ampiamente del disagio degli spostamenti. Consideri il tutto come una lunga, lunghissima vacanza. Ho onorato la sua richiesta di cominciare dalla Svezia, terra dei suoi antenati materni. Quindi farà tappa nel Principato di Monaco, felice paese nel quale non esistono imposte dirette. In ogni caso, per coprire tutte le evenienze, ho messo insieme, e dettagliatamente documentato, la sua storia personale. In breve, lei ha lasciato gli Stati Uniti in tenera età, finendo con lo sposare un facoltoso imprenditore europeo. Per quanto riguarda il fisco, tutto il denaro appartiene a questo fantomatico signore. Mi segue, LuAnn? I fondi verranno tenuti esclusivamente in conti su banche estere e conti offshore. Questo perché le banche americane devono sottostare alla rigida normativa tributaria. Mai, in nessun momento e per nessuna ragione, anche solo una piccola parte del suo denaro verrà depositato in un'istituzione bancaria americana. Al tempo stesso, non dimentichi che lei viaggerà con un passaporto americano, e resterà una cittadina americana. È possibile che un'aliquota dei suoi profitti finisca per rientrare comunque negli Stati Uniti. Eventualità alla quale lei deve essere preparata. In ogni caso, il denaro appartiene *a suo marito*, il quale *non è* un cittadino degli Stati Uniti né ha residenza permanente negli Stati Uniti. E il quale soprattutto non ricava profitti o interessi generati da investimenti negli Stati Uniti. In sintesi, LuAnn, il fisco americano non può toccarla. Non sprecherò il mio tempo a tentare di illustrarle le complessità concernenti le fonti di profitto nella legislazione finanziaria di questo paese. Fonti di profitto quali obbligazioni, dividendi pagati da società, interessi di proprietà immobiliari eccetera eccetera. Il mio sistema si occuperà di tutto. Lei non avrà alcuna preoccupazione.

— Dove sono i biglietti dell'aereo?

— A suo tempo, LuAnn. A suo tempo. Abbiamo ancora alcune cautele da prendere... La polizia.

— Ci ho già pensato io, alla polizia.

— Davvero? — Jackson parve di nuovo divertito. — Be', sarei alquanto sorpreso se la polizia di New York non stesse già sorvegliando porti, aeroporti, stazioni ferroviarie e degli autobus. Dal momento che lei è una criminale in fuga che ha varcato i confini di svariati Stati, probabilmente anche l'Fbi starà scendendo in campo. E quella è gente piuttosto in gamba. Non si limiterà ad aspettarla nell'atrio del suo albergo bevendo scotch e sfogliando riviste di moda. — Jackson scrutò oltre il cristallo affumicato. — È essenziale adottare certi ulteriori accorgimenti. Accorgimenti che daranno alle autorità più tempo per stringere il cerchio, ma è un baratto che siamo costretti a fare.

La limousine rallentò fino a fermarsi. Dall'esterno, venne un suono metallico, come di spessi portali che si aprivano. Quando il rumore cessò, la macchina avanzò un poco e si fermò nuovamente.

Il telefono cellulare di bordo trillò e Jackson prese il ricevitore. Ascoltò per qualche secondo, poi riappese.

— La conferma che i cento milioni di dollari mi sono stati accreditati.

— Ma adesso le banche non sono chiuse?

— Le *mie* banche non chiudono mai, LuAnn. — Jackson diede un paio di colpetti sul sedile accanto al suo. — E ora si accomodi qui vicino a me. Prima chiuda gli occhi, poi mi dia la mano e si lasci guidare.

— Perché devo chiudere gli occhi?

— Mi accontenti, LuAnn. Non so resistere al fascino discreto di un pizzico di melodramma! E comunque le assicuro che quanto sto per fare sarà fondamentale per consentirle di sfuggire alla rete della polizia e cominciare una nuova vita.

Per un momento LuAnn pensò di opporsi, quindi acconsentì. Prese la mano guantata di lui, chiuse gli occhi e andò a sedersi al suo fianco.

All'improvviso sentì scendere sul suo volto il calore di una luce. Poi udì gli scatti ritmici delle forbici che cominciavano a tagliarle i capelli ed ebbe un sussulto istintivo. L'alito caldo di Jackson le investì l'orecchio mentre diceva: — Le suggerisco di controllarsi, LuAnn. In questo spazio ridotto e con questo equipaggiamento ancora più ridotto è già di per sé difficile compiere questa operazione, e non vorrei procurarle alcun danno.

Jackson continuò a tagliarle i capelli, preciso e sistematico, finché la lunghezza non fu a livello delle orecchie. Quindi le passò tra i capelli una sostanza umida, che si indurì assumendo una consistenza quasi simile a quella del cemento.

Si servì di una spazzola per sistemare le ciocche sfuggite al primo passaggio. Dopodiché applicò alla console della limousine uno specchio portatile, dotato di lampada a bassa intensità di calore. In circostanze normali, il lavoro di alterazione al naso che stava per eseguire avrebbe richiesto due specchi e costanti verifiche del profilo. Ma in una macchina sprofondata in un garage sotterraneo di Manhattan, non poteva permettersi quel lusso. Aprì la propria valigetta dei trucchi, con cosmetici e polverine magiche, ordini di vassoi zeppi di creme, tinture, pennelli e spatole.

LuAnn percepì sul proprio volto il tocco rapido delle dita di lui. Le vere sopracciglia vennero coperte con plastica Kryolan fissata da colla a presa rapida, e camuffate con make-up in crema e in polvere. Al loro posto, apparvero nuove sopracciglia, di forma completamente diversa. Quindi le preparò la parte inferiore del viso passandola interamente con del cotone imbevuto d'alcol. Al naso, Jackson applicò uno strato di collante e nell'attesa che questo asciugasse, si passò della vaselina sulle dita in modo da evitare che si attaccassero con le operazioni successive. Lasciò che la gelatina cosmetica si riscaldasse nel pugno, e procedette ad applicarla al setto nasale di LuAnn, modellandola e deformandola finché non ebbe raggiunto la forma voluta.

— Il suo naso naturale è lungo e diritto, LuAnn. Un naso che non esito a definire classico. Un po' troppo classico. Un minimo di colla qui, un po' più di gelatina là, ed ecco fatto: questa specie di brutta protuberanza va molto meglio. Non si preoccupi, è solo temporaneo. E in fondo, che cosa non lo è?

Jackson fece una risatina e continuò a darsi da fare con il nuovo naso di LuAnn. Applicò fondotinta e rosso alle narici in modo da dare loro un aspetto naturale. Poi passò agli occhi. Con l'ombretto, li fece apparire più ravvicinati fra loro. Usò altra crema e altra polvere per modificare la linea decisa della mandibola. Altro fondotinta per smorzare la prominenza degli zigomi. LuAnn sentì le sue dita che seguivano la ferita al mento.

— Ma che brutto taglio. Un souvenir del suo incontro ravvicinato nella roulotte, forse?

LuAnn non rispose.

— Ci vorrebbero dei punti. E anche in quel caso, rimarrà una cicatrice. Ma non si preoccupi. Una volta che avrò finito, sarà invisibile. In futuro, però, consideri l'opportunità di un intervento di chirurgia plastica. Opinione professionale, è chiaro.

Venne il turno delle labbra.

— Ben disegnate ma sottili, LuAnn. Un po' di infiltrazioni di collagene non guasterebbero.

LuAnn dovette compiere uno sforzo per non strapparsi da lui e scappare urlando. Non aveva idea di quale sarebbe stato il suo aspetto una volta che Jackson avesse completato l'opera. Forse era meglio non saperlo.

— Mettiamo anche un po' di lentiggini sulla fronte, alla base del naso e qui sulle guance. Se volessimo lavorare rigorosamente, gliele applicherei anche sul dorso delle sue mani. Ma non lo farò. La maggior parte delle persone non fa caso a simili dettagli.

Le dita di lui le aprirono il colletto della camicetta, esponendo la gola. Jackson ricoprì anch'essa con altro fondotinta, scendendo fin quasi all'incavo tra i seni. Infine le riabbottonò la camicetta e guidò LuAnn a sistemarsi nuovamente sul sedile opposto.

— Non vuole darsi un'occhiata allo specchio? Ne può trovare uno nel compartimento al suo fianco.

LuAnn prese lentamente il piccolo specchio e lo resse di fronte al proprio viso. Respirò a fondo, quindi guardò... E adesso veramente avrebbe voluto urlare. C'era una sconosciuta nello specchio. Una donna dai corti capelli rossi, dalla carnagione tanto bianca da apparire cadaverica, dalle troppe lentiggini. Una donna con occhi piccoli e ravvicinati, con un naso largo deviato a destra, con il mento sfuggente e con labbra eccessive, vagamente negroidi. Una donna che LuAnn non aveva mai visto, che non aveva mai neppure ipotizzato potesse esistere.

— Che lavoro formidabile, non è d'accordo anche lei? — Jackson le gettò qualcosa in grembo.

Un passaporto. LuAnn lo aprì e studiò la foto. Era la faccia della sconosciuta nello specchio.

Quando alzò lo sguardo, Jackson fece scattare un interruttore e una luce lo illuminò.

LuAnn ebbe uno shock. C'era una seconda sconosciuta, identica alla prima, a fissarla dal lato opposto dell'abitacolo. Stessi capelli rossi, stessi lineamenti, stessa carnagione livida. Era come se avesse appena scoperto una gemella! L'unica differenza era che LuAnn indossava jeans e la gemella aveva un vestito.

— Gli applausi sono superflui — disse lentamente l'uomo, la *donna*, che si faceva chiamare Jackson. — Tuttavia, considerando le condizioni di lavoro disagevoli, ritengo che il mio lavoro su di lei meriti un certo riconoscimento.

LuAnn poté solo continuare a fissarlo a bocca semiaperta.

— Ho già impersonato delle donne, ma questa è la prima volta che impersono qualcuno che a sua volta impersona qualcun altro. La foto sul suo secondo passaporto falso è mia, scattata questa mattina. Solamente la misura del petto è un po' diversa. In ogni caso, neppure i gemelli sono perfettamente identici. O no?

LuAnn chiuse gli occhi e li riaprì, tentando di accettare l'inaccettabile.

Jackson batté due brevi colpi sul cristallo divisorio tra il vano passeggeri e il sedile di guida e la limousine si rimise in movimento. Uscirono dal garage e in poco più di mezz'ora erano all'aeroporto John Fitzgerald Kennedy.

L'autista smontò per primo e si preparò ad aprire la portiera.

— Non indossi né cappello né occhiali scuri — intimò Jackson prima di scendere. — Potrebbero rovinare il trucco. Regola numero uno: quando si tenta di nascondersi, la migliore cosa da fare è esporsi al massimo. La vista di due gemelle in età adulta è una cosa piuttosto rara. La gente ci guarderà, anche la polizia ci guarderà. Ma nessuno sospetterà. Cercano una donna sola. Non due gemelle con una bambina in fasce. Verremo automaticamente escluse dalla lista dei sospetti. Atto del tutto coerente con la natura umana. Specialmente quando ci si trova sotto pressione.

Jackson allungò un braccio per prendere Lisa, ma LuAnn di scatto gli intercettò il polso.

— LuAnn, io sto solo facendo del mio meglio per mandare lei e la sua bambina molto lontano da questo paese. Tra breve, ci troveremo a superare cordoni di polizia e di agenti dell'Fbi. E tutti con un unico, preciso ordine: arrestare LuAnn Tyler. Mi creda, io non ho alcun interesse a tenere sua figlia, ma in questo momento ne ho bisogno per una ragione ben precisa.

LuAnn lo lasciò fare. Jackson prese Lisa tra le braccia e scesero dalla limousine. Con i tacchi, Jackson era un poco più alto di lei. LuAnn ne notò la figura alta e slanciata, addirittura sensuale nell'elegante vestito scuro da donna. Un lungo soprabito nero completava il suo abbigliamento.

— Muoviamoci — le disse voltandosi appena.

Lei ebbe un sussulto.

Jackson aveva parlato con la voce *di LuAnn*.

— Dov'è Charlie? — chiese LuAnn qualche minuto dopo, mentre entravano nel terminal.

— Che differenza fa? — Jackson si muoveva con disinvoltura sui tacchi alti, precedendo un corpulento facchino che spingeva il carrello con i bagagli.

— Così, mi chiedevo — rispose LuAnn scrollando le spalle. — È stato con me fino adesso. Pensavo di vederlo qui.

— Il compito di Charlie è concluso.

— Oh.

— Non se ne abbia a male, in questo momento lei si trova in mani molto migliori.

Lo sguardo di Jackson si focalizzò sui quattro agenti di polizia in divisa che scrutavano tutti i passeggeri in ingresso.

— Ora si comporti in modo naturale, LuAnn. Naturale e rilassato. Siamo sorelle gemelle. Semplice, no? Ho anche tutti i documenti necessari per confermarlo, in caso venissimo fermate. Cosa che comunque non accadrà. Lasci parlare me.

Superarono il cordone dei poliziotti, seguite dai loro sguardi intensi. Uno di loro sbirciò le lunghe gambe di Jackson tra le falde del soprabito. Lui parve decisamente compiaciuto per l'attenzione ricevuta. Un attimo dopo, come Jackson aveva previsto, i quattro poliziotti si disinteressarono di loro, tornando a scandagliare la folla con i loro sguardi.

— Penso io al biglietto — disse Jackson puntando alle postazioni del check-in. — Lei vada ad aspettarmi al bar.

— Perché non posso fare da me?

— Quante volte ha già proceduto al check-in di un volo internazionale?

— Be', volare non ho mai volato.

— Appunto. Io posso espletare l'operazione molto più velocemente di lei. Intanto vada al bar. Si faccia un cappuccino e cerchi di non attirare l'attenzione con qualche iniziativa inopportuna. Il personale delle compagnie aeree non sarà composto da campioni di efficienza, ma non sono neppure degli idioti. Sarebbe sorpresa da quanti dettagli possono notare.

— D'accordo. Non voglio mica mandare a monte tutto.

— Benissimo. Ora mi dia il passaporto, quello che le ho appena dato io.

LuAnn glielo porse e osservò Jackson che cambiava di mano il seggiolino portatile di Lisa e si dirigeva al check-in, con il facchino sempre dietro. Aveva addirittura assunto la mimica di LuAnn. Restò a guardarlo ancora un attimo, poi andò al bar.

Nel giro di pochi minuti Jackson l'aveva già raggiunta, con la carta d'imbarco. La fila della prima classe era sempre corta, e l'intera operazione era stata molto veloce.

— Per ora nessun problema, LuAnn. Ora, per i primi mesi non si dia troppo da fare a cambiare aspetto. La tintura con il tempo svanirà e i capelli le ricresceranno in fretta. A quel punto potrà cominciare a usare il passaporto che originariamente avevo preparato per lei.

— Ecco — riprese LuAnn. — Per tornare...

Ma Jackson la interruppe con un gesto secco. Con la coda dell'occhio aveva notato un terzetto, due uomini e una donna, in abiti civili. Nessuno aveva bagaglio. Tutti e tre si guardavano intorno con aria vigile. LuAnn vide che uno di loro aveva in mano un foglio. Con sopra una fotografia. Con la sua faccia, quella vera. Era una delle foto scattate alla conferenza stampa. Si sentì gelare, finché non avvertì la mano di Jackson scivolare fra le sue.

— Sono agenti dell'Fbi, ma si ricordi che stanno cercando un'altra donna. Non la donna che lei è ora, la donna in cui io l'ho trasformata.

La mano si ritrasse.

— Il suo volo decolla tra venti minuti. Mi segua.

Superarono i controlli, raggiunsero il cancello d'imbarco e si accomodarono nella sala d'attesa.

— Tenga.

Jackson le porse un pacchetto avvolto in carta anonima.

— Contante, carte di credito e patente internazionale di guida, tutto con il suo nuovo nome. La patente riporta le sue attuali sembianze.

Le dita di lui giocherellarono per un attimo con i capelli di LuAnn e scivolarono sui lineamenti finti di lei mentre l'imitazione di un sorriso appariva sul suo volto. — Be', buona fortuna — le augurò. — Qualora si trovasse in difficoltà, qui c'è un numero di telefono al quale potrà trovarmi, giorno e notte, in qualsiasi punto del mondo mi trovi. Ma a meno che non sia una seria difficoltà, lei e io non c'incontreremo e non ci parleremo mai più.

LuAnn si ritrovò in mano un bigliettino con un numero.

— Non c'è qualcosa che vuole dirmi, LuAnn? — chiese Jackson con un sorriso affabile.

Lei lo guardò con curiosità. — Tipo cosa?

— Per esempio... grazie? — disse lui senza più sorridere.

— Gra... grazie. — LuAnn aveva parlato con estrema lentezza, e dovette compiere uno sforzo per distogliere lo sguardo dal volto di Jackson, per riportarlo sul bigliettino che lui le aveva appena dato. Sperava di non essere mai costretta a usarlo. E continuò a tenere lo sguardo abbassato. Perché se lo avesse alzato di nuovo su di lui, sapeva, *sentiva*, che avrebbe visto le medesime ombre maligne che avevano aleggiato vicino alla tomba di suo padre, inseguendola poi per il solitario *Camposanto dei Pascoli del Cielo*.

Quando rialzò gli occhi, Jackson era scomparso nella folla.

Si afflosciò contro lo schienale della poltrona. Era già stanca di fughe. E tuttavia, ciò che l'aspettava era nient'altro che una fuga senza fine.

LuAnn aprì il passaporto e guardò le pagine dei visti internazionali ancora immacolate. Non lo sarebbero rimaste a lungo. E anche quel nome estraneo, tra non molto sarebbe diventato parte di lei. Catherine Savage, di Charlottesville, Virginia. Sua madre era nata a Charlottesville, appena prima di trasferirsi con tutta la sua famiglia nel profondo Sud. LuAnn ricordava ancora i suoi racconti delle verdi, dolci colline della Virginia. Spostarsi in Georgia, diventare la moglie di Benny Tyler, aveva ammantato tutto nel sudario delle memorie perdute. Per questo LuAnn aveva voluto che il suo nuovo nome, la sua nuova persona, avesse quelle stesse origini. *Savage*, selvaggia. Lei *era* una selvaggia. Lo sarebbe sempre rimasta. A dispetto della colossale ricchezza, e di tutto quello che la ricchezza avrebbe portato. Osservò ancora una volta la faccia sulla foto, toccando la propria faccia, quella finta. La maschera che Jackson aveva creato per lei...

Un poliziotto in divisa era apparso nel perimetro dell'area d'imbarco, forse era uno dei quattro all'ingresso del terminal, forse no. Rapidamente, LuAnn fece sparire il passaporto. Quell'uomo poteva aver notato Jackson al check-in. E ora avrebbe potuto notare lei all'imbarco, stessa faccia, diversi abiti. Diversa donna. LuAnn deglutì a forza e arrivò a rimpiangere che Jackson se ne fosse andato. Mentre veniva annunciato l'imbarco, il poliziotto si diresse verso di lei.

LuAnn si alzò, afferrò la maniglia del seggiolino di Lisa, e nel movimento il pacchetto con dentro denaro, documenti e carte di credito le sfuggì di mano rotolando sotto la poltroncina. LuAnn si chinò goffamente, cercando di tenere la presa sul seggiolino e frugando alla cieca.

— Lasci che le dia una mano, signora.

LuAnn s'inchiodò, piegata in avanti a metà, in equilibrio precario. Dalle nere scarpe lucide del poliziotto, il suo sguardo risalì lungo la divisa blu scuro, il cinturone con la pistola, lo sfollagente, le manette. Raggiunse il volto dai lineamenti duri, squadrati dell'agente, che stringeva nella mano sinistra una foto di lei scattata alla conferenza stampa.

— Ehi, viaggiare con i bambini non è mai una cosa facile — commentò il poliziotto aprendosi in un sorriso. — Sapesse che ridere quando me la devo vedere con i miei, di marmocchi.

Raccolse il pacchetto e lo diede a LuAnn, che lo ringraziò.

— Mo... molte grazie.

— Di nulla — disse lui portandosi la mano alla visiera del berretto e sorridendo a Lisa. — E buon viaggio anche a te, piccolina.

LuAnn lo guardò mentre si allontanava, sentendo il sangue gelarsi nelle vene.

Poiché non c'era obbligo d'imbarco immediato per i passeggeri della prima classe, LuAnn rimase nella sala d'aspetto. Di tanto in tanto allungava il collo, alla ricerca di una sagoma familiare. Non la trovò. Evidentemente Charlie non era venuto. Alla fine, presentò la carta d'imbarco, superò la hostess di terra, percorse il tunnel di connessione e raggiunse l'interno del 747.

— Da questa parte, signorina Savage. Che bella bambina!

LuAnn venne fatta accomodare in uno degli ampi sedili. Sistemò Lisa accanto a sé e accettò un calice di champagne da uno degli steward. La sua attenzione venne attratta dal minischermo televisivo incassato nello schienale del sedile davanti al suo. Era la prima volta che si trovava su un aereo. E si stava godendo in modo davvero principesco questa sua prima esperienza.

Fuori dagli oblò, l'oscurità era fitta. Lisa era quieta, intenta a osservare ogni angolo di quello strano luogo. LuAnn continuò a sorseggiare il vino, gettando occhiate ai passeggeri che continuavano a imbarcarsi. Persone anziane dall'aria danarosa, uomini d'affari, un giovanotto in jeans e giubbotto di pelle. LuAnn credette di riconoscere in lui un celebre musicista rock. Le hostess eseguirono le consuete operazioni di controllo e in pochi minuti tutto fu pronto per il decollo.

Il 747 rullò lungo la pista, i reattori che salivano di giri verso la spinta massima. Il gigante alato schizzò in avanti, guadagnando velocità. LuAnn contrasse le mani sui braccioli, serrando i denti, neppure osando guardare fuori dal finestrino. Una delle sue braccia scivolò a circondare protettivamente Lisa, che peraltro appariva del tutto rilassata.

Poi, quando il 747 fu in volo, LuAnn si sentì come se stesse fluttuando nel cielo su un'enorme bolla. Anzi, un tappeto volante ad alta tecnologia, con sopra la nuova principessa delle *Mille e una Notte*. Si rilassò. Fuori dall'oblò, la cordigliera scintillante di New York City scomparve a poco a poco nelle tenebre e LuAnn ebbe un breve gesto d'addio. *Per sempre*. La volontà di Jackson.

— Meno male che almeno Lisa è rimasta la stessa.

LuAnn s'inchiodò contro il sedile. Una mano le era scesa sulla spalla, simile a una pressa. E sopra la mano un volto scavato, all'ombra di un fedora a tesa larga.

Il volto di Charlie.

L'uomo si aprì in un sorriso ancora più largo del cappello, tentando di allentare l'evidente nervosismo.

— Non ti avrei mai riconosciuta. LuAnn, che diavolo è successo?

— È una lunga storia. — Lei gli afferrò la mano con forza, sentendo allentarsi la tensione delle ultime ore. — Perché non cominci tu, Charlie, dicendomi il tuo vero nome?

Dal cielo nero come la pece, una pioggia insistente aveva preso a cadere appena dopo il decollo del 747.

L'uomo, con l'impermeabile nero e il capo protetto da un cappello di Gore-Tex, procedeva per la strada di Manhattan incurante del maltempo, appoggiandosi a un bastone d'ebano.

La donna dai capelli rossi e dalla carnagione livida era svanita. Al suo posto c'era un vecchio di almeno settant'anni, con pesanti borse sotto gli occhi e una corona di capelli stopposi intorno al cranio calvo, disseminato delle chiazze scure dell'età. Il naso era lungo e gibboso, il mento floscio. L'incedere esitante comunicava debolezza e stanchezza.

Jackson preferiva invecchiare quando calavano le tenebre. Voleva sentirsi sul confine del decadimento, sul limite della morte fisica. Alzò lo sguardo nella pioggia battente, frugando le nubi oscure. A quel punto il 747 della British Airways doveva aver raggiunto la Nuova Scozia, preparandosi alla trasvolata atlantica.

LuAnn Tyler non aveva preso il volo da sola. Jackson era rimasto a sorvegliare il cancello d'imbarco. Quando mancavano pochi minuti al decollo, aveva visto Charlie correre lungo il tunnel di collegamento e sparire al di là. Poteva non essere una cosa negativa. Continuava a nutrire dubbi su LuAnn Tyler, seri dubbi.

Lei gli aveva nascosto delle informazioni, cosa che lui normalmente considerava una colpa imperdonabile, ed eliminare Romanello era stata una diretta conseguenza di quelle menzogne. Anche se, doveva ammetterlo, le responsabilità erano in parte sue: era stato lui, in fondo, a ingaggiare quell'uomo. Comunque LuAnn Tyler era diventata il suo primo vincitore a essere ricercato dalla polizia. Il pericolo era ben lungi dall'essere cessato. Di fronte al potenziale disastro, Jackson si sarebbe regolato nel solo modo possibile. Aspettare. E osservare. Nel momento in cui avessero cominciato ad apparire delle linee di frattura, lui le avrebbe immediatamente richiuse. In questa prospettiva, avere con sé Charlie, così coscienzioso, responsabile e affidabile, poteva essere un'ottima cosa per lei. Perché LuAnn era diversa dagli altri, questo era assodato.

Jackson sollevò il bavero dell'impermeabile, continuando ad avanzare lungo la strada semibuia e deserta. Non aveva paura. Chiunque avesse voluto praticare il gioco pesante con quel povero vecchio si sarebbe amaramente pentito nello scoprire il proprio tragico errore. Jackson era armato ed era pronto a uccidere. Ma il delitto in realtà non gli interessava. Ciò che gli interessava era acquisire più denaro, più potere. Aveva di meglio da fare, che perdere il proprio tempo con gli omicidi.

Jackson sollevò nuovamente il volto posticcio nella pioggia. Leccò le gocce dal sapore asprigno che scendevano sulle sue labbra. Buon viaggio, LuAnn Tyler. Buon viaggio, Charlie. Sorrise al buio.

E Dio vi aiuti se commetterete l'errore di tradirmi.

Continuò lungo la sua strada, fischiettando. Era tempo di pensare al vincitore del mese successivo.

Parte seconda

18

Il piccolo jet privato atterrò sulla pista dell'aeroporto di Charlottesville-Albemarle, in Virginia. Erano quasi le dieci di sera, e con l'arrivo del Gulfstream V lo scalo aveva esaurito l'attività per quella giornata.

Ad attendere il velivolo c'era una limousine nera. Tre figure, nient'altro che ombre nella debole illuminazione degli hangar lontani, scesero dalla scaletta dell'aereo e sparirono all'interno dell'auto che partì veloce e pochi minuti dopo aveva già imboccato la Statale 29 in direzione sud.

LuAnn Tyler si tolse gli occhiali scuri, passò protettivamente un braccio attorno alle spalle della bambina seduta accanto a lei e si abbandonò contro lo schienale, respirando a fondo.

Casa.

Finalmente erano ritornati negli Stati Uniti. Tutti quegli anni impegnati a progettare, a pianificare. Tutto quel tempo passato senza pensare a nient'altro. LuAnn osservò l'uomo seduto sul sedile di fronte al suo. Le sua dita spesse tamburellavano chissà quale ritmo sconosciuto sul bracciolo della portiera. Sembrava preoccupato. In realtà, *era* preoccupato. L'uomo rispose al suo sguardo, poi abbozzò un sorriso rassicurante. Così era stato Charlie in quei dieci anni: rassicurante.

Charlie smise di tamburellare e inclinò leggermente il capo verso di lei: — Hai paura?

LuAnn abbassò lo sguardo su Lisa, che le aveva posato la

testa in grembo e si era addormentata. Era stato un viaggio lungo e noioso.

— Sì, ne ho — rispose fissandolo negli occhi. — E tu?

— Ci siamo preparati a questo momento per molto tempo — disse Charlie scrollando le spalle ancora larghe e forti. — Siamo consapevoli dei rischi. E con questi stessi rischi, ora dovremo imparare a convivere. — Il sorriso riapparve, ancora più complice di prima. — Ce la caveremo.

Lei annuì lentamente, senza sorridere. Dieci anni vissuti troppo intensamente. Troppi aerei, troppe frontiere, troppe lingue, troppi climi diversi. Ora, per quanto la riguardava, sognava di limitare i suoi viaggi futuri alla cassetta della posta davanti a casa, per prelevare il giornale del mattino, o al massimo al centro commerciale più vicino per fare compere. Magari potesse essere così semplice! Si massaggiò distrattamente le tempie.

A Charlie non sfuggirono la tensione e l'incertezza di lei. In dieci anni aveva imparato a riconoscere molti dei suoi percorsi comportamentali ed emotivi. Notò con soddisfazione che Lisa continuava a dormire. Quindi slacciò la cintura di sicurezza e andò a sedersi accanto a LuAnn.

— Jackson non sa che siamo tornati — le sussurrò Charlie.

— Chi può dirlo, Charlie — obiettò LuAnn, a sua volta a bassa voce. — Mio Dio non so chi mi fa più paura, se la polizia o lui. No, lo so invece: è *lui*. Mi aveva avvertito di non fare ritorno. Mai più. E ora siamo qui.

— Ascolta, non pensi che ci avrebbe già fermati se avesse saputo? — Charlie le prese le mani. — Abbiamo seguito un percorso tortuoso: quattro Stati, cinque aerei, due treni... Abbiamo girato mezzo mondo prima di arrivare qui! Lui non sa, LuAnn. E anche se sapesse, che cosa vuoi che gliene importi ormai? Sono passati dieci anni. Il contratto tra di voi è scaduto. Perché dovrebbe ancora importargliene qualcosa?

— I contratti stipulati con Jackson non scadono mai, Charlie. Mai.

Lui sospirò e si slacciò la giacca, appoggiandosi a sua volta contro lo schienale.

— E in ogni caso — riprese LuAnn — ora siamo tornati.

Hai ragione tu: abbiamo preso una decisione e ce ne assumiamo le responsabilità. E poi non è che io abbia intenzione di annunciare al mondo che siamo di nuovo qui. La sola cosa che voglio per noi è una vita tranquilla.

— Nel tranquillo grembo del lusso — precisò Charlie. — Hai visto le foto della casa, no?

— Sì, le ho viste.

— Wicken's Hunt. Vecchia ma prestigiosa. Quasi mille metri quadrati. Volevano sei milioni di dollari, non mi stupisce che non riuscissero a venderla. A tre milioni e mezzo, abbiamo fatto un affare.

— Più il milione per la ristrutturazione — aggiunse LuAnn.

— È ancora un affare. Quasi centoventi ettari di terreno, dei quali una quarantina a prato...

— Sembra che tu stia leggendo il dépliant dell'agenzia — commentò LuAnn.

— Senti, io sono di New York e in vita mia non ho mai visto tanto prato tutto insieme. Piedmont, Virginia. Ne ho fatti di viaggi da queste parti per cercare una buona sistemazione. Semplicemente, questo è il meglio che ho visto. C'è voluto un bel po' di lavoro per rimetterla a posto, ma ho chiamato della gente che ci sapeva fare. Ci sono parecchi edifici di servizio, più la casa per il custode, una stalla per tre cavalli e due villini completamente vuoti...

— Che di certo non affitteremo — si intromise LuAnn.

— Non ci pensavo affatto. Comunque, è normale con case di quel calibro. C'è addirittura la piscina. Per Lisa sarà una festa. Volendo c'è anche lo spazio per un campo da tennis. O magari due. E tutto intorno, alberi e foresta. Considerala come una barriera naturale. Sto già dandomi da fare per trovare una ditta che tiri su recinzione, cancello di accesso e guardiola.

— Non avrebbero dovuto essere quelle le prime cose da sistemare, Charlie?

Lui corrugò la fronte, senza rispondere.

— Non ci pensare — lo tranquillizzò subito LuAnn. — Hai avuto fin troppo da fare.

— Mai abbastanza.

— Piuttosto... che il mio nome non risulti su nessuno dei documenti di proprietà — disse LuAnn con voce ferma.

— Assolutamente. Catherine Savage non figura da nessuna parte. Per quanto riguarda il rogito e contratti vari ho usato un prestanome. Poi è stato tutto trasferito a una società controllata da me. Non vedo in che modo si possa risalire a te.

— Come avrei voluto cambiare nome di nuovo — LuAnn scosse il capo. — Jackson potrebbe avere ancora le antenne puntate su Catherine Savage.

— È impossibile. L'intero sistema fiscale creato da Jackson si regge proprio su Catherine Savage. Cristo, non ti ricordi che calvario è stato riuscire a ottenere quel certificato di morte falso per il tuo compianto marito?

— Lo ricordo, lo ricordo...

— Charlottesville, Virginia — accennò Charlie scrutando nel buio al di là del finestrino. — Mi dicono che un bel po' della gente che conta si sistema qui. È per questo che l'hai scelta, LuAnn? Per poter vivere come un'eremita senza destare sospetti?

— È una delle ragioni.

— Le altre?

— Mia madre è nata qui — disse LuAnn passandosi lentamente la mano tra i capelli. — E qui è stata felice. O almeno, questo mi disse. E lei non era di certo una di quelli che contano. — Il suo sguardo incontrò nuovamente quello di Charlie. — Forse riusciremo anche noi a trovare un po' di quella felicità, cosa ne pensi?

— Per quanto mi riguarda, finché sono con te... — Charlie accarezzò il viso di Lisa, placidamente addormentata — e con questa signorina, io sarò sempre un uomo felice.

— L'hai già iscritta a scuola?

— St. Anne's-Belfield — annuì lui. — Una delle più esclusive, con classi poco affollate. Lisa sarà molto seguita e non avrà il minimo problema. Parla parecchie lingue, ha girato tutto il mondo... che diavolo, ha visto più posti lei in dieci anni di quanto la maggior parte della gente riesca a vedere in una vita intera.

— Non so — disse con aria dubbiosa LuAnn — forse avremmo dovuto prendere degli insegnanti privati.

— LuAnn, questa ragazza ha visto insegnanti privati fin da quando ha imparato a camminare. Non puoi tenerla ingabbiata per sempre. Le farà bene vedere altri ragazzi. Farà bene anche a te! — Charlie sorrise. — Devi pur passare il tempo, giusto?

— E tu, Charlie, anche tu ti senti ingabbiato?

— Una vera e propria tigre in cattività — dichiarò lui con un largo sorriso per dimostrare che stava scherzando. — Credo che mi dedicherò a qualche hobby stravagante, golf o roba simile.

— Dieci anni sono molti — disse LuAnn con una vena di mestizia.

— Non li cambierei per niente al mondo.

E speriamo che i prossimi dieci siano altrettanto belli. Ma questo, LuAnn lo pensò soltanto. Appoggiò il capo sulla spalla di Charlie.

Dieci anni prima, quando la cordigliera scintillante di New York era svanita nel buio sotto di lei, LuAnn era eccitata al pensiero di tutto il bene che avrebbe potuto fare con quei soldi. Aveva fatto una promessa a se stessa e l'aveva mantenuta. Ma c'era stato un prezzo da pagare: una fuga senza fine, annegata in un'incertezza senza fine. E poi il senso di colpa. Ogni volta che andava da qualche parte, ogni volta che comprava qualcosa, la verità riaffiorava implacabile: quello che stava spendendo era il denaro di una frode. *I soldi non danno la felicità*. Un luogo comune, una scusa di comodo fabbricata da quelli che i soldi non li hanno. Cresciuta nella miseria di un posto chiamato Rikersville, era questo che LuAnn aveva sempre pensato. Ora sapeva di essersi sbagliata.

19

Thomas Donovan sedeva davanti al suo computer con lo sguardo fisso al monitor. Intorno a lui la redazione del *Washington Tribune* era immersa nel consueto, frenetico caos.

Nessun altro cubicolo della sede del giornale era tappezzato di altrettanti riconoscimenti giornalistici quanto il suo, incluso un Premio Pulitzer vinto poco dopo i trent'anni. E anche adesso che aveva appena superato la cinquantina, il suo fervore professionale era rimasto quello di una volta. Come molti suoi colleghi del giornalismo investigativo, Thomas Donovan, aveva imparato a conoscere il lato oscuro del genere umano, e forse era da questa conoscenza che proveniva il suo profondo cinismo.

Stava riguardando alcune note, quando un'ombra si proiettò sulla scrivania.

— Signor Donovan?

Alzò lo sguardo sul giovane fattorino dell'Ufficio Posta:

— Dimmi tutto.

— Per lei. Credo sia quel materiale di ricerca che aveva richiesto.

— Ottimo! — esclamò Donovan prendendo l'incartamento.

Per molti versi, quello a cui stava lavorando era un caso molto promettente. Si trattava della Lotteria Nazionale degli Stati Uniti, un'impresa con un giro d'affari di miliardi di dollari e una crescita media del venti per cento ogni anno. Di questa colossale fortuna, il governo americano pagava circa la metà ai vincitori. Del rimanente, il dieci per cento veniva ripartito tra costi di pubblicità e di esercizio, e il quaranta per cento era puro profitto, un margine astronomico per la maggior parte delle aziende.

Il dibattito sull'aspetto etico della lotteria andava avanti da anni. Secondo molte statistiche e secondo molti sociologi, la Lotteria Nazionale non era altro che una tassa regressiva, nemmeno troppo camuffata, le cui vittime principali erano i poveri d'America. La risposta del governo era che, da un punto di vista strettamente demografico, le classi meno abbienti non spendevano affatto una cifra sproporzionata per comprare i biglietti. Ma secondo Thomas Donovan, la versione di Washington non era per niente convincente: in realtà, i milioni di individui che facevano religiosamente la coda ai botteghini del lotto erano cronicamente al limite della povertà, poco sopra o poco sotto. Morti di fame che ogni settimana bruciavano soldi, sussidi della Sicurezza Sociale, assegni familiari, buoni pranzo e qualsiasi altra cosa sulla quale riuscissero a mettere le mani. Ma tra loro e quel sogno irrinunciabile c'era il gelido abisso della probabilità che il governo cercava di colmare con una pubblicità ingannevole. In ogni caso, la probabilità di vincere era talmente bassa da far risultare il tutto una farsa grottesca.

Questo era un aspetto della questione, e nemmeno il più scandaloso. Dalle sue ricerche, Donovan aveva scoperto che il settantacinque per cento dei vincitori finivano sul lastrico nel corso dell'anno successivo alla vincita. Significava che ogni anno, su dodici miracolati dalla Lotteria Nazionale, nove di essi si ritrovavano in condizioni finanziarie più miserabili di prima. Società finanziarie disoneste circuivano questi poveracci e li riducevano sistematicamente sul lastrico. Sedicenti beneficenze risucchiavano favolose fortune come pompe idrovore. Venditori di fumo spacciavano costosissime e inutili cretinate imponendole come status symbol che ogni nuovo ricco doveva avere. Ma c'era di più. La nuova, improvvisa ricchezza distruggeva intere famiglie, annientava antiche amicizie, schiacciava ogni comportamento razionale.

Donovan riteneva che di questa serie di disastri personali

e collettivi, il governo degli Stati Uniti fosse non meno colpevole di quanto lo erano i predatori del settore privato. Dodici anni addietro la legge sulla lotteria era stata cambiata. Da pagamenti dilazionati nel tempo, ciascuno con ritenuta fiscale alla fonte, fu stabilito che la vincita venisse erogata in un unico blocco, con il prelievo fiscale differito di un anno. Il risultato era stato un deciso incremento della vendita dei biglietti, supportato dalle puntuali campagne pubblicitarie farcite dell'ingannevole richiamo ESENTASSE. Ora, con la nuova normativa, organizzare un oculato pagamento fiscale era completa responsabilità dei vincitori.

Solo che molti vincitori avevano creduto che sulla loro vincita non ci fosse alcun prelievo e si erano messi a spendere e a spandere senza minimamente considerare che *tutto* era tassabile, sia il capitale iniziale sia i profitti che ne conseguivano.

La Commissione Lotterie liquidava i vincitori con un grasso assegno e una pacca sulla spalla. Alcuni di loro, una minima parte, erano individui abili e lungimiranti, che strutturavano complessi sistemi finanziari in grado di aggirare la barriera fiscale. Sugli altri, la maggior parte, calava la mannaia del fisco che attraverso ritenute d'acconto, penali, pagamenti retroattivi ed erogazioni anticipate li lasciava più poveri di prima. E tutto questo era assolutamente legale.

Dietro l'ipocrita paravento governativo del *bene del popolo*, la Lotteria Nazionale degli Stati Uniti era un gioco progettato per la demolizione sistematica dei vincitori. Un gioco diabolico, di questo Thomas Donovan era convinto, e le teste d'uovo di Washington rimestavano allegramente nel calderone. Per loro, come per tutti quanti, la ragione era una sola e sempre la stessa: avidità. Con larga parte dei mass media a fare da complice cassa di risonanza.

Ogni volta che qualcuno si azzardava ad accusare, a dichiarare che non era tutto oro quello che luccicava, gli uomini della lotteria rispondevano con fiumi di statistiche, tese a dimostrare in quali opere di bene venissero spesi i profitti governativi. La gente pensava che i proventi della lotteria finanziassero la costruzione di scuole, ospedali, strade o cose del genere. Questo era vero, ma una bella fetta finiva in tutt'altre opere, che di bene avevano poco o niente. Come le tasche dei capoccia della Commissione Lotterie, per esempio, che ricevevano stipendi sempre più ricchi e gratifiche sempre più stellari. E poi le tasche dei politicanti che contribuivano a far varare le leggi giuste al momento giusto.

Tutta la faccenda cominciava a puzzare un po' troppo e Thomas Donovan pensava che fosse giunto il momento di far venire a galla la verità.

Si sarebbe schierato dalla parte dei meno fortunati, come aveva sempre fatto. Forse, nel tempo, la sua battaglia avrebbe spinto il governo a riconsiderare l'etica degli immensi profitti ottenuti dalla lotteria. Non si illudeva certo di poter cambiare le cose, ma avrebbe sicuramente cercato di dare il meglio di sé.

Donovan lacerò la carta del pacchetto che gli aveva portato il fattorino. Documenti, prospetti, dati statistici, curriculum personali. Aveva già seguito la pista dei fallimenti finanziari dei vincitori degli ultimi cinque anni. Con questa nuova tornata, andava indietro di altri sette anni. Passò in rassegna l'incartamento sorridendo nel constatare che la sua teoria si andava puntualmente confermando: ogni anno nove vincitori su dodici in media avevano dichiarato bancarotta. Assolutamente sorprendente... Ma all'improvviso Thomas Donovan s'inchiodò. Il suo sorriso di soddisfazione scomparve. Dieci anni prima questo non era accaduto. Dieci anni prima, nessuno dei dodici vincitori della Lotteria Nazionale degli Stati Uniti aveva avuto il benché minimo problema di gestione finanziaria. Non poteva essere.

Donovan si attaccò al telefono e contattò l'istituto che aveva condotto la ricerca. Nessun errore. Le dichiarazioni di bancarotta erano dati di pubblico dominio.

Donovan riappese e cominciò a scorrere di nuovo quel foglio: Herman Rudy, Bobbie Jo Reynolds, LuAnn Tyler e la lista continuava per i rimanenti nove mesi. Dodici vincitori e non uno che avesse dichiarato bancarotta. Non uno. In quell'unico anno la statistica aveva fatto cilecca.

I due capisaldi del giornalismo investigativo, per gente del calibro di Thomas Donovan, erano la perseveranza e l'istinto. E adesso, l'istinto gli stava dicendo che nella storia delle lotterie spuntava un nuovo filone d'indagine, molto diverso. Molto più esplosivo.

Per prima cosa, voleva verificare certe sue fonti. E per farlo, quella affollata e rumorosa redazione era il posto meno indicato. Mise gli incartamenti nella sua valigetta e uscì dall'ufficio. Senza l'intasamento dell'ora di punta, gli bastarono appena una ventina di minuti per raggiungere il suo appartamento in Virginia. Con due divorzi alle spalle e nessun figlio, la vita di Thomas Donovan era tutta concentrata sul lavoro. Aveva da anni una relazione più o meno solida con Alicia Crane, signora dell'alta società di Washington. C'era stato un periodo in cui, attraverso Alicia, i suoi contatti alla Casa Bianca e al Congresso erano stati di prim'ordine. Donovan non si era mai trovato a proprio agio in quell'ambiente, ma lei gli era sempre stata d'appoggio. E in fondo, continuare a muoversi ai margini di quel mondo altolocato non era la cosa peggiore che potesse capitargli.

Dal suo studio fece le altre telefonate. Esistevano molti modi per ottenere informazioni sulla gente, perfino sul conto di coloro che potevano permettersi cordoni protettivi. Per prima cosa, Donovan si mise in contatto con uno dei suoi più vecchi informatori presso gli uffici tributari e gli passò i nomi di quei dodici vincitori che dieci anni prima non avevano dichiarato bancarotta. L'informatore lo richiamò un paio di ore più tardi, e secondo le sue informazioni Donovan spuntò via via i nomi sulla lista.

Risultò che a partire da quell'anno fatidico, undici dei vincitori avevano rigorosamente presentato le denunce dei redditi ogni anno. Erano somme colossali. E i prelievi fiscali erano stati ugualmente colossali. Ma se questi dati non modificavano i termini della questione di fondo, cioè come quegli undici erano riusciti a evitare la bancarotta, un altro aspetto pareva forse più intrigante.

Donovan osservò l'elenco di nomi. Il dodicesimo vincitore non aveva presentato alcuna denuncia dei redditi. Forse non l'aveva presentata sotto il suo vero nome, o forse si era dissolto nel nulla, insieme ai cento milioni di dollari della vincita.

LuAnn Tyler. Era questo il suo nome. Ricordava molto vagamente l'episodio. Una ragazzina uscita da un paesucolo in un'area fortemente depressa della Georgia. Due delitti, il suo compagno e un altro balordo. Delitti legati al traffico di droga. All'epoca, come storia non aveva avuto il minimo interesse per Donovan. E probabilmente non se ne sarebbe ricordato adesso se quella ragazza non fosse scomparsa subito dopo aver vinto cento milioni di dollari portandosi via l'enorme somma. Nel darsi alla fuga con alle spalle un'accusa di duplice omicidio, LuAnn Tyler doveva aver assunto una diversa identità. E con cento milioni di dollari in tasca, non doveva essere stato troppo difficile.

Il lampo di un sorriso si stagliò sul volto di Donovan. Forse aveva un modo per scoprire la nuova identità di LuAnn Tyler. E magari molto di più.

Il giorno dopo Donovan telefonò allo sceriffo di Rikersville, in Georgia, il paese natale di LuAnn Tyler. Si chiamava Billy Harvey e, scherzo del destino, era lo zio di Duane Harvey e aveva sostituito Roy Waymer, sceriffo all'epoca dei fatti, morto cinque anni prima.

— È stata *lei* a far fuori Duane! — gridò lo sceriffo, divenuto molto loquace sentendo il nome di LuAnn. — Ci gioco le palle che lo ha incastrato con la droga. Noi Harvey non saremo un granché, ma di sicuro abbiamo un onore da difendere!

— Naturalmente — concordò Donovan. — E nel corso degli ultimi dieci anni avete avuto qualche notizia di LuAnn Tyler?

Billy Harvey fece una lunga pausa. — Ha mandato un po' di soldi.

— Soldi?

— Sissignore. Ai genitori di Duane. Loro i soldi non glieli hanno mica chiesti, questo è poco ma sicuro.

— Ma li hanno tenuti.

— Be', sono vecchi e poveri di brutto. Nemmeno lei avrebbe girato le spalle a tutti quei soldi.

— E di quanti soldi stiamo parlando, esattamente?

— Duecento.

— LuAnn Tyler ha mandato ai genitori di Duane duecento dollari?

— Duecento*mila* dollari. E se questo non è la prova che LuAnn ha la coscienza sporca, non so proprio quali altre prove occorrano.

Donovan emise un sibilo sommesso. — Mi dica una cosa, sceriffo, lei ha individuato la provenienza di quel denaro?

— Io allora non ero lo sceriffo. Ma Roy Waymer ci ha provato. Aveva addirittura alcuni dei ragazzi dell'Fbi a dargli una mano, però nessuno è mai riuscito a cavare un fottuto ragno da un fottuto buco. LuAnn ha mandato soldi anche ad altra gente, da queste parti. Ma niente da fare, non l'abbiamo scovata. Come se fosse diventata una specie di fantasma.

— Che altro può dirmi, sceriffo?

— Se un giorno riuscirà a trovare LuAnn, le dica che la famiglia Harvey ha la memoria lunga, anche dopo tutti questi anni. Il mandato di cattura per omicidio contro di lei è ancora valido. E se torna qui in Georgia, glielo troviamo noi un bell'albergo con le sbarre alle finestre, per vent'anni o giù di lì. Non c'è prescrizione per l'omicidio, giusto?

— Se la incontrerò, glielo dirò di sicuro, sceriffo Harvey. Un'ultima cosa: potrebbe mandarmi una copia del dossier sul caso di suo nipote Duane? Rapporto dell'autopsia, note d'indagine... tutta la storia, insomma.

— E lei crede davvero di trovare LuAnn dopo tutto questo tempo?

— Sono trent'anni che faccio questo mestiere, sceriffo Harvey. Lei non ha idea di chi e che cosa sono riuscito a trovare.

— Be', se le cose stanno così, allora glielo mando.

Donovan gli diede il recapito e dopo essersi congedato, prese qualche appunto. LuAnn Tyler aveva cambiato nome, questo era sicuro. Se voleva trovarla, doveva scoprire qual era il nome nuovo.

Donovan passò la settimana successiva a indagare fin nella più minuscola fessura della vita di LuAnn Tyler. Dalla «Rikersville Gazette» ottenne copie degli annunci mortuari dei genitori di lei. Scoprì date e luoghi di nascita, nomi di parenti lontani, molti altri elementi. La madre di LuAnn era nata a Charlottesville, in Virginia. Ma dai due soli parenti ormai rimasti in vita, Donovan non ottenne niente. LuAnn non aveva mai neppure cercato di mettersi in contatto con loro.

Ricostruire l'ultimo giorno che LuAnn Tyler aveva passato negli Stati Uniti poteva essere un'altra possibilità per risolvere l'enigma. Donovan parlò con il Dipartimento di Polizia e con l'ufficio dell'Fbi di New York. Roy Waymer, il vecchio sceriffo di Rikersville, aveva visto in televisione LuAnn Tyler ricevere il premio della lotteria. Era stato lui a dare l'allarme per primo, informando la polizia di New York che LuAnn Tyler era ricercata in Georgia in relazione a un duplice omicidio e a traffico di droga. Il NYPD aveva sorvegliato aeroporti, stazioni ferroviarie e stazioni degli autobus, quanto di meglio si poteva fare per trovarla. In una città di sette milioni di abitanti non era certo pensabile organizzare dei blocchi stradali. Niente da fare. LuAnn Tyler era letteralmente svanita. La qual cosa aveva lasciato l'Fbi di sasso. Che una ragazza di vent'anni, poco istruita, arrivata dal profondo Sud con una bambina di otto mesi, fosse riuscita bellamente a scivolare attraverso la loro rete era a dir poco enigmatico, se non mortificante. Travestimenti e documenti falsi parevano poco plausibili. La polizia aveva alzato le barriere nemmeno mezz'ora dopo la conferenza stampa alla Commissione Lotterie. Nessuno poteva essere tanto rapido ed efficiente. E LuAnn Tyler non era svanita da sola, era svanita con cento milioni di dollari.

A quel punto negli ambienti dell'Fbi era circolata l'idea che qualcuno l'avesse aiutata. Ma non per molto. Erano arrivati altri problemi e fra terrorismo, dirottamenti e attentati il Bureau aveva avuto ben altro di cui occuparsi. La conclusione ufficiale era stata che LuAnn Tyler non era affatto andata all'estero. Aveva semplicemente lasciato New York in macchina, in treno o in metropolitana, quindi si era fatta inghiottire da quel vasto magma umano che sono gli Stati Uniti d'America. Al massimo, poteva essere arrivata in Canada. Il NYPD aveva annunciato allo sceriffo Waymer che la cosa si era risolta in un solenne buco nell'acqua. Fine della trasmissione.

Per Thomas Donovan, invece, la trasmissione era appena incominciata. Il suo istinto gli diceva che LuAnn Tyler era fuggita all'estero. Questa era la premessa di tutto. E per averlo fatto con tale rapidità, poteva essere fuggita solamente in aereo. Donovan avrebbe cominciato a esaminare le liste passeggeri in partenza dall'aeroporto Kennedy dieci anni prima. Se da quelle non fosse emerso niente, sarebbe passato all'aeroporto La Guardia e poi a quello di Newark, nel New Jersey. Era pur sempre un punto di partenza. C'erano meno voli internazionali che nazionali. Ma se la ricerca avesse dovuto estendersi anche ai voli interni, sarebbe dovuto ricorrere a un altro metodo: ce n'erano troppi, infatti.

Quando stava per mettersi al lavoro, arrivò al giornale il pacco dello sceriffo Harvey.

Donovan iniziò a scorrerne il contenuto senza smettere di mangiare il panino che costituiva il suo pranzo. Non smise di mangiare nemmeno di fronte alle agghiaccianti immagini degli esami necroscopici. Niente che non avesse già visto, sia in foto sia dal vero. Studiò il dossier per un'ora, prendendo copiosi appunti. Da come la vedeva lui, e in barba all'incazzatura a scoppio ritardato dello sceriffo Billy Harvey, LuAnn Tyler non c'entrava affatto con i due delitti.

Donovan aveva compiuto qualche piccola indagine per conto suo, giù a Rikersville, e per ammissione popolare, il compianto Duane Harvey era stato nient'altro che un indegno paraculo, beone e puttaniere. Per contro, LuAnn Tyler aveva reputazione di essere una ragazza onesta e una brava madre. Un'orfana adolescente che, in circostanze di estrema durezza, aveva sempre dato il meglio di sé. Donovan aveva visto molte sue foto e anche la cassetta con la registrazione della conferenza stampa nella quale era stata consacrata vincitrice di cento milioni di dollari. Era un fior di ragazza, nessun dubbio in merito, ma dietro la sua bellezza c'era molto di più: LuAnn Tyler non avrebbe potuto tenersi a galla semplicemente in virtù di un bel paio di tette.

Donovan finì il panino e concluse il suo pasto con una tazza di caffè. Nella roulotte maledetta, Duane Harvey era stato malamente lavorato con una lama. L'altro balordo, tale Otis Burns, aveva tirato le cuoia a causa della stessa lama. Burns aveva inoltre riportato un grave trauma cranico, anche se non letale, e su di lui c'erano i segni di una colluttazione. Le impronte digitali di LuAnn erano state trovate sul telefono distrutto, che probabilmente era stato rotto contro la testa di Burns, e dappertutto nella roulotte. Cosa del tutto logica, dato che LuAnn Tyler in quella roulotte ci viveva. A sentire un unico testimone oculare, quella stessa mattina LuAnn era stata vista al volante della macchina di Burns. A dispetto di quanto sosteneva lo sceriffo Harvey, Donovan era giunto alla conclusione che lo spacciatore in famiglia fosse Duane e non LuAnn. A un certo punto, però, Duane aveva voluto fare il furbo e Burns, verosimilmente il grossista della merce, era arrivato a tagliargli i fondi. Nella vicina Contea di Gwinnett, Otis Burns era schedato per numerosi reati, tutti relativi alla droga. Nessuno era in grado di dire se LuAnn fosse a conoscenza dell'attività di Duane. Aveva lavorato in una tavola calda per camionisti, aveva comprato il biglietto della lotteria ed era scomparsa, per riapparire brevemente a New York e intascare i cento milioni di dollari. Se anche sapeva della nuova linea di affari di Duane, non sembrava averne tratto alcun tornaconto. Se poi fosse anche lei nella roulotte quella mattina, e se avesse avuto a che fare con i delitti non era sicuro, ma a Thomas Donovan ciò non interessava. Non aveva alcuna ragione di provare simpatia per due ceffi come Burns o Harvey. Non aveva nemmeno le idee chiare su LuAnn Tyler. Su un solo punto aveva le idee chiare: voleva trovarla.

20

Con gli occhi chiusi e le mani quietamente intrecciate in grembo, Jackson sedeva da solo nella penombra del lussuoso attico, in uno dei più classici edifici anteguerra di New York. L'arredamento era una mescolanza di stili e di culture diverse: spagnola, francese, italiana, il tutto punteggiato di elementi asiatici. Oltre le finestre panoramiche, immersa nella luminosità morente del crepuscolo, c'era la massa verde cupo di Central Park.

All'età di quarant'anni, il suo corpo continuava a essere asciutto e atletico. I lineamenti aristocratici del volto avevano conservato un'inquietante componente androgina, nonostante esili rughe di espressione fossero comparse sulla fronte, sulle tempie e ai lati della bocca. Solamente gli occhi erano rimasti assolutamente identici: occhi che doveva attentamente tenere nascosti quando entrava in azione.

Jackson si alzò e lentamente si recò nell'area del suo appartamento adibita a studio, laboratorio e guardaroba: pareva il sontuoso camerino di una star di Broadway. Fari alogeni allagavano il soffitto di luce soffusa. Altra luce proveniva dalle lampadine a bassa emissione termica sistemate lungo il perimetro degli specchi che tappezzavano le pareti della stanza. Due comode poltrone di pelle, reclinabili e montate su binari che ne consentivano lo spostamento, erano sistemate di fronte ai due specchi più grandi. Oltre agli specchi, lungo le pareti, c'erano grossi pannelli di sughero con appuntate centinaia di fotografie. Volti. Uomini, donne, vecchi. Gente che camminava per strada, gente che faceva la spesa, gente che passava in macchina. Jackson scattava fotografie costantemente, in qualsiasi momento, in qualsiasi luogo. Molti di quei volti avevano costituito il modello per la maggior parte delle identità che aveva assunto nel corso degli anni.

Ogni singolo aspetto dell'organizzazione di quel locale rifletteva la metodicità della sua mente. Un intero armadio era occupato da parrucche femminili e maschili, tutte accuratamente collocate su teste di filo metallico, separate a seconda del colore, della morfologia e della lunghezza dei capelli. Altri armadi e armadietti fatti su misura ospitavano calotte e protesi di lattice in grado di modificare la forma del cranio e di qualsiasi altra parte del corpo. Ospitavano anche sopradenti di plastica, capsule di acrilico, placche sottolabiali, stampi di riconformazione anatomica e blocchi di pongo cosmetico autoindurente. Su un massiccio scaffale metallico c'era un set completo per il make-up con cotone assorbente, collante antiallergico, talco cosmetico, lozioni per il corpo e pennelli di tutte le dimensioni con setole morbide e dure, fondotinta di varie tonalità, creta per modellare i lineamenti, colloidi per creare cicatrici, verruche, butterazioni, nei, melanociti, rughe; materiali per preparare barbe, baffi e sopracciglia; creme di diversa densità, cere depilanti, gelatine trasparenti e colorate, e poi retini, garze, spatole, tamponi assorbenti, strumenti per l'acconciatura dei capelli. Tre armadi forniti di specchi a tutta altezza erano pieni di abiti maschili e femminili, camicie, bluse, cappelli, cravatte. Nelle loro cassettiere multiple trovavano posto cinquanta diverse serie di documenti d'identità, passaporti, patenti, certificati di vaccinazione e carte di credito.

Jackson abbozzò un sorriso. In quell'ambiente si sentiva a suo agio. Creare i vari personaggi era per lui il piacere più grande. Interpretarli veniva subito dopo.

Sedette a uno dei tavoli da trucco e fece distrattamente scorrere le dita lungo lo spigolo. I suoi occhi incontrarono la sua immagine riflessa. Diversamente da chiunque altro, ciò che Jackson vedeva quando si guardava allo specchio era una specie di contorno vacuo, pronto per essere alterato, plasmato, modificato, dipinto, massaggiato e deformato fino a dare vita a una nuova identità. Era soddisfatto del proprio intelletto e della propria personalità, ma perché limitarsi a essere una sola persona? Andare da qualsiasi parte, fare qualsiasi cosa. Erano queste le frasi che aveva usato per indurre in tentazione i suoi dodici vincitori, le sue dodici gallinelle dalle uova d'oro tutte bene in fila. E, naturalmente, c'erano cascati. Tutti e dodici. C'erano cascati perché lui era maledettamente bravo.

Negli ultimi dieci anni, Jackson aveva fatto guadagnare a ciascuna delle sue dodici gallinelle centinaia di milioni di dollari. E a se stesso miliardi di dollari. La ricchezza non lo impressionava più di tanto. Veniva da una famiglia con alle spalle un'enorme patrimonio di antica data. Suo padre era stato un classico esempio di ricchezza ereditata, piuttosto che guadagnata. Un uomo sempre in equilibrio precario tra brutale arroganza e profonda insicurezza. Un uomo che aveva trascorso parecchi anni a Washington, approfittando delle conoscenze di famiglia per farsi largo nel mondo della politica. Ma alla fine la verità era venuta a galla: suo padre non era che un incapace e così l'ascensore verso il più alto dei cieli si era fermato. Nel futile e fallimentare tentativo di rimetterlo in moto, il vecchio aveva letteralmente disintegrato il patrimonio di famiglia. All'età di diciotto anni, Jackson aveva scoperto che anche il fondo personale predisposto per lui da suo nonno era stato fraudolentemente prosciugato. Il ragazzo aveva affrontato il padre, ma gli episodi di follia e gli abusi erano continuati, lasciando segni profondi su di lui. E se le ferite fisiche si erano cicatrizzate, il danno psicologico subito in gioventù era ancora palese, un furore interiore che cresceva a dismisura, fino a superare di gran lunga quello del padre.

Per molti versi, si trattava di un trito e noioso cliché. Jackson stesso se ne rendeva conto. La tua fortuna è stata dissipata? E allora? Chi se ne frega? Ebbene, a Jackson sì che gliene fregava. Anno dopo anno, lui aveva fatto affidamento su quel denaro per sfuggire alla tirannica persecuzione di suo padre. Ma ciò che gli spettava di diritto gli era stato rubato, e annientato. E tutto questo dall'uomo che avrebbe dovuto proteggerlo e difenderlo, che avrebbe dovuto amarlo e pretendere il meglio per lui.

Invece della libertà, Jackson si era ritrovato con un conto in banca prosciugato e la rabbia che gli montava dentro. Doveva essere stato allora che in lui aveva avuto luogo la metamorfosi fondamentale.

Poi, suo padre morì, inaspettatamente.

A quel ricordo, un sorriso vacuo tornò a riaffiorare sulle labbra di Jackson. Stando alle statistiche, non passava giorno senza che dei genitori ammazzassero i loro figli, quasi mai per una ragione valida. Al confronto, i casi in cui i figli si liberavano dei genitori rimanevano estremamente rari, ma solitamente per ottime ragioni. Jackson aveva milioni di ragioni valide. Era bastato compiere sul vecchio un piccolo esperimento di chimica, per mezzo del suo whisky preferito, e quella medesima notte un aneurisma cerebrale lo aveva folgorato. Come in qualsivoglia frangente umano, da qualche parte si doveva pur cominciare.

L'assassinio perpetrato da individui d'intelligenza media, o inferiore alla media, veniva commesso in modo goffo, raffazzonato, pateticamente privo di preparazione. Effetti collaterali immediati: rapido arresto e ancora più rapida condanna. Ma per chi era in possesso di una intelligenza superiore, l'assassinio era il risultato di attente analisi del problema, approcci a lunga scadenza, complesse ginnastiche mentali. Qui gli arresti erano rari, le condanne quasi impossibili. Jackson apparteneva a questa seconda categoria.

Era il primogenito. Quello con la responsabilità di ricostituire il patrimonio di famiglia che il vecchio aveva polverizzato. Prima erano venute le lauree *summa cum laude* in una delle più prestigiose università. Poi c'era stata la ripresa dei contatti che la sua famiglia aveva avuto nell'epoca antecedente i guasti causati dal padre. Infine era sopraggiunto il perfezionamento di tutte quelle abilità fisiche e mentali che gli avrebbero permesso di far salire nuovamente l'ascensore del potere e della ricchezza fino al più alto dei cieli. Il suo fisico era stato e si era mantenuto asciutto e scattante. La sua mente anche di più. Al tempo stesso, Jackson non avrebbe commesso i medesimi grossolani errori del padre. Potere? Tutto l'immaginabile e oltre. Ricchezza? Al di là dei sogni più megalomani. Ma né l'uno né l'altra sarebbero stati allo scoperto. L'impero che Jackson aveva intenzione di costruire sarebbe stato interamente sotterraneo. E completamente illegale. A lui non servivano i riflettori accesi e un pubblico plaudente. Lui medesimo era il suo pubblico. E andava benissimo così.

Jackson sorrise di nuovo a quella considerazione e continuò a muoversi tra le ombre dell'attico.

Un fratello e una sorella, più giovani, facevano parte della periferia dell'impero. Il fratello aveva ereditato buona parte del bagaglio genetico del padre e riteneva che tutto il meglio del mondo gli fosse dovuto senza dare nulla in cambio. Per tenerselo fuori dai piedi, Jackson gli aveva elargito abbastanza denaro da consentirgli di vivere in quell'illusione per il resto dei suoi inutili giorni. Nel caso il fratellino avesse finito con il dissipare l'intero patrimonio, il problema sarebbe stato esclusivamente suo.

Sua sorella era un'altra storia. Jackson le voleva molto bene. Per contro, lei continuava ad adorare la memoria del vecchio, con la tipica fede cieca che una figlia mostra verso il padre. Jackson l'aveva sistemata in grande stile ma non andava mai a trovarla. Non ne aveva il tempo. Un giorno poteva essere a Hong Kong e l'indomani a Londra. E comunque incontrare sua sorella poteva implicare molte domande scomode alle quali Jackson preferiva non rispondere, visto che sarebbe stato costretto a somministrarle menzogne ancora più scomode. La sorella non avrebbe mai fatto parte del suo impero sotterraneo. Per quanto lo riguardava, lei poteva seguitare a vivere nel suo vacuo benessere, nella continua ricerca di qualcuno in grado di sostituire quel padre che lei riteneva fosse stato tanto caro, tanto gentile e tanto nobile.

Non c'era vergogna, nel profondo di Jackson. Non c'era alcun senso di colpa. A differenza del padre, lui si era preso cura della sua famiglia. Del vecchio era rimasta un'unica traccia. Il suo nome: Jack. Sarebbe per sempre stato il figlio di Jack. *Jack's son*.

Dopo aver vagato per l'appartamento, si fermò di fronte a una delle finestre panoramiche, osservando lo spettacolare crepuscolo di New York. Quell'attico era lo stesso nel quale era cresciuto da ragazzo. Negli anni, lo aveva fatto più volte ristrutturare per soddisfare le proprie necessità sotterranee, ma anche con la recondita speranza di riuscire a cancellare il passato, eliminare la sofferenza della memoria.

Per questo Jackson voleva essere sempre *qualcun altro*. In modo che la memoria della sofferenza inflittagli da suo padre non riuscisse a trovarlo.

Tuttavia, ogni angolo di quell'appartamento aveva il potere di schiaffeggiarlo con una manciata di ricordi, in ogni momento. Ma c'era anche un lato positivo, aveva concluso, perché la sofferenza era anche uno straordinario motore.

Jackson entrava e usciva dall'attico usando sempre un ascensore privato. Nessuno aveva accesso in alcun caso al cuore del suo impero sotterraneo. Le sue abitudini quotidiane erano quanto mai spartane. La posta e i pacchi, sempre molto scarsi, venivano lasciati in portineria. Quasi tutte le sue operazioni venivano condotte via telefono, fax e modem. Assoluta riservatezza, quella era e restava la sua direttiva primaria.

Jackson si era creato un alter ego, con relativo travestimento, che usava ogni volta che entrava o usciva di casa. Era il suo piano d'emergenza estremo nel caso la polizia fosse venuta a bussare alla sua porta. Horace Parker, l'ormai anziano portiere dello stabile, era lo stesso di quando Jackson era un ragazzino timido che attraversava l'atrio tenuto per mano dalla madre. Quando il padre era caduto in disgrazia, la famiglia aveva abbandonato New York. Parker aveva poi interpretato il diverso aspetto di Jackson come un risultato del tempo e della maturazione. Adesso, era l'alter ego che la gente vedeva come Jackson. A tutti gli effetti, il *vero* Jackson era svanito.

Solamente Horace Parker continuava a salutarlo usando il

suo vero nome, e ciò era confortante e inquietante nello stesso tempo. Nel proprio labirinto mentale popolato da così tante facce e da così tanti nomi, Jackson era arrivato al punto di non rispondere quando qualcuno lo chiamava con il suo vero nome. Tornare a essere se stesso poteva essere rilassante? Forse. Ma in nessun caso gli avrebbe fatto dimenticare ciò che per lui contava veramente. Gli affari.

C'erano infinite possibilità, ovunque, e Jackson era deciso a sfruttarle tutte. Possedendo capitali senza limiti, nel corso degli ultimi dieci anni aveva agito come se il mondo fosse una specie di scacchiera politica ed economica creata per il suo trastullo personale. La sua astronomica ricchezza era stata incanalata a finanziare imprese tanto varie quanto lo erano le sue identità, dalla guerriglia antigovernativa nei paesi del Terzo Mondo alle operazioni sul mercato dei metalli preziosi nelle economie industrializzate. Jackson non si limitava a influenzare: Jackson poteva *plasmare*. Che senso aveva rischiare i propri capitali sul mercato dei *futures*, quando poteva agire direttamente sui prodotti, *determinando* così l'andamento dei titoli? In tal modo, ogni rischio era sotto controllo. Era questo che Jackson amava sopra ogni altra cosa.

Al tempo stesso, aveva anche dato ampio sfogo alle sue velleità umanitarie. Somme gigantesche erano state stanziate per numerose missioni di pace e di sviluppo da un capo all'altro del pianeta. Missioni sulle quali, senza essersi mai esposto oltre la barriera del suo impero sotterraneo, Jackson aveva fatto in modo di conservare il controllo assoluto. Lui era in grado di definire, analizzare e valutare come nessun altro sarebbe mai stato in grado di fare. E con fondi di quella portata, chi avrebbe osato opporsi?

I suoi interessi e le sue passioni fluttuavano di continuo. Era difficile immaginare un'esistenza più appagante, più sottilmente edonistica della sua. Eppure, Jackson doveva ammettere con se stesso che perfino la spregiudicata gestione del suo impero sotterraneo stava iniziando a scivolare nella noia. La routine cominciava a minare l'originalità nei suoi diversi campi d'attività. Sentiva il bisogno di una sfida. Qualcosa che soddisfacesse la sua sete di rischio estremo. Un confronto con qualcuno e qualcosa davvero in grado di mettere in gioco la sua stessa sopravvivenza.

Jackson entrò in una piccola stanza piena di apparecchiature informatiche dal pavimento al soffitto, che costituivano il cuore del suo impero sotterraneo. Un capolavoro della cibernetica collegato con i principali sistemi d'informazione del mondo. Era quella la chiave di volta: informazioni su tutto e su tutti. Jackson assorbiva informazioni come una sanguisuga il sangue umano. Gli bastava sentire qualcosa una e una sola volta per non dimenticarla più. Il suo sguardo si spostava da un monitor all'altro, selezionando, separando, scartando e catalogando ciò che per lui poteva essere importante.

Le cifre in azzurro indicavano ottimi ritorni del capitale investito, quelle in rosso andavano meno bene. Jackson constatò con soddisfazione che l'azzurro era decisamente preponderante sul rosso.

Lasciò i computer e andò in un'altra stanza, più grande. Era una sorta di museo dell'impero sotterraneo, quieto e immobile. Il museo conteneva le reliquie delle sue imprese passate.

Jackson scelse un album fotografico e lo aprì. Eccole lì, le sue dodici gallinelle dalle uova d'oro. I dodici fortunati vincitori ai quali aveva garantito un'intera vita di favolosa ricchezza, e attraverso i quali aveva garantito a se stesso la ricostituzione del patrimonio di famiglia. Sfogliò distrattamente l'album, concedendosi sorrisi misurati quando una certa immagine solleticava la memoria.

I dodici vincitori erano stati scelti con sistematica accuratezza, impiegando molto tempo, e facendo ricorso a un'enorme pazienza. Per selezionarli Jackson aveva analizzato migliaia di atti fallimentari, aveva vagato per dozzine di uffici della Sicurezza Sociale e aveva peregrinato nelle aree più depresse e più desolate degli Stati Uniti, rurali e urbane. Cercava gente che aveva perduto tutto, oppure che mai aveva avuto niente. Gente disposta a tutto per cambiare la propria sorte, gente che avrebbe commesso una vera e propria frode finanziaria senza battere ciglio. Era sorprendente di quali spericolate razionalizzazioni fosse capace la mente umana accecata dalle appropriate lusinghe.

La truffa alla Lotteria Nazionale degli Stati Uniti era stata un'impresa di estrema facilità. La convinzione generale era che sistemi del genere fossero ad assoluta prova di corruzione e d'imbroglio. Chi aveva quella convinzione, però, dimenticava o non conosceva la Storia: nel secolo precedente, le lotterie gestite dal governo erano state bandite proprio a causa del vasto livello di corruzione. E la Storia tende sempre a ripetersi, sebbene in modo più complesso e mirato.

Negli anni Jackson aveva imparato almeno una cosa: dove c'era un essere umano c'era un corrotto. Coloro che maneggiavano grandi somme di denaro ogni giorno finivano prima o poi per convincersi che una parte di quel denaro spettasse loro di diritto.

Per portare a compimento la frode del secolo, Jackson non aveva avuto bisogno di un esercito di cospiratori. Per lui, l'espressione stessa era una contraddizione in termini.

Aveva naturalmente un cospicuo numero di collaboratori, sparsi in ogni angolo del mondo. Ma nessuno di loro aveva la minima idea di chi fosse lui, quale aspetto avesse, in che punto del globo vivesse, in quale modo avesse messo insieme la sua immensa fortuna. Nessuno di loro era a conoscenza dei suoi piani, delle sue macchinazioni su scala planetaria. Ciascuno eseguiva una piccolissima porzione di un tutto al quale non avrebbe mai avuto accesso. Ed era per questa complice ignoranza che ognuno veniva generosamente ricompensato. Se a Jackson serviva un certo tipo d'informazione, doveva semplicemente mettersi in contatto con uno di loro per ottenerla nel giro di un'ora. Un sistema perfetto, preciso, essenziale. Ed efficace.

Jackson non si fidava di nessuno. E perché avrebbe dovuto, quando lui stesso era in grado di assumere decine di identità diverse? La cibernetica e l'informatica gli consentivano di trovarsi simultaneamente in posti diversi, con una personalità diversa in ognuno di essi. Il sorriso di Jackson si allargò: il mondo era la sua scacchiera...

Poi, il suo sguardo si fermò su una particolare fotografia e di colpo il sorriso svanì. Al suo posto apparve un'altra espressione, indice di uno stato d'animo che Jackson raramente aveva provato: incertezza.

E qualcosa di più. Ma Jackson non l'avrebbe mai definita paura, perché quel particolare demone gli era del tutto estraneo. Si trattava di qualcosa di più profondo e forse anche più minaccioso. Qualcosa che avrebbe potuto definire *Fato*. Come treni lanciati verso un ineluttabile scontro frontale, nonostante gli sforzi per evitarlo, si consolidava in lui la sensazione che l'impatto sarebbe stato catastrofico.

LuAnn Tyler. Era sua la foto sulla quale Jackson si era fermato. Delle sue dodici gallinelle, LuAnn Tyler era stata di gran lunga la più memorabile. Quella donna significava pericolo, sfida. La sua inafferrabilità, con il trascorrere del tempo, continuava ad attirarlo come una calamita.

All'epoca, Jackson aveva trascorso parecchie settimane a Rikersville, in Georgia, una località scelta per una semplice ragione: era strangolata in un circolo vizioso di depressione, decadenza e povertà. L'America era piena di posti come quello. Luoghi che i rapporti governativi descrivevano usando espressioni asettiche: *livelli di reddito pro-capite inferiori alla media, risorse sanitarie e scolastiche al di sotto dello standard minimo nazionale, crescita economica negativa*. In parole povere, gente in caduta libera verso la più crudele miseria. Per certi versi, Jackson il Capitalista riteneva di poter addirittura fare del bene, lì in quel buco. Forse sarebbe stato più facile far cadere nella rete uomini ricchi dominati dall'avidità, ma mai e poi mai lui avrebbe scelto qualcuno che fosse benestante.

Aveva scoperto LuAnn Tyler durante un tragitto in autobus. Jackson, una figura macilenta in jeans luridi, stivali scalcagnati, barba incolta sotto la visiera di un berretto bisunto, era rimasto a studiarla a lungo dal sedile di fronte a quello di lei. In quel paesaggio umano di disoccupati, analfabeti, barboni e alcolizzati, tutti quanti in attesa di finire sottoterra, LuAnn Tyler rappresentava qualcosa di completamente diverso.

Jackson l'aveva osservata mentre giocava con sua figlia, l'aveva ascoltata salutare quelli che conosceva, aveva notato come la sua sola presenza fosse in grado di gettare una luce su quel cupo paesaggio umano. Aveva ricostruito la sua infanzia di stenti, fino alla vita miserabile nella roulotte di Duane Harvey. Quando nessuno dei due era presente, Jackson aveva addirittura esplorato più volte la carcassa parcheggiata nella radura dei relitti. Aveva notato i piccoli tentativi di LuAnn di trasformare quel lercio cubicolo in una casa vera e propria, a dispetto dello sciagurato stile di vita del suo compagno. Qualsiasi cosa avesse a che fare con Lisa era tenuto lindo e pulito. Per LuAnn Tyler, la figlia era tutto.

Travestito poi da camionista, Jackson si era fermato molte volte alla tavola calda lungo la interstatale dove LuAnn lavorava come cameriera. Aveva continuato a osservarla, a studiarla. Aveva visto la vita di lei scivolare senza scampo verso la disgregazione più completa. Aveva visto lo sguardo di lei farsi sempre più disperato ogni volta che si posava su sua figlia. Forse era stato a quel punto che Jackson aveva preso la decisione di inserire LuAnn Tyler tra i suoi vincitori. Dieci anni prima.

Dal momento del loro singolare addio all'aeroporto Kennedy, Jackson non aveva mai più incontrato LuAnn Tyler e non le aveva mai più parlato. Al tempo stesso, quasi non c'era stata settimana in cui il suo pensiero non si fosse soffermato su di lei. Nel periodo immediatamente successivo alla sua fuga, Jackson aveva continuato a tenerla d'occhio. Aveva seguito i movimenti che le aveva organizzato da uno Stato all'altro, da un continente all'altro. Nel tempo, la sorveglianza si era progressivamente allentata e adesso, dopo dieci interi anni, l'aveva perduta. Le ultime notizie su di lei la davano in Nuova Zelanda. Poi, forse, LuAnn Tyler sarebbe riapparsa a Monaco o in Scandinavia o in Cina. In fondo, il posto non aveva molta importanza, perché LuAnn Tyler avrebbe comunque continuato a peregrinare da un orizzonte all'altro fino al giorno della sua morte. Non avrebbe mai fatto ritorno negli Stati Uniti. Di questo, Jackson era assolutamente certo.

Quali incredibili opposti rappresentavano loro due! Jackson era cresciuto circondato da una grande ricchezza e poi quella ricchezza era stata dissipata. Ma servendosi della sua intelligenza, della sua tenacia e del suo coraggio l'aveva infine ricostituita e moltiplicata a dismisura.

LuAnn Tyler era cresciuta con nulla, si era spezzata la schiena per una paga da fame e non aveva mai avuto alcuna via d'uscita fino al momento in cui lui non era entrato nella sua vita. Lui le aveva messo il mondo in tasca, consentendole di diventare qualcuno di completamente diverso da LuAnn Tyler. Jackson sorrise al pensiero di quella fantastica ironia della sorte: lui aveva passato tutta la sua vita adulta a essere qualcun altro, lei aveva passato gli ultimi dieci anni a vivere la vita di qualcun altro.

Poi studiò il volto nella foto. Quei profondi occhi azzurri, quegli zigomi pronunciati, quei lunghi capelli. Seguì con la punta dell'indice la curva perfetta del collo di lei. Due treni. Due treni lanciati verso un ineluttabile scontro finale.

21

Thomas Donovan studiò i fogli sparsi sul tavolo del soggiorno del suo appartamento. C'era voluto tempo per mettere insieme quelle carte. Molto tempo, più dozzine di telefonate e scarpinate a non finire.

All'inizio era sembrata una ricerca impossibile, un'impresa destinata a fallire semplicemente per l'immane mole di numeri da analizzare. Nell'anno in cui LuAnn Tyler era svanita nel nulla, l'aeroporto John Fitzgerald Kennedy di New York aveva smaltito un traffico internazionale passeggeri di oltre settantamila voli. Il giorno della sua scomparsa, della sua ipotetica fuga all'estero, erano partiti duecento voli. Poiché dall'una alle sei del mattino il traffico era sospeso, la media era di dieci all'ora.

Donovan aveva ristretto il raggio della ricerca alla giornata in cui aveva avuto luogo la conferenza stampa per la presentazione del vincitore alla Commissione Lotterie. Il suo obiettivo erano le donne in età compresa tra i venti e i trent'anni, in partenza dal JFK tra le sette di sera e l'una del mattino. In realtà, la conferenza stampa si era conclusa alle sei e mezzo di sera e Donovan dubitava che LuAnn Tyler ce l'avesse fatta a prendere un volo alle sette, ma siccome il JFK era famoso per i suoi ritardi cronici, Donovan aveva preferito non escludere nessuna possibilità. Ciò significava dover controllare sessanta voli e circa quindicimila passeggeri.

Donovan aveva scoperto che la maggior parte delle linee

aeree conservava le liste dei passeggeri per cinque anni, dopo di che venivano archiviate nei computer. Un grosso ostacolo era emerso quando si era trattato di mettere le mani sugli elenchi passeggeri vecchi di dieci anni. Solamente l'Fbi era autorizzato a esaminare quel tipo di dati, e solamente con un'ingiunzione del tribunale.

Ma non si lavora nel giornalismo investigativo per trent'anni senza farsi degli amici. E uno di questi amici era nel Bureau. Senza entrare nel dettaglio e senza fare nomi, Donovan gli aveva comunicato che la donna sulla quale stava indagando aveva verosimilmente viaggiato con un passaporto appena rilasciato, e che aveva con sé una bambina piccola. L'ambito della ricerca si era così ulteriormente ristretto: solo tre donne rispondevano a quei parametri altamente selettivi. Ed erano i loro tre nomi che Donovan aveva sotto gli occhi in quel momento, con il loro ultimo domicilio conosciuto. L'uomo prese la propria agendina, cercò il numero della Best Data e chiamò.

Si trattava di una delle più grosse società di verifica del credito su scala nazionale. Negli anni, la Best Data aveva messo insieme un mastodontico archivio di nomi, indirizzi e, elemento molto più cruciale, numeri della Sicurezza Sociale. La Best Data forniva quel genere d'informazioni alle società che le richiedevano, generalmente agenzie di collocamento e istituti bancari. In pochi minuti Donovan ottenne i numeri della Sicurezza Sociale delle tre donne, il loro ultimo domicilio conosciuto, più cinque indirizzi di vicini di casa. Confrontò questi dati con quelli delle compagnie aeree. Due delle donne si erano trasferite, e considerando l'età di allora e la possibilità di carriere e matrimoni, ciò non rappresentava una sorpresa. In dieci anni, soltanto la terza donna non aveva cambiato indirizzo. Catherine Savage era tuttora registrata come abitante a Charlottesville, in Virginia.

Ma qui la traccia cominciava a farsi incerta. La funzionaria del Dipartimento della Motorizzazione Civile dello Stato della Virginia si rifiutò di dare a Donovan l'indirizzo della donna. Confermò soltanto che Catherine Savage aveva una patente valida il cui numero, per la legge dello Stato, era anche il numero della Sicurezza Sociale. Nella sua carriera, questo non era il primo vicolo cieco nel quale Donovan incappava e di certo non sarebbe stato l'ultimo. Almeno ora sapeva che Catherine Savage aveva una residenza in Virginia, o quanto meno una patente della Virginia. Ma dove si trovava *fisicamente*? Prima di andare più a fondo in quella direzione, Donovan decise di indagare sulla vita della donna.

Tornò alla redazione del *Tribune*, si collegò a Internet e raggiunse il sito della Sicurezza Sociale contenente la banca dati sugli introiti personali e i contributi versati dai possessori della tessera. Donovan apparteneva alla vecchia guardia, e di solito conduceva le sue ricerche usando gli strumenti tradizionali, quali telefono, carta stampata e incontri con informatori. Ma in certe circostanze, un po' di tecnologia avanzata non guastava e questa era esattamente una di quelle circostanze. Bastava conoscere il numero della Sicurezza Sociale, il nome da nubile della madre e la data di nascita di una persona per ottenere dal sito informazioni su di lei.

Thomas Donovan aveva già questi tre elementi. LuAnn Tyler era nata in Georgia. Le prime tre cifre del numero della Sicurezza Sociale che gli era stato dato identificavano Catherine Savage come nata in Virginia. Se LuAnn Tyler e Catherine Savage erano la stessa persona, significava che la Tyler era entrata in possesso di un numero falso. Non era poi così difficile riuscirci, il problema era avere i contatti giusti. Di ciascun soggetto nel proprio archivio informatico, la banca dati elencava i guadagni a partire dagli anni Cinquanta, i contributi erogati al fondo della Sicurezza Sociale, e infine una proiezione dei pagamenti pensionistici sulla base di quei contributi. Donovan si trovò di fronte a una schermata vuota. Catherine Savage non aveva guadagni, di nessun tipo, in nessun passato. LuAnn Tyler aveva svolto diversi lavori, l'ultimo dei quali come cameriera in una tavola calda per camionisti. Se avesse ricevuto una busta paga, il suo datore di lavoro avrebbe operato una ritenuta fiscale sul suo salario, che inglobava i versamenti per la Sicurezza Sociale. Le possibilità erano due: o il datore di lavoro non lo aveva fatto o LuAnn Tyler non aveva all'epoca un numero della Sicurezza

Sociale. O entrambe le cose. Donovan si rimise in contatto con la Best Data e ripeté la trafila. Questa volta, la risposta fu diversa. Per quanto concerneva l'Amministrazione, LuAnn Tyler non era mai esistita. Cioè, non aveva mai avuto un suo numero della Sicurezza Sociale. Secondo vicolo cieco. Fu a quel punto che Thomas Donovan decise che era arrivato il momento di affondare il colpo.

Quando tornò a casa quella sera, prese da un dossier il modulo IRS 2848. L'intestazione recitava: *Conferimento di procura legale e rappresentanza.* Considerando la bizantina complessità di quasi tutti i documenti relativi all'Ufficio Federale delle Imposte, il 2848 era relativamente semplice, ma il suo potere era straordinario. Il 2848 consentiva a terzi di ottenere i più riservati documenti fiscali relativi alla persona la cui firma era apposta in calce. D'accordo, si trattava di commettere una piccola illegalità, un po' di dati inventati qui, un po' di firme falsificate là, ma in fondo le intenzioni di Donovan erano nobili, e la sua coscienza tranquilla. Inoltre egli sapeva che l'Ufficio Federale delle Imposte riceveva ogni anno milioni di domande da parte di contribuenti che volevano chiarimenti sui meccanismi di tassazione. Le probabilità che qualcuno si prendesse la briga di controllare l'autenticità di quelle firme erano inferiori a quelle di vincere la Lotteria Nazionale. A quel pensiero, Donovan si lasciò scappare una risatina.

Riempì il modulo a nome Catherine Savage, scrisse il suo numero della Sicurezza Sociale insieme all'ultimo domicilio conosciuto e, *dulcis in fundo,* indicò se stesso come procuratore ai fini fiscali. Naturalmente sotto falso nome. Infine richiese che il fisco gli spedisse le dichiarazioni dei redditi di Catherine Savage degli ultimi tre anni.

Due mesi dopo aver spedito la domanda, e a seguito di numerose telefonate, Thomas Donovan poteva dirsi soddisfatto dei risultati. A giudicare dalla dichiarazione dei redditi dell'anno precedente, quaranta pagine zeppe di cifre con tanti zeri, Catherine Savage era una donna dalla ricchezza favolosa. Donovan aveva richiesto le dichiarazioni degli ultimi tre anni, ma il fisco gli aveva mandato solo quella dell'ultimo perché era l'unica che Catherine Savage avesse presentato. L'unica in assoluto. Donovan, quale procuratore legale della contribuente in questione, non ci aveva messo molto ad aprirsi la strada in quel labirinto per addetti ai lavori. Un funzionario cordiale e disponibile aveva risposto a tutte le sue domande.

Nell'ambito dell'Ufficio Federale delle Imposte, Catherine Savage era una specie di superstar. Una cittadina americana che presentava la sua prima dichiarazione dei redditi all'età di trent'anni denunciando guadagni per centinaia di milioni di dollari bastava e avanzava per scuotere dal proprio letargo perfino il più anonimo burocrate. Ma nel caso di Catherine Savage, tutte le indagini e gli accertamenti del fisco si erano conclusi in fretta. Questo perché, venne detto a Donovan, tutte le loro domande avevano ricevuto risposte perfettamente logiche ed esaurienti.

Catherine Savage era nata a Charlottesville, Virginia. Aveva lasciato gli Stati Uniti da bambina, in seguito all'espansione degli affari di suo padre all'estero. Durante la sua residenza in Francia, Catherine aveva sposato un ricco imprenditore tedesco residente nel Principato di Monaco. L'uomo era morto due anni prima e la sua fortuna era passata in blocco alla giovane vedova. Adesso, Catherine Savage, cittadina americana con il completo controllo della fortuna accumulata da altri ma diventata sua, aveva cominciato a pagare le tasse nella sua terra d'origine. Tutti i numerosi documenti fiscali di Catherine Savage erano perfettamente in regola, cristallini. Su questo, il funzionario fu inamovibile: per quanto concerneva il fisco americano, Catherine Savage era un'onesta e responsabile cittadina degli Stati Uniti che, pur trovandosi all'estero, pagava le tasse in modo altrettanto onesto e responsabile.

C'era poi un ultimo elemento. Di recente, il fisco aveva ricevuto da parte di Chaterine Savage la segnalazione di un cambiamento di indirizzo: l'onesta e responsabile signora era rientrata negli Stati Uniti. Era andata a stabilirsi proprio nel suo luogo di nascita, Charlottesville, in Virginia. La stessa città in cui era nata la madre di LuAnn Tyler.

Per Donovan era un po' troppo per essere solo una clamorosa coincidenza. La realtà gli parve chiara: LuAnn Tyler era tornata a casa. E visto che a quel punto lui, sulla carta, la conosceva così intimamente, decise che era tempo di incontrarla davvero.

22

Seduto nel suo furgone pick-up fermo sul ciglio di una secca curva della strada, Matthew Riggs stava studiando attentamente il paesaggio.

Il suo potente binocolo telemetrico Steiner indugiava su un terreno in pendenza, ricoperto da un fitto bosco. Un terreno impenetrabile. Alla destra di Riggs, l'asfalto di una tortuosa strada privata si dipanava per più di mezzo chilometro fino a un'intersezione a T con la strada sulla quale lui ora si trovava. Al di là, questo lo sapeva, si ergeva una sontuosa villa di campagna con una splendida veduta sulle montagne circostanti. Una villa che non poteva essere vista da nessuna angolazione. Solamente dall'alto. Il che ripropose a Riggs la medesima domanda alla quale non era ancora riuscito a trovare una valida risposta: se la natura stessa formava già una barriera attorno alla casa, per quale ragione il proprietario era pronto a spendere una montagna di soldi per tirare su una recinzione di sicurezza?

Riggs si strinse nelle spalle, infilò un paio di spessi scarponi Overland e smontò dal potente furgone pick-up, affrontando il vento freddo da nordest. Inspirò a fondo l'aria pulita, si stiracchiò e prima di infilare un paio di guanti di pelle si passò le dita tra i capelli castani ribelli.

Avrebbe impiegato almeno un'ora per coprire a piedi la distanza fino a quello che sarebbe stato il lato frontale della recinzione. Secondo il progetto, si sarebbe trattato di una recinzione alta più di due metri, con pilastri di solido acciaio verniciato a fuoco infissi in blocchi di cemento per sessanta centimetri. Sarebbe stata disseminata di sensori elettronici e dotata alla sommità di punte affilate. I cancelli d'accesso sarebbero stati sostenuti da pilastri in cemento armato spessi un metro e mezzo e alti due, con rivestimento esterno in finto mattone. Il sistema di sicurezza sarebbe stato dotato anche di telecamere a circuito chiuso, e di uno sbarramento meccanico ad alta resistenza per i cancelli. Solamente un urto frontale da parte di un carro armato sarebbe riuscito a sfondarli. Forse. Nessuno sarebbe stato in grado di entrare senza il permesso del proprietario. Permesso che, da quanto Riggs poteva capire, non sarebbe stato concesso troppo di frequente.

Circondata dalla Contea di Nelson a sudovest, da quella di Greene a nord, e da quelle di Fluvanna e Louisa a sud, la Contea di Albemarle, in Virginia, ospitava parecchia gente ricca, tra cui anche delle celebrità. Ma in comune, tutti avevano la stessa necessità: *privacy*. E per garantirsela, tutti erano più che pronti a pagare. Per certi versi, Matthew Riggs non era completamente sorpreso dalle precauzioni che gli avevano chiesto di approntare. Tutti i contatti erano stati tenuti attraverso un amministratore fiduciario. Se qualcuno poteva permettersi di affrontare il costo di una recinzione del genere, qualcosa dell'ordine di svariate centinaia di migliaia di dollari, verosimilmente aveva di meglio da fare che non due chiacchiere con l'amichevole costruttore di turno.

Binocolo appeso al collo, Riggs scese lungo la strada fino a imboccare uno stretto sentiero che conduceva nel folto del bosco. Aveva già chiari in mente i due principali problemi di questo particolare lavoro. Primo: portare il macchinario pesante su un terreno così ostile. Secondo: riuscire a far lavorare le sue squadre in un ambiente così difficile. Colare cemento armato, perforare il fianco della collina, sgombrare il terreno del sottobosco, tirare su pali d'acciaio e costruire la recinzione erano tutte operazioni che richiedevano spazio per manovrare. E loro non lo avevano.

Riggs era ben contento di aver fatto aggiungere al contratto un generoso bonus per sé e per i suoi uomini, più una quota altrettanto generosa per coprire gli eventuali imprevisti, perché su quel tipo di terreno, imprevisti ce ne sarebbero stati anche troppi. Il bello era che il proprietario non aveva nemmeno tentato di contrattare. Riggs aveva sparato una cifra da capogiro e l'amministratore fiduciario l'aveva accettata senza nemmeno battere ciglio. Per Matthew Riggs, questa sarebbe stata un'annata di guadagni record nei tre anni di rapida crescita della sua ancora giovane impresa.

Si mise al lavoro.

La BMW emerse dall'imboccatura scura dell'ampio garage e imboccò la strada privata. Palizzate di legno di quercia dipinte di bianco costeggiavano entrambi i lati della strada che attraversava la proprietà. La maggior parte del terreno aperto era circoscritto da una recinzione simile, il cui tracciato brillante contrastava con il verde intenso del prato.

Erano le sette del mattino, e il basso ruggito del motore a otto cilindri era l'unico suono nella quiete del paesaggio. Queste uscite in macchina alla mattina presto erano diventate per LuAnn una specie di rituale, quasi una progressiva immersione in quello che stava diventando il suo nuovo mondo. Diede un'occhiata alla casa dallo specchietto retrovisore, mentre si allontanava. Costruita in pietra della Pennsylvania, con mattoni a vista segnati dal tempo e dagli elementi, un vasto porticato esterno con lisce colonne bianche, gronde d'ottone in stile antico che scendevano dal tetto color ossidiana e portefinestre ad arco, Wicken's Hunt era una struttura imponente ed elegante a un tempo.

LuAnn riportò lo sguardo sulla strada. Alzò di colpo il piede dall'acceleratore e rallentò.

Un uomo era spuntato inaspettatamente dal bordo della strada e faceva ampi gesti con le braccia, indicandole di fermarsi. LuAnn arrestò la BMW a pochi metri da lui e lo osservò mentre veniva a chinarsi sul finestrino di guida. Abbassò il cristallo di qualche centimetro e con la coda dell'occhio notò una Honda nera ferma poco più in là sul ciglio della strada.

LuAnn tornò a fissare quell'intruso piena di sospetto, con il piede già sull'acceleratore, pronta a sgommare. L'uomo era di mezza età e aveva un'aria innocente, la corporatura minuta, e il volto incorniciato da una fitta barba sale e pepe.

— Qualche problema? — chiese LuAnn pronta a cogliere il minimo movimento sospetto.

— Credo di essermi perso. È quella la villa dei Brillstein? — domandò l'uomo indicando la villa poco distante.

LuAnn evitò di guardarlo negli occhi. — Questa è proprietà privata. Si chiama Wicken's Hunt e noi siamo i nuovi proprietari.

L'uomo si protese quasi a ridosso del finestrino. — Magari lei può aiutarmi lo stesso.

— Chi sta cercando?

— LuAnn Tyler, di Rikersville, in Georgia.

La donna divenne terrea, contrasse le dita sul volante e si sentì mancare il fiato. In quello stesso istante Thomas Donovan seppe di aver fatto centro. Si sporse con le labbra quasi a contatto con il cristallo. — Okay, LuAnn mi ascolti! Devo parlarle! È molto import...

LuAnn schiacciò l'acceleratore a tavoletta e Donovan dovette schizzare indietro, per evitare che due tonnellate d'acciaio tedesco gli passassero sui piedi. — Ehi! — riuscì appena a gridarle dietro mentre la BMW si allontanava a tutta velocità. Si precipitò al volante della Honda, avviò il motore e partì all'inseguimento.

Donovan aveva controllato l'elenco degli abbonati telefonici di Charlottesville, ma non risultava nessuna Catherine Savage. Non che ci contasse molto. Così aveva deciso un approccio frontale, forse non il più discreto, di certo il più efficace. Aveva sorvegliato la casa per giorni e giorni, prendendo nota delle uscite in macchina che la donna faceva ogni mattina presto fino a stabilire il giorno del contatto. Sparare a bruciapelo quel nome e cognome era l'unico modo per sapere subito la verità. E ora Thomas Donovan sapeva che LuAnn Tyler *era* Catherine Savage.

Dall'epoca delle foto e della videocassetta relativi alla conferenza stampa di dieci anni prima, LuAnn Tyler era cambiata di parecchio. Tante piccole metamorfosi che avevano creato una donna completamente diversa. Se Donovan non l'avesse vista impallidire e fuggire spaventata, ora non avrebbe avuto quella fondamentale certezza.

La BMW era un'ombra argentea in rapido movimento sul nastro scuro della strada. Donovan scalò marcia e affrontò una delle curve strette inerpicandosi su un ennesimo crinale, mentre la sua Honda, più piccola e maneggevole, guadagnava terreno. Non gli era mai piaciuto giocare a fare il temerario, neanche durante i suoi anni da reporter in prima linea, tanto meno adesso. In ogni caso, doveva fare in modo che LuAnn Tyler lo ascoltasse, e farsi raccontare la sua storia. Per trovarla, Thomas Donovan aveva impiegato mesi interi, e davvero non poteva permettersi di lasciarsela sfuggire.

Matthew Riggs si fermò un momento e studiò nuovamente il terreno. Quell'aria era così pura, quel cielo così azzurro e quella quiete così eterea che ancora stentava a rendersi conto del perché avesse aspettato tanto per voltare le spalle alla nevrosi della grande città. Con tutti quegli anni passati in mezzo a milioni di individui troppo frenetici e troppo aggressivi, avere ora l'impressione di essere l'unico uomo rimasto sulla faccia della Terra era molto più rilassante di quanto avrebbe mai potuto immaginare. Si frugò nelle tasche del giaccone, alla ricerca della mappa della proprietà.

Nel silenzio di quel paesaggio, il ruggito dei motori su di giri gli parve l'esplosione di una bomba. Due auto, ombre metalliche seminascoste dagli alberi, erano lanciate lungo la strada fra le colline. Una piccola vettura nera, di potenza inferiore ma più maneggevole, era all'inseguimento di una grossa BMW berlina. Considerando la velocità alla quale stavano andando, Matt Riggs era pronto a scommettere che sarebbero entrambe finite a schiantarsi contro un albero o a cappottarsi in uno dei ripidi fossati a lato della strada.

Riggs puntò il binocolo sulla BMW e sulla donna che era alla guida. Notò l'espressione di cieco terrore che le alterava i lineamenti. L'uomo nella Honda inseguitrice era più calmo e molto più determinato. Tutta una serie di circuiti si chiusero nella mente di Matt Riggs, echi di qualcosa che lui stesso aveva vissuto in un passato perduto ma mai dimenticato.

Tornò di corsa al furgone, saltò al volante e avviò il motore. Non aveva un piano d'azione preciso, né tempo per elaborarlo. Di solito aveva un calibro 12 a pompa nella rastrelliera del lunotto posteriore, per tenere a bada i serpenti, ma quel giorno l'aveva dimenticato. Nel retro del veicolo aveva comunque un piede di porco e delle pale, ma si augurò di non doverli usare.

Mentre procedeva a tutta velocità sulla strada principale, le due macchine gli sbucarono davanti svoltando dalla strada privata. La BMW aveva fatto la curva al limite della tenuta di strada, praticamente su due ruote sole. Nel rettilineo successivo, i suoi trecento cavalli e oltre aprirono un varco di oltre duecento metri rispetto alla macchina inseguitrice. Non sarebbe durato, Riggs questo lo sapeva, e si augurò che anche la donna alla guida della BMW lo sapesse. C'era un'altra curva appena più avanti, una pericolosissima curva a gomito. Affrontarla oltre i cinquanta orari significava finire dritti fuori strada giù per uno strapiombo o alla meglio contro uno sbarramento di alberi secolari.

Riggs schiacciò sull'acceleratore, con il suo furgone che divorava l'asfalto, riducendo la distanza con la Honda nera. Il guidatore non lo vide arrivare, concentrato com'era sulla sua preda. Riggs lo superò agevolmente sulla sinistra e gli si piazzò davanti, rallentando fin sotto i trenta chilometri orari. Il guidatore della Honda si attaccò al clacson, agitando il pugno fuori dal finestrino. Riggs non se ne curò, e continuò a occupare il centro della corsia, bloccando il passo alla Honda. Riggs ebbe l'impressione che la donna nella BMW si fosse accorta di quella manovra e cercò anche di farle capire di rallentare, prima che la BMW scomparisse al di là di un altro dosso.

Il furgone e la Honda continuarono a lottare per il possesso della strada. I pneumatici di sinistra del veicolo di Riggs affondarono spesso nella banchina sul lato opposto della carreggiata, mandando raffiche di pietrisco nel fossato. L'inseguitore cercava di infilarsi in ogni possibile corridoio, ma Riggs sbandando bruscamente e ricorrendo al controsterzo chiudeva prontamente ogni varco, attingendo all'esperienza che aveva maturato in condizioni ben più pericolose di questa. Poco dopo i due veicoli affrontarono la temuta curva a gomito. C'era un baratro sulla destra: sessanta metri di strapiombo su un fondo irto di rocce. Riggs allungò il collo e pregò di non vedere il rottame della BMW. Non lo vide. Ciò che vide fu il breve, folgorante riflesso del sole sui cristalli della veloce auto tedesca, almeno due chilometri più avanti, prima che scomparisse definitivamente dal paesaggio. Quella donna non aveva certo bisogno di lezioni di guida ad alta velocità.

Riggs aprì il cassetto del cruscotto e prese il telefono cellulare. Stava cominciando a comporre il numero della polizia quando un forte impatto scosse il pick-up. Il cellulare gli volò di mano, picchiò contro il bordo del cruscotto e si aprì in due. L'uomo della Honda lo aveva tamponato.

Riggs bestemmiò a denti stretti, serrando le dita sul volante, come per scuotersi di dosso la botta. La Honda si fece sentire di nuovo, ancora più duramente, ma stavolta i due paraurti finirono per agganciarsi uno all'altro in uno stridente abbraccio meccanico. Nello specchietto, Riggs vide l'uomo allungare a sua volta una mano verso il cassetto della plancia. Non attese di scoprire quello che ne avrebbe tirato fuori, si bloccò, innestò la retromarcia e diede piena potenza. Il pick-up adesso stava spingendo la Honda in una improvvisa e sussultante ritirata lungo la strada, di nuovo verso la curva a gomito. E non c'erano più rabbia e frustrazione sulla faccia barbuta del guidatore della Honda. C'era panico.

Giunti alla curva, Riggs rallentò, dando nel contempo un solido colpo di sterzo verso la parete di roccia a lato della strada. Nel forte impatto, il paraurti frontale della Honda venne strappato via e l'abbraccio meccanico dei due veicoli si spezzò.

Dopo essersi assicurato con un'occhiata che il guidatore della Honda non fosse ferito, Riggs innestò la prima e accelerò, per tornare nella scia della BMW. La Honda non aveva ripreso l'inseguimento. O era stata messa fuori combattimento, o il suo pilota aveva rinunciato.

La scarica di adrenalina ci mise un po' per esaurirsi. Il passato perduto ma non dimenticato di Matt Riggs era lontano cinque anni. Ma quegli ultimi cinque minuti avevano ridestato il ricordo di quante volte lui stesso era andato fin troppo vicino al limite estremo. Là, nelle verdi e umide colline della Virginia, avrebbe onestamente preferito evitare di rinfrescare quel tipo di ricordi.

Il paraurti danneggiato del pick-up si era in parte staccato e ora penzolava sferragliando sull'asfalto. Riggs rallentò fino a fermarsi. Inseguire la BMW nel labirinto di strade e stradine della zona sarebbe stato nient'altro che una perdita di tempo. Annotò il numero di targa di entrambe le auto. Aveva un'idea ragionevolmente precisa di chi fosse la donna: era quella che viveva nella grande casa. Forse era lei che lo aveva assunto per erigere la barriera da molte centinaia di migliaia di dollari.

Riggs ricordò l'espressione di cieco terrore sul volto della donna.

L'esistenza di quella barriera cominciava ad avere senso.

23

La BMW era ferma sul ciglio della strada, a molti chilometri di distanza dal punto in cui la Honda e il pick-up si erano scornati. Il motore era acceso e la portiera del guidatore aperta.

LuAnn Tyler camminava avanti e indietro sull'asfalto. Pareva una tigre inferocita intenta a misurare l'interno di una gabbia senza sbarre. Il suo respiro si condensava in esili nuvolette biancastre, disperdendosi verso il cielo privo di nubi.

La paura se n'era andata, ma la paura era sempre la prima ad andarsene. Rimanevano la confusione e la frustrazione. E la rabbia. Arieti invisibili che non si ritiravano mai troppo facilmente, LuAnn lo aveva imparato. Ma farci i conti non era mai stata un'impresa facile per lei.

A trent'anni, LuAnn Tyler conservava l'energia e l'impulsività di quand'era ragazzina. Con il passare del tempo aveva acquisito una bellezza più completa e matura. Il corpo era diventato più asciutto e la vita più sottile, facendola apparire ancora più alta. I capelli, di nuovo lunghi, avevano perso le sfumature ramate per assumere quelle del biondo scuro e un taglio sofisticato esaltava i lineamenti ben definiti e quasi aristocratici del volto. Anni di costosi interventi odontoiatrici avevano reso la dentatura pressoché perfetta. Anche la linea del naso, dopo una chirurgia plastica di piccola entità, era invidiabile. Un'unica imperfezione era rimasta: la cicatrice lasciata sul mento dal coltello.

LuAnn non aveva seguito il consiglio di Jackson in proposito e si era limitata a farsi applicare dei punti sulla ferita, ma la cicatrice non se ne era andata. Si trattava di una traccia quasi invisibile, ma ogni volta che LuAnn Tyler incontrava la propria immagine allo specchio, la cicatrice era lì a ricordarle da dove veniva e in che modo era arrivata. Un segno maledetto che la legava a un passato ugualmente maledetto. Ed era esattamente per questo che LuAnn aveva scelto di non cancellarlo, per continuare a ricordare la sofferenza e il dolore del passato.

La gente che l'aveva conosciuta allora, quasi certamente l'avrebbe riconosciuta anche adesso. Tuttavia LuAnn Tyler non aveva la minima intenzione di incontrare nessuno di loro. Le rare volte che decideva di avventurarsi nel mondo esterno, si riparava ossessivamente con un cappello a tesa larga e un paio di occhiali scuri. Una vita in fuga, piena di sotterfugi e disseminata di nascondigli.

LuAnn si sedette nuovamente sul sedile di guida, lasciando scorrere le dita sul cuoio che ricopriva il volante. Guardò nuovamente la strada alle sue spalle. Nessun movimento e nessun rumore, a parte il basso rombo del motore della BMW. E il suo respiro incerto. LuAnn si strinse nella giacca di pelle, chiuse la portiera e bloccò le serrature. Alla fine, trovò la forza per rimettersi in movimento, ma le fu difficile concentrarsi sulla guida.

I suoi pensieri andavano all'uomo del pick-up che aveva deciso di venirle in aiuto. Chi era? Perché lo aveva fatto? Si trattava solo di un buon samaritano trovatosi nel posto giusto al momento giusto, oppure aveva ben altre intenzioni?

LuAnn si fermò di nuovo e osservò il paesaggio. Forse era di nuovo vittima della sua cronica paranoia. Dopo un'esistenza trascorsa in fuga, la paranoia era diventata una fitta rete, attraverso le cui maglie tutto veniva filtrato e quindi esaminato, valutato, scomposto. Qualsiasi incontro veniva assimilato, digerito, vagliato. Il tutto dipendeva da una semplice quanto angosciante e implacabile paura: quella di essere scoperta.

LuAnn Tyler trasse un profondo respiro e si domandò per

la centesima volta se non avesse compiuto un catastrofico errore a violare il suo contratto con Jackson e a fare ritorno negli Stati Uniti.

Tornando indietro lungo la strada tra le colline, Matt Riggs aveva tenuto gli occhi ben aperti, senza vedere traccia né della Honda nera né del suo guidatore. Adesso stava risalendo la piccola strada privata. Doveva trovare un telefono, e il più vicino doveva essere nella grande casa. Dopotutto, aveva aiutato la donna della BMW. Una telefonata non era poi chiedere la luna. E nemmeno gli sarebbe dispiaciuto capire qualcosa di più di quello che era appena successo.

Nessuno lo fermò mentre si avvicinava alla casa. Pareva non esserci alcun tipo di sorveglianza. Era sorprendente: da un lato, questa gente voleva asserragliarsi dietro una recinzione alta quattro metri, dall'altro, chiunque poteva arrivargli dritto in casa. Dal momento che con l'amministratore si era incontrato in città, questa era la sua prima visita a quella casa.

Wicken's Hunt era una delle residenze più belle della zona. Era stata eretta nei primi anni Venti, con una solidità costruttiva e un'attenzione ai dettagli che ormai erano più che rare. Il suo primo proprietario, un magnate di Wall Street che intendeva usarla come residenza estiva, aveva pensato bene di fare un bel tuffo dal cinquantesimo piano di un grattacielo di New York durante il "Lunedì Nero" del 1929. Dopo svariati passaggi di proprietà, Wicken's Hunt era rimasta sul mercato immobiliare della Virginia per sei anni prima di essere nuovamente venduta. Anche per le ristrutturazioni il nuovo proprietario non aveva badato a spese. I vari direttori dei lavori con i quali Riggs aveva parlato erano rimasti impressionati dalla bellezza e dall'unicità della struttura.

Un altro aspetto in qualche modo singolare era che nessuno aveva mai visto il nuovo proprietario. Sebbene il trasloco dovesse essere stato imponente, sembrava che si fosse svolto nella notte, perché nessuno nei dintorni pareva essersene accorto. Riggs aveva verificato gli archivi del catasto: altro vicolo cieco. Wicken's Hunt era stata acquistata da una società quanto mai misteriosa. Anche i soliti canali delle chiacchiere della contea rimanevano chiusi in un silenzio perplesso. L'unico indizio utile era che la scuola St. Anne's-Belfield, il più esclusivo istituto privato del circondario, aveva ammesso una nuova allieva: Lisa Marie Savage, di dieci anni, la quale aveva dato Wicken's Hunt come indirizzo di casa.

Girava però la voce che una donna alta e attraente, il volto quasi sempre nascosto da un cappello a tesa larga e da occhiali scuri, andasse ad accompagnare e a prendere la ragazzina a scuola. Molto più spesso, a venirla a prendere era un uomo di mezza età dalla corporatura di un giocatore di football. Strana famigliola. Alla scuola Riggs aveva parecchi amici, ma nessuno di loro aveva detto alcunché a proposito di quella donna.

Dopo un'ultima curva, Riggs si trovò al cospetto di Wicken's Hunt: un'imponente villa a tre piani, con un ampio frontale che si affacciava su una splendida fontana di pietra. In quel freddo mattino di un autunno precoce, nessun getto d'acqua saliva verso il cielo. I giardini tutt'attorno erano tanto rigogliosi e ben tenuti quanto lo era la casa. Là dove le piante a ciclo annuale e a tarda sbocciatura non ce l'avevano fatta, erano state sostituite da sempreverdi e da alberi a fogliame più resistente.

Riggs percorse con il suo malridotto pick-up il vialetto semicircolare che aggirava la fontana e si fermò davanti all'ingresso. Scese, accertandosi che l'appunto con i numeri di targa fosse ancora nella tasca. Avvicinandosi alla porta si chiedeva se una dimora simile avesse un campanello o se un maggiordomo in livrea sarebbe magicamente apparso ad aprirgli, quando una voce emerse da un citofono incassato nel muro accanto alla porta.

— Posso esserle d'aiuto?

La voce pareva quella di un uomo grande e massiccio. Forse anche minaccioso.

— Mi chiamo Matthew Riggs. La mia ditta è stata incaricata di costruire la recinzione lungo il perimetro di questa proprietà.

— Congratulazioni.

La porta restava chiusa. Riggs corrugò la fronte. Arretrando di un passo prese a studiare il monumentale ingresso. Sistemata sulla chiave di volta, notò la telecamera di sorveglianza a circuito chiuso. Salutò con la mano.

— Posso esserle d'aiuto? — ripeté la voce di prima.

— Vorrei usare il telefono.

— Non credo sia possibile.

— Io direi che dovrebbe essere possibile — riprese Matthew Riggs un tantino scocciato. — Poco fa ho mezzo sfondato il mio furgone per liquidare una macchina che stava dando la caccia a una lussuosa BMW la quale, a meno che non abbia le traveggole, è spuntata proprio da questa bella casa. Tutto quello che voglio è assicurarmi che la donna che guidava la BMW stia bene. Aveva un'aria decisamente spaventata l'ultima volta che l'ho vista.

Questa volta la serratura elettrica scattò, e finalmente il portone di Wicken's Hunt si aprì. L'uomo che apparve sulla soglia era alto quanto Riggs, ma di spalle era largo il doppio. Un uomo ben oltre la sessantina, leggermente zoppicante, come se gli stessero progressivamente cedendo le ginocchia. Con il suo metro e ottantacinque per novanta chili di peso, Riggs non era esattamente un fuscello. Eppure quell'uomo dai lineamenti marcati non avrebbe avuto difficoltà a spezzargli la schiena. Evidentemente doveva essere il tizio anziano che si presentava a scuola a prendere Lisa Marie Savage.

— Di che diavolo parla?

— Stavo compiendo un sopralluogo tecnico lungo il perimetro della proprietà — iniziò Riggs indicando le colline con un gesto vago — quando a un certo punto è saltata fuori questa BMW, con al volante una bionda spaventata a morte. Aveva alle calcagna una Honda Accord nera del '92 o '93. La guidava un tizio che doveva avere le idee molto chiare.

— E la donna? — domandò l'altro protendendosi un poco. — Stava bene, la donna?

Riggs arretrò d'istinto, improvvisamente guardingo. Voleva capirci qualcosa prima di lasciarlo avvicinare troppo. Per quanto ne sapeva, questo tizio e il balordo della Honda potevano essere in combutta.

— Credo di sì. Mi sono messo tra le due auto e alla fine mi sono ritrovato il furgone ridotto a un catorcio. — Riggs si massaggiò il collo che stava cominciando a irrigidirsi per effetto dei tamponamenti. Quella sera avrebbe dovuto metterci su qualcosa.

— Penseremo noi al suo furgone. Dov'è la donna?

— Mi stia a sentire, non sono venuto qui per chiedere i danni, signor...

— Charlie — il tizio gli offrì la destra. — Può chiamarmi Charlie.

Riggs accettò la stretta, e subito si rese conto di aver fatto un gran bene a non sottovalutare la forza dell'uomo: la sua stretta pareva quella di una pinza meccanica. Difficile dire se fosse solo teso per la sorte della donna o se invece fosse sua abitudine stritolare regolarmente le mani dei visitatori.

— E lei può chiamarmi Matt. Da quanto ho potuto vedere, la donna stava bene. Ma volevo fare una telefonata in ogni caso.

— Che telefonata?

— Alla polizia. Quel tipo della Honda se n'è infischiato di un bel po' di norme del codice della strada. Completando il tutto con almeno un paio di reati penali. È un vero peccato che io non sia riuscito a leggergli i suoi diritti.

Charlie parve oscurarsi. — Parla come un agente, Matt.

— Facevo qualcosa del genere, un po' di tempo fa. Comunque ho preso le targhe di entrambe le auto — si affrettò ad aggiungere Riggs sorvolando su quel commento. — E ho supposto che la donna nella BMW provenisse da qui.

Rimasero a fissarsi, Charlie nella sua maschera di inespressività, Riggs che cercava di vedere oltre.

— È lei la proprietaria di questa casa — disse infine Charlie.

— Cosa mi dice della Honda?

— Mai vista nessuna Honda.

— Forse il tizio la stava aspettando un po' più giù sulla strada privata — Riggs fece un cenno dietro di sé. — Non c'è nessuna barriera.

— È per questo che le abbiamo affidato l'incarico di costruire recinzione e cancelli. — C'era una certa durezza negli occhi di Charlie.

— Ottima idea, considerando gli eventi di oggi. Il punto è che ho ricevuto il contratto firmato soltanto ieri. Io lavoro in fretta, questo è vero, ma non così in fretta.

Charlie annuì lentamente alla logica replica di Riggs, e distolse lo sguardo.

— Allora, Charlie, come la mettiamo con quella telefonata? — riattaccò Riggs avanzando di un passo. — So riconoscere un tentativo di rapimento quando ne vedo uno. — Alzò gli occhi sulla principesca facciata di Wicken's Hunt. — E non mi stupisce che a qualcuno sia venuta questa idea...

Charlie sospirò: si ritrovava di fronte a un bivio. Era carico di angoscia alla sola idea che fosse accaduto qualcosa a LuAnn... *Catherine*, si corresse mentalmente; a dispetto dei dieci anni ormai trascorsi, continuava a non avere dimestichezza con il nome falso di lei. Ma non meno angosciante era l'idea di mettere di mezzo la polizia.

— Chi è lei, Charlie — domandò improvvisamente Riggs. — Un amico, un parente?

— Un po' l'uno, un po' l'altro... — disse Charlie con una certa fierezza, mentre il suo sguardo si spostava oltre le spalle di Riggs e un ampio sorriso inondava il suo volto. Riggs si girò a sua volta. La BMW era apparsa sul vialetto di accesso alla villa. Entrambi osservarono LuAnn Tyler scendere dall'auto, scoccare una rapida occhiata al paraurti malconcio del pick-up di Riggs e raggiungere l'ingresso a passi rapidi.

— Quest'uomo — Charlie accennò a Riggs — sostiene che hai avuto qualche problema.

L'uomo in questione le offrì la mano. — Matt Riggs.

Lei la strinse, in modo deciso. Una stretta appena meno forte di quella di Charlie.

Con i tacchi degli stivali era alta quasi quanto lui. Attraverso le lenti del binocolo telemetrico, Riggs aveva avuto l'immagine di una donna molto bella, ma a distanza ravvicinata, era da mozzare il fiato. I capelli, lunghi e serici, erano striati di biondo, e la luce del sole che spioveva dalle colline pareva accendere quelle ciocche come se fossero di filigrana dorata. Il volto e la carnagione erano dotate di una perfezione che pareva innaturale, eppure quella donna era troppo giovane perché un chirurgo plastico vi avesse già messo mano. E poi nessun chirurgo plastico avrebbe tralasciato quella cicatrice sul mento. Un elemento deviante, fuori posto in una donna tanto perfetta. Matt Riggs ne rimase al contempo sorpreso e incuriosito: di quelle cicatrici ne aveva viste a sufficienza per sapere che erano dovute a un coltello a lama seghettata. La maggior parte delle donne che Riggs aveva incontrato, specialmente se danarose come lei, avrebbero speso tutto quello che c'era da spendere per farla sparire. Ma questa donna era diversa. Ogni cosa in lei, a partire dai calmi e determinati occhi azzurri che incontrarono quelli di Riggs dopo averne valutato il corpo atletico, era diversa.

— Lieto di vedere che sta bene — disse Riggs. — Ho preso il numero di targa della Honda. Volevo chiamare la polizia, ma quel fesso mi è venuto addosso e il mio telefono cellulare è andato in mille pezzi. In ogni caso, doveva essere una macchina rubata. Però sono riuscito a dare una buona occhiata a quel tipo. Charlottesville è un posto piccolo e se ci muoviamo in fretta dovremmo essere in grado d'inchiodarlo.

— Di che cosa sta parlando, signor Riggs? — chiese LuAnn con espressione confusa.

— Ma dell'auto che la stava inseguendo...

LuAnn e Charlie si scambiarono un'occhiata. Riggs non riuscì a notare alcun tacito segnale fluire tra loro.

— Tutto quello che ho visto io — disse LuAnn indicando il pick-up danneggiato — erano quel veicolo e un'altra macchina che ne facevano di tutti i colori su una strada di collina. Ma non mi sono fermata a fare domande, non era nulla che mi riguardasse.

— Intendiamoci su un punto, signora. — Riggs non riusciva a crederci. — Quella Honda stava cercando di far finire lei e la sua bella macchinetta fuori strada. E c'è anche mancato poco che ci entrassi io al suo posto nel Guinness dei primati come relitto automobilistico più irriconoscibile della storia.

— Glielo ripeto, signor Riggs: non so di che cosa lei stia

parlando. Non crede che se qualcuno avesse *cercato di farmi finire fuori strada,* io me ne sarei accorta?

— Quindi lei mi sta dicendo che normalmente guida a centoquaranta all'ora su una stradina tutta curve, solo per divertimento?

— Non credo proprio che il mio modo di guidare la riguardi — ribatté duramente LuAnn. — Al contrario, considerando che lei in questo momento si trova sulla *mia* proprietà privata, riguarda me sapere perché lei è qui.

— È il tizio incaricato di costruire la recinzione — intervenne Charlie.

— In tal caso, signor Riggs, suggerisco che lei torni a concentrarsi sul suo lavoro ed eviti di venire qui a esibire storie su chissà quale fantasioso inseguimento.

Per un momento, Matthew Riggs fu sul punto di esplodere. Poi deglutì a forza e si limitò a un saluto a denti stretti. — Buona giornata, signora — e si avviò verso il suo pick-up.

LuAnn superò Charlie ed entrò in casa senza voltarsi. Charlie allungò a Riggs un'ultima occhiata ambigua prima di chiudere la porta.

Mentre lui risaliva sul pick-up, un'altra auto arrivò di fronte a Wicken's Hunt. La guidava una donna più anziana di nome Sally Beecham. Era la domestica fissa di LuAnn, di ritorno dalla spesa. Parecchie borse del supermarket si ammucchiavano sul sedile posteriore. Sally fece un frettoloso cenno di saluto all'indirizzo di Riggs, e lui contraccambiò non celando il proprio umore nero, poi eseguì un'inversione a U con i pneumatici che facevano schizzare raffiche di ghiaia. Sally non ci fece troppo caso e premette un pulsante sul comando a distanza sistemato contro l'aletta parasole. La porta del garage laterale di Wicken's Hunt si sollevò e rivelò un accesso in comunicazione interna con la cucina. Sally Beecham detestava gli sprechi di energia.

Nello specchietto retrovisore, Riggs gettò un ultimo sguardo alla villa. Non vide LuAnn Tyler che lo osservava da una delle molte finestre, le braccia incrociate sul petto e un'espressione determinata, ma anche piena di inquietudine e senso di colpa.

24

La Honda nera deviò dalla strada fra le colline, superò un vecchio ponte di legno che attraversava un torrente gonfiato dalle piogge e svanì tra le ombre della foresta della Virginia. L'antenna della radio urtò contro un ramo più basso e una dispersione di goccioline di rugiada velò il parabrezza. Senza rallentare, Thomas Donovan arrivò a una radura dove sorgeva un malridotto villino di legno, e infilò la macchina nel capanno cadente che sorgeva sul retro. Poi smontò, richiuse le porte di legno scricchiolanti, vi applicò un lucchetto ed entrò in casa. L'interno era saturo dell'odore del legno bagnato.

Si sbarazzò della giacca. Dopo il suo incontro ravvicinato con quel furgone da due tonnellate e mezzo, Donovan si sentiva ancora malfermo sulle gambe. La schiena e il collo gli dolevano sempre più, e cercò di massaggiarseli come poté per trarne qualche sollievo. Poi mise a bollire un bricco d'acqua per il caffè e si accese una sigaretta. Inalò boccate rapide, cariche di nervosismo, guardando fuori dai vetri sporchi e incrinati di una delle basse finestre del villino. Massicci tronchi d'albero, denso sottobosco color verde profondo, la strada che si perdeva nel folto. Nessun movimento, nessuna presenza umana. Si passò una mano sulla fronte. Difficile che fosse stato seguito. Il villino era in un posto isolato e a chi gliel'aveva affittato Donovan non aveva detto il suo vero nome, né perché volesse starci.

Non aveva dato il suo vero nome nemmeno all'agenzia di autonoleggio presso la quale aveva noleggiato la Honda. E meno male. Però era quasi certo che il tizio del furgone avesse preso il numero della targa. Già, e chi era quello lì, un amico di LuAnn Tyler oppure un fortuito cavaliere errante?

Adesso Donovan sarebbe stato costretto a liquidare la Honda. Ma tornare in città per scaricarla all'agenzia, magari scucendo anche i soldi dei danni, sarebbe stato troppo rischioso. E poi tutte le domande ingombranti che sarebbero seguite e le troppe risposte che lui non aveva... No, sarebbe stato costretto a rientrare a Charlottesville in autobus e a prendere una seconda macchina presso un'altra agenzia. E siccome era stato visto, avrebbe dovuto cambiare qualcosa del suo aspetto. Quanto meno, tagliarsi la barba e tingersi i capelli.

Si versò una tazza di caffè fumante ed entrò nell'ambiente principale del villino, nel quale aveva allestito il suo centro operativo. Computer, stampante, telefono e fax occupavano il tavolo. Parecchi scatoloni pieni di documenti erano ordinatamente allineati e impilati in un angolo. Larghe bacheche di sughero con ritagli di giornale, fotografie e annotazioni erano affisse alle pareti.

L'inseguimento in macchina era stato semplicemente stupido, Donovan fu costretto ad ammetterlo con se stesso. Roba da finire disintegrati in mille pezzi in fondo a un burrone. La reazione della Tyler era stata folle, ma forse neanche tanto. Lei era spaventata, e ne aveva tutte le ragioni: cento milioni di dollari, niente tasse pagate per nove anni, una duplice accusa di omicidio, un nome falso... In effetti bastava e avanzava per non volere ficcanaso fra i piedi. Donovan mandò giù una lunga sorsata di caffè, cercando di valutare il tutto a mente fredda.

E se ora LuAnn Tyler fosse sparita di nuovo? L'averla rintracciata dopo dieci anni era stato per metà duro lavoro e per l'altra metà cieca fortuna. E sulla fortuna non poteva contare in futuro. Quanto alla fortuna, be', è cieca. La sola strategia che gli restava era continuare la sorveglianza, aspettare i prossimi eventi e vedere quale piega avrebbero preso.

Il suo piccolo sistema personale di allarme era in funzione. All'aeroporto di Charlottesville, qualcuno lo avrebbe avvertito in caso una donna che rispondesse alla descrizione di LuAnn Tyler fosse partita a nome Catherine Savage. A meno che lei non avesse una seconda identità falsa già pronta, le sarebbe stato molto difficile muoversi in fretta se non come Catherine Savage. E questo avrebbe lasciato tracce. L'altra possibilità era che la Tyler cercasse di squagliarsela via terra, quindi Donovan era costretto a tenere d'occhio Wicken's Hunt. Solo che non poteva farlo ventiquattr'ore su ventiquattro. Avvertire il «Washington Tribune» per chiamare rinforzi non era la più brillante delle idee, specie per uno come lui, abituato a lavorare da solo da trent'anni.

No, avrebbe continuato ad andare avanti senza aiuto, standole addosso come un cane da punta e dandoci dentro per organizzare un altro faccia a faccia. L'avrebbe convinta a passare dalla sua parte, a fidarsi di lui e a collaborare. A dispetto delle convinzioni dello sceriffo Harvey, Donovan non credeva che LuAnn Tyler avesse effettivamente fatto fuori qualcuno. Di una cosa però era certo: LuAnn Tyler, e forse anche altri di quei dodici supervincitori della Lotteria Nazionale di dieci anni prima, aveva qualcosa da nascondere. Era questa la storia che Thomas Donovan voleva. E avrebbe fatto di tutto per averla.

Il fuoco ardeva nel cuore del caminetto di granito.

Pulsanti riflessi rossi danzavano sugli scaffali alti sino al soffitto e carichi di volumi e sui mobili eleganti della grande biblioteca di Wicken's Hunt.

LuAnn sedeva a piedi nudi su un divano di pelle, le gambe raccolte sotto di sé, uno scialle di spesso cotone lavorato sulle spalle. Sul tavolino di fronte a lei c'erano una tazza di tè e una colazione che non erano stati toccati. Sally Beecham, grembiule immacolato sull'inappuntabile uniforme grigia, stava uscendo con il vassoio vuoto. Charlie richiuse la doppia porta ad arco dietro di lei e tornò a sedersi accanto a LuAnn.

— Hai intenzione di parlarmene o no?

Al silenzio di lei, Charlie prese una delle mani di LuAnn tra le proprie: — Sei fredda come il ghiaccio. Bevi un po' di tè, forza.

Charlie si alzò e andò ad attizzare il fuoco fino a quando il calore delle fiamme non gli fece avvampare il volto.

— LuAnn, ascoltami — disse voltandosi. — Come posso aiutarti se non mi parli?

Di nuovo, nessuna risposta. Nel corso di dieci anni, fra di loro si era stabilito un solido legame, attraverso i grandi e piccoli problemi incontrati sulla loro strada. A partire dal momento in cui Charlie le aveva posto una mano sulla spalla nel 747 in decollo da New York in una sera di pioggia, fino a quando il Gulfstream li aveva riportati in America, erano stati inseparabili. Charlie non si chiamava Charlie, si chiamava Robert, Robert Charles. In fondo, Charlie non era poi così lontano dalla realtà. Ma nel tempo il suo vero nome era stato messo nel dimenticatoio. In fondo, nella realtà, che cos'è un nome? Da parte sua, lui la chiamava sempre LuAnn ma solamente e rigorosamente in privato. Lui era il suo amico, il suo partner, il suo confidente. L'unico che avesse, perché esistevano troppe cose che LuAnn non poteva confessare nemmeno a sua figlia.

Charlie tornò a sedersi, reprimendo una smorfia di dolore. Era consapevole che ormai stava cominciando a perdere colpi, nessun dubbio in merito. Il suo corpo accusava l'età, in un processo forse accelerato dagli abusi sul ring di tanto tempo prima. La natura era arrivata a presentargli il conto e il divario di età che lo separava da LuAnn era diventato un abisso: lei adesso aveva trent'anni e lui sessantacinque. Una donna giovane e bella, un vecchio malconcio. Eppure, quel vecchio malconcio per lei avrebbe continuato ad affrontare qualsiasi nemico e a confrontarsi con qualsiasi pericolo. E lo avrebbe fatto con tutta la forza, la decisione e l'intelligenza che gli restavano.

LuAnn lo guardò e capì. E fu questo che la spinse a parlare.

— Avevo appena lasciato la casa e lui mi stava aspettando, proprio in mezzo alla strada. Mi ha fatto segno di fermarmi.

– Cristo... E tu?

— Non sono scesa dalla macchina, ma nemmeno potevo metterlo sotto. Ti garantisco però che se avesse tentato qualsiasi cosa, tipo tirare fuori un'arma, lo avrei fatto di sicuro.

— Mangia qualcosa, LuAnn. Bevi un po' di quel tè caldo — Charlie accavallò lentamente le gambe, azione che gli procurò un'altra smorfia di dolore. — Sei pallida come un cencio.

LuAnn lo accontentò. Mandò giù un paio di bocconi di uova strapazzate e bevve qualche sorso di tè.

— Mi ha fatto cenno di abbassare il finestrino. — Si passò il tovagliolo sulle labbra. — Ho aperto uno spiraglio e gli ho chiesto che cosa volesse.

— Che aspetto aveva?

— Sulla cinquantina, corporatura media, barba brizzolata, carnagione olivastra, occhiali con montatura metallica.

In quei dieci anni, per LuAnn memorizzare ogni piccolo dettaglio delle persone era diventato quasi un riflesso condizionato.

Charlie archiviò mentalmente quella descrizione. — Va' avanti.

— Ha detto che stava cercando la villa dei Brillstein. — LuAnn ebbe un'esitazione, bevve un altro sorso di tè. — Gli ho detto che aveva sbagliato indirizzo.

Charlie si protese verso di lei: — E poi?

Ora LuAnn stava leggermente tremando. — Ha detto che stava cercando *qualcuno*...

— Chi?... *Chi?*

Lo sguardo assente di lei cadde sul pavimento.

Quando rialzò la testa, con un filo di voce rispose: — LuAnn Tyler, di Rikersville, Georgia.

Charlie si abbandonò contro lo schienale del divano. Dopo dieci anni, pensavano di essere stati dimenticati, che il passato fosse stato sepolto.

— Che altro ha detto?

— Che voleva parlarmi. E a quel punto... — LuAnn si umettò le labbra aride e sollevò nuovamente gli occhi su di lui — non ho capito più niente, sono partita a razzo e c'è mancato poco che lo investissi sul serio.

— E lui ti ha inseguita?

LuAnn annuì. — Ho i nervi saldi, Charlie, lo sai, ma ho anch'io i miei limiti. Esci in auto alla mattina presto per fare un giretto rilassante e ti arriva addosso una cosa del genere... — Scosse il capo. — Proprio quando cominciavo a sentirmi bene qui. Jackson non s'era visto, a Lisa piace la scuola, il posto è splendido.

— E quell'altro... Riggs. Dice la verità?

LuAnn si alzò e camminò su e giù davanti al fuoco. D'improvviso si fermò e lasciò scorrere la mano sul dorso di alcuni libri allineati sugli scaffali. Aveva letto pressoché ognuno dei volumi contenuti in quella stanza. Dieci anni d'intensa educazione impartita da insegnanti privati avevano generato una donna raffinata, eclettica e cosmopolita. La sempliciotta del profondo Sud che si era lasciata dietro due cadaveri in una roulotte fatiscente assediata dalla spazzatura era ormai persa nel passato. Ma quelle immagini sporche di sangue sarebbero rimaste per sempre nella sua mente.

— Dice la verità — confermò LuAnn. — Si è davvero buttato nella mischia. Probabilmente sarei riuscita a seminare l'individuo con la barba anche da sola, ma a tutti gli effetti, Riggs è venuto in mio aiuto. Avrei voluto ringraziarlo, però se lo avessi fatto — LuAnn ebbe un moto di rabbia e tornò a sedersi — avrei implicitamente ammesso che qualcosa di strano era effettivamente accaduto.

— Da un punto di vista legale — disse Charlie passandosi una mano sul mento con aria cogitabonda — la frode alla lotteria implica una bella massa di reati. Ma dopo dieci anni sono tutti caduti in prescrizione. Chiunque sia quel tizio, non può farti niente.

— Come la mettiamo con l'accusa di omicidio? Anche quella cade in prescrizione, Charlie?

Lui rimase in silenzio.

— Io ho ucciso un uomo. Legittima difesa, d'accordo. Ma chi mi crederà *ora*?

— La polizia ha smesso di indagare da anni.

— Quindi che cosa suggerisci, che vada a costituirmi?

— Non sto dicendo niente del genere, LuAnn.

— Che cosa stai dicendo, quindi?

— Che forse stai gonfiando un po' troppo l'incidente di stamattina.

LuAnn rimase a osservarlo. Finire in galera per frode o per omicidio non era nemmeno il suo problema più grosso. Dopo un attimo di silenzio improvvisamente disse: — Benjamin Herbert Tyler.

Charlie corrugò la fronte. — Chi?

— Mio padre — spiegò LuAnn. — In tutta la sua miserabile esistenza, non mi ha mai detto una sola parola di verità. Ce l'ha sempre messa tutta per fare in modo che mi sentissi come l'ultimo essere sulla faccia della Terra. Nell'attimo stesso in cui riuscivo a mettere insieme un briciolo di stima per me stessa, faceva di tutto per demolirlo. A sentire Benjamin Herbert Tyler, ero buona solamente per vestire sexy e per sfornare bambini.

— So che per te le cose non sono state facili, LuAnn...

— Quello che forse non sai è che ho giurato, Charlie, che mai avrei riservato un trattamento simile ai miei figli. L'ho giurato su Dio, sulla Bibbia e sulla tomba di mia madre. L'ho giurato a Lisa sussurrandoglielo nell'orecchio ogni notte, ogni singola notte per i suoi primi sei mesi di vita... — LuAnn si alzò di nuovo. — Ma vuoi sapere la *vera* beffa, Charlie? Nemmeno io, in tutta la mia miserabile esistenza, ho mai detto a mia figlia una sola parola di verità. Ogni cosa che Lisa crede di te, di me e della sua stessa vita, non è che una sporca menzogna. Tutto inventato, Charlie. Tutto fasullo. Certo, la frode alla Lotteria Nazionale degli Stati Uniti è caduta in prescrizione. Certo, alla polizia non frega più un accidenti di niente se ho sfondato il cranio a uno spacciatore di droga. Ma se quell'ometto con la barba grigia *sa*, e porta tutto allo scoperto... Allora anche mia figlia saprà! Saprà che sua madre le ha raccontato una montagna di bugie ancora più alta di quella che mio padre possa aver mai raccontato a me. — LuAnn strinse i pugni fino a far sbiancare le nocche. — E se questo accadrà, io finirò col perderla, Charlie. *Io perderò mia figlia!*

— Scusami, LuAnn — Charlie non riuscì a sostenere il suo sguardo. — Non avevo considerato tutto questo...

— E se tutto questo accade, Charlie, finire in galera per me sarà una specie di scampagnata di primavera. Perché io non avrò più mia figlia. E se non avrò più mia figlia, non avrò più ragione di esistere... Nonostante tutto questo — LuAnn accennò alla sontuosa stanza in cui si trovavano. — Più nessuna ragione.

Restarono in silenzio per molto tempo.

Fu Charlie a parlare per primo: — Riggs ha preso i numeri di targa di entrambe le macchine. — Esitò un istante. — E Riggs potrebbe essere un ex poliziotto, LuAnn.

— Magnifico! — esclamò LuAnn roteando gli occhi. — Proprio quello che ci serviva.

— Ascolta, se anche facesse una verifica sulla tua, di targa, troverebbe solamente Catherine Savage residente a Wicken's Hunt. Catherine Savage munita di regolare numero della Sicurezza Sociale, di regolare patente di guida, di regolare tutto quanto. Non ci sono buchi nella tua identità, LuAnn. Non dopo tutti gli anni passati a costruirla.

— Il buco, quello più largo di tutti, è il tizio della Honda.

— Non stiamo parlando del tizio della Honda — ribatté Charlie. — Stiamo parlando di Matthew Riggs. E per lui, tu sei a posto.

— Ma supponi che Riggs si metta a cercare l'altro tizio, che lo trovi e che gli parli.

— Allora saremmo nei guai — ammise Charlie. — E anche grossi.

— E Riggs potrebbe farlo, secondo te?

— Chi lo sa? Di certo non si è bevuto la tua storiella più o meno tranquillizzante. Non hai fatto male a dirgli quello che gli hai detto... Ma un poliziotto rimane sempre un poliziotto. È molto difficile che ci metta una pietra sopra e che se ne dimentichi.

LuAnn si scostò i capelli dalla fronte. — E allora cosa facciamo?

— *Tu* non fai proprio un bel niente, LuAnn. Tu lasci che

sia lo zio Charlie a vedere che cosa può saltar fuori. Siamo già stati parecchie altre volte sul filo del rasoio, se ricordi.

— Ricordo. — LuAnn annuì lentamente e si mordicchiò le labbra nervosamente. — Solo che questo potrebbe essere il rasoio più affilato di tutti.

Matt Riggs salì rapidamente i pochi scalini della vecchia casa vittoriana che aveva meticolosamente restaurato nel corso dell'ultimo anno. Approdando a Charlottesville, aveva portato con sé un'esperienza di alcuni anni di carpenteria. Rimettere quella casa in sesto con le sue mani era stato fondamentale per riuscire a relegare in un ripostiglio buio della sua mente tutto lo stress che stava cercando di scrollarsi di dosso.

Entrò in casa e raggiunse il locale che fungeva da ufficio. Da lì fece una telefonata a Washington: la Honda nera aveva la targa del distretto di Columbia. Tuttavia Riggs non si faceva troppe illusioni in merito, quasi sicuramente questo significava che era un'auto a noleggio oppure rubata. La BMW era tutt'altra storia. Quanto meno, avrebbe scoperto come si chiamava la donna bionda, considerando che né lei né l'uomo di nome Charlie ne avevano fatto menzione. Savage era di sicuro una possibilità: poteva essere la madre o la sorella maggiore della ragazzina Lisa Marie Savage, domiciliata a Wicken's Hunt.

Le risposte non impiegarono molto a pervenirgli. La Honda era stata noleggiata due settimane prima, a nome Tom Jones. *Tom Jones*, che grande originalità. Quanto all'indirizzo, doveva essere tanto reale quanto quello di Tom Jones, poco ma sicuro. La Honda era un vicolo cieco, nulla comunque che Riggs non avesse già intuito.

La BMW forniva invece informazioni più interessanti. Riggs studiò gli appunti che aveva preso nel corso della telefonata. Catherine Savage. Nata a Charlottesville, Virginia. Età trent'anni. Controllato il numero della Sicurezza Sociale, l'indirizzo risultava corretto: Wicken's Hunt. Nubile, ottimo credito bancario, nessun precedente penale, niente di strano nel suo passato. Che splendida invenzione erano i computer! Però...

Riggs ritornò sull'età: trent'anni... In una specie di castello circondato da centoventi ettari di foreste e di colline. Prezzo richiesto: sei milioni di dollari. Se la signorina Catherine Savage aveva giocato tanto duro con gli agenti immobiliari quanto aveva giocato duro con lui, poteva essere riuscita a strappare Wicken's Hunt con cinque, forse addirittura quattro milioni. A cui poi erano andate ad aggiungersi le molte centinaia di migliaia di dollari per la ristrutturazione. Più le altre centinaia di migliaia di dollari per la recinzione da base militare che lui, *forse*, avrebbe costruito. La cordiale e affabile *trentenne* signorina Savage non era una rockstar e nemmeno una diva di Hollywood per permettersi quel tenore di vita. Quindi, che diavolo aveva in cantina, una tipografia di dollari? O forse la tipografia di dollari era il vecchio Charlie ad averla. Aveva detto di essere uno di famiglia, ma non era di certo il marito, bastava un'occhiata per capirlo.

Riggs si rilassò contro lo schienale della poltroncina. Il collo aveva ricominciato a fargli male. Aprì un cassetto della scrivania, ne tolse un tubetto di aspirine e mandò giù un paio di compresse ingoiandole senz'acqua.

D'accordo, tutti quei soldi Catherine Savage poteva averli ereditati. Soldi di famiglia o magari di un marito passato prematuramente a miglior vita. Un mucchio di uomini avrebbero allentato i cordoni della borsa di fronte a una donna del genere. Anche questo bastava un'occhiata per capirlo.

Lo sguardo di Riggs si spostò fuori dalla finestra, sugli alberi le cui foglie cominciavano ad assumere le tonalità calde dell'autunno. Per lui le cose stavano andando bene: un passato infelice alle spalle, un futuro di buoni affari alle porte. Il posto gli piaceva, così educato e così ordinato... E così splendidamente tranquillo. Almeno fino a quel mattino sulla strada delle colline. Matt Riggs sollevò l'appunto all'altezza degli occhi.

— Chi accidenti sei, Catherine Savage?

25

— Ci sei, tesoro? — LuAnn gettò un rapido sguardo dalla fessura della porta socchiusa, studiando la schiena della ragazza che finiva di vestirsi.

Lisa si voltò di tre quarti verso di lei: — Quasi.

A dieci anni di età, dotata della medesima struttura fisica, del medesimo portamento e della medesima bellezza della madre, Lisa Marie Savage era l'unico punto fermo nell'esistenza di LuAnn.

LuAnn entrò nella stanza, richiuse la porta alle proprie spalle e sedette sul letto. — Miss Sally mi dice che hai saltato la colazione. Qualcosa non va?

— Ho un'interrogazione, oggi. Sono un po' nervosa.

La parlata di Lisa era una mescolanza di una miriade di accenti, di tonalità e di culture diverse, conseguenza diretta di una vita trascorsa in giro per il mondo. Non era una mescolanza spiacevole, al contrario. Lisa parlava correntemente quattro lingue straniere ed era in grado di sentirsi a proprio agio tanto a Canton quanto a Londra. Al tempo stesso, quei pochi mesi trascorsi in Virginia avevano già cominciato a conferirle una vaga inflessione del Sud degli Stati Uniti.

LuAnn le sorrise, toccandole una spalla con affetto. — E io che pensavo che dopo tutti i dieci che hai preso, avessi smesso di essere nervosa.

I loro sguardi s'incontrarono nello specchio. Anche LuAnn era in grado di sentirsi a proprio agio in ogni angolo del mondo. In dieci anni, aveva vissuto molte vite. Una buona cosa, vista all'ombra inquietante degli eventi di quel mattino, e considerando che forse il suo conto alla rovescia stava per finire.

— Non so proprio che cosa farci, mamma...

Lisa finì di prepararsi e sedette sul letto a sua volta, rivolgendo a LuAnn la schiena. LuAnn prese a spazzolarle i capelli, una sorta di rituale quotidiano che consentiva loro di sentirsi più intime, di comunicare.

— Se mi sento nervosa mi sento nervosa. Non è facile, sai?

— Ben poche cose sono facili a questo mondo. Ma l'importante è che tu ci dia dentro e faccia del tuo meglio, voti o non voti. — LuAnn le sistemò i capelli in una spessa treccia che fissò con un fiocco. — Ma se mi porti a casa un nove, vedi quello che ti succede, signorinella...

Risero entrambe e si avviarono insieme al piano inferiore.

— Chi era quell'uomo, mamma?

— Quale uomo?

— Quello con cui tu e zio Charlie stavate parlando, questa mattina.

— Eri già alzata? — LuAnn nascose la propria apprensione.

— Ero nervosa per l'interrogazione. Te l'ho già detto.

— Vero, me lo hai già detto.

— Allora, chi era?

— Costruirà la recinzione e i cancelli di sicurezza di accesso attorno alla proprietà. Aveva alcuni aspetti tecnici da chiarire.

— Recinzione e cancelli di sicurezza... Ne abbiamo davvero bisogno?

— Abbiamo già parlato di questo, Lisa — disse LuAnn prendendole la mano. — Economicamente, noi stiamo bene, molto bene. Lo sai, no? E ci sono persone cattive, là fuori, che potrebbero voler prendere le nostre cose o i nostri soldi.

— Tipo rapinarci?

— Non solamente quello.

— Che altro?

LuAnn si fermò e sedette su uno dei gradini, facendo cenno a Lisa di fare altrettanto. — Lisa, hai presente quando ti dico di fare sempre attenzione, di non fidarti di nessuno?

La ragazza annuì.

— Te lo dico perché quella gente cattiva potrebbe volerti portare via da me.

Sul viso di Lisa apparve un'espressione spaventata.

— Non voglio farti paura, tesoro... Ma voglio metterti in guardia. Voglio che tu sia consapevole della realtà che ci circonda. Tieni la testa a posto e gli occhi bene aperti, e tutto andrà bene. Lo zio Charlie e io non permetteremo che ti accada nulla di male. Promesso. D'accordo?

Lisa annuì convinta. Tenendosi per mano, madre e figlia tornarono a scendere le scale.

Charlie le incrociò nel corridoio del pianterreno. — Santo cielo! — esclamò sorridendo a Lisa. — Ma come siamo carine oggi, cosa succede?

— Ho un'interrogazione.

— Come se non lo sapessi. Non sono forse stato alzato con te fino alle dieci e mezzo di ieri sera a farti ripassare la lezione? Io dico che te la bevi come acqua fresca, questa interrogazione. Dai, prendi la giacca che ti porto a scuola.

— Ma oggi non doveva portarmi la mamma?

— Oggi alla mamma diamo la libera uscita. E così ne approfitteremo per dare un'ultima ripassata, giusto o no?

Lisa sorrise. — Giusto.

Charlie attese che la ragazzina fosse fuori portata prima di rivolgersi a LuAnn, mortalmente serio: — Prima la porto a scuola, poi controllo alcune cose.

— Pensi davvero di riuscire a trovarlo?

— Forse sì, forse no — rispose Charlie abbottonandosi il soprabito. — Charlottesville non è una metropoli, ma ha comunque un sacco di posti per nascondersi. Non è per questo che anche noi l'abbiamo scelta?

LuAnn annuì. — E Riggs?

— Dopo. Se vado a bussare alla sua porta adesso, potrebbe insospettirsi ancora di più. Se scopro qualcosa, ti chiamo dal cellulare.

LuAnn li osservò salire sulla Range Rover di Charlie e scomparire nel bosco. Poi indossò una giacca imbottita e uscì dalla porta posteriore. Superò la piscina olimpionica, completa di patio in granito e di muretto perimetrale in mattoni crudi. In quella stagione la vasca era vuota e coperta da un telo protettivo. Quanto al campo da tennis, lo avrebbe fatto costruire l'anno successivo.

Se nei duri anni passati a Rikersville, Georgia, LuAnn non aveva mai avuto la possibilità di correre dietro a una pallina gialla, né quella di oziare in acqua clorata, tennis e nuoto non l'avevano interessata nemmeno dopo. Per contro, Lisa si era rivelata un'eccellente nuotatrice e un'ottima tennista. Aveva cominciato a supplicare per un campo da tennis nel momento stesso in cui aveva messo piede a Wicken's Hunt. In realtà, era piacevole accarezzare l'idea di rimanere nel medesimo posto abbastanza a lungo da poter considerare la costruzione di qualcosa.

Era un diverso sport quello a cui LuAnn si era dedicata durante le sue peregrinazioni per il mondo. La stalla con i cavalli, circondata da fitti alberi su tre lati, si trovava a circa mezzo chilometro dalla villa. Giardinieri e stallieri non erano ancora al lavoro. LuAnn prelevò una sella dalla rimessa e la sistemò con destrezza su Joy, il cavallo così chiamato in onore di sua madre. Si mise un cappello da cow boy, infilò un paio di guanti di pelle e montò. Aveva Joy da molto tempo, e portarlo da continente a continente, da città a città era stata davvero un'impresa consentita da un portafoglio pressoché senza fondo. Mentre LuAnn, Lisa e Charlie erano tornati negli Stati Uniti in aereo, Joy aveva compiuto il viaggio in nave.

Uno dei fattori determinanti nella scelta di Wicken's Hunt era stato la miriade di piste che solcavano quei centoventi ettari di colline e di boschi, molte delle quali probabilmente risalenti all'epoca di Thomas Jefferson.

LuAnn e Joy, il respiro della donna e dell'animale che si condensava nell'aria fredda del mattino, si lasciarono rapidamente la grande casa alle spalle. LuAnn cavalcò giù per un lieve pendio, andando a immettersi nella curva di una delle piste, con una fila di alberi su ambo i lati. Aveva bisogno di restare sola. E di pensare.

Non conosceva l'uomo della Honda, ma lui conosceva lei. E il suo vero nome. Impossibile stabilire quando lo aveva scoperto. Molte volte LuAnn aveva considerato l'idea di fare ritorno in Georgia, per raccontare la verità e togliersi quella pietra dal cuore.

Hai fatto la cretinata di scappare.

Le parole dell'individuo che si era fatto chiamare Arcobaleno tornarono a riecheggiarle nella mente.

E quando scappi, i poliziotti pensano subito che sei colpevole.

Erano state quelle martellanti parole a bloccarla. In più, adesso LuAnn Tyler, alias Catherine Savage, era una donna d'immensa ricchezza, e nessuno prova simpatia o compassione per chi scivola spudoratamente da un albergo a cinque stelle a un Concorde, a una villa con piscina olimpionica, a una cavalcata tra le verdi colline della Virginia. Ma soprattutto, nessuno l'avrebbe assolta per avere messo le mani su quella immensa ricchezza attraverso una frode fredda e premeditata. Di certo non l'avrebbe assolta la gente di Rikersville. Il mondo era pieno di esseri come Shirley Watson, solo che questa volta avevano ragione in pieno. Gli abiti che LuAnn indossava, la macchina che guidava, la casa in cui viveva, il benessere di cui aveva circondato sé e sua figlia, ogni frammento dell'esistenza di LuAnn Tyler era stato ottenuto attraverso denaro originato da un reato. In termini strettamente fiscali, LuAnn Tyler era uno dei più grossi delinquenti della storia.

E improvvisamente il volto di Lisa spuntò fra i suoi pensieri, proprio mentre altre parole le tornavano alla memoria. Parole maledette, pronunciate dal fantasma di un uomo maledetto in un cimitero deserto.

Prendi quei fottuti soldi, ragazzina!

Un uomo maledetto di nome Benjamin Herbert Tyler.

Papà ti dice di prenderli! All'inferno tutti e tutto! Dammi retta! Usa quel cervello di gallina che hai. Usalo, cazzo!

LuAnn tirò le redini, facendo fermare Joy. Rimase china in avanti, le mani guantate strette attorno al pomo della sella. Immagini distorte e crudeli continuavano ad accavallarsi nella sua mente.

Lisa, tesoro mio, tutta la tua vita è un'indecente bugia. Il tuo cognome non è Savage, è Tyler. Tu sei venuta al mondo in una sporca roulotte, parcheggiata in mezzo a una radura dis-

seminata di immondizie alla periferia di Rikersville, in Georgia. E lo sai il perché? Perché tua madre era una miserabile disgraziata che non poteva permettersi altro.

LuAnn smontò di sella e si sedette su una grossa pietra a lato del sentiero.

E tuo padre, il signor Duane Harvey, era un fetente ubriacone puttaniere. Un buono a nulla che si è fatto tagliare la gola per una storia di droga.

Il capo di LuAnn oscillava ritmicamente da destra a sinistra, come seguendo il ritmo di una nenia malefica.

La tua mamma ti sistemava sotto il bancone di una tavola calda per camionisti, la Number One Truck Stop, mentre lei serviva ai tavoli. E poi la tua cara mamma ha ammazzato un uomo sfondandogli il cranio ed è scappata per non farsi prendere dalla polizia.

LuAnn raccolse una manciata di ciottoli da terra e si rialzò lentamente, volgendosi verso il piccolo stagno poco distante.

E per finire, la tua cara mamma ha rubato tutto questo denaro, una somma che tu non puoi neanche immaginare. Ogni cosa che noi possediamo proviene da quel denaro rubato. Quand'è che la mamma ti ha mai mentito, tesoro mio? La mamma ti vuole bene...

LuAnn prese a lanciare nervosamente dei ciottoli a pelo d'acqua. Li osservò rimbalzare lasciandosi dietro una scia di cerchi concentrici.

Non c'era niente a cui fare ritorno. Si era creata una nuova vita, ma a un prezzo esorbitante. Il suo passato era pura invenzione. Il suo futuro era pura incertezza. Il suo presente era un angosciante equilibrio instabile fra due terrificanti abissi: il completo collasso del sottilissimo velo che mascherava la sua vera identità e l'acuto senso di colpa per ciò che aveva fatto. Lisa era il suo unico fulcro. E lei doveva fare in modo che Lisa non venisse danneggiata, e che non soffrisse in alcun modo delle sue azioni passate o future.

Dieci anni prima Lisa, Charlie e lei, dopo uno scalo a Londra, si erano immediatamente imbarcati su un aereo per la

Svezia. Per i dodici mesi successivi non avevano mai deviato dal rigoroso programma di spostamenti predisposto da Jackson. Erano saltati da un paese all'altro dell'Europa occidentale, passando molto tempo in Olanda, nel Principato di Monaco e in Francia. Erano rientrati nuovamente in Svezia, dove quella donna alta e dai capelli chiari non appariva minimamente fuori posto. Gli ultimi due anni li avevano trascorsi in Nuova Zelanda, immersi in uno stile di vita quieto, educato, quasi ottocentesco. L'inglese era rimasta la lingua madre di Lisa. Era stata LuAnn a volere che fosse così, poiché loro erano, e sarebbero rimaste, americane.

Non avevano più avuto alcun contatto con Jackson. Quasi certamente lui sapeva che Charlie era andato con loro, ed era stata una fortuna che lo avesse fatto. La sua vasta esperienza di viaggi aveva tirato LuAnn e Lisa fuori da parecchi guai, anche grossi. E ancora adesso, dopo dieci anni, senza Charlie LuAnn sarebbe stata perduta. Purtroppo Charlie era invecchiato, e LuAnn prima o poi avrebbe perso l'unico altro essere umano con cui condivideva il suo segreto, che voleva incondizionatamente bene a Lisa e a lei e che non si sarebbe fermato di fronte a nulla pur di proteggerle. E quando al suo posto ci fosse stato un vuoto...

LuAnn trasse un profondo respiro. Ce l'aveva messa tutta per consolidare il passato fittizio creato da Jackson per loro. La parte più dura, inevitabilmente, riguardava Lisa. Le aveva fatto credere che suo padre era stato un ricchissimo finanziere europeo scomparso quando lei era ancora in tenera età. E se non esistevano fotografie del facoltoso *signor Savage* era perché aveva condotto una vita estremamente riservata, quasi da recluso. LuAnn e Charlie avevano discusso a lungo se creare un signor Savage, fotografie finte, lettere finte, tutto finto, ma alla fine avevano deciso di non farne niente perché sarebbe stato troppo pericoloso: qualcosa sarebbe fatalmente rimasto fuori, qualcosa che avrebbe potuto rivelarsi una bomba a scoppio ritardato. Per Charlie, il cui legame di parentela non era mai stato chiaramente definito, l'etichetta di *zio* aveva calzato a pennello. Così Lisa continuava a essere convinta che sua madre fosse la giovane vedova di quello che era stato un uomo incommensurabilmente ricco, la cui precoce dipartita aveva reso LuAnn una donna incommensurabilmente ricca. E altrettanto generosa.

A Beth, la sua amica cameriera della tavola calda per camionisti, LuAnn aveva fatto pervenire abbastanza soldi da permetterle di aprire una sua catena di ristoranti. Johnny Jarvis, il commesso del centro commerciale di Rikersville, aveva ricevuto fondi per permettersi di conseguire svariate lauree nelle più prestigiose università. I genitori di Duane Harvey non avrebbero avuto il minimo problema finanziario per la loro vecchiaia. In una sorta di ammissione di colpa per averle rovinato la reputazione nell'unico posto in cui aveva l'ambizione o il coraggio di vivere, LuAnn aveva mandato soldi perfino a Shirley Watson. Infine, sulla tomba di Joy, sua madre, era sorto un imponente monumento funerario. La polizia, e forse anche l'Fbi, doveva averle provate tutte per arrivare fino a lei seguendo quelle tracce. Di questo LuAnn era sicura. Ma Jackson, con fredda intelligenza e scaltra lungimiranza, aveva nascosto i soldi dove nessuno sarebbe mai stato in grado di trovarli.

Nelle sue elargizioni LuAnn non si era fermata a Rikersville. Essendo fermamente determinata a fare del bene, per espiare il modo con cui era diventata così ricca, la metà del suoi proventi annui, ottenuti esclusivamente da interessi e investimenti del capitale iniziale, erano stati devoluti a una serie di organizzazioni benefiche scelte insieme a Charlie. In qualche modo, il denaro della Lotteria Nazionale *doveva* ritrovare la strada di casa, ovvero le povere tasche di chi, di fatto, alimentava quelle colossali vincite. Ciononostante, le entrate erano di gran lunga più rapide e più monumentali delle uscite. La stima iniziale di Jackson, venticinque milioni di dollari all'anno di profitti, si era rivelata fin troppo cauta. Le entrate avevano continuato ad aggirarsi intorno ai *quaranta* milioni di dollari all'anno. Tutti i soldi che LuAnn non aveva speso erano stati puntualmente reinvestiti da Jackson. Al momento, LuAnn aveva beni per mezzo miliardo di dollari intestati a suo nome. Era una somma di fronte alla quale la sua mente vacillava.

Nel corso di quei dieci anni, a qualsiasi latitudine del mondo lei si trovasse, gli estratti conto che descrivevano l'accrescersi della sua fortuna l'avevano raggiunta con estrema puntualità. Buste sigillate, bilanci farciti di cifre, percentuali e numeri con molti zeri, ma Jackson non si era mai fatto vivo di persona. Il che era un bene. LuAnn non sapeva quali fossero i rapporti di Jackson con la società finanziaria con sede in Svizzera dalla quale provenivano le buste, e nemmeno le interessava saperlo. Aveva visto abbastanza di lui da essere rispettosa della sua evanescenza. E ben sapeva di che cosa quell'uomo poteva essere capace, ricordando fin troppo bene che era arrivato a un passo dal farle piantare un proiettile nel cranio se lei avesse rifiutato la sua proposta iniziale. C'era qualcosa di disumano in lui e negli incredibili poteri dei quali pareva essere in possesso.

Adesso, i dieci anni del loro contratto stavano per scadere. Quindi anche i cento milioni di dollari del capitale iniziale stavano per esserle restituiti. A quel punto, averli o no per LuAnn non avrebbe fatto nessuna differenza. Ma Jackson, doveva ammetterlo, si era sempre attenuto al contratto e lo avrebbe fatto anche questa volta.

Un contratto che invece lei aveva infranto.

LuAnn rimontò in sella. Condusse il cavallo al passo giù per il sentiero, oltre i fitti rami bassi, verso un torrente in piena il cui letto serpeggiava attraverso l'ampio appezzamento che circondava Wicken's Hunt. Una grande quercia torreggiava sulla sponda di quello che era stato un placido corso d'acqua, trasformato dalle piogge torrenziali degli ultimi tempi in un ruggente ariete liquido. Una grossa fune dotata di nodi a intervalli regolari pendeva da uno dei poderosi rami.

LuAnn fermò il cavallo a ridosso della fune, l'afferrò saldamente con entrambe le mani e diede la scalata a sola forza di braccia. Joy, conoscendo quel rituale, attese pazientemente senza muoversi. LuAnn salì fino al punto più alto della fune, quasi dieci metri da terra nella folta chioma della quercia. Ridiscese fino alla sella, quindi risalì nuovamente. Ripeté la scalata altre due volte. A casa aveva una palestra perfettamente equipaggiata, nella quale si allenava con regolarità. Non era questione di vanità. Sapeva di essere una donna fisicamente forte di natura e questo l'aveva aiutata in molti momenti difficili. Non avrebbe permesso che quella forza venisse meno.

Crescendo in Georgia, aveva scalato alberi, corso per chilometri attraverso la campagna e saltato fossati. A quel tempo non era nient'altro che un divertimento da adolescenti, ben lontano da un pianificato esercizio fisico. Adesso, oltre alla routine in palestra con i pesi, LuAnn aveva allestito un vero e proprio percorso di guerra tra i prati e i boschi di Wicken's Hunt. Tornò a issarsi sulla fune un'ultima volta, i fasci muscolari della schiena e delle braccia che guizzavano sotto la pelle, tesi e duri come granito. Si sentiva meglio. Il movimento e lo sforzo riuscivano quasi sempre a farla sentire meglio.

Ancora ansimante per lo sforzo, incitò Joy e rientrò al galoppo tagliando temerariamente attraverso le colline, immersa in quello che sperava potesse continuare a essere il suo paesaggio.

Ritornata alla stalla, LuAnn tolse la sella a Joy, sistemò il cavallo nel suo stallatico e uscì all'aperto. Si soffermò a studiare a distanza le linee imponenti della parte posteriore della sua dimora. Acquistarla, rinnovarla e restaurarla era stata di gran lunga la sua impresa più impegnativa. Due ragioni l'avevano spinta. Prima di tutto era stanca di nomadismo e voleva mettere radici, anche se avrebbe preferito qualcosa di meno maestoso di ciò che stava osservando in quel momento. La seconda ragione, molto più cruciale, era Lisa: voleva che sua figlia avesse una vera casa, un luogo solido e stabile nel quale poter crescere, sposarsi e avere a sua volta dei figli.

Per dieci anni, casa per loro aveva significato stanze d'albergo, ville in affitto e residence. Non che LuAnn si lamentasse di quella serie pressoché infinita di sistemazioni a cinque stelle, ma nessuna di esse poteva essere chiamata *casa*. Il paradosso era che la scricchiolante roulotte assediata dai rottami del suo passato perduto aveva avuto radici più profonde che non la più lussuosa delle residenze in Europa. A LuAnn scappò un fugace sorriso: adesso, finalmente, c'era Wicken's Hunt. Grande, bellissima, sicura.

Una ventata improvvisa agitò gli alberi a nord della villa, facendoli frusciare contro il cielo pieno di nubi. LuAnn si strinse nella giacca mentre ripensava a quell'ultima parola.

Sicura? Forse lo era stata fino alla notte precedente, perlomeno per quanto poteva esserlo per gente nelle loro condizioni. Ma quella mattina, LuAnn aveva trovato un uomo misterioso ad aspettarla. E poi un altro uomo, Matthew Riggs, che per lei aveva rischiato la pelle. E che lei aveva ringraziato accusandolo in piena malafede di essere un bugiardo, ottenendo di acuire ancora di più i suoi sospetti. LuAnn ponderò per un attimo la situazione, quindi si affrettò verso casa.

L'ufficio di Charlie sembrava scaturire direttamente da un club londinese. Bar in legno di noce lucidato in un angolo, confortevole poltrona di pelle davanti a una scrivania di mogano sulla quale pile di corrispondenza ed estratti conto erano sistemati in perfetto ordine. LuAnn fece scorrere l'agenda telefonica, finché trovò il numero e l'indirizzo che cercava. Da un cassetto tolse una calibro 38 special e caricò il tamburo. Il peso e la compattezza dell'arma le ridiedero sicurezza.

Dopo una rapida doccia, indossò una gonna nera, un maglione e un lungo soprabito. Nel guidare la BMW in uscita dal garage e poi lungo la strada privata, i suoi occhi scrutarono il paesaggio in ogni direzione. Nessuna Honda. Nessun uomo misterioso. Tirò un sospiro di sollievo quando raggiunse la statale senza essere seguita da qualcuno.

Il suo sguardo cadde sui dati prelevati nell'ufficio di Charlie. Forse, prima di presentarsi, avrebbe dovuto chiamare. Sollevò il cellulare di bordo e iniziò a comporre il numero, ma improvvisamente cambiò idea. Telefonata o no non era neppure sicura che quanto stava per fare migliorasse effettivamente la situazione. Ma adesso era impossibile tornare indietro. Era un problema suo e di nessun altro. Prima o poi avrebbe dovuto farci i conti, anche con tutto il resto.

26

Jackson era appena rientrato dalla costa occidentale degli Stati Uniti. Si trovava nella stanza del make-up ed era intento a smontare il suo ultimo travestimento.

Il suono del telefono lo interruppe a metà della rimozione del naso posticcio. Quel telefono non avrebbe dovuto suonare. Era la sua linea speciale, non segnata su nessun elenco e protetta da tre diversi sistemi antintercettazione collegati in parallelo. Jackson non l'aveva installata per comunicazioni in ingresso, solo in uscita, e la usava per mettersi in contatto con i vari collaboratori della sua ragnatela sparsi nel mondo. L'accordo era che fosse *lui* a chiamare loro su quella linea, non viceversa.

— Sì?

— Potremmo avere un problema, forse — disse una voce tra i disturbi dovuti alla distanza.

— Sto ascoltando — replicò Jackson usando un lungo e sottile filo di nylon per completare la rimozione del lattice che formava la protesi.

— Come da scadenza — riprese la voce — due giorni fa abbiamo trasferito i profitti dell'ultimo trimestre sul conto di Catherine Savage alla Banque Internacional, Isole Cayman.

— E allora? — domandò Jackson con voce carica di sarcasmo strappandosi la parrucca con un gesto deciso. — Si è forse lamentata per gli interessi?

— Non esattamente, ma la Banque Internacional ha voluto darci una conferma.

La calotta di lattice fu il pezzo successivo a venire rimosso e i veri capelli di Jackson tornarono ad apparire. — Conferma di che cosa?

— Del trasferimento di tutti i fondi di tutti i conti di Catherine Savage alla Citibank di New York.

New York! Mentre assorbiva questa sbalorditiva notizia Jackson aprì la bocca e tolse le capsule acriliche che ricoprivano i suoi denti: molari giallastri e storti diventarono denti perfetti, scintillanti.

Tutti i fondi di tutti i conti.

— Signor Jackson?

Un lampo passò nei suoi occhi d'ossidiana. — Per prima cosa: per quale motivo la Banque Internacional ha chiamato *lei* — disse lentamente Jackson — visto che si sta parlando del conto di Catherine Savage?

— Non avrebbero dovuto farlo. Voglio dire, è la prima volta che fanno una cosa simile. Credo che il funzionario che si occupa dei trasferimenti di fondi sia uno nuovo. Deve aver visto il mio nome e il mio numero di telefono su alcuni documenti...

— Quindi ha supposto che lei fosse il responsabile della transazione per la Citibank. L'uomo preposto a ricevere i fondi, non a inviarli.

— Qualcosa del genere.

— E lei gli ha detto qualcosa che potesse alimentare dei sospetti?

— No, signor Jackson! Assolutamente no! — ripeté l'altro nervosamente. — Mi sono limitato a ringraziarlo e a dirgli che andava tutto bene. Spero di aver fatto la cosa giusta...

— L'ha fatta.

— Al tempo stesso, signor Jackson, volevo che lei ne fosse informato immediatamente.

— Seconda cosa giusta.

— Vuole che compia altri passi? Altre verifiche?

— Ci penserò io — disse seccamente Jackson prima di chiudere la comunicazione.

Si appoggiò contro lo schienale e lasciò scorrere lo sguardo sul suo vero volto nello specchio.

Il denaro di LuAnn Tyler non avrebbe mai, *mai*, dovuto riprendere la via degli Stati Uniti. Nemmeno in parte. Il denaro negli Stati Uniti era rintracciabile. Per legge, le banche americane inviavano rapporti finanziari periodici al fisco, contenenti dettagliate descrizioni di entrate, uscite, profitti e interessi. I numeri della Sicurezza Sociale venivano comunicati e rimanevano agli atti, insieme alle cartelle esattoriali. Nulla di tutto questo avrebbe dovuto far parte del sistema finanziario di LuAnn Tyler alias Catherine Savage. Perché LuAnn Tyler era ricercata dalla polizia. E i ricercati non ritornavano a casa per pagare le tasse. Nemmeno sotto falso nome.

Jackson sollevò nuovamente il ricevitore e compose un numero.

— Sì, signor Jackson. — Questa volta la voce era di una donna.

— Il nome della contribuente è Catherine Savage — Jackson le diede tutti i dati necessari. — Voglio immediatamente sapere se ha presentato dichiarazione dei redditi negli Stati Uniti o qualsiasi altro documento fiscale. Devo avere questa informazione nel giro di un'ora.

Quando la risposta arrivò, Jackson stava passeggiando munito di cuffia telefonica per l'appartamento.

— Catherine Savage ha presentato una dichiarazione dei redditi completa per l'anno scorso. — La voce era precisa, priva di esitazioni. — Nel breve tempo concessomi, non sono stata in grado di raccogliere tutti i dettagli. Secondo la mia fonte, però, si tratta di una dichiarazione *molto* sostanziosa.

Jackson restò immobile dietro i cristalli delle finestre panoramiche dell'attico, fissando il polmone verde di Central Park. — Che domicilio ha Catherine Savage?

— Una proprietà chiamata Wicken's Hunt, a Charlottesville, in Virginia.

Jackson seguì le luci di un elicottero in volo a bassa quota verso l'East River, poi tornò alla scrivania.

— Signor Jackson?

— Dica.

— La mia fonte ha fatto emergere anche un altro dato relativo alla dichiarazione dei redditi presentata dalla signorina Savage.

— Continui.

— Un modulo 2848, molto recente.

— *Conferimento di procura legale e rappresentanza* — scandì Jackson. — E quale sarebbe la terza persona coinvolta nella situazione fiscale della signorina Savage?

— Un certo signor Tom Jones. Secondo la documentazione, questo signor Jones ha già ottenuto copia della dichiarazione dei redditi della signorina Savage e il nuovo indirizzo. L'intera pratica, insomma.

— Lei ha una copia del 2848 in questione?

— Sì, signore.

— Me la mandi immediatamente via fax.

— Sì, signore.

Jackson raddrizzò la schiena, uscì dal cono di luce della lampada da tavolo e rientrò nella penombra.

Sul piano della scrivania giacevano il fax del modello 2848 richiesto dall'elusivo signor Jones e gli originali dei documenti che LuAnn Tyler aveva firmato dieci anni prima nella stipula del loro contratto. Le calligrafie di quelle due firme non si assomigliavano nemmeno, e in quell'elefantiaco carrozzone governativo che era il fisco, nessuno si sarebbe mai accorto di quella grossolana contraffazione.

Il signor Tom Jones, chiunque fosse, aveva falsificato la firma di Catherine Savage, e a sua insaputa aveva ottenuto su di lei dati della massima riservatezza legale e fiscale. Il signor Tom Jones aveva dato un indirizzo parimenti falso, più un numero di telefono inattivo da un pezzo. Interessante ironia: un uomo finto che voleva informazioni su una donna finta.

Jackson si tolse la cuffia telefonica e sedette in una poltrona fissando la parete, mentre la sua mente cominciava a mettersi in azione. LuAnn Tyler era tornata infrangendo il loro contratto. LuAnn aveva disobbedito. Di per sé, questo era già di estrema gravità ma su questo fatto era andato a sovrapporsi un ulteriore elemento, di decisiva gravità. Qualcun altro stava interessandosi a lei. Per quale ragione? E dove si trovava ora questa persona? Probabilmente nello stesso posto in cui Jackson aveva intenzione di andare: Charlottesville.

Ora le luci dei due treni andavano facendosi più distinte. La possibilità di uno scontro frontale con LuAnn Tyler era sempre più probabile. Jackson ritornò nel locale del make-up. Era tempo di creare una nuova identità.

27

Dopo aver lasciato Lisa a scuola, assicurandosi che andasse direttamente in classe, Charlie si era avviato con la Range Rover verso il centro di Charlottesville.

Dal loro arrivo a Wicken's Hunt, mentre LuAnn rimaneva perlopiù al riparo della loro villa tra le colline, era stato lui ad andare in avanscoperta in città. Non solo si era incontrato con i pezzi da novanta locali, ma aveva anche preso contatto con le banche, gli enti di beneficenza e le università. Per quanto cosmopolita Charlottesville potesse essere, nessuno che fosse apparso sulla scena con un portafoglio da mezzo miliardo di dollari sarebbe passato inosservato. Tentare di muoversi con discrezione dietro le quinte avrebbe ottenuto l'unico risultato di sollevare sospetti, forse addirittura ostilità. Così Charlie aveva preparato il terreno per l'apparizione di LuAnn Tyler alias Catherine Savage nella ricca e snobistica comunità di Charlottesville. Apparizione che sarebbe stata comunque di entità estremamente discreta.

Non sarebbe apparso strano, per una persona così ricca, sorvegliare la propria privacy. Charlottesville era piena di organizzazioni pronte a cooperare e a garantire tale discrezione, tanto più che LuAnn se ne era già garantita la simpatia attraverso donazioni varie per oltre centomila dollari.

Charlie contrasse le mani sul volante sbuffando. Piani, strategie, cosa fare e cosa non fare. Avere una montagna di soldi era una colossale rottura di scatole, ecco la verità nuda e cruda. C'erano momenti in cui rimpiangeva i tempi andati: qualche dollaro in tasca, il bar all'angolo con buona birra alla spina, un pacchetto di sigarette, un incontro di boxe in TV quando gli girava... Sogghignò tra sé. Otto anni prima, LuAnn gli aveva fatto smettere di fumare, il che doveva avergli allungato la vita di non poco. Gli restava qualche sigaro di tanto in tanto. In fin dei conti, non era mica sua madre.

Tra i molti contatti che Charlie aveva allacciato a Charlottesville, uno in particolare sarebbe stato di enorme aiuto per cercare di rintracciare il tizio della Honda. E anche per prevenire altri guai futuri. Se quel tizio era a caccia di soldi, allora non era un problema, perché di soldi LuAnn ne possedeva abbastanza da soddisfare un esercito dei più sfrontati ricattatori fino al giorno del Giudizio. C'era però una seconda possibilità, molto più sinistra, che invece i soldi c'entrassero solo fino a un certo punto o niente affatto.

Charlie non aveva idea di quanto il tizio sapesse. Di sicuro sapeva il vero nome di LuAnn. Ma che altro? I due cadaveri nella roulotte? Il mandato di cattura per duplice omicidio? E poi, come diavolo aveva fatto a rintracciarla dopo tutto quel tempo? E peggio di tutto, era al corrente della frode alla lotteria?

LuAnn aveva raccontato a Charlie l'intera storia del suo breve incontro con l'individuo che si era fatto chiamare Arcobaleno. L'aveva vista comprare il biglietto fatidico, partire a razzo per New York e vincere la fortuna da cento milioni di dollari. Poteva entrare anche questo *Arcobaleno* in tutto ciò? Sapeva anche lui della frode? Lo aveva detto ad altri? Impossibile avere delle risposte. Da quello che LuAnn aveva saputo sulla limousine dopo la conferenza stampa, Jackson doveva averlo ammazzato.

Charlie serrò le labbra. Lui stesso non aveva mai veramente conosciuto Jackson, né lo aveva mai incontrato. Gli aveva solo parlato per telefono. La voce era quella di un uomo calmo, misurato, padrone di se stesso. La voce di un uomo che non provava alcun bisogno di sbraitare, di accusare, di minacciare. La voce di un uomo che poteva staccarti la testa dal collo, dopodiché andare tranquillamente a dar da mangiare ai suoi pesciolini rossi.

Arcobaleno era stato sul libro paga di Jackson, ma a un certo punto aveva voluto giocare con le carte truccate. Adesso era svanito nel nulla. Ovunque si trovasse, non era certo più tra i vivi, di questo Charlie era tremendamente sicuro. Continuò a guidare, perso fra pensieri vecchi e nuovi.

28

LuAnn arrestò la BMW nel vialetto di accesso e rimase immobile al volante, il motore acceso. Il pick-up non si vedeva da nessuna parte. Matt Riggs doveva essere andato al lavoro. Lo sguardo della donna si posò sulle linee pulite ed eleganti della casa, risultato di accurate opere di restauro. LuAnn spense il motore e scese dall'auto. Era una casa alla quale valeva la pena di dare un'occhiata più da vicino. Anche in assenza del proprietario.

LuAnn raggiunse l'ampio porticato, lasciando correre le dita sull'elaborata venatura del legno del corrimano. Aprì la zanzariera e bussò. Esitò un attimo, quindi provò a ruotare il pomolo. Il successo di quel tentativo le procurò un lieve sorriso. Lei stessa era cresciuta in un luogo in cui la gente non chiudeva a chiave la porta di casa. E ora, con tutte le sue paranoie sulla sicurezza, non era male scoprire che al mondo continuava a esistere gente così. LuAnn indugiò di nuovo. Varcare quella soglia era violazione di domicilio. Ma lo sarebbe stata solamente se Riggs lo avesse scoperto. E se tutto fosse andato liscio, lei avrebbe avuto la possibilità di saperne di più su di lui, e magari evitare guai ancora peggiori.

Varcò la soglia e richiuse piano la porta alle proprie spalle, mentre già il suo sguardo esplorava il soggiorno. Pavimento in vecchio legno di quercia, le assi segnate dal tempo. Mobili fine secolo, anche quelli in legno e in perfette condizioni. Forse Riggs li aveva presi mezzo malandati per poi rimetterli a posto lui stesso, così come doveva aver fatto con il resto della casa. Nell'aria aleggiava un vago odore di vernice da legno. Tutto era ordinato, pulito. Addirittura troppo ordinato e pulito. Niente foto di famiglia, o ritratti di padre, madre, moglie, figli. Per chissà quale ragione, questo le parve singolare.

LuAnn raggiunse il locale adibito a ufficio. Altro legno lucidato, altro lieve odore di vernice. Da qualche parte, dentro la casa, ci fu un rumore. LuAnn si immobilizzò. Il cuore prese a martellarle nel petto e considerò la possibilità di scappare. Il rumore però non si ripeté. LuAnn si calmò e si sedette alla scrivania. La prima cosa che notò fu un fogliettino sul quale Riggs aveva preso appunti. LuAnn lesse il proprio nome e altre informazioni che la riguardavano. Poi altre informazioni sulla Honda nera. Si appoggiò allo schienale. Riggs non era certo il tipo che se ne stava con le mani in mano ed era anche abile a ottenere informazioni dalle fonti appropriate. La cosa la turbò.

Improvvisamente ci fu qualcosa. Nient'altro che una percezione indefinita al limite del suo campo visivo. Lo sguardo di LuAnn volò alla grande finestra del locale ed esplorò la zona sul retro della casa. C'era una specie di casotto. La porta era socchiusa, ed era da lì che le era venuta quella sensazione di movimento. LuAnn si alzò con la destra stretta sul calcio della .38 che teneva in tasca.

Appena uscita dalla casa, si stava affrettando verso la macchina quando si bloccò, sopraffatta dalla curiosità, e tornò sui suoi passi. Guardinga, raggiunse la porta socchiusa del casotto.

Da dentro, filtrava una lama di luce. LuAnn sbirciò nell'apertura e vide il fascio di luce di una potente alogena a soffitto che illuminava un ambiente organizzato a officina-magazzino. Banchi da lavoro di meccanica e di carpenteria, con sopra più utensili di quanti ne avesse mai visti, correvano lungo due linee parallele. Legno da costruzione, accuratamente tagliato e suddiviso per dimensioni, era sistemato sulle pareti interamente coperte di scaffali metallici. Una scala contro il muro di fondo portava a un soppalco.

LuAnn superò i banchi da lavoro, arrivò alla scala, la salì

velocemente fino al soppalco. Un tempo, doveva essere stato il deposito delle balle di fieno. Adesso pareva una stazione di sorveglianza: una poltrona di pelle con ottomana da un lato, due scaffali e una vecchia stufa a legna dall'altro. Un vecchio telescopio era puntato sul paesaggio che si allargava oltre un'ampia finestra panoramica.

E parcheggiato proprio sotto la finestra, c'era il furgone di Matt Riggs.

Quando LuAnn girò su se stessa per scendere dal soppalco, si ritrovò a pochi centimetri dagli occhi la bocca da fuoco di un fucile calibro 12.

— È per una nobile causa, John — disse Charlie rilassandosi nella poltroncina e bevendo un sorso di caffè caldo. — E la signorina Savage è *sempre* a favore delle nobili cause.

Erano seduti a un tavolo d'angolo al Boar's Head Inn, un locale classico su Ivy Road, a pochi isolati dall'Università della Virginia. Davanti a loro c'erano i resti di una robusta colazione a base di uova strapazzate e salsicce.

— Charlie, non posso dirti quanto questo significhi per la comunità di Charlottesville. — L'uomo seduto di fronte a Charlie ebbe un sorriso raggiante. — Averla qui, avervi qui entrambi, è... meraviglioso, ecco.

John Pemberton, capelli ondulati, costoso abito a doppio petto, cravatta a pois e fazzoletto da taschino di seta cruda in tinta, era uno dei cavalli di razza del mercato immobiliare di Charlottesville. Era anche copresidente di parecchi comitati sociali e istituti di beneficenza della zona. Se esisteva un uomo informato di qualsiasi cosa accadesse nell'area di Charlottesville, quell'uomo era John Pemberton, diventato grande amico di Charlie dopo aver intascato la cospicua commissione sulla vendita di Wicken's Hunt.

— E in un futuro che mi auguro molto prossimo — riprese Pemberton studiandosi le dita ben curate — forse riusciremo addirittura a *incontrare* la signorina Savage.

— Assolutamente, John, senza dubbio. Anche lei è ansiosa d'incontrare te e tutti quanti nella comunità. Ci vorrà solo un po' di tempo. Come ti ho detto, è una persona molto riservata. Tu mi capisci, vero?

— Ma naturale. Charlottesville è piena di gente altrettanto riservata. Stelle del cinema, scrittori, imprenditori... Gente che ha talmente tanti soldi da non sapere che cosa farsene.

Un sorriso mellifluo apparve sulle labbra di Pemberton. Probabilmente, il suo registratore di cassa mentale aveva già cominciato a fare i conti di altre grasse commissioni immobiliari a venire nel momento in cui tutta quella gente *così riservata* avesse deciso di trasferirsi fuori o dentro l'area.

— Per ora, John, mi sa che dovrai rassegnarti alla mia compagnia, almeno per un po' — disse Charlie sorridendo a sua volta.

— Compagnia quanto mai piacevole — fece Pemberton con l'automatismo di una macchinetta a gettone.

Charlie posò la tazza del caffè, allontanando il piatto vuoto. Cristo, quanto aveva voglia di una sigaretta. — Matt Riggs sta facendo dei lavori per noi.

— La recinzione e i sistemi di sicurezza — ribatté Pemberton. — L'incarico più grosso che abbia mai avuto.

Charlie lo fissò dritto negli occhi, senza parlare.

— Sai com'è — si affrettò ad aggiungere Pemberton quasi scusandosi — sotto un'apparenza cosmopolita, Charlottesville è ancora una piccola città. Tutti sanno più o meno tutto di tutti.

A quelle parole Charlie si sentì sprofondare. Forse Matt Riggs aveva già sbandierato l'incidente della Honda nera ai quattro venti? Avevano commesso un catastrofico errore a stabilirsi lì, invece di seppellirsi nell'anonimato di una metropoli come New York?

Charlie fece uno sforzo per scrollarsi di dosso quei pensieri paralizzanti. — Esatto. E Riggs aveva referenze di prima classe.

— Nessun dubbio in merito. Un uomo competente, affidabile e molto professionale. Non è qui da molto, almeno secondo gli standard locali, meno di cinque anni. Ma non ho mai sentito una sola parola negativa su di lui.

— Di dov'è?

— Washington. — Pemberton fece cenno al cameriere di portargli dell'altro tè. — Proprio della capitale.

— Costruttore anche là?

— No, la licenza l'ha avuta qui in Virginia.

— Forse però il mestiere lo sapeva già.

— È un carpentiere di prim'ordine, questo sì, ma ha fatto due anni alle dipendenze di Ralph Steed, uno dei più grossi costruttori di queste parti. Quando Ralph è morto, Riggs si è messo in proprio. Gli è andata bene. Un gran lavoratore. E con l'incarico di Wicken's Hunt gli andrà anche meglio.

— Arrivare in un'altra città e ricominciare daccapo — disse Charlie. — Ci vogliono le palle per farlo. Quando l'ho incontrato, non mi ha dato l'idea di un ragazzino fresco di liceo.

— Non lo è — replicò Pemberton gettando un cauto sguardo alla piccola sala da pranzo del ristorante, quindi si protese verso Charlie. — Sono girate certe voci in merito a Riggs... — Accennò a bassa voce.

— Quali voci? — Charlie si protese a sua volta, con aria da cospiratore. — Ah, gli oscuri meandri di Charlottesville.

— Non quelli di Charlottesville, quelli di Washington. — Pemberton non appariva più tanto divertito. — Naturalmente sono solo voci, tu capisci, però sembra che Riggs fosse un pezzo grosso... — fece una pausa a effetto — nei servizi segreti.

Charlie si mantenne impassibile, ma avrebbe voluto alzarsi e scappare a gambe levate. LuAnn era stata infinitamente fortunata a essere fra i prescelti di Jackson per vincere la lotteria, ma dopo questa rivelazione pareva che una dose di sfortuna non meno grande le fosse piovuta sulla testa.

— Servizi segreti — ripeté lentamente Charlie. — Tipo Cia, Fbi?

— E chi lo sa? — Pemberton corrugò la fronte. — Quella è gente che manda giù una pillola di cianuro piuttosto che dirti che ore sono. E se fai troppe domande...

Charlie respirò a fondo. — Ti pianta una pallottola in testa.

Quando Riggs vide che si trattava di Catherine Savage, abbassò il fucile.

— Cosa diavolo ci fa lei qui?

LuAnn fece per passargli davanti, ma lui la afferrò per un braccio. Lei si divincolò immediatamente. — Lei mi ha spaventata a morte.

— Mi dispiace. Ma ripeto: cosa diavolo ci fa qui?

— Quindi è così che lei accoglie gli ospiti inattesi?

— Gli ospiti, inattesi e non, di solito passano dalla porta principale. E solo dopo che io sono andato ad aprire.

— Ho bussato alla porta principale — disse LuAnn con voce apparentemente ferma — ma nessuno è venuto ad aprire.

LuAnn si scostò leggermente e si guardò intorno. — Carino questo posto, che ne direbbe di costruire qualcosa di simile anche a Wicken's Hunt?

Riggs si appoggiò alla parete. La canna del fucile era abbassata, ma dava l'impressione di poter essere messa in posizione di sparo in una frazione di secondo. — Forse prima di darmi un altro incarico lei dovrebbe aspettare di vedere i risultati del lavoro sulla recinzione, signorina Savage.

LuAnn sobbalzò impercettibilmente al suono del suo nome ma non abbastanza come avrebbe sperato Riggs.

— A proposito, trovato qualcosa d'interessante nel mio ufficio?

— Diciamo che sono un po' paranoica riguardo alla mia privacy.

— Lo vedo — disse Riggs accennando alla tasca del soprabito di lei. — È per questo che va in giro armata?

LuAnn abbassò lo sguardo sulla propria tasca: una parte della calibro 38 era visibile. — Lei ha una buona vista, signor Riggs.

— Una pallottola di .38 ha scarso potere d'arresto. Visto che lei tiene così tanto alla sua privacy, signorina Savage, le suggerirei di passare alla 9mm Parabellum, una di quelle semiautomatiche con caricatori a elevata capacità. E adesso, signorina Savage, usando solo il pollice e l'indice della mano sinistra, lei toglierà la sua pistola dalla tasca. Tenendola *per la canna*.

— Non ho la minima intenzione di spararle.

— Lo so — rispose lui con tutta calma. — Faccia come le

ho detto. Poi la svuoti e metta i proiettili in una tasca e la pistola nell'altra.

LuAnn ubbidì, ma alzando la voce disse: — Non sono abituata a essere trattata come una criminale, Riggs!

— Lei si è intrufolata in casa mia con una pistola.

— Non mi sono intrufolata. La porta era aperta, gliel'ho già detto.

— Perché non prova a raccontarlo a un giudice, signorina Savage?

Riggs respirò a fondo, fissandola negli occhi, quindi posò il fucile su uno degli scaffali.

— Ora si sieda — le disse e quando LuAnn finalmente si accomodò sulla poltrona di pelle, incrociò le braccia e prese a studiarla in silenzio, contraccambiato.

Fu LuAnn a parlare per prima. — La mia cerchia di amici è molto ristretta, e quando qualcuno s'intromette, tendo a volerne sapere di più.

— Dia un'occhiata al dizionario, signorina Savage. Quella di stamattina non si definisce intromissione, ma soccorso, ovvero dare una mano a qualcuno in difficoltà.

LuAnn si tolse i capelli dalla fronte e guardò altrove. — Mi stia a sentire, signor Riggs...

— Gli amici mi chiamano Matt. Noi non siamo amici, signorina Savage, ma credo che le lascerò comunque il privilegio.

— Preferisco chiamarla Matthew. Non è mia intenzione godere abusivamente di tale privilegio.

Riggs si strinse nelle spalle: — Faccia come le pare.

— Secondo Charlie, lei era un poliziotto.

— Questo è Charlie a dirlo, non io.

— Allora era un poliziotto sì o no?

— Non sono fatti di Charlie. Né suoi. E sto sempre aspettando, signorina Savage, che lei mi dica che cosa è venuta a fare in casa mia.

LuAnn passò la mano sul levigato cuoio del bracciolo, senza rispondere.

Riggs non si scompose. Non aveva fretta.

— L'episodio di questa mattina — si decise infine a dire

LuAnn — è molto più complicato di quanto possa esserle sembrato. — I loro sguardi s'incontrarono. — La ringrazio per essermi venuto in aiuto, Matthew. Dico sul serio. È per questo che sono qui, per ringraziarla.

— Non c'è bisogno che mi ringrazi, signorina Savage — replicò Riggs, rilassandosi leggermente. — Si chiama solidarietà umana. Niente di più, niente di meno. Questo mondo sarebbe un posto decisamente migliore se ci fosse un po' più di solidarietà in giro.

— Ora vorrei chiedere nuovamente il suo aiuto.

Riggs inclinò leggermente la testa.

— Ecco, io apprezzerei molto se lei dimenticasse l'incidente di questa mattina. Lasci che siamo Charlie e io a occuparcene. Con lei di mezzo, le cose potrebbero essere ancora più difficili.

Riggs impiegò qualche secondo ad assimilare quella richiesta. — Lei lo conosce, il tizio della Honda?

— Preferirei non parlarne.

— Quello è venuto addosso anche a me — aggiunse Riggs con una certa precipitazione passandosi una mano sul mento. — Io ci sono già di mezzo.

LuAnn gli si avvicinò un poco.

— Se ne tenga fuori, Matthew. La prego.

Riggs dovette fare uno sforzo per non spostarsi a sua volta verso di lei. Un grosso sforzo. Mentre lo sguardo di lei sembrava essersi incollato al suo, la luce del sole che allagava la grande finestra parve perdere intensità, come nel pieno di un'eclissi totale.

— Mettiamola così, signorina Savage: se quel tizio si tiene alla larga da me, farò finta che non sia successo niente.

La tensione nelle spalle di LuAnn si allentò. — La ringrazio, Matthew.

Si scostò da lui e si diresse alla scala. Il suo profumo coprì il sentore della vernice da legno, simile a un filtro magico. Riggs avvertì una strana sensazione, qualcosa che non gli succedeva da troppo tempo.

— È molto bella la sua casa.

— Mai quanto Wicken's Hunt.

— L'ha rimessa a posto da solo?

— Più o meno.

— Perché non passa da me domani? In modo da fare due chiacchiere su degli altri lavori.

— Signorina Savage...

— Catherine.

— Non c'è bisogno che lei compri il mio silenzio, Catherine.

— Verso mezzogiorno — disse lei ignorando la battuta. — Potremo mangiare un boccone insieme.

Riggs annuì, senza interrompere il contatto dei loro sguardi. LuAnn cominciò a scendere le scale.

— Catherine — la chiamò lui in cima alla scala.

LuAnn si fermò a metà dei gradini, voltandosi a guardarlo.

— Il tizio della Honda... non s'illuda che abbia rinunciato.

Lei osservò per un attimo il fucile, poi tornò a guardare Riggs. — Ho smesso di farmi illusioni da un bel pezzo. Su tutto e su tutti, Matthew.

Charlie si massaggiò un ginocchio dolorante. — Ho sentito che faceva il poliziotto.

— Chi te l'ha detto?

— Non sei stato tu a dire che le voci girano, John?

— Be', se era davvero un poliziotto, non dovrebbe essere difficile verificarlo. Ma se era una spia... — Pemberton fece una specie di gesto d'addio.

— Per cui Riggs non ha parlato con nessuno qui del suo passato?

— Solamente in termini molto vaghi. Forse è per questo che è venuta fuori la tua storia del poliziotto. Quello che la gente non sa, se lo inventa.

— Proprio vero. — Charlie tornò ad appoggiarsi allo schienale, continuando a esibire un'apparente calma.

— Sia come sia, Riggs il suo mestiere lo fa alla grande. Siete in buone mani, su a Wicken's Hunt — disse Pemberton ridacchiando. — A meno che non si metta a ficcare il naso dappertutto. Deformazione professionale, non si dice così? E poi, chi non ha qualche scheletro nell'armadio?

Charlie si schiarì la voce prima di rispondere. — Alcuni più di altri. — Poi si protese verso Pemberton, con tono confidenziale. — Ho un piccolo favore da chiederti, John.

— Non hai che da parlare. — Il sorriso di Pemberton si allargò. — E puoi considerarlo fatto, Charlie.

— L'altro giorno si è presentato da noi un tizio. Voleva una donazione per un'attività di beneficenza che ha dichiarato di mandare avanti.

Pemberton assunse un'espressione sorpresa. — Come si chiamava?

— Non era uno di qui — rispose Charlie in modo frettoloso. — Mi ha dato un nome, ma credo sia fasullo. Insomma, l'intera cosa puzzava, mi segui?

— Assolutamente.

— Una donna nella posizione della signorina Savage deve essere cauta. Ci sono un sacco d'imbroglioni in giro.

— A chi lo dici. Che episodio increscioso.

— In ogni caso, questo tizio ha detto che sarebbe rimasto in zona, almeno per un po'. Ha chiesto un altro incontro, direttamente con la signorina Savage.

— Spero che non abbiate acconsentito.

— Non ancora. Ci ha lasciato un numero di telefono di fuori e l'ho chiamato. Ma era solo un servizio di segreteria telefonica.

— Il nome della fondazione di beneficenza, almeno quello lo ha lasciato?

— Non lo ricordo con esattezza. Qualcosa che ha a che fare con delle ricerche mediche.

— Tutta roba molto facile da inventarsi di sana pianta — fece Pemberton con aria esperta. — Voglio dire, non che io abbia esperienza in materia di frodi simili, ma so che ne succedono tutti i momenti.

— Proprio quello che pensavo anch'io. In ogni caso, John, visto che questo tizio ha detto che sarebbe rimasto nei paraggi, mi sono detto che forse è in affitto da qualche parte. Un albergo, specie di quelli buoni, fa in fretta a diventare un lusso che non ci si può permettere.

— Per cui tu vorresti che io cercassi di scoprire dove sta?

— John, non te lo chiederei se non pensassi che è importante. Con questo genere di cose, bisogna andarci con i piedi di piombo. Se si presentasse di nuovo, mi piacerebbe sapere con chi ho a che fare.

— Più che giusto. — Pemberton bevve un sorso di tè. — Nessun problema, Charlie, farò sicuramente qualche indagine. Tu sai che io sono dalla parte della signorina Savage. E anche tua, è chiaro.

— E noi ti saremo enormemente grati per l'assistenza. Ho già menzionato alla signorina Savage quegli altri istituti di beneficenza di cui mi avevi parlato. E lei ha reagito in modo molto positivo.

— Perché non mi dai subito una descrizione di quel tizio? — Pemberton sembrava sul punto di levitare. — Ho la mattinata libera, e potrei cominciare da subito a fare qualche ricerca. Se si trova entro un raggio di cinquanta chilometri, con i miei agganci stai tranquillo che te lo trovo.

— Fantastico, John. Grazie.

29

Trovare un parcheggio a Georgetown era come vincere alla Lotteria Nazionale. Da M Street, Thomas Donovan svoltò in Wisconsin Avenue, con gli occhi che frugavano a destra e a sinistra alla ricerca di uno spazio libero nel quale infilare la sua seconda macchina a nolo, una Chrysler ultimo modello. Per chissà quale colpo di fortuna, riuscì a trovare un posto in una strada laterale, a non troppa distanza da dove stava andàndo.

Una leggera pioggia scendeva sul ricco quartiere residenziale caratterizzato da torreggianti ville vittoriane di mattoni scuri e legno scavato dal tempo, i cui lindi vialetti di accesso attraversavano prati accuratamente tenuti. Era una delle molte enclavi per uomini d'affari e politicanti vari disseminate tutt'attorno al nucleo che era Washington D.C. Dietro le finestre di squisita fattura, Donovan poteva immaginare eleganti signori rilassarsi al calore del caminetto, sorseggiando whisky di marca, meritato premio dopo un'altra dura giornata passata a cercare di cambiare le sorti del mondo, o a gonfiare ulteriormente i propri traboccanti portafogli.

Da quelle ville, denaro e potere sembravano trasudare nel mondo esterno, spingendo Donovan ad allungare il passo. Denaro e potere non avevano mai fatto parte delle sue ambizioni, anche se la sua professione lo portava continuamente a stretto contatto con entrambi. E con la gente che li deteneva. Da quella sua trincea, Donovan poteva bellamente permettersi di fare la parte dell'altruista, e questo per un unico motivo: credeva in ciò che faceva. Il che dava luogo a un paradosso: senza i ricchi e i potenti, senza la loro malvagità e la loro corruzione, contro chi altri avrebbe potuto lanciare i suoi moralistici strali?

Si fermò di fronte a uno degli edifici più notevoli del quartiere, un vero e proprio castello urbano di tre piani, protetto da un muro di mattoni alto circa un metro, sormontato a sua volta da una recinzione di ferro battuto nero. Thomas Donovan aveva le chiavi di quel castello, quella della cancellata del muro esterno e quella della massiccia porta principale in legno di quercia.

La governante, in uniforme ben stirata, apparve all'istante, pronta a prendere il suo impermeabile gocciolante.

— Dico alla signora che lei è qui, signor Donovan.

Aveva parlato con il giusto grado di deferenza. Ah, le delizie dei ricchi. Donovan era di origini modeste, ma in certe occasioni non gli dispiaceva affatto crogiolarsi nell'abbraccio dorato del lusso. Cuore a sinistra, portafoglio a destra. Una contraddizione intrinseca che in gioventù gli era pesata, ma con il tempo aveva smesso di dargli fastidio. Con il tempo, i vari strati del senso di colpa finiscono sempre per venir via come gli strati di una cipolla.

Donovan passò in un elegante salotto, si soffermò di fronte al calore che emanava il caminetto acceso, infine raggiunse un mobile-bar e si versò uno scotch robusto.

— Mi sei mancato, Thomas.

La donna gli si fece accanto, fece scivolare le braccia attorno al suo collo e si esibì in un bacio appassionato. Lo invitò a sedersi su un ampio divano sistemato contro la parete. Le loro ginocchia si sfiorarono quando lei gli si accomodò vicino.

— Mi sei mancato *molto*.

Alicia Crane, ricca in modo non ostentato, sofisticata in modo discreto, perla dell'alta società di Washington. Vestiva abiti costosi e firmati, così come i gioielli. Nell'avvicinarsi ai quarant'anni, i capelli biondi stavano cominciando ad assumere le vaghe sfumature della cenere, incorniciando lineamenti fini e grandi occhi bruni. Non era una bellezza nel senso tradizionale, ma la raffinatezza l'aveva comunque trasformata in una presenza piacevole. In uno dei suoi giorni migliori, Alicia Crane sarebbe stata definita *molto ben messa*.

— Anche tu mi sei mancata, Alicia — replicò Donovan accarezzandole una guancia.

— Non mi piace che tu te ne vada chissà dove senza che io ne sappia nulla. Lo sai questo, no?

La voce di Alicia era perfettamente in linea con il resto della sua persona. Acculturata, misurata, la dizione lenta e cadenzata. Forse addirittura troppo formale per una donna ancora relativamente giovane.

Donovan le sorrise. — Andare chissà dove è uno degli incerti del mestiere, Alicia — le sorrise. — Che tu riesci a rendermi ancora più difficile.

Thomas Donovan, giornalista d'assalto, alfiere delle cause perse del proletariato, era attratto da Alicia Crane. Una donna a posto, che non si dava arie, che non aveva la spocchia di tutti quei buffoni dotati di conti in banca troppo grassi che popolavano gli altri castelli di Georgetown.

— Dimmi anche un'altra cosa, Thomas — lo sorprese lei, passandogli una mano sulla guancia liscia. — Perché ti sei rasato la barba?

— Paranoie della mezza età — ci rise sopra lui. — Gli uomini hanno la loro, di menopausa.

— Andropausa.

— Più o meno. — Donovan si grattò il mento. — Io dico che non avere più la barba mi toglie almeno dieci anni, che te ne pare?

— Con o senza, resti sempre un bell'uomo. Mi ricordi un po' mio padre.

— È un complimento?

— È il *massimo* dei complimenti. Mio padre quando era giovane, naturalmente.

— Grazie per la precisazione.

— Dico a Maggie di farti preparare qualcosa per cena — disse Alicia prendendogli una mano tra le sue.

— Ti ringrazio. E dopo, in tutta franchezza, un bagno caldo non ci starebbe male.

— Naturalmente. Odio la pioggia d'autunno. — Alicia esitò. — Quando dovrai ritornare al lavoro? Pensavo che potremmo fare una scappata alle Bahamas. Il tempo laggiù è splendido in questa stagione.

— È una bellissima idea... Ma non è possibile. Da domani sono di nuovo in pista.

Lei guardò altrove, chiaramente delusa. — Capisco.

— Alicia, oggi c'è stato uno sviluppo notevole. — Donovan le baciò la fronte. — Uno sviluppo che davvero non mi aspettavo. Da parte mia, è stato un rischio. Che però è valsa la pena di correre.

Nella memoria di Donovan tornò lo sguardo da animale braccato degli occhi di LuAnn Tyler.

— Sai, Alicia, tu segui una pista, ma non sai mai se porterà da qualche parte. Altri incerti del mestiere.

— È meraviglioso, Thomas, sono felice per te. Ma non ti starai esponendo a rischi personali, vero?

— I salti mortali senza rete li lascio fare ai pivelli — la tranquillizzò lui.

L'espressione sul viso di Alicia gli ricordò quella di una bambina che ascolti le imprese del suo supereroe preferito. Donovan si crogiolò nell'idea. Chi non lo avrebbe fatto? Chi non aveva bisogno di un minimo di adulazione? Le sorrise con calore, continuando a stringerle la mano tra le sue.

— Senti, Alicia, arrivo in fondo a questa storia e ci prendiamo una bella vacanza. Promesso. Tu e io. In un bel posto caldo. Sole, spiaggia, drink e barche a vela. C'è stato un tempo in cui non andavo male con quelle tinozze senza remi e senza motore. E non c'è altra persona con la quale vorrei riprovare tranne te. Che te ne pare?

Alicia appoggiò la testa sulla sua spalla. — È meraviglioso.

30

— Che razza di conclusione devo trarre, LuAnn, che non ti fidi più di me?

— Che razza di discorso mi stai facendo, Charlie?

— Ti avevo detto che mi sarei occupato io della cosa, sì o no? — Charlie era pieno di rabbia e di frustrazione. — Matthew Riggs a pranzo da noi... Cristo! Ti dispiace dirmi perché accidenti lo hai invitato? Ma soprattutto, ti dispiace dirmi perché sei andata a casa sua?

LuAnn lo guardò con aria bellicosa. — Perché, semplicemente, non me la sentivo di stare qui a fare la bella statuina.

Si trovavano nell'ufficio di Charlie, la pesante scrivania fra di loro. Charlie aveva tolto l'involucro a un sigaro cubano e se lo stava accendendo quando era arrivata LuAnn a comunicargli l'ultima novità.

— Charlie, ascolta — l'aria bellicosa di LuAnn sembrò dissiparsi, mentre aggirava il tavolo e andava a passargli una mano tra i radi capelli. — La mia idea era agganciare subito Riggs senza lasciargli il tempo di agire. Cioè scusarmi e dirgli di lasciar perdere, in modo che noi potessimo avere mano libera.

Charlie scosse nuovamente il capo, ignorando un improvviso e fastidioso dolore alla tempia. Sospirò e le passò un braccio attorno alle spalle.

— LuAnn, questa mattina ho fatto due chiacchiere con John Pemberton. Due chiacchiere davvero *molto* istruttive.

— E chi è John Pemberton?

— L'agente immobiliare che ci ha venduto tutto questo! — Charlie fece un ampio gesto girando lo sguardo nel sontuoso studio. — Pemberton è il re dei pettegoli di Charlottesville. Conosce tutto e tutti. E ora sta cercando di rintracciare il tizio della Honda per conto nostro.

LuAnn si staccò da lui. — Non gli avrai raccontato...

— Lo stai facendo di nuovo, LuAnn — la interruppe lui freddamente.

— Facendo cosa?

— Non fidarti.

Lei si limitò a sospirare.

— Quello che gli ho raccontato è stata una bella storiella che lui si è allegramente bevuto come whisky di puro malto. E tu sai, LuAnn, che noi due siamo diventati proprio bravi a raccontare storielle, no?

— Anche troppo — ribatté lei cupamente. — Sta addirittura cominciando a diventare difficile riuscire a ricordarsi dove finiscono le bugie e dove comincia la verità.

— Ho fatto a Pemberton qualche domanda su Riggs — riprese Charlie — in modo da capire che tipo è, qual è la sua storia.

— Non è un poliziotto. Gliel'ho chiesto e lui ha risposto di no, al contrario di quanto pensavi tu.

— D'accordo, Riggs mi aveva fuorviato.

— Ma allora chi diavolo è? E poi, perché tutta questa segretezza?

— Simpatica domanda, fatta da te. — LuAnn gli diede un colpetto di gomito sorridendo. — E comunque, Pemberton ritiene che Riggs fosse un agente segreto.

Il sorriso di LuAnn scomparve di colpo. — Cia?

— Nessuno lo sa per certo. Il suo passato è nebbia. E non credo che Riggs metta annunci sul giornale per informare la cittadinanza.

LuAnn rabbrividì al ricordo di quegli appunti su di lei e sulla Honda che Riggs aveva raccolto così rapidamente. Rapidità che ora cominciava ad avere un senso. — Uno 007 che adesso costruisce recinti nella Virginia rurale... Da quando in qua alle spie viene permesso di andare in pensione?

— Tu hai visto troppi film sul Kgb. La Guerra Fredda è finita, LuAnn. Quella gente soffre della disoccupazione come tutti quanti. E ben poco del lavoro di spionaggio coinvolge impermeabili con il bavero rialzato, pistole sotto l'ascella e colpi di Stato contro i dittatori cattivi. Per quel che ne sappiamo, Matthew Riggs può essere stato un impiegatuccio qualunque in un ufficio qualunque che passava i suoi giorni a decifrare fotografie di Mosca prese dai satelliti.

— Quanto a questo, Riggs ha già fatto saltar fuori informazioni sulla Honda — disse LuAnn. — E su di me.

— Su di te...

— Su Catherine Savage. La copertura sembra tenere. Per ora.

— E la Honda?

— Presa a nolo a Washigton D.C., con un nome falso. Un vicolo cieco.

— Però, si muove in fretta, il nostro amico.

— Molto più in fretta di quanto pensavamo — dichiarò LuAnn. — E non è il tipo dello scornacchiato da ufficio, a giudicare da come maneggia il fucile. Per non parlare della sua conoscenza delle armi, del suo modo di fare domande e della sua freddezza.

— Puoi spiegarti meglio?

LuAnn si appoggiò allo stipite della porta dell'ufficio, con i pollici infilati nei passanti dei jeans. Spiegò a Charlie del suo incontro ravvicinato con il fucile di Riggs.

— Cristo, LuAnn! Se lui è davvero uno 007, t'è andata davvero bene che non t'abbia fatto saltare la testa. — Charlie serrò la mandibola. — Tu e il tuo maledetto vizio di correre rischi. Come quando hai voluto essere presente alla dannata estrazione della lotteria!... E cos'altro è successo?

— Ho ammesso la faccenda dell'inseguimento in macchina. Gli ho detto che tu e io ce ne stavamo occupando.

— E lui ci ha creduto? — Charlie continuava a essere scettico. — Nessuna domanda? Nessun dubbio?

— Stavo dicendo la verità, Charlie — ribatté lei in tono tagliente. — Una volta tanto.

— D'accordo, d'accordo, cerchiamo di non andare su di giri — disse lui roteando gli occhi. — Gesù, sembriamo una vecchia coppia sposata.

LuAnn sorrise. — Noi *siamo* una vecchia coppia sposata. Con qualche tonnellata di segreti in più della media.

Charlie sogghignò e finalmente trovò il momento buono per accendersi il sigaro. — Quindi, per farla breve, tu ritieni che Riggs la pianterà di ficcare il naso.

— È uno che vorrebbe saperne di più, ma mi ha anche detto che non insisterà. Non mi dà l'idea del tipo che conta balle. Non so esattamente perché, ma gli credo.

— E quindi, è per ringraziarlo che lo hai invitato a pranzo.

LuAnn studiò l'espressione di Charlie attraverso il fumo del sigaro. C'era forse anche una nota di gelosia in quelle parole?

— È solo un modo per tenerlo d'occhio, per capire che tipo è. Sembra proprio che anche lui abbia qualcosa da nascondere.

Charlie esalò una boccata fumosa. — Magnifico. Quindi, visto che con Riggs adesso siamo amiconi, ci rimane solo il tizio della Honda di cui preoccuparci.

— Perché, non basta?

— E avanza. Ma se Pemberton riesce a rintracciarlo, faremo un grosso passo avanti.

— Metti che ci riesca — disse LuAnn. — A quel punto cos'hai intenzione di fare?

— A quel punto giochiamo a carte scoperte e gli chiediamo che accidenti vuole. Se sono soltanto soldi, potrebbe anche andarci bene.

— Metti che non siano solo dei soldi. — LuAnn dovette compiere uno sforzo per tirare fuori il resto. — Metti che sappia della frode alla lotteria...

— Come potrebbe? — Charlie si tolse il sigaro dalle labbra e la fissò intensamente. — E anche in quella probabilità su un miliardo che lo sappia, ci sono mille altri posti al mondo dove andare, LuAnn. Nel peggiore dei casi, possiamo dileguarci da qui in ventiquattr'ore.

— Per ricominciare a fare i nomadi? — La sola idea la faceva rabbrividire.

— Sempre nomadi in prima classe — aggiunse Charlie. — Qual è l'alternativa, la galera?

LuAnn gli tolse il sigaro di bocca, tirò una lunga boccata a sua volta e glielo restituì. — Allora, come sei rimasto con Pemberton?

— Ci farà sapere. Domani, o tra una settimana...

— O mai — concluse LuAnn voltandosi per andarsene.

— A proposito... — accennò Charlie. — Sono invitato anch'io al pranzo di domani?

— Perché non tiri a indovinare?

Riggs aveva deciso per pantaloni kaki ben stirati, camicia oxford azzurra con il colletto abbottonato e pullover a rombi colorati. Aveva considerato giacca e cravatta, abbigliamento che riservava per serate formali in città, ma ci aveva ripensato. Che diavolo, si trattava solo di un pranzo. E poi la padrona di casa avrebbe anche potuto chiedergli di rimboccarsi le maniche e di mettersi al lavoro. Il suo pick-up era in carrozzeria, così si era fatto prestare una jeep Cherokee, veicolo comunque più appropriato per frequentare gli ambienti altolocati di Charlottesville.

Prima di smontare e dirigersi all'ingresso di Wicken's Hunt, si ravviò i capelli lavati di fresco. Probabilmente lo stavano osservando con videocamere da quando aveva imboccato il vialetto di accesso.

Sally Beecham, la domestica in uniforme, lo accolse sul portone e lo precedette fino alla biblioteca. Rimasto solo, Riggs tornò subito a domandarsi se anche lì ci fosse una videocamera nascosta e si immaginò Catherine Savage e il suo guardaspalle Charlie seduti in una stanza piena di monitor a seguire ogni suo passo. Poi decise di lasciar perdere quei pensieri oziosi e prese a osservare le ordinate file di volumi che si allineavano sugli scaffali. In molti altri posti del genere nei quali era entrato, i libri erano solo un elemento decorativo. Ma qui non sembrava fosse così.

C'erano alcune fotografie incorniciate sulla mensola del caminetto. Charlie e una ragazzina che assomigliava parecchio a Catherine Savage. Oppure la ragazzina da sola in vari momenti della crescita. Mai Catherine Savage. A Riggs parve strano, almeno quanto lo era la donna in questione.

Alle sue spalle, le doppie porte della biblioteca si aprirono. Matt Riggs realizzò in un istante che il primo incontro avuto con Catherine Savage non era stato sufficiente a prepararlo al secondo.

La donna che venne verso di lui indossava un abito nero lungo fin sotto il ginocchio, che disegnava sapientemente ogni curva del corpo. Un abito semplice, essenziale, che avrebbe potuto funzionare ugualmente bene a un pranzo di campagna come a una cena alla Casa Bianca. Catherine Savage, serici capelli biondi che le ricadevano sulle spalle, indossava scarpe nere con il tacco basso, niente calze. Riggs cercò di allontanare dalla mente l'immagine di una pantera in movimento. Non ci riuscì. Una donna di innegabile bellezza, seppure imperfetta. Ma esisteva davvero qualcosa di perfetto? Quella piccola cicatrice sul mento era proprio la traccia lasciata da una lama seghettata. Una traccia del suo passato? Un segno lasciato da chissà quale pericolo lontano? Forse. Il paradosso era che quella cicatrice la rendeva addirittura più attraente. Poi Riggs notò un altro particolare: non esisteva la minima ruga di espressione attorno alla bocca di lei. Quasi che il volto di Catherine Savage non fosse in grado di sorridere.

— Lieta che sia potuto venire, Matthew.

— Piacere mio.

Si strinsero la mano. E, di nuovo, Riggs notò quanto forte fosse quella stretta, mentre le dita lunghe si serravano attorno alle sue, disseminate di calli.

— So che i costruttori sono tempestati da emergenze, durante la giornata — riprese LuAnn. — E che non sempre il tempo è dalla loro parte.

— In questo caso lo è. — Riggs passò lo sguardo sulle pareti e sul soffitto della biblioteca. — Ho sentito parlare delle ristrutturazioni che lei ha fatto qui a Wicken's Hunt. Lavoro magnifico. Non è facile seguire questo tipo di interventi, specie con qualcosa di tanto complesso.

— È stato Charlie a occuparsene, e credo sia andato tutto molto bene.

— Lo vedo.

— Il pranzo sarà pronto tra qualche minuto. Sally lo servirà sulla veranda. La sala da pranzo è da cinquanta posti e mi sembrava un tantino eccessiva per solo tre commensali, non trova? Gradisce un aperitivo?

— Va bene così, la ringrazio. — Riggs accennò alle foto sul caminetto. — Sua figlia? Oppure la sorella minore?

LuAnn seguì la direzione dello sguardo di lui. Sedette sul divano prima di rispondere.

— Lisa Marie, mia figlia. Dieci anni. Sono passati davvero in fretta...

Riggs le sorrise. — Deve averla avuta quando era molto giovane.

— Forse troppo. Ma non la darei per niente al mondo. Lei ha figli, Matthew?

Lui guardò altrove, come se la domanda lo avesse colto alla sprovvista. — Mai avuta tanta fortuna.

LuAnn non vide una fede matrimoniale all'anulare di lui. Il che non significava nulla. Erano molti gli uomini che non la portavano, specialmente quelli che svolgevano lavori manuali, più che altro per ragioni di sicurezza.

— Sua moglie non ne vuole?

— Sono divorziato — rispose Riggs. — Da quasi quattro anni, ormai. — Il suo sguardo vagò nuovamente sulla biblioteca. — E lei?

— Vedova.

— Mi dispiace.

LuAnn scrollò le spalle. — Storia antica.

Ma nella sua voce Riggs percepì come la traccia di un dolore che forse non si era ancora dissipato. — Signorina Savage...

— Catherine. — LuAnn ebbe un sorriso allusivo. — Tutti i miei amici mi chiamano Catherine.

Riggs si accomodò vicino a lei. — Allora, dov'è il buon Charlie?

— In giro per impegni. Ma ci raggiungerà a pranzo.

— È suo zio?

LuAnn annuì. — Sua moglie è mancata circa un anno fa. E io ho perduto entrambi i genitori. Siamo tutto quello che resta della famiglia.

— Da quanto posso vedere, il suo defunto marito ha avuto molto successo negli affari. O forse è stata lei ad averlo — domandò Riggs con un sorriso. — O forse avete vinto alla lotteria.

La mano destra di LuAnn si serrò sul bracciolo. Se anche Riggs se ne accorse, non lo diede a vedere.

— Mio marito era un brillante uomo d'affari — rispose LuAnn con naturalezza. — Mi ha lasciato in ottime condizioni economiche.

— Poco ma sicuro.

— Mi parli un po' di lei, Matthew. È di Charlottesville?

— Dopo la mia visita di ieri, pensavo che lei avesse già preso tutte le informazioni del caso.

— Non credo di avere a disposizione sistemi d'indagine del suo livello — disse LuAnn tenendo gli occhi piantati in quelli di lui. — Voi costruttori siete davvero pieni di risorse.

— Mi sono trasferito qui circa cinque anni fa. Nei primi due ho imparato il mestiere con uno dei più grossi professionisti del posto. Alla sua morte, mi sono messo in proprio.

— Per cui sua moglie ha vissuto qui con lei per un anno.

Riggs scosse la testa. — Il divorzio è diventato definitivo quattro anni fa, dopo una separazione di un anno e mezzo. Lei è rimasta a Washington. Non credo che se ne andrà mai di là.

— Politica?

— Legge. Grosso avvocato in un grosso studio legale. Grossi legami politici. Grosse parcelle.

— Dev'essere proprio in gamba, allora. Specialmente in un campo dominato dagli uomini.

— Sì, è in gamba, e a certi livelli il matrimonio diventa un ingombro — aggiunse Riggs. — Non è una storia granché originale, ma è l'unica che ho. Per questo ho deciso di venire da queste parti e non mi sono più guardato indietro.

— Quindi quello che fa ora le piace.

— Certe volte può diventare una scocciatura, come qualunque lavoro, probabilmente. Ma a me piace costruire le cose. Molto terapeutico, molto rilassante. Ho anche avuto fortuna: buoni riscontri dai clienti, buoni affari. Come lei sa, circolano molti soldi da queste parti. E da parecchio tempo.

— Me ne sono accorta. Sono lieta di sentire come la sua nuova occupazione le stia dando soddisfazioni.

Riggs si rilassò contro lo schienale del divano, intrecciando le mani, cercando di intuire dove lei stesse andando a parare.

LuAnn si limitò a osservarlo.

Poi Riggs sbuffò impercettibilmente. — Mi faccia indovinare, Catherine. Lei ha sentito voci di Matt Riggs ex forze speciali, ex Cia, ex assassino internazionale, il quale ha appeso il fucile da cecchino al chiodo per limitarsi a inchiodare assi qui tra le verdi colline della Virginia?

— Quella del sicario internazionale non l'avevo ancora sentita.

Si scambiarono un breve sorriso.

— Se lei dicesse la pura e semplice verità — rilevò LuAnn — forse quelle voci cesserebbero.

Da che pulpito veniva la predica. LuAnn si augurò che sul proprio volto ci fosse ancora sufficiente innocenza.

— Questo nel caso che a me interessi farle cessare — obiettò Riggs. — E non è il caso.

— D'accordo. Sono affari suoi.

— Ritengo sia sempre meglio non dare peso a quello che la gente pensa di te. Se cominci a farlo, diventi un perfetto candidato per la camicia di forza. A volte le persone sanno essere crudeli. Specie quelle persone che, *in teoria*, ti vogliono bene.

— Sembra parlare per esperienza personale.

— Esattamente.

— Forse c'entra il divorzio? — ipotizzò LuAnn.

Riggs rispose senza guardarla. — Senza toglierle niente, Catherine, perdere il proprio compagno, o compagna, può non essere così traumatico come passare attraverso un divorzio. Credo che siano tipi di dolore diversi. E due diversi modi di farci i conti.

— Capisco.

C'era qualcosa di spietatamente onesto nelle parole di lui. LuAnn non poteva dire altrettanto di se stessa. Lei non era affatto la vedova di un marito ricco. Chi l'aveva messa incinta era stato un farabutto ubriacone spacciatore di droga. La pantomima delle menzogne era inarrestabile, simile a un treno senza freni. E la verità non l'avrebbe affatto liberata: la verità l'avrebbe distrutta. Tutta la sua esistenza sarebbe crollata su di lei come uno di quei vecchi edifici fatiscenti demoliti per implosione.

— Dovremmo essere quasi pronti — disse con un diverso registro, gettando un'occhiata all'orologio e alzandosi.

Riggs si alzò a sua volta. Sembrava lieto di aver cambiato argomento.

— Dopo, vorrei mostrarle un'area nel retro — accennò LuAnn — dove stavo pensando di far costruire quel piccolo studio di cui le ho parlato.

— Sempre pronto a mettermi al lavoro, Catherine.

Charlie arrivò mentre stavano uscendo sulla veranda.

— Lieto di rivederla, Matt — esordì porgendogli la mano. — Spero che abbia un buon appetito, Sally fa porzioni da cavallo.

Durante il pranzo, tutti e tre si tennero a prudente distanza da argomenti scottanti. Tuttavia, a Riggs non sfuggì il forte legame che c'era tra Catherine e Charlie. Forte e indissolubile. Tutto considerato, erano davvero una famiglia.

— Per cui, Matt, che tempi abbiamo per quella recinzione? — domandò Charlie.

I due uomini erano rimasti soli sulla terrazza che dominava il vasto appezzamento attorno a Wicken's Hunt. Finito il pranzo, LuAnn era andata a prendere Lisa a scuola, chiedendo a Riggs di rimanere fino al suo ritorno in modo da parlargli del progetto dello studio. Lui si chiese se non fosse piuttosto una strategia per permettere a Charlie di tirargli fuori informazioni. Comunque fosse, restò in guardia.

— Secondo il piano di lavoro...

— Fuma? — Charlie gli stava tendendo un grosso sigaro.

— Molto volentieri. — Riggs ne tagliò il terminale con l'utensile che Charlie gli porgeva. — Dopo un pranzo simile, come dire di no?

— A chi lo dice! — I due uomini si accesero i sigari.

— Tornando al perimetro — riprese Riggs esalando la prima boccata — contiamo una settimana per gli scavi della palificazione, due settimane per preparare il terreno e per installare la recinzione vera e propria, un'altra settimana per i cancelli di accesso e il sistema di sicurezza... Diciamo un mese in tutto. Esattamente come da progetto.

Charlie gli scoccò un'occhiata allusiva: — Ma tra le stime su carta e la realtà dei fatti a volte c'è di mezzo il mare.

— Benvenuto nell'eccitante mondo dei costruttori — concordò Riggs. — Vedrà che ce la faremo prima dei freddi dell'inverno. E dopo una giornata come quella di ieri... — e stavolta fu lui a scoccare a Charlie un'occhiata allusiva — non sarebbe affatto male avere quella recinzione già in piedi fin da oggi. O sbaglio?

Charlie prese la palla al balzo, accennando a un paio di sedie di ferro battuto sistemate vicino alla balaustra della veranda.

— Si accomodi, Matt. — Charlie sedette a sua volta, agitandosi sulla sedia con palese disagio. — Quanto li odio questi affari di ferro, costano un occhio della testa e ti spezzano le vertebre. — Charlie emise una nube di fumo azzurrino e studiò il paesaggio. — Ma forse vale la pena di spezzarsi le vertebre... per ritrovarsi di fronte tutto questo.

— È una delle ragioni per le quali ho deciso di venire qui — approvò Riggs.

— Ce ne sono altre? — Charlie ebbe un sogghigno e subito si schermì. — Come non detto: sono affari suoi.

Riggs, percepì l'enfasi sulle ultime parole, ma non reagì.

Charlie cercò una posizione più comoda per le sue vertebre. — Catherine mi ha parlato della vostra piccola discussione di ieri.

— Non dovrebbe insinuarsi nelle case della gente. Può essere pericoloso.

— È quello che le ho detto anch'io. Ma è piuttosto testarda.

— Già.

— In ogni caso, Matt, apprezzo che lei abbia convenuto di lasciar perdere.

— Le ripeto: finché il tizio della Honda non viene a cercare me, io non vado a cercare lui.

— Nessuna obiezione in merito. Catherine è una donna molto ricca, questo è fin troppo evidente. E con la ricchezza arriva anche ogni sorta di truffe, imbrogli e minacce. E abbiamo anche Lisa di cui preoccuparci. Per questo la teniamo molto d'occhio.

— Quindi l'episodio di ieri non è stato il primo, nel suo genere.

— E nemmeno sarà l'ultimo. Ma uno non può comunque mettersi in trincea. Certo, Catherine potrebbe comprarsi un'isola deserta in capo al mondo, dove nessuno possa raggiungerla. Ma che razza di vita sarebbe per lei? Per Lisa?

— E lei, Charlie? Non mi sembra affatto uno che abbia già un piede nella fossa. Quasi quasi potrebbe scendere in campo domenica prossima con i Redskins.

— Amico mio, si fa di tutto pur di combattere i guasti del tempo — disse Charlie non disdegnando il complimento. — Un po' di palestra continuo a farla, e Catherine mi martella sul mangiare e sulle sigarette. — Osservò la brace del sigaro. — Mi sa che mi permette di fumare questi per pura compassione. Ma anche a me non va di vivere su un'isola deserta.

— Che mi dice della Honda? — fece Riggs. — Trovato qualcosa?

— Ci sto lavorando.

— Supponiamo che lei riesca a trovarli, sia la Honda sia quel tizio. A quel punto cosa farà?

— Lei cosa farebbe, Matt?

— Dipende dal tizio. E dalle sue intenzioni.

— Difatti. Per cui, fino a quando non scoprirò quali sono

le sue intenzioni, non posso farmi un'idea precisa su come procedere.

C'era una vaga traccia di ostilità nel tono di Charlie, che comunque Riggs volle ignorare. Il suo sguardo tornò sul paesaggio. — Catherine ha accennato a costruire uno studio. Lei sa dove?

— Non ne abbiamo parlato in termini precisi — rispose Charlie scuotendo il capo. — Credo si tratti di una sua novità.

Riggs lo osservò. Il lavoretto aggiuntivo era la ricompensa perché lui continuasse a tenere il becco chiuso? O forse c'era dell'altro?

— Sa per che cosa lo userà? — riprese Riggs. — Lo studio, voglio dire.

— Che differenza fa?

— Molta. Se è uno spazio per dipingere, deve ricevere luce in abbondanza, quindi ci vogliono dei lucernari. Deve anche avere un buon sistema di aereazione, in modo da eliminare le esalazioni dei colori. Se invece vuole usarlo per leggere o stare in pace, è una storia diversa.

— Capisco — Charlie annuì con aria pensierosa. — Non sono certo di che cosa Catherine voglia farci. Ma non dipinge, che io sappia.

La conversazione stava ristagnando, quando udirono le voci di LuAnn e Lisa. Madre e figlia apparvero sulla veranda e Riggs si voltò, sorridendo a entrambe. Di persona, Lisa Marie Savage assomigliava a sua madre molto di più che in fotografia. Lo stesso fisico armonioso, lo stesso passo elastico.

— Lisa, questo è il signor Riggs.

Riggs non era stato a contatto con molti bambini. Fece ciò che gli parve naturale: tese la mano.

— Il mio nome è Matt. Lieto di conoscerti, Lisa.

Lei accettò la stretta. — Lieta di conoscerti, Matt.

— Bella presa — commentò Riggs spostando uno sguardo su LuAnn. — Dev'essere nel patrimonio genetico della famiglia. Sarà meglio che la prossima volta mi metta un guanto ferrato.

Anche Lisa sorrise.

— Matt mi costruirà uno studio, Lisa. — LuAnn accennò al verde tutto attorno a loro. — Da qualche parte là fuori.

Lisa ne parve meravigliata. — Perché, la nostra casa non è abbastanza grande?

La battuta innescò una risata generale.

— A che cosa serve lo studio? — tornò alla carica Lisa.

— Diciamo che è una specie di sorpresa — disse LuAnn. — Anzi, può essere che lo faccia usare anche a te.

Il volto di Lisa si aprì in un'espressione raggiante.

— Ma solo se i voti a scuola continueranno a essere alti — intervenne Charlie. — E parlando di scuola, quella famosa interrogazione?

Stava facendo il burbero, ma era chiaro che amava la bambina quanto l'amava sua madre. Se non addirittura di più.

La bocca di Lisa si piegò all'ingiù. — Non ho preso dieci...

— Be', non ci pensare — la rincuorò Charlie. — È colpa mia. Non sono mai stato un granché in matematica.

Ma Lisa improvvisamente sorrise: — Infatti ho preso *dieci e lode*!

— Okay, piccola! — esclamò Charlie scompigliandole i capelli. — Hai proprio preso il gusto dell'umorismo di tua madre.

— Sally ti ha preparato qualcosa da mangiare, visto che a scuola non hai pranzato — intervenne LuAnn. — Forza, tesoro. Intanto io finisco con Matt.

LuAnn e Riggs si avviarono verso il retro della casa, mentre Charlie si ritirava adducendo come scusa alcuni affari da sbrigare.

La radura si trovava sul limite della foresta. Veduta verso le montagne lontane su un lato, l'abbraccio degli alberi scuri su altri due. Riggs si fermò sull'erba ancora umida, indicando un punto specifico. — Quello sembra un buon posto.

LuAnn era accanto a lui, la monumentale struttura della villa alle loro spalle.

— Con un terreno talmente grande — riprese Riggs — ci sono varie possibilità. Se lei mi dicesse a che cosa le serve, sarebbe più facile scegliere il posto adatto. — Si voltò verso la casa. — Lei ha parecchie strutture esterne. Perché non convertire una di quelle?

— Mi scusi, credevo di essere stata chiara. Voglio qualcosa di completamente nuovo. Nessuno degli altri edifici va bene. Lo voglio simile al suo, a due piani. Di sotto potrebbe essere una specie di laboratorio per i miei hobby... quando comincerò ad averne. Lisa sta sviluppando un talento per il disegno. A me non dispiacerebbe lavorare con la creta. Mi dà l'idea di qualcosa di molto rilassante. Al piano superiore, voglio una stufa a legna, un telescopio, mobili rustici, scaffali, lucernari, forse anche una piccola cucina.

— Ho capito — Riggs annuì guardandosi intorno. — Ho visto la piscina. Ha in mente di costruire un capanno, forse anche un campo da tennis?

— La primavera prossima. Perché?

— Si potrebbe integrare lo studio in un sistema unico. Usare gli stessi materiali, o una loro combinazione, sia per il capanno sia per lo studio.

— No, Matt. Lo voglio separato — insistette LuAnn. — Per gli eventi all'aperto, sistemerò un gazebo. Quanto alla piscina e al campo da tennis, sarà soprattutto Lisa a farne uso. Per questo li voglio in prossimità della casa. Ma lo studio... è meglio a distanza, anche un po' nascosto.

— Nessun problema. Specialmente per quanto riguarda la disponibilità di spazio. — Riggs studiò la pendenza del terreno. — Quindi niente nuoto o tennis per lei?

— So nuotare, ma non ho mai giocato a tennis. Né ho alcuna voglia di cominciare adesso.

— E io che credevo che tutti i ricchi giocassero a tennis. E a golf.

— Forse i ricchi che i soldi li hanno dalla nascita. Per me non è sempre stato così.

— Georgia.

LuAnn gli allungò un'occhiata penetrante. — Che cosa?

— Il suo accento. È un po' che cerco d'individuarlo. Quello di Lisa è irriconoscibile. Il suo è molto debole, ma qualche traccia è rimasta. Immagino che abbia trascorso molti anni in Europa — disse Riggs sorridendo. — Lo sa come si dice: puoi togliere una ragazzina dalla Georgia, ma non puoi togliere la Georgia da una ragazzina.

LuAnn esitò un istante, poi replicò: — Mai stata in Georgia.

— È strano. — Riggs aggrottò la fronte. — Di solito ci azzecco.

— Non questa volta. — Lo sguardo di LuAnn tornò alla radura di fronte a loro. — Allora, cosa ne pensa?

Riggs le studiò il volto per un momento, prima di rispondere. — Per prima cosa, dovremo stendere un progetto. In modo da poter sapere bene che cosa vuole, anche se ha già le idee abbastanza chiare. Il tempo di realizzazione dipenderà dalle dimensioni e dalla complessità della struttura. Diciamo da due a sei mesi.

— Quando può cominciare?

— Non quest'anno, Catherine.

— Ha davvero così tanto lavoro?

— Nulla a che vedere con la mole di lavoro. La realtà è che nessun costruttore che sappia il suo mestiere darebbe inizio a dei lavori in questa stagione. Ci vuole tempo per arrivare ai disegni definitivi, altro tempo per ottenere i permessi di costruzione. Presto, il terreno comincerà a gelare. Colare cemento in quelle condizioni sarebbe un grosso errore. Inoltre, non riusciremmo a chiudere il tetto prima dell'inverno. E da queste parti, l'inverno non scherza.

— Mi rendo conto. — Ma la voce di lei era piena di disappunto. LuAnn osservò la radura in silenzio, quasi potesse vedere le linee del suo immaginario rifugio.

— Il tempo passa in fretta, Catherine — la incoraggiò Riggs. — E durante l'inverno, metteremo insieme un ottimo progetto. Conosco un eccellente architetto e posso organizzarle tutti gli appuntamenti che vuole. Guardiamo alla prossima primavera, Catherine. E stiamo sul sicuro.

LuAnn represse una smorfia. Non aveva nemmeno idea se sarebbero stati ancora lì, la primavera successiva. — D'accordo, grazie.

Voltò le spalle alla radura e si avviò verso la villa. Riggs le si mise al fianco. — Catherine, se potessi costruirglielo oggi, all'istante, lo farei. — Le toccò leggermente la spalla. — Qualche costruttore privo di scrupoli potrebbe accettare l'incarico, farle pagare il doppio e poi consegnarle una catapecchia che in un paio di anni cade a pezzi. Non è il mio stile. E voglio che lei abbia qualcosa di valido, qualcosa che duri.

— Comincio a rendermi conto da dove vengono tutte le referenze che Charlie ha raccolto su di lei — disse LuAnn sorridendogli, accennò alla stalla e aggiunse: — Se cavalcare conta come hobby, quello è il mio. Lei sa stare in sella, Matt?

— Non sono un cavallerizzo... ma neanche mi faccio sbattere giù al primo tentativo.

— Faremo una cavalcata insieme, un giorno o l'altro. Ci sono posti molto belli qui intorno.

— Lo so. Ho fatto lunghe passeggiate da queste parti prima che lei comprasse la proprietà. La sua è stata davvero un'ottima scelta.

— È stato Charlie a trovare Wicken's Hunt.

— Un uomo per tutte le stagioni.

— Un uomo molto valido. Sarebbe tutto molto più difficile senza di lui.

Riggs annuì lentamente, senza guardarla. — Deve essere bello avere qualcuno così nella propria vita.

31

Charlie li stava aspettando sulla soglia dell'ingresso posteriore di Wicken's Hunt. Nel vederlo, Riggs ebbe la sensazione che ci fosse stato un mutamento nell'atmosfera. Ne ebbe la conferma notando l'occhiata che passò tra lui e Catherine.

Riggs capì al volo che questo era veramente il momento di andare. — Ancora grazie per il pranzo — disse a entrambi. — Sono certo che avrete un pomeriggio pieno di impegni. E anch'io ho qualche appuntamento. — Poi si rivolse a LuAnn: — Mi faccia sapere che cosa decide per lo studio, Catherine.

— Lo farò. E lei mi faccia sapere quando vuole fare quella cavalcata.

— Senz'altro.

Dopo che Sally Beecham ebbe accompagnato l'ospite alla porta, LuAnn seguì Charlie nel suo studio.

— Pemberton lo ha trovato.

Quella di LuAnn era un'affermazione, non una domanda. Charlie annuì con decisione.

— Chi è?

— Non sappiamo chi è, sappiamo *che cosa* è.

— Vale a dire?

— Un nostro affezionato vicino di casa.

— Di che diavolo stai parlando, Charlie?

— Di un villino a non più di cinque chilometri da qui, lungo la Statale 22. Un posto piuttosto isolato. Ricordo che diedi un'occhiata a quell'appezzamento quando stavamo pensando di costruire qualcosa di nuovo. Un tempo c'era una grossa villa che doveva essere molto somigliante alla nostra. Adesso rimane solo il villino del custode. Ed è quello che il nostro uomo ha preso in affitto.

— E ci sono un sacco di sentieri che da là portano fino a Wicken's Hunt — confermò LuAnn. — Quell'individuo potrebbe tenerci d'occhio da un pezzo.

— È esattamente questo che mi preoccupa. — Charlie tolse di tasca un foglio di carta e lo aprì sulla scrivania. — Pemberton mi ha dato tutte le indicazioni per arrivarci.

LuAnn studiò la piantina, imprimendosela nella memoria. Charlie aprì il cassetto della scrivania, ne estrasse la calibro 38 e riempì il tamburo.

— Niente colpi di testa, Charlie.

— Senti, procediamo come d'accordo, va bene? — Si mise in tasca l'arma evitando lo sguardo duro di lei. — Vado là e cerco di capire che cosa succede.

— Io vengo con te.

— Tu non vai da nessuna parte con nessuno!

— Charlie, io insisto.

— Potrebbe essere pericoloso, LuAnn!

— A me, lo dici?

— Sai *esattamente* che cosa intendo. Lascia che prima veda io com'è la situazione, che mi chiarisca le idee su questo tizio. Non ho la minima intenzione di correre rischi, te lo assicuro.

— E allora la pistola a che cosa ti serve?

— Ho detto che *io* non ho intenzione di correre rischi. Lui è un'altra storia.

— Continua a non piacermi, Charlie.

— Credi che io ci sguazzi? Ma che alternativa abbiamo? Dovesse succedere qualcosa, non voglio che tu ti trovi in mezzo.

— Non spetta a te combattere le mie battaglie!

Charlie le sfiorò una guancia. — Voglio che tu e Lisa siate al sicuro. È una scelta di vita, da parte mia. Lo è da molto tempo. — Le sorrise.

Lei lo osservò mentre apriva la porta dello studio. — Charlie, ti prego, stai...

— Attento? Lo sono sempre.

LuAnn attese che se ne fosse andato, poi si precipitò nella sua stanza. Indossò jeans, maglione, stivali dalla suola robusta e un giubbotto di pelle. Corse alla stalla, sellò Joy e partì al galoppo, perdendosi nel labirinto di piste che solcavano le colline.

Era giusto che ognuno facesse le proprie scelte di vita. E che ognuno combattesse le proprie battaglie.

Matt Riggs sapeva che non sarebbe stato facile stare dietro alla Range Rover per l'angusta strada nei boschi senza farsi notare. Aveva comunque deciso di correre quel rischio. Seguiva Charlie dal momento in cui si era immesso sulla Statale 22 provenendo dalla strada privata di Wicken's Hunt, dirigendosi quindi verso nord.

Ecco il mutamento di atmosfera tra il vecchio gorilla e Catherine Savage. E c'erano buone possibilità che questo preludesse a un nuovo sviluppo degli eventi. Il giorno prima, un amico di Riggs aveva visto Charlie e John Pemberton fare colazione insieme al Boar's Head Inn. Da parte di Charlie, era stata una mossa abile. Per trovare qualcuno senza dare troppo nell'occhio, per esempio qualcuno come il tizio della Honda, Pemberton era la carta vincente.

Riggs rallentò facendosi distanziare un poco. Se qualcosa fosse andato storto, questa volta aveva con sé il suo fucile.

Charlie nascose la Range Rover dietro la massa d'alberi, diede una stretta al calcio del revolver che teneva in tasca e scese. Il vecchio villino a due piani del custode era visibile nel folto, un centinaio di metri più oltre. Charlie avanzò nel bosco e arrivò a ridosso del capanno sul retro dell'edificio. Ripulì dalla polvere il vetro di una delle finestre. C'era un veicolo avvolto dalla penombra nell'interno. La Honda nera.

John Pemberton si era davvero meritato una bella donazione per una delle sue opere di beneficenza.

Charlie restò fermo per una decina di minuti. Nessun movimento, né dentro né fuori. Il posto appariva deserto. Ma se lo era, perché la macchina era ancora lì? Riprese ad avanzare con cautela.

Poco distante, Riggs teneva gli occhi puntati su di lui, poi spostò il binocolo per esplorare il bosco. Ma il bosco continuò a rimanere immoto e silenzioso. Neppure dalla casa proveniva alcun segno di vita. Riggs sapeva che quella quiete poteva non significare assolutamente nulla. Il tizio della Honda poteva essere in attesa che Charlie mettesse dentro il naso, per fargli una bella sorpresa.

Strinse con più forza il calibro 12 e aspettò.

La porta della baracca era chiusa. Charlie stava valutando le varie possibilità. Prima: spaccare il vetro a lato della serratura, infilare una mano e rimuovere il fermo dall'interno. Seconda: sfondare senza tante storie la porta a calci, dato che non sembrava granché robusta. Se dentro ci fosse stato qualcuno, queste due possibilità erano altamente sconsigliabili in quanto potevano significare buscarsi una pallottola in mezzo agli occhi. Ma anche se dentro non ci fosse stato nessuno, entrare con le cattive significava comunque lasciare tracce del proprio passaggio. Cosa che voleva evitare.

Charlie impugnò il revolver che spuntava dalla tasca e bussò alla porta. Nessuna risposta. Bussò di nuovo e attese. Infine lasciò scivolare la pistola in una delle tasche. Dall'altra estrasse un grimaldello e un altro paio di ferri del mestiere e si diede da fare. L'artrite non gli era ancora arrivata alle mani, e il lavoro sporco, una volta imparato, non lo si dimenticava più. Non gli ci volle molto per sistemare la serratura, un rudere con meccanismo standard. Con tanti ringraziamenti ai suoi maestri nelle patrie galere.

Charlie rimise in tasca gli arnesi da scasso, tornò a impugnare la .38 e aprì la porta. Era consapevole che poteva trattarsi di una trappola, ma se il tizio avesse fatto il furbo, lui non avrebbe esitato a sparare. Il che avrebbe innescato una reazione a catena dalle infinite variabili.

L'interno del villino era diviso a metà da un corridoio centrale: cucina a sinistra, soggiorno a destra, più una specie di lavanderia-ripostiglio sul retro. Una rampa di scale di legno malridotte conduceva alle stanze da letto al piano superiore. Ma l'attenzione di Charlie venne subito catturata dal piccolo soggiorno: ammassati su un grande tavolo vide computer, stampante, telefono, fax, televisore e videoregistratore; scatoloni pieni di carte erano sparsi un po' ovunque, anche per terra; alle pareti bacheche di sughero zeppe di fotografie e di ritagli di giornale. Protagonista unica: la signorina LuAnn Tyler, di Rikersville, Georgia. La sua intera vita, dai delitti efferati al miracolo miliardario, fino alla misteriosa scomparsa. Tutto perfettamente e accuratamente documentato all'interno di quel villino sperduto nei boschi della Virginia. I suoi sospetti erano confermati. Bene, adesso non restava che trovare quell'individuo e scoprire cosa voleva da loro.

Charlie esplorò la stanza a palmo a palmo. Lesse gli articoli, i ritagli. Studiò le foto. Esaminò il contenuto delle scatole. Aprì cassetti, verificò quello che contenevano. Andò alla ricerca di qualsiasi elemento potesse favorire l'identificazione di quell'uomo. Nulla. Chiunque fosse, sapeva il fatto suo. Charlie ebbe l'impulso di accendere il computer ma, sconsolato, lo accantonò subito: di computer non ne capiva assolutamente niente. Gli rimaneva il resto della casa, frugare nelle stanze da letto al piano disopra...

Una solitaria scatola di cartone era stata sistemata nell'angolo più lontano del locale. Anche lì poteva esserci qualcosa d'importante.

Appena tolto il coperchio, Charlie sentì cedergli le ginocchia. L'esclamazione MERDA prese a rimbalzargli frastornante nella mente. C'era un unico foglio che conteneva una lista di nomi: LuAnn Tyler, e poi Herman Rudy, Wanda Tripp, Randy Stith, Bobbie Jo Reynolds...

Charlie li conosceva quei nomi, tutti quanti. E conosceva i volti di molte di quelle persone, essendo stato il loro autista, cicerone e guardaspalle così come aveva fatto con LuAnn.

Erano i vincitori della Lotteria Nazionale degli Stati Uniti creati da Jackson.

Charlie fu costretto ad appoggiarsi alla cornice della finestra per combattere la vertigine.

Aveva cercato di prepararsi mentalmente all'idea di una fuga di notizie. Aveva cercato di prepararsi al fatto che qualcuno sapesse di LuAnn, del suo coinvolgimento nei delitti della roulotte di Rikersville. Ma non si era mai preparato all'eventualità che la frode alla Lotteria Nazionale venisse scoperta.

Ma come? In che modo quell'individuo c'era riuscito? E poi, chi cazzo era?

Charlie rimise il coperchio a quella scatola maledetta. Si assicurò che la serratura della porta d'ingresso scattasse di nuovo come prima in posizione di chiusura. Poi tornò di corsa alla Range Rover.

Il viaggio di ritorno da Washington gli aveva preso molto tempo. Molto più di quanto Thomas Donovan avesse preventivato. Aveva trascorso le ultime due ore a districarsi nel traffico che congestionava la Route 29. E passando in rassegna le sue prossime mosse per mettere LuAnn Tyler alle corde. In modo da mandarla al tappeto.

Donovan incontrò il proprio sguardo nello specchietto retrovisore. Uno sguardo pieno di sottile soddisfazione, forse anche crudele. La teneva in pugno. Una catena è forte come il più debole dei suoi anelli. LuAnn Tyler era il punto di rottura nell'intero sistema connesso alla Lotteria Nazionale. E non gli sarebbe sfuggita una seconda volta.

Lo sguardo di Donovan si spostò sul sedile del passeggero. C'era una pistola di piccolo calibro, proiettile in canna e sicura alzata, seminascosta da una copia del «Washington Tribune». Le pistole non gli piacevano. Ma non era nemmeno uno stupido.

32

Matt Riggs vide Charlie caracollare ansimante fino alla Range Rover, mettersi al volante e ripartire in tromba. Doveva aver visto qualcosa dentro quel villino. Qualcosa che non gli era piaciuto.

Non appena il rombo del motore si fu disperso nel bosco, Riggs si mosse dal proprio riparo e avanzò verso il villino. Era il suo turno di esplorare il posto.

Ma un frusciare improvviso di fronde proveniente dal margine opposto della radura lo bloccò.

Riggs sparì appena in tempo dietro il tronco di una quercia.

LuAnn Tyler emerse dal folto. Aveva legato Joy a un albero a un centinaio di metri dal villino e aveva coperto il resto della distanza a piedi, avanzando con brevi scatti irregolari, circospetta. Si accucciò dietro un albero caduto di traverso, studiò la radura e la casa. Il suo sguardo passò oltre la quercia dietro la quale Riggs si era riparato. Non lo vide.

Ma lui vide lei. Notò la precisione, la rapidità dei movimenti mentre lei s'inoltrava allo scoperto, addossandosi contro la parete del capanno sul retro. LuAnn gettò uno sguardo attraverso la medesima finestra a cui si era accostato Charlie. E anche lei vide la Honda nera.

Riggs la guardò raccogliere una manciata di terriccio e passarla sulla parte del vetro che Charlie aveva ripulito per poter sbirciare all'interno. Abile, la signorina Savage, molto abile. Charlie non aveva minimamente pensato a cancellare quella traccia del proprio passaggio.

LuAnn, le mani sprofondate nelle tasche, guardò il villino. Adesso sapeva che Charlie era stato là e se ne era già andato. Tagliare a cavallo attraverso le colline le aveva permesso di compensare lo svantaggio iniziale rispetto all'auto di Charlie. Quindi l'uomo non poteva essersi trattenuto a lungo. C'erano due possibilità: o Charlie non aveva trovato assolutamente niente o, al contrario, qualcosa di molto grave. E da come erano andate le cose negli ultimi giorni, LuAnn sentiva che doveva trattarsi proprio della seconda ipotesi. La cosa giusta da fare, a quel punto, era squagliarsela e tornare a Wicken's Hunt, lasciando che lui le facesse rapporto. Tuttavia LuAnn non seppe resistere alla propria impulsività. Andò alla porta e provò a ruotare la maniglia. Tentò con tutta la sua forza, ma ancora inutilmente. Niente. E lei non sapeva usare il grimaldello come Charlie. Aggirò la costruzione e provò ad aprire una finestra, poi una seconda. Fu la terza a cedere. LuAnn si issò sul davanzale e scivolò all'interno.

C'era una quiete spettrale, là dentro. La donna rimase immobile, in ascolto. Se qualcuno fosse stato in agguato, lei ne avrebbe sentito la presenza. Un'asse che scricchiola, un respiro. Ma il silenzio rimase assoluto.

LuAnn avanzò dalla cucina fino a quello che doveva essere il soggiorno, attrezzato però come un vero e proprio ufficio. E lì vide tutto quello che c'era da vedere sulla vita e i miracoli di LuAnn Tyler, sui morti ammazzati di Rikersville e sulla vincita da cento milioni di dollari della Lotteria Nazionale. Affondò il viso tra le mani. Qualsiasi cosa l'uomo della Honda avesse in mente, andava al di là, *molto* al di là di un banale ricatto.

Il ruggito del motore si fece più vicino, e la distolse dai suoi pensieri. LuAnn si precipitò alla finestra più vicina, gettò una fugace occhiata all'esterno. Una Chrysler era appena arrivata alla radura e si stava arrestando sul retro del villino. Ne vide scendere un uomo con una pistola in pugno.

— Oh, diavolo! — Matt Riggs lanciò un'imprecazione mezzo soffocata e si girò, con il fucile in pugno. Qualcos'altro stava avanzando verso la radura, provenendo dalla strada fangosa che solcava la foresta. La Chrysler apparve all'improvviso sul terreno scosceso, il guidatore ingobbito sul volante. Era il tizio della Honda. Si era tagliato la barba, ma era lui. Nessun dubbio in merito. Riggs schizzò via e corse alla sua Cherokee.

Qualcosa non andava. Non c'era nulla di anomalo nella foresta, né nella radura, né nel villino. Eppure qualcosa non andava, ne era certo.

Thomas Donovan mise il proiettile in canna e alzò la sicura. Poi tolse le chiavi di tasca e si diresse verso la porta sul retro.

LuAnn si sentì in trappola. Arretrò verso le ombre che avvolgevano il fondo del corridoio, cercando disperatamente una via d'uscita. Non ne esistevano. La porta sul davanti era chiusa a chiave e se avesse cercato di forzarla, l'uomo con la pistola l'avrebbe udita. Uscire dal retro era fuori discussione, si sarebbe trovata faccia a faccia con lui. Non le rimaneva che tentare di raggiungere il piano superiore. Ma poi?

La chiave girò nella serratura. Se l'uomo con la pistola avesse gettato anche solo una rapidissima occhiata attraverso la vetrata della porta, l'avrebbe vista subito. La porta si socchiuse.

Proprio in quel momento, da qualche parte nel bosco non troppo lontano, una sirena intermittente si mise a ululare, probabilmente un antifurto attivato.

Thomas Donovan si bloccò. Richiuse la porta di schianto e aggirò il villino di corsa, fino ad arrivare alla parte anteriore dell'edificio.

LuAnn ne approfittò per raggiungere la stessa finestra dalla quale era penetrata, scavalcarla e buttarsi fuori dalla casa, rotolando sul terreno.

L'antifurto lamentoso non aveva cessato di suonare.

Sporgendosi cautamente dal capanno, vide Donovan, la pistola puntata a braccio teso davanti a sé, muoversi nella direzione dalla quale proveniva il suono, allontanandosi dal villino. E da lei.

La mano apparve come dal nulla, coprendole la bocca e soffocandone il grido.

— Dov'è il suo cavallo? — sussurrò calma una voce d'uomo.

LuAnn smise istantaneamente di dibattersi e Matt Riggs la lasciò andare.

— Cento metri in quella direzione. — LuAnn indicò il lato opposto della radura. — Forse meno. È il suo, di antifurto?

Riggs annuì con decisione, mostrandole il piccolo comando a distanza attaccato alla chiave di avviamento della Cherokee.

— Pronta? — le domandò continuando a tenere d'occhio la sagoma di Donovan. — *Adesso!*

Scattarono allo scoperto simultaneamente, correndo verso il bordo della radura. Improvvisamente Riggs inciampò in una radice semiscoperta e cadde in avanti schiacciando accidentalmente il comando dell'antifurto che stringeva in mano. La sirena cessò di colpo di ululare. Donovan si girò nella loro direzione. Li vide. LuAnn aiutò Riggs a rimettersi in piedi ed entrambi ripartirono tuffandosi nel folto del bosco. Donovan si mosse verso di loro, facendo ampi gesti con la pistola spianata. — Ehi! — gridò. — Fermi dove siete! — Continuò ad agitare l'arma, senza però fare fuoco. Non era un killer.

LuAnn correva come il vento, e Riggs non riusciva a starle dietro. Aveva preso una storta alla caviglia, e comunque non ce l'avrebbe fatta anche senza.

Quando raggiunse Joy, LuAnn montò in sella senza nemmeno toccare la staffa. Tese una mano al barcollante Riggs e lo aiutò a issarsi dietro di lei. Riggs le circondò la vita mentre già il cavallo era lanciato al galoppo nel labirinto della foresta, allontanandosi dalla radura.

Riggs si voltò un istante, ma Donovan non era più in vista.

— Quindi è questo il suo sistema... — esordì Riggs rompendo il silenzio che li aveva accompagnati per l'intera fuga.

— Quale sistema? — domandò LuAnn.

Avevano rimesso Joy nella stalla e ora stavano camminando verso Wicken's Hunt.

— Quello per risolvere i problemi — lo sguardo di Riggs era carico di rabbia. — Fa irruzione da qualche parte e ficca il naso dappertutto, correndo il rischio di farsi ammazzare. Chissà poi perché lo trovo sorprendente: ha fatto l'identica cosa anche con me.

— Non ho fatto irruzione a casa sua. — LuAnn sostenne il suo sguardo accusatore. — E non le ho chiesto io di seguirmi.

— Non ho seguito lei — la corresse Riggs. — Ho seguito Charlie. Ed è la seconda volta in due giorni che lei rischia il collo con una violazione di domicilio. Di questo passo, le sue nove vite saranno esaurite entro il prossimo week-end.

LuAnn continuava a camminare imperterrita, braccia conserte, senza guardarlo. Riggs si fermò.

Lei lo imitò, e abbassò lo sguardo per un istante. Poi sospirò e rialzò gli occhi su di lui. La sua espressione si era ammorbidita, e anche il tono della voce era conciliante.

— La ringrazio, Matthew. Ancora una volta. Ma più distanza c'è tra lei e noi, meglio sarà. Glielo assicuro. Può lasciar perdere la costruzione della recinzione. Il contratto è annullato. Non credo che rimarrò a lungo da queste parti. — LuAnn scrollò le spalle. — Ma non si preoccupi: pagherò il suo conto comunque. — Indugiò con lo sguardo sul volto di lui, cercando di respingere dentro di sé sensazioni che non provava da molto tempo e che ora la spaventavano. — Buona fortuna, Matthew. — Si voltò e si allontanò verso casa.

— Catherine!

Lei si fermò. Si girò.

— Mi parli, Catherine. Mi dica cosa diavolo sta succedendo. Potrei aiutarla.

— Nessuno è in grado di aiutarmi.

— Questo non può saperlo.

— Lo so, invece.

LuAnn si voltò definitivamente e riprese ad allontanarsi.

— In caso lo avesse scordato — l'apostrofò Riggs — ora sono senza macchina.

— Prenda la mia...

LuAnn gli gettò un mazzo di chiavi senza nemmeno girarsi. Riggs le afferrò al volo.

— ... È parcheggiata davanti alla casa. La tenga quanto le pare. Io ne ho un'altra.

Riggs rimase immobile sull'erba, le chiavi nel pugno contratto, scuotendo la testa in segno di frustrazione.

33

— Dove accidenti sei stata?

— Indovina.

Charlie l'aspettava sulla soglia del suo studio, appoggiato allo stipite della porta. Era pallido, un dettaglio che lei colse immediatamente.

— LuAnn, ti avevo detto...

— Riggs ti ha seguito. Non solo: mi ha di nuovo salvato la pelle. — LuAnn palesò un sorriso privo di calore. — Se continua così, dovrei prendere in considerazione l'idea di sposarlo.

Charlie diventò ancora più pallido. — È entrato nel villino?

— Lui no. Ma io sì.

— E quanto... quanto hai visto?

— Non qui. — LuAnn entrò nell'ufficio e chiuse la porta alle spalle di entrambi. — Lisa è in casa. Non voglio che senta.

Charlie andò al frigobar, si versò un triplo scotch liscio e ne ingollò metà in un colpo secco.

— Sembra che tu abbia visto molto più di me, Charlie!

— I ritagli di giornale su di te? Quelli sulla tua vincita alla lotteria? — Charlie scolò l'altra metà dello scotch. — E sui delitti della roulotte?

— Quelli li ho visti. Dopo il mio precedente incontro con quell'uomo, non ne sono stata sorpresa.

— Nemmeno io.

LuAnn sedette sul divano, senza staccare gli occhi da lui. — Ma evidentemente c'era dell'altro.

Un'espressione da animale braccato si disegnò sul volto di Charlie. L'espressione di qualcuno che non riuscisse a togliersi dalla mente i residui di un terribile incubo.

— Ho visto dei nomi.

— Che nomi?

— Una lista, e c'era anche il tuo. — Charlie posò il bicchiere vuoto con mani incerte. — Herman Rudy, Wanda Tripp, Randy Stith... Tutta gente che io ho... della quale mi sono occupato a New York.

LuAnn abbandonò il volto tra le mani, poi si rivolse a lui con una voce piena di dolorosa stanchezza. — Dobbiamo andarcene, Charlie. *Adesso*.

Lui andò a sedersi accanto a lei, le posò una mano sulla spalla. — Ascolta, possiamo tornare a fare quello che abbiamo fatto negli ultimi dieci anni: scappare. Tu lo sai, io lo so.

— Ma questa volta potrebbe non funzionare...

— Perché questa volta qualcuno sa della frode alla Lotteria Nazionale e sa *anche* che LuAnn Tyler e Catherine Savage sono la stessa persona. La nostra copertura è saltata.

Charlie annuì tristemente. — E noi non ci siamo mai trovati ad affrontare un problema del genere.

LuAnn si alzò e andò a una delle grandi finestre. Lasciò vagare lo sguardo sulla distesa verde che circondava Wicken's Hunt, sulla scura massa della foresta che ammantava le colline. — Che cosa può volere da noi quell'uomo?

— Una domanda che mi sono posto anch'io. — Charlie prese di nuovo la bottiglia dello scotch, la aprì ma esitò per un momento, decidendo infine per un secondo giro. — Hai visto quella specie di base segreta. Cosa ti sembrava?

LuAnn si concentrò un attimo. — Ha noleggiato la Honda con un nome falso, così c'era scritto negli appunti che ho letto a casa di Riggs. Perciò questo tizio non vuole che la sua vera identità venga fuori. Il fatto che io non l'abbia mai visto prima non significa nulla. Deve esserci un altro motivo che lo spinge a voler restare in incognito.

— Giusto?

— Ha cercato di parlarmi. Potrebbe trattarsi di una specie di avvertimento. Come se volesse farci sapere che adesso nella partita è entrato anche lui. E che la prossima volta che lui chiama, faremo meglio a rispondere.

— È molto probabile. — Charlie, nel tempo, aveva imparato a fidarsi degli istinti di LuAnn.

— Aveva tutto, là dentro: computer, stampante, fax, documenti. Come se stesse conducendo una ricerca capillare.

— Una ricerca? Deve aver fatto un miliardo di ricerche per arrivare all'imbroglio contro la lotteria. Non dimentichiamoci che Jackson è tutto fuorché uno sciocco.

— E allora come pensi che ci sia riuscito?

— Bella domanda. — Charlie mandò giù un altro robusto sorso di liquore. — Non è certo che lui sappia davvero tutto quello che c'è da sapere, LuAnn. La lista dei vincitori di Jackson, da sola, non è sufficiente.

— Ah, no? Per quanto tempo Jackson ha mandato avanti la frode?

Charlie scosse la testa. — Non lo so. Io mi sono preso cura di nove di loro, te compresa. Ho cominciato in agosto. Tu sei stata l'ultima, Miss Aprile. — Gli scappò un fugace sorriso.

— Dobbiamo supporre che quel tizio sappia tutto, Charlie — insistette LuAnn. — Il *come* non ha più molta importanza.

— Vuole soldi, ecco tutto.

— Non quadra. Se fosse così, a che scopo venire qui e mettere in piedi tutto quel marchingegno? Poteva limitarsi a mandare la classica lettera anonima del perfetto ricattatore: *Valigetta con banconote di piccolo taglio nella cabina telefonica XYZ. Non chiamate la polizia, altrimenti...*

Charlie sedette sul divano, bicchiere tra le dita, una maschera di confusione.

— Quel tizio non sembra pensare ai soldi — riprese LuAnn. — Abiti costosi, due diverse macchine a nolo, l'affitto del villino, l'apparecchiatura elettronica... Non è di quelli che rovistano nei bidoni dell'immondizia, poco ma sicuro.

— Questo non significa che non gli interessi aumentare in modo consistente il suo conto in banca.

— Solo che non ha ancora chiesto niente. E ha tutti gli elementi per farlo: sa chi siamo, dove abitiamo, come ci muoviamo. — LuAnn fece una pausa, raccogliendo le idee. —

Pemberton ti ha detto quanto tempo fa il villino è stato affittato?

— Circa un mese.

— Il che rende l'ipotesi del ricatto ancora più improbabile. Perché aspettare? Perché correre il rischio di uscire allo scoperto? E poi, quale garanzia ha che non prenderò nuovamente il volo? In questo caso, perderebbe la sua occasione di ingrossare il conto in banca.

— Quindi? — sospirò Charlie.

— Quindi aspettiamo. — LuAnn serrò le labbra. — Ma ci teniamo pronti a lasciare il paese e ci procuriamo nuove identità. Credi di poterci riuscire?

— Dovrei tirare fuori dalla naftalina alcuni vecchi contatti — disse Charlie. — Difficile ma non impossibile.

— Allora facciamolo — disse LuAnn alzandosi in piedi.

— E come la mettiamo con Riggs? Dopo il fattaccio di oggi, non avrà alcuna intenzione di lasciar perdere.

— Non possiamo farci niente. Lui non si fida di noi. — LuAnn scosse il capo. — E non posso certo biasimarlo.

— In ogni caso, dubito che farà qualsiasi cosa che possa danneggiarti.

Lei gli piantò gli occhi addosso. — Perché?

— Dai, LuAnn, non c'è bisogno di essere scienziati per capire che quell'uomo si è preso una sbandata per te. — Forse c'era una traccia di risentimento nella sua voce. — Comunque sembra un tipo a posto, e se le cose fossero state diverse, chi lo sa... — Ora il suo tono era tornato pacato. — LuAnn, non puoi passare il resto della tua vita da sola.

— Non sono da sola. Ho Lisa. E ho te. Non voglio nessun altro. — LuAnn distolse lo sguardo, avvampando. — Non posso permettermi di avere nessun altro.

Come poteva condividere la sua esistenza con qualcun altro? In un coacervo di menzogne e di imbrogli? Non si sentiva una persona reale, ma un guscio vuoto di trent'anni. Tutto il resto di lei era stato annullato, risucchiato, barattato da Jackson. E da quel suo maledetto *contratto*.

Se solo non avesse accettato. Se solo non fosse scappata. Non avrebbe passato dieci anni cercando di trasformarsi nella donna che aveva sempre voluto essere. Non sarebbe vissuta in una reggia da un milione di dollari. Non sarebbe andata al galoppo tra le verdi colline della Virginia. Non avrebbe avuto *mezzo-miliardo-di-dollari* in banca. Ma, paradossalmente, avrebbe avuto qualcosa che assomigliava a una vita vera, molto di più di quella che aveva adesso. Forse avrebbe continuato a trascinarsi da una roulotte arrugginita a una fumosa tavola calda per camionisti. Ma in quel caso LuAnn Tyler, la stracciona, sarebbe stata comunque più felice di Catherine Savage, sofisticata principessa dell'inganno. Però, se lei non avesse accettato l'offerta di Jackson, lui l'avrebbe fatta ammazzare. Non aveva avuto scelta. Spalle al muro. Fin dal principio.

— Tutto ha un prezzo, Charlie. E *questo*... — accennò al palazzo che li circondava — tutto questo è il nostro prezzo. Di Lisa, tuo e mio.

Lui tentò un sorriso poco convinto: — Come i *Tre Moschettieri*...

— Preghiamo per un lieto fine. — LuAnn aprì la porta e si avviò nel corridoio deserto, in cerca di sua figlia.

34

Pemberton strinse calorosamente la mano dell'uomo appena apparso sulla soglia del suo ufficio: — Lietissimo di conoscerla di persona, signor Conklin.

— Apprezzo molto che lei abbia accettato d'incontrarmi con così scarso preavviso, signor Pemberton.

— John, la prego. Mi chiami pure John.

— E lei mi chiami Harry.

Sedettero attorno al piccolo tavolo da riunioni dell'agenzia immobiliare.

— Nel nostro colloquio telefonico lei mi ha detto di essere interessato all'acquisto di un'abitazione — riprese Pemberton studiando con discrezione l'uomo seduto al lato opposto del tavolo. Sulla sessantina, abiti costosi, sicuro di sé. Chiaramente qualcuno che sapeva valutare appieno il meglio della vita. E che poteva permetterselo. — Non ricordo però a quale fascia di prezzi abbiamo fatto riferimento.

— Lei viene ottimamente raccomandato, John. E da quanto ho inteso, lei è specializzato in immobili di alto livello.

— È esatto, Harry. Vede, io sono di qui. Nato qui, cresciuto qui. Conosco tutti quelli che vale la pena conoscere. E conosco ogni proprietà che vale la pena conoscere a Charlottesville e dintorni. Per cui, tornando alla fascia dei prezzi... Stiamo parlando della più alta?

— Mi permetta di dirle due parole su di me, John. — Conklin si mise comodo sulla poltroncina imbottita. — Io lavoro a Wall Street. Ne ricavo, se mi è consentito dirlo, più che soddisfacenti profitti. Possiedo un attico a Manhattan, un appartamento a Rio de Janeiro, una casa a Fisher Island, in Florida, e una villa di campagna poco fuori Londra. Al tempo stesso — continuò — Wall Street è una partita per gente giovane e io comincio ad avere i miei anni. La mia intenzione è uscire da New York e avviare una radicale semplificazione del mio stile di vita. E Charlottesville è anche più splendida di quanto mi era stato detto.

— Assolutamente — confermò Pemberton.

— Ora, nella mia nuova fase continuerò a condurre una vita ricca di occasioni mondane, per cui stiamo parlando di un posto adeguato a tali necessità. Considero però anche la privacy un fattore molto importante. In sintesi, un posto antico, elegante, ma ben restaurato. Ho un debole per l'antico... quello di valore. Mi spiego, John?

— Assolutamente!

— La mia ipotesi è che in questa zona, che lei conosce così bene, ci sia un certo numero di proprietà con le caratteristiche che ho appena descritto.

— La sua ipotesi — intervenne Pemberton eccitato — è ineccepibile, Harry.

— In realtà, è a una in particolare di queste proprietà che sono interessato. Si figuri che a parlarmene fu mio padre, lui stesso operatore di Wall Street nei fatidici anni Venti. Non solo fece una fortuna, ma fu abbastanza abile da uscire dalla mischia appena prima del "Lunedì Nero". Proprio qui, a Charlottesville, mio padre veniva a trovare un altro agente di borsa, suo caro amico. Mio padre, Dio lo abbia in gloria, amava questo posto. Sono certo che apprezzerebbe il fatto che suo figlio venga ad abitarci.

— Harry, il suo è un punto di vista davvero commovente. — Il sorriso di Pemberton era incontenibile. — Lei sa qual è il nome della proprietà in questione?

— Wicken's Hunt.

Il sorriso di Pemberton si volatilizzò all'istante. — Oh...

— Qualche problema, John?

— Wicken's Hunt... — Pemberton ripeté il nome con aria sconsolata.

— Cosa c'è? È forse bruciata o qualcosa del genere?

— No, no! Wicken's Hunt è uno splendido posto, meravigliosamente restaurato. — Pemberton ebbe un sospiro profondo quanto l'avidità delusa. — Il fatto è... che non è in vendita.

— Ne è certo? — C'era un'ombra di scetticismo nel tono di Conklin.

— Temo di sì. Sono io l'agente immobiliare che l'ha venduta.

— Un vero peccato. E quanto tempo fa?

— Due anni. Anche se gli acquirenti sono venuti ad abitarci solo da qualche mese. C'erano molte ristrutturazioni da effettuare.

— Mi dica una cosa, John — disse Conklin corrugando la fronte. — Lei pensa che potrebbero considerare l'idea di vendere?

La mente di Pemberton si mise vorticosamente in funzione nel valutare le possibilità. Un batti e ribatti su Wicken's Hunt in meno di due anni? Che occasione d'oro per le sue finanze!

— Tutto è possibile. Mi è dato di conoscerli, quanto meno uno di loro, piuttosto bene. Abbiamo fatto di recente colazione insieme...

— Quindi stiamo parlando di una coppia. Della mia età, immagino. Da quanto mio padre mi disse, Wicken's Hunt non è esattamente una sistemazione da giovani piccioncini.

— In realtà, non sono proprio una coppia. Voglio dire, lui è un uomo anziano, ma non è sua la proprietà. È lei a possederla.

Conklin si protese leggermente in avanti: — *Lei?*

Pemberton gettò attorno a sé un'occhiata furtiva. Poi si alzò e andò a chiudere bene la porta della sala riunioni.

— Ciò che sto per dirle è strettamente confidenziale — riprese Pemberton tornando a sedersi. — Lei capisce che cosa intendo, non è vero?

— John, se non lo capissi, le sembra che sarei durato a Wall Street per tutti questi anni?

— Per l'archivio catastale, la proprietà è intestata a una società di comodo, ma il *vero* proprietario di Wicken's Hunt è una giovane donna: Catherine Savage. Ricca, immensamente ricca. In tutta franchezza, non ho idea da dove provenga il suo patrimonio. Né sono fatti miei. So che ha vissuto all'estero per parecchi anni. Ha una figlia di circa dieci anni. L'uomo anziano di cui le dicevo, Charlie Thomas, e io abbiamo un ottimo rapporto personale. E loro sono stati molto generosi con gli svariati istituti di beneficenza della zona. Lei non si mostra in pubblico molto spesso. Ma immagino che con il suo conto in banca, questo sia comprensibile.

— E ineccepibile. Se dovessi trasferirmi qui, lei non mi vedrebbe per settimane intere.

— Capisco, certo... In ogni caso, Charlie e la signorina Savage sono gente a posto. E sembrano felici qui, molto felici.

Conklin sospirò. — Bene, si direbbe proprio che un mio ipotetico trasferimento nella ridente Charlottesville non sia più così probabile. Peccato, perché è mio costume erogare una percentuale all'agente immobiliare, *in aggiunta* alla normale commissione della vendita.

A Pemberton tornò l'acquolina in bocca. — Davvero?

— Ora, non ci sono degli aspetti della sua etica professionale che le impedirebbero di accettare un tale incentivo, vero?

— Oh, nessuno che io ricordi — rispose prontamente Pemberton. — E... a quanto ammonterebbe la percentuale in questione?

— Il venti per cento — disse Harry Conklin tamburellando le dita sul tavolo nell'osservare la faccia dell'agente cambiare colore.

Se John Pemberton non fosse stato seduto, sarebbe andato giù bocconi sul pavimento.

— Harry... Lei è incredibilmente generoso.

— Vede, John, se voglio portare qualcosa a compimento, il miglior modo per riuscirci è fornire gli incentivi giusti a coloro i quali possono contribuire al mio intento. Malauguratamente non mi sembra che sia questo il caso. — Conklin si alzò. — La ringrazio del suo tempo, John.

— Un momento, Harry! — Pemberton schizzò in piedi a sua volta. — Aspetti solo un momento, d'accordo?

Conklin esitò, quindi tornò a sedersi.

— Lei potrebbe proprio essere arrivato al momento giusto.

— Ovvero?

Pemberton si sporse leggermente. — Di recente, ci sono stati alcuni sviluppi... diciamo imprevisti. Sviluppi che potrebbero fornirci un'occasione per proporre loro di vendere.

— Gente arrivata da poco, gente che ha speso molto in ristrutturazioni, gente che si trova molto bene... Di quali sviluppi imprevisti sta parlando, John? Non mi dica che la casa è stregata.

— Niente del genere. Le ho detto di aver fatto colazione con Charlie Thomas, no? Ecco, lui era preoccupato a causa di un certo individuo venuto a chiedere loro dei soldi.

— E allora? Da me ne vengono dieci al giorno. Sarebbe questo lo sviluppo imprevisto che li costringerebbe a far fagotto e ad andarsene?

— È l'identica considerazione che ho fatto anch'io. Solo che più ci penso, più l'intera faccenda mi pare strana. Voglio dire, se la gente ricca è assediata normalmente da scarafaggi di quel tipo, perché mai Charlie era così preoccupato? Perché lo era, gliel'assicuro.

— Come fa a dirlo?

Pemberton sorrise. — A dispetto delle apparenze, Charlottesville rimane una città di provincia. Ora, so per certo che Matthew Riggs stava facendo dei rilievi sul perimetro di Wicken's Hunt quando è incappato in una specie d'inseguimento in macchina da film giallo. Per poco non ci ha rimesso il collo.

Conklin scosse il capo. — Chi è Matthew Riggs?

— Un costruttore del posto. La signorina Savage lo ha assunto per erigere una recinzione tutt'attorno a Wicken's Hunt.

— Quindi questo Riggs stava inseguendo un'altra macchina?

— Esatto.

— E quale sarebbe la connessione con Catherine Savage?

— Quella medesima mattina, un mio amico stava andando al lavoro. Mentre era sul punto di svoltare sulla statale per venire in città, ha visto una BMW metallizzata sfrecciargli a un palmo di distanza a qualcosa come centoquaranta orari. C'è mancato un pelo che non lo tagliasse in due, lui e la sua macchina. Così è rimasto fermo per un buon minuto, cercando di calmarsi. E bene ha fatto. Perché pochi istanti dopo è passato come una bomba il pick-up di Matt Riggs... *con un'altra macchina agganciata al paraurti*! Quelli stavano cercando di buttarsi fuori strada.

— E nella BMW chi c'era?

— Be', io di persona non l'ho mai incontrata, ma parecchia gente mi ha descritto Catherine Savage come una donna alta e bionda. Molto attraente. Il mio amico ha appena intravisto chi c'era al volante della BMW...

— Alta, bionda, molto attraente — s'inserì Conklin.

— L'ha detto, Harry. E il giorno in cui Charlie Thomas e io firmammo gli ultimi documenti della vendita di Wicken's Hunt, sul vialetto di accesso c'era parcheggiata una BMW grigia metallizzata.

— Quindi lei pensa che qualcuno stesse inseguendo Catherine Savage.

— E che Matt Riggs si sia imbattuto nel suo inseguitore. Il suo furgone adesso è dal carrozziere, con un paraurti sfondato. Ma c'è dell'altro: Sally Beecham, che fa la domestica a Wicken's Hunt, ha detto di aver visto quella stessa mattina Matt Riggs andarsene dalla villa con l'aria infuriata.

Conklin si passò una mano sul mento. — Immagino non ci sia modo di scoprire chi stesse inseguendo la signorina Savage?

— Sì che c'è. Voglio dire: *io* l'ho scoperto, quanto meno dov'era nascosto. Ed è qui che l'affare diventa interessante. Come le dicevo, Charlie m'invita a colazione e mi racconta questa storia fumosa in merito al tizio che si è presentato a Wicken's Hunt a chiedere soldi. Voleva che gli dessi una mano a scoprire se avesse preso alloggio nei dintorni. Chiaramente gli dissi che avrei fatto il possibile. E in quel momento, io ancora non sapevo dell'inseguimento in macchina. L'ho scoperto solo dopo.

— Così lei ha scoperto chi stava inseguendo Catherine Savage. Ma come ha fatto? — C'era una sorta di controllata ammirazione nelle parole di Conklin. — Da quanto ho potuto vedere, ci sono mille posti in cui nascondersi, da queste parti.

— Mi creda, Harry, non per me — disse Pemberton con un sorriso trionfale. — Io sono nato e cresciuto qui, così quando Charlie mi ha dato una descrizione del tizio in questione e della sua macchina, io ho messo in moto i miei ingranaggi e... voilà, in meno di ventiquattr'ore il pesce è nella rete. E vuole saperne una ancora più bella?

— Pendo dalle sue labbra, John.

— Stava nascosto proprio sotto il loro naso! Un villino sì e no a dieci minuti di macchina da Wicken's Hunt. Ma anche molto isolato.

— Non ho ben presente, John. Dalle parti di Monticello, forse?

— All'incirca. Ma l'area di cui sto parlando è più a nord, oltre la Interstatale 64. Quel villino è verso Airslie, a un passo dalla Statale 22. Keswick Hunt si chiama quella zona. Il tizio l'ha preso in affitto circa un mese fa.

— Sempre più romanzesco — commentò Conklin. — E il nome?

— Tom Jones — rivelò Pemberton sghignazzando. — Più fasullo di una banconota da tre dollari.

— Credo che il signor Thomas e la signorina Savage le siano stati riconoscenti per tutto l'aiuto che lei ha dato loro. E poi, cos'è successo ancora?

— Questo non lo so. — Pemberton si strinse nelle spalle. — Nel mio mestiere ci si muove continuamente. Dopo avergli detto dov'era il tizio, con loro non ho più parlato.

— E che mi dice di Riggs? Non dev'essere stato poi così contento di essersi messo in mezzo.

— Sa badare a se stesso.

— Può darsi, ma inseguimenti ad alta velocità, il suo veicolo mezzo demolito... Un costruttore quanto mai particolare.

— Riggs non ha sempre fatto quel mestiere.

— Ah, no? Ma è incredibile, John, sembra una riedizione di *Peyton Place*! Chi sarebbe questo Matthew Riggs?

Pemberton fece spallucce. — È una bella domanda. Riggs sta molto abbottonato per quanto riguarda i suoi trascorsi.

Un bel giorno, cinque anni fa, arriva in città e si mette a imparare il mestiere. È un tipo abbastanza misterioso. Charlie Thomas si è fatto l'idea che fosse un poliziotto. Da parte mia, credo sia stato un agente di qualche agenzia segreta governativa. Non so, lo chiami istinto, fiuto.

— Molto interessante, adesso abbiamo anche le spie in pensione.

— Guardi che Riggs non è quello che si definirebbe un pensionato. Sarà quasi sulla quarantina, alto, robusto e molto in gamba. Ottima reputazione.

— Buon per lui.

— Tornando all'affare di Wicken's Hunt — fece Pemberton cambiando registro — ecco il mio suggerimento: io chiamo Charlie Thomas e cerco di capire se il tizio gli sta ancora addosso. Se così fosse, potrebbero effettivamente decidere di andarsene. A chiedere, che cosa ci perdiamo?

— Preferisco pensarci su per qualche giorno.

— Intanto, però, potrei mettermi comunque in movimento — insistette Pemberton.

— Non voglio che lei lo faccia, John — disse Conklin con tono risoluto alzando il dito indice. — Quando io sarò pronto, ci muoveremo in fretta, non si preoccupi.

— Io però pensavo...

— Mi farò sentire, John. — Conklin si alzò, e questa volta definitivamente. — Grazie per aver condiviso con me la realtà romanzesca di Charlottesville. Sinceramente.

— Senta, Harry, anche se Thomas e la Savage rimanessero a Wicken's Hunt, sappia che ho almeno una dozzina di altri immobili più che...

— Questo misterioso personaggio del villino ha acceso la mia curiosità — lo interruppe Conklin. — Non avrebbe per caso l'indirizzo esatto e le indicazioni per arrivarci?

— Non mi dirà che vuole andare a parlargli? — Pemberton fu di colpo sulla difensiva. — Quel tipo potrebbe essere pericoloso.

— So badare a me stesso — disse Conklin sorridendo, senza staccare lo sguardo da Pemberton. — E se a Wall Street ho imparato qualcosa, è che non si può mai sapere chi può diventare un tuo alleato.

Pemberton annuì lentamente, capendo l'antifona. Scribacchiò qualcosa su un foglietto e glielo porse.

— Di nuovo grazie, John — disse Conklin stringendogli la mano, e presa dalla tasca una busta la tese al suo interlocutore. — Questo è per il disturbo.

— Oh mio Dio! — esclamò Pemberton dopo averla aperta, trovandola piena di banconote da cento dollari. — Io non ho ancora fatto nulla...

— Ma sì che lo ha fatto, John: mi ha dato delle informazioni — Conklin aprì la porta della sala riunioni. — E per me le informazioni hanno un valore molto alto. Mi farò vivo presto.

Harry Conklin impiegò meno di quindici minuti per cancellare la propria esistenza. Il tempo necessario per rimuovere lenti a contatto, palpebre posticce, parrucca, calotta di lattice e make-up. I residui gommosi e collosi di qualcuno che non era mai esistito finirono in un sacchetto di plastica, e il sacchetto nello scomparto chiuso da una cerniera lampo di una borsa da viaggio.

Jackson osservò il verde paesaggio della Virginia da dietro la finestra dell'albergo. Al suo arrivo a Charlottesville, non aveva impiegato molto a identificare quella specie di azzimato grillo parlante di nome Pemberton come l'agente che aveva combinato l'affare di Wicken's Hunt. Aveva impiegato ancora meno per studiare la sua lezione sulla storia di Wicken's Hunt presso la biblioteca della contea.

Si allontanò dalla finestra e stese sul letto una mappa dettagliata della zona, memorizzando alcune strade fra le colline. In particolare quelle che lo avrebbero portato al villino dell'uomo misterioso con la passione per gli inseguimenti in macchina.

Jackson chiuse gli occhi, immerso nei suoi pensieri. Il conto alla rovescia per LuAnn Tyler e il suo scomodo vicino era cominciato.

35

Riggs aspettò che fosse notte prima di tornare a prendere la jeep. Nel caso quel tizio fosse ancora in giro, ci andò armato. La Cherokee era dove l'aveva lasciata. Controllò che fosse intatta, quindi scivolò tra gli alberi scuri e raggiunse il capanno sul retro del villino. La Chrysler non c'era. Diresse il fascio della torcia elettrica all'interno del capanno. La Honda era ancora là. Riggs aggirò il villino e raggiunse la porta sul davanti. Afferrò la maniglia. Esitò. Era venuto a Charlottesville per allontanarsi proprio da situazioni come quelle. Forse era davvero il caso di andarsene e lasciare perdere tutto. Inclusa Catherine Savage e il pericolo che pareva seguirla passo passo. Tuttavia, non riuscì a frenare la propria mano che ruotava la maniglia. La porta si aprì.

Oltre al buio, era rimasto solamente il vuoto.

Riggs avanzò lentamente, la pistola in una mano, la torcia elettrica nell'altra. Era ragionevolmente certo che quel posto fosse vuoto, ma sapeva bene che a fidarsi di queste convinzioni si finiva spesso all'obitorio con un terzo occhio in mezzo alla fronte.

Il fascio della torcia scivolò sul pavimento coperto di polvere, illuminando molte orme che andavano e venivano. C'era un interruttore sulla parete, ma di certo non l'avrebbe usato. In quello che era stato il soggiorno, perimetri più scuri indicavano le posizioni di oggetti rimossi e portati via. Sollevò il ricevitore del telefono: disattivato.

Riggs spostò la torcia ad arco lungo le pareti, su un armadio con un'anta lasciata aperta. Anche l'armadio era vuoto, una bocca di un nero ancora più compatto di tutto il resto.

Dietro l'anta rimasta chiusa, due occhi si riaprirono. Il fascio luminoso aveva sfiorato la figura vestita di nero alla quale appartenevano. Gli occhi osservarono Riggs che si spostava nel corridoio, uscendo dal campo visivo. Poi i suoi passi, misurati dall'impiantito di vecchie assi, si avvicinarono nuovamente. Nel buio dentro l'armadio, una mano guantata rafforzò la presa attorno all'impugnatura di un coltello da assalto a lama brunita.

Riggs tornò sui suoi passi e uscì nella notte. Si fermò sotto il portico del villino. Il suo sguardo scrutò le nere masse di vegetazione tutt'attorno alla radura. L'uomo della Honda prima e della Chrysler poi se n'era andato. Qualsiasi cosa avesse nascosto nella baracca, se n'era andata con lui.

Si incamminò con passo deciso e raggiunse la Cherokee. Nel buio, ebbe la percezione di essere passato molto, troppo vicino a una minaccia mortale, quella notte. C'era stato un tempo in cui non aveva avuto altro compagno di strada se non il pericolo, ma il suo istinto doveva essersi arrugginito, ormai. Non era che una casa vuota, nient'altro.

Jackson uscì dall'armadio. Era vestito completamente di nero. Un passamontagna, nero anch'esso, gli avvolgeva il capo e il volto, lasciando scoperta solamente una stretta fessura per gli occhi. Scivolò pressoché senza rumore sulle assi del pavimento, raggiunse una finestra e osservò la sagoma di Riggs scomparire al limitare della radura.

Rinfoderò il coltello. Depennare Riggs dalla lista degli intrusi sarebbe stata la cosa più rapida e più semplice. Ma non necessariamente la più utile, perlomeno non in quel momento. In un futuro, le cose tra loro sarebbero andate in modo ben diverso.

Jackson aveva frugato nel passato del signor Matthew

Riggs. Aveva trovato, esattamente come aveva detto Pemberton, solamente nebbia. Un sorriso contrasse i suoi lineamenti sotto il passamontagna. Quella nebbia rendeva il personaggio ancora più interessante. Ma di lui si sarebbe occupato dopo.

Ritornò verso l'armadio nel quale si era nascosto e da esso prelevò una valigetta di cuoio nero. La posò sul pavimento e la aprì. All'interno era sistemato un apparato per il rilevamento delle impronte digitali identico a quelli usati dai laboratori della polizia scientifica. Puntò un proiettore laser sull'interruttore a lato della porta del soggiorno. Le impronte digitali latenti si disegnarono nel fascio verdastro, tracce fantasma lasciate da un fantasma. Jackson lavorò con polvere nera e un pennello con setole di vetroresina, definendo le impronte. Poi passò a esaminare le maniglie e il ripiano di lavoro. Sorrise nel rilevare le impronte, particolarmente nitide, lasciate sul ricevitore del telefono. La vera identità di Matthew Riggs non sarebbe rimasta un mistero ancora a lungo. Ciascuna serie di impronte venne trasferita su nastro adesivo trasparente, collocata in una bustina e opportunamente etichettata.

Infine Jackson rimosse ogni traccia della sua ricerca, ogni traccia di polvere, ogni traccia di collante. Metodo, prima di tutto. Non sopportava le cose fatte male.

Nel tornare alla macchina, pensò che la fortuna gli era stata amica quella notte. Due piccioni con una fava. Quella breve visita gli sarebbe stata molto, molto utile.

36

— Vuoi sapere una cosa, mamma?

— Che cosa, cara?

— Mi piace il signor Riggs.

— Ma se non lo conosci! Come fai a dire che ti piace?

— Ho un certo fiuto per queste cose.

— Davvero? — LuAnn sorrise e sedette sul bordo del letto di sua figlia, seguendo distrattamente il bordo delle coperte con la punta del dito. — Perché non mi parli, di questo tuo fiuto?

— Dico sul serio — anche Lisa sorrise. — Spero che torni a trovarci presto.

— Ecco... — LuAnn abbe un'esitazione. — Forse noi, *presto*, potremmo essere costretti ad andare via.

Il sorriso di Lisa svanì. — Andare via? E dove?

— Non lo so ancora. Non è ancora deciso. Lo zio Charlie e io stiamo ancora parlandone.

— E non avete pensato di includere anche me in quei discorsi?

C'era una nota tagliente nella voce di Lisa che fece irrigidire LuAnn. — Vale a dire?

— Quante volte siamo... *andati via* negli ultimi sei anni, mamma? Otto volte? E quelle sono solo le volte che ricordo io. Dio solo sa quante altre volte siamo *andati via* quando ero più piccola. — Il volto di Lisa si accese. — Non è giusto, ecco!

LuAnn le circondò le spalle con le braccia. — Tesoro, ho detto *forse*.

— Non è questo il punto, mamma. D'accordo, è *forse* per adesso. O magari *forse* per il mese prossimo. Ma poi, un bel giorno, dovremo *andare via*. Di nuovo. E io non ci posso fare niente, non è così?

LuAnn affondò il viso nei lunghi capelli di sua figlia. — Lo so che è difficile per te, bambolina.

— Non sono una bambolina, mamma. Non più. — Lisa si staccò da lei. — E mi piacerebbe davvero sapere *da che cosa* stiamo scappando.

— Scappando? — LuAnn cercò il suo sguardo. — Lisa, che cosa ti fa credere una cosa del genere?

— Speravo fossi tu a dirmelo. A me piace, qui. Molto. E se non mi dai una buona ragione del perché dobbiamo *andare via*, io non vado proprio da nessuna parte.

— Lisa, quanti anni hai?

— Dieci.

— Bene. Sei di certo molto intelligente e molto matura per la tua età. Ma hai pur sempre dieci anni. E allora dove vado io, che sono tua madre, vieni anche tu, che sei mia figlia. Fine della trasmissione.

Lisa girò la faccia dall'altra parte.

— Sei stata ai quattro angoli del mondo — continuò LuAnn. — Hai visto posti e hai fatto cose che il novantanove per cento della gente non riuscirà mai a fare in dieci vite.

— Vuoi sapere un'altra cosa, mamma? — ribatté Lisa, sempre senza guardarla.

— Dimmi.

Lisa si girò di scatto, con aria di sfida: — Non so proprio che farmene.

— Lisa!

— Se non sbaglio riceverò un grosso fondo quando sarò maggiorenne, non è vero?

— Non sbagli.

— E allora quando avrò diciotto anni e quei soldi saranno miei, avrò una casa tutta per me. E farò le cose che voglio io con gli amici che voglio io...

— Falla finita, Lisa!

— E ti proibirò di venirmi a trovare! — Lacrime di rabbia striavano le guance della bambina. — E rimarrò in quella casa fino a quando morirò!

LuAnn, rossa in viso, torreggiò su di lei per un lungo momento, respingendo a sua volta ondate di rabbia e di profonda frustrazione. Indietreggiò, fermandosi sulla soglia della stanza, la mano sulla maniglia.

— E adesso voglio restare sola — singhiozzò Lisa nascondendo la testa sotto il cuscino.

LuAnn era immobile, la schiena appoggiata alla parete della cabina doccia, investita da un getto di acqua calda. Non era il primo scontro che aveva con sua figlia, e di certo non sarebbe stato l'ultimo. Il bagaglio genetico che le aveva trasmesso non si limitava al corpo, si allargava al senso d'indipendenza, alla testardaggine. Cercò di convincersi che il suo rapporto con Lisa stava semplicemente seguendo le tappe di un normale conflitto generazionale.

Chiuse gli occhi. Un altro rapporto era già completamente incrinato. Due volte Matthew Riggs aveva rischiato la sua vita per lei, e due volte lei gli aveva dimostrato la propria gratitudine prendendolo a calci. Ormai doveva essersi convinto che Catherine Savage fosse pazza. O quantomeno disonesta. Si sentiva attratta da Riggs, questo non poteva non ammetterlo con se stessa. Un uomo forte, coraggioso, onesto. C'era qualcosa di oscuro nel suo passato. E dolore. Le medesime cose che c'erano in quello di lei. Ma come poteva anche solamente pensare a una relazione? Significava abbassare la guardia, aprirsi, dire la verità. Impossibile: si era lasciata la verità alle spalle dieci anni prima.

Le dita di LuAnn scivolarono lungo le cosce mentre si insaponava, e nel contempo cercava di scrollarsi di dosso il senso di frustrazione. Movimenti duri, quasi violenti, che la turbarono. Si era lasciata anche qualcos'altro alle spalle, da molto tempo. Duane Harvey era stato il suo ultimo uomo. Più di dieci anni prima. Mentre la sua mano sinistra risaliva fino a un seno, il volto di Riggs riaffiorò nella sua mente. Scosse la testa rabbiosamente, poi chiuse gli occhi e appoggiò la testa sulle piastrelle, calde e umide. Rimase in quella posizione, come paralizzata dal turbinio dei propri pensieri. Quasi inconsciamente le mani presero a scendere lungo il corpo, fino alla vita, intorno alle natiche, massaggiandole dolcemente, mentre il volto di lui continuava a dominare i suoi pensieri. La mano destra s'insinuò tra le gambe, il respiro si fece più pesante. Dieci anni... Sotto lo scrosciare dell'acqua, un gemito trovò un varco tra le labbra tirate. *Dieci maledetti anni!* Indice e medio si insinuarono in profondità dentro di lei, cominciarono a muoversi ritmicamente, dolcemente...

— *Cristo, LuAnn!...* — esclamò contro se stessa schizzando all'indietro e picchiando la testa contro l'ugello. Chiuse il fiotto d'acqua e uscì dalla doccia, lasciando una scia umida sulla costosa piastrellatura del pavimento.

Si appoggiò al piano di marmo del lavandino, i capelli gocciolanti, le braccia tese, le vene che risaltavano sotto l'epidermide. Lanciò verso la doccia uno sguardo colpevole. La sua vita stava diventando sempre più difficile.

Reggendosi sulle gambe tremanti, si asciugò e passò nella camera da letto. Si infilò rapidamente un paio di pantaloni e tornò in bagno ad asciugarsi i capelli. Lo specchio le rimandò l'immagine di una donna stanca, sull'orlo di una crisi. Forse le avrebbe fatto bene parlare con un analista, ma sapeva già che non era possibile. Se la sarebbe cavata da sola, come sempre.

La sua vecchia cicatrice risaltava sul volto come una ferita aperta, dolorosa. *Ricorda*, sembrava dirle, *è tutto un inganno, un unico, monumentale inganno.*

Mentre terminava di asciugarsi i capelli, le tornarono in mente le parole di Lisa. Doveva parlarle, subito. Non poteva permettere che la rabbia e il risentimento le dividessero. Tornò in camera per cercare una vestaglia da buttarsi addosso.

— Salve, LuAnn.

La voce la colpì come una staffilata, e dovette appoggiarsi allo stipite della porta per non cadere. Gli occhi di LuAnn si posarono sulla figura seduta sul letto, e i muscoli del viso si irrigidirono, la bocca incapace di emettere alcun suono.

— È da un pezzo che non ci vediamo — continuò Jackson, con voce tranquilla.

— Come diavolo ha fatto a entrare? — balbettò lei, articolando a fatica ogni parola.

— Non ha importanza. — Quel tono calmo, sgradevolmente familiare la sconvolse, riportandola istantaneamente indietro negli anni.

— Cosa vuole?

— Ah, questo è un soggetto molto più interessante. Ma non sarebbe meglio che finisse di vestirsi, prima? Abbiamo molte cose da dirci.

Con fatica, LuAnn si strappò a quello sguardo che la ipnotizzava, estrasse dall'armadio una vestaglia e la indossò, stringendo la cintura in vita. Gli occhi di Jackson nel frattempo esploravano la stanza da letto, soffermandosi per un istante sull'unico elemento anomalo in quel contesto elegante: la sveglia appartenuta a Joy Tyler, unico residuo della vita precedente di LuAnn Tyler. Il ticchettio irregolare, inconfondibile, riempiva il silenzio.

— Ha fatto un bel lavoro, qui dentro. Se ben ricordo, i suoi gusti in fatto di arredamento erano meno sofisticati, una volta.

— Non mi piace questo genere di intrusioni!

— E a me non piace modificare i miei programmi per venire qui a tirarla fuori dai guai ancora una volta, LuAnn. O preferisce che la chiami Catherine?

— Fa lo stesso — rispose lei, in tono secco. — E non ho bisogno dell'aiuto di nessuno, tantomeno del suo.

Jackson si alzò e le si avvicinò. — Notevole — disse, dopo averla esaminata attentamente. — Persino io non avrei saputo fare di meglio. Elegante, sofisticata... I miei complimenti.

— L'ultima volta che ci siamo visti, lei era vestito un po' meglio — ribatté LuAnn, aggressiva. — Per il resto, non noto alcun mutamento.

Jackson indossava ancora gli abiti neri che portava durante l'incursione al villino, e aveva adottato gli stessi lineamenti del loro primo incontro. Accolse il rilievo di LuAnn con un largo sorriso. — Io non invecchio mai. È uno dei miei tanti giochi di prestigio, non lo sapeva? — Il sorriso si spense, improvvisamente. — Ma veniamo a noi. — Si sedette nuovamente sul letto e invitò LuAnn ad accomodarsi vicino a lui, di fronte a un piccolo scrittoio antico. — Ho saputo che qualcuno è venuto a trovarla. Qualcuno che poi l'ha inseguita con la sua auto.

— Come fa a saperlo?

— Lei proprio non vuole accettare il fatto che non può nascondersi da me. Crede che non sapessi che era rientrata negli Stati Uniti, contravvenendo a un mio ordine preciso?

— I dieci anni sono passati.

— Strano, non ricordo di aver messo una data di scadenza al nostro contratto.

— Non può aspettarsi che io continui a fuggire per il resto dei miei giorni!

— Al contrario, è proprio ciò che mi aspetto da lei. O meglio, ciò che *pretendo*.

— Lei non può continuare a controllare la mia vita!

— Non perdiamo tempo. Quell'uomo, mi dica quello che sa.

— Posso affrontare la situazione da sola.

— Davvero? Non mi sembra che finora i risultati siano stati brillanti.

— Si tolga dai piedi! Se ne vada da casa mia!

Jackson scosse la testa. — Devo constatare che il suo carattere non è migliorato con gli anni. Il denaro può comprare tutto, tranne le buone maniere, non è vero LuAnn?

— All'inferno!

Per tutta risposta, Jackson fece scivolare una mano verso l'interno della giacca. Istintivamente LuAnn afferrò il tagliacarte che era appoggiato sullo scrittoio, pronta a vibrare il colpo. Ma Jackson scosse la testa con aria delusa. — Dieci anni fa l'ho trovata in quel buco dimenticato da Dio e dagli uomini. Lei era una ragazza sveglia, con la testa sulle spalle, in condizioni di estrema difficoltà. Una stracciona disperata. Spazzatura ambulante. Sono costretto a riconoscere che certe cose non sono cambiate. — La mano riemerse dalla tasca interna della giacca, stringendo un pezzo di carta. — Può mettere via quel giocattolino. Non le servirà. Almeno non questa sera.

Aprì il biglietto. — Due uomini sono apparsi di recente nella sua vita. Uno si chiama Matthew Riggs. L'altro non ha ancora un nome. — Alzò lo sguardo su di lei. — Vede LuAnn, non posso permettere che qualcuno si impadronisca del suo segreto. Lei fa parte del sistema che ho creato nel corso del tempo, basato principalmente su uno stretto anonimato. Nel momento in cui anche un solo elemento del sistema cade, ha inizio un pericoloso effetto domino: tutti i tasselli cadono in progressione lineare, uno dopo l'altro, fino a raggiungere l'ultimo. *Io* sono quell'ultimo tassello. E *io non cadrò*. Sono stato chiaro, LuAnn?

— Sì — rispose lei, senza reagire.

— Rientrando negli Stati Uniti — riprese Jackson — lei ha considerevolmente complicato la mia vita. L'uomo che la segue ha scoperto la sua identità attraverso le sue cartelle esattoriali. Per questo non avrebbe dovuto tornare indietro.

— Ogni sei mesi fare le valigie. Ogni sei mesi una nazione diversa, una lingua diversa. Ogni sei mesi sbattersi da un capo all'altro del mondo. Provi lei a condurre una vita del genere, e con una ragazzina al fianco.

— Non credo che siano difficoltà così insuperabili. Non quando si ha un conto in banca che vale mezzo miliardo di dollari.

— Ci sono cose che il denaro non può comprare. L'ha detto lei.

— Lei conosce quell'uomo, LuAnn? Lo ha mai visto prima?

— Me ne ricorderei. Mi ricordo tutto di questi ultimi dieci anni — rispose LuAnn con un sospiro.

— Ha ragione di credere che sia in qualche modo al corrente della truffa alla Lotteria Nazionale?

Uno spasmo gelido risalì la schiena di LuAnn, facendola esitare. — No.

— Lei ha ancora molto, moltissimo da imparare nell'arte della menzogna, LuAnn. Mi dica immediatamente la verità, altrimenti ucciderò tutti quelli che troverò in questa casa, a cominciare da lei. — La minaccia le venne rivolta con lo stesso tono glaciale, quasi indifferente.

— Quell'uomo ha una lista di nomi. Herman Rudy, Bobbie Jo Reynolds, il mio, anche altri...

Jackson registrò mentalmente l'informazione. — E Riggs?

— Che c'entra lui?

— Ci sono ombre nel suo passato.

— Ci sono ombre nel passato di tutti noi.

— Sagge parole — concordò Jackson. — In qualsiasi altra circostanza, mi limiterei a ignorarlo. Ma in questo caso sono costretto ad occuparmene.

— Di che cosa sta parlando?

— Del fatto che il signor Riggs sembra essere sempre nel posto giusto e al momento giusto per offrirle assistenza.

— È qui da almeno cinque anni, ben prima del mio arrivo.

— Non è questo il punto. Un uomo dal passato fumoso viene a contatto con *lei* in questo instabile contesto. E questo non mi piace.

— Si tratta di una pura coincidenza.

— Davvero? L'ho trovato a frugare nel villino del nostro uomo. Per un momento, lui e io siamo stati vicinissimi. — La mano libera di Jackson si contrasse ad artiglio. — Ho contemplato l'idea di eliminarlo. Sarebbe stato estremamente facile.

— Riggs è solo un costruttore che lavora qui in zona — intervenne LuAnn, impallidendo. — Non c'entra!

— Stabilirò io se Riggs c'entra o no. Se dalle informazioni che otterrò su di lui ricaverò qualche motivo di preoccupazione, lo eliminerò.

— Ci penserò io a ottenere quelle informazioni.

— Che cosa? — fece Jackson meravigliato.

— Gli piaccio. Mi ha già aiutato due volte. Forse mi ha anche salvato la vita. Sembrerà naturale che io cerchi di dimostrargli la mia gratitudine, di conoscerlo meglio.

— Non mi piace.

— Per me è più facile scoprire se sta veramente nascondendo qualcosa — insistette lei.

Gli occhi di Jackson la studiarono intensamente. — D'accordo — disse. — Ma resta inteso che mi dirà qualunque cosa venga a sapere su di lui. Chiaro? Altrimenti me ne occuperò personalmente. Quanto all'altro uomo, ci penserò io a trovarlo. Non dovrebbe essere difficile.

— Non deve farlo.

— Prego? — fece Jackson denotando una certa sorpresa.

Il ricordo di Arcobaleno fece irruzione fra i pensieri di LuAnn. Non poteva sopportare l'idea di avere un altro uomo sulla coscienza. — Se si fa vivo ancora, noi ce ne andremo.

— Lei continua a non afferrare la complessità del problema, LuAnn. Se si trattasse solo di lei, potrebbe essere una soluzione, almeno per il momento. Ma quell'uomo ha la lista dei miei... *vincitori*. Non posso permetterlo!

LuAnn trasse un profondo respiro. — Se sono soldi che quell'uomo vuole, posso darglieli io.

Jackson sorrise. — La costante dei ricattatori, LuAnn, è che non cessano *mai* di volere soldi. A meno che non vengano definitivamente convinti a smettere.

— Jackson, io posso...

— Può che cosa? Garantirsi la sopravvivenza? E anche tutto questo lusso? — domandò Jackson facendo un ampio gesto con la mano. — Anche dieci anni fa lei tentò di affrontare un ricattatore. Ma fui io ad affrontarlo e a *convincerlo*. Lo feci allora e lo rifarò ora. Si accontenti di aver risparmiato la vita a Riggs. Per adesso.

— Ma quell'uomo non è in grado di provare niente! E anche se potesse, sarei io a trovarmi nei guai, non lei. Non so neanche il suo vero nome!

Jackson si alzò di scatto, e pochi istanti dopo LuAnn si ritrovò a fissare la canna di una 9mm con silenziatore, puntata verso di lei.

— La soluzione per me più immediata sarebbe eliminare tutti voi vincitori dall'equazione. Cominciando da lei, qui e ora. Rammenti, i dieci anni sono trascorsi. I suoi cento milioni di dollari sono già stati depositati su un conto svizzero aperto a suo nome. La sconsiglio vivamente di trasferire questa somma negli Stati Uniti. — Tra le sue dita guantate di nero, apparve un secondo foglio di carta, che Jackson lasciò cadere sul letto. — Ecco i codici di accesso e tutte le informazioni al riguardo. Cento milioni di dollari non rintracciabili. Come vede *io* rispetto il nostro contratto fino in fondo. — Strinse il dito attorno al grilletto. — E tuttavia, sarebbe mio preciso interesse toglierla di mezzo subito, non trova? — Mentre avanzava verso di lei, LuAnn rafforzò la presa sul tagliacarte.

— Lo metta via, LuAnn. *Adesso!*

Quasi ipnotizzata, LuAnn abbandonò l'oggetto sullo scrittoio e indietreggiò, appoggiandosi al muro.

Jackson incombeva su di lei. La canna della pistola su una guancia di LuAnn, passò la mano guantata sull'altra guancia. Non c'era nulla di sensuale in quel tocco. Jackson pareva un anatomo-patologo intento a verificare il *rigor mortis* di un cadavere.

— Avrebbe dovuto usarlo. Fin dall'inizio — disse, con un lampo negli occhi.

— Non uccido la gente a sangue freddo.

— Lo so. Peccato, perché è il modo migliore per farlo. — Ritrasse la mano. — Dieci anni fa, intuii che lei sarebbe stata l'anello debole della catena. Nel tempo, dubitai della mia intuizione. Tutto sembrava perfetto. Ora so che avevo ragione. Perché ora qualcuno sa, e forse la ricatta. E se io gli permettessi di andare avanti potrebbe portarmi al fallimento. E io non fallisco. Mai. Pensi alla vita meravigliosa che io le ho concesso, LuAnn. Il più impossibile dei sogni... trasformato in realtà. Si guardi adesso. — Con gesto lento aprì la cintura della vestaglia, scoprendole il seno. — Effettivamente, la cosa giusta da fare sarebbe ucciderla. Perché no? — Puntò la pistola alla testa di lei.

LuAnn chiuse gli occhi. Le gambe le tremavano, il cuore batteva all'impazzata, togliendole il respiro. Quando li riaprì, vide che Jackson scuoteva la testa.

— L'ultima volta che ci siamo visti, non era così nervosa. — Con calma esasperante, innestò la sicura. — Come dicevo, avrei tutto l'interesse a eliminare l'anello più debole. Ma non lo farò. Non stanotte. Nonostante lei mi abbia tradito, mettendo a rischio il mio piano. Vuol sapere perché?

LuAnn non si mosse, non rispose.

— Perché ritengo di avere una missione da compiere. È un'affermazione un po' melodrammatica, ma rende l'idea. E poi, sono stato io a creare tutto ciò che lei è, LuAnn. Sono stato io a forgiare la sua intera esistenza. Se la uccidessi, sarebbe come uccidere parte di me stesso. Ma si ricordi, una belva sacrifica volentieri l'agnello, per sfuggire a una trappola. Quindi non creda, non s'illuda neppure per un istante, che non sarei pronto a farlo. Al tempo stesso, voglio credere che troveremo una via d'uscita. Lei e io. Insieme. E lei farà la sua parte per garantire un buon esito al nostro lavoro.

La voce di Jackson prese un tono distante, impersonale, essenziale.

— Lei non lascerà il paese. Rimarrà a Wicken's Hunt e mi riferirà qualunque novità sull'uomo misterioso. Il numero telefonico che le diedi dieci anni fa è tuttora valido. Io la contatterò regolarmente, e lei seguirà alla lettera qualunque mia istruzione. È chiaro?

LuAnn annuì.

— Sto parlando seriamente, LuAnn. Un altro errore, e sarò costretto a sbarazzarmi di lei. E sarà una cosa lenta e dolorosa. E adesso, vada a risistemarsi. No, aspetti!

LuAnn si fermò.

— Si ricordi che non è sola. — Lo sguardo di Jackson si spostò significativamente verso il corridoio, verso la stanza di Lisa. — Cerco sempre di garantirmi una forte motivazione da parte dei miei collaboratori. Ho notato che è più facile così ottenere risultati.

LuAnn scappò in bagno, richiudendo la porta dietro di sé. Squassata da un tremito incontrollabile, si avvolse in un ampio asciugamano e si lasciò scivolare sul pavimento. Non era il rischio personale, di cui era perfettamente consapevole, a gettarla nella disperazione, quanto il pensiero che Lisa fosse oggetto delle attenzioni omicide di Jackson.

Ma fu proprio questa considerazione a darle la lucidità, la determinazione necessaria per agire. Gettò uno sguardo allucinato alla porta che la divideva da Jackson, un uomo che le somigliava più di quanto fosse disposta ad ammettere. Entrambi vivevano nella menzogna. Entrambi disponevano di un'enorme ricchezza ottenuta con l'inganno. Entrambi avevano doti fisiche e psichiche superiori alla norma. E, soprattutto, avevano ucciso, tutti e due. Lei per legittima difesa, lui premeditatamente, ma il motivo era sempre la sopravvivenza. E il risultato, il medesimo.

Si rialzò lentamente. Se a Lisa fosse successo qualcosa, uno dei due doveva morire, non c'era altra scelta. Lasciò cadere l'asciugamano e socchiuse la porta. Un legame impalpabile li teneva legati l'uno all'altra, come se i meccanismi del loro cervello agissero di concerto. Sapeva già cosa l'attendeva dietro quella porta, mentre la spalancava.

Nulla. Jackson era scomparso.

LuAnn si vestì rapidamente e corse nella camera di Lisa. Il respiro calmo e regolare della bambina le disse che tutto era a posto, stava dormendo. La osservò a lungo, nel buio, incapace di svegliarla. Non era sicura di riuscire a dominare i sentimenti che la agitavano. Si assicurò che le finestre fossero chiuse e uscì, dirigendosi verso la camera di Charlie. Lo svegliò con delicatezza.

— Charlie... È tornato.

— Cosa?... Chi?

— Dovevamo saperlo che ci avrebbe trovati.

Charlie schizzò a sedere sul letto nell'attimo stesso in cui assimilò quelle parole. — Era qui?... *Jackson era qui!*

— Avevo appena finito di fare la doccia. Lui mi aspettava in camera. Non ho mai avuto tanta paura in vita mia.

— Oh LuAnn, piccola mia — fece Charlie abbracciandola forte e a lungo. — Come diavolo ha fatto a trovarci?

— Non lo so, ma lui *sa*, Charlie. Di Riggs, dell'uomo che mi ha inseguita, della lista con i nomi dei vincitori della lotteria. Sa tutto. Ho cercato di mentire, ma non ha funzionato. Era pronto a uccidere: te, me... Lisa.

— Cos'ha intenzione di fare?

— Trovare l'uomo del villino ed eliminarlo.

— E poi? Cos'altro?

— Vuole che lo avvertiamo se quell'uomo si fa vivo. E che scopriamo che cosa nasconde Riggs.

— Perché si preoccupa anche di Riggs?

— Sospetta che Riggs abbia qualche movente sotterraneo per interessarsi a noi.

— Che vada all'inferno! — Charlie scese bruscamente dal letto e cominciò a vestirsi.

— E adesso dove vorresti andare? — disse LuAnn.

— Da Riggs. Ad avvertirlo.

LuAnn lo afferrò per un braccio. — Tu fallo e firmerai la sua condanna a morte. Jackson lo scoprirà, Charlie. Così come ha scoperto tutto il resto. Riggs non corre pericolo. Almeno per ora.

— Come fai a dirlo?

— Ho fatto una specie di accordo con Jackson. Dovrebbe funzionare. Jackson si occuperà dell'uomo della Honda. E per lui non possiamo fare assolutamente nulla, visto che non abbiamo idea di chi sia.

Lui si lasciò cadere nuovamente a sedere sul letto.

— Charlie, voglio che tu porti Lisa lontano da qui. Voglio che tutti e due siate lontano da qui.

— Scordatelo, LuAnn! Non ti lascerò sola con lui in circolazione qui attorno.

— Invece è proprio quello che farai, Charlie. Perché sai che ho ragione. Da sola posso cavarmela, ma se Jackson dovesse mettere le mani su Lisa...

— Invertiamo la faccenda: io rimango, tu e Lisa andate.

— Non funzionerà — disse LuAnn scuotendo la testa. — Se sono io a sparire, Jackson verrà a cercarmi. E alla fine mi troverà. Ma se continuo a essere visibile, quel problema per lui non si porrà. E tu e Lisa potrete mettervi al sicuro.

— E chi metterà te al sicuro, LuAnn? Non mi piace. Non voglio abbandonarti. Non ora.

— Non mi abbandoni affatto, Charlie. — Lei gli passò le braccia attorno alle spalle poderose. — Al contrario, starai vicino a quanto di più prezioso esiste nella mia vita. — Poi sciolse l'abbraccio, mentre la testa incappucciata di Jackson continuava a incombere nella sua mente.

— E va bene — si arrese Charlie, prendendole la mano. — Quando vuoi che ce ne andiamo?

— Stanotte... *Adesso*. Prepara la tua valigia, io preparo quella di Lisa. Jackson se n'è andato non molto tempo fa, non credo che stia ancora sorvegliando Wicken's Hunt. Probabilmente è convinto che io sia troppo paralizzata dalla paura per tentare qualsiasi cosa. — LuAnn corrugò la fronte. — Non che sia poi così lontano dalla realtà.

— Dove andremo? — domandò Charlie.

— Non lo so. E non lo voglio sapere. E sicuramente capisci il perché, non è vero? Chiamami quando sei a posto. Troveremo un modo sicuro per comunicare.

— Non avrei mai pensato che saremmo arrivati a questo. — Charlie scosse il capo.

— Ce la caveremo. — LuAnn gli diede un bacio in fronte. — Dobbiamo fare estrema attenzione, ma ce la caveremo.

— E tu? Che cosa farai?

LuAnn fece un gran sospiro. — Tutto quello che sarà necessario perché tutti quanti possiamo uscirne vivi.

— Incluso Riggs?

LuAnn sostenne lo sguardo di lui. — Soprattutto Riggs.

— Mamma, lo odio tutto questo!

Lisa, ancora in pigiama, gli occhi impastati dal sonno, pestava i piedi.

— Lo odio, lo odio, lo odio!

— D'accordo, lo odi. — LuAnn riempì una borsa da viaggio di vestiti di sua figlia. — La realtà è che devi fidarti di me e basta.

— Fidarmi di te? Buona questa!

— Piantala di fare i capricci da mocciosa, Lisa!

Lisa sedette sul letto, le braccia conserte, l'espressione imbronciata.

— Vestiti in fretta — intimò LuAnn. — Lo zio Charlie è già pronto. Vi voglio fuori di qui entro dieci minuti.

— Ma domani a scuola c'è una festa! Non potremmo almeno aspett...

— No — LuAnn chiuse la borsa con un gesto secco. — Non potremmo e non possiamo.

— Quando finirà, eh, mamma? Quando la smetterai di sbattermi da tutte le parti come una palla di gomma?

LuAnn si passò una mano tra i capelli. Sedette accanto a sua figlia, le circondò le piccole spalle attirandola a sé. Dirle la verità? Dirle tutto qui, ora? Quale sarebbe stato il prezzo? Era davvero pronta a pagarlo?

— Lisa...

Nessuna risposta. Nemmeno si era girata.

— Lisa, per favore, guardami.

Lisa si voltò. C'era rabbia nei suoi occhi. Ma anche frustrazione e dolore.

— Un giorno, molto presto, saprai — disse piano LuAnn. — Prometto di dirti tutto quello che vuoi sapere. In realtà molto di più di quello che vuoi sapere su di me, su di te, sulla nostra intera vita.

— Ma perché non...

LuAnn le posò l'indice contro le labbra, impedendole di continuare. — Per adesso, posso dirti solamente questo: ciò che allora sentirai ti sconvolgerà e ti farà del male. Potresti non riuscire ad accettarlo. Potresti non farcela a capire perché ho fatto ciò che ho fatto. Potresti addirittura odiarmi... odiare *tua madre*.

LuAnn s'interruppe, riprendendo fiato. Fino a poche ore prima, la sola idea di dire qualcosa di simile le era parsa infinitamente remota. Ma poche ore prima Jackson non era ancora tornato a fare irruzione nella loro esistenza. E a piazzarle una pistola sulla guancia.

— Sappi però una cosa, piccola mia: in quel momento, in quel luogo, io ero molto giovane. E non ho avuto nessuno ad aiutarmi a prendere la decisione. In quel momento, in quel luogo, ho fatto semplicemente ciò che ho ritenuto giusto fare *per te*.

LuAnn sollevò il mento della figlia, scrutò nei suoi occhi pieni di lacrime.

— So che sto facendoti male, Lisa. Non voglio che tu vada via da me, credimi. Ma è necessario. E devi anche sapere che non permetterò che ti capiti nulla, a nessun costo. Neppure lo zio Charlie lo permetterà.

— Mamma, mi stai facendo paura...

— Ti voglio tanto bene, Lisa. — LuAnn la strinse forte contro di sé. — Più di quanto potrò mai essere in grado di spiegarti a parole.

— Non voglio che ti succeda niente, mamma! — Lisa le prese il volto con le piccole mani.

— Non mi succederà proprio niente, tesoro. — LuAnn riuscì addirittura a sorriderle. — Un gatto ha nove vite, lo sai, no?

37

Il mattino seguente, LuAnn si alzò presto, dopo una notte praticamente insonne. Allontanare sua figlia era stata una delle prove più difficili che avesse mai dovuto affrontare. Ed era ancora niente rispetto a ciò che l'aspettava il giorno in cui le avesse confessato l'intera verità sulla sua vita, sul passato della donna che era sua madre. Ma da quel confronto non si sarebbe ritirata. Ed era stato comunque un enorme sollievo vedere le luci posteriori della Range Rover di Charlie che svanivano nella notte.

Adesso doveva affrontare la questione di Riggs. Sarebbe stata costretta a ricontattarlo tentando di superare la comprensibile diffidenza di lui. Avrebbe dovuto far saltare fuori qualche elemento, vero o falso, e quindi informarne Jackson, altrimenti se ne sarebbe occupato lui stesso. E questo non poteva permetterlo.

LuAnn spalancò le tende. La balconata della sua camera da letto al secondo piano offriva un'ampia vista sulla tenuta dietro la casa. Due grandi porte finestre si aprivano dalla sua stanza. Probabilmente Jackson era passato di lì. Wicken's Hunt era dotata di un sofisticato sistema d'allarme, e la notte prima, come sempre, LuAnn lo aveva attivato. Eppure Jackson era riuscito a filtrare come se quell'apparato neppure esistesse, come se lui fosse in grado di camminare attraverso i muri.

LuAnn preparò il caffè nel piccolo angolo cottura accanto

allo spogliatoio, indossò una vestaglia di seta e uscì sul balcone. Si appoggiò alla balaustra di marmo, con la tazza fumante in mano. La cupola del sole stava innalzandosi al di sopra delle foreste sull'orizzonte verso est. Raggi obliqui, rossi e dorati, si aprivano la strada tra il fogliame che cominciava ad assumere le calde sfumature cromatiche dell'autunno. Quella veduta parve risollevarle un poco l'umore. Ma ciò che improvvisamente scorse le procurò una nuova inquietudine.

Matt Riggs camminava a larghi passi, metodicamente uguali, come se stesse facendo delle misurazioni nella radura sul limitare della foresta, proprio nel posto dove lei gli aveva detto che avrebbe voluto costruire lo studio. LuAnn si appoggiò alla parete esterna di mattoni crudi e si protese dalla balaustra. C'erano dei paletti conficcati nel terreno. Riggs tolse di tasca un gomitolo di spago, ne legò un'estremità a uno dei paletti e continuò a muoversi dipanando lo spago. Stava formando quello che avrebbe potuto essere il perimetro di fondazione.

— Ehi! — provò a gridare LuAnn, ma la voce si perse nella brezza mattutina.

La figura continuò a muoversi, raggiungendo l'ultimo dei paletti, chiudendo il perimetro. Troppo lontano. Non poteva udirla.

LuAnn saltò giù dalla balaustra, attraversò la stanza da letto e si precipitò giù per le scale. Corse a piedi nudi sul prato intriso di rugiada dietro la villa. La seta della vestaglia disegnava le forme del suo corpo, aprendosi a ogni falcata, lasciando scoperte le lunghe gambe. LuAnn rallentò solo quando fu in prossimità del perimetro circoscritto con lo spago. In un angolo c'era uno spesso rotolo di disegni. Ansimante, LuAnn si guardò intorno, stringendosi la vestaglia contro il petto, il respiro che si condensava nell'aria fredda. Non c'era nessuno. Matt Riggs era scomparso, come se il suolo si fosse aperto e l'avesse inghiottito.

— Buongiorno.

LuAnn si voltò mentre Riggs emergeva dal bosco stringendo in pugno una grossa pietra. Superò LuAnn con tutta calma, scavalcò lo spago e sistemò la pietra al centro del perimetro, con un gesto solenne.

— Qui metteremo il caminetto — dichiarò con un largo sorriso.

— Che accidenti sta facendo qui, Matthew? — domandò LuAnn palesemente sorpresa.

Riggs accennò alla vestaglia di seta. — È la sua abituale tenuta per la passeggiata mattutina nei prati? Si prenderà una polmonite. — I raggi del sole stavano progressivamente invadendo il terreno dietro Wicken's Hunt. E stavano rendendo la seta pressoché trasparente. Sotto, LuAnn non portava assolutamente nulla. — Per non parlare di quello che sta procurando a me.

— Di solito non incontro gente che conficca pali nella mia proprietà, di mattina presto.

— Sto semplicemente assolvendo il mio nuovo incarico.

— Quale *nuovo incarico*?

— Non voleva forse uno studio? — Con un rapido cenno del mento, Riggs indicò i paletti, lo spago e la pietra. — Sto cominciando a costruirglielo.

— Sul serio? — LuAnn inarcò un sopracciglio. — E che fine hanno fatto i tempi di progettazione, l'arrivo dell'inverno, i problemi per ottenere i permessi eccetera eccetera?

— Be', a lei è piaciuto così tanto il mio, di studio, che mi è venuta la brillante intuizione di usare lo stesso progetto. Così risparmieremo un sacco di tempo. E poi ho qualche amico all'Ispettorato Catastale. Nemmeno per ottenere i permessi dovremmo impiegare troppo.

LuAnn rimase a fissarlo, tremando di freddo sotto il morso di una ventata improvvisa.

— A proposito... — Riggs si tolse il giaccone e lo sistemò sulle spalle di lei. — Non c'è bisogno che mi ringrazi, e non dovrebbe starsene così a piedi nudi.

— Non avrebbe dovuto farlo, Matthew. Io... credo di aver abusato fin troppo della sua pazienza. In tutti i sensi.

— Nessun problema, Catherine. — Riggs distolse lo sguardo da lei, dal suo corpo, toccando uno dei paletti con la punta di una scarpa. — C'è ben di peggio che sopportare una donna come lei — aggiunse poi, scoccandole una fugace occhiata.

LuAnn distolse a sua volta lo sguardo. Rimasero immobili, imbarazzati, simili a due adolescenti intenti a decidere la prossima mossa.

— Per cui — riprese LuAnn osservando il perimetro — è proprio come il suo?

— Visto che ha annullato la recinzione, adesso ho un sacco di tempo disponibile.

— Le ho detto che avrei comunque saldato il suo onorario.

— Lo ha detto, è vero. Da parte mia però ho una precisa regola professionale: non accettare pagamenti per lavori non fatti. Ma non si preoccupi, la parcella di questo nuovo lavoro compenserà ampiamente l'altro. — Riggs spostò lo sguardo sulla foresta. — Al mondo non ci sono molti posti belli come questo, glielo garantisco io. E una volta che il suo studio sarà finito, le passerà la voglia di andare in qualsiasi altro posto.

— Molto poetico — commentò LuAnn. — Ma non molto realistico.

— Giusto, lei viaggia parecchio. D'altra parte, con i suoi mezzi...

— I miei mezzi non c'entrano. Ma è esatto: io viaggio parecchio. — Poi aggiunse stancamente: — Forse troppo.

— È bello vedere il mondo — disse Riggs. — Ma è bello anche tornare a casa.

— Parla per esperienza personale?

— Io? — Sul suo volto era apparso un gran sorriso. — Mai stato da nessuna parte.

— E che cosa trova a casa? Un po' di pace, forse?

Il sorriso si attenuò. — Non è quello che cerchiamo un po' tutti?

— Ha già fatto colazione, Matthew?

— Da un pezzo, ma grazie lo stesso.

LuAnn spostava il peso del corpo da una gamba all'altra, il gelo del terreno cominciava a irrigidirle i piedi. — Allora che ne dice di un caffè?

— Ottima idea.

Riggs notò il movimento di lei. Si tolse i guanti da lavoro e li mise nella tasca posteriore dei pantaloni. Poi si girò e piegò leggermente la schiena. — Forza, salti in groppa.

— Vuole scherzare?

— La riporto a casa. — Si diede un paio di colpetti sul fondoschiena. — Non sono grosso quanto il suo cavallo...

— Cavalla — corresse lei.

— Quello che è. Può sempre far finta, no?

LuAnn non cedette: — Non ci penso affatto.

— Via, si beccherà una polmonite stando così a piedi nudi. Dico sul serio. Inoltre, questa è la mia attività di maggior successo presso i miliardari.

Lei rise e finalmente gli salì in groppa, circondandogli il collo con le braccia. — Ma poi non venga a lamentarsi se le viene il colpo della strega.

Lui le afferrò le cosce nude e cominciò a muoversi. — Ehi, non si uccidono così anche i cavalli?

— Per l'appunto. — LuAnn si afferrò a lui con più forza. E a metà strada non mancò di spronarlo giocosamente, stringendo a più riprese le ginocchia.

Nel folto del bosco, Jackson abbassò il paraboloide di un microfono telemetrico, continuando a osservare Riggs che trasportava LuAnn verso la casa. L'attenzione di Jackson si soffermò sul perimetro formato dai paletti e dallo spago, primo passo nella costruzione di qualche struttura. La voce di Riggs messa su nastro avrebbe potuto diventare un fattore utile in seguito. Jackson si concesse un vago sorriso. Considerando l'abbigliamento di LuAnn, era pressoché sicuro che i due si sarebbero goduti entro breve una parentesi di intimità. Questo non era necessariamente un problema, al contrario. Riggs le avrebbe confessato qualche elemento importante e LuAnn glielo avrebbe poi riferito.

Compiaciuto dell'andamento della situazione, Jackson si inoltrò nella foresta, tornando verso l'auto che aveva lasciato su una strada sterrata fra gli alberi.

— Se mai avrò un altro cavallo — disse LuAnn imburrando una fetta di pane — sarà un onore chiamarlo Matthew.

— Giorni di fuoco, galoppate di gloria.

LuAnn raggiunse il banco della cucina per versarsi un'altra tazza di caffè, voltandogli le spalle. Indossava ancora la vestaglia di seta. Riggs si sentì preda di pensieri invadenti e inopportuni. Cercò di non guardarla, ma non ci riuscì.

— Gli altri sono ancora tutti a nanna? — disse con aria casuale.

— È la giornata libera di Sally — rispose LuAnn girandosi verso di lui. — Charlie e Lisa sono partiti per una piccola vacanza.

— Senza di lei?

— Ho parecchie cose da fare. — Si sedette, evitando lo sguardo di lui. — Presto potrei andare in Europa. L'Italia è splendida in questa stagione. Se così fosse, c'incontreremo tutti a Roma. Lei c'è mai stato?

— Solo a Rome, nello Stato di New York — precisò con un sorriso.

— Questo nella sua vita precedente? — LuAnn lo studiò al di sopra del bordo della tazza.

— Eccoci di nuovo con il passato. Sa che non è minimamente eccitante quanto lei può pensare?

— Perché non lascia che sia io a deciderlo?

— Sta cercando un *corpus delicti*?

— Un'espressione della sua ex moglie avvocato, immagino.

— Non immagini, Catherine. L'immaginazione può avere effetti collaterali pericolosi.

— Sono vaccinata.

— Ma perché lei è così interessata a ciò che facevo prima di venire a Charlottesville?

È il solo modo per tenerti in vita, e mi sento male ogni volta che penso a quanto sei stato vicino a morire per colpa mia. LuAnn compì uno sforzo per tenere la voce a un tono normale. — Diciamo che sono curiosa per natura.

— Siamo in due. Perché non parliamo dei suoi segreti, Catherine?

— Quali segreti?

Riggs posò la tazza, senza interrompere il contatto di sguardi. — È una battuta di spirito?

— Per niente. Ho molto denaro. C'è gente che lo vuole e che cerca di prenderlo. Punto e basta.

— Sta dicendomi che il balordo della Honda era un potenziale rapitore?

— Forse.

— Rapitore molto *sui generis*.

— Di nuovo la sua ex moglie avvocato?

— Forse — disse Riggs piatto. — Quell'individuo sembrava un insegnante di liceo, non un gorilla di professione. Ha affittato quel villino e lo ha addirittura ammobiliato. Per rapire qualcuno, generalmente ci si mette in parecchi, ben armati e incappucciati, si usa un furgone chiuso e se la cosa va male, si taglia la corda alla grande. Invece, il tizio, tutto solo soletto, prima ha tentato di seguire lei, poi di prendersela con me. Come rapitore farà meglio a tornare all'asilo.

— Parla per esperienza personale, Matt?

— Forse.

— Può darsi che quell'uomo stesse cercando di spaventarmi prima di tentare il rapimento vero e proprio.

— Bell'idiota. I sequestri di persona non sono forse basati sull'elemento sorpresa?

— Va bene, non è un rapitore — concesse LuAnn. — Quindi?

— Continui lei. È entrata nel villino, no? Che cosa ha scoperto?

— Niente.

— Questa è una palla, e lei lo sa.

LuAnn si alzò, squadrandolo. — Non mi piace che mi si dia della bugiarda.

— E allora la pianti di dire bugie. Non le riesce molto bene, lo sa?

Lei serrò la mascella, voltandogli la schiena.

— Catherine, mi ascolti. — Riggs si alzò a sua volta. — È vero, nella mia vita precedente, come lei si ostina a definirla, ho effettivamente avuto a che fare con... chiamiamolo *l'elemento criminale*. Ho cercato di sopravvivere, ho imparato tutto quello che potevo imparare, ho accumulato una certa esperienza.

Le mise una mano sulla spalla e la fece voltare nuovamente verso di sé.

— Catherine, io so che lei ha paura di qualcosa. Ma so anche che ha nervi saldi e tanto fegato. Devo dedurre che la situazione sia davvero brutta. — Le sollevò leggermente il mento con due dita. — Sono pronto a stare dalla sua parte. *Voglio* stare dalla sua parte, ma solo se lei mi dice la verità.

LuAnn s'irrigidì impercettibilmente. La *verità*. Qualcosa che apparteneva a un altro universo. — Lo so Matthew. — Le sue labbra si socchiusero, i suoi occhi rimasero fissi in quelli di lui. — Lo so, credimi.

Riggs la prese fra le braccia. Le sue mani percepirono il calore che emanava dal corpo di lei, dai seni premuti contro il suo corpo. Le loro bocche s'incontrarono, prima esitanti, ben presto trascinate in un vortice di passione. Riggs le fece scivolare la vestaglia giù lungo le spalle, lasciò che si afflosciasse al suolo. Le baciò voracemente la gola, le spalle, i seni. Poi la sollevò dolcemente e LuAnn chiuse gli occhi, tenendogli il volto premuto contro la spalla, stringendogli le gambe intorno alla vita.

In qualche modo si trascinarono fino alla piccola stanza degli ospiti al pianterreno. Distesa sul letto, LuAnn stese le braccia, afferrò i lembi della spessa camicia di flanella di Riggs e gliel'aprì di forza facendo saltare una raffica di bottoni.

— Ti voglio, Matthew!... Ti voglio!...

Nel subconscio, Riggs percepì di nuovo l'inconfondibile accento della Georgia. Fu meno di una frazione di secondo. Aveva altro per la testa. I suoi scarponi da lavoro caddero sul pavimento in legno uno dopo l'altro, pantaloni e mutande vi si ammucchiarono sopra. Con un'ultima pedata alla cieca, Riggs riuscì a chiudere la porta di schianto. LuAnn si avvinghiò nuovamente con le gambe attorno a lui e lo guidò dentro di sé.

38

A Jackson non piaceva restare per troppo tempo con la stessa identità. La notte prima aveva lasciato l'albergo come Harry Conklin, e nemmeno una mezz'ora più tardi era rientrato nello stesso albergo sotto diverse spoglie. Un individuo corpulento sulla cinquantina, pesanti borse sotto gli occhi, naso largo, collo rugoso, lunghi capelli biondo-cenere legati in un treccia, berretto a visiera. Più o meno un hippy sul viale del tramonto dopo troppi spinelli. Gli avevano dato la stanza accanto a quella di Conklin. Non che facesse qualche differenza: tutte le stanze di quell'albergo erano uguali. Stessi mobili finto XVIII secolo, stessi tappeti ornati con immagini dell'America coloniale, stesse scene di caccia appese ai muri, stesse statue di legno che rappresentavano anatre o cinghiali sulla testata del letto. L'unico vantaggio dell'albergo era la sua posizione, quasi a metà strada tra Wicken's Hunt e Charlottesville. Non aveva neppure aperto i bagagli, lo faceva di rado. Aveva imparato da parecchio tempo quanto fosse cruciale potersela squagliare in un batter d'occhi.

Ora stava studiando lo schermo del computer portatile, dove un'immagine prendeva progressivamente forma. Il volto di un uomo: l'uomo delle impronte digitali rimaste nel villino in mezzo alla foresta. L'immagine gli era trasmessa da uno dei molti collaboratori della sua rete, un individuo che poteva avere accesso ai più monumentali archivi di dati personali del pianeta. Era l'unica ragione per la quale Jackson lo aveva inserito nel suo apparato. Non c'era modo di sapere per certo se le impronte digitali dell'uomo che stava addosso a LuAnn Tyler si trovassero in qualche banca dati, ma valeva comunque la pena di tentare.

Jackson sorrise mentre l'immagine digitalizzata si andava completando, con tanto di estremi anagrafici dell'uomo a cui apparteneva: THOMAS J. DONOVAN.

La foto risaliva a tre anni prima, ma Donovan non poteva essere cambiato di molto. Jackson si concentrò sulla fisionomia di quel volto, tutto sommato anonimo. Con l'equipaggiamento del quale era dotato, sarebbe stato in grado di diventare anche Thomas J. Donovan, se fosse stato necessario.

Primo dato di fatto: il suo nome non gli era affatto sconosciuto. Soltanto un anno prima, Donovan, Premio Pulitzer del «Washington Tribune», aveva scritto un approfondito articolo nel quale ricordava la carriera del padre di Jackson come senatore degli Stati Uniti. Un articolo insignificante, a suo parere, che ignorava completamente la vera personalità dell'uomo e la mostruosità del suo comportamento.

Secondo dato di fatto: il suo intuito, ancora una volta, non lo aveva tradito. Non si trattava di un ricattatore. Poche categorie d'individui erano dotate delle capacità, delle metodologie e dei mezzi d'informazione appropriati per riuscire a ritrovare le tracce di LuAnn Tyler dopo un buco di dieci anni. Agenti del fisco, agenti del governo o agenti dell'informazione.

Con la punta delle dita, Jackson si sfiorò le palpebre di plastica. In effetti, un ricattatore gli avrebbe posto molti meno problemi. Thomas J. Donovan era un giornalista investigativo di grosso calibro. In qualche modo aveva fiutato una storia importante e non si sarebbe fermato fino a quando non fosse stato pronto a sparare il suo scoop.

Eliminarlo non significava risolvere il problema, e comunque avrebbe suscitato molti interrogativi. Donovan poteva aver condiviso gli elementi della storia con altri, anche se, a quel livello, solitamente i giornalisti restavano abbottonati fino all'ultimo, per timore che qualcuno rubasse loro la notizia.

La mossa giusta era stabilire quanto Donovan sapesse realmente e se ne avesse parlato con qualcun altro. Jackson sollevò il ricevitore del telefono e compose il numero del «Washington Tribune». Chiese di parlare con Thomas Donovan, ma dopo una breve attesa gli fu risposto che il giornalista aveva chiesto un periodo di aspettativa. Riappese. Se anche fosse stato messo in contatto con Donovan non gli avrebbe parlato comunque. Quello che gli interessava era ascoltare la sua voce per poterla eventualmente imitare se fosse stato necessario.

Secondo Pemberton, l'individuo misterioso aveva affittato il villino almeno un mese prima. Ovvero: Thomas Donovan voleva LuAnn Tyler. Ma perché proprio lei e non un altro dei vincitori della Lotteria Nazionale i cui nomi erano sulla sua lista? Probabilmente perché LuAnn Tyler era la sola a essere ricercata per omicidio. Ed era anche la sola a essere riapparsa dopo dieci lunghi anni. Nel rientrare negli Stati Uniti, quella donna aveva dato prova di colossale, catastrofica stupidità, questo era vero. Ma non esisteva alcun legame diretto tra LuAnn Tyler e Catherine Savage. La domanda iniziale continuava a rimanere senza risposta. Come aveva fatto Donovan a ritrovare le sue tracce?

Un pensiero improvviso lo assalì. Il giornalista conosceva tutti i suoi vincitori. Se LuAnn avesse rifiutato di aiutarlo, il passo logico successivo di Donovan sarebbe stato quello di mordere un altro degli undici vincitori sulla lista.

Jackson non perse tempo e iniziò a fare una serie di telefonate. Dopo mezz'ora aveva finito con l'undicesima. Rispetto a LuAnn, erano nient'altro che povere pecore. Lo erano state dieci anni prima e continuavano a esserlo anche ora. Avrebbero fatto tutto quello che lui avrebbe ordinato loro di fare. Era il loro salvatore, l'uomo che li aveva condotti per mano fino alla Terra Promessa del benessere e del piacere. E adesso, se Donovan ci avesse provato, la trappola sarebbe scattata.

Jackson prese a passeggiare per la stanza. A un certo punto si fermò, prelevò da una cartelletta alcune fotografie e le osservò alla luce della lampada da tavolo. Le aveva scattate con il teleobiettivo, il giorno stesso del suo arrivo a Charlottesville, addirittura prima d'incontrarsi con Pemberton.

Considerando distanza e condizioni di luce, erano venute molto bene. Volti cristallizzati risposero al suo sguardo.

Sally Beecham, sulla quarantina, alta, snella, dall'aria stanca, era la domestica fissa di LuAnn Tyler. Abitava in un appartamento al pianterreno, nell'ala nord di Wicken's Hunt. Le foto successive erano di due donne delle pulizie, di origine ispanica. Arrivavano alle nove del mattino e se ne andavano alle sei di sera. Poi c'erano le immagini di stallieri, giardinieri e meccanici.

Jackson aveva osservato, sorvegliato, analizzato tutti costoro. Si era impresso in mente la loro mimica corporea, la loro gestualità. Aveva registrato le loro voci attraverso il microfono parabolico e le aveva riascoltate dozzine di volte, nello stesso modo in cui aveva riascoltato dozzine di volte la voce di Riggs. Forse nessuno di questi elementi raccolti nel mondo di Catherine Savage gli sarebbe mai servito, ma l'importante era che lui fosse pronto ad affrontare ogni evenienza. Ripose le fotografie nella cartelletta.

Da uno scomparto nascosto della sua valigetta prese quindi un coltello da lancio. Era di fabbricazione cinese, con l'impugnatura di legno di tek e la lama d'acciaio talmente affilata da rendere impossibile afferrarla a mani nude. Jackson si fermò al centro della stanza, il coltello nel palmo della destra, seguendo il corso dei suoi pensieri. LuAnn Tyler non era più la ragazzina ignorante tirata fuori da una fogna della Georgia. LuAnn Tyler era diventata una donna preparata, sofisticata, potenzialmente molto pericolosa. Chissà se anche lei aveva avuto il presentimento che le loro strade si sarebbero di nuovo incrociate. Forse si era preparata a una tale eventualità. Se avesse usato il tagliacarte, quella sera, avrebbe potuto colpirlo da una distanza di sei metri. E lui non avrebbe avuto scampo.

Jackson ruotò su se stesso e lanciò il coltello in un unico movimento fluido. La lama divise in due la testa della spessa anatra di legno e si conficcò profondamente nella parete. LuAnn Tyler aveva un'unica, gravissima debolezza: la coscienza.

Jackson sorrise. Era una debolezza che lui non avrebbe mai avuto.

39

Erano andati avanti a lungo, rotolandosi, contorcendosi e perdendosi l'uno nell'altra. Ora LuAnn giaceva supina, studiando il profilo di Riggs, abbandonato accanto a lei. Ebbe un breve sorriso: continuava a non capacitarsi di come avesse fatto il letto a reggere. Si strinse contro di lui, gettando una gamba di traverso sulle sue. Riggs si girò a guardarla, un sogghigno da impunito stampato in faccia.

— Sai una cosa?

— Cosa?

— Sto cercando di ricordare tutte le volte che ho sussurrato: "Oh, piccola mia!".

Lei gli passò una mano sul petto, poi disse: — Dev'essere più o meno la metà delle volte che io ho gridato: "Sì, ancora!".

Scoppiarono a ridere come due adolescenti che hanno appena finito di consumare la loro passione nel letto dei genitori andati via per il week-end. LuAnn lo baciò a lungo, lasciandosi scivolare tra le sue braccia. La sua mano gli accarezzò nuovamente il torace, il ventre, e incontrò il rilievo frastagliato di una cicatrice.

— Lascia che indovini — disse LuAnn. — Ferita di guerra?

Riggs gettò un'occhiata distratta. — Campagna di primavera contro l'appendicite.

— Da quando in qua l'appendicite si trova *a sinistra*?

— Senti, vogliamo stare tranquilli ancora un po' prima di

rimetterci a giocare a guardie e ladri? — Il tono era scherzoso. Ciò che il tono celava pareva non esserlo affatto.

Lei gli sorrise. — Adesso hai un nuovo incarico, giusto? Per cui, sai com'è, questi incontri potrebbero diventare una buona abitudine. Un po' come il... — LuAnn s'inchiodò a metà della frase. *Un'abitudine? Com'era possibile che questo accadesse?*

— Un po' come il cosa? — la incoraggiò lui.

LuAnn improvvisamente si sciolse dal suo abbraccio e si alzò dal letto sfatto.

— *Oops*... — fece Riggs sollevandosi su un gomito. — Ho detto qualcosa che non va?

Di colpo, LuAnn si sentì nuda sotto lo sguardo di lui. — È che ho una montagna di cose da fare... — Afferrò il copriletto e cominciò ad avvolgerselo attorno al corpo. Riggs si mise seduto, afferrando il lembo opposto e fermandola a metà.

— Sono davvero desolato, signorina Savage. Mai e poi mai avrei voluto intromettermi nei suoi programmi. Scaduto il turno dalle sei alle sette del mattino, che cosa l'attende tra le sette e le otto, signorina Savage? Pedicure? Jacuzzi?...

— Non trattarmi in questo modo.

Riggs si massaggiò il collo, poi cominciò a rivestirsi. — Scusami. È che... Non sono bravo come te, né svelto come te, a cambiare lunghezza d'onda. Voglio dire... dopo essere stati insieme in questo modo, mi riesce impossibile tornare a parlare di lavoro come se niente fosse stato. Non volevo assolutamente offenderti.

— Forse non sono brava quanto credi — disse LuAnn tornando a sedersi accanto a lui. — È passato molto tempo dall'ultima volta che mi sono trovata in questa situazione... Moltissimo tempo. — E quasi rivolgendosi a se stessa aggiunse: — Anni.

Riggs la osservò, cercando di leggerle negli occhi. — Stai scherzando...

Il telefono sul pavimento si mise a suonare. Charlie? O Jackson? Tre squilli, quattro. LuAnn si decise a sollevare il ricevitore. — Pronto?

— Noi dobbiamo parlarci, signorina Tyler. *Oggi*.

— Chi è lei?

Riggs percepì il suo irrigidimento, e istantaneamente si allarmò.

— Mettiamola così — continuò la voce al telefono. — Al nostro primo incontro, per poco lei non mi ha stirato sull'asfalto. Al nostro secondo incontro, lei e il suo amico stavate sgattaiolando fuori da casa mia.

— Come ha avuto questo numero? — tagliò corto lei. — Non è sull'elenco.

— Signorina Tyler, nessun tipo d'informazione è segreto, basta sapere dove cercare. E come lei ha già capito, io so *esattamente* dove cercare.

— Che cosa vuole da me?

— Gliel'ho detto: parlare.

— Io non ho niente da dirle.

Riggs afferrò a sua volta il ricevitore e si protese verso l'auricolare. LuAnn cercò di allontanarlo, senza riuscirci. Ora anche lui stava ascoltando.

— Non riagganci! — sibilò la voce all'altro capo. — Io ho molto di cui parlare con lei. Può darsi che il mio approccio iniziale sia stato infelice... Ma quello che è stato è stato. Io so che lei ha a che fare con una storia di enorme importanza. E io voglio sapere tutto quello che c'è da sapere.

— Io non ho niente da dirle.

Donovan rifletté per un momento. Normalmente non avrebbe assunto certi atteggiamenti, ma questa volta non vedeva alternative. — Lei parla con me, e io le garantisco quarantott'ore di tempo per lasciare il paese prima di sbattere tutto quanto in prima pagina. Se lei si rifiuta preparerò un'edizione straordinaria non appena metto giù il telefono. — Dopo una breve pausa aggiunse: — E non dimentichi un'altra cosa, LuAnn, non esiste prescrizione per il reato di omicidio.

Riggs la fissò con due occhi enormi, stralunati.

Lei finse di ignorarlo. Stringendo rabbiosamente il ricevitore domandò: — Dove?

Riggs scosse il capo ripetutamente.

— Un bel posto con tanta gente: Michie's Tavern — disse Donovan. — Lei sa dove si trova. Ci vediamo là all'una. E niente trucchi. Non ho più l'età per inseguimenti, botti e spari. Ma se sento anche solo il puzzo del suo amico, o di chiunque altro, chiamerò lo sceriffo di Rikersville. Mi ha capito bene?

LuAnn strappò il telefono dalla presa di Riggs e lo sbatté giù.

Riggs la fronteggiò con determinazione. — Ti spiacerebbe mettermi al corrente? Chi avresti ammazzato? Qualcuno in Georgia?

LuAnn si alzò e gli passò davanti, paonazza in volto per quanto era appena successo. Riggs la afferrò per un braccio e la rimise a sedere. — Maledizione, vuoi dirmi che cosa succede?

Matthew Riggs nemmeno vide arrivare l'uppercut destro, centrato in pieno sul mento. L'impatto lo scaraventò contro la parete.

Quando si riprese, era sdraiato sul letto. LuAnn era seduta accanto a lui.

— Non ci posso credere! Messo KO da una donna!

LuAnn aumentò la pressione della borsa del ghiaccio contro la nuca.

— Senti, la prossima volta che vuoi mettermi al tappeto, basta che avvisi prima: io alzo subito bandiera bianca.

— Anche il muro ha fatto la sua parte — disse LuAnn chinandosi a baciarlo rapidamente sul collo. — E un bel po' di allenamento nei tempi andati.

Riggs guardò il telefono. — Lo incontrerai?

— Non ho scelta... mi sembra.

— Verrò con te.

LuAnn scosse la testa. — Hai sentito cos'ha detto...

Riggs sospirò. — Non credo che tu abbia assassinato qualcuno.

Lei annuì. — È stata legittima difesa, non omicidio. Vivevo con un uomo che finì immischiato in una storia di droga. Immagino stesse facendo la cresta alla merce e io capitai proprio nel mezzo del regolamento di conti.

— E quindi lo hai fatto fuori?

— No, ho fatto fuori quello che lo aveva ammazzato.

— E la polizia?

— Diciamo che non sono esattamente rimasta lì ad aspettarli.

— Non starai cercando di dirmi che tutto questo — Riggs si guardò attorno — viene dal traffico di droga?

LuAnn ebbe una risata piena di amarezza. — Macché! Era roba da poco. La droga non c'entra assolutamente niente con tutto questo.

Riggs respirò a fondo. Sapeva che c'era dell'altro. Qualcosa di molto più grosso e di molto più complesso. Ma sapeva anche quando era il momento di allentare la pressione.

Quando lei si alzò e si diresse alla porta, lui la chiamò:

— LuAnn.

Lei si fermò sulla soglia, voltandosi a guardarlo.

— È davvero quello il tuo nome?

— LuAnn Tyler. E avevi ragione sull'accento della Georgia: è la mia vita precedente. Dieci anni fa ero molto diversa.

— Quell'uppercut destro però dev'essere rimasto uguale.

Riggs tentò un sorriso, ma non funzionò molto bene. Frugò nella tasca dei pantaloni, ne tolse le chiavi della BMW e gliele lanciò. LuAnn le prese al volo.

— Grazie per avermela prestata — le disse. — Ma ora sei tu ad aver bisogno di una macchina potente.

40

Michie's Tavern era una vecchia e tipica costruzione della Virginia, risalente al tardo XVIII secolo. Negli anni Venti, era stata trasportata in blocco dall'originaria collocazione lungo la strada per Monticello e quindi sistemata nel centro urbano di Charlottesville, tra la casa di Thomas Jefferson e il museo coloniale di Ash Lawn.

LuAnn, soprabito di pelle nera, cappello a tesa larga, Ray-Ban a specchio, si aggirava tra l'immancabile folla di turisti che affollava l'Ordinary, il ristorante interno. Era l'ora del pranzo e un grande fuoco ardeva nel raffinato caminetto al centro del locale. Nell'attesa della successiva visita guidata, i turisti stavano riscaldandosi al calore delle fiamme, rimpinzandosi di pollo fritto e patatine. L'uomo della Honda non era in vista. LuAnn risolse di aspettarlo fuori. Non fu un'attesa lunga. Anche senza barba, le ci volle solo un momento per riconoscerlo mentre si dirigeva verso di lei.

— Andiamo — disse Thomas Donovan senza preamboli.

— Dove?

— Mi segua con la sua auto. E se nello specchietto retrovisore io dovessi avere anche la più vaga impressione che qualcuno ci stia seguendo... — le sventolò sotto il naso un telefono cellulare — lei finisce dritta in galera.

— Io non vengo da nessuna parte — replicò LuAnn.

Lui la fissò intensamente. — Le consiglio di ripensarci.

— Io non so chi è lei, come si chiama e che cosa vuole. Voleva incontrarmi? Eccomi qua.

— C'è troppo rumore qui.

— Il posto lo ha scelto lei.

Thomas Donovan tacque, sentendosi improvvisamente a disagio.

Fu LuAnn a prendere l'iniziativa. — Allora glielo dico io che cosa facciamo: prendiamo la mia macchina e andiamo a fare un giro. — Lo guardò di sbieco e abbassò la voce. — Ma non tenti qualche giochino strano, perché potrei farle del male.

Donovan grugnì e la seguì verso la macchina.

— Lo ha fatto veramente?

— Fatto cosa?

Donovan distolse lo sguardo dall'Interstatale 64 e lo portò sul profilo di lei. — Assassinare quei due uomini nella roulotte.

— Io non ho *assassinato* nessuno — ribatté LuAnn rabbiosamente. — È stata legittima difesa.

Donovan respirò a fondo. Quando riprese a parlare il suo tono era più calmo e misurato.

— LuAnn, non ho passato gli ultimi mesi a rintracciarla solamente allo scopo di distruggere la sua esistenza.

— E allora a quale altro scopo?

— Cominci col dirmi che cosa è *veramente* successo in quella roulotte.

L'espressione di LuAnn rimase granitica.

— Ascolti — riprese Donovan — è da trent'anni che ho a che fare con la feccia del mondo e ho imparato molto bene a leggere tra le righe. E a giudicare la gente. Non credo che lei abbia assassinato qualcuno. Non sono un poliziotto, se è questo che lei pensa. E se vuole perquisirmi per vedere se ho un microfono addosso, faccia pure. Ho letto tutto quello che c'era da leggere sui due morti di Rikersville, ma qui, adesso è la *sua* versione che voglio sentire.

LuAnn sospirò e gli lanciò un'occhiata. — Duane Harvey

spacciava droga. Io non ne sapevo niente. La sola cosa che volevo fare era andarmene. Arrivai alla roulotte quel giorno, Duane era stato accoltellato. Un uomo mi afferrò e cercò di tagliarmi la gola. Ci fu una lotta. Afferrai la prima cosa che mi capitò a tiro, il telefono, e glielo spaccai sul cranio.

Donovan strinse gli occhi. — Lei non lo ha accoltellato?

— Gliel'ho già detto: gli ho semplicemente rotto la testa.

— LuAnn, non è stato un trauma cranico la causa della morte di quell'uomo.

La BMW sbandò paurosamente, fin quasi a uscire di strada, prima che LuAnn ne riguadagnasse il controllo. Si voltò con occhi sbarrati ed esclamò: — Che cosa?

— Ho visto il rapporto dell'autopsia. Ferite di coltello multiple al torace. *Quelle* gli sono state fatali. Nessun dubbio in merito.

LuAnn non riusciva a crederci. *Arcobaleno!* Quel figlio di puttana le aveva mentito! Era arrivato nella roulotte, aveva trovato i corpi ed era stato lui a finire il lavoro. Ma perché sorprendersi? — Per tutti questi anni avevo creduto di averlo ammazzato io.

— È una cosa terribile da tenersi dentro — disse Donovan. — Non mi dispiace di aver contribuito a metterle a posto la coscienza.

— La polizia dovrebbe aver lasciato perdere il caso. — LuAnn scosse il capo. — Sono passati dieci anni...

— Lei non è nata sotto una buona stella. Adesso è lo zio di Duane Harvey lo sceriffo di Rikersville.

— Vuole dire Bill Harvey?

— Lui — confermò Donovan.

— Ma se è uno dei più grossi imbroglioni che ci siano laggiù! — LuAnn ebbe una risata crudele. — Ha mandato avanti di tutto, dalla demolizione di auto rubate alle bische clandestine. Duane avrebbe fatto carte false per entrare nel giro, ma Billy sapeva che Duane era stupido e inaffidabile. Forse è per questo che s'è messo a spacciare nella Contea di Gwinnett.

— La realtà è che Bill Harvey è e rimarrà sceriffo di

Rikersville. Quale modo migliore per evitare guai con la legge se non diventare lui stesso la legge?

— Lei gli ha parlato?

— Altroché — confermò Donovan. — E a sentire lui, l'intera famiglia non è mai riuscita ad accettare la dipartita del buon Duane. Secondo lo sceriffo Harvey, era lei, LuAnn, a spacciare, non il suo uomo. E quei soldi che ha mandato? È stato come mettere sale sulle ferite: hanno considerato le sue donazioni come un tentativo di risarcirli, o peggio, di comprarli.

— Però i soldi li hanno spesi, no?

— E con questo? Lo hanno fatto a malincuore, è sempre l'illustre paladino dell'ordine e della legalità Bill Harvey che parla. In conclusione, Harvey mi ha detto che non ha intenzione di mollare fino a quando LuAnn Tyler, assassina e spacciatrice di droga, non verrà assicurata alla giustizia. Per lui, Duane ha cercato di proteggerla e c'è rimasto. Dopodiché, lei ha fatto fuori l'altro balordo, cioè il socio d'affari.

— È una massa di stronzate — si ribellò LuAnn.

— Non cambia niente. Bill Harvey è lo sceriffo, lei è ricercata e a emettere un verdetto sarà una giuria di *suoi pari* giù a Rikersville, Georgia. Mi correggo — soggiunse Donovan allungando un'occhiata ai costosi e firmati abiti di lei — una giuria di suoi *ex pari*. Mi permetta un suggerimento: non si presenti al processo così in ghingheri. Qualcuno potrebbe ricevere l'impressione sbagliata. Duane a fare da concime per gli ultimi dieci anni, lei a fare la primadonna come Jackie Onassis. Mi sa che quella brava gente potrebbe avere qualche vago risentimento.

— Ora però veniamo a noi — disse LuAnn dopo una breve pausa. — Le cose stanno così: se io non parlo, lei mi dà in pasto a Bill Harvey.

— Che ci creda o no — Donovan diede un colpetto sul cruscotto — a me proprio non potrebbe fregare di meno della droga, di Duane, di Bill Harvey e della sua legittima difesa.

LuAnn lo guardò al di sopra delle lenti a specchio. — Che cosa le interessa, allora?

Donovan si protese verso di lei. — La Lotteria Nazionale degli Stati Uniti.

— Cioè?

— Dieci anni fa, lei ha vinto cento milioni di dollari.

— E allora?

— E allora, come ha fatto a vincere?

— Ho dato i numeri al lotto. Erano i numeri giusti.

— Non intendo questo. Lasci che le spieghi una cosa. Senza entrare in dettagli tecnici, ho compiuto ricerche sui vincitori della Lotteria Nazionale. Sono risalito a molti e molti anni fa. È emersa una costante: nove vincitori su dodici sono finiti economicamente a gambe all'aria. Falliti. Nove su dodici, ogni singolo anno... E questo finché non mi sono imbattuto in un unico anno anomalo, dieci anni fa, in cui tutti e dodici i vincitori sono vissuti felici e contenti, senza problemi. E lei, LuAnn, era una di loro. Come è stato possibile?

— E che ne so? Ho avuto ottimi consiglieri finanziari. Forse li hanno avuti anche gli altri undici.

— Visto che lei non ha pagato tasse negli Stati Uniti per nove anni su dieci, non c'è da stupirsi che continui a vivere da regina.

— E questo chi glielo ha detto?

— Le informazioni sono tutte disponibili, gliel'ho già detto. Basta sapere dove e come cercarle. E io lo so fare.

— Forse sa anche che esistono profitti non tassabili negli Stati Uniti.

— Balle. Ho scritto fin troppi articoli sul sistema finanziario americano. Non esiste pressoché nessun tipo di profitto su cui lo Zio Sam non metta gli artigli. Se ne è al corrente.

— *Scritto fin troppi articoli?* — LuAnn serrò la mascella. — Ma lei chi accidenti è?

— Ha ragione. E non le ho ancora nemmeno detto perché ho voluto mettermi in contatto con lei. Mi chiamo Thomas Donovan. Non credo che lei abbia già sentito il mio nome. Sono un giornalista del «Washington Tribune» da trent'anni, e, modestia a parte, anche bravino. Un po' di tempo fa decisi di scrivere un pezzo sulla Lotteria Nazionale. La mia opinione è che l'intera cosa sia una sporca farsa. Una colossale presa in giro che i nostri governanti riservano ai più disgraziati tra di noi. Ti agitano la carota sotto il naso, la pubblicità più seducente, i trucchi più ignobili. E tutto questo pur di spingere la povera gente a diventare ancora più disgraziata facendo fuori gli assegni della Sicurezza Sociale con il miraggio di quell'unica probabilità vincente su decine di milioni. Mi chiami illuso, ma io lavoro solamente su cose nelle quali credo. E comunque — continuò Donovan — il mio punto di partenza era che i ricchi continuano a succhiare sangue ai poveri anche dopo che questi hanno avuto il colpo di fortuna. Credo lei sappia di che cosa sto parlando: avvocaticchi, pseudoesperti finanziari, imbroglioni. E per chiudere in bellezza, di nuovo lo Zio Sam. Perché quando la situazione di quei poveracci raggiunge il punto critico, quando loro non possono più pagare, arriva il fisco a dare il colpo di grazia, lasciandoli ancora più miserabili di quanto non fossero all'inizio. È una storia vera. Che *deve* essere raccontata. E stavo proprio cercando i dati necessari quando sono saltati fuori i dodici vincitori del suo anno. Che non hanno perso nulla. Non solo: adesso quei dodici, lei inclusa, sono addirittura più ricchi. Molto ma molto più ricchi. Così sono riuscito a rintracciarla ed eccomi qua. Quello che io voglio è semplice: la verità.

— E se non gliela racconto, lei fa quella famosa telefonata di cortesia a Billy Harvey?

Donovan le rivolse un'occhiata astiosa. — Ho vinto due Premi Pulitzer prima di compiere trentacinque anni. Ho coperto il Vietnam, la Corea, la Cina, la Bosnia, il Sudafrica e sono stato ferito due volte. Non sono uno sporco ricattatore, e quello che le ho detto al telefono l'ho detto solo per spingerla a incontrarmi. Se Bill Harvey le mette le mani addosso, può stare sicura che non sarà con il mio aiuto. Personalmente, spero che non ci riesca.

— La ringrazio.

— Non vuole raccontarmi la verità? Nessun problema: me la dirà qualcun altro. La storia sulla quale sto lavorando verrà fuori ugualmente. Senza che io sappia la sua versione.

Ma in quel caso, non le posso garantire quale immagine di lei ne verrà fuori.

— E se invece le raccontassi la verità?

— Almeno una cosa le posso garantire: di fare udire anche la sua campana. Sono un giornalista, LuAnn, non un poliziotto, non un giudice. I giornalisti parlano di fatti. Se lei ha infranto la legge, io non posso farci nulla. Decida lei.

LuAnn continuò a guidare in silenzio, per parecchi minuti. Donovan poteva leggerle in volto il conflitto che la stava dilaniando.

— Non posso.

— Perché no?

— Perché lei, Donovan, è già in estremo pericolo. E se io le parlo, quel pericolo diventerà morte certa.

— Mi sono sbattuto in tutti i luoghi più fetidi del pianeta. Non ho paura. LuAnn, mi risponda, chi c'è dietro tutto questo.

— Voglio che lei lasci il paese.

— Ma di che cosa sta parlando?

— Lei scelga il posto, io le organizzo viaggio e alloggio e in più le apro un conto in banca.

— Quindi è così che lei risolve i problemi? Li spedisce in Costa Azzurra? Grazie, ma la mia vita è da queste parti.

— È questo il punto. Se lei resta, non avrà più una vita.

— Andiamo, LuAnn. Lavori con me, collabori: tireremo fuori qualcosa di formidabile. Basta che lei parli. Si fidi di me, io non sono qui per tradirla, gliel'ho già detto. Ma non sono qui neppure per sentire una marea di assurdità.

— Le sto dicendo la pura verità: lei è in serio pericolo!

Donovan si grattò il mento e diede voce ai suoi pensieri. — Tutti i vincitori avevano lo stesso retroterra. Tutti poveri disperati. E di colpo sono diventati tutti immensamente ricchi. C'è dietro qualcuno, non è vero, LuAnn? — La fissò insistentemente e l'afferrò per un braccio. — Forza, mi dica chi l'ha aiutata a lasciare il paese, chi ha mandato avanti i suoi investimenti?... Cristo, che storia! Addirittura meglio del rapimento Lindbergh, meglio dell'assassinio di Kennedy! Devo sapere la verità! È il governo, giusto? Incassano miliardi ogni mese e succhiano il sangue al resto della nazione. Quanto in alto arriva, LuAnn? Alla Casa Bianca, eh?

— La smetta!

— Avanti, in due possiamo farcela!

— Non le dirò niente! Raccontarle la verità equivale a puntarle una pistola alla testa e a tirare il grilletto.

Thomas Donovan parve quasi accasciarsi contro lo schienale. — Torniamo indietro, LuAnn. Mi ero sbagliato su di lei, grossolanamente. Lei è cresciuta nella melma, tirando su una figlia, poi ha dato la scalata alle stelle. Pensavo volesse aiutarmi.

LuAnn si spostò sulla corsia di emergenza e fermò la BMW con un sussulto.

— Signor Donovan, lei non ha la minima idea del pericolo che sta correndo. — Il tono della voce era basso, spaventato. — Qualcuno in questo preciso momento sta progettando come ucciderla. Mi ha detto chiaramente che lo farà, perché sospetta che lei sappia qualcosa che non deve sapere. La sua sola via d'uscita è sparire nel nulla. Subito. Perché quest'uomo è in grado di fare *qualsiasi cosa*.

Donovan impallidì, mentre un lampo attraversava la sua mente. — Anche tirare fuori una povera ragazza-madre dalla melma della Georgia e trasformarla in una delle donne più ricche del mondo? — Vide LuAnn annuire e finalmente capì. — Oh, Cristo... *È questa la verità!* Può fare *qualsiasi cosa*... Allora è lui che le ha fatto vincere la lotteria! Una povera ragazza-madre, disperata all'idea di aver ammazzato qualcuno, scappa dalla Georgia con la polizia alle costole...

— Signor Donovan, per favore...

— ... compra un biglietto della lotteria e, guarda caso, sale su un treno per New York. E a New York, guarda caso, ci sono le estrazioni della Lotteria Nazionale proprio quel giorno. E, guarda caso, esce proprio il suo numero e lei vince cento milioni di dollari... — Donovan picchiò un altro pugno sul cruscotto, molto più forte. — *La Lotteria Nazionale degli Stati Uniti era truccata! Eccola la verità!*

— Lei deve dimenticare tutto questo, Donovan!

— No, LuAnn. Nemmeno per sogno! — Il volto di Donovan si era fatto paonazzo. — Lo sapevo, lei non avrebbe mai potuto farcela da sola contro la polizia di New York e gli agenti dell'Fbi. Non sarebbe mai stata in grado di squagliarsela con cento milioni di dollari. Mai e poi mai! La sua scomparsa di allora, la sua nuova identità di adesso, tutti quegli *ottimi consiglieri finanziari*... È lui, non è così? Lui ha fatto tutto, e ha controllato tutto!

LuAnn scosse ripetutamente la testa. — Per favore, basta!

— Ma certo, ora ogni cosa ha perfettamente senso! — Donovan non l'aveva nemmeno udita. — Ma nessuno fa niente per niente. Quel tipo deve aver incassato parte delle vincite, e una parte bella grossa. Ma, Cristo, come c'è riuscito? Non può trattarsi di un unico individuo. Dev'essere un gruppo... — L'afferrò per una spalla. — E va bene, posso anche accettare il fatto che costui sia un tipo pericoloso. Ma lei non deve sottovalutare il potere dei media, LuAnn. La stampa ha inchiodato la grande industria, il Pentagono e perfino un Presidente. Possiamo farlo fuori, questo genio del male, ma solo se lei e io lavoriamo insieme. — Tornarono al parcheggio in città. Prima di scendere dall'auto Donovan si frugò in tasca, ne tolse un biglietto da visita. — Ci pensi su. A questo numero mi può chiamare giorno e notte...

— Non voglio il suo numero, Donovan. È meglio per lei. — Gli afferrò la mano destra ed estrasse dalla borsetta una busta. — Questi sono diecimila dollari. Salti sul primo aereo e sparisca. Lasci passare un po' di tempo, poi, in modo discreto, mi faccia sapere dove si trova. Le manderò abbastanza soldi per vivere da gran signore per il resto dei suoi giorni.

— Non voglio i suoi soldi, LuAnn! Voglio la verità!

— La verità *uccide*!

— D'accordo, lei mi ha avvertito e io lo apprezzo. — Donovan gettò il biglietto da visita sul sedile. — Lei non vuole aiutarmi? Nessun problema, troverò qualcun altro che lo farà. In un modo o nell'altro questa storia verrà raccontata, LuAnn, e se il suo uomo è pericoloso come dice, è meglio che lei tagli la corda. Il rischio è il mio mestiere, ma lei ha una figlia. — Smontò e si protese attraverso la portiera aperta. —

Io spero che riusciremo a combinare qualcosa insieme, LuAnn. Lo spero davvero.

Mentre Donovan si allontanava, LuAnn si abbandonò contro lo schienale e cercò di calmarsi. Jackson lo avrebbe ammazzato se lei non fosse riuscita a fare qualcosa per impedirglielo. Ma cosa poteva fare? Guardò tra la folla nel parcheggio. Jackson poteva essere una qualunque di quelle persone. Oppure poteva aver tenuto i telefoni di Wicken's Hunt sotto controllo, scoprendo tutto dell'incontro. Molto probabilmente li aveva seguiti e adesso era già sulle tracce di Donovan. LuAnn guardò la strada, ma la macchina del giornalista non era più in vista. Picchiò un pugno di rabbia e frustrazione contro il volante.

Jackson non aveva intercettato la sua telefonata, ma questo lei non poteva saperlo. Così come non sapeva che proprio sotto il suo sedile era stato applicato un piccolissimo oggetto. Era una microspia. Qualcuno sapeva già ogni particolare della sua conversazione con Donovan.

41

Seduto alla scrivania del suo studio, Matthew Riggs si tolse la cuffia e spense l'unità ricevente, quindi si sprofondò nella poltroncina. Collocando la microspia nella BMW, sapeva che avrebbe udito qualcosa di importante. Quello che non immaginava era di arrivare sulla soglia di una cospirazione di quel livello. Conosceva già il nome di Donovan, perché aveva letto alcuni suoi articoli e aveva seguito alcune delle sue battaglie giornalistiche.

Accostò una mano al telefono. Esitò solo un istante, poi compose rapidamente un numero che gli era stato dato cinque anni prima. Attivo a qualsiasi ora del giorno e della notte e da usarsi solo in caso di *emergenza*. Proprio come il numero che Jackson aveva dato a LuAnn Tyler. Ma questo, Riggs non poteva saperlo.

Rimase in attesa. Dopo tre squilli, una voce computerizzata disse: — Date il vostro codice di accesso. Dite il vostro nome. Parlate chiaramente e lentamente. — Fece quanto gli era stato richiesto, e dopo qualche istante il computer rispose: — Identificazione completata — e si scollegò.

Riggs riappese a sua volta e riportò lo sguardo al paesaggio oltre la grande finestra del suo studio.

Uno scoiattolo, con una ghianda tra le piccole mandibole, si arrampicava lungo un ramo. Più oltre, nel folto, un branco di cervi guidati da un grosso maschio si dirigeva lentamente verso la pozza d'acqua sorgiva, alimentata da una vena sotterranea, che si allargava sulla proprietà di Riggs. Tutto molto quieto, molto pacifico.

Il telefono squillò. Era passato circa un minuto dall'identificazione.

— Però, vi muovete in fretta — rispose Riggs sedendosi.

— Questo è un numero d'emergenza. Qual è il problema?

— Vorrei un controllo.

— Persona, luogo o fatto?

— Persona.

— Nome?

Riggs sospirò profondamente, augurandosi che quella che stava facendo fosse davvero la cosa giusta. — Il nome è LuAnn Tyler.

— Pronto?

— Sono io.

LuAnn tirò un enorme sospiro di sollievo, allentando la stretta sul telefono cellulare della BMW. Controllò i nomi delle strade all'incrocio che stava attraversando. — Non dirmi dove sei, Charlie, richiamami all'altro numero tra venti minuti esatti.

— D'accordo.

Riappese. Quando erano venuti a stabilirsi da quelle parti, avevano individuato un telefono pubblico dove poter ricevere chiamate senza correre il rischio di intercettazioni.

Venti minuti dopo, LuAnn si trovava nel punto concordato, accanto al telefono. L'apparecchio squillò e lei strappò il ricevitore. — Lisa, dimmi come sta Lisa!

— Lei sta bene, e anch'io sto bene. — Il tono di Charlie era tranquillo. — Lisa continua a essere di cattivo umore, ma chi la può biasimare?

— Sei riuscito a parlarle?

— Poco o niente — rispose Charlie. — In questo momento, tu e io siamo il nemico. Insomma, si tiene abbottonata. — La voce di lui assunse poi un tono scherzoso: — Un po' come sua mamma quando la conobbi.

— È lì con te?

— È crollata a letto. Abbiamo viaggiato tutta la notte e non ha fatto altro che stare con gli occhi sbarrati a guardare fuori dal finestrino.

— Dove siete?

— Siamo in un motel vicino a Gettysburg, in Pennsylvania, appena passato il confine con il Maryland. Ho dovuto fermarmi perché mi stavo addormentando al volante.

— Charlie, non avrai usato carte di credito, vero? Jackson può rintracciarle...

— Non sono un dilettante, LuAnn. Solo contante.

— Hai avuto l'impressione che qualcuno ti sia stato dietro?

— Senti, ho fatto tutto come da copione. Fuori e dentro dall'interstatale, strade secondarie, fermate in luoghi affollati, l'occhio sempre allo specchietto. Non ho visto niente e nessuno. Fidati.

— Mi fido.

— E tu come stai? È andato bene il tuo incontro con Riggs?

— Direi di sì. — LuAnn ebbe un mezzo sorriso. — Ho parlato con Thomas Donovan.

— E chi è?

— Il nostro caro amico del villino nei boschi. Un giornalista.

— Merda!

— Sa tutto quello che c'è da sapere sui dodici vincitori di Jackson.

— E come ha fatto a scoprirlo?

— È un po' complicato da spiegare. Pare che abbia fatto confronti incrociati e scoperto che nessuno di noi è fallito nel giro di poco tempo, come invece è successo, e tuttora succede, alla maggioranza degli altri vincitori della Lotteria Nazionale.

— Quindi nemmeno il grande Jackson è infallibile.

— Questa è una considerazione confortante. Dammi il numero di dove ti trovi, Charlie.

Lui glielo diede. — Quello del mio cellulare te lo ricordi?

— Lo ricordo. Ci risentiamo.

— Non mi va che ti giochi questa partita da sola, LuAnn.

— Forse così è scritto. Ho bisogno di rifletterci. La prossima volta che mi troverò a faccia a faccia con Jackson, voglio essere pronta.

— Non sono sicuro che sia possibile. Quel figlio di puttana non è umano!

LuAnn diede un'occhiata intorno, scrutando chiunque potesse avere un'aria sospetta. Solo che era proprio quello il vero problema: Jackson non aveva *mai* un'aria sospetta.

Charlie riappese. Gettò uno sguardo a Lisa che dormiva, quindi si accostò alla finestra della stanza al pianterreno del motel. Dava un'occhiata fuori ogni mezz'ora. Con quella struttura a forma di "U", il parcheggio all'interno più le stanze del lato opposto ampiamente in vista, era difficile che movimenti strani passassero inosservati. Charlie non notò niente di anomalo nel parcheggio.

Infatti l'osservatore era *dentro*, non fuori. Sedeva nella penombra della stanza vuota esattamente di fronte a quella dove stavano Charlie e Lisa, sul lato opposto della "U". Non era un ospite del motel, e la sua auto non era nel parcheggio interno. Si era introdotto nella stanza mentre l'uomo e la bambina andavano a mangiare.

L'osservatore prese un rapido appunto, quindi sollevò il binocolo e riprese a osservare.

42

Matthew Riggs udì il rumore del motore della BMW molto prima che la grossa berlina arrivasse a fermarsi sul vialetto di accesso. Aveva appena messo giù il telefono e sulla scrivania c'era un foglietto fitto di appunti, con molte più informazioni di quante avesse pensato di ottenere. A pensarci si sentì di nuovo scombussolare. Da dietro le veneziane di legno, Riggs osservò LuAnn spegnere il motore e rimanere immobile per alcuni momenti. Vedendo la Cherokee, doveva aver tratto la conclusione che lui era in casa.

Quando le aprì la porta, LuAnn varcò la soglia senza guardarlo, vagò a casaccio per il soggiorno prima di lasciarsi cadere su una delle poltrone di pelle.

Riggs sedette su un'altra poltrona. — Vuoi parlarmene?

— Ma perché? Dimmi perché diavolo dovrei coinvolgerti in tutto questo?

Riggs non rispose, non subito. Era ovvio che gli stava dando una via d'uscita. Tutto quello che lui doveva fare era alzarsi e accompagnarla fuori dalla porta, fuori dalla propria vita. La studiò con calma, così stanca, così tesa. Così incredibilmente sola. — Permettimi di aiutarti, LuAnn.

— Grazie, ma davvero non saprei da che parte cominciare.

— Per esempio, parlandomi della Georgia. E di quel delitto di dieci anni fa che non hai commesso.

LuAnn distolse lo sguardo. *Voleva* parlargli. Era quasi una necessità fisiologica. Ma in fondo al corridoio c'era quella stanza, il suo studio. Il luogo in cui lei aveva visto gli appunti che la riguardavano. Il fatto che lui avesse ottenuto così rapidamente e così facilmente quelle informazioni le aveva suscitato dei dubbi. Anche Jackson aveva dei sospetti su di lui. Chi era, in realtà, Matthew Riggs? Da dove veniva? Che cos'aveva fatto nella sua vita precedente?

LuAnn si accorse che Riggs la stava osservando. E percepiva la sua incertezza, i suoi dubbi.

— LuAnn, tu non mi conosci ancora, lo so. Hai solo la mia parola, ma ti ripeto. puoi fidarti di me.

— Non si passano dieci anni a fuggire fidandosi della gente, Matthew. — LuAnn si alzò, camminò avanti e indietro nel soggiorno. — Charlie è l'unica eccezione.

— Charlie non è qui, io sì. E da quello che capisco, non puoi farcela da sola.

A quelle parole LuAnn si irrigidì. — Quello che so fare da sola potrebbe sorprenderti.

— Non ne dubito affatto — ribatté lui in tutta sincerità.

— E poi non voglio coinvolgerti, potrei metterti in pericolo.

— Quello che so fare in situazioni di pericolo potrebbe sorprenderti.

— *Touché.* — LuAnn gli rivolse un timido sorriso. — Ma non è qualcosa che voglio sulla coscienza.

Gli occhi azzurri di lei rimasero fissi in quelli di Riggs, turbandolo nel rievocargli le ore d'amore trascorse da poco.

— Allora perché sei venuta da me? Tendo a escludere che la ragione sia una sveltina. Credo che tu abbia altro per la testa.

LuAnn tornò a sedersi, intrecciando le mani nervosamente. — L'uomo della Honda nera si chiama Thomas Donovan — rivelò dopo una lunga pausa. — È un giornalista che sta indagando su di me.

— Per il delitto in Georgia?

LuAnn esitò. — Quella è una parte.

— Qual è l'altra parte?

LuAnn esitò di nuovo. Guardò il pavimento. Proprio non le riusciva di fidarsi di qualcuno che non fosse Charlie.

Riggs decise di sparare il colpo che aveva in canna. — Ha forse a che fare con la Lotteria Nazionale?

LuAnn rialzò lentamente la testa e lo fissò con occhi sbigottiti.

— Mi hai detto il tuo vero nome, e mi si è accesa una lampadina. LuAnn Tyler, vincitrice della somma record della Lotteria Nazionale: cento milioni di dollari. Dieci anni fa eri su tutti i giornali, su tutti gli schermi TV. Poi... *Pffft!* Scomparsa nel nulla.

LuAnn studiò l'espressione di lui: completa, disarmante sincerità.

— Sì, ho vinto i cento milioni di dollari — ammise.

— Torniamo a Donovan. Voleva sapere del delitto in Georgia.

— In parte.

— E poi? — insistette Riggs.

Nella testa di LuAnn suonò un allarme, insistente. Si alzò.

— Devo andare.

— Ti prego, LuAnn, confidati con me.

— Ti ho detto più di quanto avrei dovuto.

E Matthew Riggs sapeva molto di più di quanto lei gli aveva detto. Ma era da lei che voleva sentirlo. La sua fonte d'informazioni aveva a sua volta voluto sapere il perché della sua richiesta. Era inevitabile, era fatale. Matthew Riggs non aveva proprio mentito, ma quasi. Non voleva gettare LuAnn Tyler in pasto ai lupi, perlomeno non ancora. A tutti gli effetti, aveva una montagna di ragioni per non fidarsi di lei. Ma si fidava. E le credeva.

— LuAnn.

Lei si fermò sulla soglia.

— Se cambi idea, io sono qui.

LuAnn se ne andò, senza guardarlo. Non sapeva che cosa sarebbe accaduto se lo avesse fatto. Moriva dalla voglia di dirgli tutto, di chiedere il suo aiuto, di fare ancora l'amore con lui. Dopo dieci anni di menzogne, invenzioni, cospirazioni e pregiudizi, voleva finalmente essere considerata e amata per quello che realmente era, non per l'immensa ricchezza che aveva.

Riggs attese di vedere la BMW uscire dal vialetto, quindi tornò allo studio e chiuse la porta a chiave. In seguito alla sua telefonata, LuAnn Tyler era tornata a essere oggetto di indagine da parte dell'Fbi. Qualcuno avrebbe presto cominciato a gironzolare per Charlottesville, per parlare con lui o per prendere contatti con i Federali della zona.

Ma a causa del particolare status di Matthew Riggs, gli ingranaggi burocratici non si sarebbero messi in moto immediatamente. Aveva un po' di tempo, ma non molto. Perché quando i ragazzi del Bureau fossero apparsi, per LuAnn Tyler sarebbe finita. Tutto il capillare lavoro di dieci anni per restare nascosta, Matthew Riggs lo poteva disintegrare in pochi giorni.

Nella sua vita precedente, come la chiamava LuAnn Tyler, anche lui aveva ingannato, mentito, cospirato. Questo non gli aveva impedito di cercare di conoscere gli esseri umani, di distinguere i buoni dai cattivi. E per quanto lo riguardava, LuAnn Tyler era una brava persona. Non voleva il suo aiuto? Troppo tardi: lo avrebbe avuto comunque. Era invischiata con gente molto pericolosa. E adesso c'era dentro anche lui.

43

Quando LuAnn rincasò se ne erano andati tutti quanti: giardinieri, stallieri, donne delle pulizie. Anche Sally Beecham non avrebbe fatto ritorno fino al giorno dopo.

LuAnn entrò in casa dal garage. Inserì il proprio codice nel sistema d'allarme, passò in cucina e gettò soprabito e cappello sul tavolo. Poi salì per farsi una doccia e cambiarsi. Aveva un sacco di cose a cui pensare.

Jackson era inginocchiato nella penombra verde cupo degli arbusti intorno allo spiazzo presso il garage di Wicken's Hunt. Sorridendo, lesse la sequenza di sei numeri sul visore digitale del piccolo rivelatore elettromagnetico che teneva in mano, con il quale aveva captato i sei impulsi del codice del sistema d'allarme. Adesso, penetrare in Wicken's Hunt non sarebbe stato più un problema.

Tornò all'auto che aveva preso a nolo, e il telefono cellulare suonò. Jackson parlò per pochi minuti, quanto gli bastò per sapere che Charlie e Lisa erano in un motel vicino a Gettysburg. Probabilmente ci sarebbero rimasti per poco. LuAnn aveva cercato di allontanarli da lui, soprattutto Lisa. Charlie poteva badare a se stesso, Jackson questo lo sapeva bene. Se ce ne fosse stato bisogno, sarebbe stata Lisa il tallone d'Achille di sua madre.

Con lo sguardo, LuAnn aveva seguito l'ombra spostarsi

verso il fianco della bassa collina. Era scivolata in mezzo alla vegetazione con la precisione e la velocità di un animale da preda. LuAnn non era certa di che cosa l'avesse attirata alla finestra in quel preciso momento, ma non si allarmò nel vedere quella figura in movimento. Era del tutto logico che Jackson la tenesse d'occhio. La ragione specifica era secondaria. Sapeva di essere al centro della sua attenzione, e ciò la faceva sentire sull'orlo dell'abisso.

Sedette sul bordo del letto. Tutt'attorno a lei, Wicken's Hunt taceva. Fredda, immobile e silenziosa come un gigantesco mausoleo, dalle cui viscere sarebbero potuti uscire i più spaventosi demoni dell'inferno. Ma Lisa era davvero in salvo, era davvero fuori della portata di quell'uomo? La risposta a quella domanda era così ovvia che la colpì come un ceffone in piena faccia.

Io posso fare qualsiasi cosa, LuAnn.

Quelle parole le riecheggiarono nella mente dopo tutti quegli anni, e la gelarono fin dentro le ossa.

Matt Riggs aveva ragione da vendere. Le aveva offerto aiuto e questa volta lei *doveva* accettarlo. Forse era la decisione sbagliata, ma non aveva importanza. Doveva assolutamente fare qualcosa. Subito.

Balzò in piedi e andò ad aprire una cassetta di sicurezza sul fondo di uno degli armadi, sepolta sotto mucchi di vestiti. Ne estrasse una massiccia .44 Magnum e la mise nella borsetta. Corse giù per le scale e fu in garage. Un minuto dopo stava sfrecciando giù per la strada.

Riggs sentì il motore della BMW che si arrestava davanti al garage e andò alla finestra. LuAnn avvertì la sua presenza e alzò il volto verso di lui. Si scambiarono una lunga occhiata densa di significati. Poco dopo sedevano l'uno di fronte all'altro, accanto alla stufa.

Questa volta il tono di Riggs fu deciso. — La Lotteria Nazionale degli Stati Uniti era truccata, vero? E tu sapevi *perfettamente* che avresti vinto.

LuAnn tacque per un istante, poi si lasciò andare a un sospiro di sollievo. — Sì. — Fu come se quei dieci anni venissero cancellati in un istante. — Come fai a saperlo?

— Qualcuno mi ha dato una mano.

LuAnn si irrigidì e balzò in piedi. Aveva appena commesso il più grosso errore della sua vita?

Riggs avvertì quei suoi pensieri e subito aggiunse, con tono rassicurante: — Nessun altro lo sa, finora. Ho raccolto un po' di informazioni qua e là, e le ho messe insieme. — Fece una pausa. — Inoltre, ti ho messo una microspia in macchina e ho ascoltato tutta la conversazione fra te e Donovan.

— Chi diavolo sei tu? — sibilò lei fissandolo intensamente, mentre con la mano cercava la borsetta con la pistola.

— Qualcuno molto simile a te. Il mio passato è svanito e il mio presente è una menzogna. Proprio come il tuo.

LuAnn si sentì le gambe cedere, mentre veniva pervasa da un violento tremito. Si lasciò scivolare sul pavimento e, in un attimo, Riggs le fu accanto, prendendole una mano fra le proprie. — Ci rimane poco tempo, LuAnn, ed è meglio che io sia chiaro. Ho fatto alcune ricerche su di te. Sono stato molto discreto, ma ci sarà comunque una reazione a catena. Sei pronta ad ascoltarmi?

LuAnn respirò a fondo. La tensione, la paura, la rabbia erano svanite. Come se non fossero mai esistite. Si rialzò, si sedette sul divano.

— Va bene, Matt. Ti ascolto.

— L'Fbi ti sta dietro dall'attimo stesso in cui hai lasciato il paese.

LuAnn chiuse gli occhi e si abbandonò contro lo schienale.

— Il caso è rimasto lì a dormire per anni, ma adesso il letargo è finito. Adesso loro sanno che c'è qualcosa di strano che ti riguarda, e forse anche nella tua vincita alla lotteria, ma non hanno in mano alcuna prova.

LuAnn sospirò. — Quindi tu sai anche come Donovan ha fatto a scoperchiare i sepolcri.

— La pista del fallimento — annuì Riggs. — L'uomo è stato abile, gli va riconosciuto. E questo elemento, i Federali ancora non lo hanno. Torniamo alla lotteria: sai come è stata truccata?

LuAnn scosse il capo.

— Chi c'è dietro, LuAnn? Un gruppo? Un'organizzazione? Secondo Donovan, potrebbe trattarsi del nostro stesso governo, il che sarebbe un casino pazzesco.

— Non è il governo — disse lei mentre tracce della tensione di un intero decennio gravavano sul suo viso. — È un solo uomo.

— Non ha senso, LuAnn. — Riggs si appoggiò all'indietro. — Un solo uomo non può essere in grado di mettere in atto una cosa simile.

— Aveva delle persone che lavoravano per lui, almeno due, da quanto ho capito, ma la mente era unicamente lui.

— Charlie era una di queste persone?

— Che cosa te lo fa credere?

— La storia del caro zietto è una stupidaggine. Senza contare il fatto che voi due vi comportate come se aveste un segreto in comune. Dalle mie ricerche su di te non è saltato fuori nessuno zio. La conclusione più immediata è che anche Charlie facesse parte della frode.

— Non dirò niente su questo argomento — dichiarò LuAnn.

— D'accordo. Allora torniamo alla mente dell'intero inganno. Che cosa sai di lui?

— Jackson. Si fa chiamare Jackson.

LuAnn s'inchiodò, sudando freddo. Lo aveva fatto. Ciò che non avrebbe mai dovuto accadere era accaduto. Il tabù era stato infranto. D'istinto, lo sguardo di lei si spostò fuori dalla finestra.

— LuAnn, ascoltami. — Riggs l'afferrò per la spalla. — Jackson non è qui. E tu non sei più sola!

— No, *tu* ascolta me, Matthew: se siamo fortunati, ma veramente fortunati, la nostra sarà una morte rapida.

Nella donna forte e piena di risorse che lui aveva cominciato a conoscere, Riggs percepì un tremito. LuAnn aveva paura.

— Non per consolarti, ma ti assicuro che anch'io ho avuto a che fare con gente pericolosa. Però sono ancora qui. Ognuno ha il suo punto debole.

— Sul serio? — disse LuAnn in un soffio.

— Sul serio. — La voce di lui s'indurì. — Vuoi gettare la spugna di fronte al tuo signor Jackson? Fai pure. Ma per Lisa non sarà facile. Se questo individuo è davvero il demone che tu dici, non crederai veramente che la lascerà andare, vero?

— Lisa non sa niente di niente!

— Che differenza vuoi che faccia per Jackson? Per lui è come se Lisa sapesse tutto quello che sai tu. E se la situazione gli si ritorce contro, potrebbe decidere di eliminarla.

— Lo so — ammise LuAnn passandosi le mani sul volto. — Ma perché ti ostini a volermi aiutare, Matt? Per prima cosa, non mi conosci. Poi ti ho appena detto di aver commesso una valanga di reati.

— E io ti ho appena detto che so molte cose di te. Cerchiamo di essere obiettivi: Jackson ti ha usata. Cosa credi, che se ci fossi stato io al tuo posto non mi sarei buttato a tuffo sull'opportunità di diventare ricco sfondato?

— Ma io non volevo farlo, Matt! Avevo deciso di non stare al gioco di Jackson! Ma poi sono stata inguaiata da Duane e dalla sua storia di droga. Mi sono ritrovata con due cadaveri sul gobbo e con la polizia alle calcagna, scappando con una bambina di otto mesi in un seggiolino portatile. — LuAnn contrasse un pugno. — Non ho avuto scelta, Matt. Nessuna scelta.

— So che cosa significa, LuAnn, credimi.

— Sto ancora scappando. Ho ancora paura. Di tutto, di tutti. Dieci anni che sembrano cento. — LuAnn abbassò la testa e la prese fra le mani.

— Tu hai idea di dove possa essere?

— Mezz'ora fa era nel bosco di Wicken's Hunt.

— Che cosa?

— Ha qualcosa in mente. E sono convinta che sta preparando il terreno per quello.

— Ho sentito il tuo avvertimento a Donovan.

— Lo ucciderà, Matt. E dopo si occuperà di noi.

— Dopo *tenterà* di occuparsi di noi — la corresse Riggs. — Ma tu non lo vedrai mai più.

— Devo incontrarmi con lui. E anche molto presto.

Lui la guardò sbigottito. — Sei pazza?

— Ieri notte, me lo sono ritrovato in casa in camera da letto. Abbiamo avuto una lunga discussione. È stato a un passo dall'ucciderti, Matt.

— Quando? Dove?

— Ieri notte, al villino di Donovan. Immagino tu sia tornato là a riprendere la jeep. C'era anche lui. Ti ha visto. Era a mezzo metro da te. Sei fortunato a essere ancora vivo.

Riggs annuì lentamente, ricordando quella sua percezione di pericolo.

— Jackson sa il tuo nome — riprese LuAnn — vero o finto che sia. E sa che il tuo passato è poco chiaro. Se indagando su di te dovesse trovare qualcosa che non gli piace, ti eliminerà. Però...

— Però?

— Però gli ho detto che avrei compiuto io le ricerche su di te.

— Una proposta rischiosa!

— Te lo dovevo. Ma nemmeno io avevo programmato quello che è accaduto tra noi. È accaduto e basta.

Riggs tornò a osservarla, incrociando le braccia. — Parlami della frode alla Lotteria Nazionale. A quale scopo Jackson lo ha fatto? Per intascarsi parte delle vincite?

— Per intascarsi *tutte* le vincite — LuAnn respirò a fondo. — Per la durata di dieci anni, Jackson ha tenuto il controllo del capitale iniziale di cento milioni di dollari. Dieci anni che sono appena scaduti. Per tutto questo tempo, lui ha investito i cento milioni pagandomi una parte dei profitti generati dagli investimenti.

— E tu quanto ci hai ricavato?

— Come ritorno iniziale, circa quaranta milioni all'anno. Jackson poi ha continuato a investire e reinvestire le somme che non ho speso. Profitti di decine e decine di milioni di dollari che aumentavano ogni anno.

— Ma stiamo parlando di un rendimento del quaranta per cento! — Riggs faceva fatica a digerire l'enormità di quelle cifre. — E solo facendo riferimento alla tua vincita.

— Lo so. Jackson ha guadagnato molto, molto di più. Non ha dato il via a questo intero sistema solo per soddisfare la sua bontà d'animo, di questo puoi essere certo. È stata né più né meno di una transazione d'affari.

— LuAnn, non è possibile ottenere dal quaranta all'ottanta per cento di profitti sul capitale investito. O almeno, non è possibile agendo nella legalità.

— Di questo non so nulla.

— Che cosa è successo alla scadenza dei fatidici dieci anni?

— Mi ha restituito il capitale iniziale di cento milioni di dollari.

Riggs si sfregò energicamente la testa. — Per cui, essendoci dodici vincitori, a una media di settanta milioni di dollari ciascuno, l'ineffabile signor Jackson ha avuto per le mani qualcosa come un miliardo di dollari, *esentasse*, da investire.

— E adesso quel miliardo si sarà ulteriormente moltiplicato. — LuAnn studiò l'espressione tesa di lui. — A che cosa stai pensando, Matthew?

— A qualcosa su cui l'Fbi sta indagando da un pezzo, in collaborazione con l'Interpol e con numerose agenzie investigative di governi esteri. Immani quantità di denaro circolano da un capo all'altro del mondo. In certi casi, servono a finanziare attività legittime, in altri no. Sulle prime, l'Fbi ipotizzò si trattasse del riciclaggio dei soldi sporchi a opera di trafficanti di droga sudamericani e asiatici. Si è rivelata un'ipotesi sbagliata. Tutte le piste sono poi finite nel nulla. Il che non è così assurdo: chi ha così tanto denaro può creare molto facilmente il vuoto attorno a sé. Potrebbe trattarsi di Jackson.

— Sei sicuro che i Federali non siano al corrente della lotteria?

— Se ne sono al corrente, non è da me che lo hanno saputo. Ma è a loro che mi sono rivolto per le mie indagini su di te. Non avevo altra strada. Non in tempi così ridotti.

— Supponiamo che sappiano. A quel punto, avremmo addosso tanto Jackson quanto il governo degli Stati Uniti. — LuAnn serrò le labbra. — O sbaglio?

Riggs si prese un attimo di pausa. — Non sbagli.

— Fantastico! Tra i due non saprei proprio chi scegliere.

Riggs non seppe cosa rispondere. In realtà, erano loro due contro tutti.

LuAnn si alzò. — Io vado.

— Dove?

— Jackson mi sta seguendo, ne sono pressoché certa. Saprà che tu e io ci siamo visti un po' di volte. Forse sa anche che ho visto Donovan. E se non ho qualcosa da raccontargli... — LuAnn serrò le labbra. — Be', si dimostrerà poco affabile.

Riggs l'afferrò per una spalla. — Non andare, LuAnn. Forse questo individuo è uno psicopatico, ma di certo è geniale. Il che lo rende ancora più pericoloso. E se gli viene anche solo l'ombra di un sospetto...

— Allora è meglio che mi assicuri che non gli venga.

— Come diavolo puoi riuscirci? Magari i suoi sospetti li ha già. Chiamiamo il Settimo Cavalleria e lasciamo che siano loro a fare i conti con lui.

— E con me.

— Hai sempre la possibilità di un patteggiamento — disse Riggs con scarsa convinzione.

— Davvero? E la brava gente della Georgia? Donovan lo hai sentito anche tu, no? Aspettano solo di linciarmi.

— L'Fbi potrebbe...

— Potrebbe cosa? Favorire qualche patteggiamento anche con loro?

Riggs lasciò perdere. Era lui il primo a sapere quanto fossero fragili quelle ipotesi.

— Certo! — martellò LuAnn. — Un bel patteggiamento con tutti loro: l'Fbi, il prode sceriffo Bill Harvey e perfino l'egregio signor Jackson. E potrei cominciare con il restituire tutti quei soldi. Che tu ci creda o no, Matthew, non me ne frega niente dei soldi. Chissà, magari poi mi ritrovo anche un giudice benevolo. Per cui, che conto può saltar fuori, signor Riggs? Vent'anni in un carcere federale?

— Potrebbe non essere così salato.

— E allora quanto?

Riggs non rispose.

— Sarei un simpatico caso per qualunque avvocato:

LuAnn Tyler, spacciatrice di droga e ricercata per duplice omicidio, vincitrice della Lotteria Nazionale, viveva in una reggia pagata con gli assegni della Sicurezza Sociale. Magari mi darebbero un premio, invece di buttare via la chiave della cella. Cosa ne dici?

Riggs continuò a rimanere in silenzio.

— E metti pure che cerchiamo d'incastrare Jackson, però facciamo fiasco. Metti che lui la scampi e rimanga in circolazione.

— Non accadrà.

— Va bene, non accade. I bravi ragazzi di Washington lo inchiodano e lo mettono dietro le sbarre. Tu pensi che qualcuno che gode dei profitti di *un miliardo di dollari* non è in grado di comprarsi tutti quanti fino alla Corte Suprema? Mi stai forse dicendo che quel qualcuno non è in grado di assumere un esercito di tagliagole per occuparsi di me? O di mia figlia?

— No, LuAnn, non ti sto dicendo niente di tutto questo — ribatté Riggs. — Ma non c'è bisogno di incontrarlo di persona, puoi parlargli al telefono.

Si fissarono intensamente, a lungo. Infine fu LuAnn a parlare: — Va bene, Matt. Tenterò.

Si alzò, e improvvisamente fu di nuovo una ragazza di vent'anni, forte e fiduciosa.

— Non sono cambiata di molto, sai? — gli disse. — Ho più soldi di quanti potrò mai spenderne e ho visto luoghi che nessuno riuscirebbe a vedere in dieci vite, ma in fondo in fondo sono ancora quella povera sempliciotta della Georgia. Però non puoi immaginare cosa sono in grado di fare quando mi ci metto. — Il pensiero di Lisa era costantemente con lei. — In questa partita ho troppo da perdere, Matthew.

Lo sguardo di LuAnn si spostò sul paesaggio fuori della grande finestra, come se riuscisse a vedere oltre l'orizzonte. Poi si girò di nuovo verso Riggs, e con un forte accento del Sud disse: — Per questo non posso perdere.

44

George Masters, agente speciale dell'Fbi, venticinque anni di esperienza investigativa alle spalle, dieci dei quali passati alla difficile sezione di New York, aveva imparato da molto tempo che il passato non muore mai. In un modo o nell'altro, per una ragione o per un'altra, nulla resta mai realmente sepolto.

Era seduto alla scrivania del suo ufficio, al secondo piano del quartier generale dell'Fbi, il noto Hoover Building, nel cuore di Washington. Il dossier aperto al centro del tavolo era intitolato LUANN TYLER, un nome che dieci anni prima gli era stato molto familiare. Allora l'agente Masters aveva fatto parte della squadra federale incaricata di impedire che la signorina Tyler, ricercata per duplice omicidio in Georgia e vincitrice di cento milioni di dollari alla Lotteria Nazionale, lasciasse il territorio degli Stati Uniti. Dieci anni prima, l'agente Masters aveva fallito, e LuAnn Tyler era svanita senza lasciare traccia. In seguito, il caso era stato ufficialmente archiviato per completa assenza di sviluppi. Ma non per l'agente speciale Masters, e questo per un unico e semplice motivo: non aveva senso. E le cose che non avevano senso lo facevano inferocire. Anche dopo il suo trasferimento a Washington, Masters non aveva smesso di pensarci, e ora intorno a quel caso parevano esserci nuovi eventi e un rinnovato interesse. Matthew Riggs, andato a sprofondarsi nel limbo ovattato di Charlottesville, in Virginia, aveva chiamato il numero telefonico di emergenza del Bureau e aveva fatto ricerche su LuAnn Tyler. E se un uomo come Matthew Riggs era interessato a LuAnn Tyler, George Masters non poteva essere da meno.

All'epoca del fiasco di New York, Masters e la sua squadra avevano impiegato molto tempo e molte energie per ricostruire gli ultimi giorni che avevano preceduto la scomparsa della Tyler. Poteva essere arrivata da Rikersville a New York solamente in due modi: auto o treno. La grossa decappottabile nera di proprietà di Otis Burns, il delinquente trovato morto nella roulotte, alla guida della quale la Tyler era stata vista a Rikersville, era r masta in Georgia. Inoltre, quella donna non aveva la pate te. Il che restringeva le possibilità al treno.

Masters aveva ritrova o la pista alla stazione ferroviaria di Atlanta. La Tyler era salita sul *Crescent* per New York il giorno stesso in cui la polizia riteneva che fossero stati commessi i delitti. Masters aveva trovato anche altre piste. La Tyler aveva fatto una chiamata dal telefono cellulare dell'auto di Burns. Un numero con prefisso 800, cioè a carico del ricevente, ma risultato disattivato già da tempo. Indagini successive su chi fosse l'intestatario di quel numero erano finite in un vicolo cieco. Quel fatto aveva ancora più incuriosito Masters.

Sollecitato dall'interesse di Matthew Riggs, adesso Masters aveva messo in moto le sue pedine presso la Polizia di New York. Voleva che i ragazzi in blu facessero saltare fuori qualsiasi evento insolito o anomalo che avesse avuto luogo poco prima della scomparsa della Tyler. Così era emerso che un individuo di nome Anthony Romanello era stato trovato morto nel suo appartamento la notte prima della conferenza stampa in cui LuAnn era stata presentata come vincitrice della lotteria. In una metropoli come New York, il ritrovamento di un cadavere non faceva certo notizia. Ma alcuni elementi avevano suscitato l'attenzione della polizia su quel caso.

Per prima cosa, Anthony Romanello aveva una fedina penale significativamente ricca: era sospettato di essere un killer in vendita al miglior offerente. Quel giorno Anthony Romanello era stato visto insieme a una giovane donna in un bar nella zona dell'Empire State Building e avevano avuto una lunga conversazione, dai toni aspri. Nemmeno due ore dopo, Romanello aveva tirato le cuoia; la causa ufficiale della morte era un improvviso ma fatale arresto cardiaco, quanto mai insolito in un individuo sulla trentina in ottima forma e senza alcun problema di cuore, come aveva poi stabilito l'autopsia. Peraltro, non furono questi dettagli a dare la decisiva scarica di adrenalina a George Masters, bensì la descrizione della giovane donna, la quale calzava a pennello per LuAnn Tyler. E per finire, la ciliegina: Anthony Romanello aveva in tasca un biglietto ferroviario, da Atlanta a New York, dello stesso treno sul quale aveva viaggiato LuAnn Tyler, sebbene in uno scompartimento diverso.

Aspetti prima insignificanti ora stavano cominciando ad avere molto senso. Forse, l'essere rimasto lontano dal caso per un bel pezzo si stava rivelando un fattore positivo. L'agente speciale esaminò nuovamente gli elementi relativi alla vincita di LuAnn Tyler alla Lotteria Nazionale.

Il biglietto vincente era stato acquistato in un 7-Eleven di Rikersville, in Georgia, di domenica. Quasi certamente era stata LuAnn Tyler a comprarlo, la stessa domenica in cui erano stati commessi i due delitti nella roulotte. Però, che impudente, la ragazzina: dopo un duplice omicidio si era tranquillamente fermata a comprarsi un biglietto! L'estrazione aveva avuto luogo il mercoledì. L'incontro tra la donna che rispondeva alla descrizione di LuAnn Tyler e Anthony Romanello, il venerdì. La conferenza stampa con la presentazione al mondo della vincitrice LuAnn Tyler, il sabato.

Il fatto era che LuAnn Tyler e Anthony Romanello avevano preso entrambi il *Crescent* in partenza da Atlanta la domenica dei delitti, cioè la domenica *precedente* l'estrazione, ed erano arrivati a New York il lunedì. Questo significava che LuAnn era partita per New York *prima* di sapere di aver vinto la lotteria. Ovvero, scappando da una possibile accusa per duplice omicidio, LuAnn aveva comprato un biglietto della lotteria, era salita su un treno per New York e proprio là, nella Grande Mela, aveva scoperto di aver vinto *cento milioni di dollari*! Davvero la persona più fortunata del mondo.

Masters non riusciva a credere a una fortuna così sfacciata. Tornò per l'ennesima volta a ripercorrere la sequenza del paradosso. Delitti della roulotte. Telefonata dalla decappottabile del delinquente morto. Acquisto del biglietto. Treno per New York *prima* dell'estrazione. LuAnn vince la lotteria. Vivace incontro fra LuAnn e Romanello. Morte improvvisa di Romanello. Conferenza stampa per presentare la vincitrice. LuAnn Tyler, una giovane di vent'anni, mezzo ignorante, con tanto di bambina di otto mesi sul gobbo, filtra in tutta tranquillità attraverso le maglie della barriera eretta dalla polizia di New York e dagli agenti federali e svanisce senza lasciare traccia...

No, non aveva senso. LuAnn Tyler, semplicemente, non poteva esserci riuscita *da sola*. Una cosa di una simile complessità richiedeva una lunga, attenta e capillare pianificazione. Il che conduceva a un'unica conclusione: LuAnn Tyler *sapeva* in anticipo che avrebbe vinto la Lotteria Nazionale degli Stati Uniti.

Dieci anni prima, una simile ipotesi non si era neppure affacciata alla mente di Masters. Dieci anni prima, il suo compito era stato semplicemente quello di fermare una donna ricercata dalla polizia per omicidio. Ma dieci anni prima, lui non si era ancora imbattuto nella morte sospetta di Anthony Romanello.

Masters non era abbastanza vecchio per ricordare tutti gli episodi di corruzione nella Lotteria Nazionale dell'ultimo secolo, ricordava però i grandi scandali degli anni Cinquanta. Tuttavia, al confronto del caso Tyler, apparivano quanto meno ridicoli.

Dati alla mano, c'era effettivamente una possibilità che dieci anni prima qualcuno avesse truccato la Lotteria Nazionale degli Stati Uniti. E probabilmente anche più di una volta. Le implicazioni che ne potevano scaturire erano da incubo. Era attraverso gli introiti della vendita di quei biglietti che il governo federale finanziava un certo numero di programmi sociali. Programmi ormai così politicamente strategici da rendere assolutamente impossibile eliminarli. Ma se la fonte di quei fondi fosse stata contaminata, come avrebbe reagito il popolo americano?

Masters aprì un cassetto della scrivania, prese un flacone di aspirina e inghiottì un paio di compresse per combattere le avvisaglie del mal di testa. Poi si mise al telefono. — Voglio il Direttore del Bureau. Massima priorità.

Attese con il ricevitore stretto in pugno. Non esisteva via d'uscita. L'onda d'urto si sarebbe allargata, ufficio dopo ufficio, di livello in livello, dal Direttore dell'Fbi al Ministro della Giustizia, al Capo dello Staff della Casa Bianca. Tutta la strada fino al Presidente degli Stati Uniti.

Se le sue conclusioni sul Caso Tyler erano giuste, ce n'era proprio per tutti.

45

Nella sua camera d'albergo, Jackson era in attesa davanti allo schermo del suo computer portatile. Nonostante LuAnn Tyler si fosse già incontrata con Riggs svariate volte, non gli aveva ancora fatto alcun rapporto. Jackson decise di concederle ancora qualche ora, dopodiché sarebbe stato costretto a stabilire lui il contatto. Era deluso dal comportamento di lei, ma anche da se stesso. Non aver messo sotto controllo il telefono di Wicken's Hunt si era rivelato un errore che a quel punto era troppo tardi per correggere. Inoltre, nel tentare di mettere Lisa al sicuro rapidamente, LuAnn era in qualche modo riuscita a prenderlo in contropiede. Dovendo distaccare un suo uomo perché stesse dietro a Charlie e alla bambina, Jackson aveva ridotto le proprie capacità di osservazione a Charlottesville. Infatti, non sapeva che LuAnn si era già incontrata con Donovan.

Un'alternativa era mettere in campo altra gente, in modo da coprire tutte le basi. Ma Charlottesville era una piccola città, popolata da pettegoli faccendieri come John Pemberton. La presenza di qualche faccia estranea di troppo avrebbe destato sospetti, e i sospetti erano l'ultima cosa della quale Jackson aveva bisogno in quel momento così critico. Soprattutto a causa della mina vagante più pericolosa di tutte: Matthew Riggs.

Usando come vettore d'identificazione le impronte digitali raccolte nel villino tra i boschi, era su Riggs che Jackson aveva fatto eseguire la ricerca più in profondità. Finalmente, blocchi di informazioni comparvero sullo schermo del computer. Jackson corrugò la fronte, chiedendosi se non aveva commesso un errore nel rilevare le impronte digitali. Ma questo non era possibile, perché aveva osservato con attenzione, nascosto nell'armadio, le zone toccate dall'uomo che si faceva chiamare Matthew Riggs.

Jackson sollevò il ricevitore e compose un numero.

— Abbiamo chiaramente un problema con questa identificazione — disse al suo interlocutore.

— In realtà, signor Jackson, non è un problema ma un doppio livello di copertura. Alla prima richiesta, fatta sui normali canali per evitare ogni sospetto, abbiamo avuto la risposta: *nessuna impronta disponibile*.

— Dopodiché siete passati ai canali alternativi.

— È esatto, e ciò che le abbiamo trasmesso è il risultato.

— Quello che mi avete trasmesso è il nominativo di un uomo *morto*, ed è diverso da quello che l'uomo sta usando.

— Anche questo è esatto, signor Jackson. Come lei sa, quando un criminale muore, la procedura standard è inviare le sue impronte digitali al computer centrale dell'Fbi per l'identificazione definitiva. Completata questa procedura, l'algoritmo di ricerca di quelle impronte viene cancellato dalla banca dati.

— Per cui, tecnicamente, l'archivio non contiene le impronte dei soggetti deceduti. E allora come si spiega il vostro reperimento?

— Il fatto è, signor Jackson, che il nome che l'uomo sta attualmente utilizzando è falso, mentre il nome che noi le abbiamo trasmesso, Daniel Buckman, è vero. È rubricato come "deceduto" perché i Federali vogliono che tutti lo credano morto, anche quelli che hanno accesso al loro archivio. Non è insolito che l'Fbi si serva di questa procedura.

— A quale scopo?

Jackson ascoltò attentamente la spiegazione, poi depose lentamente il ricevitore, lo sguardo fisso oltre la finestra. Ora tutto aveva un senso.

LuAnn se n'era andata da pochi minuti, quando Matthew Riggs ricevette una telefonata.

— Abbiamo un problema.

— Che genere di problema?

— Qualcuno ha avuto accesso senza autorizzazione alla tua pratica attraverso il sistema automatico di identificazione delle impronte digitali. E ci sapeva fare, perché ce ne siamo accorti solo dopo il fatto. Stiamo indagando, fai attenzione.

Riggs sbatté giù il ricevitore e schizzò alla scrivania. Aprì un cassetto ed estrasse due pistole, due caricatori e una piccola fondina. Mise in tasca la pistola più grossa e l'altra nella fondina che applicò a una caviglia.

Afferrò l'unità di ricezione radio e si precipitò in macchina, pregando il cielo che LuAnn non avesse rimosso la microspia dalla BMW.

46

— Voleva un rapporto da me. Non è così?

— Lo voglio ancora. E sono certo, LuAnn, che lei abbia molti argomenti interessanti di cui parlarmi.

— Non proprio.

Nell'etere ci fu una pausa prolungata. LuAnn era alla guida della BMW, una mano stretta sul volante, l'altra che stringeva il cellulare. Aveva composto il numero di Jackson e lasciato un messaggio. Lui l'aveva richiamata nel giro di mezzo minuto.

— In che senso *non proprio*?

— Non credo abbiamo alcun vero problema.

— Sul serio? Oh, che sollievo.

— Vuole ascoltarmi o no? — ribatté LuAnn con asprezza.

— Certo che voglio, mia cara. Ma dalla sua viva voce.

— Perché?

— Perché no? — ribatté lui. — Inoltre, ho anch'io delle informazioni per lei.

— Su cosa?

— Non cosa, ma *chi*.

— Vale a dire?

— Matt Riggs. Il suo vero nome, il suo passato e il perché lei dovrebbe essere decisamente più cauta nei rapporti con lui.

— Può parlarmi di tutto questo per telefono.

— Forse, LuAnn, lei non mi ha inteso. Ho detto che voglio incontrarla di persona.

— Perché?

— Allora le darò un'ottima ragione. Se lei non ubbidirà, troverò il suo amico signor Riggs e nel giro di mezz'ora lo decapiterò con una roncola, poi le farò recapitare la sua testa per posta. Se lei lo avviserà, allora mi vedrò costretto a recarmi anche nella sua amata dimora, dove taglierò la gola a cameriere, giardinieri, stallieri e cavalli, prima di spargere kerosene su quello che resta e dare fuoco a tutto quanto. Dopodiché mi presenterò alla deliziosa scuola privata di sua figlia e procederò a fare a pezzi chiunque mi trovi davanti. Lei può telefonare e avvertire l'intera città, ma allora io comincerò a uccidere a destra e a sinistra, a casaccio. Le ho fornito una ragione sufficientemente stimolante, LuAnn, o vuole che gliene dia altre?

LuAnn inghiottì a vuoto. Sapeva che Jackson lo avrebbe fatto, in ogni suo farneticante dettaglio. — Dove e quando? — disse in un soffio.

— Contavo sulla sua collaborazione, proprio come ai bei vecchi tempi. E restando in materia di tempi andati, perché non invitare al festino anche il buon vecchio Charlie?

LuAnn allontanò il telefono cellulare da sé, quasi stesse cercando di evitare che un invisibile maleficio la risucchiasse verso l'essere all'altro capo. — Charlie non è qui.

— Ma guarda. E io che pensavo che mai e poi mai il suo fedele cagnolino ammaestrato si sarebbe allontanato dal suo fianco.

C'era qualcosa nel tono di Jackson che solleticò la memoria di lei. Tuttavia non fu in grado di capire che cosa. — Charlie non è un cagnolino — ribatté in un sibilo. — E ha la sua vita.

Per adesso, pensò Jackson. *Proprio come te.*

— Il villino nei boschi, dove si era insediato il nostro amico indagatore. Fra mezz'ora. Ce la fa?

— Ci sarò.

Jackson chiuse la comunicazione. La sua mano raggiunse l'impugnatura del coltello che sporgeva dal fodero di cuoio al suo fianco destro.

A quindici chilometri di distanza, quasi per effetto di una

metafisica connessione tra loro, nello stesso momento LuAnn Tyler tolse la sicura della sua .44 Magnum.

Stavano calando le tenebre e la strada sterrata era immersa in una penombra bluastra da acquario. La notte precedente aveva piovuto forte. LuAnn guidò la BMW lungo il fondo sconnesso, disseminato di buche allagate e di foglie marce. Spruzzi d'acqua fangosa sollevati dai pneumatici colpivano il parabrezza, costringendola ad azionare i tergicristalli.

Il villino abbandonato emerse dal folto. LuAnn esplorò la zona con lo sguardo. Nessuna macchina, nessuna presenza umana. Questo non significava niente. Jackson si materializzava dal nulla e tornava a svanire nel vuoto a suo piacimento. LuAnn fermò la BMW nella piccola radura e scese. Non c'erano orme sul suolo fangoso, né tracce di pneumatici. Osservò il villino. Nessun movimento. Ma LuAnn era certa che lui fosse già là, lo *sentiva*. Quell'uomo lasciava una scia, come una traccia nell'aria che solo lei poteva captare. Fece un profondo respiro ed entrò.

— Lei è in anticipo.

Le ombre attorno al caminetto presero una forma umana, una figura che indossava scarponi pesanti, jeans, giubbotto di pelle nera, berretto di lana blu scuro. Il volto era lo stesso del loro primissimo incontro.

— Perlomeno è sola.

— Spero anche lei.

LuAnn si appoggiò alla parete alle sue spalle. In una mimica quasi speculare, Jackson fece altrettanto.

— Sto aspettando — la incoraggiò lui. — Faccia pure il suo rapporto.

LuAnn teneva la mano destra affondata in tasca, impugnando la 44 e sollevando impercettibilmente la canna all'interno della stoffa. Ma non abbastanza impercettibilmente.

— Guarda, guarda. — La testa di Jackson s'inclinò di lato. — Mi aveva detto che non uccideva a sangue freddo, o sbaglio?

— C'è sempre una prima volta — replicò LuAnn

— Affascinante. Peccato che non abbiamo tempo per questi risvolti psicologici. Cominci con il suo rapporto, LuAnn.

— Ho incontrato Donovan. L'uomo che mi seguiva e che era nascosto qui: Thomas Donovan. — LuAnn pensò che Jackson doveva aver già compiuto ricerche anche riguardo a Donovan. La strategia migliore era quella di alternare la verità alle menzogne nei momenti critici. — È un giornalista investigativo del «Washington Tribune».

Con tutta calma, Jackson incrociò le braccia sul petto, senza toglierle lo sguardo di dosso. — Continui.

— Si sta occupando della Lotteria Nazionale. Dei dodici vincitori di dieci anni fa. Vuole capirne di più.

— Di che cosa?

— Della fortuna economica di quei dodici. La maggior parte degli altri vincitori della lotteria sono falliti, nove su dodici ogni anno. È quella l'anomalia che Donovan ha trovato.

Nell'espressione di Jackson apparve un'impercettibile increspatura. Detestava lasciarsi dietro variabili fuori controllo. Ed era esattamente questo che aveva fatto dieci anni prima. L'increspatura sul suo volto finto divenne l'emblema del dubbio. A LuAnn, questo non sfuggì.

— Lei che cosa gli ha detto, LuAnn?

— Che nel mio caso, qualcuno alla Commissione Lotterie mi aveva raccomandato un ottimo studio di consulenze finanziarie. Gli ho dato il nome della società che ha usato lei. Immagino sia in regola.

— Lo è. Specialmente se vista dall'esterno. E tutti gli altri?

— Ho detto a Donovan che non li conoscevo. Gli ho detto che, per quanto ne sapevo, la Commissione Lotterie poteva aver raccomandato gli stessi consulenti anche a loro.

— E lui se l'è bevuta?

— È apparso deluso. La sua intenzione è scrivere un bell'articolo-denuncia contro i ricchi che fottono i poveri. Nel senso che i poveri vincono alla lotteria, dopodiché parassiti e imbroglioni vengono a portargli via tutto, lasciandoli in braghe di tela. Gli ho detto che non ero d'accordo. A me è andata molto bene.

— E Donovan sapeva anche della sua situazione in Georgia?

— È proprio questo che lo ha spinto nella mia direzione... — LuAnn ebbe un fugace sorriso nel vedere Jackson annuire leggermente. Doveva essere arrivato alla stessa conclusione. — Forse si era messo in testa che io gli confessassi chissà quale monumentale complotto.

Nello sguardo di Jackson passò un lampo: — Donovan ha altre teorie o supposizioni? Sa che la Lotteria Nazionale degli Stati Uniti è stata truccata?

— Niente del genere — dichiarò LuAnn. Nessuna esitazione, nessuna battuta d'arresto. Menzogna in pieno sole. Qualsiasi altra alternativa avrebbe significato il disastro. — Donovan era certo di avere per le mani un grosso colpo giornalistico. Quando gli ho detto di non avere assolutamente niente da nascondere e che poteva andare a parlare con lo studio finanziario, si è sgonfiato. E se proprio voleva contattare la polizia della Georgia, che facesse pure. Da parte mia, non c'era problema a portare tutto allo scoperto.

— Non diceva sul serio, LuAnn.

— Lui non può sapere che io gli ho mentito. Se avessi fatto la parte della donna impaurita e reticente, Donovan avrebbe avuto la conferma di essere sulla buona strada. In questo modo, l'intera cosa è finita in una bolla di sapone.

— E come vi siete lasciati?

— Lui mi ha ringraziato per l'incontro. Si è addirittura scusato per avermi importunato. Nell'andarsene, ha detto che forse mi avrebbe contattato ancora in seguito, ma ne dubito. — E di nuovo LuAnn vide Jackson annuire. La strategia delle mezze verità stava funzionando. — È sceso dalla mia macchina ed è salito sulla sua. Questo è tutto.

— Molto bene, LuAnn — disse Jackson dopo una lunga pausa, mimando un applauso. — Una prestazione davvero notevole.

— Ho avuto un grande maestro.

— Ora lei mi lusinga.

— Al contrario. Dieci anni fa, all'aeroporto Kennedy, lei impersonava qualcuno che a sua volta impersonava qualcun altro... Mi disse che il modo migliore per nascondersi è esporsi al massimo. È andare in senso esattamente contrario alla natura umana. Fu quella volta che lo imparai.

— Lieto che non se ne sia dimenticata — commentò Jackson.

LuAnn sorrise. Stuzzicare l'ego degli uomini funzionava sempre, e perfino un individuo fuori della norma come Jackson non pareva sottrarsi a questa tendenza. — Lei non è un uomo facile da dimenticare — aggiunse. — In ogni caso, Donovan è innocuo. Non è necessario fargli nulla. Perché ora non mi dice lei qualcosa di Matthew Riggs?

— A proposito di?

— Matthew Riggs.

— Ho assistito con discrezione al vostro imprevisto incontro sul retro di Wicken's Hunt, questa mattina. È stato piuttosto pittoresco. E dal suo abbigliamento, ho arguito che abbiate poi trascorso una piacevole mattinata.

LuAnn controllò la propria rabbia a quell'allusione. — Quello che mi interessava realmente era saperne di più sul suo conto.

— Il vero nome di Matthew Riggs è Daniel Buckman.

— Per quale ragione ha bisogno di un nome falso?

— Che buffa domanda da parte sua, LuAnn. Per quale ragione certe persone hanno bisogno di un nome falso?

LuAnn deglutì a vuoto. — Perché hanno qualcosa da nascondere.

— Per cui?

— Riggs... Buckman era una spia?

— Non esattamente. — Jackson rise. — A tutti gli effetti, Riggs-Buckman *non è niente*.

— Di che cosa sta parlando?

— Del fatto che un uomo morto non può essere nient'altro che un uomo morto. Oppure no?

— Morto? — LuAnn si sentì pietrificata. Jackson non poteva aver ucciso Matthew. Non ce n'era stato il tempo materiale.

— Ho ottenuto le sue impronte digitali — riprese Jackson. — Ho fatto eseguire una ricerca in una banca dati federale e il computer ha concluso che Riggs-Buckman è morto.

— Il computer sbaglia!

— Il computer non sbaglia, LuAnn. A meno che qualcuno non programmi lo sbaglio. In modo da evitare che qualcun altro continui a cercare.

— E chi sarebbe questo qualcun altro?

— I nemici di Buckman, è chiaro. Mi dica, LuAnn, lei ha mai sentito parlare del Programma di Protezione Federale per i Testimoni?

— No. Dovrei?

— Non necessariamente. Soprattutto considerando il tempo che lei ha passato fuori dagli Stati Uniti. Si tratta di un programma gestito dal governo federale. Più precisamente, dal Marshal Service. È stato creato per garantire la sopravvivenza di coloro i quali testimoniano contro importanti figure del crimine organizzato. A queste persone coraggiose vengono fornite nuove identità e nuove vite. Ufficialmente, Daniel Buckman è morto, ma ecco però spuntare Matthew Riggs, costruttore di palizzate in una piccola città della Virginia. È possibile che anche i suoi lineamenti siano stati in qualche modo alterati. Difficile saperlo per certo. È probabile che Buckman, diventato Riggs, faccia parte di questi pochi eletti.

— Era un... *testimone,* ma di che cosa?

— Chi lo sa? — Jackson si strinse nelle spalle. — Cosa importa? Ciò che le sto dicendo è che Riggs è un criminale. O forse *era* un criminale. Traffico di droga, assassinio su commissione, mafia... Il programma non viene esattamente messo in atto per gli scippatori.

LuAnn aderì con la schiena contro la parete, per evitare di cadere a terra. *Riggs era un criminale!*

— E io mi auguro, LuAnn — aggiunse Jackson — che lei non gli abbia confidato troppo. Chi può immaginare che cosa passa per la testa di certa gente?

— Non l'ho fatto — riuscì a dire lei.

— Eccellente. Ora, che cosa può dirmi di questo individuo?

— Molto meno di quanto lei mi ha raccontato. Riggs non sa niente di più di quanto non sapesse all'inizio. Ritiene che Donovan sia un potenziale rapitore. E dopo quello che ho sentito, dubito che voglia mettersi al centro dell'attenzione.

— Concordo. Così come concordo col fatto che il vostro intimo *rendez-vous* mattutino non disturbi affatto.

— Quelli non sono affari suoi — replicò seccamente lei. Ormai avevano finito, e non avrebbe lasciato correre altre allusioni gratuite.

— Oh, questo è il suo primo errore in questo incontro — disse Jackson. — Ma, evidentemente, non può evitare di commetterne almeno uno. — Puntò contro di lei un dito sottile, minaccioso. — Tutto ciò che riguarda lei, riguarda anche me. Io l'ho *creata*. Per questo sento una responsabilità verso di lei, e verso il suo benessere. E io non prendo le responsabilità alla leggera.

— Ora mi ascolti, Jackson: i dieci anni sono scaduti. Lei si è fatto i suoi soldi, io mi sono fatta i miei. Perché non dichiariamo che il ballo è finito? Finito *per sempre*? Nel giro di trentasei ore, io sarò nuovamente all'altro capo del mondo. Lei va per la sua strada, io vado per la mia. Partita chiusa.

— Ma lei mi ha disobbedito, LuAnn.

— Ho passato gli ultimi dieci anni in venti nazioni diverse. Li ho passati senza smettere di guardarmi alle spalle nemmeno per una frazione di secondo... E tutto questo per obbedire a lei! Ma sono pronta a tornare a farlo fino alla fine dei miei giorni. *Basta che sia finita!*

Rimasero a fissarsi tra le ombre per un momento che parve dilatarsi oltre i limiti del reale.

— E lei se ne andrà immediatamente?

— Il tempo di fare le valigie, e all'alba sarò sparita.

— Una ragione, LuAnn — accennò Jackson mentre continuava a valutare la proposta. — Mi dia un'unica ragione valida perché io non la uccida, qui, *adesso*.

LuAnn sapeva che quella domanda sarebbe arrivata. E sapeva anche come affrontarla. — Un mastino della carta stampata come Thomas Donovan potrebbe trovare il mio cadavere estremamente interessante, se spuntasse fuori subito dopo aver parlato con lui. Al momento, non ha sospetti. Ma non garantisco che il suo radar rimarrebbe spento in quel caso. È certo di voler affrontare questo tipo di problemi?

Jackson rimase immobile a lungo. Infine, indicò la porta del villino.

— All'alba, LuAnn.

— Uscirò dopo di lei, Jackson.

— Allora usciamo assieme. — Le sue labbra posticce si atteggiarono a un sorriso. — Così correremo gli stessi rischi.

Proprio mentre Jackson posava la mano sulla maniglia, la porta si aprì di schianto, come scardinata.

Matt Riggs stava immobile sulla soglia, la pistola spianata su Jackson. Ma nell'attimo in cui era apparso, con un movimento repentino quest'ultimo si era già fatto scudo di LuAnn, ponendola dinanzi a sé.

— Matthew! *No!* — gridò LuAnn.

— LuAnn... — urlò d'istinto Riggs.

Lei non vide il movimento di Jackson ma percepì la sua mano destra che scivolava lungo il fianco. Allungò una mano e intercettò l'avambraccio destro di Jackson appena una frazione di secondo prima che completasse il movimento. Era il lancio del coltello a tecnica invertita, ugualmente letale quanto quella frontale diretta. Riggs grugnì, la lama che sporgeva dalla spalla destra, e scivolò a terra.

LuAnn tuffò la mano nella tasca, estrasse la .44 Magnum e tentò di sollevarla, ma Jackson la bloccò a metà. La dinamica dei loro movimenti li trascinò entrambi contro la finestra, sfondandola.

Avvinghiati l'uno all'altra, ricaddero pesantemente sull'impiantito di assi del porticato. Nell'urto, LuAnn perse la stretta attorno al calcio della pistola e l'arma scivolò sul legno, arrestandosi fuori portata.

Jackson tentò la presa di strangolamento, ma LuAnn gli piantò un gomito sotto la mandibola, assestandogli simultaneamente un calcio all'inguine. Rotolarono contro la balaustra del porticato. Qualcosa di caldo, dal sapore metallico le gocciolò in faccia. Sangue. Di Jackson. Il palmo della sua mano sinistra era squarciato. Doveva essergli accaduto mentre sfondavano la finestra.

Approfittando dell'inefficacia della stretta di lui, con un movimento esplosivo che lo sorprese LuAnn riuscì a divincolarsi, lo afferrò per la cintura e per il colletto della camicia e lo scaraventò faccia avanti contro la parete esterna del villino. Jackson rimbalzò all'indietro tramortito, e crollò sulle assi come una marionetta dai fili tagliati. Senza perdere un istante, LuAnn gli montò sulla schiena e gli piantò un ginocchio al centro della colonna vertebrale. Le mani di lei si chiusero in una morsa attorno alla faccia di Jackson e cominciarono a tirare all'indietro sempre di più. Uno strappo, uno solo, e gli avrebbe spezzato la schiena.

Fu in quel momento che le mani di LuAnn persero all'improvviso la presa, e lei si trovò proiettata all'indietro, atterrando di schiena in mezzo ai vetri. Si sentì gelare il sangue quando guardò giù: tra le mani aveva la faccia di Jackson.

Lui si rialzò barcollante. Per un terribile istante i loro sguardi restarono agganciati e per la prima volta LuAnn Tyler vide il *vero* volto dell'uomo che si faceva chiamare Jackson.

Jackson guardò fra le mani di lei. Si toccò il volto e sentì la propria pelle, i propri capelli, mentre il respiro si faceva quasi rantolante. Adesso lei conosceva il suo vero volto. Doveva morire.

Colta dallo stesso pensiero, LuAnn si gettò a tuffo sulla .44 Magnum. Allora Jackson si lanciò su di lei, ed entrambi si ritrovarono a strisciare verso l'arma ostacolandosi furiosamente.

— Lasciala, bastardo!

Jackson girò la testa e vide Matt Riggs, mortalmente pallido, fradicio di sangue e con il coltello che ancora gli sporgeva dal corpo, puntare verso di lui la pistola con le mani tremanti.

Jackson schizzò in piedi un istante prima che Riggs facesse fuoco, e i proiettili si dispersero nel legno e nell'aria mancando il bersaglio.

— Merda! — biascicò Riggs cadendo in ginocchio.

Jackson era letteralmente volato oltre la balaustra del porticato, rotolandosi sul suolo fangoso della radura. Si era velocemente rimesso in piedi e un attimo dopo era già sparito nel bosco.

— Non farlo, Matthew! Non toccare la lama! — gridò

LuAnn precipitatasi accanto a lui. Si tolse la giacca, strappò una delle maniche e aiutandosi con i denti la ridusse in rudimentali strisce. Poi gli strappò i vestiti e scoprì la ferita. Tastando con le dita sotto l'ascella di Riggs, trovò l'arteria e la compresse. L'emorragia si arrestò quasi completamente.

— D'accordo — disse sospirando. — Adesso viene la parte peggiore.

Lentamente, centimetro dopo centimetro, LuAnn estrasse la lama. La gettò sulle assi arrossate, quindi afferrò la mano sinistra di Riggs e ne guidò le dita sotto l'ascella.

— Ora premi qui... Non così forte. Un minimo di circolazione deve restare attiva. In macchina ho una cassetta per il pronto soccorso — LuAnn si rimise in piedi. — Ti rattoppo alla meno peggio e ti porto da un dottore.

— Dimmi un po' — fece Riggs — dove hai imparato la medicina da campo, guardando le repliche di *E.R.*?

LuAnn distolse per un attimo lo sguardo dalla guida e gli rivolse un sorriso. — Corso di sopravvivenza di Rikersville, Georgia. Il primo dottore che ho visto in vita mia è stato nel dare alla luce mia figlia. E per non più di venti minuti. Se non hai denaro, devi imparare a cavartela da solo.

Raggiunsero il Pronto Soccorso di un piccolo ospedale poco distante dalla Statale 29. LuAnn fermò la macchina sulla corsia di accesso, spense il motore e aprì la portiera accingendosi ad aiutare Riggs a scendere.

— Vado dentro da solo — disse improvvisamente lui. — Sono già stato in questo posto, mi conoscono. Sul lavoro, i costruttori si fanno male in continuazione. Gli dirò che sono scivolato, che sono caduto sul mio coltello da caccia.

LuAnn annuì. — Ti aspetto qui fuori, okay? Non me ne vado, Matthew!

Lui si limitò a sorriderle e si avviò verso l'entrata dell'ospedale, illuminato da fredde lampade alogene.

LuAnn rimise in moto e spostò la BMW nell'area di parcheggio, in modo da tenere d'occhio l'entrata. Quindi bloccò la serratura delle portiere e si abbandonò sullo schienale.

Appena chiuse gli occhi imprecò a denti stretti. Era *quasi* riuscita a convincere Jackson. Era *quasi* riuscita a venirne fuori. Questo prima che Matthew Riggs venisse in suo aiuto di nuovo. Certo, poteva ancora tentare di convincere Jackson. Dirgli che Riggs aveva creduto che lei incontrasse Donovan. Ma Matthew aveva fatto qualcos'altro, qualcosa che lei non poteva spiegare, in nessun modo. LuAnn sospirò sonoramente nel guardare il traffico sulla statale.

Di fronte a Jackson, Riggs l'aveva chiamata LuAnn. E quella sola parola aveva distrutto tutto. Adesso Jackson sapeva che lui sapeva. Sapeva che lei aveva mentito di nuovo, tradito di nuovo. LuAnn non aveva dubbi su quale sarebbe stata la punizione per tutto ciò.

Lo sguardo le cadde su un cartoncino bianco abbandonato sul sedile. Era il biglietto da visita di Thomas Donovan. Un brav'uomo che voleva solo la verità. LuAnn attivò il telefono cellulare e compose il numero. Al segnale acustico della segreteria, lasciò un lungo messaggio in cui spiegava ciò che era avvenuto e lo pregava ancora una volta di scomparire, assumendosi lei tutto l'onere delle relative spese.

Non voleva che morisse, non voleva che nessuno morisse per causa sua. Sperò con tutto il cuore che Donovan fosse ancora vivo per poter ascoltare quel messaggio.

Jackson avvolse un fazzoletto attorno alla profonda ferita alla palma della mano. Se l'era procurata quando lui e LuAnn avevano sfondato la finestra. E non bastava: aveva segni anche sul suo vero volto, segni causati da quella maledetta donna.

Era stato un elemento imprevedibile, con il quale si era misurato. Ore di palestra, a lavorare con i pesi, non riuscivano a sviluppare una potenza del genere. Doveva essere qualcosa di genetico. Oppure il frutto di un sistema nervoso trascinato ai limiti estremi. LuAnn Tyler l'aveva. Non l'avrebbe dimenticato. E non avrebbe cercato di superarla su quel terreno, bensì, come sempre, si sarebbe adattato.

Ma intanto, poco prima, era stato disposto a lasciarla andare, con tutta la ricchezza che *lui* le aveva concesso. Per scoprire poi che LuAnn Tyler gli aveva mentito in merito a Matt Riggs. Gli aveva rivelato il suo vero nome. C'erano poche cose che imbestialivano Jackson più dell'insubordinazione da parte dei suoi uomini: la slealtà non poteva e non doveva essere tollerata. A quel punto, non c'era alcuna ragione di credere che LuAnn non gli avesse mentito anche in merito a Thomas Donovan, e che il cronista fosse vicino alla verità. Andava fermato.

In quel momento il telefono cellulare suonò. Jackson lo aprì lasciando tracce purpuree sulla plastica grigia. Dopo aver ascoltato, fece alcune domande e impartì altrettante istruzioni. Quando ebbe finito, un sorriso apparve sul suo vero volto. Il sincronismo non sarebbe potuto essere migliore: la sua trappola era appena scattata.

47

Accompagnato dal sibilo delle turbine, l'elicottero Bell Ranger atterrò sul prato dove tre berline con targa governativa aspettavano. George Masters fu il primo a scendere, seguito da Lou Berman, altro agente dell'Fbi. Entrambi montarono sul sedile posteriore di una delle auto. Quindi il convoglio in nero si mosse inoltrandosi nel verde paesaggio della Virginia. Evidentemente, qualcuno aveva sottostimato i tempi di reazione di Washington.

Venti minuti dopo, le auto si fermarono nel vialetto d'accesso di fronte alla casa di Matthew Riggs. Uomini in austeri abiti scuri e pistole in pugno sciamarono intorno alla casa, silenziosa e inerte. George Masters andò alla porta d'ingresso e bussò con decisione. Nessuna risposta.

Si voltò verso uno dei suoi uomini. — Procedi. — Il corpulento agente assestò un poderoso calcio alla maniglia e la porta si aprì, schiantandosi contro la parete. Dopo aver passato al setaccio l'intera casa, si ritrovarono tutti nell'ufficio di Riggs. Masters sedette alla scrivania, frugando sistematicamente in ogni cassetto, aprendo ogni dossier, verificando ogni annotazione.

LuAnn Tyler... Eccolo il nome nel centro del mirino. E accanto, un secondo nome: Catherine Savage. Gli occhi di Masters si sollevarono dagli appunti sul foglietto e si rivolsero a Berman.

— LuAnn Tyler che scompare e Catherine Savage che viene fuori dall'uovo di Pasqua. Ecco la spiegazione.

— Possiamo esserne sicuri controllando i voli da New York di dieci anni fa — suggerì Berman.

— Non vale nemmeno la pena di sprecare la telefonata: la Tyler *è* la Savage, e la Savage è qui. Mettiti in contatto con gli agenti immobiliari locali, soprattutto quelli di fascia alta. Non penso proprio che la nostra principessa sia andata a vivere in un'altra roulotte.

Berman tolse di tasca un telefono cellulare e si mosse per andare a illustrare la situazione agli agenti dell'ufficio di zona che li avevano accompagnati.

Masters girò lo sguardo all'ufficio di Riggs, così confortevole, così ordinato. L'ufficio di qualcuno che aveva un buon lavoro, un'ottima qualità della vita, un futuro verosimilmente privo di nubi. Come diavolo aveva fatto a invischiarsi in quella palude? Masters aveva partecipato all'incontro al vertice alla Casa Bianca con il Presidente, il Direttore del Bureau e il Ministro della Giustizia. Aveva esposto la propria teoria e aveva visto le loro facce farsi sempre più pallide. La Lotteria Nazionale americana era stata truccata. La gente avrebbe pensato che dietro quella sporca faccenda ci fosse il governo stesso. Era inevitabile. Il Presidente era addirittura arrivato a presentarsi in televisione per tessere le lodi di quelle palline numerate. E cosa c'era di male se miliardi di dollari continuavano a scorrere nelle casse statali e solo pochi eletti riuscivano a diventare ricchi?

Ma la lotteria, sostenevano alcuni, aveva un costo non dichiarato. Perché se da un lato c'erano i programmi sociali finanziati con i profitti della vendita dei biglietti, dall'altro lato ne derivavano famiglie disgregate, frenesia del gioco, morti di fame che diventavano ancora più morti di fame, gente che si dannava l'anima e il cervello seguendo impossibili sogni di ricchezza. Secondo una delle critiche più feroci, la lotteria aveva ridotto intere frange della popolazione americana al livello di tossicodipendenza, nella disperata rincorsa a quell'assegno stratosferico. Eppure, la Lotteria Nazionale continuava imperterrita, come se fosse a prova di bomba.

E avrebbe continuato a macinare biglietti, denaro e tutto il resto finché fosse rimasta integra. Nel momento in cui la truffa fosse emersa, le teste sarebbero cadute una via l'altra, e neppure quella del Presidente sarebbe stata esente da rischi. Nello Studio Ovale, a George Masters era stata affidata una precisa missione: prendere LuAnn Tyler. E George Masters ci sarebbe riuscito, in un modo o nell'altro.

— Come va?

— E chi lo sa? — Riggs, braccio al collo, si lasciò cadere sul sedile della BMW. — Mi hanno talmente imbottito di analgesici che non so nemmeno più su quale pianeta siamo.

LuAnn avviò il motore, uscì dal parcheggio dell'ospedale e si immise di nuovo sulla Statale 29.

— Vuoi parlarne? — disse Riggs a un certo punto.

— Di che cosa?

— Del casino che ti ho combinato.

— Matthew, non ti sto attribuendo alcuna responsabilità.

Con la mano sana, lui diede un colpo contro il sedile. — Ho pensato che tu fossi finita in una trappola.

— E che cosa te lo ha fatto pensare?

— Ho ricevuto una telefonata, solo pochi minuti dopo che te ne eri andata.

— E cos'ha a che fare con me?

Prima di rispondere, lui trasse un profondo respiro. — Tanto per cominciare, il mro nome non è Matthew Riggs. Cioè, questo è stato il mio nome negli ultimi cinque anni.

— Almeno siamo pari.

— Daniel Buckman — disse allora con un sorriso forzato, tendendole la mano. — Dan, per gli amici.

— Quali amici, con esattezza, Matthew? — LuAnn aveva ignorato il gesto. — Quelli che sono al corrente del fatto che Daniel Buckman è *tecnicamente* morto?

Riggs ritirò la mano.

— O forse stai parlando degli amici del Programma di Protezione Federale per i Testimoni?

— Jackson?

— Ti avevo detto che può fare qualsiasi cosa, se non sbaglio — disse lei con impazienza. — Stai cominciando a credermi?

— Qualcuno è entrato nel computer centrale dell'Fbi, accedendo illegalmente ai miei dati — spiegò Riggs. — Di questo mi avvertiva la telefonata. Ho ipotizzato che si trattasse di Jackson. E che se sapeva della mia... *vita precedente*, avrebbe potuto porre fine alla tua vita corrente.

— È sempre possibile, con quell'uomo.

— In ogni caso, ora so che faccia ha.

— Quella non era la sua vera faccia, Matt.

— Che cosa?

— Non è *mai* la sua vera faccia!

LuAnn ripensò alla maschera di gomma che si era ritrovata fra le mani. Era lei ad aver visto la sua *vera* faccia, non Riggs. E adesso, Jackson non si sarebbe fermato fino a quando non avesse rimosso un testimone così scomodo.

LuAnn fece scorrere nervosamente le mani sul volante, poi disse: — Jackson sostiene che eri un criminale. È vero, Matthew?

— Mi stai dicendo che credi a tutto ciò che dice? Nel caso non te ne fossi accorta, quel figlio di puttana è uno psicopatico!

— Per cui tu non fai parte del Programma di Protezione Federale per i Testimoni?

— LuAnn, quel programma non è stato creato a esclusivo uso e consumo dei criminali.

— Che cosa vuoi dire?

— Tu credi davvero che un delinquente possa comodamente tirare su il telefono e ottenere su di te il genere d'informazioni che ho ottenuto io?

— Non lo so. Perché no?

— Ferma la macchina.

— Cosa?

— Ferma questa maledetta macchina! — tuonò Riggs.

LuAnn svoltò nella prima area di parcheggio e si fermò.

Riggs si protese sotto il sedile del guidatore, ripescò la microspia, la sollevò all'altezza degli occhi di lei.

— Tu credi davvero che un criminale possa avere accesso a questo tipo di tecnologia?

LuAnn lo fissava con occhi sbarrati.

— Allora... — Riggs respirò a fondo. — Il mio nome è Daniel Buckman. Fino a cinque anni fa, ero un agente speciale dell'Fbi, infiltrato nelle bande che operavano lungo il confine tra Messico e Texas. Dei tipi molto eclettici: traffico di droga, assassinio su commissione, ogni genere di crimine. Per un intero anno, sono stato immerso in quella merda fino al collo. A un certo punto, raccolte le prove, quando il Bureau piombò loro addosso io ero il testimone chiave per l'accusa. Una buona parte di loro è finita in un carcere di massima sicurezza con una condanna all'ergastolo. Solo che a qualcuno tutto questo proprio non è andato giù. In prima fila, i boss della cocaina della Colombia, che avevano perso centinaia e centinaia di milioni di dollari di profitti esentasse. Mi volevano, LuAnn. Volevano farmi a pezzi. Così feci la cosa buona, saggia e giusta: chiesi al Bureau di sparire.

— E loro?

— E loro mi dissero di no. Mi raccontarono che ero troppo bravo e troppo valido come agente speciale. Così mi fecero la cortesia di affidarmi mansioni diverse in un'altra città. Una specie di circuito di attesa.

— Per cui la moglie avvocato a Washington è un'invenzione.

Riggs si sfregò il braccio ferito. — No. Mi ero sposato dopo il trasferimento. Il nome di mia moglie era Julie.

— Era?

— Ci aspettarono sulla Pacific Coast Highway, in California, con i fucili. Finimmo giù da una scogliera con la macchina ridotta a un colabrodo. Julie era già stata colpita a morte quando la macchina esplose. Non so in che modo, ma fui sbalzato fuori. Anch'io ero stato colpito, come hai visto dalle cicatrici, ma le pallottole non avevano leso organi vitali.

— Matthew... mi dispiace. Credimi.

— Uomini come me non dovrebbero sposarsi, non dovrebbero avere affetti. Ma alla fine, siamo solamente umani, giusto? Incontri una persona, vuoi restare con lei. Hai paura che possa arrivare qualcosa a distruggere tutto. Ma pensi anche che, in qualche modo, tutto riuscirà a funzionare. Pensi un mucchio di cose che non dovresti pensare... — Riggs scosse il capo. — A quel punto, le teste d'uovo del Bureau decisero che era finalmente arrivato il momento di darmi una nuova identità e di mandarmi in pensione una volta per tutte. Così anche Daniel Buckman morì in quell'auto piena di piombo. E il signor Matthew Riggs adesso fa il costruttore nell'agreste e tranquilla Charlottesville, in Virginia.

LuAnn gli prese la mano, la strinse. Lui rispose alla sua stretta.

— È dura cancellare un'intera vita — disse lentamente Riggs. — Dimenticare persone, posti. Seppellire tutto quello che aveva un senso, tutto quello che era importante... — I loro sguardi s'incontrarono. — Sempre con addosso la paura di commettere lo stesso sbaglio che farà ritornare il passato.

— Abbiamo molto in comune, Matthew — disse LuAnn, e alzò una mano verso il viso di lui, accarezzandolo.

— Anche questo: dopo Julie, non sono stato con nessun'altra donna... Fino a questa mattina. — E i loro volti si avvicinarono lentamente, finché non si trovarono uniti in un lungo e tenero bacio.

— Dobbiamo rimetterci in moto — disse infine Riggs. — Cominciamo da Wicken's Hunt, in modo che tu possa preparare almeno una borsa. Poi andiamo da me e io farò lo stesso. Ho lasciato gli appunti su di te bene in vista sul tavolo, e non voglio lasciare alcuna traccia.

— D'accordo. C'è un motel dieci chilometri a nord da qui.

— Che cosa prevedi che farà Jackson?

— Sa che su di te gli ho mentito. Penserà che gli ho mentito anche su Donovan. Siccome ho tutte le ragioni per non rivelare la verità, mentre quel giornalista sta facendo del suo meglio per scoprirla, Jackson farà fuori prima lui, poi si dedicherà a me. Ho chiamato Donovan e gli ho lasciato un messaggio mettendolo in guardia.

— Ragazzi! — esclamò Riggs. — Dev'essere proprio incoraggiante trovarsi soltanto al secondo posto sull'elenco dei condannati a morte di Mister Psycho.

Pochi minuti più tardi stavano imboccando la strada privata che conduceva a Wicken's Hunt. La casa era immersa nell'oscurità.

LuAnn lasciò la BMW nel vialetto d'accesso, disattivò il sistema d'allarme inserendo il codice e precedette Riggs all'interno. Nella stanza da letto, Riggs si mise di guardia alla finestra mentre LuAnn riempiva alla meglio una borsa da viaggio.

— Sei certa che Lisa e Charlie siano fuori tiro?

— Con Jackson non si può mai essere certi di niente — rispose LuAnn chiudendo la borsa. — Li ho mandati quanto più lontano possibile da qui.

Improvvisamente Riggs sussultò. Afferrò LuAnn per una mano e la trascinò per le scale, verso l'uscita che dava sul retro. Le berline nere si fermarono di fronte a Wicken's Hunt e gli uomini uscirono rapidamente dalle macchine. Masters posò una mano sul cofano della BMW, e sentì il calore che ne emanava.

— La Tyler è da qualche parte qui attorno. *Trovatela!*

Gli uomini si sparpagliarono circondando la casa.

LuAnn e Riggs arrivarono a ridosso della parete esterna della stalla. In quel momento i potenti riflettori dell'illuminazione esterna di Wicken's Hunt vennero accesi. Su tutto il terreno attorno alla villa, la penombra vacua del crepuscolo venne trasformata in giorno pieno, rivelando uomini armati in movimento sul retro della grande casa.

Riggs ansimava, grondando sudore e tenendosi il braccio ferito. — Cerchiamo di raggiungere il bosco...

— Non con te in queste condizioni.

LuAnn socchiuse il portone della stalla e s'infilò all'interno, Riggs un passo dietro. Immediatamente, Joy cominciò ad agitarsi. LuAnn corse a calmarla. Gettò sul dorso del cavallo la coperta e poi la sella.

Riggs prese un binocolo appeso alla parete e si appostò dietro una delle finestre, scrutando l'esterno. C'era una scritta fosforescente gialla sulle giubbe di nylon che gli uomini armati indossavano: Fbi. Spostò il binocolo e vide un uomo dalla corporatura massiccia puntare con decisione alla porta sul retro.

Riggs serrò le labbra, soffocando una bestemmia e arretrando nella stalla. — Ci siamo? — domandò a LuAnn.

Erano passati cinque anni dall'ultima volta che Riggs lo aveva incontrato. In cinque anni, l'agente speciale George Masters non era cambiato di molto.

LuAnn stava sussurrando qualcosa con tono rilassante nell'orecchio di Joy. Finendo di sistemare morso e briglie rispose: — Quasi.

— Muoviamoci, LuAnn. Devono aver sentito che il motore della BMW è ancora caldo. Quando si renderanno conto che la casa è vuota, cominceranno un rastrellamento tutt'attorno.

LuAnn spostò una cassa di legno a fianco di Joy, montò in sella e gli tese un braccio. — Sali prima sulla cassa e poi reggiti a me.

Riggs si trascinò in sella a sua volta, cingendo la vita di lei con il braccio sano.

LuAnn diresse il cavallo verso la porta della stalla. — Cercherò di procedere più dolcemente che posso. Ma cavalcare è comunque la peggior cosa che possa fare uno nelle tue condizioni.

— Sempre meglio che spiegare ai Federali il perché e il percome di tutto questo casino.

LuAnn si protese a dare un'occhiata dalla fessura nella porta. — I tuoi vecchi amici?

— Quanto meno *un* vecchio amico: George Masters, quel figlio di puttana. È lui che all'epoca bloccò il mio tentativo per entrare nel Programma di Protezione Federale per i Testimoni finché non morì mia moglie.

— Matthew, non vale la pena che tu scappi con me. Tu non hai commesso alcun reato...

— Ehi — fece Riggs con un sorriso ribaldo. — Io non devo niente a questi signori.

— Ma se mi prendono e tu sei con me?

— Allora sarà meglio che non ci prendano, giusto? — disse lui sghignazzando.

LuAnn si girò un istante per guardarlo. — C'è qualcosa da ridere?

— Penso che stavo cominciando ad annoiarmi negli ultimi anni. Non sai quanto è più eccitante rischiare di farsi fare un bel buco in testa.

— Non potevi trovare compagnia migliore...

Quando l'ultimo degli uomini armati fu entrato nella villa, LuAnn condusse il cavallo fuori dalla stalla, dirigendosi verso il bosco. — E con questo, il motel ce lo siamo giocato — disse LuAnn.

— Già — fece Riggs. — Arrivare in un motel in due su un cavallo, penso proprio che potrebbe insospettire qualcuno.

LuAnn gettò un ultimo sguardo a Wicken's Hunt. — L'altra mia macchina è chiusa nel garage. Sai quanto è utile con la casa che brulica di agenti...

— Un momento! — esclamò Riggs stringendola più forte. — Ce l'abbiamo, una macchina!

Nel buio pieno di ragnatele, un motore a quattro cilindri si avviò con un sussulto. La Honda nera presa a nolo dal fasullo signor Tom Jones, alias Thomas Donovan, con la parte anteriore danneggiata nell'inseguimento, emerse lentamente dal capanno dietro il villino nella foresta. Riggs la fermò poco oltre la soglia, tirò il freno a mano e scese lasciando il motore acceso.

— Visto niente?

— Niente — rispose LuAnn scuotendo la testa.

Era rimasta di guardia sulla radura, tenendo Joy per le redini, pronta a dare l'allarme nel caso qualcuno fosse apparso.

— Del cavallo che cosa ne fai? — le chiese Riggs.

— Potrei rimandarlo lungo la pista. Quasi certamente ritroverebbe la strada per la stalla, ma con questo buio...

— Che ne dici di lasciarlo nella rimessa? Puoi telefonare a uno dei tuoi e mandare a riprenderlo più tardi.

— Buona idea.

LuAnn condusse Joy nel capanno, che si rivelò fornito di ganci alle pareti, di fieno e di abbeveratoio.

— Sembra che anche l'inquilino precedente avesse una passione per i cavalli.

LuAnn legò il cavallo a uno dei ganci, riempì l'abbeveratoio e mise del fieno di fronte all'animale. Immediatamente, Joy vi infilò il muso e cominciò a mangiare.

Riggs si sistemò sul sedile della Honda. LuAnn richiuse le porte del capanno e andò a sedersi alla guida. Non c'erano chiavi infilate nell'accensione. Cavi multicolori collegati alla meno peggio penzolavano sotto il cruscotto.

— Corso di rubamacchine dell'Fbi?

— Non hai idea di quello che s'impara nel freddo e ostile mondo là fuori — rispose Riggs.

— E invece ce l'ho — ribatté lei mettendo la mano sulla leva del cambio.

— Ascolta, LuAnn — disse Riggs con tono improvvisamente serio. — Abbiamo una sola possibilità di uscire interi da questa storia.

— Di che cosa stai parlando?

— I Federali possono essere molto tolleranti con chi collabora.

— Ma Matthew...

— Inoltre arrivano a essere incredibilmente generosi con chi dà loro quello che vogliono.

— Stai suggerendo quello che penso?

— Dobbiamo semplicemente consegnargli Jackson.

— Meno male! — esclamò LuAnn inserendo la marcia. — Per un momento ho creduto che si trattasse di qualcosa di più complicato.

48

Erano le dieci del mattino. Thomas Donovan puntava con discrezione il binocolo verso il suo obiettivo. Si trovava a McLean, in Virginia. Era una zona che pullulava di ville da molti milioni di dollari, collocate su ettari di verde perfettamente curato e circondate da alberi. Donovan era appostato da ore e l'abitazione che stava tenendo d'occhio non faceva eccezione: tre piani in puro stile coloniale, candido colonnato frontale, capitelli ionici, giardino vasto quanto un campo di football.

Prima di rimettersi in pista, il giornalista aveva controllato i messaggi sulla segreteria telefonica e aveva ascoltato l'avvertimento di LuAnn. Pur non avendo alcuna intenzione di mollare, aveva considerato quel consiglio molto seriamente. E sarebbe stato pazzo a fare diversamente, avendo a che fare con un individuo in grado di controllare un sistema così complicato come la lotteria. Quasi inconsciamente, Donovan si frugò nella tasca della giacca, trovò la pistola e verificò che fosse carica.

Quando tornò a guardare nel binocolo, una Mercedes color argento metallizzato, nuova di zecca, apparve in fondo all'isolato. Si arrestò di fronte alla cancellata d'ingresso, attendendo che si aprisse.

Donovan spostò la focale sulla persona alla guida. Una donna sulla quarantina, ben truccata, elegante, signorile, perfettamente in sintonia con l'ambiente. Non era cambiata di molto dalle foto prese alla conferenza stampa della sua vincita alla lotteria di dieci anni prima. I miracoli del denaro: perfino la vecchiaia perdeva colpi di fronte ai quattrini.

La Mercedes s'inoltrò nel vialetto d'accesso e scomparve dietro la struttura bianca della villa. Donovan attese qualche altro minuto, lanciando occhiate guardinghe in tutte le direzioni. Poi gettò la sigaretta fuori dal finestrino, guidò fino alla cancellata e premette il pulsante del citofono. La voce femminile che gli rispose pareva tesa, piena di disagio. Il cancello si aprì, e un minuto dopo, Donovan entrava nel sontuoso atrio della villa coloniale.

— Signorina Reynolds?

La donna che lo stava attendendo annuì, facendo di tutto per evitare lo sguardo di lui.

Prima di andare all'attacco di persona, Donovan aveva fatto estese ricerche su Bobbie Jo Reynolds. Dieci anni prima era un'attricetta dalla gonna troppo corta e dalla scollatura troppo profonda che sbarcava il lunario come cameriera. Adesso era un'elegante e sofisticata dama dell'alta società di Washington, tornata negli Stati Uniti da cinque anni dopo un lungo periodo nel Sud della Francia. Donovan si domandò se lei e Alicia Crane frequentassero il medesimo circolo di bridge.

Dopo l'inquietante vicolo cieco rappresentato da LuAnn Tyler, Donovan si era messo a caccia degli altri undici vincitori. Trovarli era stato estremamente più facile di quanto non fosse stato rintracciare LuAnn. In fondo, loro non erano sulla lista dei ricercati dalla polizia. Quanto meno, non ancora. Parlare con loro, invece, era stato molto meno facile. Cinque su undici gli avevano attaccato il telefono in faccia. Altri quattro non avevano risposto ai suoi ripetuti messaggi. Herman Rudy, infine, lo aveva mandato a quel paese con un linguaggio che Donovan non sentiva dai tempi del servizio militare in Marina. Bobbie Jo Reynolds era stata l'unica a lasciargli uno spiraglio di comunicazione.

Ora lo stava precedendo in quello che Donovan immaginò essere il soggiorno, cioè un ampio salone che l'originale talento di un architetto aveva arredato con mobili in stile moderno, e impreziosito qua e là da pezzi d'antiquariato.

— Gradisce qualcosa, signor Donovan? — domandò la Reynolds, sempre senza guardarlo e con le dita che continuavano nervosamente a intrecciarsi. — Tè? Caffè?

— No, grazie. — Donovan estrasse un piccolo registratore. — Non le dispiace se registro questa conversazione, vero?

— Sì che mi dispiace.

Ma guarda, pensò Donovan, la signora ha un po' di spina dorsale. Meglio affrontare la questione subito, prima di darle un eccessivo vantaggio.

— Signorina Reynolds, nel momento in cui lei mi ha richiamato, ho tratto la conclusione che lei fosse disponibile a parlarmi. Come lei sa, sono un giornalista. Con un'etica professionale. Non voglio metterle le parole in bocca, anzi voglio che la situazione sia assolutamente cristallina. Non è d'accordo?

— Sì, ecco... Suppongo di sì. Per questo ho accettato di vederla. Non voglio che sul mio buon nome si addensino ombre. È importante che lei capisca che sono una rispettabile esponente di questa comunità. Ho elargito generose donazioni a svariate associazioni benefiche. Faccio parte di numerose...

— Con tutto il rispetto, signorina Reynolds — tagliò corto Donovan — non mi trovo qui per parlare delle sue opere di beneficenza. A proposito, lei permette che la chiami Bobbie Jo?

Una piccola smorfia le increspò l'espressione. — Roberta — dichiarò alteramente.

Proprio lo stile da circolo di bridge. E di nuovo il richiamo ad Alicia Crane fu così forte che Donovan dovette reprimere l'impulso di chiederle se la conosceva.

— D'accordo, Roberta. La ragione per la quale mi trovo qui riguarda il passato. Quello di dieci anni fa — Donovan accennò al lussuoso ambiente. — L'origine di tutto questo.

Lei si passò una mano tra i capelli. — La mia vincita alla Lotteria Nazionale, signor Donovan?

— Precisamente. Perché non mi chiama Tom?

— Perché preferisco non farlo, *signor Donovan*.

— D'accordo. Mi dica, Roberta, conosce una donna di nome LuAnn Tyler?

La Reynolds ci pensò su qualche momento. — Non credo. C'è qualche ragione per cui dovrei conoscerla?

— Affinità di conti in banca. Anche LuAnn Tyler ha vinto la Lotteria Nazionale. Appena due mesi dopo di lei.

— Congratulazioni.

— Per molti versi, la situazione della signorina Tyler era analoga alla sua. Povera, futuro fosco, nessuna via d'uscita.

— Io non ero una derelitta in mezzo a una strada, signor Donovan. — La Reynolds ebbe una risata forzata. — Proprio no.

— Ma non era neppure ricca sfondata. Diversamente, a che scopo giocare alla lotteria, giusto?

— Comunque sia, uno non si aspetta di vincere.

— Vale a dire che lei non se lo aspettava, Roberta?

La Reynolds ebbe un'espressione di sorpresa. — Che cosa sta insinuando, signor Donovan?

— Chi si occupa dei suoi investimenti?

— Non sono affari suoi.

— Non potrebbe trattarsi della stessa persona che si occupa degli investimenti degli altri undici vincitori della Lotteria Nazionale di quell'anno, inclusa LuAnn Tyler?

— E se anche fosse?

— Stiamo menando il can per l'aia, Roberta. Io so che qualcosa scricchiola in tutta questa storia e lei sa di cosa si tratta. Così come sapeva che avrebbe vinto alla Lotteria Nazionale.

— Lei è pazzo! — replicò la donna con voce tremula.

— Sul serio? Nella mia carriera ho avuto a che fare con un sacco di bugiardi, alcuni veramente in gamba. Lei non è tra questi.

La Reynolds si alzò di scatto. — Se ne vada.

— Questa storia finirà sui giornali, Roberta — insistette Donovan. — Le mie fonti si stanno moltiplicando. Ormai è solo questione di tempo perché io abbia il quadro completo. Le prospetto due possibilità: o lei collabora, e ne esce ragionevolmente bene, oppure cola a picco come tutti gli altri.

— Che cos'è, una minaccia?

— Al contrario. L'ultima cosa che voglio, Roberta, è buttare all'aria la sua esistenza. Glielo assicuro. La realtà è che lei ha partecipato a una truffa ai danni della Lotteria Nazionale degli Stati Uniti. E quando questo salterà fuori, perché io lo farò saltare fuori, lei finirà nei guai. È inevitabile. Quindi le faccio la stessa proposta che ho fatto a LuAnn Tyler.

— Che sarebbe?

— Mi dica tutto quello che sa sulla frode e io le garantisco di lasciarle il tempo necessario per squagliarsela prima che le rotative si mettano in moto.

Lentamente, la Reynolds tornò a sedersi, lo sguardo che vagava sull'enorme salone, quasi stesse osservandolo per l'ultima volta. — Che cosa vuole sapere? — chiese con un profondo sospiro.

Donovan accese il registratore. — La Lotteria Nazionale degli Stati Uniti è stata veramente truccata?

Lei annuì.

— Voce, Roberta! — Donovan accennò all'apparecchio.

— Sì, la lotteria è stata truccata.

Donovan si sentì la gola secca, le palme delle mani sudate. — In che modo?

— Signor Donovan, le dispiacerebbe versarmi un bicchiere d'acqua da quella caraffa?

Donovan la accontentò, quindi tornò a sedersi.

— Torniamo a noi, Roberta: come ha avuto luogo la frode?

— Chimica.

— Che cosa?

— È stata fatta usando delle sostanze chimiche...

La Reynolds tirò fuori un fazzoletto e si asciugò all'angolo degli occhi. Donovan rimase a osservarla. Ce l'aveva fatta. Curioso che ad accettare di vederlo fosse stata proprio la persona più fragile.

— È in grado di spiegarmi il meccanismo in termini semplici, Roberta?

— Tutte le palline tranne una, quella con il numero vincente, erano state spruzzate con un composto chimico — disse la Reynolds tormentando il fazzoletto. — Anche l'imboccatura del condotto che portava la pallina fuori dal recipiente era stata spruzzata con qualcosa. Non so bene come funzionasse, ma così solo la pallina che non era stata spruzzata sarebbe passata nel condotto. Lo stesso era stato fatto per ogni recipiente dell'estrazione.

— Cristo! — Donovan lasciò andare il fiato che aveva trattenuto. — Okay, Roberta. Ho milioni di altre domande da farle. Anche gli altri vincitori sapevano? Come è stato fatto?... Da *chi* è stato fatto? — Donovan ripensò a LuAnn Tyler: anche lei *doveva* saperlo.

— Nessuno degli altri vincitori era al corrente. Solamente chi ha agito materialmente lo sapeva.

Donovan assunse un'aria perplessa. — Non mi quadra, Roberta. Se gli altri vincitori erano all'oscuro di tutto, come lei mi ha appena raccontato... lei come fa a saperlo?

Il colpo violento e improvviso lo centrò al diaframma come l'incornata di un toro impazzito. Donovan sentì le costole scricchiolare mentre crollava sul pavimento di quercia, annaspando in cerca di aria.

— Come le dicevo, signor Donovan...

Una parrucca femminile cadde a un passo dalla sua faccia boccheggiante, afflosciandosi come una surreale medusa.

— Solamente chi ha agito sapeva.

Donovan compì uno sforzo disperato per sollevarsi, ma un secondo calcio nel petto lo scaraventò con la schiena contro la parete.

— Kickboxing. Quale splendida arte marziale. Si può davvero uccidere qualcuno senza usare le mani.

Donovan tentò di inspirare, ma ogni respiro era un incubo di dolore. Più di una costola si era spezzata di netto, comprimendo organi che avrebbe dovuto proteggere. Infilò una mano in tasca annaspando alla ricerca della pistola.

— La vedo in qualche modo in difficoltà, signor Donovan. Mi permetta di aiutarla.

Jackson si inginocchiò e usando il fazzoletto gli tolse l'arma di tasca.

— Davvero gentile da parte sua, signor Donovan. La sua collaborazione è grandemente apprezzata.

Un ultimo calcio esplose centrando Thomas Donovan in piena fronte, e gli occhi del cronista finalmente si chiusero.

Jackson prese da una tasca un rotolo di grosso nastro adesivo e provvide a legare accuratamente Donovan. Finì di rimuovere il resto della sua faccia finta e fece sparire quella che era stata l'identità di Bobbie Jo Reynolds nella valigetta che aveva nascosto sotto il divano. Poi salì di corsa al piano superiore ed entrò nella stanza da letto in fondo al corridoio.

— Lei mi ha reso un servizio inestimabile, Bobbie Jo.

Bobbie Jo Reynolds si contorse sulle lenzuola stropicciate, gli occhi dilatati dal terrore, mugolando dietro le strisce di nastro adesivo che le sigillavano la bocca. Altro nastro adesivo le immobilizzava polsi e caviglie insieme, forzando la colonna vertebrale in una dolorosa angolazione.

— È per me sempre un piacere ottenere conferma della fedeltà delle mie creature. — Jackson sedette sul bordo del letto, posò una mano d'incoraggiamento sulla spalla sussultante di lei. — Accettare l'appuntamento con il signor Donovan e dare la giornata libera all'intera servitù proprio come le avevo richiesto. Una fedeltà che va giustamente ricompensata.

Con delicatezza liberò la donna dalle strisce di nastro adesivo. — Resti qui. Io e Donovan abbiamo quasi finito. Non la disturberemo più.

Lei annuì, massaggiandosi i polsi.

Jackson si alzò, le puntò contro la pistola di Donovan e tirò il grilletto finché ci furono colpi nel caricatore. Guardò per un po' il sangue spargersi sulle lenzuola. Poi scosse la testa.

— Agnelli sacrificali! — esclamò. — Fatti per il sacrificio, non per combattere. — Quindi tornò di sotto, recuperò la sua valigetta e passò la mezz'ora successiva gironzolando intorno a Donovan.

Quando finalmente il giornalista tornò in sé, sentì il dolore accecante impadronirsi di lui, tagliandogli nuovamente il respiro. Doveva trattarsi di emorragie interne. Ma, se non altro, era ancora vivo. Alzò lo sguardo e il suo cuore ebbe un tuffo.

Di fronte a lui stava un secondo Thomas Donovan. Stesso cappotto, stesso cappello. Ma soprattutto lo stesso volto. Un perfetto gemello. Certo, osservandolo, emergevano piccoli dettagli, insignificanti sfumature che non erano perfettamente a posto, ma nessuno se ne sarebbe mai reso conto.

— Lattice, crema, talco, plastica, collante.. — enumerò Jackson abbassandosi su Donovan — lei non può immaginare quali meraviglie si possono ottenere con questi artifizi. Comunque, il suo rimane un viso quanto mai ordinario, senza offesa, naturalmente. Per diventare lei, ho compiuto uno sforzo tutto sommato di poco conto. Mi ha preso in contropiede tagliandosi la barba, ma si è trattato di un imprevisto da poco. Le barbe finte sono molto semplici da applicare ma anche da togliere.

Jackson sollevò Donovan a sedere, appoggiandolo al divano. Quindi si accomodò a sua volta su una sedia di fronte a lui.

— Non male per mezz'ora di lavoro, non trova?

— Ho bisogno di un dottore. — Donovan fu costretto a sputare una boccata di bava rossastra.

— Temo che non sia possibile. Ma le ruberò un paio di minuti per spiegarle alcune cose. Per certi versi, è *giusto* che lei sappia. Lei ha dato prova di notevole ingegno nel focalizzare le sue ricerche sul fallimento economico dei vincitori della Lotteria Nazionale. In tutta franchezza, non ci avevo proprio pensato. La mia principale preoccupazione era tenere i miei vincitori immersi nel benessere, in modo che mai e poi mai avessero la tentazione di confessare. I maialetti all'ingrasso raramente mordono la mano che li ingozza. Ma lei, signor Donovan, è riuscito a trovare un'incrinatura in questa mia logica che ritenevo ineccepibile.

Donovan represse un altro colpo di tosse. — Come ha fatto a trovare le mie tracce?

— Vede, signor Donovan, io sapevo che LuAnn Tyler non le avrebbe in realtà detto nulla. E a quel punto, da buon giornalista, che cosa avrebbe fatto? Avrebbe cercato di ottenere informazioni da un'altra fonte. Così ho avvertito gli altri miei undici vincitori che lei avrebbe potuto tentare di contattarli. A dieci di loro, ho ordinato di non parlare con lei. A Bobbie Jo Reynolds, pardon, la signorina Roberta Reynolds, ho imposto di accettare d'incontrarla.

— Perché... proprio lei? — biascicò Donovan.

— La più indegna delle ragioni: pigrizia. Da un punto di vista geografico, Bobbie Jo era la più vicina a dove mi trovavo. Eppure anche così sono stato costretto a guidare tutta la notte per arrivare qui in tempo. A proposito, nella Mercedes c'ero io, non Bobbie Jo. Ho capito immediatamente che lei era nascosto in quella Chrysler, a sorvegliare la casa.

— Dov'è Bobbie Jo?

— Non ha importanza — tagliò corto Jackson, sorridendo sia per l'eccitazione della spiegazione sia per il conclamato trionfo sull'anziano giornalista. — Tornando a noi, la sostanza chimica applicata a nove delle dieci palline delle estrazioni è un acrilico trasparente, più precisamente, una soluzione diluita di polidimetilsilossano, al quale ho apportato qualche piccolo potenziamento. Chiamiamola una versione *turbo* del composto originale. Essa è in grado di sviluppare una forte carica elettrostatica e di provocare un incremento di poco più di due centesimi di millimetro nel diametro della pallina, senza alterarne né il peso né l'aspetto. Forse lei non sa che la Commissione Lotterie pesa ogni pallina prima di ogni estrazione. Questo per assicurare la completa isotropia degli urti all'interno dei recipienti. Nel mio schema, anche l'imboccatura del condotto attraverso il quale deve transitare la pallina con il numero vincente è stata irrorata di polidimetilsilossano. La pallina con il numero vincente è la sola a non essere stata irrorata. E può darsi, signor Donovan, che lei sappia qual è il fenomeno che si sviluppa tra due campi elettrostatici di eguale segno...

— Repulsione...

— Bravo, signor Donovan! — Jackson lo applaudì. — Per questa ragione solamente la pallina che non era stata irrorata, vale a dire la pallina vincente da me scelta, era in grado di imboccare il condotto.

— Ma se le altre palline erano di carica uguale, avrebbero dovuto respingersi una con l'altra... — Donovan tentò di riprendere fiato. — La Commissione Lotterie se ne sarebbe resa conto...

— Ottima obiezione. Ma la Commissione Lotterie *non po-*

teva rendersene conto, signor Donovan. I dettagli sono essenziali per me. A temperatura ambiente, la mia versione speciale del polidimetilsilossano rimane inerte. La sua proprietà elettrostatica viene attivata unicamente dall'aumento di temperatura causato dal flusso d'aria calda convogliato all'interno del recipiente per fare circolare le palline. Così, fino a quando ciò non accade, le palline rimangono immobili.

Jackson si alzò, scavalcò Donovan e prese a vagare per il salone.

— Sono le menti inferiori che per raggiungere i loro scopi vanno alla ricerca di contorti scenari. Quelle superiori, al contrario, fanno riferimento esclusivamente a una cosa: la semplicità. Sono certo che, nelle sue ricerche, lei ha trovato anche un altro denominatore comune: tutti i miei vincitori, senza esclusione alcuna, erano poveri derelitti alla ricerca di una speranza, di una mano tesa. Con me, l'hanno trovata. E anche tutti gli altri hanno trovato qualcosa. La Lotteria Nazionale adora elargire vincite: lo ha fatto. Il governo adora apparire come una congregazione di santi che promuove poveri al rango di nuovi ricchi: è accaduto. E quelli della sua categoria, signor Donovan, hanno avuto la possibilità di scrivere le loro storielle strappalacrime. Tutti hanno vinto. Me compreso.

Per un momento, Donovan ebbe la sensazione che quell'uomo si sarebbe inchinato per il suo pubblico fantasma.

— E ha fatto... tutto questo da solo? — mormorò il giornalista, ormai sfinito.

Il tono di Jackson fu tagliente. — Io non ho bisogno di nessun altro, oltre ai miei vincitori. Gli esseri umani sono infinitamente fallaci, completamente inaffidabili. La scienza è assoluta. Se le premesse sono corrette, dati A e B si può solo e solamente avere C. È piuttosto raro che succeda quando è coinvolto l'elemento umano.

Donovan tossì ancora. Il suo campo visivo stava distorcendosi, offuscandosi. — Come... Come ha fatto a penetrare...

Jackson esibì un largo sorriso. — Mi feci assumere come tecnico dalla società incaricata della manutenzione del sistema dell'estrazione: avevo eccellenti referenze, così non ci furono problemi. E a chi vuole che interessi il piccolo, goffo topo di officina elettromeccanica? Ero come l'uomo invisibile. Ma anche dotato di accesso completo e totale alle macchine. Fui addirittura in grado di comprarmene una, in modo da poter fare tutti gli esperimenti necessari alla ricerca dell'esatto dosaggio chimico. Dopodiché potevo applicare la soluzione di polidimetilsilossano, che asciuga con estrema rapidità, proprio lì, sotto gli occhi di tutti. Credevano si trattasse di una soluzione detergente. L'unica destrezza era tenere la pallina con il numero vincente nel palmo della mano durante l'irrorazione.

Jackson si concesse una risata.

— I tecnici. Sono loro il vero futuro di questo mondo. Dovrebbero essere la più rispettata di tutte le categorie. I tecnici controllano i sistemi che controllano i flussi dell'informazione. Per questo è di loro che io mi servo per ottenere i miei scopi. I capi? I leader? Patetici e inutili incompetenti. Datemi una generazione di formiche operaie e io vi solleverò il mondo!

Jackson tornò verso Donovan, cominciando a indossare un paio di guanti di gomma. Nello strisciare contro la ferita alla mano, celò una smorfia di dolore.

— Questo è tutto, signor Donovan. Ma si consoli, quando avrò finito con lei, farò visita a LuAnn Tyler.

Perché cazzo non ti ho dato retta, LuAnn?, pensò Donovan.

Le mani di Jackson si avvicinarono ai lati della faccia di Donovan come tentacoli.

— Non ce la farai contro di lei, pezzo di merda! Ti taglierà i coglioni con un trinciapolli!... — Donovan cercò istintivamente di ritrarsi. Ma era troppo debole, esausto.

— Grazie per avermi fornito la sua opinione, signor Donovan. — Con un gesto brusco, Jackson afferrò la testa dell'uomo torcendogliela violentemente. Le vertebre del collo di Donovan si spezzarono come bacchette di vetro colpite da una martellata.

Trasportato il cadavere in garage, Jackson fece toccare alle dita di Donovan le maniglie, il volante e il cruscotto della Mercedes, e infine l'impugnatura della pistola con la quale Bobbie Jo Reynolds era stata assassinata a sangue freddo.

Quindi caricò il corpo sulla Mercedes, tornò in casa e raccolse la valigetta e il registratore di Donovan. In pochi minuti, lasciò la villa alla guida dell'auto.

Il cadavere di Thomas Donovan viaggiò a lungo nel baule della *Kompressor*. L'unica breve sosta ebbe luogo sul ciglio di una elegante strada di McLean, dove Jackson lanciò l'arma in mezzo a degli arbusti. Più tardi, al calar della notte, il cadavere di Thomas Donovan avrebbe trovato la sua estrema dimora in un inceneritore di rifiuti.

Mentre guidava, Jackson pensò brevemente a come avrebbe affrontato LuAnn Tyler e il suo nuovo alleato, Riggs. Il tradimento di lei era più che provato, e non ci sarebbero state ulteriori dilazioni. Ma prima di concentrarsi su quell'obiettivo, c'era qualcos'altro di cui doveva occuparsi.

Jackson entrò nell'appartamento di Donovan, chiuse la porta e si guardò intorno. Anche se la sua faccia continuava a essere quella del giornalista, e nessuno avrebbe trovato nulla da ridire nel vedere Donovan che tornava a casa, Jackson sapeva di dover fare in fretta. Non ci sarebbe voluto molto perché il corpo di Bobbie Jo Reynolds venisse scoperto. Ancora meno perché avesse inizio la caccia al suo assassino, Thomas Donovan, poi misteriosamente dissoltosi nell'aria.

Gli scatoloni con gli archivi delle ricerche di Donovan, i medesimi che erano stati nel villino tra i boschi di Charlottesville, erano stati stipati in un ripostiglio. Jackson rovesciò l'intera documentazione in una grossa borsa di nylon nero che lasciò sul pavimento dell'anticamera. Il passo successivo fu esplorare il computer. Niente password. Niente posta elettronica. Niente Internet. Sul disco fisso, Jackson non trovò nulla. Thomas Donovan doveva proprio essere stato un tradizionalista della carta stampata. Jackson comunque scaricò nella borsa anche tutti i dischetti che trovò sparsi sugli scaffali e nei cassetti. Li avrebbe esaminati con calma in seguito. Si stava avviando alla porta, quando notò la spia intermittente della segreteria telefonica. Premette il tasto d'ascolto.

I primi tre messaggi erano insignificanti, il quarto lo fece sobbalzare. Abbassò il capo verso l'apparecchio, cercando di catturare ogni parola.

Alicia Crane aveva un tono nervoso, spaventato. "Thomas, dove sei? Ho un brutto presentimento in merito a questa storia sulla quale stai lavorando... Veramente brutto... Chiamami, ti prego. A qualsiasi ora del giorno o della notte."

Jackson restò immobile nell'anticamera immersa nell'oscurità, a fissare l'apparecchio. Quindi riavvolse il nastro e lo riascoltò. Infine trasportò gli scatoloni in macchina e lasciò l'appartamento.

49

LuAnn lanciò un'occhiata alla struttura bianca del Lincoln Memorial mentre passavano con la Honda sul Memorial Bridge, strangolato dal traffico dell'ora di punta del mattino. Sotto, il Potomac scorreva plumbeo e leggermente increspato. Avevano passato la prima notte di fuga in un motel vicino a Fredericksburg, cercando di decidere le loro prossime mosse. Si erano poi spostati nella zona di Washington e avevano trascorso la seconda notte in un altro motel, ad Arlington. Riggs aveva fatto alcune telefonate e visitato certi negozi specializzati. Più tardi, erano rimasti chiusi nella loro stanza con le tende tirate, imprimendosi bene in mente i dettagli della loro strategia. Durante la notte avevano fatto turni di guardia, come in attesa di una nuova ondata di pericolo. Se la situazione fosse stata diversa, avrebbero di sicuro fatto l'amore nuovamente. Ma la situazione *non era* diversa.

LuAnn rilasciò la nuca contro il poggiatesta del sedile:

— Non riesco a credere a quello che sto per fare.

— Hai detto di fidarti di me.

— E infatti mi fido.

— LuAnn, ci sono due cose che conosco bene — disse Riggs sbuffando — il mio mestiere di costruttore e il funzionamento dell'Fbi. Non esiste altra possibilità all'infuori di questa. Tu prova a dartela a gambe, e vedrai quanta strada riuscirai a fare.

— Me la sono già data a gambe una volta — ribatté LuAnn con aria di superiorità.

— Allora diciamo che la prima volta avevi dalla tua un bel po' di vantaggio e un bel po' di aiuto. Ora il Bureau sa chi è Catherine Savage, ed è già arrivato a un passo dal prenderti. Perciò, se non puoi scappare, fa' il contrario. Vagli addosso, prendi l'iniziativa.

LuAnn serrò le mani sul volante e ripensò intensamente a quanto stavano per fare. L'unico altro uomo del quale si era fidata era stato Charlie. E anche nel suo caso, c'era voluto tempo: dieci anni. Solo che questa volta Charlie non c'era. *Doveva* fidarsi di qualcun altro, di un uomo che conosceva solamente da pochi giorni. Ma che per lei aveva ripetutamente rischiato la pelle.

— Non sei nemmeno nervoso? — gli chiese.

— Chi, io? — Riggs sorrise. — Correre sul filo del rasoio, che cosa c'è di meglio?

— Tu sei pazzo, Matthew Riggs, davvero. Io cerco solo un po' di tranquillità e di normalità, e tu sbavi per poter rischiare l'osso del collo.

— Dipende tutto dal punto di vista... Eccoci qua. — Riggs le indicò un posto libero per parcheggiare. — Si va a incominciare. — Aprì la portiera. — Ricordi tutto?

— Non c'è problema.

Riggs gettò un'occhiata obliqua all'imponente edificio grigio alle sue spalle e scese dalla Honda. — A presto.

LuAnn lo osservò raggiungere un telefono pubblico sul marciapiede e comporre un numero. Poi si infilò un paio di occhiali scuri, innestò la marcia e partì lasciandosi alle spalle l'Hoover Building, quartier generale dell'Fbi.

Dopo la telefonata, Riggs era entrato nell'edificio, dove due guardie armate lo avevano scortato a destinazione.

La sala riunioni in cui ora si trovava era vuota, ampia e spartana. Riggs respirò a fondo e rimase in attesa. Il suo sguardo scrutò gli angoli del soffitto e seguì i profili squadrati degli arredi: non si vedevano né telecamere a circuito chiuso, né microfoni. Il che non significava assolutamente nulla. Quel locale doveva essere comunque sotto sorveglianza video e audio.

Riggs si girò al rumore della porta che si apriva. George Masters e Lou Berman sembravano due copie conformi uno dell'altro: stesse camicie bianche di poliestere, stesse cravatte finto *Regimental*, stessa maschera di cordialità.

— È passato un bel po' di tempo — esordì Masters tendendogli la mano. — Lieto di rivederti, Dan.

— Dan è morto. — Riggs accettò la stretta. — Il mio nome è Matt.

— Certo, Matt. — Masters accennò al collega. — Lou Berman. È lui a mandare avanti l'indagine di cui abbiamo parlato al telefono.

Altra stretta di mano. I tre uomini sedettero al tavolo.

— Dan... Voglio dire, Matt — disse Masters rivolto a Berman — era uno dei nostri migliori agenti infiltrati.

— Che cosa non si sacrifica nel nome della giustizia, dico bene, George? — commentò Riggs, guardandolo fissamente.

— Sigaretta? — chiese Masters ignorando il sarcasmo. — Se non sbaglio fumavi.

— Ho smesso. — Riggs non gli toglieva gli occhi di dosso. — Dicono che faccia male alla salute. — Spostò la propria attenzione su Berman. — Forse George ti ha raccontato qualcosa della mia ultima partita. Mi hanno costretto a giocare un tempo supplementare di troppo. Giusto, George?

— È successo molto tempo fa.

— Strano, a me sembra ieri.

— Sono gli incerti del mestiere.

— Perché non vai a spiegarlo a mia moglie?

— D'accordo, Matt. D'accordo... Mi dispiace.

Riggs deglutì a vuoto. Aveva sperato di riuscire a tenere certe emozioni sotto controllo, ma erano cinque anni che gli ribollivano dentro. — A proposito, George — martellò di nuovo — come sta *tua* moglie? E i tuoi tre figli?

— Ho detto che mi dispiace!...

— Doveva dispiacerti cinque anni fa, George. Non adesso.

Masters spense la sigaretta e guardò altrove. Adesso, anche Berman lo stava fissando.

— Va bene — disse finalmente Riggs appoggiandosi allo schienale. — Veniamo a noi.

— Giusto per aggiornarti — attaccò Masters puntando entrambi i gomiti sul tavolo — due sere fa Lou e io ci trovavamo a Charlottesville, in Virginia. Hai presente, Matt?

— E come no.

— Siamo stati in un paio di posti. Speravamo d'incontrarti.

— Sono un uomo molto occupato.

— Me l'immagino. — Masters accennò al braccio al collo. — Incidente sul lavoro?

— Incerti del mestiere. Sono qui per stringere un accordo, George. E che sia soddisfacente per entrambi i contraenti.

— Dov'è LuAnn Tyler? — Era Berman ad aver parlato, gli occhi fissi su Riggs.

— Quando l'ho lasciata un quarto d'ora fa era qui giù in macchina. Perché non vai a controllare di persona, Lou? — Riggs prese di tasca un mazzo di chiavi e gliele fece tintinnare sotto gli occhi. Erano le chiavi di casa sua, ma era sicuro che Berman non avrebbe accettato l'offerta.

— Non sono qui per scherzare... Matt.

Riggs rimise le chiavi in tasca e si sporse leggermente in avanti. — Io nemmeno. E come ho detto, sono qui per proporvi un accordo. Lo volete sentire, sì o no?

— Come facciamo a sapere che non sei in combutta con la Tyler? — riprese Berman in tono irritante.

— Cosa ve ne importa?

— Stiamo parlando di favoreggiamento verso una criminale ricercata, Riggs.

— Ricercata, senz'altro. Criminale, chi lo dice?

— Lo Stato della Georgia.

— Hai dato un'occhiata al caso, Lou? Un'occhiata veramente in profondità? Secondo le mie fonti, sono tutte cazzate.

— Le tue fonti, Matt? — Berman quasi gli rise in faccia.

— Io l'ho data, quell'occhiata in profondità — si inserì Masters. — Probabilmente è vero: il caso Tyler *è* una montagna di cazzate. Ma anche così, rimane un problema dello Stato della Georgia, non nostro.

— Giusto, e i vostri interessi dovrebbero indirizzarsi altrove.

— LuAnn Tyler è anche un evasore fiscale. — Berman non voleva mollare. — S'è intascata cento milioni di dollari e per dieci anni non ha pagato allo Zio Sam un singolo penny bucato.

— Ma tu esattamente per chi lavori, Lou: per il Bureau o per il fisco?

— Piantatela, cazzo! — sbraitò Masters. — Matt, vieni al punto.

— C'è qualcuno dietro LuAnn Tyler — disse infine Riggs. — E anche dietro un mucchio di altra gente. Una specie di uomo-ombra che fa circolare miliardi di dollari *in nero* da un capo del mondo all'altro. Ora: volete lui o volete continuare a divertirvi con gli oneri non deducibili di LuAnn Tyler?

— La tua proposta?

— Quella di sempre, George: prendiamo il pesce grosso e ributtiamo il pesce piccolo nell'oceano.

— Non mi piace — grugnì Berman.

Riggs gli sferrò un'occhiata penetrante. — Mettiamola in un altro modo, Lou. Se il Bureau non è cambiato, tu porti dentro il pesce grosso e tutti sono contenti: promozione, aumento di stipendio, e via dicendo. Se porti dentro *solo* il pesce piccolo, come ringraziamento ti becchi un sonoro vaffanculo.

— Risparmiami le tue perle di saggezza, Riggs.

— D'accordo, Lou. Per l'ultima volta: noi diamo a voi l'uomo-ombra e voi date a LuAnn Tyler l'immunità. E intendo immunità completa: reati federali, reati fiscali *e* reati nello Stato della Georgia.

— Questo non siamo in grado di garantirlo — intervenne nuovamente Masters. — I ragazzi del fisco non prendono ordini da nessuno.

— Metti che LuAnn Tyler sganci dei soldi.

— Metti che LuAnn Tyler sganci tutti i soldi.

— Okay — assentì Riggs. — Ma niente galera. E questa

non è una condizione negoziabile. L'accusa di omicidio deve cadere.

— Metti invece che noi sbattiamo *te* in galera, signor Riggs — disse Berman protendendosi verso di lui — e che ti teniamo dentro fino a quando non ci dici dov'è lei. Che te ne pare?

— Grandiosa iniziativa, Lou. A proposito, l'imputazione?

— Te l'ho già detto: favoreggiamento.

— Sulla base di quali prove? Tu o qualcun altro mi ha visto assieme a LuAnn Tyler? Tu o qualcun altro ha il sospetto che io sappia anche solo remotamente che faccia ha LuAnn Tyler?

— Sappiamo che hai fatto delle indagini su di lei, Riggs. Abbiamo visto gli appunti a casa tua, a Charlottesville. E abbiamo trovato parecchio materiale interessante.

— Oh, così siete stati a casa mia durante la vostra visita a Charlottesville? Ma perché non avete chiamato prima? — Riggs sorrise con aria divertita. — Vi avrei preparato una bella cenetta. A proposito, Lou: ti dispiace farmi vedere una copia del mandato di perquisizione firmato da un giudice federale?

Berman tacque.

— Oh, no, Lou. Non me lo dire... — Riggs scosse il capo con espressione addolorata. — Non mi dire che hai eseguito una perquisizione *senza mandato*. Perché tu *sai* che cosa se ne fa un giudice delle prove ottenute in questo modo, no? Semplicemente, non sono ammissibili in un'aula di tribunale. E poi, dove sta scritto che è un crimine fare una telefonata per ottenere su qualcuno informazioni di pubblico dominio? Soprattutto considerando che siete stati voi Federali a passarmele.

— Non noi, Riggs: è stata la tua balia asciutta al Programma di Protezione Federale per i Testimoni.

— Ma come, non siete tutti una grande famiglia felice?

Masters si inserì, parlando lentamente: — Supponiamo di starci, Matt. Non ci hai ancora detto nulla in merito al legame tra LuAnn Tyler e questo fantomatico... *uomo-ombra*.

Prima di rispondere, Riggs li lasciò cuocere a fuoco lento

per un po'. — Tutti quei miliardi di dollari in nero di cui vi dicevo — disse alla fine — devono pur arrivare da qualche parte.

Masters e Berman si scambiarono un'occhiata significativa.

— D'accordo, Matthew. — Masters scelse cautamente le parole. — Secondo le nostre fonti, potrebbe esistere un'ipotetica situazione secondo la quale la Lotteria Nazionale sarebbe stata, diciamo... compromessa. È possibile?

— È possibile.

— E facciamo anche un ulteriore passo — continuò Masters. — Il Direttore del Bureau, il Ministro della Giustizia e lo stesso Presidente sono stati messi al corrente di questa ipotetica situazione. La cosa li ha scioccati.

— Ma no!

Masters ignorò il sarcasmo. — E se questa ipotetica situazione dovesse avere qualche fondamento, ci troveremmo in una posizione estremamente delicata.

— Vale a dire, se la storiella viene raccontata in giro — disse Riggs senza mezzi termini — allora anche tutti voi siete fottuti. E in quel tutti, oltre al Direttore dell'Fbi, al Ministro della Giustizia e al Presidente, metto anche voi due.

— Un momento — si reinserì Berman. — Stiamo parlando di roba successa dieci anni fa. Noi che cazzo c'entriamo?

— Lou, all'opinione pubblica americana quanto credi che gliene freghi chi c'era e chi non c'era dieci anni fa?

— Perdio, Matt! — Masters pestò un sonoro pugno sul tavolo. — Hai una sia pur vaga idea di quello che succederebbe se diventasse di pubblico dominio che la Lotteria Nazionale è stata truccata? Un ciclone di cause civili, di scandali a catena, di indagini e di controindagini. Potrebbe far colare a picco il bilancio federale. Non possiamo permettere che accada. E non accadrà!

— Quindi, George, tu che cosa suggerisci?

— Questo. — Masters sollevò un dito dopo l'altro enumerando i vari punti. — Uno: tu ci porti LuAnn Tyler. Due: noi la interroghiamo a fondo. Tre: con la sua collaborazione, noi sbattiamo dentro tutti quelli che...

— *Quello*, George. Ce n'è solamente uno. Ma ti posso assicurare che vale per cento.

— D'accordo, Matt. Tu ci porti la Tyler e noi lo inchiodiamo.

— Dopodiché, che cosa le succederà?

Masters allargò le braccia sconsolatamente. — Suvvia, Matt, quella donna ha sul groppone un mandato di cattura per duplice omicidio. Non paga tasse da dieci anni. È pressoché certo che anche lei facesse parte del complotto per truccare la lotteria. Da come la vedo io, stiamo parlando di almeno quattro ergastoli, se le va bene. Se le va ancora meglio, se la cava con un ergastolo solo.

Riggs si alzò. — Ragazzi, è stato un vero piacere.

Berman andò minacciosamente a bloccargli la strada.

— Lou — gli si rivolse Riggs sorridendo — ho soltanto un braccio buono, ma mi viene ugualmente da chiederti come sei messo con la tua assicurazione infortuni.

— Datti una calmata, Matt — avvertì Masters dal tavolo. — Lou, torna a sederti.

Tutti e due tornarono a sedersi.

— Fammi capire chiaramente come stanno le cose, George — ricominciò Riggs. — Io porto qui LuAnn Tyler in modo che lei possa giocarsi il collo per farti inchiodare l'uomo-ombra. Poi tu le confermi che, quale orgoglioso segno di riconoscenza, il governo federale degli Stati Uniti le offre di passare il resto dei suoi giorni in galera. George, sei nel Bureau da un po' troppo tempo. Non ci stai più con la testa.

Puntò un dito verso di lui. — Facciamo un bel giochino. Si chiama avere il *coltello dalla parte del manico*. Comincia con te che dai un colpo di telefono agli sbirri della Georgia e gli dici che LuAnn Tyler non è più ricercata né per omicidio né per nessun altro reato. Neanche se ha una multa per divieto di sosta. Chiaro, George? Il giochino continua con un tuo secondo colpo di telefono: ai ragazzi del fisco. A loro dici che LuAnn Tyler accetta di pagare e ripagare tutto quello che deve. Per contro, qualsiasi ipotesi di condanna viene lasciata cadere. Terza e ultima fase del giochino: la frode alla Lotteria Nazionale. Se non è già caduta in prescrizione, ci cade ora. Per sempre. E LuAnn Tyler rimane libera come l'aria.

— Ma tu sei pazzo, Riggs! — ruggì Berman.

Masters parve non averlo neppure udito. Il suo sguardo rimase fisso su Riggs. — Altrimenti? — chiese, con tono pacato.

— Altrimenti lei renderà pubblico tutto quello che sa. Se finirà in galera, LuAnn Tyler non avrà proprio più niente da perdere. E con tutto il tempo libero a sua disposizione scontando quattro ergastoli, o se le va bene un ergastolo solo, dovrà pur coltivare qualche piccolo hobby, giusto? Per esempio interviste con *Sixty Minutes, Dateline, Larry King Live*... Magari addirittura *Oprah*. E già che ci siamo, perché non aggiungere anche un bel libro da qualche milione di copie? Una storia edificante su come è stata truccata la Lotteria Nazionale degli Stati Uniti, su come il Presidente, il Ministro della Giustizia e il Direttore dell'Fbi abbiano tentato di insabbiare l'intero caso per salvarsi il culo, permettendo però a una folgorante mente criminale di continuare a perpetrare i suoi sporchi crimini, omicidio plurimo incluso. E questo in cambio di che cosa? Di una povera disgraziata uscita dal profondo Sud e sbattuta dentro per aver fatto qualcosa che non uno, *non uno*, dei duecentocinquanta milioni di abitanti di questo paese avrebbe esitato a fare neppure per una frazione di secondo!

Matthew Riggs si appoggiò allo schienale.

— Questo è ciò che intendo per avere il *coltello dalla parte del manico*. E il manico in pugno, l'ho *io*.

— Una sola persona dietro l'intera faccenda? Ma andiamo, George! — brontolò Berman. — Chi ci crede? Come fa un'unica persona a montare in piedi anche solamente un decimo di quello che ci siamo trovati di fronte fino a questo momento. Deve essere una grossa organizzazione.

— Questo non viene da un incidente sul lavoro. — Riggs si diede un paio di delicati colpetti al braccio appeso al collo. — È stato lui. Mi ha accoltellato. E se non fosse stato per LuAnn Tyler, il coltello lo avrei avuto nel cuore. Lavoro da infiltrato ne ho fatto tanto. Figli di puttana ne ho visti tanti, ma come questo qui... — Riggs scosse il capo. — Se avessi avuto un crocefisso, lo avrei tenuto a bada con quello. Inoltre, Lou, quest'uomo non ha bisogno di una banda perché è lui stesso tutta la banda. È un maestro del travestimento, e potrebbe lui da solo interpretare tutti i personaggi di un musical di Broadway, non sto scherzando. Può diventare qualsiasi persona, in qualsiasi luogo, in qualsiasi momento. Per questo non gli servono scagnozzi: lui è *tutti*.

— Matt, tu sei stato uno di noi — disse mellifluo Masters. — Per molti versi, sei ancora uno di noi. Hai guadagnato la fiducia della Tyler. Molto bene. Basta che tu ci dica dov'è e che lasci la palla nel nostro campo. Io ti garantisco che il governo degli Stati Uniti saprà essere con te molto, molto generoso.

— Va all'inferno!

Nella sala riunioni ci fu un altro lungo silenzio, molto più greve del primo.

— Decidi, George — riattaccò Riggs. — Decidi *ora*.

Lentamente, quasi impercettibilmente, Masters annuì.

— Voglio sentirtelo *dire*, George.

— Siamo d'accordo: niente galera per LuAnn Tyler.

— Niente galera nemmeno in Georgia?

— Nemmeno in Georgia.

— Puoi garantirmelo? La tua autorità si spinge tanto lontano?

— Forse no. Ma non penso che la Casa Bianca avrà questo tipo di problema. Le direttive sono chiare: nessuna pubblicità, a nessun costo. Il Ministro della Giustizia o il Direttore del Bureau faranno quella telefonata giù in Georgia.

— Magnifico. Allora porta qui dentro il Ministro della Giustizia e il Direttore del Bureau. Voglio sentir dire queste cose anche da loro.

— Non ti fidi della mia parola? — s'irrigidì Masters.

— Per quanto mi riguarda, George... — Riggs allungò il braccio sano verso il telefono, sollevò il ricevitore e lo tese a Masters — anche la tua parola è sepolta in un cimitero.

Il Direttore dell'Fbi e il Ministro della Giustizia sedevano dalla parte opposta del tavolo, direttamente di fronte a Matthew Riggs. Avevano appena finito di ripetere gli estremi dell'accordo concluso con Masters. E non ne erano precisamente felici.

— Grazie a tutti per la cooperazione — disse Riggs alzandosi. — Molto apprezzata.

Anche Berman si alzò. — Visto che ora lavoriamo insieme, tu ci porti LuAnn Tyler, noi le sbattiamo addosso un bel microfono, combiniamo una bella squadra e andiamo tutti quanti a fare le scarpe all'uomo-ombra.

— Hai capito male, Lou. L'accordo è che *io* vado a fare le scarpe all'uomo ombra, non l'Fbi.

— Stai a sentire, pez...

— Zitto, Lou!

Berman s'inchiodò a metà frase. Il Direttore dell'Fbi fece cenno a entrambi di tornare a sedersi.

— Lei è effettivamente certo di poterci riuscire, Riggs?

— Vi ho mai lasciati per strada? — disse Riggs rivolgendo un sorrisino a Masters.

L'espressione dell'agente speciale rimase granitica. — Allora, chiariamo alcune delle clausole scritte in piccolo — ribatté. —Tu fai fiasco, e per LuAnn Tyler salta tutto. Quanto a te, la tua copertura è già saltata, e non credere che moriamo dalla voglia di regalartene un'altra. Immagino che alcuni di quei bravi ragazzi al confine tra il Messico e il Texas ti stiano ancora cercando.

— George, non mi sarei mai aspettato niente di meno da parte vostra. — Riggs si alzò di nuovo. — Ah, ancora una cosa: evitate di pedinarmi, servirà solo a farmi incazzare. Intesi?

— Signor Riggs. — La voce stentorea del Ministro della Giustizia, una donna, lo bloccò mentre stava già avviandosi verso la porta. — Solo un'ultima domanda, signor Riggs.

— L'ascolto.

— La Lotteria Nazionale. È stata veramente truccata?

— Non solo è stata truccata, ma per dieci interi anni i proventi della frode sono stati impiegati per finanziare i piani di una delle più geniali e insieme delle più pericolose menti criminali psicopatiche con le quali io abbia mai avuto a che fare. Spero proprio che questa notiziola non la dobbiate ascoltare al telegiornale di questa sera.

— Sta per lasciare l'edificio. — George Masters stava parlando in un telefono cellulare, gli occhi degli altri tre piantati addosso. — Sa che verrà seguito. Stategli addosso ma con discrezione, perché si tratta di un professionista ad alto livello. Vi trascinerà in un valzer per tutta la città, cercando di seminarvi a ogni giro. Non fatevi fregare! E quando aggancerà la Tyler, me lo comunicherete immediatamente. Continuate a tenerli entrambi sotto sorveglianza ma non intervenite. Ripeto: non intervenite.

Masters scambiò un'occhiata con il Ministro della Giustizia e chiuse la comunicazione.

— George — disse il Direttore dell'Fbi — tu credi davvero alla storia di un'unica mente criminale?

— Per molti versi, per quanto inverosimile possa sembrare, voglio crederci. Un solo uomo è molto più semplice da affrontare che non una complessa organizzazione.

Il Ministro e il Direttore annuirono.

— Per cui — intervenne Berman passando uno sguardo teso sugli altri — qual è il piano a questo punto?

— Riggs ha ragione — disse il Direttore. — Nulla di tutto questo può arrivare in superficie. A nessun costo. E anche se Riggs ha successo, anche se potremo arrestare sia il cervello sia i suoi eventuali complici, il problema permane inalterato.

— Potremmo ottenere le prove, istruire un processo — intervenne il Ministro della Giustizia — ma sarà sempre questo psicopatico a tenere il coltello dalla parte del manico, per dirla con le parole di Riggs. E lui userà lo stesso tipo di ricatto usato da Riggs: accordo privato o scandalo pubblico. Già mi vedo il suo difensore con la bava alla bocca.

— Signora — intervenne nuovamente Berman — sta forse dicendo che non potrà esserci alcun processo?

— Agente speciale Masters — il Ministro della Giustizia parve non udirlo — secondo lei Riggs sta giocando pulito?

Masters corrugò la fronte. — Riggs è stato un fuoriclasse del lavoro d'infiltrazione. Per uomini di quel genere, la verità finisce chiusa in un armadio e la menzogna diventa un abito quotidiano. E le vecchie abitudini sono dure da perdere.

— In altre parole, non possiamo completamente fidarci di lui.

Masters respirò a fondo. — Non più di quanto lui può fidarsi di noi.

Per la sala ci fu un fugace intrecciarsi di sguardi. In circostanze normali, nessuno di loro avrebbe mai pensato ciò che tutti stavano adesso pensando. Avevano giurato di difendere la legge, di credere nel sistema giudiziario, di lottare per la verità. Ma le circostanze non erano normali. Dovevano affrontare qualcosa di molto più pericoloso di un semplice criminale. Questa volta la verità era molto più devastante della menzogna.

— Bene — riprese il Direttore — c'è comunque una forte possibilità che lo psicopatico descritto da Riggs non si faccia prendere vivo. Non è vero? — domandò infine facendo scorrere lo sguardo sugli altri.

Tutti annuirono, e Masters aggiunse: — E se questo individuo è davvero così pericoloso come dice lui, prima si spara, poi si fanno le domande. Così forse, il problema sarà risolto.

— E il problema Riggs-Tyler? — intervenne il Ministro.

Fu Berman a rispondere. — Quando comincia a volare piombo, non si può mai dire chi finisce nel tiro incrociato. Nessuno di noi vuole che qualcuno che non c'entra ci vada di mezzo...

— Naturalmente no, agente Berman — concordò il Ministro.

— Ma talvolta, qualche innocente ci lascia le penne, come per esempio la moglie di Riggs — concluse Berman.

— Ma se è a LuAnn Tyler che si sta riferendo, agente Berman — disse freddamente il Direttore — quella donna è tutto fuorché innocente.

— Concordo con lei, signore — disse Masters. — E se Riggs ha scelto quel lato della barricata, ebbene, che si assuma tutte le responsabilità delle conseguenze. Fino in fondo.

Il Direttore dell'Fbi annuì in modo lapidario. — Fino in fondo.

50

Per strada, Riggs controllò il suo orologio. La cassa conteneva un sistema di registrazione miniaturizzato, e nel cinturino metallico era inserito un microfono invisibile. Si trattava di uno dei congegni che Riggs si era procurato il giorno prima, proprio in previsione del suo incontro nel palazzone dell'Fbi. Lo aveva acquistato in un noto negozio specializzato, a soli quattro isolati dal quartier generale del Bureau. In operazioni del genere non c'era da fidarsi di nessuno.

Riggs sapeva perfettamente che il governo non avrebbe mai permesso che la verità venisse fuori. Catturare Jackson vivo era addirittura peggio che non catturarlo affatto. E chiunque conoscesse la verità si trovava in pericolo, minacciato non soltanto da Jackson.

Il che teneva aperto il problema primario. Forse l'Fbi non avrebbe assassinato un innocente in piena premeditazione. Ma al tempo stesso l'Fbi non considerava LuAnn Tyler un'innocente. E visto che lui era dalla sua parte, nemmeno lui lo era. A un certo punto, il confronto diretto con Jackson sarebbe arrivato alla resa dei conti, e se i ragazzi del Bureau avessero fatto parte del festino, non si sarebbero posti troppi problemi a proposito dei proiettili vaganti. Sarebbe stato un autentico bagno di sangue. Jackson ne avrebbe trascinati con sé all'inferno quanti più possibile. Per gente come lui, come i tanti con i quali Riggs si era scontrato negli anni, una vita umana non era altro che un fattore da gestire ed eventualmente ridurre a zero a seconda delle circostanze. I termini della partita erano chiari: il Bureau avrebbe fatto piazza pulita di tutti piuttosto che perdere anche uno solo dei suoi uomini per garantire un processo a Jackson. In conclusione, il compito di LuAnn Tyler e suo sarebbe stato quello di stanarlo, dopodiché sarebbero intervenuti i Federali a condurre le danze. Se questo significava riempire di piombo Jackson, Riggs sarebbe stato solo felice di dar loro una mano. Però doveva tenere LuAnn il più lontano possibile affinché non venisse coinvolta nello scontro a fuoco. Gli era già capitato una volta, e non aveva la minima intenzione che la storia si ripetesse.

Riggs continuò a camminare con calma lungo il marciapiede. Nemmeno si prese la briga di guardarsi alle spalle: era *certo* che gli stessero dietro. Masters non lo avrebbe mai mollato sulla pista senza cani da guardia. D'altronde, a parti invertite, anche lui avrebbe fatto lo stesso.

Ora doveva solo seminarli, prima di raggiungere LuAnn. Sorrise a questo pensiero. Proprio come ai vecchi tempi.

Mentre Riggs stava trattando con l'Fbi, LuAnn aveva raggiunto una cabina telefonica. Aveva composto un certo numero, ma il telefono aveva continuato a suonare a vuoto. Quando stava per riappendere, rispose una voce che quasi stentò a riconoscere, a causa dei disturbi sulla linea.

— C... Charlie?... Dove ti trovi?

— In macchina. Ti sento malissimo. Aspetta... Ecco, ho superato una linea elettrica. Mi senti, ora?

— Meglio — rispose LuAnn.

— C'è qui qualcuno che vuole salutarti...

— Mamma?

— Ciao, tesoro.

— Come stai, mamma?

— Bene, cara. Va tutto bene.

— Lo zio Charlie mi ha detto che hai rivisto il signor Riggs.

— Sì, tesoro. Mi sta dando una mano con certe cose.

— Sono contenta che tu non sia da sola. Mi manchi tanto.

— Anche tu mi manchi tanto.

— Quando torniamo a casa?

LuAnn esitò, il suo sguardo vagò fuori della cabina. *Casa? Dov'era casa, adesso?* — Presto, tesoro. Vedrai.

— Ti voglio bene, mamma.

— Anch'io, amore.

— Ti ripasso lo zio Charlie.

— Lisa, aspetta!

— Dimmi, mamma.

— Manterrò la mia promessa. Ti racconterò tutto. La verità. Va bene?

La voce di Lisa era fioca, forse intimorita. — Va bene, mamma.

Quando Charlie riprese il telefono, LuAnn gli disse tutto, fino ai più recenti sviluppi. E l'attimo in cui ebbe finito, capì che avrebbe fatto molto meglio a tacere.

— Mi fermo a una stazione di servizio. — La voce di Charlie era metallica. — Ci sentiamo tra cinque minuti.

Quando LuAnn lo richiamò, Charlie pareva imbestialito.

— Dimmi un po', sei pazza?

LuAnn si sentì avvampare. — Dov'è Lisa?

— Nel gabinetto.

— L'hai lasciata sola?!...

— Sto facendo la guardia alla porta. Questo posto è zeppo di brave famigliole. E tu non hai ancora risposto alla mia domanda.

— Non sono pazza, Charlie!

— Davvero? Hai permesso a un ex agente dell'Fbi di presentarsi all'Hoover Building a mercanteggiare sulla tua pelle! Quell'uomo potrebbe fregarti!

— Io mi fido di lui!

— Ma se lo conosci appena! — Il volto di Charlie stava avvampando per la collera. — LuAnn, hai fatto uno sbaglio gigantesco.

— Non è affatto vero! Riggs gioca pulito. Ne sono convinta. Ho saputo molte cose su di lui negli ultimi giorni.

— Quali? Che è un asso del lavoro d'infiltrazione, che è bravo a mentire?

LuAnn indugiò un attimo, mentre un accenno di dubbio adombrava la sua fiducia in Matthew Riggs.

— LuAnn?...

— Se mi ha fregato, non ci vorrà molto per scoprirlo, giusto? — disse stringendo nervosamente il ricevitore.

— Molla tutto, LuAnn! — Ora Charlie stava quasi implorandola. — Hai detto che sei in macchina, no? Vattene da lì.

— Charlie, Riggs mi ha salvato la pelle più di una volta. E per farlo è arrivato vicino a rimetterci la sua.

Charlie tacque per quasi un minuto. Un ingombrante conflitto era montato dentro di lui. Da quanto LuAnn gli aveva detto, Riggs era a posto e stava dalla sua parte, e Charlie pensava di sapere perché: Riggs l'amava. Ma lei amava Riggs? Perché non avrebbe dovuto? E in questa nuova situazione che ne sarebbe stato di lui, Charlie? Perché lui amava LuAnn, così come amava Lisa. In realtà, *voleva* che Riggs svanisse dalle loro vite, e questo pensiero stava compromettendo la sua lucidità. Ma aveva sempre pensato a LuAnn e Lisa prima che a se stesso, e decise che lo avrebbe fatto anche quella volta.

— Va bene, LuAnn — riprese lentamente. — Ascolta quello che ti dice il tuo istinto. È molto probabile che Riggs sia a posto. Ma ti prego, tieni gli occhi bene aperti, d'accordo?

— Lo farò, Charlie. Dimmi dove ti trovi.

— Da qualche parte nel Kentucky. Stiamo tornando piano piano verso la Virginia.

— Devo andare. Ci risentiamo più tardi.

— Spero che il resto della giornata non sia eccitante come le ultime due.

— Pienamente d'accordo. E... grazie di tutto.

— Tutto cosa? Non ho fatto niente.

— Ehi! Adesso chi è che mente?

— Abbi cura di te.

LuAnn riappese e uscì dalla cabina. La Honda era ferma lì vicino, con il motore acceso. Lei non era abile come Riggs nel fare i ghiochetti con i cavi. Se l'avesse spenta, non sarebbe più stata in grado di riavviarla. Si sedette al volante e consultò l'orologio: era tempo di andare a prelevare Riggs. La mano scese sulla leva del cambio, quando le parole di Charlie le tornarono in mente all'improvviso.

Quell'uomo potrebbe fregarti!

La mano si bloccò, incapace di procedere.

51

Matthew Riggs stava camminando lentamente nel vento gelido che prendeva d'infilata la Nona Strada. Si guardava casualmente intorno, come se non avesse alcuna fretta. A un certo punto si fermò, fece cautamente scivolare il braccio ferito fuori dall'imbragatura, lo infilò nella manica del *parka* e ne chiuse tutta la cerniera, rialzandosi il bavero. Da una delle tasche tolse un berretto di lana rossa con l'emblema dei Washington Redskins, se lo sistemò sul capo e lo abbassò sulla fronte, lasciando scoperto ben poco del volto. Riprese a muoversi con la medesima rilassata calma di prima. Poco dopo, entrò in un grande magazzino.

C'erano due squadre a stargli dietro, due uomini a piedi, altri due in una Ford grigia. Entrambe lo videro sparire nel negozio e presero immediatamente posizione, i due uomini a piedi sul davanti, la Ford sul retro. Con un soggetto addestrato come Riggs non erano consentite distrazioni.

Riggs riapparve, giornale sotto il braccio. Fermò un taxi al volo e salì a bordo. L'unità a piedi diede l'allarme via radio, bloccò un secondo taxi e continuò la caccia. Sessanta secondi più tardi, un altro uomo, con un cappello di feltro nero, uscì dal negozio. Osservò la Ford con gli altri due agenti schizzare fuori dal fondo dell'isolato sgommando e poi fare lo slalom nel traffico, anch'essa in caccia. L'uomo fermò un altro taxi, si lasciò cadere sul sedile posteriore e diede un indirizzo. Quando l'auto si mise in movimento, si tolse il cappello nero e vide la propria immagine malamente riflessa nel vetro che lo divideva dall'autista. Era Matthew Riggs.

Mettendo a fuoco un singolo particolare, l'insieme appare del tutto sfuocato. E così era stato per il berretto di lana rossa. Gli uomini di Masters lo avevano interpretato come una specie di luce-pilota, tralasciando di notare le differenze nei pantaloni e nelle scarpe. L'uomo che stavano seguendo in quel momento era un vecchio amico di Riggs, un avvocato penalista che in quel momento si stava dirigendo verso il suo ufficio nei pressi della Casa Bianca. Presto gli inseguitori si sarebbero resi conto di aver preso un colossale granchio, avrebbero fatto rapporto a George Masters e la migliore delle giustificazioni non avrebbe salvato le loro teste.

Riggs si passò una mano tra i capelli, studiando il paesaggio urbano che sfilava oltre i cristalli del taxi. LuAnn e lui erano ancora molto lontani dal traguardo, ma sganciarsi dall'Fbi era già una prima piccola tappa. Aprì la copia del giornale che aveva comprato all'emporio.

BRUTALE DELITTO NELL'ALTA SOCIETÀ

Il titolo campeggiava in prima pagina, sormontando le fotografie di due persone: una la conosceva, l'altra no. Riggs divorò l'articolo, poi tornò alle fotografie. Un uomo con la tessera stampa appesa al collo e un blocco per appunti che sporgeva dal taschino della camicia, lo guardava con occhi assonnati dalla prima immagine, come fosse reduce da diciotto ore di volo dopo aver coperto chissà quale evento catastrofico all'altro capo del mondo. Un uomo di nome Thomas Donovan.

La donna della foto accanto non poteva rappresentare un più vivace contrasto: elegante, perfettamente truccata, acconciatura impeccabile, collane, braccialetti e anelli. Si trattava di Roberta Reynolds, membro di prestigiose associazioni di beneficenza della Costa Orientale, ritratta a una di quelle cene da diecimila dollari per un posto a tavola.

Roberta Reynolds era stata vittima di un brutale, quanto inspiegabile omicidio. Il suo presunto assassino, Thomas Donovan, era stato visto aggirarsi attorno alla lussuosa residenza della vittima a McLean, in Virginia. Ripetuti suoi messaggi erano stati trovati sulla segreteria telefonica della Reynolds e le sue impronte digitali costellavano oggetti all'interno della casa, a riprova del fatto che i due si erano incontrati. La Reynolds era stata rinvenuta cadavere nella sua stanza da letto, crivellata da un intero caricatore di colpi. I segni sul corpo di lei indicavano che la donna era stata legata per un certo periodo, e dunque il delitto doveva essere stato premeditato. L'arma del delitto, una pistola, era saltata fuori da un bosco a non molta distanza dalla casa. La Mercedes di proprietà della Reynolds era stata localizzata nei pressi, anch'essa costellata delle impronte digitali di Donovan.

Nell'intero articolo, un'unica, striminzita riga spiegava la fonte dell'immane ricchezza di Roberta Reynolds. Dieci anni prima aveva vinto sessantacinque milioni di dollari alla Lotteria Nazionale degli Stati Uniti. Una ricchezza che, nel tempo, doveva essersi abbondantemente moltiplicata.

Riggs ripiegò lentamente il giornale. La polizia era decisamente sulla strada sbagliata. Non era stato Donovan a far fuori la Reynolds. Era stato Jackson. E dopo aver eliminato lei, aveva sicuramente fatto fuori anche Donovan. Trasse un profondo respiro e pensò a come avrebbe voluto nascondere quella notizia a LuAnn.

52

— Alicia Crane?

— Chi è?

— Detective Hank Rollins.

Alicia Crane, volto terreo, lineamenti tirati, respirò a fondo e si decise ad aprire la porta. L'uomo sulla soglia era sulla cinquantina, massiccio, baffi sottili, carnagione pallida, e nell'insieme alquanto trasandato.

— Polizia della Contea di Fairfax, Virginia. — Il detective esibì il distintivo e la tessera d'identificazione. — Squadra Omicidi.

Alicia esaminò lo scudo e la piccola foto tessera. — Desidera?

— Lei conosceva Thomas Donovan?

Alicia chiuse gli occhi e si morse il labbro inferiore. — Sì.

— Ho alcune domande da farle. — Rollins si fregò le mani, rabbrividendo. — Posso fargliele alla Centrale, oppure potrebbe farmi entrare... prima che mi congeli.

— Mi scusi. — Alicia spalancò immediatamente la porta. — Si accomodi, prego.

Lo condusse nel soggiorno. — Gradisce una tazza di caffè, detective Rollins?

— Ci starebbe proprio bene, signora. La ringrazio molto.

Alicia andò in cucina. Rollins passò uno sguardo attento all'ambiente, soffermandosi su un oggetto sistemato sulla mensola del caminetto. Una foto incorniciata di Alicia e di

Donovan, il braccio di lui che le cingeva le spalle, sorrisi di persone felici sui volti di entrambi.

— Non sono riuscita a trovare lo zucchero — disse Alicia ritornando con il vassoio del caffè. — La domestica è fuori per compere e io di solito non preparo...

Rollins aveva preso la foto dal caminetto e la stava esaminando con espressione critica. Alicia mise giù il vassoio e tese una mano.

— Le dispiace ridarmela, detective?

Rollins l'accontentò e andò a sprofondarsi in una delle poltrone.

— Vengo subito al punto, signorina Crane. Immagino che lei abbia letto i giornali, o guardato la televisione.

— Allude alla montagna di menzogne con cui Thomas è stato infangato?

— D'accordo, signorina Crane, fino a questo punto, c'è fin troppa speculazione da parte della stampa. Al tempo stesso, tutti gli indizi sembrano indicare che Thomas Donovan abbia assassinato Roberta Reynolds.

— Indizi quali le sue impronte digitali sull'arma del delitto?

— Signorina Crane, lei sa che non posso entrare in dettagli per quanto riguarda un'indagine d'omicidio ancora in corso. Ma... la risposta è sì, cose di quel genere.

— Thomas è semplicemente incapace di fare del male a qualcuno.

Rollins si agitò nella poltrona, prese una delle tazze di caffè, ci versò dentro una bustina di dolcificante e una bella dose di panna, rimescolò il tutto e assaggiò. Aggiunse una seconda bustina di dolcificante e una seconda dose di panna.

— Lui ha visto la Reynolds, però.

Alicia incrociò le braccia sul petto, con aria battagliera. — E con questo?

— Non le ha mai detto che intendeva incontrarla?

— No.

— Signorina Crane, il suo nome è venuto fuori da un messaggio che lei ha lasciato sulla segreteria telefonica di Donovan. Il suo tono era preoccupato, forse anche spaventato. Parlava di qualcosa di pericoloso.

Alicia si limitò a fissarlo.

— Inoltre, l'appartamento era stato perquisito. Pesantemente. Dossier, dischetti, archivi... Tutto portato via.

Alicia si sedette. Forse perché stava cominciando ad avere qualche difficoltà a reggersi in piedi.

— Perché non si fa anche lei una tazza di caffè, signorina Crane? Non mi sembra che stia tanto bene...

— Sto bene — rispose lei. — Tuttavia seguì il consiglio e bevve alcuni sorsi. — Se l'appartamento di Thomas è stato frugato, significa che qualcun altro è coinvolto. E io credo, detective Rollins, che gli sforzi della polizia dovrebbero essere incentrati sulla cattura di questa persona. O persone.

— Niente da obiettare, signorina Crane. Al tempo stesso, mi serve qualcosa su cui lavorare. Non credo che sia necessario informarla che la signorina Reynolds era un personaggio importante nella comunità. Noi della polizia siamo abbastanza sotto pressione per trovare chi l'ha ammazzata. E in fretta, anche. Abbiamo già interrogato gente al «Washington Tribune» e ci hanno detto che Donovan stava lavorando a una storia che coinvolgeva i vincitori della Lotteria Nazionale. Roberta Reynolds era uno di questi vincitori. Io non faccio il giornalista, ma quando si parla di tutti quei soldi, si parla anche di ottimi moventi per far fuori qualcuno.

Alicia abbozzò un amaro sorriso.

— Non c'è niente che lei voglia dirmi, signorina Crane?

La donna ritornò alla sua impassibilità e scosse la testa.

— Signorina Crane, io lavoro nella Omicidi fin da quando mi è nato il primo figlio. Ora quel figlio ha i suoi, di figli. Non mi fraintenda, ma ho idea che lei mi stia nascondendo qualcosa. Un omicidio non è qualcosa su cui si possa scherzare. — Gli occhi acquosi di Rollins esaminarono l'elegante stanza. — Gli assassini, e quelli che *aiutano* gli assassini, non vanno a finire in posti raffinati come questo.

— Che cosa sta insinuando, detective Rollins? — La voce di Alicia tremava per la collera.

— Non sto insinuando proprio niente. Sono venuto qui alla ricerca di fatti. Ho sentito la sua voce sulla segreteria telefonica di Donovan, e la sua voce mi ha fatto capire due cose. Primo: lei era spaventata per quello che poteva capitare a Donovan. Secondo: lei sapeva esattamente perché era spaventata.

Alicia continuò a stringere e a riaprire i pugni per un po', come se cercasse di arrivare a una decisione. Rollins non aveva fretta, voleva lasciarle tutto il tempo necessario.

Le parole vennero fuori in un unico flusso, senza pause. Rollins estrasse il proprio taccuino e cominciò a prendere rapidi appunti.

— Al principio, Thomas cominciò a indagare sulla Lotteria Nazionale perché era convinto che le grosse società d'investimento ricevessero il denaro dei vincitori per poi dilapidarlo o esigessero parcelle assurde, spremendo, o meglio, *triturando* era la parola che lui usava, i vincitori al punto di non lasciare loro più niente. Inoltre Thomas detestava il governo, in quanto lasciava che quella povera gente rimanesse senza difesa di fronte a simili imbrogli. E poi molti di loro non capivano il meccanismo delle tasse, e così quando infine arrivava il fisco, si portava via tutto. Lasciandoli senza niente.

— E a quella conclusione come aveva fatto ad arrivare?

— Perdevano tutto — ribatté Alicia con determinazione. — Quella gente vinceva somme astronomiche per poi ritrovarsi a dichiarare fallimento.

— Be', anch'io credo di aver letto qualcosa al proposito, di tanto in tanto. — Rollins si grattò la testa. — Mi sono sempre detto che i vincitori della lotteria non erano capaci di spendere i loro soldi. Voglio dire, spendi e spandi, non paghi le tasse, robe così. Proprio come dice lei. Non ci si mette molto a far fuori tutti quei soldi. Che diamine, probabilmente finirei anch'io così. Diventerei matto...

— In ogni caso, Thomas non pensava che la cosa finisse lì. — Alicia bevve un altro sorso di caffè, il suo viso riacquistò colore. — Soprattutto perché scoprì qualcos'altro.

— Cioè cosa?

— Scoprì che, per dodici mesi consecutivi, dodici vincitori della Lotteria Nazionale non erano falliti.

— E allora?

— Thomas aveva fatto ricerche su molti anni nel passato.

Anno dopo anno, la percentuale di fallimenti dei vincitori rimaneva consistente. Poi, di colpo, dodici vincitori di fila ne erano rimasti fuori. Non solo: quei vincitori erano diventati molto ma molto più ricchi.

Rollins si passò due dita sul mento, con aria meditabonda. — Dove sarebbe il colpo giornalistico?

— Thomas non aveva ancora le idee chiare in merito. Ma si stava avvicinando alla verità. Mi chiamava regolarmente. Mi faceva sapere come stavano andando le cose, e quello che stava scoprendo. Per questo ero tanto preoccupata per lui quando non ebbi più sue notizie.

— Difatti. — Rollins consultò il taccuino. — Nel suo messaggio telefonico, signorina Crane, lei ha usato la parola *pericolo*.

— Thomas aveva trovato uno di quei dodici vincitori della lotteria... — Alicia fece uno sforzo per ricordare il nome. — Tyler, LuAnn Tyler. Mi disse che era stata accusata di omicidio pochissimo tempo prima di vincere la lotteria. Dopodiché, questa donna aveva fatto perdere le proprie tracce. Thomas era riuscito a ritrovarla servendosi delle sue dichiarazioni dei redditi. Quindi era andato a farle visita.

— A farle visita... — Rollins continuava a prendere appunti. — Dove, esattamente?

— Charlottesville, Virginia. Un bellissima città, case favolose. Lei ci è mai stato, detective?

— Con il mio stipendio, la compravendita di immobili ad alto livello non è esattamente il mio hobby preferito. Che cosa è successo dopo?

— Thomas ebbe un confronto con LuAnn Tyler.

— Con che risultati?

— Lei cedette. O qualcosa del genere. Secondo Thomas, gli occhi del tuo interlocutore sono sempre un ottimo metodo di giudizio.

— Me l'immagino. — Rollins corrugò la fronte. — Per cui, qual era il punto di vista di Donovan?

— Come dice, scusi?

— Ma sì, il tipo di storia che voleva scrivere. Per quale ragione lei ha pensato che dovesse essere in pericolo?

— Detective, quella LuAnn Tyler aveva già ucciso qualcuno. Avrebbe potuto uccidere ancora.

Un leggero sorriso apparve sul volto di Rollins. — Capisco.

— Ho l'impressione che lei non stia prendendo molto sul serio quanto le sto dicendo.

— Impressione sbagliata, signorina Crane. Prendo il mio lavoro molto sul serio. È che continuo a non vedere una connessione. Lei sta forse suggerendo che LuAnn Tyler ha minacciato Donovan? Oppure che LuAnn Tyler ha assassinato Roberta Reynolds? A che scopo? Non sappiamo nemmeno se le due si conoscevano di persona.

— Non sto suggerendo niente del genere in merito a LuAnn Tyler.

— Quindi?

— Ecco, io... — Alicia era sulle spine. — Non ne sono sicura.

— Va bene così, signorina Crane. — Rollins richiuse il taccuino e si alzò. — Mi terrò in contatto in caso mi servissero altre informazioni.

Alicia lo seguì con lo sguardo mentre si dirigeva verso la porta che conduceva nel corridoio.

— Detective Rollins.

— Che altro c'è, signorina Crane?

Rollins si fermò sulla soglia del soggiorno.

— La Lotteria Nazionale...

— Ebbene?

— È stata truccata.

Hank Rollins si girò, respirò a fondo e rientrò nel soggiorno.

— Truccata?

— Due giorni fa, Thomas mi chiamò e me lo disse. Mi fece spergiurare di non dirlo a nessuno. — Alicia tormentò le cuciture della gonna. — Mi disse che LuAnn Tyler aveva praticamente ammesso che l'imbroglio esisteva. Quanto a Thomas, lui sembrava davvero spaventato. È per questo che adesso io sono così disperata. Doveva chiamarmi di nuovo... Ma non lo ha fatto.

Rollins andò a sistemarsi nuovamente sulla poltrona. — Che altro le ha detto?

— Che aveva contattato gli altri undici vincitori della Lotteria Nazionale di quell'anno. Solo uno di loro aveva accettato d'incontrarlo... — Alicia esitò di nuovo.

— Roberta Reynolds? — suggerì Rollins.

Alicia annuì.

— Quindi Donovan si *è* incontrato con lei. — Il tono di Rollins era accusatorio.

Alicia ricacciò indietro le lacrime, scuotendo la testa. — Lavorava su questa storia da molto tempo — riprese lei dopo una lunga pausa. — Ma si era confidato con me solo di recente. Era spaventato. Io *sentivo* che era spaventato. — Alicia si schiarì la gola. — Doveva effettivamente incontrare Roberta Reynolds, ieri mattina a casa sua. È da allora che non ho più sue notizie. Aveva detto che mi avrebbe telefonato non appena l'incontro si fosse concluso. E io so che è successo qualcosa di spaventoso!

— Donovan le ha anche detto *chi* ha truccato la lotteria?

— No. Ma so che LuAnn Tyler lo aveva avvertito di stare attento a una certa persona. Qualcuno che lo avrebbe ucciso, che era sulle sue tracce, e che lo avrebbe trovato. E io sono certa che questa persona ha molto a che fare con l'omicidio di Roberta Reynolds.

Rollins la osservò con espressione preoccupata, mandando giù un lungo sorso del caffè ancora caldo.

Alicia evitò il suo sguardo. — Io lo avevo detto a Thomas di andare alla polizia a raccontare tutte queste cose che aveva già scoperto.

— E lui lo ha fatto?

— Ma no che non lo ha fatto, dannazione! — ribatté lei d'impeto. — L'ho implorato, l'ho supplicato. Ma non si rende conto, detective? Un imbroglio alla Lotteria Nazionale degli Stati Uniti. Tutti quei soldi... C'è tanta gente che ucciderebbe per molto meno. Lei è un poliziotto... Mi sbaglio, forse?

— Conosco individui che le strapperebbero via il cuore per un paio di dollari. — Rollins sollevò la tazza vuota. — Non avrebbe dell'altro caffè?

— Che cosa?... Ah, sì, certo.

Rollins prese di nuovo il suo taccuino. — Così rivediamo con calma i dettagli di quanto mi ha appena detto. Ma mi sa che questa faccenda della lotteria truccata è un po' troppo grossa per me, e converrà chiamare i pezzi grossi. Se la sentirebbe di fare una scappata con me alla Centrale?

Alicia fece un altro sforzo per annuire e lasciò la stanza. Ritornò qualche minuto più tardi, l'attenzione puntata sulle due tazze in precario equilibrio sul piccolo vassoio di legno. Quando Alicia Crane rialzò lo sguardo, i suoi occhi si spalancarono per lo sbigottimento, mentre il vassoio rovinava a terra.

Peter?...

Sul tavolo del soggiorno erano disseminati frammenti di un volto e di un corpo che non esisteva più: parrucca, baffi finti, palpebre di plastica, maschera di lattice, imbottiture varie.

L'altro uomo le si avvicinò.

Alicia lo osservò a bocca aperta, senza riuscire ad articolare una sola parola.

Peter Crane.

Suo fratello. Figlio come lei di Jack Crane: *Jack's son*. Thomas Donovan aveva avuto ragione in pieno: Jackson, seppur nella sua impersonificazione di Bobbie Jo Reynolds, somigliava in modo impressionante ad Alicia Crane.

— Ciao, Alicia.

— Ma che cosa fai?... — Gli occhi di lei passarono dalla faccia vera di lui, ancora scintillante di solventi, ai residui della faccia finta. — Cos'è tutto questo?

— Penso che ti dovresti sedere. Vuoi che metta in ordine?

— Lascia stare — disse Alicia appoggiandosi a una sedia.

— Scusami, non intendevo spaventarti... — disse Jackson, preso da improvviso quanto sincero rimorso. — È che... mi sento a mio agio a non essere me stesso. — Abbozzò un sorriso.

— Non mi è piaciuto affatto — disse Alicia con un sospiro. — Per poco non mi hai fatto venire un colpo.

Jackson le circondò la vita con un braccio, la guidò fino al divano, le diede alcuni rassicuranti colpetti sulla spalla. — Mi dispiace, Alicia. Davvero...

Lei osservò di nuovo la faccia finta sul tavolo e gli altri accessori. — Che senso ha tutto questo, Peter? La mascherata, tutte queste domande... Che senso ha?

— Dovevo sapere tutto. Tutto quello che Donovan ti aveva detto.

— Come fai a sapere di Thomas? — Alicia ritrasse la mano dalla stretta di lui. — L'ultima volta che ci siamo parlati è stato tre anni fa!

— Così tanto? Non è che ti serve qualcosa, vero? Perché la sola cosa che devi fare è chiedere.

— No, Peter, non mi serve proprio niente — ribatté lei piena di amarezza. — I tuoi assegni sono puntuali. Quello che forse mi sarebbe servito, era vederti un po' più spesso. Lo so che hai sempre molto da fare. Ma siamo pur sempre una famiglia.

— Lo so. — Per un momento, Jackson distolse lo sguardo. — Ho giurato che mi sarei sempre occupato di te, Alicia. E sempre lo farò. La famiglia è la famiglia!

— Restando in tema, l'altro giorno ho parlato con Roger.

— Ma guarda. E come se la passa il nostro decadente, dissoluto fratello minore?

— Male. Aveva bisogno di soldi.

— Spero, Alicia, che tu non gliene abbia dati. Come sai, ho pensato io a lui. Abbastanza soldi da durargli per un'intera, inutile esistenza. Mi sono addirittura occupato di investirli io per lui. Tutto quello che gli ho chiesto in cambio è stato di mantenere un ragionevole tenore di vita.

— Non c'è niente di ragionevole in Roger, lo sai bene. — Alicia serrò le labbra. — E comunque gli ho mandato dei soldi. — Jackson fece per dire qualcosa ma lei lo anticipò. — Lo so quello che hai continuato a dire in tutti questi anni, Peter. Lo so bene... Ma è pur sempre nostro fratello, non potevo permettere che venisse sbattuto in mezzo a una strada.

— Perché no? Sarebbe stata la miglior cosa che gli potesse capitare. Non dovrebbe vivere a New York: è una città troppo costosa.

— Non riuscirebbe a sopravvivere, Peter. Lui non è un uomo forte. Non è come nostro padre.

Jackson si morse la lingua nel sentirlo nominare. Con gli anni la cecità della sorella a quel proposito non era diminuita. — Non ha importanza, Alicia. Non sono qui per parlare di Roger.

— E allora qual è l'argomento?

— Thomas Donovan. Quando lo hai conosciuto?

— Perché me lo chiedi?

— Per favore, rispondi alla mia domanda.

— Circa un anno fa — sospirò lei. — Thomas scrisse un lungo articolo su nostro padre, sulla sua carriera come senatore. Uno splendido pezzo, molto commovente.

Jackson annuì lentamente. Ma certo, l'esatto contrario della verità.

— Così chiamai Thomas per ringraziarlo. Andammo a pranzo. E poi a cena. E poi... Tutto è stato meraviglioso, incredibilmente meraviglioso. Thomas è un uomo nobile. Animato da nobili propositi.

— Come nostro padre? — chiese Jackson accennando una smorfia.

— Esattamente.

— Quanto è piccolo il mondo, non trovi, Alicia?

— Perché dici così?

— Lascia chi ti chieda una cosa, sorellina. — Jackson si alzò. — Tutto questo... — e allargò le braccia quasi ad afferrare lo spazio intorno a loro — da dove credi che provenga tutto questo?

— Ma... Dal patrimonio della nostra famiglia, è ovvio.

— Non esiste nessun patrimonio, Alicia. Svanito. Da anni.

— Di quale assurdità stai parlando, Peter? Nostro padre ha avuto alcuni rovesci finanziari, lo sappiamo, ma riuscì a ricostituire tutto. Come sempre ha fatto.

— La sola cosa che è riuscito a ricostituire, Alicia, è stato un mucchio di merda! Nostro padre non ha mai contato un bel niente. I soldi venivano dalle generazioni prima di lui. Tutto quello che lui ha fatto, è stato rovinarci. La mia eredità, la tua eredità, l'eredità di Roger. Ha scialato l'intera fortuna correndo dietro alle sue stupide manie di grandezza. Nostro padre era un bluff, Alicia. Un bluff e un perdente!

Alicia Crane saltò in piedi e lo schiaffeggiò in piena faccia. — Come ti permetti? Tutto ciò che hai lo devi a nostro padre!

Jackson fece scivolare le dita sul volto, dove lei lo aveva colpito. La sua pelle vera era liscia e pallida, come la pelle di qualcuno che avesse trascorso la maggior parte della propria esistenza rinchiuso nella cella di un eremo. E per molti versi era quasi così.

— *Io* ho ricostituito il patrimonio di famiglia, Alicia. Nostro padre ha solo bruciato ogni nostro avere. Tutto ciò che possiedi proviene da *me*, non da nostro padre.

— Ma di che cosa stai parlando?

— Dieci anni fa io ho truccato la Lotteria Nazionale degli Stati Uniti. — Aveva parlato con tono pacato, ma i suoi occhi scintillavano nell'osservare il piccolo viso attonito della sorella.

— È assurdo! — sibilò Alicia Crane. — Come avresti potuto...

Brutalmente, Jackson la spinse a sedere sul divano. — Ho messo insieme oltre un miliardo di dollari, raccogliendoli da quegli stessi dodici vincitori della lotteria sui quali Donovan stava indagando. Ho preso il denaro delle loro vincite e l'ho investito. Ricordi la rete di rapporti ad altissimo livello che nostro nonno aveva sviluppato a Wall Street? Lui sì che i suoi soldi li aveva guadagnati da solo. Io ho mantenuto attiva quella rete. Sono stato *io* a diventare uno dei loro più affezionati clienti. Sono stato *io* a moltiplicare il miliardo di dollari che Wall Street riteneva essere il patrimonio di famiglia. Mi offrirono il meglio del meglio, Alicia. È questo il segreto dei ricchi: hanno sempre la precedenza. Quello che io ottengo per *dieci* dollari per azione, ventiquattro ore *prima* che l'azione stessa venga negoziata, il povero galoppino della Borsa lo paga *settanta* dollari. Così io vendo a lui, incasso il mio *seicento per cento* di profitto esentasse e passo alla fase successiva. È esattamente come avere in cantina una tipografia che stampi banconote. Un'unica chiave di volta: chi conosci e che cosa offri. E credimi, Alicia: quando offri *un miliardo di dollari*, tutti quanti si siedono attenti e composti e pendono dalle tue labbra. È così che i ricchi diventano sempre più ricchi. E i poveri sempre più miserabili.

Le labbra di Alicia avevano cominciato a tremare sempre

più, di pari passo con il crescente infervoramento del fratello. Ora Jackson si era interrotto, e si udiva solo l'affanno del suo respiro.

— Dov'è Thomas... — la voce di Alicia era un sussurro.

— Non andava bene per te, Alicia. — Jackson si passò la lingua sulle labbra secche. — Non andava bene in assoluto. Un pennivendolo, un opportunista. Sono certo che non vedeva l'ora di mettere le mani su tutto questo. Su tutto ciò che *io* ti ho dato.

— *Andava?* — Alicia si alzò nuovamente, le guance in fiamme. — Che cosa hai fatto di lui, Peter?...

Jackson osservò i lineamenti di lei distorti dall'angoscia e dal terrore. L'aveva adorata per anni, la sua unica sorella. Un'icona su un piedistallo. Che sciocco era stato. Non esistevano piedistalli. Non in *questa* famiglia. — L'ho ucciso, Alicia — rispose con la massima semplicità.

Alicia sentì un gelo profondo impadronirsi di lei. Le gambe le cedettero. Il fratello la sostenne e la accompagnò al divano, questa volta con fare sbrigativo. — Non te ne fare un problema troppo grosso. Ci saranno altri uomini nella tua vita. Te lo garantisco. Hai tutto il mondo da girare per cercare *papà*. Donovan non lo era. — Non cercò neppure di mitigare il sarcasmo di quelle parole.

Incurante del pianto di Alicia, riprese a passeggiare. — Comunque non ti devi preoccupare. Ho cancellato il tuo messaggio dalla segreteria telefonica di Thomas Donovan, così la polizia non avrà mai quell'ingombrante indizio. Al tempo stesso, cosiderando che la vostra relazione andava avanti da un anno, devo supporre che altri ne siano al corrente. Perciò dovrai lasciare il paese, Alicia. Prima o poi qualcuno verrebbe a farti domande. Non hai sempre adorato la Nuova Zelanda? O forse era l'Austria? Al momento, non riesco a ricordarlo.

— Basta, maledetto! — Alicia balzò in piedi. — Animale!

— Suggerisco che tu ti controlli, Alicia.

— Io non vado in nessun posto!...

— Voglio essere assolutamente chiaro con te, Alicia — replicò Jackson. — Tu sai troppe cose. La polizia verrà da te e ti farà domande, e alla fine riuscirà a estorcerti frammenti di verità. Forse *l'intera* verità.

— Hai proprio ragione. Ho intenzione di chiamarli ora e di raccontare ogni cosa.

Alicia si diresse al telefono, ma lui le bloccò la strada. — Non farlo, Alicia! — Lei lo colpì e lo spintonò, e Jackson non reagì, improvvisamente paralizzato. Non certo per il dolore fisico, bensì per il riemergere di ricordi antichi e laceranti che quella violenza gli suscitava. Suo padre, più forte di lui, lo aveva dominato per anni. Da allora non aveva più permesso a nessuno di farlo.

— Io amavo Thomas! Lo amavo, maledetto! — gridò Alicia.

— Anch'io amavo qualcuno. Qualcuno che a sua volta avrebbe dovuto amarmi, rispettarmi, e invece... — Dopo tanti anni di sofferenze e sensi di colpa, l'ombra del padre continuava a pesare sul cuore di Jackson. Sentimenti rimasti sempre inespressi. L'onda improvvisa di emozioni lo travolse.

Spinse nuovamente Alicia sul divano. — Tu non chiamerai nessuno e lascerai questa casa immediatamente. Ci siamo capiti?

— Tu sei pazzo! Non è possibile...

— Al contrario, credo di essere il solo elemento dotato di cervello in tutta la famiglia.

Lei lo guardò, e finalmente si rese conto della verità. Quell'uomo non era più suo fratello. Dopo anni di separazione, il ragazzo maturo e brillante con cui aveva condiviso giorni lontani era diventato un altro, irriconoscibile. Per la prima volta dall'inizio del colloquio, il terrore si sostituì alla rabbia.

Adottò un tono di voce più tranquillo. — Okay Peter, come vuoi tu, me ne andrò stanotte stessa.

Un'espressione feroce brillò negli occhi di Jackson. Aveva letto nei lineamenti alterati del volto della sorella come in un libro aperto. Le sue dita si chiusero su un grosso cuscino appoggiato sul divano.

— E dove vorresti andare, Alicia?

— Dove vuoi, Peter. La Nuova Zelanda andrà benissimo.

— Preferisci l'Austria? Ci siamo divertiti laggiù, tu ed io, ricordi?

— Sì, Peter, ci siamo divertiti. — Alicia seguiva con gli occhi sbarrati ogni movimento del fratello, mentre un nodo le stringeva la gola. — Magari potrei farci un salto, prima di andare in Nuova Zelanda.

— E non dirai niente alla polizia? Lo prometti? — Jackson sollevò il cuscino. Alicia cominciò a tremare violentemente.

— Ti prego, Peter, non farlo. Ti prego...

— Il mio nome è Jackson. Peter Crane non abita più qui.

Con un movimento improvviso, le fu addosso, premendole il cuscino sul volto. Alicia lottò con tutte le sue forze. Calci, contorsioni, graffi, sussulti. Ma era una donna minuta, fragile. Se Peter Crane aveva passato mesi, anni a trasformare il proprio corpo in una macchina micidiale, il corpo e la mente di Alicia Crane si erano atrofizzati nella vana attesa di un principe azzurro identico a suo padre.

In pochi istanti, fu tutto finito. Jackson sollevò lentamente il cuscino. Il braccio sinistro di lei, improvvisamente pallido, ricadde inerte oltre il bordo del divano. Jackson si costrinse a guardare. La bocca era semiaperta, gli occhi sbarrati. Li chiuse e compose il corpo. Le incrociò le braccia sul petto ma subito cambiò idea, e le lasciò allungate ai lati del corpo. Sollevò delicatamente le gambe, distendendole per la lunghezza del divano. Dietro la nuca le collocò il cuscino che aveva usato per ucciderla. Poi le aggiustò i capelli a formare una specie di aureola. La trovò bella, così serena e immobile, come se nulla di terribile fosse avvenuto. Le lacrime gli riempirono gli occhi, e lui non cercò di trattenerle. Non riusciva a ricordare quando era stata l'ultima volta che aveva pianto. In ogni caso, non aveva nessuna importanza.

Ebbe un attimo di esitazione, poi le prese la mano e le tastò il polso. Se Alicia fosse stata ancora viva, avrebbe abbandonato immediatamente quella stanza, il paese, tutto. Ma Alicia era morta. Non sarebbe dovuto succedere. Avrebbe dovuto esserci Roger steso su quel divano. Ma forse suo fratello poteva ancora giocare un ruolo in tutto questo. Gli avrebbe fatto un'offerta, qualcosa che non avrebbe potuto rifiutare. Il denaro restava sempre la droga più potente.

Ora doveva fare in fretta. La domestica poteva rientrare

da un momento all'altro. Si era cosparso i polpastrelli di una sostanza trasparente simile alla lacca, così da non lasciare impronte di nessun tipo. L'omicidio di Alicia Morgan Crane era un classico caso risolto ancora prima che le indagini avessero inizio. L'assassino non poteva che essere Thomas Donovan, brutale psicopatico nel bel mezzo di un raptus pluriomicida.

Addio, Alicia Morgan Crane. Eri un pilastro della società, proprio come Roberta Reynolds. La tua famiglia è stata molto importante, il tuo necrologio sarà lungo e il tuo funerale sontuoso come meriti. E a un certo punto, Peter Crane sarà chiamato a seppellirti, insieme al fratello Roger.

Uscì dalla porta sul retro, come un ladro. Quel volto immoto sul cuscino, quel volto tanto simile al suo, continuava a fiammeggiare nella sua mente. Non avrebbe dovuto arrivare a tanto. Aveva perso la testa, cosa che gli succedeva di rado. Si guardò le mani, quelle mani che erano state strumento della morte di sua sorella. Le gambe gli tremavano, il corpo rifiutava di sottomettersi al controllo della mente.

Tornato in strada, cercò di concentrare i suoi pensieri sulla persona responsabile di tutto quanto era successo. LuAnn Tyler avrebbe pagato per il dolore che gli stava causando. Avrebbe moltiplicato le sofferenze di quella donna oltre ogni limite, finché lei stessa non avesse implorato la morte.

Non avrebbe neanche avuto bisogno di cercarla. Sarebbe venuta da lui spontaneamente, perché lui avrebbe avuto qualcosa che le premeva. Qualcosa per cui LuAnn sarebbe stata disposta a morire.

Mentre faceva a se stesso questo giuramento, l'immagine di un corpo inanimato danzava nella sua mente, qualcuno il cui volto assomigliava al suo.

53

Matthew Riggs camminava lentamente lungo il bordo del Mall, la grande vasca rettangolare che partiva dal monolite bianco del Lincoln Memorial e che pareva estendersi verso l'infinito. L'aria sapeva di pioggia e rade gocce cadevano sulla superficie increspata dal vento.

Per l'ennesima volta, consultò l'orologio al polso e voltò lo sguardo verso la scalinata che conduceva al mausoleo. Stava aspettando LuAnn ormai da tre ore. Per quanto ne sapeva, poteva essere svanita per sempre. Ma Jackson restava sempre in circolazione, e la prossima volta non avrebbe sbagliato bersaglio.

Dopo la sua sparata all'Hoover Building, le sue battute, le sue minacce e i suoi ricatti, se non fosse riuscito a dare Jackson in pasto all'Fbi, l'Fbi avrebbe dato lui in pasto a quei signori che pensavano di aver fatto il lavoretto cinque anni addietro.

Le gocce di pioggia si fecero più dense. Riggs si calcò sulla fronte il feltro nero. Tornare a casa? Non poteva. Tornare al lavoro? Non lo aveva più. E inoltre la ferita al braccio gli stava facendo soffrire le pene dell'inferno, in tasca gli restavano sì e no cinque dollari e non aveva un'auto. Non era mai stato così a terra da quando sua moglie era morta. In una settimana la sua imitazione di vita normale si era disintegrata. Sopralluoghi tecnici, direzione lavori per i benestanti di Charlottesville, un buon libro vicino alla finestra del suo studio, qualche corso serale all'università, la vaga idea di prendersi una vera vacanza. Tutto perduto, tutto finito...

Riggs si soffiò ripetutamente sulle dita gelate e si strinse il bavero.

— Mi dispiace, Matt.

Quando si girò, il suo umore ebbe una tale impennata che gli parve di accusare un senso di vertigine. Ma non riuscì a sorridere, sebbene lo desiderasse disperatamente. — Per che cosa?

LuAnn si sedette al suo fianco e gli passò un braccio sulle spalle. Non rispose subito, ma vagò con lo sguardo per un po', finché gli prese le mani fra le proprie e disse sommessamente: — Per aver avuto dei dubbi.

— Su di me?

— Hai ragione, non avrei dovuto. Non dopo tutto quello che hai fatto e che stai ancora facendo.

Riggs respirò a fondo. — Certo, tutti abbiamo dubbi, e comunque... adesso sei qui. — Questa volta riuscì a sorriderle, e in quel sorriso sentì sciogliersi tutta l'ansia e la frustrazione accumulata in quelle lunghe ore di attesa. — Il resto non ha più importanza. Il mio voto va a un posto riscaldato in cui fare due chiacchiere.

LuAnn lo abbracciò teneramente. — Qualsiasi posto va bene.

Prima di trovare rifugio nel tepore di un locale, si liberarono della Honda e presero una macchina a nolo, poiché Riggs si era stancato di dover trafficare ogni volta con i fili elettrici per la messa in moto. Quindi si spostarono lungo il confine occidentale della Contea di Fairfax, e strada facendo Riggs la aggiornò sull'esito della trattativa con l'Fbi, finché si fermarono a un ristorante pressoché vuoto. Il cameriere masticava uno stuzzicadenti seguendo assorto gli appassionanti sviluppi di una telenovela: un brav'uomo senza una sola preoccupazione al mondo. Né LuAnn né Riggs avevano più la minima idea di che cosa fosse un simile stato d'animo. Gli passarono davanti e si sedettero a un tavolo d'angolo.

Dopo aver finito di leggere la cronaca dell'omicidio Reynolds, LuAnn abbassò la copia del «Washington Tribune». — È colpa mia.

— Che cosa è colpa tua? — domandò Riggs. — Che Donovan non ti abbia dato retta?

— Tu pensi che Jackson abbia assassinato anche lui?

— Sarei veramente sorpreso del contrario. — Riggs assunse un'espressione cupa. — La più classica delle trappole: Jackson sa che Donovan è sulle tracce dei vincitori fasulli, telefona alla Reynolds e le dice di accettare eventuali contatti di Donovan. La Reynolds obbedisce, Donovan si presenta, Jackson li fa fuori entrambi e sparisce, e Donovan è il capro espiatorio. Caso chiuso.

LuAnn abbandonò il viso tra le mani.

— Tu hai cercato di avvertirlo, LuAnn. Non è colpa tua. Non c'era nient'altro che avresti potuto fare.

— Se dieci anni fa avessi detto no a Jackson...

— Certo. Ma se tu gli avessi detto no, lui ti avrebbe inchiodato contro un muro.

LuAnn si passò una mano sugli occhi e riportò lo sguardo su di lui. — Così adesso c'è questo bell'accordo con i Federali, cosa della quale ti sarò eternamente grata. Ma, Matt, vuoi dirmi come diavolo facciamo a dar loro Jackson?

— L'esca non può essere né troppo semplice né troppo complicata. — Riggs piegò il giornale e lo appoggiò su una sedia vuota. — Perché, in un modo o nell'altro, lui sentirà la puzza di marcio.

— Non accetterà d'incontrarmi di nuovo.

— Né io stavo pensando a quello: non solo Jackson non si farebbe vedere, ma manderebbe qualcun altro a tagliarti la gola. Troppo pericoloso.

— Signor Riggs, il pericolo è il mio mestiere. — LuAnn inarcò ironicamente un sopracciglio. — Io non saprei come vivere senza il mio rischio quotidiano. E... va bene, niente incontro. Allora?

— Se riusciamo a scoprire la sua vera identità, allora possiamo... — Riggs si interruppe, attendendo che il cameriere li servisse e si allontanasse. — Che cosa sai di lui, LuAnn? Un indirizzo, un dettaglio, un qualsiasi frammento...

— È sempre travestito...

— Quei documenti finanziari che ti manda regolarmente?

— Vengono da una società svizzera. Ne tengo alcuni a Wicken's Hunt. Ma immagino che tornare là sia fuori discussione. O sbaglio?

— Non sbagli. Se i ragazzi dell'Hoover Building ti vedono anche per sbaglio, ce lo possiamo proprio dimenticare l'accordo.

— Ho altri documenti in una cassetta di sicurezza a New York.

— Sempre troppo rischioso.

— Potrei scrivere una letterina alla società svizzera. — LuAnn sbuffò. — Ma conoscendo Jackson, credo che quella gente non sappia un accidenti di niente.

— E comunque non parlerebbe. Lo sai perché la gente porta i soldi in Svizzera.

LuAnn assentì.

— Deve esserci qualcosa di particolare che tu ricordi di quest'uomo, LuAnn. Come parla, come cammina, come si veste. Charlie... Che cosa direbbe Charlie?

— Non molto — rispose lei passandosi il tovagliolo sulle labbra. — Nemmeno lui ha mai incontrato Jackson di persona. Tutti i loro contatti erano per telefono.

Riggs abbandonò il sandwich mangiato a metà e si appoggiò contro lo schienale.

— Non c'è modo di prenderlo, Matthew.

— Invece c'è, LuAnn. Vedi, io ho già un'idea precisa, solo che stavo esplorando ogni altra prospettiva possibile.

— Cioè?

— Tu hai un suo numero di telefono, non è vero?

— Sì, e allora?

— Organizziamo un piacevole incontro.

— Ma se avevi detto...

— Tra lui... e *me*.

LuAnn si alzò di scatto, furiosa. — No. Mi hai capito? Nemmeno l'ombra di una possibilità. È ora di finirla di giocare con la morte al mio posto — disse accennando al suo braccio ferito. — La prossima volta sarai molto meno fortunato.

— Ma, cara, sei stata tu la mia fortuna — ribatté Riggs abbozzando un sorriso. — Ti spiace sederti?

LuAnn si sedette, rigidamente.

— Ascolta, lo chiamerò e gli dirò che te ne stai andando dagli Stati Uniti, lasciandoti tutti questi problemi alle spalle. E con Donovan nell'aldilà non ha più preoccupazioni.

LuAnn scuoteva la testa vigorosamente.

— Dopodiché, gli dirò di non essere per niente soddisfatto. — Riggs esibì un sorriso ribaldo. — Pensaci bene: Jackson è entrato nel computer dei Federali, giusto?

— E allora?

— Lui è convinto che Daniel Buckman sia un criminale. Non gli sembrerà strano che io tenti un'estorsione. Così gli dirò che mi sono proprio rotto di lavorare per i ricchi di Charlottesville e che è da un pezzo che voglio tornare a fare la bella vita. Per questo avevo infilato una cimice nella tua camera da letto a Wicken's Hunt...

— Sei pazzo?

— Gli dirò che ho registrato tutto quello che vi siete detti quella sera. E che se adesso vuole quel nastro, be', allora mi deve sganciare un sacco di soldi.

— Tu vuoi *ricattare* Jackson!? Ma ti ucciderà.

L'espressione di Riggs divenne cupa. — Mi ucciderà in ogni caso. E non ho la minima intenzione di aspettare che lo faccia. Questa volta preferisco prendere io l'iniziativa. Perché è ora che tu sappia qualcos'altro su di me... — Riggs tirò un gran respiro, poi disse: — Io ho ucciso. Più di una volta. E se pensi che esiterei solo un secondo prima di fargli saltare via la testa, allora non mi conosci ancora, LuAnn.

Lei non lo stava guardando. Il suo sguardo era focalizzato su qualcosa alle spalle di lui, forse verso il banco del bar.

— Che c'è? LuAnn?...

O forse verso la porta del bar. Forse li avevano trovati o forse... Un agghiacciante pensiero gli balenò nella mente... *Jackson!*

Riggs si voltò con uno scatto. Niente Jackson, solo il ristorante ancora vuoto. Ma il cameriere si era raddrizzato per allungare una mano alla manopola del volume del televisore.

"... notizia del secondo, brutale omicidio in due giorni nell'area di Washington D.C. Alicia Crane, figlia del defunto senatore Jack Crane, è stata rinvenuta cadavere nella sua residenza di Georgetown..."

L'immagine di una donna dai lineamenti aristocratici, un po' androgini, campeggiava sul teleschermo.

— Jackson... — la voce di LuAnn era un sussurro.

"... stando alle prime, frammentarie notizie raccolte negli ambienti della polizia, la morte di Alicia Crane potrebbe essere collegata a Thomas Donovan, il giornalista del «Washington Tribune» ricercato in relazione all'assassinio di Roberta Reynolds. Pare infatti che Donovan fosse sentimentalmente legato ad Alicia Crane..."

Riggs l'afferrò per un braccio: — LuAnn, di che cosa stai parlando?

— È Jackson. — LuAnn tenne lo sguardo inchiodato sul volto alla televisione. — Vestito da donna...

Riggs tornò a osservare lo schermo, poi nuovamente lei:

— Ma come fai a dirlo? Mi hai detto che non mostra mai il suo vero volto!

— Al villino, durante la lotta — spiegò LuAnn senza staccare gli occhi dallo schermo — io gli ho... strappato via la faccia. Plastica, gomma, quell'accidenti che era. Io ho visto il suo vero volto, Matthew! — Indicò nuovamente il televisore. — È quello!

Per almeno trenta secondi Riggs rimase assolutamente immobile, gli occhi socchiusi, la mente in un vortice di congetture. — Oh, Cristo... — esclamò infine in un sibilo.

— Cosa?

— D-N-A! — sussurrò Riggs sporgendosi verso di lei, prima di schizzare via dalla sedia.

— Il *fratello* di Alicia Crane?

— Esatto!

George Masters coprì il microfono del telefono con una mano e imprecò a raffica.

— Matthew, dove cazzo ti trovi? — riprese a denti stretti.

— Oh, scusami tanto, è un vero peccato che i tuoi ragazzi non siano riusciti a starmi dietro. George, lascia perdere i pedinamenti e stammi a sentire: la Tyler ha visto Jackson in faccia. E la sua faccia è, *era*, la faccia di Alicia Crane!

— D'accordo, Matthew, controlliamo subito l'intera famiglia: padre, madre, fratelli, chiunque. Non dovrebbe essere difficile. È gente molto in vista.

— Bravo. Ma fai in fretta, George: se Jackson è davvero uno dei Crane, e ha davvero assassinato sua sorella, non credo che sia rimasto ad aspettare una tua visita di cortesia.

— Cristo, Matt, stai parlando di fratricidio!

— Per l'appunto. Hai idea di che cosa potrebbe fare a qualcuno *al di fuori* della sua famiglia?

— Matt, ascolta...

Ma Riggs aveva già riappeso. Appoggiato alla parete della cabina telefonica, chiuse gli occhi e sospirò. Per la prima volta intravedeva un barlume di speranza.

Era certo che l'Fbi non sarebbe mai riuscito a prendere Jackson, nemmeno in mille anni di rastrellamenti. Ma quella nuova svolta, per LuAnn e per lui funzionava alla grande. Jackson tagliato fuori dal suo intero sistema malefico, braccato da tutte le polizie degli Stati Uniti, furibondo, assetato di vendetta e senza il controllo degli eventi, era un uomo finalmente vulnerabile.

Era tempo di muoversi. Dieci minuti dopo, Riggs e LuAnn erano di nuovo in macchina.

54

Jackson chiuse la comunicazione sul telefono cellulare e si rilassò contro lo schienale, osservando le nubi color inchiostro che vorticavano fuori dall'oblò.

L'uomo che seguiva Charlie e Lisa aveva appena fatto rapporto. Dopo l'ultimo pernottamento, i due stavano rientrando in Virginia attraverso il confine meridionale. Charlie aveva fatto una sola telefonata. A LuAnn Tyler, nessun dubbio in merito. Tutto stava procedendo come doveva.

Un'ora più tardi, Jackson attraversava Manhattan, diretto al suo attico. Una breve sosta, prima di andare a prendere suo fratello Roger. Non potendo contare sul fatto che viaggiasse da solo, sarebbe dovuto andare a prelevarlo di persona.

In cinquant'anni di onorato servizio come portiere in uno dei più prestigiosi edifici residenziali di Park Avenue, Horace Parker non aveva mai visto una cosa del genere. In quel palazzo, l'appartamento di media dimensione copriva quattrocento metri quadrati e costava sui cinque milioni di dollari. E l'attico, grande tre volte tanto, ne valeva venti. Parker osservò il piccolo esercito di uomini armati penetrati quasi simultaneamente da ogni direzione. Tutti portavano auricolari e indossavano giubbe di nylon blu con la scritta Fbi sulla schiena. Tutti imbracciavano pistole-mitragliatrici o pistole semiautomatiche. Con aria decisa, si infilarono nell'ascensore privato che portava all'attico.

Horace Parker si sentì improvvisamente di troppo e uscì sulla strada, a respirare a fondo l'aria fredda della notte autunnale. In quel momento, un taxi si avvicinò al marciapiede. Il portiere si precipitò verso Jackson.

Conosceva lui e suo fratello minore Roger fin da quando erano bambini. Fin da quando, per arrotondare lo stipendio, li accompagnava a gettare soldini nelle fontane di Central Park. Era stato lui a offrire ai due ragazzi, entrambi appena oltre la soglia della pubertà, la loro prima birra. Li aveva visti crescere, farsi adulti e infine volare via da quel nido dorato. Nel tempo, aveva appreso che la famiglia Crane era caduta in serie difficoltà finanziarie, e aveva lasciato New York. Ma poi Peter Crane era tornato, comprando l'attico e facendone nuovamente il proprio nido dorato. Evidentemente, i problemi economici erano finiti.

— Signor Crane? Mi perdoni, signore...

— Che cosa c'è, Horace? Sono un poco di fretta...

— Uomini armati, signore. — Horace alzò lo sguardo al cielo. — Uomini dell'Fbi. Sono saliti al suo appartamento, proprio ora. Credo stiano aspettando che lei rientri.

Jackson si bloccò, ma rispose con la massima calma. — Un semplice malinteso. — Gli porse la mano destra e il portiere gliela strinse. — La ringrazio per l'informazione, Horace.

Quando Horace Parker guardò cosa gli era rimasto in mano, trovò un fascio di banconote, tutte da cento dollari. Si guardò attorno furtivamente e dopo averli infilati nella tasca riprese la sua posizione accanto alla porta.

Jackson si allontanò e andò ad appostarsi nell'oscurità di un vicolo dall'altra parte della strada. Da lì poteva scorgere numerose ombre fluttuare dietro le finestre illuminate dell'attico. Era pieno di veleno. Come era stato possibile che fossero risaliti fino a lui? Non poteva rispondere adesso a questa domanda. C'erano problemi più urgenti da risolvere. Estrasse il telefono cellulare e venti minuti dopo saliva su una limousine. Dall'automobile chiamò il fratello, e gli diede appuntamento di fronte al St. James Theater di lì a poco. Insistette sull'urgenza dell'incontro.

Il rischio che la polizia piombasse in casa di Roger da un minuto all'altro era troppo elevato. La terza telefonata fu al comandante del suo jet personale, a disposizione ventiquattr'ore su ventiquattro, equipaggio al completo e serbatoi pieni, all'aeroporto La Guardia. Lo avvertì di preparare un certo piano di volo e di tenersi pronto al decollo entro l'ora successiva.

Quando arrivò all'appuntamento con Roger, Jackson aveva fatto in tempo a raccogliere qualcosa in un piccolo appartamento affittato sotto falso nome.

— Ehi, Pete! Stavo proprio pensando a te...

— Non pensare, Roger. — Jackson spalancò la portiera posteriore della limousine. — Entra e basta.

Roger Crane, stessi capelli scuri, stessi lineamenti delicati del fratello, si lasciò cadere sui sedili di pelle e la limousine si rimise in movimento.

— Hai sentito il telegiornale, Roger?

— Lo sai che la TV non la guardo mai. Perché?

Jackson ignorò la domanda. Era ovvio che suo fratello non sapeva di Alicia. Perfetto. Jackson si rilassò nel sedile, compiacendosi di aver bruciato gli sbirri arrivando per primo su Roger, e si concentrò sulle prossime mosse.

Cinquantacinque minuti più tardi, la scintillante distesa di luci di New York City svaniva nelle tenebre sotto di loro.

Quando l'Fbi raggiunse l'appartamento di Roger Crane, era ormai troppo tardi. Ma l'attico di Peter riservò loro interessanti sorprese.

George Masters raggiunse Lou Berman nel locale del make-up di Jackson. Lou era in piedi di fronte a uno dei banchi del trucco, lo sguardo sulla distesa di facce finte, labbra finte, denti finti, capelli finti, occhi finti e mille altri accessori.

Nel resto dell'attico, il battaglione di agenti federali stava passando tutto quanto al setaccio. Avevano trovato l'archivio segreto e la sala controllo con i computer e gli apparati di comunicazione.

— Che ne pensi? — domandò Berman.

— Pare che Riggs abbia ragione. È un uomo solo. Forse possiamo ancora farcela — ribatté Masters.

— Come ci muoviamo?

— Metti tutta la baracca in allarme rosso: porti, aeroporti, treni e autobus. Voglio blocchi stradali tutt'attorno a New York. L'uomo che cerchiamo è armato, molto pericoloso ed estremamente abile nel travestimento. Non servirà a niente, ma distribuiamo comunque le sue fotografie. Lo abbiamo tagliato fuori dal suo nucleo, ma Peter Crane dispone di immensi mezzi finanziari e io non ho intenzione di correre il minimo rischio. L'ordine è sparare. Per uccidere.

Come la mettiamo con Riggs e la Tyler?

— Che non si mettano *loro* di mezzo. Perché io non rischierò la vita dei miei uomini per proteggerli. Per quanto mi riguarda, LuAnn Tyler dovrebbe essere dietro le sbarre da almeno dieci anni. Un accordo è un accordo, e va bene. Ma se vuole rimanere fuori di galera deve tenere la bocca chiusa. Perché non vai a ispezionare il resto della collezione?

Berman procedette e Masters aprì l'album personale di Jackson, l'archivio dei dodici *vincitori* della Lotteria Nazionale. Le loro foto, le loro storie, le loro vite. Masters si soffermò su LuAnn Tyler. Ora capiva perché era stata scelta lei e perché erano stati scelti tutti gli altri. Gente ridotta al limite estremo della vita, senza soldi, senza casa, senza futuro. E senza speranza. Pronta a cadere nelle braccia di quell'uomo.

George Masters richiuse l'album. Avrebbe fatto quanto sarebbe stato necessario fare, ma questa determinazione non gli impedì di provare un terribile senso di colpa.

Era quasi mezzanotte quando Riggs e LuAnn decisero di fermarsi in un motel. Appena entrati in camera, lui si attaccò al telefono con Masters. Terminata la conversazione, si girò verso LuAnn, ansiosa di essere aggiornata.

— Allora, Matt, che cosa sta succedendo?

— Quello che ci aspettavamo. — Riggs scosse la testa. — Jackson è svanito, ma nel suo attico di New York i Federali hanno trovato abbastanza per tenerlo in un carcere di massima sicurezza da qui all'eternità. C'era anche un album ricordo: vita e miracoli di tutti i vincitori della Lotteria Nazionale, compresa te.

— Quindi Jackson era davvero parente di Alicia Crane.

— Suo fratello maggiore, Peter — Riggs annuì in modo cupo. — Peter Crane *è* Jackson.

— Ha assassinato sua sorella — disse lentamente LuAnn. — *Sua sorella...*

Per un lungo momento nell'anonima stanza il silenzio fu assoluto.

— Matt, perché? A causa di Donovan?

— Esatto. Se tra Alicia e Donovan c'era effettivamente del tenero, Jackson non poteva correre il rischio di lasciare in vita qualcuno che sapesse quanto sapeva Donovan. Deve essersi presentato da lei, forse con il suo vero volto, oppure con un travestimento. La situazione dev'essere degenerata e lui l'ha fatta fuori.

— Dove pensi che sia?

— Chi lo sa. Peter Crane possiede centinaia e centinaia di milioni di dollari, può comprarsi qualsiasi cosa e può diventare qualsiasi persona. Prenderlo non sarà roba da poco.

— E il nostro accordo? — disse lei, aggressiva.

— I patti erano che noi gli avremmo dato Jackson. Il che non significava necessariamente recapitarlo in confezione regalo con tanto di fiocchetto rosso, consegna a domicilio sulla porta dell'Hoover Building. Abbiamo fatto la nostra parte.

— Perciò siamo a posto con tutti... — LuAnn respirò a fondo. — Con l'Fbi e con la Georgia.

— Ci sono ancora dei dettagli da sistemare, ma la risposta è affermativa. Ho messo su nastro l'intero incontro all'Hoover Building, senza che loro lo sapessero. C'era tutta l'allegra brigata: Masters, Berman, il Direttore dell'Fbi e il Ministro della Giustizia in persona, con tanto di avallo del Presidente degli Stati Uniti, e tutti hanno accettato l'accordo. Adesso, che a loro piaccia oppure no, sono *costretti* a giocare pulito con noi. Ma voglio essere chiaro con te, LuAnn. Il fisco farà un buco bello grosso nel tuo conto in banca e in realtà, una volta che avranno finito, dopo dieci anni di tasse non pagate, multe e interessi passivi, non so nemmeno se avrai ancora un conto in banca.

— Matthew, non me ne importa proprio niente. Che se li prendano anche tutti, quei soldi. Sono soldi rubati quelli con cui ho cominciato. La risposta che voglio è un'altra. Dovrò comunque continuare a guardarmi alle spalle per il resto dei miei giorni?

— Non andrai in prigione, LuAnn se è questo che intendi. — Riggs le sfiorò la fronte con la punta delle dita. — Ma che cos'hai?

LuAnn sbuffò. — Lo sai che cosa.

— Jackson?

— Fino a quando non lo avranno preso, la mia pelle non varrà un soldo bucato — disse lei. — Né la tua. Né quella di Charlie. — LuAnn sollevò quasi con rabbia il ricevitore del telefono. — Né quella di mia figlia.

— Un momento, chi chiami?

— Charlie. Devo vedere Lisa. Devo essere certa che sia al sicuro.

— Calma, LuAnn. Pensa, prima di agire. Che cosa hai intenzione di dirgli?

— Che possiamo incontrarci da qualche parte. La voglio avere vicina, Matthew. Prima che succeda qualcosa a lei, succederà a *me*.

Lui allungò una mano verso il telefono. — Non chiamare.

LuAnn sostenne il suo sguardo, senza mollare il ricevitore: — Non ho intenzione di discuterne.

— Va bene, LuAnn — disse Riggs sospirando. — Io intanto vado a prendere qualcosa da mangiare a quel chiosco che abbiamo visto sulla strada.

Quando Riggs fu di ritorno con due sacchetti di cibarie, LuAnn era sdraiata a guardare il soffitto, pensierosa.

— Allora, dove si trovano? — domandò lui.

— A Danville, in Virginia. Circa centocinquanta chilometri a sud di Charlottesville.

— Mentre noi siamo quattrocento chilometri a nord di

Charlottesville. — Riggs corrugò la fronte. — Stiamo parlando di otto ore di guida. Ci muoviamo domani.

— No, Matthew. Io voglio vedere mia figlia adesso!

— Pensaci bene, LuAnn — replicò Matthew scuotendo la testa. — Potresti mettere Lisa in serio pericolo.

— Che cosa vuoi dire, Matthew?

— L'ultima volta che abbiamo visto Jackson, stava dandosela a gambe in un bosco. Ma Jackson sa molto bene come funziona la tua testa. Non abbiamo alcuna certezza che non ci abbia seguito.

— Ma è stato lui a uccidere Donovan, e Bobbie Jo Reynolds, e Alicia Crane!

— Potrebbe averli fatti uccidere. O potrebbe averlo fatto personalmente e avere incaricato qualcuno di pedinarci. Quell'uomo è capace di tutto.

LuAnn ripensò a Romanello. Lo aveva ingaggiato Jackson, per ucciderla. — Quindi non sappiamo neanche se è al corrente del nostro accordo con l'Fbi, e dei nostri spostamenti.

— E se andiamo a prendere Lisa, rischiamo di condurlo dritto dritto da lei.

— Non possiamo correre questo rischio, Matthew — ammise LuAnn stancamente. — Ma io ho bisogno di vedere la mia bambina.

— Riposiamo per qualche ora — decise Riggs. — Domattina presto ci mettiamo in viaggio. Se qualcuno effettivamente ci sta dietro, sarà più semplice rendersene conto con la luce del giorno. Prendiamo le strade secondarie, ci fermiamo di continuo, non ci facciamo sorprendere. Ho fatto questo mestiere per quindici anni, metterò tutte le antenne fuori. Incontriamo Charlie e Lisa a Danville e li seguiamo fino all'ufficio dell'Fbi di Charlottesville, ma noi restiamo fuori. Non è ancora il momento di gettarti in pasto ai lupi, per cui tu non ti fai vedere, accordo o non accordo. Però sistemiamo Lisa e Charlie sotto la loro custodia. Allora, che te ne pare?

— Va bene, Matthew. — In qualche modo, LuAnn riuscì a sorridere. — Domani.

Dopo aver richiamato Charlie per dargli tutte le informazioni, andarono finalmente a dormire, ma non prima di aver preso ogni precauzione possibile. Riggs ruppe una lampadina e disseminò una manciata di frammenti di vetro lungo la soglia della porta della stanza. Se qualcuno avesse cercato di entrare, lo avrebbero udito. In più, lo schienale di una sedia venne incastrato sotto la maniglia. E la Glock 9mm si trovava sotto il cuscino, proiettile in canna e altri quindici nel caricatore.

Riggs le passò il braccio sano attorno alla vita, rimanendo allacciato a lei nell'oscurità. LuAnn seguì con la punta dell'indice il profilo di lui.

— Ti sento nervoso, agente speciale Riggs.

— Sono stato io a suggerire di tirare il fiato, ma non ho mai avuto molta pazienza con le attese, nemmeno quando lavoravo per l'Fbi.

— Sicuro che non sia invece l'esserti fatto coinvolgere con me in tutta questa storia sballata?

— Ma io *volevo* farmi coinvolgere — disse attirandola più vicino a sé. — E lo voglio anche adesso.

— Ti hanno minacciato, inseguito e accoltellato. Uno psicopatico pluriomicida è deciso a farti fuori. L'Fbi è pronto a farti bruciare sul rogo. Un gruppo di killer messicani è sulle tue tracce per chiudere il conto lasciato aperto cinque anni fa, e la tua copertura è saltata. Ti stai facendo portare in giro da me per tutto il paese e intanto la tua impresa di costruzioni sta andando al diavolo, e sembra proprio che non mi resteranno neanche un paio di dollari per cominciare a ripagarti di quello che tu hai fatto per me... Manca qualcosa, nella lista dei danni?

— Dimentichi che io ti amo.

LuAnn s'inchiodò, i loro sguardi s'incontrarono nella penombra, le parole di lui le rimbalzarono nella mente.

— Mi rendo conto che non è il momento migliore per dirtelo, LuAnn — la strinse più forte con un braccio solo — Ma per me è importante che tu lo sappia, comunque vada a finire.

LuAnn rimase in silenzio, immobile contro di lui.

— Probabilmente hai già sentito questa canzone fino alla noia — riprese Riggs. — Da uomini molto più...

Lei gli chiuse la bocca con una mano. Quando parlò, la voce le tremava: — Hai ragione, Matt: ho sentito questo ritornello da altri uomini. Ma per la prima volta sto davvero ascoltando.

LuAnn scivolò sopra di lui. Ci volle un certo sforzo per togliergli la camicia senza fargli troppo male alla ferita. Ci volle uno sforzo ancora più grande per gettarsi alle spalle gli incubi generati da dieci anni di fughe, sotterfugi, menzogne e paure.

Avrebbe potuto essere anche l'ultima volta in assoluto. Non aveva più importanza. La bocca di lei scese sulla sua, la trovò. I loro corpi si unirono e restarono stretti l'uno all'altra per molto tempo, prima di cadere in un sonno profondo.

55

Charlie aprì gli occhi e si girò verso il telefono. Erano passate un paio d'ore da quando LuAnn lo aveva chiamato aggiornandolo sui recenti sviluppi della situazione. Così Jackson si chiamava in realtà Peter Crane. Questa informazione non valeva nulla per lui, ma era fondamentale per gli uomini dell'Fbi che dovevano stanarlo. D'altra parte, se Jackson sapeva che la sua vera identità era stata scoperta, poteva diventare un elemento ancora più pericoloso.

Si alzò dal divano, le ginocchia più molli del solito. La stanchezza del viaggio si faceva sentire. Ma a breve avrebbe rivisto LuAnn. E Riggs, naturalmente. A quanto pareva, quell'uomo sarebbe riuscito a tirare LuAnn fuori dai guai. Gli sembrava un miracolo. Si affacciò alla soglia della stanza accanto per dare un'occhiata a Lisa, che dormiva tranquillamente. Guardò i lineamenti delicati della bimba, così simili a quelli della madre. Sarebbe diventata alta come lei, ne era certo. Dieci anni erano passati come un lampo. Che ne sarebbe stato di tutti loro, nel futuro? Che ne sarebbe stato di lui, Charlie? La presenza di Riggs lo metteva fuori gioco. LuAnn si sarebbe presa cura di lui, ma nulla sarebbe più stato come prima. Al diavolo! Ne era valsa la pena, per trascorrere questi anni con lei.

Il trillo del telefono lo strappò dai suoi pensieri. Controllò l'orologio: le due di notte. Alzò il ricevitore.

— Charlie, sei tu?

— Ma chi parla?

— Matt Riggs.

— Riggs?... Cristo, dov'è LuAnn? Sta bene?

— Alla grande, Charlie. L'hanno preso, amico! Hanno arrestato Jackson!

— *Alleluja!* E dove l'hanno beccato, quel figlio di puttana?

— Charlottesville. Il Bureau teneva d'occhio l'aeroporto. Jackson e suo fratello gli sono caduti letteralmente in braccio.

— Suo fratello? Quale fratello?

— Roger Crane. I Federali non sanno ancora se c'entri nell'intera faccenda, ma non credo che gliene freghi poi molto. Era Peter Crane che volevano e lo hanno avuto. Ora vogliono che LuAnn torni a Washington per deporre contro di lui.

— A Washington? E quando?

— Domani mattina.

— Allora il nostro incontro quaggiù a Danville salta.

— Per questo ti sto chiamando. Tu e Lisa dovete fare le valigie e mettervi in rotta per Washington. Adesso, Charlie. Potete arrivare in mattinata. L'appuntamento è all'Hoover Building, all'incrocio tra la Nona Strada e Pennsylvania Avenue. Vi aspettano.

— E come la mettiamo con l'accusa di omicidio per LuAnn?

— Ho già sistemato tutto quanto io. Loro beccano Jackson, e LuAnn se ne va libera come l'aria. Immunità completa.

— Cristo, Riggs! È formidabile!... Mi hai dato la notizia più fenomenale degli ultimi dieci anni. LuAnn dov'è? Posso parlarle?

— È all'altro telefono con i Federali. Fammi un favore: devi dire a Lisa che la sua mamma le vuole tanto bene e che non vede l'ora di essere di nuovo con lei.

— Sarà fatto, amico!

Charlie chiuse la comunicazione e cominciò a preparare i bagagli. Cosa non avrebbe dato per vedere la faccia di quel figlio di puttana nel momento in cui l'Fbi gli arrivava addosso. Riempì in fretta la sua borsa da viaggio, e quella di Lisa. Tanto valeva andare a caricare la macchina e lasciare che la piccola dormisse ancora un po'. Con il cuore così leggero come non l'aveva da anni, Charlie aprì la porta della stanza, con le valigie in mano.

Immediatamente si bloccò. Sulla soglia c'era un uomo con un cappuccio nero e una pistola in pugno. Charlie reagì senza un brandello di esitazione, puro istinto, scaraventando entrambe le borse addosso alla sagoma. La pistola finì chissà dove per terra. In una frazione di secondo, il vecchio picchiatore del ring tornò a emergere, come se non avesse mai smesso. Afferrò l'uomo e lo trascinò nella stanza, mandandolo a sbattere contro il muro.

— Salve, Charlie. — Dietro di lui la porta si richiuse.

Charlie riconobbe la voce e si voltò, con una rapidità che colse Jackson di sorpresa. Il doppio ago dello storditore elettrico si conficcò nel suo petto, ma non prima che un ultimo, disperato pugno scaraventasse Jackson contro la porta.

La corrente elettrica continuò a fluire nel corpo di Charlie e nel suo sistema nervoso centrale. L'uomo cadde in ginocchio, mentre sussulti spastici lo scuotevano come una canna al vento. Cercò di resistere a quella forza inesorabile che sembrava trascinarlo sempre più giù, desiderando con tutta la sua volontà di potersi rialzare e distruggere l'avversario, ma il corpo si rifiutava di obbedire ai comandi.

Crollò di traverso, impotente, proprio mentre Lisa compariva sulla soglia della stanza, piccola, indifesa figura pietrificata dal terrore. Tentò un'ultima volta di rialzarsi, o meglio, riuscì solo a pensarlo, mentre Jackson chiudeva la distanza a passi rapidi, afferrava Lisa e le comprimeva una pezzuola sul naso e sulla bocca. Dieci, forse quindici secondi di inutile resistenza e Lisa si abbandonò inerte nella sua stretta, annullata dai vapori di cloroformio. Jackson la scaraventò tra le braccia del suo socio. — Portala nel furgone, e non farti vedere da nessuno.

L'uomo annuì debolmente, con il corpo ancora indolenzito per i pugni di Charlie. Da terra, quest'ultimo lo osservò inerme allontanarsi con Lisa. Poi il suo sguardo si spostò su Jackson, che si inginocchiava di fianco a lui.

— L'hanno preso, amico! — Non era la voce di prima. — Hanno arrestato Jackson! — Era la voce di Riggs!

Incapace di ogni reazione, Charlie poté solo guardare e aspettare.

Tornando al suo tono normale, Jackson disse: — Sapevo che la mia telefonata ti avrebbe fatto abbassare la guardia. Aprire la porta senza nemmeno dare un'occhiata fuori, con tutte e due le mani occupate e senza pistola. Che delusione! E pensare che eri stato così cauto e diligente nel verificare di non essere seguito. Per questo ho sistemato un trasmettitore miniaturizzato in ciascuna delle macchine del garage di Wicken's Hunt, compresa la tua Range Rover. È materiale molto costoso, sai, Charlie? Spionaggio via satellite. Tu e la bambolina avreste potuto scappare fino in Antartide, ma io vi avrei trovato comunque.

Con un movimento fluido, Jackson sfoderò la micidiale lama di acciaio.

— Lascia che sia più preciso, Charlie: tu non hai la minima importanza. È Lisa che mi interessa, ma solo per far uscire LuAnn dal buco nel quale è tornata a rintanarsi. Lo storditore elettrico è un prodigioso strumento, non sei d'accordo? Uno dei pochissimi che permettano di avere il controllo assoluto sul soggetto da eliminare lasciandolo pienamente cosciente.

Jackson ripose in una tasca l'apparecchio, lasciando gli aghi conficcati nel petto di Charlie. Questa volta non era preoccupato di lasciare tracce. Strappò la manica della camicia di Charlie, scoprendone il braccio fino al bicipite.

— Le scelte sono l'essenza della vita. Dieci anni fa, salendo su quell'aereo con LuAnn Tyler, tu hai compiuto la scelta sbagliata.

In una morsa, il pollice e l'indice di Jackson si serrarono sullo spesso chiasma venoso all'interno del gomito di Charlie, facendo risaltare la ritmica pulsazione circolatoria.

— Gli errori si pagano.

La lama aprì un solco profondo nel braccio di Charlie. Il suo sangue zampillò fino alla parete, disegnando su di essa un macabro affresco.

— L'effetto di paralisi generato dallo storditore ha una durata di circa quindici minuti. Purtroppo, ne basteranno dieci perché il taglio che ho praticato ti conduca alla morte per dissanguamento. È un vero peccato che tu non possa realmente sentire alcun tipo di sofferenza fisica nel vederti morire. Sono però convinto che il senso d'impotenza che proverai compenserà ampiamente questo sgradevole effetto collaterale. D'altra parte, non si può avere tutto. — Jackson si rimise in piedi. — Che la pace sia con te, buon vecchio Charlie. Presenterò i tuoi più affettuosi saluti a LuAnn Tyler un attimo prima di ucciderla. — Jackson pronunciò queste ultime parole con tono deciso; il suo volto era una maschera di odio. Sorrise a Charlie e uscì chiudendosi la porta alle spalle.

Jackson non poteva saperlo, ma i due aghi dello storditore non erano completamente penetrati nel torace di Charlie. Uno era stato intercettato dallo spesso crocefisso d'argento che lui portava al collo, l'altro parzialmente deviato. Cosicché, il voltaggio della scarica che lo aveva folgorato era stato di molte volte inferiore a quello su cui Jackson aveva fatto affidamento. Charlie si trascinò contro la parete e fece ripetutamente forza sulle ginocchia, finché riuscì a mettersi in posizione seduta. Grondando sudore, e con uno sforzo che gli parve inumano, centimetro dopo centimetro riuscì a portarsi le mani al petto e infine a sfilarsi gli aghi dello storditore.

Un calore divorante gli stava consumando le gambe e le ginocchia, ma Charlie tentò ugualmente di forzarle, finché non riuscì a tirarsi su, addossandosi alla parete. Strisciando contro il muro, raggiunse l'armadio e lo spalancò, afferrò con i denti un attaccapanni di legno e, aiutandosi con una mano, ne staccò l'elemento orizzontale destinato ai pantaloni. Strisciò poi sul pavimento e raggiunse il letto. Ancora con i denti, riuscì a stracciare il lenzuolo ottenendone delle strisce. Si legò lo straccio sopra lo squarcio nel braccio e infilò il pezzo di legno che era stato un attaccapanni. Poi cominciò ad applicare la torsione. Giro dopo giro, il flusso del sangue diminuì fino ad arrestarsi.

Forse ce l'aveva fatta a fermare l'emorragia. Forse poteva anche riuscire a chiamare qualcuno. Si spinse fino al telefono, sganciò il ricevitore e compose il numero delle emergenze. Dopo aver comunicato la propria posizione si lasciò andare sul letto, fradicio di sangue e di sudore. Non sapeva se sarebbe vissuto o no, ma aveva un unico pensiero in testa: Lisa. Jackson aveva preso Lisa. E avrebbe preso anche la madre. E lui non poteva far niente per evitarlo. Questo fu l'ultimo pensiero prima di perdere conoscenza.

Jackson osservava per la prima volta i lineamenti delicati di Lisa. "La stessa immagine della madre" pensava. "E lo stesso spirito combattivo."

La bambina era abbandonata nel furgone, in stato di profonda incoscienza. — Eri ancora una neonata l'ultima volta che ti ho vista — sussurrò Jackson. — Mi dispiace per quello che succederà.

Le diede un buffetto sulle guance, e subito ritirò la mano. Roberta, Donovan, sua sorella Alicia, e ora questa ragazzina. Quanti ancora avrebbe dovuto ucciderne? Quando tutto fosse finito, sarebbe dovuto rimanere nascosto da qualche parte per almeno cinque anni, prima di riprendere la propria vita. Ma adesso doveva uccidere ancora.

— Sto arrivando, LuAnn — mormorò, rivolto all'oscurità della notte.

LuAnn Tyler saltò a sedere sul letto sfatto, respirando convulsamente, col cuore che le martellava nel petto.

— Tesoro... — Matthew Riggs si trascinò a sua volta in posizione seduta, le circondò le spalle tremanti con il braccio buono. — Che cosa c'è?

— Lisa...

— Come?

— È successo qualcosa a Lisa!

— LuAnn, stavi sognando. Solo un brutto sogno...

— L'ha presa. Ha preso la mia bambina. La stava toccando, Matthew! L'ho *visto*!

— LuAnn, credimi: non è successo niente a Lisa! — Riggs

la costrinse a guardarlo. — Hai avuto un incubo. Chi non ne avrebbe in una situazione del genere? Perché non cerchi di calmarti?

LuAnn si liberò dalla sua stretta, saltò giù dal letto e accese la luce.

— Il telefono! Dov'è il cellulare?!

Lo trovò, pigiò sui tasti con furia e disperazione.

— Non risponde! — Rifece freneticamente il numero. — *Charlie non risponde!...*

— Sono le quattro del mattino! Perché accidenti dovrebbe rispondere? Lo avrà staccato!

— No! No! — LuAnn scosse la testa. — Non lo stacca mai, non capisci? MAI!

— D'accordo, non lo stacca mai. Allora forse s'è dimenticato di infilare la spina arrivando al motel. Gli si sarà scaricata la batteria...

— No! È successo qualcosa, qualcosa di terribile!

Riggs si alzò e la prese per le spalle, scuotendola violentemente.

— LuAnn, ascoltami. Lisa sta bene, e anche Charlie. Hai avuto un incubo. Domani li rivedremo e tutto andrà bene. Se ci muoviamo adesso e qualcuno ci segue, potrebbe essere tutto perduto.

Lei lo guardò, ancora spaventata. Poi si lasciò convincere dal tono tranquillizzante di Riggs a ritornare a letto e a spegnere la luce. Ma nel buio, LuAnn rimase a guardare il soffitto, pregando silenziosamente che fosse davvero solo un brutto sogno. Qualcosa dentro di lei le diceva che non era così.

56

I due agenti dell'Fbi si versarono del caffè dal thermos e lo sorseggiarono godendosi la calma del tardo mattino. Si stava alzando un vento freddo e nel cielo c'erano le avvisaglie di una perturbazione che avrebbe portato acqua a catinelle. Il posto di blocco dell'Fbi era stato approntato lungo la strada privata che portava a Wicken's Hunt.

Intorno alle undici, i due agenti videro un'auto approssimarsi e fermarsi accanto a loro. La guidava Sally Beecham, la domestica di LuAnn Tyler, che tirò giù il finestrino e somministrò loro un sorriso di circostanza. Non aveva più l'aria spaventata di due ore prima, quando aveva lasciato la tenuta per andare a fare spese in città. I Federali non erano entrati nel dettaglio dell'operazione, ma le avevano semplicemente spiegato che lei non c'entrava e che doveva andare avanti con la sua routine quotidiana. Le avevano fornito comunque un numero di telefono da chiamare in caso notasse qualcosa di sospetto.

— Ne ha comprata di roba — disse l'agente accennando alle borse sui sedili posteriori dell'auto, e facendole cenno di passare. — Ma credo sarà difficile che la signorina Savage si presenti per cena. — Il collega grugnì sornionamente.

Un paio di minuti più tardi, i due agenti videro un furgone arrivare dalla statale.

Erano in due: un uomo anziano, che diceva di essere il giardiniere di Wicken's Hunt, e uno giovane, il suo assistente. I loro documenti d'identità erano a posto. Anche secondo la centrale Fbi di Charlottesville, contattata via radio, i loro documenti d'identità erano in regola. Come pure i documenti del veicolo. Nell'interno c'erano falciatrice, carriola e attrezzi vari. Il giardiniere e il suo assistente vennero lasciati passare. Per sicurezza, uno degli agenti li seguì in macchina fino alla casa.

Per qualche ragione, l'allarme antifurto della proprietà era in funzione. L'agente balzò fuori dall'auto con l'arma in pugno. Il portone di Wicken's Hunt era aperto e Sally Beecham, sulla soglia, stava trafficando con quello che doveva essere il quadro di controllo del sistema d'allarme.

Quando la sirena smise di suonare l'agente si tranquillizzò. Guardò il giardiniere e il suo fido assistente scaricare alcuni attrezzi dal furgone ammucchiandoli sulla carriola, e sparire dietro l'angolo della villa. Risalì in macchina e raggiunse il collega all'ingresso.

Riggs fece scorrere un ennesimo sguardo sul parcheggio del motel appena fuori Danville. Qualsiasi cosa fosse successa, loro erano arrivati troppo tardi. I poliziotti, gli infermieri e l'elicottero-ambulanza se ne erano andati da un pezzo. Da ciò che aveva raccontato il gestore del motel, non era chiaro se si fosse trattato di un'aggressione o di un tentato omicidio. Nella notte c'era stata una telefonata alla polizia e l'uomo nella stanza 112 era stato trovato in fin di vita, probabilmente per una ferita d'arma da taglio. Il direttore del motel non era in grado di dire se nella 112 ci fosse anche una bambina.

— Sei sicura che fosse la 112? — chiese Riggs a LuAnn.

— Certo che lo sono! — chiuse gli occhi. Lo sapeva. Sapeva che era successo qualcosa. Il pensiero di Lisa nelle mani di Jackson era intollerabile.

— Fammi capire, LuAnn: esisterebbe quindi una specie di... — Riggs scosse il capo, cercando le parole adatte — *legame psichico* tra Jackson e te?

— Non tra Jackson e me, maledizione! Tra *mia figlia* e me!

Quell'affermazione metteva fine a qualunque discussione. Riggs guardò LuAnn che cercava di riprendere fiato, con il volto tra le mani.

— D'accordo, LuAnn. — Le passò la mano tra i capelli. — Cerchiamo di saperne di più.

Non volendo recarsi dalla polizia, le cui domande potevano risultare imbarazzanti, Riggs risolse di telefonare direttamente a Masters. Gli spiegò per sommi capi quanto era successo al motel, e restò in linea in attesa di informazioni.

Appoggiato alla parete della cabina, cercò gli occhi di LuAnn. Tentò di abbozzare un sorriso rassicurante, ma non riuscì. Non c'era nulla di rassicurante in quella situazione.

— Matthew... — La voce di Masters tornò a farsi sentire.

— Sono qui.

— Ho appena fatto un controllo presso la polizia di Danville. Un uomo è stato effettivamente accoltellato. Stando alla sua patente, si chiama Robert Charles Thomas.

Riggs serrò nervosamente il ricevitore.

— Come sarebbe a dire *stando alla sua patente*?

— Era svenuto quando lo hanno tirato su da terra. Ha perso moltissimo sangue per una ferita di coltello al braccio. Inflitta in modo... diciamo professionale: chi ha fatto il lavoro voleva che Thomas morisse dissanguato. C'erano anche i dardi di uno storditore elettrico nella stanza. Deve essere stato così che è stato messo fuori combattimento prima di fargli il lavoretto. Non sanno ancora se riuscirà a farcela o no.

— Senti, George, hai una descrizione?

All'altro capo, ci fu un frusciare di carte. — Sulla sessantina, un metro e ottanta, molto ben piantato. E per essere sopravvissuto a una cosa simile, dev'essere più forte di un toro.

Riggs respirò a fondo. Nessun dubbio: si trattava di Charlie. — Dove lo hanno portato?

— Ospedale dell'Università della Virginia a Charlottesville.

— George, nel rapporto della polizia locale c'è qualche menzione... — Riggs s'interruppe. LuAnn stava già ascoltando da un po' a un passo da lui e i suoi occhi erano come cristalli di ghiaccio. — C'è qualche menzione a una bambina di circa dieci anni che era con lui?

— Sembra che l'uomo abbia ripreso conoscenza per qualche momento e che abbia fatto un nome...

— Lisa?

Per un lungo momento, nell'auricolare ci fu solo il rumore di fondo.

— È la figlia, non è così, Matthew? — domandò Masters in tono teso. — Crane l'ha presa, non è vero?

— Così pare.

— Matthew, dove siete?

— Non credo di poterti dare questa informazione, George.

Masters prese a parlare con una certa veemenza. — Si è preso la bambina e i prossimi sarete voi due. Rientra, Matt. E porta anche la donna. Solamente noi siamo in grado di proteggervi. E tu lo sai!

— Devo pensarci.

— Pensare a cosa, a ricevere quella ragazzina in ventisette pezzi? Ascolta, Matt. Tornate a casa, a Wicken's Hunt. L'ho già messa sotto sorveglianza ventiquattr'ore su ventiquattro. Se la Tyler ci sta, vi mando l'intero esercito a farvi da balia.

Riggs coprì il microfono con la mano e affrontò LuAnn. — Charlie è all'ospedale, non sanno se ce la farà. L'ospedale di Charlottesville non è lontano da qui, e stanno facendo tutto il possibile. Masters vuole che smettiamo di correre. L'Fbi può proteggerci. Se vuoi, possiamo andare a casa tua. È sotto sorveglianza...

LuAnn gli strappò il telefono di mano. — Nessuno può proteggere nessuno. Non contro Jackson. Statemi...

— Signorina Tyler, sono l'agente speciale Masters. Lei deve...

— Statemi fuori dai piedi, agente speciale Masters. Jackson ha mia figlia. E adesso vado a riprendermela. Sono stata chiara?

— Mi ascolti...

— No, *lei* ascolti me. Voi dovete solo stare fuori dai piedi. Se Jackson si accorge che gli siete addosso, la ucciderà.

Masters cercò di mantenersi calmo. — Signorina Tyler, non può essere sicura che lui non le abbia già fatto qualcosa.

La risposta di LuAnn fu sorprendente per prontezza e convinzione. — Non l'ha toccata. Non ancora. Lisa è solo uno strumento. È *me* che vuole.

— Quell'uomo è uno psicopatico, signorina Tyler. E con gli psicopatici non è possibile essere sicuri di niente.

— Sia invece lei sicuro di una cosa, signor agente federale. Se mia figlia muore perché lei o uno dei suoi scagnozzi arriva anche per sbaglio troppo vicino a Jackson, non esisterà un solo posto al mondo in cui lei riuscirà a nascondersi da me!

Seduto alla sua scrivania nell'Hoover Building, con un'esperienza venticinquennale di operazioni anticrimine ad alto livello, circondato da migliaia di agenti dell'Fbi superbamente addestrati, George Masters non riuscì a non rabbrividire nell'udire quelle parole.

— LuAnn, fermati!...

Riggs le corse dietro e l'afferrò per un braccio, ma lei si liberò con uno strappo. Si trovarono a faccia a faccia.

— D'accordo — riprese Riggs — avevi visto giusto. Il legame tra Lisa e te esiste. Ma anche quello che dice Masters è vero!

LuAnn riprese a muoversi verso la macchina.

— Staranno ai patti, LuAnn! Se tu accetti, ti proteggeranno da quell'uomo! Lascia che resti io fuori a cercarlo.

— Ascolta Matthew, Lisa è mia figlia. E rischia di morire per colpa mia... mia e di nessun altro, capisci? Non sappiamo se Charlie vivrà. Tu sei vivo per puro miracolo. Tre altre persone sono state assassinate. Non permetterò più a nessuno di rischiare la morte in cambio di questa patetica, miserabile farsa che mi ostino a chiamare vita! — Dopo avergli gridato in faccia tutta la propria disperazione, LuAnn rimase senza fiato.

— Non ti manderò ad affrontarlo da sola, LuAnn. Non vuoi i Federali? D'accordo; allora non li voglio neanch'io. Ma da sola non ti lascio; questa partita ce la giochiamo insieme.

— Ma mi stai ascoltando, Riggs? Via, vattene lontano da me! Io sono in un vicolo cieco, ancora non ci arrivi? Vattene da qualche altra parte. Torna dai tuoi amichetti federali. Perché se resti con me, sei un uomo morto.

— Non posso, LuAnn. Quell'uomo mi cercherà e mi ucciderà comunque, Fbi o no. E per essere sincero, sono troppo vecchio e stanco per ricominciare a fuggire e a nascondermi di nuovo. Preferisco entrare nella tana del leone e affrontarlo a viso aperto.

Riggs riprese fiato, avvicinandosi a lei ancora di più

— In questa partita contro Jackson, probabilmente abbiamo un'unica mano da giocare. Io sono pronto a giocarla, LuAnn. Insieme a te. Ma solo se anche tu sei pronta a farlo... insieme a me. — Riggs rabbrividì nel vento fattosi di colpo più freddo. Era a un passo da lei, in attesa della sua decisione. LuAnn ruppe il silenzio.

— Muoviamoci.

La stanza era completamente buia. Fuori, la pioggia stava scrosciando da parecchie ore. Lisa si contrasse sulla sedia. Arcuò il collo e si impegnò in alcune smorfie nel tentativo di sollevare il bordo inferiore della benda che le copriva gli occhi. Niente da fare.

— Hai fame? — La voce le arrivò da molto vicino, sorprendendola.

— Chi sei tu? — disse tremando.

— Un vecchio amico di tua madre. Queste corde non sono troppo strette, vero?

— Dov'è lo zio Charlie?

Jackson sogghignò. — Zio, addirittura. Molto carino...

— Che cosa gli hai fatto?

— Lo zio Charlie non è rilevante. Forse vuoi qualcosa da bere?

Lisa esitò. — Magari un po' d'acqua...

Lisa udì un tintinnare di vetri dietro a lei, e del liquido che veniva versato. Poi una sensazione di freddo sulle labbra, che d'istinto la spinse a ritrarsi.

— È solo acqua, non ho intenzione di avvelenarti.

Lisa bevve avidamente l'intero contenuto del bicchiere.

— Dove siamo? Perché stai facendo questo?

— Tua madre e io eravamo in affari molto tempo fa, e recentemente, per colpa sua, sono successe delle cose che mi hanno costretto a rifarmi vivo.

— La mia mamma non può averti fatto niente di male!

— Devo darti una delusione. Io le ho dato tutto quello che mai avrebbe potuto desiderare, ma lei mi ha ripagato tentando in ogni modo di distruggermi.

— Non ti credo!

— Mi stupirei del contrario. Ma è giusto che tu sia leale nei confronti di tua madre. La famiglia è tutto.

— La mia mamma verrà a prendermi.

— È esattamente ciò su cui conto.

Lisa ebbe un fremito nel cogliere la minaccia di quelle parole. — Tu vuoi farle del male, non è vero? — gridò tentando di ricacciare indietro le lacrime. — Quando lei verrà a prendermi, tu le farai del male!...

— In caso ti servisse qualsiasi altra cosa, non hai che da farmelo sapere.

— Non fare del male alla mia mamma! Ti prego!...

Jackson fece del suo meglio per ignorare la supplica di Lisa, così come il suo pianto, che lentamente andava esaurendosi in sommessi singhiozzi. Aveva visto Lisa quando era un'infante di otto mesi di vita, la rivedeva ora, sbocciata in una splendida bambina. Se LuAnn non avesse accettato la sua offerta, quasi certamente Lisa sarebbe finita in un orfanotrofio. Ma ora era lì da sola, legata su una sedia e bendata, il capo chino sul petto, tentando di combattere l'angoscia. Davvero troppo, per una bambina di dieci anni. Forse sarebbe stato addirittura meglio crescere in una famiglia di estranei, senza aver mai conosciuto la sua vera madre.

Jackson non avrebbe voluto fare del male a Lisa, ma così girava il mondo. La vita è ingiusta, aveva detto a LuAnn nel corso del loro primo incontro. Se si vuole qualcosa, bisogna prenderla, prima che lo faccia qualcun altro. Solo i più furbi, i più dotati possono sopravvivere. Gli altri sono destinati a soccombere.

Cercò di rilassarsi, conservando le energie per le mosse successive. Non mancava molto all'inizio. Né alla fine.

57

Era la prima volta che LuAnn metteva piede in un ospedale, ma quel giorno non aveva tempo per rifletterci. Il suo unico pensiero era per l'uomo che stava cercando: Charlie. Superò quasi di corsa il cartello con le indicazioni per i vari reparti nel vasto atrio dell'Ospedale dell'Università della Virginia, dotato di una rinomata unità traumatologica.

C'era un poliziotto in uniforme a piantonare la stanza privata del paziente Robert Charles Thomas. S'irrigidì nel vedere LuAnn che puntava verso la porta a passo di carica.

— Mi dispiace, signora — disse l'agente sbarrandole la strada. — Non sono ammesse visite.

LuAnn stava per reagire violentemente quando sopraggiunse Riggs.

— Come va, Billy?

L'agente si voltò e la sua espressione si distese. — Non male. E tu?

Riggs indicò la fasciatura. — Niente pallacanestro, almeno per un po'. — Accennò a LuAnn. — La signora è nipote del signor Thomas. Ti dispiace se entriamo?

— Matt, sono stati chiari alla centrale: niente visite.

— Solo per un momento — disse LuAnn in tono gentile.

L'agente si fece da parte. LuAnn entrò per prima e Riggs la seguì, stringendo il braccio al poliziotto in segno di ringraziamento.

Charlie era pallidissimo in volto, ma i suoi occhi rimanevano guizzanti e vigili. Quando vide LuAnn, accennò un sorriso.

— È bello rivederti — sussurrò.

LuAnn si avvicinò e gli prese una mano tra le sue. — Grazie a Dio, sei vivo.

La porta si aprì e un uomo di mezza età in camice bianco con una cartellina in mano entrò nella stanza. — Sono il dottor Reese — si presentò.

— Matt Riggs. Lei è la signorina Savage, nipote del paziente.

— Il signor Thomas è stato certamente abile con quel laccio emostatico di fortuna. Ha fermato l'emorragia prima che fosse troppo tardi.

— Questo vuol dire che è fuori pericolo?

— Senza dubbio. Gli abbiamo praticato parecchie trasfusioni e abbiamo suturato la ferita. Ora tutto ciò che gli serve è il riposo, per recuperare le forze.

— Io sto benissimo — disse Charlie accennando a mettersi seduto. — Quando potrò uscire?

— Ci vorranno almeno un paio di giorni prima che possa rimettersi in piedi.

Charlie assunse un'aria depressa.

— Tornerò domani mattina a darle un'occhiata. — Si rivolse a Riggs e LuAnn. — Nel frattempo, non lo stancate. Deve riposare.

Non appena la porta si richiuse alle spalle del medico, Charlie afferrò la mano di LuAnn. — E Lisa?

Lei riuscì solo a chiudere gli occhi e ad abbassare la testa, mentre lacrime copiose le rigavano il volto.

— Ho detto alla polizia tutto quello che sapevo — Charlie si rivolse a Riggs. — Però non prenderanno quel figlio di puttana nemmeno in cent'anni. Dobbiamo fare qualcosa. Si è messo in contatto con voi?

— Sarò io a contattarlo — disse LuAnn. — Ma prima dovevo venire da te, Charlie. Mi avevano detto che eri in pericolo di vita.

— Ci vuole ben altro — accennò Charlie con una smorfia. — Mi dispiace, LuAnn, ci sono cascato come l'ultimo degli idioti. Ha chiamato nel mezzo della notte, imitando la voce di Matthew. Ha detto che i Federali aveva beccato Jackson. Ha detto di fare i bagagli e di mettersi immediatamente in strada per Washington, in modo da incontrare voi all'Hoover Building. Così ho abbassato la guardia, ma avrei dovuto capire che era una trappola...

— Hai rischiato di morire per Lisa e anche per me. — LuAnn gli passò una mano sulla fronte.

Charlie allargò le braccia e la strinse forte a sé.

— Andrà tutto bene — aggiunse LuAnn, con più ottimismo di quanto non provasse in quel momento.

— Conosci quell'uomo. Può farle qualunque cosa.

— Lui vuole me. — LuAnn scambiò uno sguardo con Riggs. — L'Fbi sa qual è la sua vera identità, gli sta addosso e sta mandando a pezzi il suo intero sistema. È stato costretto a uccidere: Donovan, Bobbie Jo Reynolds e probabilmente sua sorella... E ritiene che la causa dei suoi problemi sia io.

— È pazzo!

— Ma lo pensa davvero.

— Quale sarebbe il piano d'attacco, LuAnn? — disse Charlie con determinazione. — Vai semplicemente a buttarti tra le sue grinfie?

— È proprio quello che pensavo anch'io — s'intromise Riggs. — LuAnn, non puoi fargli una telefonata dicendo: "Non si preoccupi, signor Jackson, arrivo lì subito così può ammazzare anche me".

LuAnn tacque.

— Riggs ha ragione — disse Charlie sbarazzandosi delle coperte.

— Cosa diavolo stai cercando di fare? — insorse LuAnn.

— Mi vesto.

— Non hai sentito cosa ha detto il dottore?

— Sono vecchio, e il mio udito non è più quello di una volta.

— Ma Charlie...

— Ascolta, LuAnn — riprese Charlie inciampando nel tentativo di infilarsi i pantaloni. LuAnn lo sostenne per il braccio sano, mentre Riggs lo reggeva dall'altra parte. — Io non ho nessunissima intenzione di restarmene qui sdraiato in un letto mentre Lisa è nelle mani di quell'uomo. Che tu lo approvi o no, non mi interessa.

LuAnn annuì. — Sei un vecchio orso testardo. Lo sai vero?

— Un braccio funziona ancora — continuò Charlie. — Lascia che riesca a metterlo attorno al collo di quel figlio di puttana...

— Ehi, con il mio, di braccia che funzionano ne abbiamo due — disse Riggs alzando il suo braccio ferito.

— E come la mettiamo con il tipo lì fuori? — chiese LuAnn appoggiandosi le mani sui fianchi.

— Ci penso io — disse Riggs.

LuAnn raccolse il resto della roba di Charlie, incluso il cellulare, e infilò tutto in una borsa di plastica dell'ospedale.

Quando Charlie si fu rivestito, Riggs si avviò alla porta della stanza. — Ehi, Billy, non è che andresti giù al bar a prendermi un paio di tazze di caffè e qualcosa da mettere sotto i denti? Ci andrei io, ma con questo braccio non ce la faccio a portare niente. E poi — aggiunse abbassando la voce — lei ha i nervi a pezzi e non mi va di lasciarla sola.

— Vedi, Matt, il fatto è che non potrei abbandonare il posto...

— Do io un'occhiata, non ti preoccupare — replicò Riggs tirando fuori dei soldi dalla tasca. — E prenditi qualcosa anche tu. L'ultima volta che abbiamo giocato insieme, ti sei divorato un'intera pizza da solo. — Riggs lanciò un'occhiata sorniona al fisico massiccio dell'ex collega. — Ehi, non vorrei proprio che tu corressi il rischio di dimagrire.

Billy prese i soldi e sorrise. — Tu sai come far felice una persona.

Non appena Billy fu in ascensore e le porte si chiusero, Charlie, LuAnn e Riggs sgusciarono fuori dalla stanza e poi dall'ospedale, sotto l'acqua scrosciante. Raggiunsero la macchina con la rapidità che Charlie consentì loro, poco più che un peso morto sorretto da entrambi i lati.

Ripresa la Route 29, Charlie li aggiornò su ciò che era successo al motel, compresa la presenza di un altro uomo a fianco di Jackson. Quando il racconto fu terminato, si sporse verso il sedile anteriore. — E ora cosa facciamo?

LuAnn si infilò in un'area di servizio ed estrasse un biglietto dalla tasca. — Vado a telefonare.

— E poi? — chiese Riggs.

— E poi sappiamo già cosa le dirà! — protestò Charlie. — Combinerà un incontro. E se lei si presenta all'incontro, lui la fa fuori.

— E se non mi presento, farà fuori Lisa.

— La farà fuori comunque — insistette Riggs.

— No, se sarò io a inchiodarlo per prima. — Nel loro confronto diretto al villino nei boschi, c'era quasi riuscita. Ma Jackson questo lo sapeva. Non avrebbe nuovamente corso il rischio del corpo a corpo. Tuttavia, se lui poteva cambiare strategia, anche lei era in grado di farlo.

— LuAnn, so che hai molte frecce al tuo arco — disse Riggs. — Ma stiamo parlando di qualcuno molto speciale.

— Matthew ha ragione! — approvò Charlie.

— Grazie per la fiducia! — LuAnn non attese una risposta, tolse di tasca il telefono cellulare e compose il numero. — Ma ricordate che io ho *due* braccia buone.

Charlie e Riggs rimasero in silenzio, mentre LuAnn lasciava il proprio numero a quella che doveva essere una segreteria telefonica. Dopo meno di due minuti, il telefono cellulare suonò.

Jackson non le diede il tempo di parlare. — Il mio telefono è collegato a un congegno antintercettazione. Entro cinque secondi da questo istante, saprò se questa conversazione è tenuta sotto controllo da qualcuno che vuole rintracciarmi. Se così fosse, in un attimo riagganceró e taglierò la gola a Lisa.

— Nessuno sta cercando di rintracciarla.

Per cinque secondi Jackson tacque. LuAnn se lo immaginò mentre teneva d'occhio il congegno antintercettazione, forse sperando che lei gli avesse mentito.

— La ringrazio per aver evitato il peggio — riprese Jackson, con tono condiscendente, dopo quell'interminabile pausa.

— Dove e quando?

— Calma, calma. Non vuole fare un po' di conversazione? Dove sono finite le sue buone maniere? Cos'è successo alla nostra principessa?

— Voglio parlare con mia figlia!

— Un vero peccato, per lo zio Charlie — continuò Jackson. Era seduto sul pavimento, al buio, e parlava con tono casuale, indifferente. Voleva che lei cedesse al panico, che lo sentisse completamente padrone della situazione. Al momento giusto, sarebbe venuta da lui, obbediente, pronta a ricevere la giusta punizione. A incontrare il suo carnefice.

— Voglio parlare con Lisa!

— Come fa a sapere che non l'ho già uccisa?

— Cosa?

— Può parlarle, ma come può essere sicura che non sia la mia voce? "Mammina, mammina, aiutami"... Sono bravo in queste cose. Parlarle non servirà a tranquillizzarla.

— Figlio di puttana!

— Vuole parlarle ugualmente?

— Sì.

— Sì come?

— Sì... per piacere!...

— Un attimo solo. Non ricordo dove l'ho messa quella benedetta bambina...

Riggs tentava in tutti i modi di ascoltare la conversazione. Esasperata, LuAnn cercò di concentrarsi su ogni minimo rumore di sottofondo.

— Mamma, mamma, sei tu?

— Sì tesoro, amore mio. Mi dispiace...

— Oh, mi scusi, sono ancora io. "Mamma ci sei?" — Jackson imitava la vocina di Lisa alla perfezione. LuAnn era senza parole, completamente sconvolta.

— La lascerò parlare con sua figlia. Nella *realtà*. Le concederò questo attimo di emozione. Dopodiché, LuAnn, lei farà esattamente quello che io le dirò di fare, *altrimenti*...

Non terminò la frase, non ce n'era bisogno. Ci fu un lungo silenzio.

LuAnn cercò di liberarsi del peso che sentiva sul cuore. Sapeva quello che lui cercava di farle, il gioco sottile con cui la stava esasperando. Ma non poteva farci niente, almeno per il momento.

— Sono stato chiaro, LuAnn?

— Sì.

Qualcosa.

C'era *qualcosa* tra i rumori di fondo! Lo sguardo di LuAnn volò all'orologio nel cruscotto della macchina. Esattamente le cinque del pomeriggio. Quello che avrebbe potuto essere lo spettro di un sorriso apparve sui lineamenti di lei. Un sorriso e al tempo stesso una *speranza*.

— Mamma?...

— Lisa! Sono con te, piccola. Ti porto a casa...

— Ora che le ha parlato, LuAnn — riprese Jackson — torniamo a noi. Mi richiamerà domattina, esattamente alle dieci. Io le comunicherò il luogo dell'incontro. Se ci sarà qualcuno in giro, sua figlia sarà morta.

LuAnn Tyler chiuse il contatto.

— Vuole te in cambio di Lisa! — tuonò Matthew Riggs.

— Così deve essere — rispose LuAnn. — E così sarà.

— Come fai a sapere che la lascerà andare? Non puoi fidarti di lui — implorò Charlie.

— Lo so. Vuole soltanto me.

— Dev'esserci un'altra strada! — esclamò Riggs.

— No, non c'è. E tu lo sai. — LuAnn accese il motore.

Aveva ancora una carta da giocare. Ma Charlie e Riggs non sarebbero stati della partita. Avevano già fatto abbastanza per lei. Jackson era quasi riuscito a ucciderli, e lei doveva fare in modo che non ci riprovasse. Toccava a lei salvare sua figlia. Per tutta la vita aveva dovuto contare solo su se stessa, e sarebbe stato così anche questa volta. Sapeva che poteva farcela. E sapeva anche qualcos'altro. Sapeva dove erano nascosti Jackson e Lisa.

58

La pioggia cadeva meno fitta, ma il temporale continuava a spazzare la radura. LuAnn aveva fissato una coperta contro il vetro infranto della finestra. Riggs aveva acceso il riscaldamento al massimo, e l'ambiente era diventato confortevole. I resti del pasto erano abbandonati sul tavolo della cucina. Riggs aveva guardato le macchie di sangue, del suo sangue, sul pavimento del salotto. Poi, con l'aiuto di Charlie, aveva trasportato i materassi giù dalle camere del piano superiore e li aveva stesi sul pavimento di legno.

Avevano deciso che il villino era il posto migliore per trascorrere la notte. Charlie e Riggs avevano tentato in tutti i modi di convincere LuAnn a cambiare idea. Alla fine, lei aveva acconsentito a contattare l'Fbi l'indomani mattina, prima di telefonare a Jackson. Forse loro sarebbero riusciti a individuare da dove chiamava. Più tranquilli, i due uomini le avevano concesso il primo turno di guardia e si erano addormentati, esausti.

LuAnn, le spalle alla finestra, li osservava. Controllò l'orologio: era passata mezzanotte. Si assicurò che la sua pistola fosse carica, quindi si inginocchiò accanto a Charlie e gli diede un breve bacio sulla guancia. Lui si mosse appena. Si avvicinò a Riggs. Studiò il ritmico alzarsi e abbassarsi del suo torace, gli spostò delicatamente i capelli dalla fronte. Non c'erano molte probabilità che si rivedessero. Si raddrizzò, appoggiandosi alla parete, oppressa da quel pensiero e da ciò che l'attendeva.

Scivolò fuori, nella pioggia.

Uscì dalla finestra, in modo da evitare di farsi tradire dal cigolio dei cardini della porta d'ingresso. Superò la Mercury parcheggiata nella radura e puntò dritta al capanno sul retro del villino. Joy, il suo cavallo, era ancora là: in quelle ultime, convulse giornate, LuAnn non aveva avuto modo di avvertire di andarla a riprendere. Non era stato necessario: il capanno era caldo e asciutto, c'erano acqua e fieno in abbondanza. Sellò l'animale e, senza fare rumore, si inoltrò nel bosco.

La coppia di fari emerse dal buio.

LuAnn abbassò di scatto il binocolo e si accucciò. Il fascio luminoso sciabolò su di lei, passò oltre, continuò ad allontanarsi. Era acquattata lungo il perimetro della radura dietro Wicken's Hunt. Nessuno l'aveva vista mettere Joy nella stalla. Aveva preso il binocolo e si era nascosta tra gli alberi.

LuAnn riprese a osservare. La macchina si fermò davanti al garage e un uomo scese dal posto di guida. I fari dell'auto fecero scintillare la scritta gialla FBI sul retro della sua giubba di nylon scuro. L'agente completò il suo giro, risalì in macchina e ripartì.

LuAnn uscì allo scoperto e corse fino al fianco dell'edificio. L'auto si stava allontanando lungo la strada privata. Là dove Thomas Donovan e lei avevano avuto il loro primo incontro ravvicinato. Là dove l'intero incubo aveva avuto inizio. Le luci rosse scomparvero alla vista.

LuAnn si passò le dita tra i capelli fradici. L'Fbi sorvegliava la casa, era questo che Riggs aveva appreso dalla sua conversazione con Masters. E forse, ora avrebbe potuto aiutarla... No, l'avrebbero arrestata e basta. E lei non voleva coinvolgere nessuno nel regolamento di conti conclusivo con Jackson. Lui la stava aspettando, voleva lei in cambio di sua figlia. Ma avrebbe avuto più di quanto si aspettasse.

Quando raggiunse l'entrata di servizio, sul retro, notò l'auto di Sally Beecham parcheggiata accanto. Stupita, passò oltre e gettò una rapida occhiata attraverso i vetri della porta, per individuare il pannello del sistema d'allarme. Luce verde. Staccato. Ebbe un breve sospiro di sollievo. Nel disinserirlo avrebbe provocato un ronzio che avrebbe attirato l'attenzione. LuAnn inserì la chiave nella serratura, aprì la porta, penetrò nella cucina immersa nella penombra. Tutto immobile, tutto silenzioso. Non c'era da stupirsi, considerando che mezzanotte era passata da un pezzo.

A guidare LuAnn a Wicken's Hunt era stato un rumore, qualcosa in sottofondo durante la telefonata tra lei e Jackson. Il ticchettio inconfondibile della vecchia sveglia che sua madre le aveva lasciato, e da cui non aveva mai voluto separarsi. Si era dimostrata la più preziosa eredità che potesse toccarle, perché le aveva rivelato dove si trovava Jackson, e dov'era sua figlia. Era rimasta impressionata dal sangue freddo dell'uomo. Solo lui avrebbe potuto scegliere come rifugio quella casa, costantemente sorvegliata dagli uomini dell'Fbi. In pochi minuti, il suo incubo si sarebbe materializzato di fronte a lei.

Cominciò ad avanzare lungo il corridoio, quando udì delle voci. Molte voci, tutte sconosciute. LuAnn s'inchiodò nel buio. Assieme alle voci, le arrivò una luce baluginante, e una strana musichetta. Un televisore. Con la punta dell'indice, LuAnn spinse una porta lasciata socchiusa, la fece ruotare silenziosamente su un interno illuminato solo dalla pulsazione del teleschermo. C'era una forma umana, stagliata davanti allo schermo. Spalle strette, capelli sistemati in un'acconciatura fuori moda. Sally Beecham stava guardando la TV. O forse era morta. L'immobilità era totale.

Per un attimo, la mente di LuAnn fu risucchiata all'indietro, a dieci anni prima. Un altro televisore baluginante. Un'altra forma immobile davanti a un video. Duane Harvey, seduto nella sua roulotte, il petto insanguinato, il volto grigio come l'asfalto. La sua caduta come senza fine... prima che qualcuno la attaccasse alle spalle!

LuAnn si voltò di scatto. Nessuno. Non c'era nessuno dietro di lei. Ma Sally Beecham si era svegliata e ora la fissava, gli occhi sbarrati dal terrore, la destra premuta sul petto, quasi non riuscisse a respirare.

— Shhhh!... — LuAnn si portò l'indice alle labbra. — Sally! Sono io!...

Sally Beecham pareva troppo frastornata per dire qualsiasi cosa, per abbozzare qualsiasi reazione.

— C'è qualcuno nella casa, Sally. Un intruso. Hai visto niente di strano?

Sally riuscì a scuotere la testa, rughe di paura le deformavano l'espressione. Puntò il dito verso se stessa. C'era solamente lei a Wicken's Hunt.

Fu in quel preciso istante che un pensiero colpì LuAnn. Un pensiero terribile, che la fece impallidire.

Sally Beecham non parcheggiava mai dietro alla casa. Metteva sempre l'auto nel garage collegato direttamente con la cucina. La mano di LuAnn si strinse attorno al calcio dell'arma. Guardò il volto della donna. La luce fioca non le permetteva di rischiare. — Ascoltami, Sally. Voglio che tu vada nella dispensa, immediatamente. Ti chiuderò dentro, per sicurezza.

Uno sguardo inquieto frugava il suo viso. Poi LuAnn notò un movimento furtivo della mano di Sally, dietro la schiena. Spianò l'arma. — Muoviti, o ti ammazzo. E butta la pistola, tenendola per la canna. — Udì un breve rumore, quando la persona che le stava di fronte lasciò cadere l'arma sulle assi del pavimento.

Mentre la presunta Sally Beecham la precedeva nel corridoio, LuAnn allungò la mano e le afferrò i capelli. La parrucca venne via, rivelando una chioma corta e scura. L'uomo ebbe un'esitazione, ma lei gli puntò la pistola alla tempia.

— Si sbrighi, signor Jackson. O forse dovrei dire signor Crane? — Non nutriva alcuna speranza sulla sorte di Sally Beecham, e non era questo il momento di indagare. Si augurò soltanto di avere l'opportunità di vendicarla.

Giunti in cucina, LuAnn spalancò la porta della dispensa, spinse dentro l'uomo, richiuse la porta di schianto e tirò il chiavistello con un gesto deciso. Dieci centimetri di solida quercia della Virginia. Niente chiave, niente serratura. Jackson ci avrebbe messo parecchio per uscire di là. E a lei non serviva molto tempo.

Vuota. La casa era maledettamente vuota! Un corridoio dopo l'altro, una porta dopo l'altra, una stanza dopo l'altra. Era certa che Lisa fosse nella stanza da letto padronale, ma non poteva correre rischi. Drizzò le orecchie per cogliere un suono, una vibrazione, un respiro, qualsiasi cosa potesse dirle che sua figlia stava bene. Non udì nulla.

LuAnn arrivò di fronte all'ultima porta.

Un lampo illuminò il cielo a giorno, seguito dallo schianto di un tuono. Matthew Riggs si svegliò sul materasso inzuppato, il vento e la pioggia che gli frustavano la faccia. La coperta inchiodata alla finestra distrutta era stata strappata via.

— LuAnn?...

Riggs si trascinò in piedi, mentre Charlie si agitava da qualche parte nel buio.

— Matt! Che accidenti succede?...

— Se n'è andata!

— Che cosa?

In un attimo avevano setacciato tutto il villino.

Riggs spalancò la porta sulla tempesta. La Mercury era ancora là fuori. Si guardò intorno, sconsolato.

Entrambi uscirono nel portico, affrontando le raffiche di pioggia.

— LuAnn! — gridò Charlie. Riggs lo afferrò per la spalla, indicò: — Guarda!

Le porte del capanno erano spalancate. Un lampo mostrò loro le orme degli zoccoli nel terreno fangoso.

— Aveva lasciato il cavallo, là dentro! — Riggs fu costretto a urlare per farsi udire al di sopra di un'ennesima scarica di tuoni. — LuAnn è andata a casa!

— E perché l'avrebbe fatto?

— Sa che i Federali sorvegliano il posto. — Riggs stava pensando ad alta voce. — Che cosa c'è a Wicken's Hunt di tanto importante da farle rischiare il collo? — Vide Charlie impallidire.

— Cosa c'è?

— Una volta LuAnn mi ha rivelato una delle regole basilari di Jackson.

— E cioè?

— Se vuoi nascondere qualcosa, mettila sotto gli occhi di tutti, e nessuno la noterà.

Riggs capì immediatamente. — Lisa è là.

— E anche Jackson — concluse Charlie.

Si infilarono in macchina. Mentre Charlie guidava, Riggs estrasse il cellulare e chiamò la polizia, quindi l'Fbi. Con suo grande stupore, fu Masters a rispondere.

— George, è qui! Crane è a Wicken's Hunt. Vieni subito e porta tutti quelli che puoi. Subito!

LuAnn spalancò la porta ed entrò.

Al centro della stanza, su una sedia, legata e imbavagliata, c'era sua figlia. In sottofondo, il meraviglioso ticchettio della vecchia sveglia. Si chiuse la porta alle spalle e in un attimo fu accanto a Lisa, abbracciata a lei, la tensione sciolta in un sorriso

Poi il respiro le mancò. Un laccio si era chiuso intorno alla sua gola, all'improvviso. La pistola le sfuggì di mano.

Lisa tentò di urlare, le grida soffocate dal bavaglio. Scalciò contro la sedia, nel disperato tentativo di liberarsi, di correre verso la madre.

Alle spalle di LuAnn, c'era Jackson. Aveva atteso nascosto nell'oscurità che la donna si slanciasse verso la bambina, inconsapevole della sua presenza. Poi aveva colpito. Il laccio era attaccato a un bastoncino di legno, che l'uomo fece ruotare aumentando la stretta. Il viso di LuAnn divenne cianotico, mentre la corda penetrava profondamente nella carne. Tentò di scrollarsi Jackson di dosso con tutta la forza che le rimaneva, scalciando, ma lui riuscì a evitare i colpi. Cercò di allentare la stretta, ma le dita non riuscirono a passare sotto la corda.

Sentì la voce di lui sussurrarle all'orecchio: — Tic-tac, tic-tac. Il tuo orologino, LuAnn, ti ha portato da me, come prevedevo. Ho fatto in modo che tu lo riconoscessi, tenendolo accanto al telefono, mentre parlavo. Sai che mi occupo a fondo dei miei collaboratori, so tutto di loro. Avevo notato questa sveglia fin dall'inizio, quando visitai la roulotte a Rickersville. E poi l'avevo ritrovata qui, quando venni a farti visita, quella sera. Un caro ricordo di famiglia. — Rise. — Come ti sentivi, nell'istante in cui hai creduto di avermela fatta, LuAnn? Felice?

Il sorriso di Jackson si allargò sentendo le forze di LuAnn venire meno. — Ma non dimentichiamo tua figlia. Eccola qui. — Azionò l'interruttore, e la luce violenta illuminò Lisa, protesa verso la madre. — Ti guarderà morire, LuAnn. E poi sarà il suo turno. Per colpa tua ho perso una persona della mia famiglia. Qualcuno a cui volevo bene. Che effetto fa sentirsi responsabile della sua morte? — Continuò a stringere. — Muori, LuAnn. Chiudi gli occhi e lasciati andare. È così semplice. Fallo per me. Anche tu lo desideri, non è vero?

Gli occhi fuori dalle orbite, i polmoni sul punto di scoppiare, LuAnn stava per cedere. Avrebbe dato qualunque cosa per un respiro, per una lunga boccata d'aria. Ascoltando le parole di Jackson, tornò con la mente a un cimitero, e a una scena di molti anni prima. *Fallo per papà, LuAnn. È così facile. Vieni da papà. Anche tu lo desideri...*

Con la coda dell'occhio vide Lisa piangere in silenzio, osservò la distanza che le separava farsi sempre più ampia, incolmabile. In quel momento, con una forza a lei stessa sconosciuta, proveniente da un luogo profondo del suo animo, LuAnn reagì. Diede uno strattone e si chinò violentemente in avanti, sollevando Jackson dal pavimento e agganciando le gambe di lui con le braccia. Con Jackson aggrappato alla sua schiena come un assurdo cavallerizzo, arretrò fino a mandarlo a sbattere contro il pesante armadio appoggiato al muro.

Jackson urlò di dolore, ma seguitò a stringere. Allora LuAnn cercò la mano ferita di lui, la trovò, infilò le unghie nella piaga, tornò a riaprirla. Jackson urlò di nuovo, e questa volta mollò la presa. Sentendo il laccio allargarsi, LuAnn si contorse e si liberò di lui, scaraventandolo contro la specchiera a parete. Quindi si strappò di dosso il laccio e respirò affannosamente, rantolando, come ubriaca. Quando ebbe ripreso fiato, i suoi occhi velati percorsero la stanza, finché non trovarono Jackson, che strisciava a terra cercando di superare l'accecante dolore alla schiena.

Con un grido spezzato LuAnn gli fu addosso, bloccandolo a terra con le gambe, schiacciandolo contro il pavimento. Le sue mani si chiusero intorno al collo di lui, stringendolo con una forza sovrumana. Jackson guardò quegli occhi iniettati di sangue, e seppe che non sarebbe mai riuscito a sfuggire a quella presa. Roteò gli occhi, la nuca sul punto di spezzarsi sotto la pressione crescente. Le sue mani annasparono sul legno. La destra trovò qualcosa di duro, di mortalmente affilato: una delle schegge dello specchio distrutto. Sollevò il braccio, e il vetro si aprì la strada nella spalla sinistra di LuAnn. La donna urlò ma non abbandonò la presa. Jackson affondò ancora l'arma improvvisata nella carne di lei, più volte, ma LuAnn sembrava non sentire il dolore. Finalmente, con le residue forze rimaste, trovò il punto giusto e colpì. LuAnn crollò all'indietro, un fiotto di sangue che sprizzava dalla lacerazione. Jackson riuscì a darle una ginocchiata al ventre e ad allontanarsi da lei.

Con orrore, LuAnn lo osservò mettersi in piedi, afferrare la sedia sulla quale si trovava Lisa, trascinarla verso la finestra. Si lanciò in avanti nella medesima frazione di secondo in cui Jackson sollevava la sedia per scaraventarla contro la finestra. Le dita di LuAnn si chiusero attorno alla caviglia della bambina. Madre e figlia finirono una addosso all'altra, la sedia che si spezzava sotto di loro.

Jackson si gettò verso la pistola di LuAnn, cercando di impugnarla, ma lei lo raggiunse e gli assestò un calcio in piena faccia, ributtandolo a terra. In lontananza, si udirono le sirene della polizia che si avvicinava. Jackson si tirò su e, arrancando, si slanciò verso la porta.

LuAnn lo lasciò uscire, quindi richiuse la porta dietro di lui. Il viso inondato di lacrime di sollievo, rimosse con delicatezza il nastro adesivo dalla bocca di Lisa, e la sciolse dalle corde che la legavano. Madre e figlia si strinsero l'una all'altra, in un abbraccio che sembrava non dover mai finire. Poi LuAnn si rialzò, impugnò la pistola e sparò due colpi fuori dalla finestra.

Riggs e Charlie stavano discutendo animatamente con gli agenti dell'Fbi di guardia sulla strada che portava a Wicken's Hunt, quando udirono gli spari. Riggs si infilò nell'auto e partì a razzo, seguito dai Federali.

Jackson si fermò a metà del corridoio, accanto alla camera di Sally Beecham. Vuota. Unica traccia, la pistola per terra. Mentre si chinava per raccoglierla, sentì i colpi soffocati che provenivano dalla cucina. Si trascinò fino alla dispensa e la aprì. Roger Crane ne rotolò fuori, tremante.

— Peter! Grazie al cielo! Quella donna aveva la pistola. Mi ha chiuso qui dentro. Io... io ho fatto tutto quello che mi hai detto.

— Grazie, Roger. — Jackson puntò l'arma contro suo fratello. — Buon viaggio. Porta i miei saluti ad Alicia.

Premette il grilletto. Qualche istante dopo, era già lontano.

Riggs vide l'ombra di Jackson allontanarsi verso il bosco. Balzò fuori dall'auto e lo inseguì, mentre alle sue spalle Charlie, ancora debole, arrancava. Gli uomini dell'Fbi sopraggiunsero qualche istante più tardi, e si diressero all'interno della casa.

Sulle scale incontrarono LuAnn. — Dove sono Matthew e Charlie?

Uno degli uomini indicò un punto del giardino. — Ho visto qualcuno che correva, da quella parte.

Si slanciarono fuori dall'edificio, in tempo per vedere la sagoma di un elicottero stagliarsi contro la pioggia, e atterrare sul prato.

George Masters saltò giù dalla carlinga e si tuffò tra le

schiere di poliziotti e di agenti dell'Fbi. In mezzo a loro c'era una donna. — Lei è LuAnn Tyler, vero? E questa è sua figlia.

— Sì — rispose lei.

— Grazie a Dio. — Si lasciò andare a un sospiro di sollievo e stese la mano. — George Masters, Fbi. Ero venuto a Charlottesville per interrogare Charlie Thomas, ma era appena scappato dall'ospedale.

— Dobbiamo prendere Jackson, cioè Peter Crane! Riggs e Charlie gli sono andati dietro. Ma prima vorrei mettere al sicuro mia figlia.

Masters guardò la bambina, immagine speculare della madre. Poi il suo sguardo si spostò sull'elicottero.

— La portiamo alla nostra centrale di Charlottesville. La piazziamo in una stanza senza finestre circondata da uomini armati di fucili d'assalto. Le basta?

LuAnn annuì, con un sorriso riconoscente. — La ringrazio, agente Masters.

— Ho figli anch'io, LuAnn.

Mentre Masters istruiva il pilota, madre e figlia si abbracciarono, poi LuAnn si tuffò nel folto del bosco, seguita dagli uomini dell'Fbi. I suoi passi veloci si muovevano con sicurezza su quel terreno familiare, e ben presto si lasciò Masters e i suoi alle spalle.

Riggs percepiva distintamente i passi affannosi dell'uomo che lo precedeva. Dietro di sé, a breve distanza, udiva il respiro pesante di Charlie. Il bosco, spazzato dalla pioggia, era immerso in un'oscurità quasi totale.

Strizzando gli occhi per adattare la visuale al buio che lo circondava, estrasse la pistola e tolse la sicura. Improvvisamente, il rumore di passi cessò. Riggs si fermò e allungò il braccio che reggeva l'arma, descrivendo ampi cerchi in tutte le direzioni. Quando udì il rumore furtivo alle sue spalle, era troppo tardi: un poderoso calcio lo scaraventò a terra, il viso contro il terreno erboso fradicio di pioggia. Nell'impatto con un albero, la pistola gli sfuggì, e il braccio ferito riprese a sanguinare copiosamente. Si girò sulla schiena, in tempo per vedere l'assalitore calargli addosso per sferrargli un altro calcio. All'ultimo momento, la sagoma di Charlie si disegnò alle spalle dell'uomo, e i due crollarono a terra avvinghiati.

L'ex pugile, come impazzito, scaricò una veloce serie di pugni sull'avversario, quindi ritrasse il braccio per assestargli la botta definitiva. Ma con una mossa fulminea Jackson lo colpì al braccio ferito, strappandogli un urlo di dolore. Quindi levò entrambe le mani e picchiò con violenza sulle orecchie di Charlie, stordendolo.

— Avrei dovuto tagliarti la gola subito, al motel — ringhiò mentre Charlie, mollata la presa, giaceva al suolo in preda alla nausea. Stava per gettarsi nuovamente su di lui, quando la voce di Riggs lo bloccò: — Fermo, o ti faccio saltare il cervello!

La pistola di Riggs era puntata contro di lui. Jackson fece qualche passo indietro. — Finalmente possiamo scambiare quattro chiacchiere! Il pregiudicato Riggs, suppongo. Ho una proposta interessante per te, che ti renderà molto, molto ricco... — La voce di Jackson era ancora roca, dopo lo scontro con LuAnn. Il viso, sfigurato dai pugni di Charlie, sanguinava.

— Non sono un pregiudicato, coglione! Sono un ex agente dell'Fbi. Mi proteggevano perché ho testimoniato contro una banda criminale.

Jackson si avvicinò. — Un ex agente del Bureau? Meglio ancora! Così sono certo che non mi ucciderai a sangue freddo. — Puntò il dito contro di lui. — Ascoltami bene: se mi incastrano, anche LuAnn è fottuta. Dirò ai tuoi ex amici che era mia complice in tutto, fin dall'inizio. La dipingerò come un genio del male, sarà fortunata se le daranno l'ergastolo. Ma non preoccuparti, i coniugi dei detenuti godono di condizioni di favore per le visite.

— Sarai tu a marcire in galera.

— Ne dubito. Sto già mettendo a punto le condizioni del mio accordo con i Federali. Immagino che saranno disposti a tutto pur di non avere pubblicità. Quando sarà tutto finito, ci rivedremo, ne sono sicuro. Anzi, lo spero.

Riggs si irrigidì, colpito dal tono sarcastico delle parole di

Jackson. Il pensiero che quel piano infernale potesse realizzarsi lo fece imbestialire. No, glielo avrebbe impedito, a qualunque costo. — Ti sbagli — ribatté.

— A che proposito?

— Sul fatto che non ti ucciderò a sangue freddo. — Premette il grilletto. Il silenzio che ne seguì gli gelò il sangue nelle vene. Nessuno sparo. Riprovò. Stesso risultato.

Jackson estrasse la sua pistola e la puntò. Riggs indietreggiò, finché i suoi piedi non trovarono che il vuoto. Alle sue spalle, il terreno si interrompeva bruscamente. Venti metri più sotto, un torrente ingrossato dalla pioggia ruggiva nel buio. Jackson sorrise e fece fuoco.

La pallottola si conficcò nel terreno ai piedi di Riggs, che indietreggiò di qualche centimetro, in bilico sull'orlo dell'abisso.

— Vediamo come te la cavi a nuotare senza entrambe le braccia. — Il colpo successivo raggiunse Riggs al braccio sano. Con un grugnito di dolore, l'uomo si piegò in due, cercando di mantenere il precario equilibrio.

— O salti, o muori. A te la scelta. Ma fai presto, non ho tempo da perdere.

A Riggs bastò un attimo. Si accovacciò, portando il braccio appena colpito all'altezza della fasciatura dell'altro, con un movimento che apparve naturale. Jackson non aveva valutato a pieno le risorse di Matthew Riggs. Ciò che l'ex agente stava per fare gli aveva già salvato la vita una volta, quando indagava sotto copertura su un traffico di droga. Non gli sarebbe bastato, questa volta. Ma sarebbe servito a salvare altre persone, e soprattutto quella cui teneva di più: LuAnn.

Il suo sguardo era fisso su Jackson. La rabbia che lo spingeva era più forte del dolore. Chiuse le dita intorno al calcio della piccola pistola nascosta nell'imbragatura che gli sospendeva il braccio al collo, l'arma che solitamente portava nella fondina alla caviglia, e la puntò verso Jackson. L'uomo era solo a pochi passi da lui.

— Riggs! — chiamò Charlie.

Jackson non si voltò. — Tu sei il prossimo, *zio* Charlie!

Matt Riggs non avrebbe mai più dimenticato lo sguardo di

quell'uomo quando il primo colpo attraversò la benda e gli devastò il volto, penetrando attraverso gli strati di cipria, gomma e plastica per raggiungere la carne viva. Paralizzato, Jackson lasciò andare la pistola.

Riggs continuò a premere il grilletto, una pallottola dopo l'altra, svuotando il caricatore, colpendo in ogni parte del corpo. Il sangue si mescolava al cerone, ai capelli finti della parrucca, mentre Jackson restava immobile, con uno sguardo incredulo dipinto sul volto. Finalmente l'uomo crollò, si piegò sulle ginocchia e affondò il volto nel terreno fradicio di pioggia.

Fu in quel momento che Riggs, il corpo scosso dai colpi sparati a ripetizione, cadde all'indietro, incapace di mantenere l'equilibrio sul bordo scivoloso del baratro. Mentre cadeva, un amaro sorriso di soddisfazione si disegnò sul suo volto. Senza l'uso delle braccia, semidissanguato, non aveva alcuna speranza contro la forza delle gelide acque del torrente. Era proprio finita.

Sentì la voce di Charlie che lo chiamava, poi più nulla. Non provava più dolore, ormai, era in pace con se stesso.

L'impatto violento con la superficie gelida, poi Riggs scomparve nella corrente.

Charlie si era trascinato sul ciglio della voragine. Stava per tuffarsi, quando qualcuno lo superò di corsa.

LuAnn si gettò nelle acque vorticose, si immerse, tornò in superficie con poche bracciate. Si lasciò trascinare dalla corrente, scrutando in tutte le direzioni.

Dalla riva, Charlie si muoveva freneticamente tra la fitta boscaglia, cercando di individuarli. Le grida degli uomini dell'Fbi si facevano sentire, ma il gruppo sembrava troppo lontano per raggiungerli in tempo.

— Matthew! — urlò LuAnn. Niente. Si immerse nuovamente e scandagliò il fondo con metodicità. Venti secondi dopo riemerse, respirando affannosamente.

— LuAnn! — Charlie la chiamava, ma LuAnn lo ignorò e si immerse ancora.

Quando tornò in superficie, non era più sola. Con il braccio reggeva il corpo di Riggs, che tossiva e sputava acqua mentre i polmoni tornavano a funzionare. LuAnn tentò di opporsi alla violenza della corrente. Non sapeva quanto avrebbe potuto resistere. L'acqua gelida la stava paralizzando. Sentiva i movimenti di Riggs diventare sempre più deboli, sempre più incerti. Aprì le gambe a forbice e le chiuse intorno al torace di lui, piegandole in modo da tenergli la faccia fuori dall'acqua. Esercitando una costante pressione sullo stomaco del compagno, tentò di aiutarlo a liberare i polmoni dall'acqua.

Intorno a lei, le rive non sembravano offrire alcun appiglio. Finalmente, notò un albero sradicato, i cui rami si protendevano a pelo dell'acqua. Non era distante. Calcolò con un'occhiata la distanza e l'altezza, si tese e agganciò il ramo con entrambe le mani. Con immensa fatica si tirò su, finché una parte del corpo di Riggs non fu fuori dall'acqua. Cercò di sollevarsi ancora, ma inutilmente. Il peso che reggeva glielo impediva. Guardò giù, e si accorse con terrore che l'uomo tentava di liberarsi dalla stretta delle gambe che lo trattenevano.

— Matthew, no!

Le labbra livide di Riggs erano piegate in una smorfia. — Non dobbiamo... morire... tutti e due.

Paralizzata dal freddo, stremata, LuAnn lottava contro la corrente e contro la determinazione di lui. Rabbia e impotenza la scuotevano. Avrebbe potuto lasciarsi andare, seguirlo nel suo destino... ma Lisa? Cosa ne sarebbe stato di lei? Aveva solo pochi secondi per prendere una decisione. E improvvisamente, per la prima volta nella sua vita, le forze la abbandonarono. Le braccia lasciarono l'appiglio, e LuAnn si lasciò andare.

Un braccio robusto la cinse alla vita, e pochi istanti dopo si rese conto che entrambi erano fuori dal torrente. Alzò lo sguardo: Charlie la stava trascinando verso la riva, ansimando e mugolando per la ferita al braccio. Le gambe di LuAnn erano ancora saldate intorno al corpo di Riggs. Quando furono lontani dall'acqua, LuAnn si distese appoggiando il capo sul petto di Charlie. La sua mano destra cercò quella di Riggs, la trovò, la strinse. Nessuno di loro pronunciò una sola parola.

59

— Partita chiusa.

Matthew Riggs abbassò lentamente il ricevitore. Erano tutti riuniti nell'ufficio di casa sua, a Charlottesville. LuAnn, Lisa e Charlie. Fuori, cadeva la neve. Natale non era lontano.

LuAnn e Charlie erano guariti, ormai, e Riggs aveva tolto l'ingessatura, ma si muoveva ancora con difficoltà.

LuAnn inarcò un sopracciglio. — E il risultato?

— A conti fatti — rispose Riggs — considerando le tue tasse arretrate e mai pagate, gli interessi passivi e tutte le multe, calcolati per un periodo di quasi nove anni...

— Dunque? — tagliò corto Lisa.

— Resta meno di niente. Il governo incamera tutto il contante, tutti gli investimenti, tutte le proprietà. Inclusa Wicken's Hunt. Hanno addirittura voluto sessantacinque cent per fare quadrare il cerchio. Ma non c'è problema, LuAnn. — Abbozzò un sorriso. — Ce li ho messi io per te.

— Ma che bel regalino di Natale ci ha elargito lo Zio Sam — grugnì Charlie. — E gli altri vincitori si tengono tutti i loro soldi. Non è giusto!

— Loro però hanno sempre pagato le tasse — precisò Riggs.

— Perché, LuAnn non le ha pagate?

— Solo per l'anno in cui è rientrata negli Stati Uniti. E solo sotto il falso nome di Catherine Savage.

— Ma andiamo, Matt! Qual era l'alternativa: usare il nome

vero e andare in galera per un reato che non aveva mai commesso?

— Non mi sembra un argomento vincente.

— Ma anche gli altri hanno vinto grazie a un imbroglio.

— Questo non verrà mai reso pubblico. Lo Zio Sam incassa *miliardi* di dollari l'anno dalla vendita dei biglietti della Lotteria Nazionale. Se la cosa saltasse fuori, sai che casino?

— E i milioni di dollari che LuAnn ha scucito in beneficenza? — insistette Charlie.

— I signori del fisco sono commossi per il buon cuore di LuAnn. Ma ciò non toglie che l'evasione fiscale rimanga. Coraggio, Charlie, non è andata male. LuAnn rischiava di finire in prigione per molti anni. Se non avesse avuto quell'accusa sulla testa, avrebbe potuto strappare condizioni più favorevoli. Ma bisognava far tacere lo sceriffo Harvey, e allora...

— Proprio un ringraziamento coi fiocchi, dopo tutto quello che LuAnn ha passato, e per aver mandato all'aria l'organizzazione criminale di Peter Crane. Quelli dell'Fbi sono gli eroi della situazione, il Tesoro mette le mani su tutto e LuAnn non si becca nemmeno un grazie. Be', è un vero schifo!

— Mettiamoci una pietra sopra, Charlie. — LuAnn gli mise una mano sulla spalla. — Non erano i miei soldi. Non lo erano mai stati. L'importante è stato riavere indietro la mia vita. — Spostò lo sguardo su Riggs. — Senza un'accusa di omicidio.

— Questo è vero — confermò lui. — Tutto decaduto, tutto cancellato. Pulita come una colomba.

— E povera in canna — brontolò Charlie.

— Siamo certi che non torneranno all'attacco, Matt? — disse LuAnn. — *Assolutamente* certi?

— Lo siamo. I documenti legali sono firmati. I conti in banca li hanno sequestrati. Anche se il fisco volesse ancora qualcosa da te, sarebbe inutile. Tu non hai più un soldo.

— Senti, Matt — fu Lisa a parlare, lo sguardo su Riggs. — Forse tu potresti ospitarci per un po'... Solo per un pochino?

LuAnn le sorrise. Alla fine, le aveva detto tutto. Tutto quanto. Non era stato facile, ma quando aveva finito aveva provato un immenso sollievo. E Lisa aveva capito. Ora loro due potevano costruirsi una vita normale, finalmente.

Riggs strinse le labbra con aria nervosa, prese LuAnn per mano. — Voi ragazzi ci scusate per un momento? — La guidò fuori dalla stanza.

Charlie e Lisa si strizzarono l'occhio.

— A me sta bene. Che veniate tutti quanti qui. Voglio dire, spazio ce n'è in abbondanza...

— Solo che?

— Ecco, stavo pensando... — Riggs esitò — addirittura a qualcosa di più permanente.

— Capisco.

— Gli affari continuano a tirare...

LuAnn lo guardò in tralice, aspettando il resto.

— Insomma, non voglio, e non volevo nemmeno prima, che tu pensassi che ti stessi dietro per i soldi. Erano un grosso ostacolo per me. Però non voglio nemmeno che tu pensi che io sia contento adesso che i soldi non li hai più... Se ci fosse stato un modo per tenerli, sarebbe stato magnifico. Ma dato che non li hai più, allora io...

— Ti amo, Matthew.

Riggs si rilassò, come se il peso del mondo fosse stato sollevato dalle sue spalle. — Ti amo, LuAnn.

— Dicono che la Svizzera sia splendida in questa stagione. Ho sempre sognato di passarci la luna di miele. A Natale poi, è così romantico...

— Svizzera — ripeté lui corrugando la fronte. — Certo, splendida. È che, capisci, il mio lavoro non mi permette spese di questo genere. Forse tu ci sei abituata, ormai, ma...

LuAnn tolse di tasca un foglio piegato e glielo tese. Riggs lo aprì, lo lesse.

Era il numero di un conto bancario, in Svizzera. La cifra depositata ammontava a cento milioni di dollari: Jackson le aveva restituito la somma iniziale. Era là ad attenderla, e generava interessi per sei milioni l'anno. LuAnn era decisa a tenerli. E non si sentiva in colpa, questa volta. Aveva trascorso dieci anni cercando di essere qualcun altro. Aveva sperimentato miseria e ricchezza. Ora avrebbe vissuto il resto della sua vita in pace con se stessa, circondata dalla sua famiglia: una bella bimba con un magnifico avvenire, e due uomini che la adoravano. Niente più fughe, niente più nascondigli.

Gli sorrise. — Sai una cosa, Matthew?

— Cosa?

— Credo proprio che andrà tutto bene, d'ora in poi.

Ringraziamenti

A Michelle, che si prende cura di tutto mentre io viaggio nel mondo dei sogni

A Jennifer Steinberg, per il consueto ottimo lavoro di ricerca.

A Catherine Broome, medico, che mi ha concesso una parte del suo tempo prezioso per chiacchierare di veleni.

A Steve Jennings, per il suo eccellente acume editoriale.

A Carl Patton, il mio commercialista preferito, e a Tom DePont, della NationBank, per l'utilissima consulenza in materia fiscale.

A Larry Kirshbaum, Maureen Egen, e tutto lo staff della Warner, per il sostegno e l'amicizia che mi hanno dimostrato.

Ad Aaron Priest, consigliere, mentore, e soprattutto amico.

A Frances Jalet-Miller, che ancora una volta ha contribuito a migliorare sensibilmente il mio romanzo.

A tutta la mia famiglia e agli amici, per il loro inesauribile affetto e la loro solidarietà.

47086
2005